陈西滢
日记书信选集 （上）

1943—1944

傅光明 编注

The Collection of
Chen Xiying's Diaries
and Letters

东方出版中心

出版说明

　　本书收录的是陈西滢写作于 20 世纪 40 年代的日记及书信，2021 年经首都师范大学外国语学院傅光明教授整理、编注出版。

　　为保持作品原貌，最大限度还原文体特点与当时的语言文字特点，除矫正个别明显错讹及影响理解的表述外，"的、地、得"的用法，夹杂的英文的表达等均保留不作改动。作中所录英文，与今殊异或原稿本身的错讹，注者推断、查证后，将相应的正确、完整写法补充在了注释中。

东方出版中心编辑部
二〇二二年十二月

陈西滢日记、书信的文献史料价值

傅光明···

　　陈小滢女士是陈西滢和凌叔华夫妇的独女，今年 91 岁。我与她的交往始于 1991 年。那时，我刚翻译完凌叔华的英文自传体小说《古韵》，由恩师萧乾先生推荐给台湾业强出版社，需小滢签署一份授权书。正值小滢和她的英国汉学家丈夫秦乃瑞来京，我前去拜望。自此，我与小滢持续交往，至今整整 30 年。

　　我曾跟小滢开玩笑，说我一定上辈子欠下他父母一笔巨债，否则，便不会在 1990 年以 25 岁之韶华译完她母亲的《古韵》之后，又于 2020 年以 55 岁半老之身，来整理她父亲写给她的家信和日记。

　　整理过程中，我不时感叹，这批写于 1943—1946 年，连注释总篇幅达皇皇 63 万字的家信、日记，堪称弥足珍贵而又鲜活异常的"新"史料，是最富文采、妙趣的"西滢闲话"。透过它们，不仅可了解与鲁迅打过笔仗的西滢之真实为人，更可侧面了解与他密切交往的同时代中外各界人士：胡适、宋子文、宋美龄、晏阳初、费孝通、林语堂、李卓敏、蒋廷黻、顾维钧、王世杰、杭立武、李四光、熊式一、蒋彝、杨振声、萧乾、叶君健、李约瑟、罗素、汤因比，等等，亦有助于从中寻觅那个时代国际政治交往和中外文化交流的"萍踪侠影"。

　　在开始正文之前，请允许我向两位女士表达由衷谢意。一位是小滢，从开始整理这批家信、日记，我们俩（一老年，一中年）便开始了每天下午到晚上至少三四个小时的微信往来，这种如情侣般的密电交往一直持续了七个半月，以至于大功告成之后，没了微信的热络往来，小滢觉得十分失落。在家信尤其日记中，有大量的英文人名、地名、书名、电影名、机构名、广播剧名及专业术语，加之西滢先生的英文书写十分潦草，难以辨认，我经常给小滢发微信截屏，向她讨教，以便做出大量注释。但对有些英文书写，小滢也无可奈何。因此，必须向另一位女士致谢，她就是英国莱斯特大学（University of Leicester）口笔译研究中心主任应雁老师。我十分敬佩应老师的神奇本领，每次向她讨教问题，她都又快又准地解决。毋庸讳言，这些注释本身已属于手稿学学术研究的范畴。

　　一句话，西滢日记、家信是新发现的手稿。在作家研究中，手稿的珍贵及重要性自不待言。遗憾的是，因时间、精力有限，作为整理者，在此只能以札记的方式呈现出八点想法，前四点关于如何看待西滢之为人，后四点关于如何评估这批日记、家信。

　　先说头四点。

一、一个始终为女儿未来的教育及如何做人操心的父亲

　　西滢写给女儿的信，每一封都有编号。而且，他有时会在信里嗔怪为什么妻子和女儿的来信不编号。这是个心细如发、时刻惦记亲人的丈夫和父亲。甭管多忙，他总会记着给女儿写信。这些信并不是一般的闲话家常，他会写在莎翁故居参观的见闻，写观看秀兰·邓波儿电影的观感，介绍英国的教育，介绍适合女儿读书的学校的情况，还会写英国大选，分析国际形势，也会偶尔谈及自己的工作。但身为父亲，最让他记挂操心的是女儿的教育。

　　有两天的信给我留下深刻印象。1945 年 1 月 3 日信，西滢写听到女儿报名从军后的心情："我听了这消息很惊奇，很受感动，也很自豪。你们这样小小年纪，便如此爱国，便这样的富于自我牺牲精神，真是可爱。要是中国青年都有这种精神，中国一定振兴。要是中国人都有这种精神，中国一定强盛。"

　　1946 年 5 月 24 日信，有这样一句："姆妈能告诉你，我因写文章骂过人以至吃了不知多少亏。"他后悔当年与鲁迅的论争吗？有意思的是，西滢早在 1944 年 5 月 22 日的日记里便这样写道："到东方学校的小图书馆，想找几本

鲁迅的小说史略之类的书。"5 月 23 日日记里记："赵德洁为我借了小说史略等书。"次日又记："看鲁迅《中国小说史略》数十页。"5 月 25 日记："晚饭后看小说史略。"5 月 27 日记："看小说史略。"从中，我们能感受到西滢在回首 1925 年他对鲁迅《中国小说史略》"整大本的剽窃"的攻讦，但十分可惜，在此处西滢惜墨如金，没留下多余的话。

二、 一个酷爱看电影、听时事广播的读书人

西滢日记再好不过地呈现出一个读书人生活和工作的貌相，他几乎每天早晨起床后都要看报。早饭后去办公室，或出门办事。几乎没有一个中午没有饭局。这当然不是他喜欢公款吃喝，实在因为饭店、餐厅是聊工作、谈事情的最佳地点。这也算英国的吃饭文化。几乎每个晚上，他都会读书、看杂志或听时事广播。他的阅读范围非常广，英美作家的小说、各类著作，英美两国著名的报纸、杂志，如纽约《时代周刊》、伦敦《泰晤士报》。同时，他经常利用白天的空闲去博物馆参观，去戏院、电影院看戏、看电影。他是莎士比亚戏迷，他在日记中对现场看过《哈姆雷特》《李尔王》《麦克白》《理查三世》《皆大欢喜》《亨利五世》《约翰王》等莎剧都有记载，他还看过萧伯纳的不少戏。同时，他是超级好莱坞影迷，20 世纪 20 年代到 1946 年的好莱坞电影，他看得相当多，而且，对许多演员耳熟能详。整理过程中做的许多注释，都是关于好莱坞电影和演员的。无疑，西滢日记可以丰富我们对那个时代好莱坞电影和演员的知识。

三、 一个待人真诚、热情好客的绅士君子

西滢身上有典型的英国绅士风范：富有学养、彬彬有礼、为人慷慨、关爱弱者、同情女性等等。虽说他担任着民国政府在伦敦的"中英文化协会"主任一职，收入并不很高，何况家有妻女，而且，当时国内货币狂贬，物价飞涨，但他一点不抠门，尽管自己买东西有时嫌贵舍不得花钱，请朋友吃饭却从不算计。除此之外，他还经常自掏腰包买戏票、电影票邀请朋友同看。日记中有大量篇幅记载着他请了谁谁吃饭，临时见到谁，也一并请饭；有不少

篇幅记载着他提前买好戏票或电影票，在戏院或电影院门前等朋友，结果朋友偶有失约。似乎他喜欢凑热闹，实则极不情愿应酬，而只想独自静心读书。

西滢是个洁身自好的好男人，孤身海外，身居要职，从无绯闻，实属不易。这有"隐私"为证，1943年7月1日西滢记："夜中梦遗，醒了起来洗抹。这年来梦遗较少，平均一月一次的模样。"

由此或更可见出西滢与异性交往坦荡清正之难得，可以说，作为丈夫，他对妻子凌叔华之外的女性，从无非分之想。仅举一例。当时，在伦敦孑然一身的民国才女王右嘉与著名的清华才子罗隆基的夫妻感情濒临破裂。从日记不难判断，右嘉一定把西滢当成了值得信赖并能倾诉苦楚的朋友。西滢也一定表现出了十足的倾听的耐心，故此，才能在日记里留下这样的描述，1944年4月15日记："她（王右嘉）说她自己脾气不好，努生（罗隆基）来信她没有看便烧了，是她的不是。他们十年夫妇，她不愿说长道短，如说努生错，努生不能辩护，如不说他错，那为什么要分裂？说到后来，她还是免不了把罗的过错举了些。他们同居八年，没有名分。他出去与女人玩，她要说话，他便说 What right have you？（你们有什么权利？）他在天津时与一人的太太来往……这几年他说她可去北平。但她每次要去，他便吵闹，而且要动手打人。不是一星期一次两次，现在屋子小，多人同居，实在不像样。"这是怎样的一个罗隆基？

然而，令西滢没想到的是，他与右嘉交往密切，常在一起吃饭，却引来闲言碎语。日记中对此也有记载：他忽然感觉右嘉故意躲着他，而他竟傻傻的，不知何故。后来听说，是使馆的好事之人把闲话传回国内，国内遂把闲话造得仿佛真有其事，再传回伦敦。西滢没事人一样坦然面对。真君子也！

四、一个尽心、尽力、尽责的中外文化交流的使者

一般读者对西滢曾作为南京国民政府任命的"中英文化协会"主任、南京国民政府驻联合国教科文组织（UNESCO）首任常驻代表这两个官职、两份差事，知之甚少。从日记可见作为中外文化交流使者的西滢十分忙碌的身影。他经常要与英国文化委员会（British Council）协商各种事务，经常从伦敦乘

火车去英国各地参加各种文化活动，经常跑牛津、剑桥与各个学院的学者们见面、交流，有机会也会登门拜访知名的作家、学者，还要组织国内的知名学者访英，促进文化交流与合作。他每晚很少12点以前睡觉，并常常失眠，要半夜起来吃安眠药才能继续入睡。他的日记时常于次日补记，甚至多日没空记，待有了时间一气补记好几天。

然而，工作并非一帆风顺，并非光鲜无比，需要耗费大量时间、精力。西滢是个自尊心极强的人，但许多时候，为了工作，不得不屈尊，耐足性子。仅举一例，1944年12月5日，西滢记录他与著名的李约瑟第一次见面："四时与Martin打电话，仍未回。与Harvey打电话。上午我说去看他，他说Needham（李约瑟）下午去。我说我要约Needham谈一谈，请他代约。此次他说Needham说忙得很，约很多，忙不过来。又问我与他谈多久。最后又问'What do you want to talk to him about？'这使我生了气。我说'I am supposed to be Dr. Needham's equivalent in Britain。'他到英来，我是应当与他交谈的。他说明天四时他在Society of Visiting Scientists，我可以去一下。我说那里许多人，我去拉拉手说how do you do，不是我的意思。他说总得先认识了才谈话。我说我在重庆即见过他。他说Needham的约会，都由Mrs. Bernal管。我气急了，最后请Miss Mote电话去。Mrs. Bernal果然不知道我是谁。说Needham很忙，他不知道他何时方有空。无论如何，可以请我到他的reception to the Chinese。回寓时一路生气，半天都不能平息。"

生气的西滢先生是怎样的绅士模样！

接下来说后四点。

一、一部妙趣横生、文采俊逸的"西滢闲话"

倘若有人质疑西滢仅凭一本1926年出版的、薄薄的《西滢闲话》便跻身现代散文名家之列，哪怕算上由子善兄搜集、编入了近50篇佚文、于2000年出版的《西滢文录》亦觉勉强，那随着这批家信，尤其日记的问世，质疑之声可就此终结。我甚至想说，西滢日记才是最具西滢笔调的"闲话"。因为写的是日记，意到笔随，行文无拘，更悠然、更从容，行于所当行，止于所不可不止，常于俊逸之中横生妙趣。作为整理者，每到此时，便倏忽间忘掉疲劳，一种释然的畅快感即刻取而代之。

因文体所限，西滢日记里自然少不了必备的日常事务之流水，但许多日记实在堪称自然天成的行云美文。且不论那些论及英美地域风貌和文化生活之类的日记，单以写拜谒莎翁故居、访约克古城、访剑桥、访牛津那几天的长篇日记来说，无一不是引人入胜的美文。以拜莎翁故居那天日记为例，1944 年 4 月 21 日记："Stratford 是一个小城，人口只有不过一万一千人。有了一张图，到处都可以步行。到戏院去的路，一路都是别墅式的住宅，园子很大。马路上许多樱花盛开（与日本不同处是花开时叶已很盛，也是橙红色，掩去了花的颜色），白的梨花也盛开。各种颜色的花更是多了。……从此向南，不远到 Holy Trinity Church。这教堂也在水边，坟园很古老。这教堂莎氏前便存在。莎氏于 1564 年四月二十六在此行洗礼。他的生日，始终无明文证实，大家推测是二十三日。他的死日也记在同一册中。1616 年四月二十三日，据说生死同在一天。"

"莎氏夫妇，女儿，女婿，孙女夫妇都葬在这教堂中。而且很奇怪的，葬在 Alter 的前面。这是很少见的。这教堂很古老，在莎氏前多年即建造。可是没有人想到去埋在神坛前。莎氏把这一片地都买下来了，全家葬在那里。Stratford 的大家，贵族，Chieftain 却葬在一边。也许因为要有石棺石像，不能利用神坛前的地位。"

这天的日记为我解决了一个始终存在的疑惑，即莎士比亚一家人为何都能葬在教堂主祭坛的前面？这违反常规啊！原来，是靠写戏挣了大钱的莎士比亚买下了那片土地。作为地主，如何安葬自己，全凭自己做主。

二、 一部关于国际政治和民国外交的侧记

西滢日记从一个侧面为当时的国际政治和民国外交留下了难得的私人记录，这里有对 20 世纪三四十年代英美文化政治与社会的一孔之见，也有对重要国际事件的纵论描述。比如关于联合国成立问题于 1944 年 8 月 21 日至 9 月

28 日在美国召开的敦巴顿橡树园会议，还有"对欧洲胜利日"（V. E. Day）、"对日胜利日"（V. J. Day）之时伦敦庆祝胜利的情形，有对英国议会辩论的情景再现，有对丘吉尔在议会演讲的白描，有对当时民国外交部部长宋子文，尤其驻英大使顾维钧方方面面的速记，都是珍贵的鲜活史料。

在此感受一下这样的鲜活。1945 年 8 月 15 日记伦敦庆祝"对日胜利日"的情形："我与三位中国女士同车。车走 Parl. Sq. St. James Park，The Mall，由 St. James Court 出去。夹道都是人，立在街中，只容车辆通过。车慢慢过时，他们都从窗口内张望。见我们，有些人便嚷'中国人'，有些叫'Hurrah'。我们也摇手招呼。

"到 Brown's Hotel。Brit. Council 请吃饭。Miss Parkinson 主席。坐我一侧的是一位 Paraguay 的作家，年很轻。饭后彼此在 Programme 上签字。Parkinson 祝中国客人寿，说我们抗战最久，今天是我们最幸福的一天。有一人起谢 Brit. Council。

"饭后走 Charing X 路到 Trafalgar Sq. 这一路都没有公共汽车。Traf. Sq. 人山人海，走路都不容易。到处有人放花爆，流星爆。National Gallery 是 flood lit.，远远的 Big Ben 也是 flood lit，很像大理石的钟。

"好容易走上 Mall。王宫在远处，flood lit，显得很小。在此徐徐而行的人，一队向前，一队向后，彼此的挤过去。有时两股迎面来，彼此走不动了。好容易走近王宫广场的大门。简直走不动了。我与云槐在一处，又与守和相失。只有退回去，居然找到守和。向边挤出，到了 Green Park，出去到 Green Park 站，门口挤了一长串人。因走到 Bond St. 在这里分手。车很挤。但自 Oxford Circle 回去还可以。听说许多人狂欢彻夜，有许多人半夜后才走回去。"

三、 一部描绘"办公室故事"的官场小说

整理过程中，我不时领略到西滢笔头带针砭的一种尖酸、一种犀利，也许有人会觉得其中藏着不厚道的刻薄。事实上，即便刻薄，这也是西滢写给自己的。他写日记，从没想过公之于世。每到此时，我更觉出，这就是苏雪林笔下那个既喜欢"爱伦尼"（Irony）、俏皮起来不放过任何人，同时又"外

冷内热"的西滢。诚如苏雪林所说："陈氏的爱伦尼则有时犀利太过，叫人受不住而致使人怀憾莫释。……爱伦尼进一步便是'泼冷水'，这又是陈氏的特长。……陈源教授因喜说俏皮话挖苦人，有时不免谑而近虐，得罪好多朋友，人家都以为他是一个尖酸刻薄的人，或口德不好，其实他的天性倒是忠厚笃实一路。他在英国留学多年，深受绅士教育的陶冶，喜怒哀乐不形于色，加之口才如此謇涩，不善表达，而说起俏皮话来时，锋芒之锐利，却令人受不住，人家仅看到他'冷'的一面，却看不到他'热'的一面，所以对他的恶感就多于好感了。"（《陈源教授逸事》）

由此，便不难理解，西滢日记中的许多内容具有了官场小说的味道，而且"艾伦尼"无处不在。举三个例子：

1944 年 5 月 24 日，记："他（S. 先生）说宋、孔积不相能。T. V.（宋子文）的脾气大，拗强。他抗战后在香港，不到重庆，是大错误。许多中国人 resent it。蒋亦 resent it。他在重庆时，看孔宋不能同存，提议让宋出国。他说英美人不懂蒋处境之难，他如何对付龙云、盛世才一类人。他对龙云曾说了不少老实不客气的话。他与孙夫人谈过。他在港有一次与姊妹三人在一处。孔与孙二人正相反，一个是非常 worldly，一个是恰好相反。孙夫人是非常的 loveable。"

1944 年 5 月 30 日，记："公超说他与雪艇（王世杰）谈甚久，雪艇还不懂。大使馆的人，如看见人没有后台，不肯出力帮忙。"

1945 年 2 月 26 日，记："他（叶公超）讲起内政与人物来，都是不满意。他说 T. V. 一天花费得十万元，由中国银行支付。T. V. 对于国际常识很缺乏。国共的不解决，他认为不重要。他劝公超到美去不要随口发言。他说他自己已经得了教训。他的每一句话都有秘密报告。孔的报告也很多。"

四、一部关于中外文人、学者的人物速写集

西滢日记的巨大价值之一，在于其为许多中外文人、学者画了像，在日记这一特殊文体的微聚镜头下，用苏雪林的话说，有的画像真实到了"近虐"。不管西滢是否属于"忠厚笃实一路"，算聊备一格吧。在此不展开，依然仅举三个例子。

1944 年 9 月 12 日，记："与 Lewis 谈到九时。他对于十年来的文学，说并没有什么人或什么出品。他说小说在 Twenties 是有成绩的。那时有 E. M. Forster, James Joyce, D. H. Lawrence, Virginia Woolf 有些东西也写得很好。Thirties 便没有什么可看的作品了，不论小说或诗。这时期中的最有才气的人是 W. H. Auden。可是他的见解，始终是中学五年级，没有长进。这时期的人都是为世界政治经济所惑，可是大都的见解，没有超出中学。

"现代文学中，T. S. Eliot 是了不得。他不断地在发展。他写了些东西，许多少年都模仿他，可是他已经到上面去了。一个诗人不断有进步的，英国找不到第二人，除了莎翁。

"至于戏剧，他说什么人也没有。他说如讲十七世纪以后的英国戏剧一概失去，也并不少了多少。Shaw 的东西是社会讨论，不是戏剧。他是 1914 年出中学，即加入欧战。他回来时，对于 Shaw, Wells, Bennett, Galsworthy 即觉得是两个时代的人。他们对于当代青年没有贡献了。"

1944 年 11 月 25 日，记："说起从文（沈从文）来长信……对于冰心、老舍，挖苦特甚。说老舍'写诗过千行，唯给人印象更不如别人三五行小诗动人。'从文说'京油子'，花样多，即此一事业可知国内文坛大略矣。"

1945 年 6 月 4 日，记："到车站已十一时。车已在站。仲雅（蒋彝）看到我。找到了两个座位。与他一路谈到伦敦，他谈海粟、悲鸿、语堂、式一（熊式一）。他对于式一极不满意。说欧战初起，李亚夫、陈（真如子）Tan 等合资演《王宝钏》。式一是导演，一切由他调度。结果大失败。如一二周即收束，亏累当不太大。不意他们维持了二个月，每人亏累一二千镑。他们三人是年轻人，没有经验，而且陈是熊的 ward，以为式一自己也是一股。谁知式一非但没有担任损失，而且向他讨上演税。"

一言蔽之，《陈西滢日记书信选集》十分值得期待！

最后，请允许我向认真、细致的责编韦晨晔女士、江彦懿女士致谢。诚然，还要特别感谢纳新兄邀约，促成西滢与"东方"结缘。

2021 年 12 月 25 日

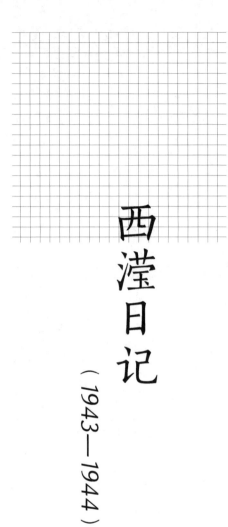

西滢日记

（1943—1944）

1943 年 6 月 2 日

32:6:2(三)阴晴

晨看报。写日记。中午卓敏①来。阳初②也来了。与他们及景超③、质廷④同到 Garden T⑤ 吃饭。有 Major 蒋⑥同去。蒋是空军武官，他买了房子，买了汽车。

午后将出国以来的账重新整理，抄过，算过，花了二小时余。这一个多月来花的钱真不少。希望以后不用再制多少衣服之类，可以减少支出了。

四时余看 Willkie 的 *One World*⑦ 二十页。

与晏、桂、吴同去吃饭。在 Sun，华名中山楼。有冷气，地方还不坏。走回。

天气已经很热。下午到八十七度。⑧ 户外有九十三度。一天背上都是湿的。晚回寓后浴。穿了睡衣，看 Willkie's *One World* 二十页。身上还是湿的。

---

① 李卓敏（1912—1991），美籍教育家、经济学家。1934 年至 1943 年间，历任南开大学、西南联合大学、国立中央大学经济学教授。1964 年至 1978 年，任香港中文大学创校校长。
② 晏阳初（1890—1990），中国现代平民教育家和乡村建设家。
③ 吴景超（1901—1968），中国现代社会学家。
④ 桂质廷（1895—1961），物理学家和教育家，我国地磁与电离层研究领域的奠基人之一。
⑤ T 花园餐馆。
⑥ 蒋少校。
⑦ 美国政治家温德尔·威尔基（Wendell Willkie, 1892—1944）所著《一个世界》。1942 年 10 月，曾作为罗斯福总统特使访问中国，访华时建议宋美龄访美，以获得援助。
⑧ 此处气温以华氏度记，1 华氏度约等于 0.356 摄氏度。下文若无标注，均使用华氏度作为温度单位。

十一时余上床，看 Runyon①。眼张不开了。可是睡着后热醒了几次，换了地点再睡。

今天下午有 *Christian Science Monitor* 的记者 Stevenson② 来访质廷，他的一位俄国夫人同来。他们谈完后，质廷介绍了 S 来与我谈了三四分钟。听说我是在英留学的，S 夫人问在英国多久，我说有八九年，是在二十年前了。S 夫人大为惊异，她问我是不是童年时在英，我笑答不是。她说我不止二十九岁了吗？我说已经不止四十岁了。她眼睛张得大大的，异怪极了。阳初后来说我出国以来，是更显得年轻了。两颊也有了红色。这红色也许是天气炎热的结果。

1943 年 6 月 3 日
32:6:3（四）晴

晨饭后看报。写日记。

中午与曾广勋君同去吃饭。买了一本地图，一本 Somerset Maugham's *Introduction to Modern English and American Literature*③。下午看 Willkie's *One World*，看了三十余页。

与景超同去吃饭。天气热极。我房内的表是 90°，一个 drugstore④ 的表放在窗内则是 100°。我们到 Zoo⑤ 去散步，并没有风。

九时回寓。傅安民来访，与曾君等坐谈了一时余。

浴。

看了一篇 Dashiell Hammett's *A Man Called Spade*⑥。

这两天鄂西浙北又大胜利⑦，是最可慰人的。

---

① 达蒙·鲁尼恩（Damon Runyon, 1884—1946），美国记者及短篇小说家。
② 《基督教科学箴言报》的记者斯蒂文森。
③ 萨默塞特·毛姆编《当代英美文学选读》。
④ 药房。
⑤ 动物园。
⑥ 美国作家达希尔·哈米特（1894—1961）所著《一个叫斯佩德的男人》。
⑦ 1943 年 5 月至 6 月，中国军队取得鄂西会战的胜利。

1943 年 6 月 4 日

32:6:4（五）晴

天气更热，早起即 86°。上午坐在室内看报，即出汗不止。

所以午饭后去国会图书馆。先到 Raleigh① 处问衣服为何没有送。查了一会，说明天送来。

国会图书馆的房子已为我们预备好。虽然没有人，两个风扇在开着。而且他们有人为我们找了些书放在桌子上，一部分是关于 Postwar planning② 的，一部分是关于中国的。书目也放了几种在那里。只是研究室在屋顶，虽有风扇，还是很热，只是比寓中好些罢了。

大阅览室可很凉快，好像有冷气的样子。我在大阅览室中找了些书目卡片。在研究室将保留书的卡片填好。五时半下去看了一小时 *Foreign Affairs*③。

近七时与景超同回 Collier④ 吃晚饭。到寓只八时余。屋内热极，91°，简直不能坐。

景超室外有凉台，太阳下午后倒有些风。在那里坐到九时半。

浴。

看杂志。看了一篇 Carter Dickson's *The Crime in Nobody's Room*。⑤

1943 年 6 月 5 日

43:6:5（六）晴

早饭后看报。

---

① 罗莉。
② 战后的计划
③ 《外交事务》。
④ 科利尔餐馆。
⑤ 卡特·迪克森的《无人房间的罪行》，美国侦探小说家约翰·迪克森·卡尔（John Dickson Carr, 1906—1977）的笔名。

阳初今天去纽约。他说他在对面 C. D. S.① 有一房，他去后便空了。房有冷气，所以我与景超饭后去借用。

我打了一封比较长的信与淑浩②，一短信与克恢③。

看 Peffer's *Bars Peace in the Far East*④，看了六十页。

晚饭后景超去访友，我也去访宗武。王夫妇也去访。我们乘王车去郊外兜了一会风，吃了些冰饮。

十时回。今晚外面较凉，但屋内仍九十度。浴后看了一篇 Eudora Welty's *Petrified Man*⑤。

1943 年 6 月 6 日

32:6:6（日）雨阴及晴

昨夜南窗有风，颇有凉气。晨起天阴，一会儿下雨。温度表82°，比昨晨少五度。后来又降至80°，78°。

早饭后看报，至一时余。

一时一刻与景超及曾广勋君到傅安民处吃饭。座中有宗武及萧信如夫妇及徐少肃、崔存璘。傅太太自己做的菜，很是丰盛。饭后徐曾等坐了一会儿先去。我们坐到四时余，谈中国战后的复兴问题。景超主张如中国人口不减少，无论如何工业化，也不能使生活程度大量提高。

又看了一时余报纸。卓敏来。刘锴来，接我们去 Peck 家吃饭。Peck 住在近郊，同住的有女儿及外甥女等。家里放满了中国东西。他说他们自泰国出来，泰国的美使馆的人带所有的东西。日人没有反对，所以他们带了六十木箱，另十几件行李。其他的人只准带两件自己手提的行李。

---

① C. D. S. 即中国外交学会（Chinese Diplomatic Society）。
② 凌叔华的妹妹凌淑浩。
③ 凌淑浩的丈夫陈克恢。
④ 美国远东问题专家纳撒尼尔·佩弗（1890—1964）的《远东和平之障碍》（*Bars for Peace in the Far East*）。
⑤ 美国作家尤多拉·韦尔蒂（1909—2001）的《石化之人》。

今天请的客有 Council of Learned Society① 的 Dr. Grave 夫妇，国会的 Mr. Jade 夫妇，Brookings Inst. 的 Dr. North 夫妇，Texas 的 Mr. Hansen，从前在华中的 Mr. Hanson 夫妇，Washington Post 的 Aleson 夫妇等②。分四桌，我们四个中国人每人一桌。

饭后逐渐成了两群。刘、李与太太们在一屋谈话，我与景超与先生们谈话。Jade 的话最多，谈的大部分是美国政治。他是共和党，甚至不大受党的支配。他反对党的忠诚。有一老议员对他说，"我做了八年议员，没有人找到过我走下墙来（off the fence）③，你来了六星期，便被人捉住了。"

Jade 说如战事明年完毕，美国一定退回孤立。他说国会中孤立的情绪是在上涨。可是国内人民的情绪却并不孤立。所以如休假一月，让议员回到民间去一个月，一定有很多好处。他说美国人民对于内政问题，大多不满政府。所以明年改选，议会方面，一定是共和党多数。总统也许仍是民主党，他说共和党议员拥护 Willkie④ 的不多。但是 W 在党内没有拥护者，在民间却很多。除他外，共和党没有什么出色的人。他们一拨年轻人很想组织一小团体，强迫党方接受 W，如不接受，他们便拥护民主党。

回寓已十一时。

看了一会 *Book Review*⑤。看了一篇 Runyon 小说。

1943 年 6 月 7 日

32:6:7(一)阴晴

早饭后遇沈宗翰。与他同到他在 Roosevelt 旅馆的房间中少坐。他谈了一会粮食会议的情形，和这十余年来他们的工作。他说英国人与美国

---

① 应指美国学术团体协会（American Council of Learned Society）。
② 学术界理事会的格拉维夫妇、国会的杰德夫妇、布鲁金斯学会（Brookings Institure）的诺斯夫妇、得克萨斯的汉森先生、从前在华中的汉森夫妇、《华盛顿邮报》的阿勒松夫妇。
③ "没有走下过墙"，意即保持中立。
④ 当时竞选美国总统的共和党候选人温德尔·威尔基。
⑤ 《书评》。

人大不同。英国人穿衣一点不讲究。他们的衣服最坏，可是说话最多。俄国人很奇怪，代表团中只有一二人懂英文。他们与中国人说只有中俄两国真是打仗，对于英美作战很是轻视。中国地位很高，处处表现是四强之一。

郭秉文的态度能力等都很强，外交手腕好，英文也说得好。所以任团长很是得人（沈从前不认识郭）。

写日记。看报少时。

十一时与景超同到 Massachusatte Ave. 的 C. D. S.①。在那里五楼有我们的一间房。这是一间大房，靠墙放了八张桌子，两个书架。因为面积大，又是在屋顶，而且工人出进门常开，所以虽是有一个 air conditioned② 器具，仍是很热。说明天可以加装一个。旁一小房，是刘锴的办公房，和书记打字员的房。刘锴来了。还有一个 Miss Gallender 去招呼。卓敏也到。

刘锴说他与宋③说好今天与我们个别谈一谈。一同下去等了半小时，说他今天上午太忙，还是下午五时后再谈吧。

中午到 Garden T 吃饭。要换两次车。到银行存汇票。中国银行寄来百元，说是重庆中央行汇来。可是我们上周得到使馆填发的四百元。所以此款收到后还刘锴。刘说我们初到，也许需钱用。填款将来再还吧。

二时回 C. D. S. 看 *Foreign Affairs*④ 文一篇半。一会儿歆海、卓敏、景超先后来了。看书便不能看了。

五时下午会了刘。宋与我们个别谈话。景超后卓敏。我最后。宋说我的计划，题目太大了，太广了。他主张我们与美国的研究团体，一块去研究。他说许多 spade work⑤ 人家做了，不必自己做，如此可以 pick 人家的 brain⑥。

---

① 中国外交学会。
② 空调。
③ 宋子文。
④ 《外交事务》。
⑤ 打基础的工作。
⑥ 可以征求人家的意见。

他主张我与 Fortune Group① 去共同研究。他可以介绍与 Henry Luce②。他说他与他们的主张还大不相同。他们曾经争论过。美国有些人怕中国太弱，不能抵抗侵略，又有些人怕中国太强。他说也不必老与一个团体研究，可以替换着与不同的团体研究。如 Harvard Group③。我说很赞成他的意见，我本打算到 New York 及 Boston④ 去。他又说将来要多做些 publicity 工作，多做些 public speaking⑤。他说研究有了结果后，说话也有分量。他说他将来要有些题目找我研究。

他与景超、卓敏谈也是要他们与各种团体做研究，如 National Planning Board⑥，Harvard Group 等等。也是需他们多做 publicity work。景超打算参观工厂等等，他说此事等将来再说。他问景超与 Cassie⑦ 来往过没有，景超说没有，他说不要与此人来往。他听卓敏说会过 Cassie，说 drop him on any excuse⑧。说他爱管中国事，喜欢打听消息。他说去直接与总统接头，什么也经过 C 了。

六时半我与景超、卓敏到一个法国饭馆 Napoleon⑨ 吃饭。点了一个 frog legs⑩。上菜时吃了一惊，因为田鸡两条腿有小鸡的腿那样大。

晚饭后与景超同去 uptown⑪ 看电影。Saroyan's *The Human Comedy*⑫。这片子做得很好。但是死人的灵魂常常出现，似乎太过了。

十一时半回家。质廷回，与他少谈。浴后看完今天报，已一时。

———————————

① 财富集团。
② 亨利·卢斯，即纽约《时代》杂志创始人路思义，传教士之子，在中国出生。
③ 哈佛团体。
④ 纽约及波士顿。
⑤ 多做些宣传工作，多做些公开演讲。
⑥ 国家计划委员会。
⑦ 凯西。
⑧ 以任何借口甩掉他。
⑨ 拿破仑饭馆。
⑩ 田鸡腿。
⑪ 纽约上城。
⑫ 萨洛扬的《人间喜剧》。威廉·萨洛扬（William Saroyan, 1908—1981），美国小说家、剧作家，1940 年获普利策戏剧奖，1944 年由其小说改编的电影《人间喜剧》（又名《小镇的天空》）获奥斯卡最佳影片提名奖。

1943 年 6 月 8 日

32:6:8(二)阴

昨夜睡时天转凉。第一次盖了毯子睡。

早饭后看报，写日记。

中午于斌在共和楼请吃饭。客人大多是粮食会议代表，郭秉文、沈宗翰、赵莲芳、朱章赓、杨锡志、李干、尹国荣、寿毅成、刘瑞恒，我们到了李昊桂、歆海，使馆有徐公肃、崔存璘及游简文。此外还有潘朝英招待。

午后到 C. D. S. 。看 Peffer's *Bars for Peace*①。Henry Luce 轮流与我们谈话。他请我们到他房间去，很像召见，可是他很客气的说他房内没有人，说话自由，不至于打扰别人。据他话中听出，昨天宋的提议完全是 Rajchman② 的意思。与我们会见后，Rajchman 即找 Luce，要他与各团体进行接洽。R 是宋的智囊，一切事与他会商。宋自己事忙，没有工夫想事，所以来了都问 R 的意见。R 与 P 说后，P 觉得此事如不加考虑即去做，恐将来不合适，故征求我们的意见。我说我昨天以为与研究团体合作，只是见面讨论，交换意见，我并不反对。P 说恐 R 的意见不是如此，而是去参加一个团体的工作，担任一部分工作。我说这种工作也许不是我们所能做的，而且我们与他们的观点不同，我们从中国出发，他们从美国出发，其余的人的回答也大致相同。我们讨论觉得 R 的建议，也许是根本瞧不起我们，他认为我们一定得有人指导工作，像大学毕业生的实习似的。李吴③等对于 R 干涉很不高兴。

又，今天早晨我不去。我觉得看报需两小时，又不能不看。看报实是工作的一部分，但常常抱去公事房看似乎不太像样。其余的人上午也没有去。施思明对刘锴说开张，说我们上午一个人也不到。刘锴说 "They are

---

① 此处作者笔误，Putter 应为 Peffer。此处指当时美国远东问题专家纳撒尼尔·佩弗（Nathaniel Peffer）的《远东问题的障碍》。

② 路德维克·拉西曼（Ludwik Rajchman，1881—1965），曾任国际联盟卫生部部长，被视为宋子文亲信。

③ 即李卓敏与吴景超。

professors, not bureaucrats. They don't have to keep office hours. "① 下午施见卓敏，又提上午找他找不到。他希望我们留下地址等等。他说万一宋要找我们，也有地方找。

与鲠生②写一信，未写完。

六时与质廷同回。去一次最快也得半小时（换两次车，也可以换三次车）。

李吴今晚有另约，我与质廷同到大使馆去应 Buffet③ 的约。今晚完全请中国人，没有外人，以粮食会议代表为主客。与粮食会议有关的人也都请了。办事人不慎，连两个外国女打字员也请去了。魏太太对我说不知怎样会弄错的。这两人也很无聊，因为只有一两个人与她们谈话。

今天天不很热。而且可以在园中里坐，人数也不多，一切比较舒适。遇到在纽约会见的陆君，与他及沈宗翰、朱章赓等谈好久。

魏道明谈 Joseph Davies④ 即住在他们间壁。曾请他们在家看电影。他自己说片子写与蒋廷黻⑤同去参观受伤的中国人民，并无此事。他想与蒋去，蒋正要回国，未能去，可是放了进去似乎加强了些意味，所以放进去了。我说蒋与片子的人太不相像了。魏说重光葵⑥是拆脚，片子中的日本大使腿很好。他说片中 D 对重光所说的话，为必无之事，外交官决不如是说，何况当时美国并不愿得罪日本。

我喝了杯 whisky soda⑦。走进去时，魏太太正有一杯没有人喝，崔存璘说我能喝，她拉我去，多加了些 whisky 才给我。并且说她以后夏天常在华府，

---

① "他们是教授，不是官僚。他们没必要坚守办公时间。"
② 即周鲠生。周鲠生（1889—1971），国际法学家、外交史家、教育家，早年留学日本，加入同盟会。后留学英法，获爱丁堡大学博士学位及巴黎大学国际法学博士学位。历任北京大学、东南大学、武汉大学教授。1939 年赴美讲学，回国后任武汉大学校长。
③ 巴菲特。
④ 约瑟夫·戴维斯。
⑤ 蒋廷黻（1895—1965），历史学家，外交家，1911 年赴美留学，1923 年回国。1935 年弃学从政，1945 年任中国驻联合国常驻代表。
⑥ 时任日本外务大臣。
⑦ 威士忌苏打。

我随时可以去吃饭，不论中午或晚上。只要先打电话问一问就好了。

夏晋麟自纽约来。他到时大家已吃完。所以一个人坐在客厅中吃。与他谈了一会。后来我与质廷约了到他住的 Roosevelt 旅馆①去闲谈。乘谭君车去（谭是 T. V.② 的会计）。

我们谈很久。十时质廷先回。我与夏又谈了二小时到十二时方辞出，他送我到我寓所的门口。

他说夫人在此的演讲稿③，是她自己与孔同草。原来 Holly④ 要 next service⑤ 起草，他们提议在美不要多说话，只说三次。可是草稿有六篇。一篇也没有被采用。不要说别人，她从中国特别带了一个英国人 Pratt⑥ 出来，可是连他的稿子都不要。其实她来后应当请胡适、林语堂等帮帮忙。她去请教，他们没有不帮的。适之是中国从前的大使，她对他应当请教。

她来到前，他与 Peffer 也谈过。P 说现在近年美国文字与二十年前大不同。夫人的英文还是二十年前在美学的。现代英文演说都避用长字，谈话都很简单。夫人的文字却好用长字，有些字夏非翻字典不认识，美国人也非翻字典不可。

夫人的一切，相信她的侄子。原来她来时，宋子良、宋子安都要想做她的 manager⑦，可是结果还是被孔⑧夺去。居然能打倒两个舅舅。他这差事，很有作用，希望这一来回去便可做外长之类。

可是他包办了一切，别人不能向夫人说话。Holly 也不能进言。所以 Holly 在此很无聊。她又不要他在外发言。所以他连新闻记者都不接见。又不等主持宣传处的事，在此无趣得很。她又不让他回去。

夫人有许多应做的事没有做，如英国部长们去拜她，她自己不回拜，也

---

① 罗斯福旅馆。
② T. V. 即宋子文。
③ 即宋美龄在美国国会所做演讲的演讲稿。
④ 霍利。
⑤ 下一个机构。
⑥ 普拉特。
⑦ 总管。
⑧ 指孔祥熙。

应当派大使或 Holly 代回拜。可是她没有理会。她在华府，没有到过大使馆，这也是不对的。夏自己在此也代表政府一个重要机关。她便没有召见过他。

我问夫人去不去英国。她说似决定不了。英国请她去的意思，因为他们认为她是重庆反英派的领袖。希望她去英后意见会有转变。但是这可能是 fifty fifty[1]。因为英国人与美国人不同，不会像美国人这样的热烈欢迎。报上天天大登特登，写社论，再三的恭维，甚至说她是 first lady of the world[2]。经过美国这样的欢迎，再到英国去，也许觉得 chilly[3]，恶感更深也难说。

至于英国邀请，始终没有正式。这是国际惯例，一定得预先说好了，方才正式邀请。所以只是英大使向我大使馆询问可否去英。孔发表消息说英国邀请，没有决定接受否，正是不合国际礼节。英国很可以否认的。

夏说顾少川与他夫人很不合，见面差不多不说话。他去纽约不住家中，而住在 Ambassador Hotel[4]。他太太的那本书，他看见不妥，即托刘锴及一些美国人（顾的朋友）向书店交涉，赔了二万五千元（？）。此书是 ghost writer[5] 所写，据适之说很有趣味，大可以销。里面对于人事问题，有许多不应说的。如说张学良会杀杨宇霆 cold-bloodedly[6]，顾少川的重新出来，还是张向蒋提出的。

关于夏自己次长事，他本不想去。复初一定要他去，说如蒋已预定有人，则请他为顾问，事实上做次长的事。他觉得复初既出川资，他务得回去看看。他回去后觉得在国内次长做不得。复初自己主见不定，也没有决心要某一人，Institute[7] 要他。

他说歆海很有些怪。原来 China Institute[8] 的事是他在英时所提出。原来条例是他所定。复初最初要郭秉文及夏二人中有一人担任，他们都另有职务，

---

① 五五开。
② 世界第一夫人。
③ 遭受冷遇。
④ 大使酒店。
⑤ 捉刀代笔之人。
⑥ 冷血无情。
⑦ 研究所。
⑧ 中国研究所。（成立后，陈西滢担任主任。）

不愿干。他们原定一个学期演讲多少次。第二学期到另一城去 repeat①，第三学期再换一个地方。一方面与英国人士接交，一方面管理留英学生。

后提出名单中有傅孟真②等。复初见了歆海名字，主张先接洽歆海，电去不到两天，便得复电应聘。他向委员会提出。可是旅费等去后，到了美国说旅费不够，要适之为他在 bomber③ 上签座位。适之的人觉得不便。他便不去了。其实英国人很希望人去。如由他与英宣传部接洽，并不困难。歆海不去，在此演讲卖文，甚至在 Hollywood 写 script④。到处用 former minister to Poland and Spain⑤ 名义，实在也不应该的。

回寓后看了半小时 *Life*⑥。

1943 年 6 月 9 日
32:6:9(三)雨后阴

晨大雨。天很凉。又得穿秋衣了。

早饭后看报至十二时。写了一会日记。

午饭后去 C. D. S.，起先只有一人，看了多少页 *Bars of Peace in the Far East*⑦，后来一路有人来，便不能看多少书了。

先是歆海来，与我谈了一会。他有意提出 China Institute 事，说他已辞职了。说他来时旅费不够，请适之找 bomber，二十四小时内即得复说不行。与英方交涉，劝他乘船，之后取消了。而且薪水并不高。年薪千镑，所得税便得去四百镑。一年六百镑，月薪只五十镑。比学生好不了多少。学生也有三十镑四十镑的。起先说 Institute 楼上可住，后来约章上说不能住。要另寻房

---

① 重复。
② 即傅斯年。
③ 轰炸机。当时外交使节赴美只有军用飞机可乘。
④ 在好莱坞写脚本。
⑤ 波兰和西班牙前外长。
⑥ 《生活》杂志。
⑦ 即纳撒尼尔·佩弗所著《远东和平之障碍》。

子，一家人如何养得活。

我告他顾少川曾约叔永及我。他说何必去呢。在美国学校我教书的事很容易，请适之帮忙便行。公超①在英，这种事可以由公超兼。他对于在美国教书事说了几次。我么，我年轻时想出国，现在到了中年，不想出国了。

后来卓敏来，质廷来。罗万森君由楼下上来，谈了一会。罗称 Rajchman 为垃圾。

近五时刘锴来，谈明天开会事。后来吴贻芳来。一直到六时半，大家方散。

与吴、李、桂在一新饭店 Neptune② 吃饭。Service③ 很好，菜也不坏。

晚质廷来。他今天与吴贻芳分别会宋。他说宋在学校时办事很快很能干。现在太忙了。

他现在的意见似乎事事外人好，中国人不行。对于教育文化不感兴趣。他说 main production④ 可以找美国人去。说教育事将来自有办法。所以对于质廷的计划，似乎都不十分赞同。他说委员长临行时并没有提战后问题，只是要他研究科学，说科学很重要。可是 T. V. 上次与他谈时说国家如亡了，科学有什么用。目前还是救急。

练习打字。打字抄书一页半。打字仍慢，而且常常有错。完已十时半。

写昨今两天日记已十一时十分。

1943 年 6 月 10 日
32:6:10(四) 阴

今天起较早，出门前先看了半小时 Peffer's *Bars for Peace*。

---

① 即叶公超。叶公超（1904—1981），近代著名外交家。1920 年赴美留学。后转英国剑桥大学。离英后，再赴法国巴黎大学研究院。1926 年回国，任教北京大学。1938 年任西南联大外文系主任。1942 年在重庆出任中央宣传部国际宣传处驻伦敦办事处处长。1946 年回国。
② Neptune，罗马神话中的海神尼普顿，即海神饭店。
③ 服务。
④ 主要生产。

看报。看完报又看 Peffer。饭后又看 Peffer 一时余。今天共看了百余页。

三时后室中即有人来。今天宋召集开会，即在我们室中。放了一个书桌，十多张椅子。我们几个人外，牛太太也自纽约来了。又从纽约找了夏晋麟来。他昨天下午五时才动身回去，今天接电，早晨十时又动身来。魏道明也来了。

四时开会，宋有事，我们先开始。讨论要不要名称及何种名称，半小时未决。宋进来了，说 Chinese Study Group of Postwar Problems① 很好。立刻决定。

其次讨论各人工作的问题。他问景超，景超说他与 National Planning Council② 的人接洽过，他们现在是注重国内的内政问题，而且要收缩了。宋说他并不一定要认定某一团体，即问 Price③ 有什么其他团体。他称 Price 为 Harry，对其他的人都没有。景超说研究的问题大约只要与他们会面二三次，即得到大概。宋说许多东西并没有写在纸上，都在他们的脑袋里。工作恐长些才能见效果，不是二三次所能尽的。不过你自己去看就是了。

卓敏问他去加入美国团体工作是做他们所研究的工作，还是做自己所研究的工作。他说也许他所要研究的问题与他们所要研究的问题，并不相同，双方的出发点也并不相同。宋说当然是研究自己的问题，要他们借给一点材料之类。他们有研究的心得也请他们发挥一下。

我说的话与卓敏大致相同。说在这种前提之下我很愿意与 Fortune Group④ 合作。

后来在散会之后宋说他本星期可以会到 Henry Luce，他当面与他一谈。我说很好。我在纽约还希望与 Council or Foreign Affairs 及 I. P. R. ⑤ 的人接洽，也希望到 Harvard 去研究一下。他说很好。

以后问桂、吴等。牛太太说她有信请辞。宋不让辞。牛说她将来回国要

① 战后问题中国研究组。
② 国家计划委员会。
③ 哈里·普莱斯（Harry B. Price, 1905—2002），中文名"毕范庭"，1932 年来华，在燕京大学经济系任教五年。1944—1947 年，担任联合国善后救济署中国代表团主任助理。
④ 财富集团。
⑤ "国家计划委员会"或《外交事务》及和平研究会（Institute of Peace Research, I. P. R.）的人。

到金陵去帮忙，她暑假中要到某处去研究 educational guidance①。徐淑希及张歆海都问有没有计划。宋要歆海、常川驻在华府。宋对歆海比较的不客气。在讨论下一案时，叫他把夏说的话记下。歆海记了一会，也就不记了。有 Price 在记。

底下的一个事项是有许多美国人常问的问题，如何答复。许多问题都是牛太太所听到。她打了一个单子，会中都逐渐答复。里面有一部分是常听到的，但也有一部分是并无问题的。今天把夏找来，便是为了问他如何答复。最初宋每一题都先问夏的意见，后来他再补充。许多情形他都推给战时特殊的现象，如政府集中权力，言论不大自由之类。六时他因事出去了二十分钟。回来后，许多问题我们留下来让他回答的，他都一一回答。这半小时的话很中肯，有时很精彩。到今天此时，我才认识了他实在是有实力的。

最重要的是中国对英关系。在他未来之前我们讨论此问题，徐淑希说中英关系恶化，都是英国自取。它 left us in the lurch②，只要它肯出力收复缅甸，打通滇缅路，关系便立刻可好转了。宋的话便大不相同了。他说我们现在与英国共同作战，许多地方要他帮忙，用不着节外生枝的去得罪它。什么印度问题，缅甸问题等等，我们现在说话，并不发生效力，可是却使英国人发生恶感。所以我们现在最好一切不关抗战大计的话不必说。我们与英国保持友好关系。有话等打完了大仗再来说。

问题中有为什么蒋用的人都是亲戚朋友，不听见其他的领袖。宋说这可以如此回答。这得问你们自己的报纸。什么宋家等等都是他们造的空气。他们专门注意几个人，不注意其他的人，人民自然不会听见其他的人了。

开完会已七时余。

今晚萧信如请吃饭。有我与景超、质廷。此外有曾广勋君。另有李君，北大外文系毕业，是孟实③的学生，现在 Columbia④ 新闻系毕业，方来到武官

---

① 教育指导。
② 使我们陷于困境。
③ 即朱光潜。
④ 哥伦比亚大学。

处做事。武官处现在请了三个人专集报章杂志的材料，预备译一部分寄中国报纸。我讲了些中国英美新闻处及《时与潮》的情形，李君说我浇了他一盆冷水。

十时余回。打字抄书。

1943 年 6 月 11 日
32:6:11（五）阴晴

早饭后看报。

整理书目。打字打书目半张。

中午一人去吃饭。饭后到办公室。看完 Peffer's *Bars for Peace in the Far East*。此书虽今殊见，大致还很妥当。

看 Louis Fischer's *Dawn of Victory*① 数十页。

歆海约我们去吃饭。六时半与卓敏、质廷动身经公园走去。歆海说很近，只十五分即到。我们走了有三十几分钟。天气又热起来了，后一半都是上坡路，所以走得一身是汗。

另有歆海的学生彭绍青在座。彭是彭显印的老兄，江西人，说扬州话。中大外文系毕业，在那里教书，来美已六年。最近为军事团任编译。他也有汽车。我们喝了一点酒，乘车到 Wings② 吃饭。在那里见邻座一西人与歆海谈话。原来便是孙中山在三民主义中所引证的 Dr. Williams③。我们以为 Williams 一定比中山老，一定头发雪白了。可是这一位只在五六十岁之间。

九时余与质廷去看 *Random Harvest*④。这里面的女主角是 Greer Garson。我们没有赶上看第一段，可是整个情形在一个人的记忆失而复得，稍为离奇。比起 *Mrs. Miniver*⑤ 来相差太多了。

---

① 美国记者路易斯·费希尔（1896—1970）的《胜利的曙光》。
② 温斯。
③ 威廉姆斯博士。
④ 根据詹姆斯·希尔顿（James Hilton, 1900—1954）1941 年出版的同名小说改编的电影《鸳梦重温》。
⑤ 《忠勇之家》，又译作《密涅瓦夫人》（*Mrs. Miniver*）。女主角是美国著名影星葛丽亚·嘉逊，嘉逊因主演该片获 1942 年奥斯卡最佳女演员奖。

回十一时半。浴。看 Runyon 一篇。

1943 年 6 月 12 日
32:6:12(六)阴后晴

天气又热起来了。

早饭后看报到十二时。记日记。

一时一个人去吃饭。饭后去办公室。今天下午只有卓敏去了一时余。我一个人从二时坐到六时半。看 Louis Fischer's *Dawn of Victory*，把他最后一篇 *The Shape of Peace to Come*[①] 摘录下来，写了二小时余方完。

又一个人吃饭。

回寓后与质廷谈了一会。他现在计划，暑假也住在华府了。他说有了办公室、书记及图书馆，不走也行了。

看 *New Republic*[②]。

浴。打字一时半，只摘录了三页 Peffer 的书。

记日记。

看 Runyon。

1943 年 6 月 13 日
32:6:13(日)晴阴傍晚阵雨

天气热了。前天早起七十二度，今天早起八十二度。

早饭后看报。

中午与景超、质廷同去吃饭。饭后还是看报。向来星期天的报没有看完过。今天把 *N. Y. Times* 及 *Washington Post*[③] 可以说是看完了。连 *Book Review* 都看完了。

---

① 《和平即将到来》。

② 《新共和》。

③ 《纽约时报》及《华盛顿邮报》。

六时阵雨。天少凉。

七时与质廷吃晚饭。饭后到 Ambasador① 看 *Action in the North Atlantic*②。这是描写大战中商船的冒险。海中 U boat③ 的攻击，天空轰炸机的袭击，真是可怕。

十一时回。阳初自纽约来了。浴。写日记。

1943 年 6 月 14 日
32:6:14(一) 晴有风

今天天晴，可是有凉风，所以不如昨天那样闷热。

早饭后看报。

与华④写信，未写完。将 Louis Fischer's *Dawn of Victory* 看完了。这本书写英国人一章比较的深入些。看了一会 *Foreign Affairs*, Jan.⑤ 的书目。

六时三刻崔存璘君约我们去吃饭。桂吴李曼同去。在饭店遇到萧信如夫妇及新在 Wellesley⑥ 毕业的湖南余淑恒女士。她是在 Wellesley 学英国文学的。傅安民也在座。

饭后去 Constitutional Hall⑦。今天是 United Nations', today and tomorrow⑧ 的演讲。由吴贻芳、晏阳初二人主讲。我们坐了第四号包厢。厅很大，可容四千人。今天到的大约有千人左右。女的居大部分。台上坐主席，前任美国驻挪威公使的 Mrs. Harriman，吴晏二人及 Senator Ferguson，Washington Post 的 Barnet Robar 及 Washington Uni. 的一个 Dean Williams⑨。

---

① 大使馆（Ambassador）。
② 1943 年上演的电影《北大西洋行动》（亦称《73 舰队潜艇战》）。
③ 二战时德国的 U 型潜艇。
④ 即陈西滢夫人凌叔华。
⑤ 《外交事务》一月号。
⑥ 韦尔斯利学院。
⑦ 宪法纪念堂。
⑧ 联合国的今天和明天。
⑨ 哈里曼夫人，吴晏二人及弗格森参议员，《华盛顿邮报》的巴尼特·罗博及华盛顿大学的一个系主任威廉姆斯。

先奏中国国歌。介绍后吴贻芳演说。吴有稿子，照着念。所说两点，一是中国抗战以来的教育，一是参政会。后来晏演说，他不用稿子，连 outline①都没有。大部分是说平民教育运动。有时有人鼓掌及笑。

演讲完毕，由台上的其他三人致谢，各提问题。他们坐着问，吴晏等也坐着答。台上问题问完，由台下的人问问题。问题并不多。有一人问 senator F 是不是应取消《禁止华人入境法》。F 回答不着边际，他说中国现在需要最大的是飞机军火等，将来是 From Freedom②。有人问平民教育运动与共产党运动相近，可否合作，晏也很外交的说共产党的主义与国民党的三民主义相近。

回家已十一时。浴后，与晏及桂谈今天演讲情形。晏要我们指出瑕疵。

上床已十二时半。看了一篇 Runyon 小说。

1943 年 6 月 15 日
32:6:15(二) 阴晚雨

早饭后看报。看 Hoover③ 的一文。

与质廷同去吃饭。到办公室。看 Mar. 的 *Pacific Affairs*。④ 里面有好多谈战后东方问题的文字。

打字打了一个书目。

晚饭后打字，将 Hoover 文的第一篇做一摘录。我打字很慢，比起桂吴等来慢不止一倍，而且常常打错。也许多练习后可以好些。

写完华的信。与莹⑤也写了一长信。

浴后看了一篇 Runyon 小说即睡。

---

① 提纲。
② 从自由开始。
③ 即美国第 31 任总统赫伯特·胡佛（Hebert Hoover, 1874—1964）。
④ 看三月号的《太平洋事务》杂志。
⑤ 即女儿陈小莹（莹）。

1943 年 6 月 16 日

32:6:16（三）阴晴

晨萧彩瑜君来。萧山东人，师大生物系毕业，来美已七年，现在在提议建一中国科学图书馆。他找阳初、贻芳老是找不到，所以找我来谈。

看报。与洪写信。

中午与景超同去吃饭。饭后到办公室，看书到七时。质廷纽约去了。景超有约会。我一个人去吃饭。

晚饭后打字，摘抄 Peffer's *Bars for Peace in the Far East* 二页半。

浴后续写洪信。又开始写致韩家学、万叔寅的信。

今天下午看的是 *Foreign Affairs* 文数篇，里面有一篇 Barbara Ward① 谈英美战后合作，摘录了数页。

1943 年 6 月 17 日

32:7:17（四）晴

晨看报。

写完致韩家学等的信，与乙慕写信。

中午一人去吃饭。饭后到办公室。

卢祖贻君自纽约来。说华府比纽约热得多。他说华府秋季极好，不可错过。自九月至十一月最可住。冬季多雨，交通不大便，又不如纽约了。

昨晚想到我在此看到了比较有意思的新书，应当把它写一介绍，寄回国内。不然一切在这里享受得太多了，问心也觉得惭愧。所以今天下午写 Louis Fischer：*Dawn of Victory* 的介绍文。写到七时，大约写了两千几百字。

---

① 芭芭拉·沃德。

又一个人吃饭。回寓八时半，房内仍 90°。坐下写字，浑身流汗。写完乙慕信，写了一短信与廷黻①。

十时浴。大风后下雨。温度降至 85°。

写一信与惟国，一信致雪艇②。

看 Runyon 一篇。

1943 年 6 月 18 日
32:6:18（五）晴

昨夜下了雨，今天天气稍凉，不像昨天那样闷热。

早饭后到使馆，会见王慕宇，将写好的信由使馆寄去，交洪转发。

十二时半卓敏来。他本来约我同去吃饭。郭则范邀他，他约我同去。因同在 Wardman Park Hotel③，座中另有游简文。W. P. H.④ 的中饭不过一元一，可是分量比较多得多。而且客人不多，地方凉爽。郭还请大家喝了一瓶白酒。

三时散。我到 Murphy 及 Woodward⑤ 去买东西看东西。四时到 Library of Congress⑥，与房夫人、王友三、吴君等谈了一会。到杂志室看 *Life* 等到七时。到 Garden T 吃饭。

访宗武夫妇。与他们同出门吃 ice cream⑦。他们方从纽约回。说纽约比华府凉爽得多。

宗谈说他与魏伯听说，要我们这班人出来做研究，是错了。研究是初出校门的人做的。我们这些人，应当到处跑跑，与各大学的校长教员随便谈谈，

---

① 即蒋廷黻。
② 王世杰（1891—1981），字雪艇，1911 年参加武昌起义。留学英法，1917 年获伦敦大学政治学博士，1920 年获巴黎大学法学博士。曾任教于北京大学。转入政界后，历任国民政府法制局局长，武汉大学首任校长，教育部长，国民党中央宣传部部长等职，并曾一度担任国民参政会主席团主席。
③ 沃德曼公园酒店。
④ 沃德曼公园酒店。
⑤ 到墨菲及伍德沃德。
⑥ 国会图书馆。
⑦ 冰激凌。

交换交换意见。

他说在纽约一个人一个月得花五百元，方勉强过得。这就不得了了。

晚浴后看完 Damon Runyon。他的文字是别开生面的。故事和技术却是传统的方法。

1943 年 6 月 19 日
32:6:19(六)晴

晨看报。接鲠生①信，说不久进医院，希望我二十四五去纽约。我与质廷谈了一会后，决定了二十三动身。写了一快信与鲠生。质廷本来也决定二十三去纽约，后来又决定不去了。

写了信到 Neptune（在 Dupont Circle）② 去吃饭。与卓敏、质廷定好。卓敏因事不能来。

饭后在办公室继续写介绍 Fischer 书的文字。今天写到近六时，写了千余字。完。

六时半与卓敏同到 Hippodrome③ 看电影。一个是 Somerset Maugham's *The Moon and Six Pence*④。这是写画家 Strickland⑤（实是指 Gauguin⑥）的异同寻常的生活。居然传达出来，没有把他形容成一个 minister⑦。另一片是 *Life Begins at 8:30*⑧。我们七时看起，看完已十时。到一个 seafood⑨ 的地方吃饭。

浴后看了会书。

---

① 周鲠生。
② 到海神饭店（在杜邦环岛）。
③ 竞技场剧院，位于巴尔的摩市中心。
④ 萨默塞特·毛姆的《月亮与六便士》。
⑤ 斯特里克兰。
⑥ 法国画家高更。
⑦ 牧师。
⑧ 《生活在八点半开始》。
⑨ 吃海鲜。

1943 年 6 月 20 日

32:6:20（日）晴

今天天更热了。早起还 80°，下午屋内到 90°。

上下午都在寓看报。中午一人去吃饭。下午与质廷少谈。

楼上太热了。到楼下第一层去，只有 82°。四楼与一层相差八度之多。

六时半与质廷去中山楼（Sun）吃饭，卓敏也同餐。饭后去 Neptune Theatre 看 Deanna Durbin 演 *The Amazing Mrs. Holliday*。这片子是一种 light comedy①，可是很有味。女主角最初是在中国乡间办一学校，片子里说了几句中国话，唱了一个中国歌。美国人对中国人的态度在电影中显出是比从前好多了。

浴。看 Maugham's *Introduction to Modern English and American Literature*②。

1943 年 6 月 21 日

32:6:21（一）晴

晨早饭后剪发。看报。

昨天在电影院卓敏又要大家称一称。他 134 磅，我只 128。我本来与他是一样的。这几天食量不佳，不想吃东西。最近两天有些泻。也许天热了。

近一时去银行取钱。吃了饭到车站，买了一张星期三晚的夜车票。

到 Becker③ 去买了一个箱子，即在底下一层打了名字。

回寓四时。觉得不必去办公室了。在楼下看 *Fortune Report* 的 *Pacific Relations*④。

---

① 去尼普顿剧院看狄安娜·窦萍演的影《了不起的霍利迪夫人》。这片子是一种轻喜剧。
② 毛姆为《当代英美文学选读》所写导论。
③ 贝克商店。
④ 《财富报告》的《太平洋关系》。

晚一个人到 Garden T 吃饭。

饭后继续看 *Pacific Relations*。九时余看完。

浴后用 Larvex① 打衣服。这是一种无色无臭的衣液，打在绒衣上可以免虫蛀。据说明，打一身衣需 a pint② 的三分之二。我从十时半打起，打到十二时半，没有停，也只打了半瓶。我只好不照它的说明。打了外套，bathing robe③，一身衣，头绳衣④，围巾及一双头绳袜。

又到浴室里泡了一会，回已一时半。外面正下雨。

1943 年 6 月 22 日

32:6:22（二）晴

天愈来愈热。前天清早 82°，昨天 84°，今天 85° 了。昨夜下的雨，似乎无济于事。

早饭时遇到萧勃及许君，此人很面熟，问询之下方才知道他原在外交部。参政会开会时他在外交组任记录，所以看见了不少次。我代他们付了账。

看报。

收拾了一会衣服。

中午一人去吃饭。饭后到办公室。将新书介绍抄写了一过。质廷到 Peck 处去，听说复生等五人已到 Miami⑤。他们来得真快。我很希望见见他，问问国内情形、华⑥等近状。我想华一定会让他带信来。可是车票已买，不能久留。与他写了一信。后听卓敏说，国务院预定曾让他们去纽约，那可好极了。

刘错陪蒋夫人去加拿大，已回。今天来谈了一会。

---

① 一种干洗衣服的洗涤液。
② 一品脱。
③ 浴袍。
④ 即毛线衣。
⑤ 迈阿密。
⑥ 即凌叔华。

晚卓敏与质廷请我吃饭。在 Ruby Fou①。今天天气已热。办公室有凉气，还是88°。饭店有凉气，也很热。谈了很久。卓敏要大家谈各人的性格，说景超是 individualistic②，质廷 model Christian③，我 observant④，贻芳 always wanting to impress⑤，阳初 set to lead⑥。质廷说卓敏 sharp⑦，卓敏自说 impatient⑧。

晚上收拾东西至十二时余。洗浴二次。睡已一时。

1943 年 6 月 23 日

32:6:23（三）晴

晨看报。收拾东西。我来后买了两个箱子，东西还会装不完。另将书籍杂志包了两个包。

到邮局寄书与淑浩。

到使馆访崔等。遇了好多人。

刘锴约了今天中午吃饭。景超也来了。卓敏等不能来。另有办《外交日报》的陈为舟君及崔游。在一个法国饭店吃饭。谈起今天报上载中国人在 Wardman Park⑨ 叫条子事⑩。刘锴说这种事 Congress men⑪ 办的最多。刘说梁鉴立在日内瓦常用刘锴名义与女子来往。一天他遇一女子，问起刘锴来，才发现。他说幸亏梁不在此。

---

① 鲁比富。一家餐馆。
② 个人主义的。
③ 模范基督徒。
④ 善于观察。
⑤ 总爱表现。
⑥ 引导带领。
⑦ 敏锐。
⑧ 没耐心。
⑨ 华盛顿沃德曼公园酒店。
⑩ 召妓之事。
⑪ 国会议员。

下午到办公室。有 *Family Circle Magazine* 的 Stewart Robertson[①] 从纽约来访。他要写一篇关于战时中国的访问记，与我及质廷、卓敏分别谈话。我与他谈了一会大学教育的情形。

今天歆海来办公室。他说华盛顿天气这样热，他不要湘美来，等到秋天再说了。

王时余与桂、李、张三人分别来，李转刘瑞恒的车去 Roy Veatch 的 Cocktail Party[②]。Veatch 是 State Department[③] 里 Acheson[④] 的助手，今天请的都是 Governor Lernan[⑤] 的救济会的高级官僚，与 Dr. Garlick, Dr. Joseph[⑥] 等。我们参加的人还有景超、崔存璘，使馆的薛与王、徐等。V 的房子并不大。我们分内外两室及园中坐。园也很小，只是一角有一小水池养了些金鱼，上有树荫。我与二三人如 Dr. Crabtree[⑦] 和 Dr. Garlick 谈了一会。Dr. Garlick 年前曾到英国。他说英国战时情形与前大异，战后也完全不同了。劝我们去看看。说起适之，他说适之促进中美文化沟通之功至大，说 he has been very particularly treated by your government[⑧]。他说他后来听说有种种内幕。

七时与桂搭 Dr. Crabtree 的车回。七时半吃饭。八时一刻回寓，正值警报。房东要把所有的灯都灭了。不过此外还有光。我洗了浴，收拾了一切东西。有两个提箱，两包书，要放在傅处。质廷很帮忙。他陪我到傅家，两个人同将箱子提上三楼。在傅家坐了不几分钟，紧急警报响了。声音怪难听的。一切灯都得灭去，除了楼梯上。我们到外面小阳台上小立，看探照灯一二个在空中转动。有警察乘车来，叫人家灭灯，傅家也有一女警察来叩门。到十时半方解除。解除后以为完了，反而探照灯更多。又灭灯，过了十分钟，第二次解除才完。今天的警报，我觉得是空袭演习，余人将信将疑，后来没有

---

① 《家庭圈子杂志》的斯图尔特·罗伯森。

② 罗伊·维奇的鸡尾酒会。

③ 国务院。

④ 艾奇逊，为当时美国国务卿。

⑤ 莱尔南总督。

⑥ 高力克博士，约瑟夫博士。

⑦ 克拉布特里博士。

⑧ 你们政府待他一直非常特殊。

听战斗机响，他们也信了。

与高宗武打电话二人，他们不在。

十一时回到寓所，质廷又陪我去车站。两人去了，有许多方便。质廷代我等着排行李，我与脚夫先上车放东西。行李交与车站，出五毛可以送到旅馆。排行李的女职员不懂这方法，她说没有试过。一个男职员指示给她。质廷又告我先到一处将车票及睡一联交去，如是晚间开车后便不来叫醒我要票了。

车一时开，但十时即去车站。旅客可早上去睡觉。我上车后躺着看第二天的报。十二时二十分睡。车内有冷气，并不热。可是老是睡不着。一时开车。以后听着车的声音在响动。

1943 年 6 月 24 日
32:6:24（四）晴

夜间虽不清醒，却也未熟睡。只是在半睡半醒的状态中。听着车子在五时半后入站，侍役一个一个的按时叫人。六时来叫我，都是只推一推床褥。起来洗面修脸。半时办完了。即出站，乘车去预定的 Great Northern①。

大北给我的房在四楼。一个窗朝东北，外面是一个长方的天井。居高十余座，我在屋内真是坐井看天了。所以就是白天也没有光，非点灯不可。屋内陈设也很简单。浴盆等也旧了，不很干净。

洗澡吃早点后，打电话与鲠生。他十时半来。打了电话与适之。我们即到对面的 Chinese Institute 访孟治。遇到孟治及严仁颖。孟治天津人，看样子还年轻，言动都有些美国人的派头，忙得很。他方从某地开会回，又要到另一地去开会。他为我们打电话接洽去访问一两个人。

与鲠生到 Institute of Pacific Affairs 访问研究部主任 Halland②，也会到了他

---

① 大北饭店。
② 太平洋事务研究所主任哈兰德。

们的总干事 Carter①。他们欢迎我去借用他们的图书杂志等等。这里房子并不大，很挤，似乎很热。

一时前到适之处。他请我们到 Long Champs② 去吃中饭。饭后又到他那里去坐，谈到四时余。他说写一篇序文也是不容易的。国会图书馆有人编了一本《近三百年中国名人录》，请他作序。他单看第一二册便一二月，因为许多地方也要校一校，找一找书。这样写出的序，便不至于言之无物了。他说这样的书中国没有，因为有许多材料，非在国外找不可。我看了适之的序，也翻了一翻书。里面参加写传的有数十人，房、杜二人特别多些。适之说洪钧传中谈赛金花事③，适之以为不可靠。赛并无知识，Wadesse④ 到北京在联军进京后几个月。但劝他们改去，塞了些别的材料进去。

适之说在抗战开始前，他打算为商务编一部高中大学的国文选，计划有四篇，约六册（后二篇四册），材料依年代先后排列。选的文章，一方面注重文学，一方面注重文法。文法不通者，如司马相如之流便不选。学生读时并没有大困难，可以学，而且读后对于中国文学史有一概念。

他已经在动手做了。稿子也已经在此。他取出与我看。有《诗经》《楚辞》《左传》等。《诗经》的注解，几个字一注，读者便能自了解诗意。《左传》等则他主张加字，改字。许多地方加了主词或宾词等，文字便清澄得多。加的字用符号标出，并不是改窜原文。但有时也得改窜，他说这在英文中是常有的。

回旅馆后躺一会，未睡着。看 New York Post⑤，P. M. 等。

六时半鲠生与小三⑥来。小三现名思杜，长得极高大。常识很充足，知道的东西似乎很多。鲠生请我们到林芳 Ling Fong 去吃饭，他另请了徐振飞的儿子大春和无锡的王小姐。王小姐东吴法科毕业，在此得法学博士，正预备回

---

① 卡特。
② 隆尚餐馆，是纽约当时的上流餐馆。
③ 此处指洪钧所著《赛金花传》。
④ 八国联军入侵北京时的德军统帅瓦德西（Waldersee）。
⑤ 《纽约邮报》。
⑥ 即胡适的儿子胡思杜。

国，发生 Pearl Harbor 之事①。需去在 O. W. I② 做事。她有一位兄弟在此学文学。

鲠生另请了一位 Miss Helena Koo③。这是位广东小姐，在英留学。在英与罗总统④夫人通信设法来此。在此写书，写文，演讲，居然维持生活。她今晚也在此请客，只来坐了一会。她没有到过北平，可是国语说得很好，听不出是广东人，也能说沪语。身体瘦弱，据说起来身体有病，故不日要下乡去养息。

晚饭后到一小电影院去看 *The Scarlet Pimpernel*⑤。这片鲠生与思杜、大春都早看过。特请我们去。可是王小姐在中间却睡着了。主角由 Leslie Howard⑥ 主演。紧张处很多。另有一片名 *The Ghost Goes West*⑦，是与美国穷人开玩笑的。他在苏格兰买一古堡，运来美国过鬼节来了。重建后有许多 modern improvement⑧，完全不是原来的一回事。

回寓，浴，看报。睡已一时。

1943 年 6 月 25 日
32:6:25（五）晴

早饭后看了一会报。

十时半去鲠生处。出门时接到华与莹的信。这是出国后第一次接到她们的信。华信是五月一日所发。她还是决定不到重庆去。她说刘笃生等五月一日动身，她让他带信。信照旧没有号码。我在此以前一定要有别的信吧。

---

① 珍珠港事件。
② 据陈小滢回忆，此为战争调查组织（Organization of War Inquiry）。
③ 海伦娜·古小姐。
④ 美国总统罗斯福。
⑤ 《红花侠》。
⑥ 英国著名影星莱斯利·霍华德。
⑦ 《鬼魂西去》。
⑧ 现代改进。

与鲠生同到 Council on Foreign Relations① 访主持人 Malory②。他说他们在多宣传，与 Foreign Policy Association③ 等不同。他们打算组织三个研究会，一个研究英美，一个苏美，一个中美的战后计划。每一个会，美国方面与对方国的人各半，如各为六人。他说此事如进行，邀我与适之、鲠生等参加。Malory 到过中国，他的儿子二十年前生于汉口。他领我看了一看图书馆，介绍我与主任 Miss Savord④。

出来后乘车去参观 Woodrow Wilson Memorial Library⑤。此处不大，但很舒适。关于 League of Nations⑥ 的文献，这里是集大成了。

New York Public Library⑦ 即在附近。也进去参观了一会。里面很大，阅览室在三楼。可是连杂志等，都不能自己动手去取，是一不便处。

到 Childs⑧ 吃饭。这是纽约的一个分店，很高的饭店。比 Garden T 还便宜些。地方也宽敞些。

二时余回。一下午没有看完三个报。看报费时太多，以后当竭力节约。报是看不尽的，不必买太多。

六时到鲠生处。谈他回国不回国的问题。一同到一个 Storffer⑨ 饭馆吃饭。Storffer 地方很上等，可是价钱不算很大。鲠生说住在这一带，饭店很多，吃饭方便。搬到他处去便没有这样方便了。这也是他迟迟不搬的原因。

吃完饭天仍热，不能去公园。打电话与适之，九时余到他那里去谈话，谈到十二时方散。

适之谈风很健。说徽州茶叶店是他家里开第一个铺子，徽州馆也是他家

---

① 对外关系委员会。
② 马洛里。
③ 外交政策协会。
④ 萨沃德小姐。
⑤ 伍德罗·威尔逊纪念图书馆。
⑥ 国际联盟，简称"国联"，第一次世界大战结束时成立的国际组织。美国前总统伍德罗·威尔逊虽然热心支持联盟成立，但由于国会孤立派的反对，美国并未正式加入国联。
⑦ 纽约公共图书馆。
⑧ 切尔兹。
⑨ 斯托弗。

开第一家。他的祖父年老时娶了一个苏州姨太太。住在茶叶店中（上海南市）。他们徽州人很省俭，主人与伙计吃一样的饭。这姨太太吃不惯。徽州人很犹太，舍不得为她专雇一厨子。所以在茶叶店分出一小间来卖菜，一举两得。这是徽州馆的开始，以后各地都有了。这原来铺子又分给适之的一位叔父，后来由他卖给他人。

适之说中国有许多姓都是由徽州出来。如洪亮吉之洪。苏州潘家是徽州出来的。姓汪的不论在哪里，一定是徽州的，如广东的汪精卫、山东的汪敬熙①。他不问汪精卫是否徽州原籍，只问他何时搬出去的。汪说他何代迁绍兴，又何代再迁广东。

适之说徽州人一世夫妇只同居三年。所以他常同太太说他们已不止一世夫妇了。

适之谈他生病入医院时，起先只是去检查。还预备出来去演讲。医生说他不能再起来了。病情已经非常的严重。他觉得那时候国际局面至紧急，他的任务至重，如何可以久居医院。Hombeck②等特别通知他在院中一切事情当照样办理。他在医院中一切听天由命。他说他写了几百万字，都是夜间十二时以后偷来的时间写的。他将精力借来这许多，造化自然要向他取偿。所以死是应当的。不死则是幸运了。他这样看法，很是乐观。医院中看护都爱来帮他私人看护的忙。

1943 年 6 月 26 日
32:6:26(晴)

早饭后上十二层楼访寿毅成。有同住在四层的胡瑛君去访他。胡君满脸大汗，说天气大热，他的房间太闷。比较起来，我的房还算好，因为虽然不见日光，倒还有些风。寿在此住很久，他的房周租二十元，打折扣只收十七

---

① 汪敬熙（1893—1968），现代小说家，生理心理学家。1919 年毕业于北京大学经济系，曾为"新潮社"主要成员。1920 年赴美留学，1923 年回国。1934 年任中央研究院心理研究所所长。
② 霍姆贝克。

元余。最近旅馆涨价，我的房每天得四元，但他的房并不涨。

访王济远。王要我将叔华小手卷带去。他新近开画展，只卖了八百余元。最近在唐人街开赈济画展，却卖了二千余元。可是搞赈济非但全部收入捐出去，而且贴了纸和颜料。所以卖画也不是容易事。

与鲠生同去找房子。高领百住在 Stanhope House①，两间房，打折扣只有百十余元，访高不值。自己与经理交涉决不生效。又乘车去 110 街道 Harmony Hotel②，房主 Slaydell③ 是犹太人。领我看了一间又一间，似乎非成交不休的样子。最后看到两间小房，月租七十元，似乎还不坏。没有壁柜，只有喷水澡，是缺点。

一时回鲠生寓。约好的 Pardee Lowe④ 来访。Lowe 是华侨美国籍，现已被征，但只叫他做特务，不穿军服。他曾经写过两本书。人倒很有意思。鲠生请我们去他客栈下 Harlequin Room⑤ 吃饭，有冷气。

下午回寓看完报，写了些日记。

六时左右下雨。天气稍凉。

与鲠生去 Storffer 吃饭后，到中央公园中散步。昨天大热，公园中也来不得。今天还可走路。有人不少，情侣最多。园中有音乐队。出来时走错了路，走到西 72 街去了。换了两趟车方回。浴后看书即睡着。

1943 年 6 月 27 日
32:6:27(日) 晴

今天早晨不在旅馆吃早点，到了临近的一个 'Automat'⑥。这是

---

① 斯坦霍普大厦。
② 和谐酒店。
③ 斯雷戴尔。
④ 帕迪·劳，刘裔昌，撰写了美国华裔第一部英语自传《虎父虎子》（ *Father and Glorious Descendant* ）。
⑤ 哈力坤食屋。
⑥ 自助售货机。

Cafeteria① 的一种，照原则非但没有人侍候，而且不必有人。如咖啡、牛乳之类，你放进一个或五个五分镍币进去，一转动，自有一杯流出。如糕饼之类，放多少钱，一个格子的窗门便会开了。然而不能尽如此，如火腿、鸡蛋、烤面包之类，仍得有人在招呼。只是买一样放多少钱进一玻璃盆子而已。吃与旅馆一样的东西，旅馆七角，此间四角，与华盛顿 Roosevelt Drug Store② 相同。

看报。十一时与鲠生及王世熊女士同乘车到 Master Hotel③ 看房子。这是在 Riverside Drive④，双人房两间，面临 Hudson 江⑤，风景很好，有些像武昌黄鹤楼对龟山意味。也有些像海滨。底下就是公园。双间 125 元一月，单间 75 元，有浴室，而且有一小厨房，冰箱。只是单房没有临近的空出来。鲠生还是不能决定租不租。

王女士租了一个 apartment⑥，即在附近，有五间房，没有家具，月租七八十元。一家住这样的房，比较的便宜。

在江边公园坐了一会。到公园附近的 Essex Hotel⑦ 吃中饭。纽约人星期六晚常不睡，星期日起得很晚，所以今天特别有所谓 Brunch⑧，从十时直到四时。Brunch 者，Breakfast 与 Lunch 合并之谓也。美国人有许多这样的玩意儿很有味。

回寓看今天的报。

六时后到鲠生处。王小姐要他决定迁 Master Hotel。有两间从前看过的房今早说有人定了又不定，所以决定明天搬去。今天他先把些东西送适之处。

鲠生约了适之及 Mrs. Hartman⑨ 吃饭。同到 Carlyle Hotel⑩。今天天热极。

———————————

① 自助餐厅。
② 罗斯福药店。
③ 大师酒店。
④ 河边大道。
⑤ 即哈德逊河。
⑥ 公寓。
⑦ 埃塞克斯酒店。
⑧ 早午餐。
⑨ 哈特曼夫人。
⑩ 卡莱尔酒店。

在适之处打开了门，也没有多少风。他有几把扇子，一人一把，挥扇不已。适之也没有电扇，因去年来纽约已九月，不必用风扇，今年则买不到了。

适之处藏了一部分朋友的信，如钱玄同很有意味。可是数量并不多。周作人的信也有。我们谈了一会周作人。谈了一会孟心史①。适之对孟很佩服，说老辈之中，有史识，记性好的如王静安②、孟心史，人数很少。例如孟告适之《三国志·陆逊传》有一小注。陆为都督之后，孙权特别使他从正途出身，由君荐举，聘为从事。这一件事可以证明在三国时仕进的方式已经很严格了。

适之说他五十岁时想写五十自述，可是觉得愈到近年愈不好说话。而且他有许多年没有记日记。汤尔和多少年都记日记。他要知道某事是在某一天问汤，汤说找不出，将那年的日记交适之好找。适之找出来了。他将这一年的事，写了一个札记，很有意思。那时候北平的学潮，又从汤日记中看出，大都是汤在后面主持。

汤那时晚上不应酬。在家写日记等。日记中每日必札几段宋元理学。后来适之与汤在沪。汤晚上也同去吃花酒，原形毕露，理学不知去向了。

适之说我写的政论，国际问题非常的好，希望我继续多写。鲠生说我写战争的文章，国内没有别人能比得上。

1943 年 6 月 28 日

32:6:28(一)晴阴夜雨

早饭后看报。

十二时余鲠生来。与他同到邻近的 Russian Tea Room③ 去吃饭。这是俄人所开的馆子，侍役男女多俄人，顾客也大约像是外人。

饭后与鲠生到他的旅馆。他的行李已收拾好。雇车送他去 The Master Hotel。他租的两间房，西北角，窗外便是赫逊江。今天风很大。开了窗，风

---

① 孟森（1868—1938），字莼孙，号心史，史学家，为中国清史学科奠基者。
② 王国维。
③ 俄国茶屋。

吹进来，便不觉得热了。

鲠生说他今天打算写一信与雪艇，说九月中参政会已赶不上。他认为如生活费可设法，他打算再住一年，到明年此时回去。

六时王世熊女士来。她请我们到 Schraffet① 去吃饭。这是纽约的串馆之一。此处附近有一家。有冷气，可是挤得很，等了一会再得座。饭后在赫逊江畔公园中散步。原来这公园近五六年才完成。从前江边是火车轨道。现在火车仍有，但是上面盖了起来，建筑了这公园。所以时时听到辚辚的声音，在地下响。公园与江下间即是汽车大道。本来汽车不绝，现在因缺油，汽车在卡道上来往的也不多了。

九时回。写了些日记。浴后看了一两篇 Damon Runyon。

十二时左右大雷雨。

1943 年 6 月 29 日
32:6:29（二）阴午雨

昨夜下了一场大雨，今天天气便不大热。中午又下了一场大雨，二小时后居然有凉气了。

早饭后看报。

十二时景超来。与他同往访鲠生。坐了一会同去吃饭。下起雨来了，即到 Automat 去吃。吃完饭雨仍不止，坐谈一会，雨稍小，景超乘地道车回。我与鲠生到"大师馆"。他收拾东西。我写了一信与笃生，一信与崔存璘及傅安民，一信与 Harry Price②，与 Bob Willy③。都是为更改地址事。因为今天在大师馆看了一间屋。与鲠生同一层，西南向，下面临马路，但是也可以望到赫逊一角。房还大，床白天改为沙发，有躺椅三，书桌。也有浴室及小厨房。月租七十五元。

---

① 施洛福餐馆。
② 哈里·普赖斯。
③ 鲍勃·威利。

四时余与鲠生同去医院。乘门口公共汽车即可达。这是哥伦比亚大学医院，又是 Presbyterian Hospital①。地方很大，房子有好几栋，极高大。Private Patient② 住的是另一栋名 Harkness Pavilion③。鲠生在四楼定下了一房，是最便宜的，也约八九元一天。设备很简单，一床，一柜一椅，一几上有电话。另有洗脸室，（没有澡盆）及放衣壁柜。

有男役进来量温度，却量肛门。又来称体重。鲠生只有 107 磅。坐了一会，要他换衣，剃肚上的毛。我便辞出。

乘地道车换车到 Grand Central④，找到邮局，买了些快信邮票，寄了方才写好的信。出来在附近的 Childs 吃饭。

饭后乘车想去看一个电影 Ox-bow Incident⑤。下车走错了路，看到一家门口有 The Moon is Down 的广告。便进去了。The Moon is Down 是 John Steinbeck⑥ 所著的书，我久已想看的。这是写挪威被德占领后反抗的情形。还不坏。另一片没有什么可看。

十一时余回。浴后看 Runyon 睡。

1943 年 6 月 30 日
32:6:30（三）晴

今天太阳很好，但天气很凉，好像秋天。

早饭后看报。十二时打电话去医院，问鲠生开割情形则尚未完。访王济远⑦，与他谈了一小时。一时二十分又打电话去问，适之来接，说手术仍未完。从十时半到一时二十分未完，我心中有些急了。昨天我问可否去看，说

---

① 长老会医院。
② 自费病人。
③ 哈克尼斯馆。
④ 中央车站，位于纽约曼哈顿。
⑤ 《龙城风云》，1943 年由威廉·韦尔曼（William Wellman）导演，亨利·方达（Henry Fonda）主演的一部美国西部片。
⑥ 《月亮下去了》为美国小说家约翰·斯坦贝克（1902—1968）1942 年出版的小说。
⑦ 王济远，旅美的中国画家。

去亦看不到，而且病人开后要休息，所以没有去。

到 Childs 去吃饭。买了一个装华与莹像［相］片的像架。

回旅馆再与医院打电话，说手术已完，经过良好，现在睡熟了，如去访可七时后去。与适之打一电话。他说他去时鲠生未醒。与医生谈，说经过良好。

四时余出门去换像架。将华的两张合作画底片送到 Kodak[①] 去印及放大。

在五马路及 Madison Ave.[②] 走到四十二街。进 St. Patrick Cathedral[③] 参观。这教堂非常的壮丽，礼拜的善男信女也不少。

The Rockefeller Plaza[④] 有户外宣传陈列。也看了一看。有一转动的十年大事。1931 年日本占满洲[⑤]，直到 1942 年日本占 Singapore[⑥] 等等止。一面转动，一面有轰炸声、军乐声、Hitler[⑦] 演说声等。此外有集中营，训练青年团，破坏宗教，破坏司法等模型。这是 O. W. I. 的工作的一种。

六时半动身去访鲠生。乘公共汽车差不多一小时方到。到医院他正睡着了。看护说他七时来接夜班，鲠生是醒的。我到时差不多七时半。看护说他进展很好。我在他房内坐了十余分钟。

在这里附近有一 Andoban 戏院，这几个星期是演在城中演过的大戏。这星期是 Jane Cowl 及 Mckay Morris[⑧] 演 *Madame X*。[⑨] 去问一问，今夜有票。即买了一张，在附近 Southern Cafeteria[⑩] 吃了饭。

八时四十分上演。戏院并没坐满，后面空了一大半。这戏是写一个女人有外遇为夫所弃，二十年后为了不愿她儿子知道有她这样堕落的母亲而杀死了她的姘夫。后来她儿子却是她的辩护士，为她力辩，得免于死，结果母子

---

① 柯达。
② 麦迪逊大街。
③ 圣帕特里克大教堂。
④ 洛克菲勒广场。
⑤ 时称日占东三省地区。
⑥ 新加坡。
⑦ 希特勒。
⑧ 简·考尔及麦凯·莫里斯。
⑨ X 夫人。
⑩ 南方自助餐厅。

夫妇重圆。这主题是与 *Lady Windermere's Fan*① 差不多的。演员不坏，但也不觉得如何出色。十一时完。回寓浴后看 Runyon 一文。

1943 年 7 月 1 日
32:7:1（四）晴

这两天天气凉，伤了风，不止的打嚏。昨天买了 Vicks 和 Phenacetin②，仍不见效。身上穿背心。

晨看报。十一时半济远来，约了同到一法国小饭店去吃饭。饭后在 56 街看 American British Art Center③ 的展览。没有什么参观的人，楼上有椅子可以坐谈。济远说他正在提倡要在这里也成立一个中美的 Art Center，如此国人来展览，不必受 gallery④ 的抑制。

济远要在这 gallery 展览些中国现辈作家的画。我代他与 Mrs. Strong 的秘书 Miss Ames⑤ 交涉。

回到旅馆，收拾东西。算账。乘汽车到 The Master，住 809 号。这屋子经重新备置后，很可住。床上蒙了盖，便成一个 Divan⑥。房间还宽畅。宽六步，长十步。

往医院访鲠生。看护说他的经过很好。鲠生说开处有些不舒服，此外很好。他要我打电话与适之，为他打一电回家。看护要我只坐五分钟。我坐了半小时。没有多说话。

回到 Schraffet's 吃饭。在附近 Broadway⑦ 上前后都步行了一会。

回寓看晚报。补写日记。与适之打几次电话都找不到他。

---

① 英国诗人、作家王尔德的喜剧《温德米尔夫人的扇子》。
② 维克斯和非那西汀。都是治疗感冒伤风的药。
③ 美国英国艺术中心。
④ 画廊。
⑤ 斯特朗夫人的秘书艾慕思小姐。
⑥ 长沙发椅。
⑦ 百老汇大街。

十一时浴后看 Runyon 一篇，睡。

夜中梦遗，醒了起来洗抹。这年来梦遗较少，平均一月一次的模样。

1943 年 7 月 2 日

32:7:2（五）晴

晨出门到 Automat 吃早点。看报。中午还是到 Automat 去吃饭。

写了一信与吕怀君，报告鲠生病情。一信与卓敏。看了一会杂志。

四时去医院访鲠生。他今天很不舒服，因为肚子里有气，作痛。看护说最初二三天不能吃固质，只喝流汁，所以有 gas air①，一旦吃了固体，这痛便没有了。流汁也以多喝为佳。但是鲠生很害怕，不敢多吃东西。他恐肠子有孔，饮食会把孔擦穿了。他又怕灌肠将肠灌破。夜间不敢多服安眠药，恐成习惯，所以不眠，作痛。后来王世熊女士与一李女士来。李女士最近亦割过盲肠，说她的经验，给鲠生不少安慰。

听说笃生、岳霖②等今天来。六时打电话，适之请我去他寓。到时岳霖、景超与 Mrs. Hartman 已先在那里。岳霖正与女朋友打电话。他的头发已完全花白了。其实他只四十八岁，只是比同来的人都大些。岳霖还是善于说笑话，很幽默。Mrs. Hartman 大中意，说适之一向把他藏在那里的。

适之请我们到一家头等的法国饭店 Voisin③ 吃饭。上次适之在此，Duchess of Windsor④ 也去吃饭。可是也感觉不到它特别高贵之点来。开了一瓶真正的 Thine Wine⑤，所以五个人吃了三十元左右。

岳霖说胡步曾还是佩服适之，因为他说只有四个人写白话文写通了，适之是其一。其他三人为鲁迅（？记不清了），潘岂公与张恨水！

岳霖谈他得商务版税通知，有九元多的报税。可是如乘车去取，一次便

---

① 气体。
② 金岳霖。
③ 法语"邻居"之意。
④ 温莎公爵夫人。
⑤ 德国莱茵葡萄酒。

得二十元。只好放弃了。适之说这故事很有味。

饭后我与适之、景超同往岳霖等寓的 Great Northern Hotel①。只有笃生一人在寓，正洗了浴。张晓峰与蔡卓民出去了。费孝通住在朋友家。另一人为萧作樑，问谁也不认识他。

在笃生房中少坐。笃生给我带了华、莹的信，及兰子一信，仲常一信。

出门已十时余，没有汽车了，因往乘地道。谁知上错了线。我不知道，从 Columbus Circus② 一下子便到了 145 街。因乘车回，从下层到上层乘车，以为没有错了，谁知又回到了 Columbus Circus。于是改乘 local③，不乘 express④。在 103 街出来，可是四顾完全不识。那时才知道错乘了车，在 103 街的东端出来了。走了五六条街才回。

洗澡，看信。华似乎在写这信以前没有写过信，怪不得我一向没有收到。华去不去重庆理由，我可以想得到。我却想不出来。她说小莹身体不大好，不敢让她住南开。

今天见了人，接了信，很兴奋，所以晚上睡不着。又点了灯看了两篇 Runyon 才入睡。已二时余了。

1943 年 7 月 3 日
32:7:3（六）晴

早晨在旅馆吃饭。九时半笃生来。十时徐大春及思杜来。我们约好了去参观哥伦比亚。哥校在十六街，街车去不久即到。参观了普通图书馆、Low Library 及 Law Library⑤。普通图书馆很大，有一部分倒是新书出租的地方，里面新书很不少，杂志部分也不坏。Low Library 是关于东方各国的。这两天上午关门，所以没有进去。Law Library 有一女职员来招待，很和气。

---

① 大北饭店。
② 哥伦布圆形广场。
③ 慢车。
④ 快车。
⑤ 洛氏图书馆及法学图书馆。

现在美国各大学都在训练军官。哥伦比亚训练海陆军人有数千。今天正在操场上预习明天的检阅，陆军海军人员都在数百人以上，很是壮观。有海军军乐队在来回演奏。

这两天夏季学期将开学，报名的人很多，鱼贯立等。思杜也去报名，我们便走了。

与笃生到医院去访鲠生坐谈许久。都是谈武大的近况及笃生出国前的见闻。蒋先生请他们吃饭二次，一次与许多军人在一处，一次单是五人，饭前分别谈话。他有一句话再三的说，是他们领美国的钱，务必都用在美国。

动身前在中央训练团受训二星期。蒋梅竺金①特别受优待，为教育委员，其余的校长与他们一样的任指导员。

蒋住团时很少。他有红十字会车，随时可出入。听说蒋先生在团，他便去。梅则在团内不断的写信，遥领校政。有人劝他们写一自传及毕业论文，因为毕业后将来不必再受训了。梅等说受训很好，将来再要来。（此段是昨天老金说。）

梦麟有一次演说，说学问为求真理。后来讨论时有人说这与总裁说学以致用矛盾。书贻出来说某一句话是对某一场合，在某一范围而言。总理有的话，好像自相矛盾，但是并不，因为他前一句话是为某种事而发，后一句是为另一场合而发的。

林慕胜（？）君去访鲠生。谈了一会。一时余我们出来，三人同到 Southern Cafeteria 去吃饭。饭后林君去游泳，我们到 Master Hotel，在鲠生房中坐谈至四时余。都是谈乐山及学校情形。钱真是不值钱。仲常等为了房子，与房东打架，后来解决，每家每年出租金四千以上。葛胜文的房子，有人出二万五千元，他还没有肯卖。笃生的房子，说如有人出二万五，他便肯卖了。在重庆住，一天房饭钱必在百五十元上下。

四时余与笃生同去适之处。张晓峰、蔡卓民已先到了。在适之处谈了一时半。适之煮了龙井茶待客。适之谈他的思想史，希望在明年年底以前写完。所以他希望战事不要在明年年底以前完。我说他的书不妨慢慢写，战事能早

---

① 蒋梦麟、梅贻琦、竺可桢、金岳霖。

完我们还是希望早完。

适之说他预备写中文。写完后再写一个英文大纲。也许雇一书记，口述。有了底子，这样写就容易了。写好了再细细的修改。

他预备先写两汉三国，次写三国至宋元。他说他这多少年来任外交官等等，他的见解，比从前宽大，所以哲学史压了好久未写，未始不是好事。

张晓峰有约，我请笃生及蔡去 Shurffers 吃晚饭。近十时回。看报。

1943 年 7 月 4 日
32:7:4（日）阴夜雨

上午看报。早饭后曾去江边散步。下午看报，听无线电。

四时出门，访鲠生。但今天大好。可以吃平常饮食了。看他吃了晚饭回。去旅馆吃饭。

晚看 *Life*，*York*，*Colliers*① 等杂志。听 Radio②。我今天试听无线电，很感兴趣。下午听了 Hoover 的 Forum③，他说战争还有四年方完。晚上听了 philharmonic society 在 stadium 的 Concert④，又听了不少新闻。

十一时半浴，看了两篇 Runyon 小说。

平常用眼很多，用耳很少。所以看书很快，听说话有时不太清楚。听无线电广播大可以补救这一毛病。每天听一二小时，等于上一二时的课。

1943 年 7 月 5 日
32:7:5（一）晨晚雨，阴

晨起雨。雨止已十时，出门早饭。看报。

---

① 《生活》《纽约》《科利尔》（*Collier's*）。
② 广播。
③ 胡佛的论坛。
④ 爱乐协会在体育场的音乐会。

中午去 Automat 吃饭。遇吴志翔君。他住在附近的 Hotel Alexandria①，月租四十五元。也有浴室，很可以住。在他处少坐谈话。

回寓看 Abend：*Pacific Charter*②，中间有 Malzuckc③ 托他居间与美国谈判共买东部西比利亚。Konoye④ 托他居间与蒋谈和平。后一段正在汉口陷落前。蒋回电要 A 去汉口，没有动身汉口已陷落了。

四时余出门去医院访鲣生。他今天更好了。在看报看杂志。

有李辛之的夫人林卓凤及刘君在访。林卓凤说是师大学生，曾听过我的课，又有一位朱士佳去访。

六时半正预备出来，王世熊去访。我们同到中国饭店去吃了饭，才走回寓去谈话。（因为七时前看护要同他擦身换衣也）。鲣生说医院大不如家中舒服。医生说明天可拆线。以后再住一星期便可出院。

回到寓所正值大雷雨。

写日记。听广播。今天将最近三天日记补记了。

1943 年 7 月 6 日

32:7:6（二）阴

晨看报。看 Abend：*Pacific Charter*。

饭后遇克恢打了一封信。寄了信与 Harry Price。

三时半乘车到哥伦比亚书店看书。访刘廷芳。他们住在 Teacher's College⑤ 宿舍，有三间房，连用电在内，只八十余元。廷芳很亲热，谈他如何去沪，如何出国，如何东西在南京尽毁。他说他什么事也没有做，心绪不好，也不能看书写东西，所以只看看侦探小说。他房内侦探小说及杂志是很多。我向

---

① 亚历山大饭店。

② 阿本德著《太平洋宪章》。1944 年 5 月，书林出版社出版时中译名为《远东隐忧》，译者赵恩源。

③ 此人不详。

④ 近卫文麿（1891—1945），1937 年至 1941 年曾三次出任日本首相，日本侵华罪魁祸首之一，法西斯主义首要推行者。日本投降后，畏罪服毒自杀。

⑤ 教师学院。

他借 Ellery Queen's *Challenge to the Reader*①，他便送了我一本。他们夫妇留我吃汽水、咖啡等等，到六时方出来。

在 Southern Cafeteria 吃了饭去访鲠生，已七时了。门口遇李小姐与周小姐。周小姐是无锡人。她们都说应劝鲠生在医院多住些时。李割盲肠，也住了两星期，而她比较年轻身强。她们说在医院时老想出去，出去后又后悔了。

徐大春去访鲠生。陈介去就巴西大使任，有意带大春去做三等秘书。他并没有意去。鲠生说现在大人物的儿子都做小官，实在不是好风气。

八时出院。到 News Theatre② 电影院去看 *Ox-bow Incident*③。这是描写美国从前一次 lynching④，错杀了三个人的史实。事实不加饰的演出，使人感觉奇怪。山野风景也好。是一个好片子。可是另一片，完全胡闹。大约一片是药，一片是糖。没有后片也许一般人不会去看。

十一时半回。浴。看了一篇 *Challenge*⑤。我一看就猜到作者是 Bailey⑥ 了。

1943 年 7 月 7 日
32:7:7（三）雨

昨天在刘廷芳处打听到质廷地址，打了电话与他，没有找到。他后晚上来访，未住。今早又打电话。他约了来访。谈了半小时至一小时。他明天便要到 Princeton⑦ 开会去了。

今天是"七七"，所以报上关于中国事特多。蒋先生说最多两年可以将日本打败。他的意见与我正相合。

----

① 埃勒里·奎因的《向读者挑战》。
② 新闻剧院
③ 《龙城风云》。
④ 私刑。
⑤ 《挑战》，即上文的《向读者挑战》。
⑥ 贝利。
⑦ 普林斯顿。

看报。

午时出去吃饭。看了两篇 *Challenge*。Arthur Morison[①] 一篇也猜到了。

下午四时去鲠生处。遇到 Mrs. Hartman 及 Pardee Lowe。她们劝鲠生多活动，高声说话，因为这都是运动。鲠生却不敢动不敢大声说话。

五时余乘地道车到 Times Square[②]。到两个戏院买戏票。美国戏剧特别发达，但美国只有纽约有大戏。所以到纽约不能不看戏。起先听说买票很困难。谁知并不困难。只是他厅的价钱很高，在三元至四元左右。

到 Chinese Institute[③] 访颜仁颖，问他要了一张今晚 China Rally[④] 的票。访笃生等不在。

访济远。听说歊海来了，住在他这里。与济远同去一家广东饭馆叫兰花的吃饭。

饭后下起雨来了。在济远处坐谈，等歊海回来同去 Carnegie Hall[⑤]。歊海与一女友来已八时三刻。大会是八时半开始。

今天包厢票是要出钱买的，四元一张之类。歊海有人送包厢票。我们的是普通票。我们的是 parquette[⑥]，应当是池座，因为去迟了，只得去 gallery[⑦]，很高。池座人满了，第一层包厢人也满了。可是第二层包厢是空的。太远了，看人都看不清楚，幸有扩音机，说话还可以听得到。我们进去后，于斌演说。他读时用雄辩家的声调，口音不大清，反而听不清楚。接着是 J. B. Powell[⑧] 说话。他两脚坏了，所以坐在自转车上说。接着是林语堂。他虽有稿子，但并不完全念。说的话完全是攻击英国。在七七纪念会上挖苦盟国，实在是不得体。他说英国孤立思想比美国的更可怕。他说美国打仗并不是为了要代英国保存它的殖民地。可是坐下后鼓掌之声不绝。林居然再立起来鞠一躬，好像

---

① 阿瑟·莫里森（Arthur Morison，1863—1945），英国作家。

② 时代广场。

③ 中国学会

④ 中国集会。

⑤ 卡内基音乐厅。

⑥ 剧场正厅座位。

⑦ 走廊。

⑧ 《密勒氏评论报》主编 J. B. 鲍威尔。

唱戏似的。接着是中国的一个歌咏队唱了三个抗战歌。

底下的节目是 Pearl Buck[①] 和魏道明的演说，预先宣传是要广播出去的。应当十时起至十时半。现在十时还差二分。主席说还有两分钟，便背向外立在台上等到十时才介绍。Buck 的声音很尖。都是说称赞中国人民，中国文化的话。魏道明读演讲稿，居然口音并不太坏。比我所预期的要好多了。可是他说话时，听众已经纷纷离席。

十时半完。我又到大北去访笃生等，仍不在。遇到寿毅成，他约了 Dr. Williams 等喝酒，二男二女，也约我们坐。Dr. Williams 说美国人对中国还是不注意，还是不觉重要。对俄国便不同了。这是因为美国有许多人代苏联说话写文，中国没有。

十一时余出。乘 railway[②] 又错了。我只知道应乘 I. R. T.，不知道 J. R. T. 在 96 街分两路，一路沿 Broadway 北行，一路在 Bronx[③]，我上了 Bronx 的车。从 96 街便到了 110 街。回去仍如此。便改坐 local，谁知 local 又上了 Bronx 的车。仍在 110 街停。我说算了，自己走一走吧。谁知出了门一点都不识。只知道在中园的北部。想总可以走得回，不想一走便是四五十分钟。走了一身汗。

浴，看 *Challenge*。

1943 年 7 月 8 日
32:7:8（四）有雨晴

晨看报。

中午到 Automat，看见人太多，挤不上去。即到 Childs 吃饭。有人侍候方便多了。只是时候比较长久。但是带了一本 *Challenge* 去看，也就不怕了。只

---

① 赛珍珠（1892—1973），美国作家，人权和女权活动家。1932 年凭长篇小说《大地》获普利策小说奖，1938 年获诺贝尔文学奖。

② 火车。

③ 布朗克斯，位于纽约市北端。

是一看书便放不下。回家仍看。共看了两篇。

笃生来。谈了一二小时。五时出门去医院访鲠生。胡大春与林霖在。

六时余乘车去 Pennsylvania Hotel① 访卓敏。他是今早从华府来的。我们约了同到 Chinese Village② 吃饭后去看 Paul Muni 演 Elmer Rice's *Counsellor at Law* (Royal Theatre)③。我的票是昨天买的。今天去还是可以买到，而且两人换在一处。看舞台戏究竟与电影大不同，比较亲切，比较入味。Muni 的表演极好，其他角色大都很好。剧本也好——我从前读过，已记不清。两个人看了都非常满意。

完毕十一时半。

回寓，浴后睡。

1943 年 7 月 9 日
32:7:9（五）阴

晨看了两个报。

中午看 *Challenge*，又看 *Life* 和 *Colliers*。

四时出门访笃生。开电梯人说他出去了。其实他出去后又回去，在等我。即去医院。不久笃生亦来。两人坐谈学校与国内情形至六时三刻。卓敏去访鲠生。

七时出院，到我寓坐了一会。八时我请他们到 Schraffet's 吃饭。今晚吃得很满意。

卓敏去访张孟令，今晚即回 Boston④。九时回寓，补写三日日记。

浴。看 *Challenge*。

---

① 宾夕法尼亚饭店。
② 中国乡村餐馆。
③ 保罗·茂尼演埃尔默·赖斯的《律师》（皇家剧院）。《律师》为埃尔默·赖斯编剧的一部三幕话剧。
④ 波士顿。

1943 年 7 月 10 日

32:7:10(六)阴

晨看报未看完。

十时半笃生来，与他同到 Rockefeller Centre, Chinese News Service① 去访夏晋麟。他这几天到 Princeton 去开会去了。杨永清也同去。访林慕生，他介绍我们与林霖，高君及刘君等谈。到十二时方辞出。

Rockefeller Centre 有几种东西可以参观。一种是 N. B. C.② 的无线电广播。门票每人五角五分。多少人成一队，有一位 guide③ 带来。他领我们看一周，大约三小时。看到的是广播公司的许多房子，是悬在空中的。因为地下有地道等等，筑在地面，震动很大。用毯带悬在空中，四面脱空便没有墙了。这我们只能看到模型，不能看到实在的悬挂。我们也看到了 Television④。请了团队的一男一女去另室，我们在镜中看到他们的形容，听到他们的声音。这发展还不显著，因为有十一只很强的灯悬在一小地方方才能传达过去。我们看到了如何做成风声雨声、马蹄声、大队人马脚步声等等。实在用的东西非常的简单。又如何传声音远，声音近。我们看到了许多 sound proof⑤ 的屋子。人们在里面做事，我们在外面看。尤其是在播音室内我们看着音乐师在里面练习，我们一点声音也听不见。

一时二十分出来了，与笃生分手。我到一家法国饭店吃了饭，到 53 街的 Museum of Modern Paintings⑥ 去参观。从二时许看到五时余，还只看了一部分。三楼院本部还没有去。到了航空时代，旧的地图便不适用了。人们向来的看法想法也不同了。这里有最古到现在的地图。可是最新的地图也不适于新时

---

① 洛克菲勒中心，中国新闻社。

② 美国全国广播公司（National Broadcasting Company）。

③ 向导。

④ 电视。

⑤ 隔音。

⑥ 现代绘画博物馆。

代之用。新的时代不能分东半球西半球，应分南半球北半球。世界上重要的地方都在北一半。尤其是 New Carter① 的书法是不合用，因为与实在的距离相差太多了。这里的种种图案，种种球仪，种种标本，可以使人得到些观念。说明是 Willkie② 写的。

地下室有电影院。放射的电影都是 film museum③ 的藏本。这星期所放的片子，有 Van Eyck④ 的宗教画的说明，有一个天主教等院内的一天生活，有一个 Madagascar Tribe⑤ 酋长死后的丧仪，一杀了八百头公牛殉葬的野蛮风俗，有被纳粹驱逐来美的许多 Nobel Prize⑥ 的奖者的片段生活。都很有教育意义。

一层陈列了些现代作家的画。有 Hersfield⑦ 的作品一二十张。我一点都不懂得它的好处。

六时到鲠生医院。笃生也在那里。谈至七时。去吃饭。笃生提议看电影。我说不如去 Audobon⑧ 剧院看 Gilbert & Sullivan's *Trial by Jury* 及 *H. M. S. Pinafore*⑨。这班子并不高明，所以看得不得劲。今晚星期六，也没有坐满。完已十一时一刻。

回家浴。看 *Challenge*，睡已二时。

昨晚十一时听广播，还没有欧洲方面的特殊消息。今早看报，盟军已 Sicily⑩ 登陆。欧洲的大战开始了。这半个月太平洋、东欧、南欧都有军事行动，盟军的胜利之期近了。

---

① 纽·卡特。
② 威尔基。
③ 电影博物馆。
④ 杨·凡·爱克（Jan van Eyck，1395—1441），尼德兰画家，早期尼德兰画派最伟大的画家之一。
⑤ 非洲马达斯加部落。
⑥ 诺贝尔奖。
⑦ 赫斯费尔德。
⑧ 奥杜邦。
⑨ 吉尔伯特和沙利文的《陪审团审判》及《宾纳福号船》。
⑩ 西西里。

1943 年 7 月 11 日

32:7:11（日）阴

晨在房内吃早饭。看报至十一时。往访笃生。他住的地方一切都是 boarding house① 风味。价钱可只有我的一半。与他同访萧作梁。即住同街，有两间房，只五十余元。也有小厨房，同煤气。因为有气味，萧夜间不能在睡房睡，睡到书房小躺椅上。他买了一个 radio，我们研究了一会。

三人同到一个 Cafeteria 去吃饭。饭后我与笃生到 Metropolitan Museum of Art② 去参观。这里很大，东西很不少。我们匆匆的走马看花，近三小时，看了不过一个大概。一方面是埃及部分，东西很不少。一方面希腊、罗马的雕刻之类，大都是仿本。

楼上一方面的一部分是中日艺术品。陈列的中国画，好的并不多。有大幅的庭院图，只是匠人画的图案。水晶玉品部分还不坏。

西洋画我们只看了一部分。Bosch Collections③ 里面有些画很好。数量却不多。

一部分是美国。有许多间房子完全陈列美国过去的上中下各等人家的居室，不但陈设家具，连四墙木板窗门都装备了。

有一部分是 Junior Museum④ 完全为儿童所设。孩子们可以去看书，画画，研究，可以吃冰。有一间中国室，使他看到中国画，庭园照片，房屋模型。儿童们自然可以有一个对于中国的良好的印象。

五时半出门。下小雨。到鲠生医院，雨已止。有 Mrs. Grant⑤ 在那里送饭去。途遇朱章赓，也同我们去访问了鲠生。

八时与笃生到"中原"去吃中国饭。吃完已九时。店主告我们店中雇不

---

① 寄宿公寓。
② 大都会艺术博物馆。
③ 博斯藏品。博斯（Hieronymus Bosch，1450—1516），一位多产的世界级荷兰画家。
④ 儿童博物馆。
⑤ 格兰特夫人。

到伙计，年轻人都被征入军队了，所以生意虽好，忙不过来。有些铺子被迫关门了。

回寓浴。看 *Times Book Magazine* 及 *Book Review*。

看了一篇 *Challenge*。

1943 年 7 月 12 日
32:7:12(一) 晴

天气又热起来了。湿气很重。上午看报，把前两天的报看完。

饭后补写日记。

五时半去医院。笃生也去了。孟治也去访问。谈了一会。孟先行。我与笃生同吃饭。

乘地道车进城，到 Plymouth Theatre[①] 正八时四十分，尚未开演。今天的戏是 Thornton Wilder's *The Skin of Our Teeth*[②]。是得到 Pulitzer Prize[③] 的戏，主角名 Miriam Hoplam[④]。这戏我从头到底一点都不明白。好像是剧作者有意与观众开玩笑。可是观众却郑重其事的当是一回事。开始有三人在台下奏乐，于是台上演起滑稽画电影来，一个人在说明，介绍 Antrobus[⑤] 一家，然后开幕。剧情像 *Alice in Wonderland*[⑥]，却又没有 *Alice* 的有趣。也许是 Antrobus 家女仆所做的梦。她是没有受过多少教育的人，所做的梦，也不会有深刻意义。但是这为什么写成戏，戏又为什么得奖？对白并不机智，也不滑稽。真是失望得很。观众大部分也莫名其妙，只是盛名之下，不得不拍手。

回寓浴。看 *Challenge*。

---

① 普利茅斯剧院。

② 桑顿·怀尔德（1897—1975）的戏《岌岌可危》。

③ 普利策奖。

④ 米里亚姆·霍普兰。

⑤ 安特罗伯斯。

⑥ 《爱丽丝梦游仙境》。

1943 年 7 月 13 日

32:7:13（二）晨雨阴

晨看报。

十一时二十分乘车进城。十二时到 Chinese News Service 访夏晋麟。与他谈了一会。十二时半与他及他的秘书 Mrs. Chien①（英人，嫁端升之堂兄弟）及英国情报处的 Mr. Nash②（是在上海工部局做事），同去 George Washington Hotel，参加 Shanghai Tiffin Club③。会员大都是到过上海或与上海有关的人，美国人虽多，中国人也有十余人，我大多不认识。

今天的演讲人是吴贻芳。她与夏夫妇都在 head table④，我也是 head table 的末一席。此外有主席 Pettee⑤夫妇，金陵大学的建筑师 Murphy⑥及金陵的董事 Mrs. Mills⑦（？）。饭后主席请 Mrs. Mills 介绍吴贻芳。吴的演讲大约有三十分钟。讲的是中国战时妇女。有稿子但并不是读，说得很有条理。

夏夫人说我结婚时在上海见面后即没有再见过，已经近二十年了。约我今晚七时到 Shanghai Royal⑧去吃饭。我下午便不回寓。到 Rockefeller Plaza 里面去参观 Museum of Science & Industry。⑨ 里面的东西很杂，并不专是科学。最奇怪的有一中国宝塔模型，据主人说明有此塔者运气必好。这就很不科学了。大部分陈列于战事有关。如飞机模型，飞机所用的引擎，敌机的机件等等，如海军军舰模型，magnetic mine, depth charge⑩。此外有些工厂如光学厂等的显微镜的历史之类。电气电话的说明。许多东西都一按钮即能活动。只是有

---

① 钱夫人（嫁给了钱端升的堂兄弟）。
② 纳什先生。
③ 去乔治·华盛顿饭店参加上海午餐俱乐部。
④ 头桌。
⑤ 佩蒂。
⑥ 墨菲。
⑦ 米尔斯夫人。
⑧ 上海皇家，饭店名。
⑨ 到洛克菲勒广场里面去参观科学与工业博物馆。
⑩ 磁性水雷，深水炸弹。

一部分已坏，却也没有加以修理。

我在里面有三小时。出来已五时余。即在 Rockefeller Plaza 走了两圈，吃了些冰水。还只六时。出门看见有 newsreel① 电影院，一小时演完一套，正可坐下休息。

七时到 Shanghai Royal。座中有晋麟的儿子 David 及领事罗君。

又下了一场雨。报上天气预报至今不可靠。昨天说会有阵雨，什么雨也不曾有。今天说没有下雨的希望，晨起即有雨，一天下了二三次。这与半世纪前 Jerome K. Jerome 写 *Three Men in the Boat*② 还差不多。

David 今年只十七岁，已经在大学学医。他在中国还没有读完中学，在英国二年，又转学此间，换两次跳了两年。个儿长得很大，比父母都高。

晚饭后夏太太请我们去看 *Rosalinda*，一个 operetta③，这是从德文翻译过来的。原名 *Fledermaus*④ 在柏林由 Max Reinhardt⑤ 演出。这里也是在 Reinhardt 指导下演出的。剧情并没有什么精彩，可是演员很好，表演及歌唱都有味，对白也颇滑稽。剧院很大，我们坐楼上最后第二排，还是听得清楚。

看完戏又去吃了些冰淇［激］淋方辞。回寓已过十二时。看第二天的报。浴。

看 *Challenge*。

1943 年 7 月 14 日

32:7:14（三）晨雨后阴

晨看报。

中午出去吃饭，看 Queen's *Challenge to the Reader*，今天又控制不了自己，看了一篇又一篇。自己在挖苦自己，没有意志，可是最近放任下去。

五时余去医院。笃生与 Pardee Lowe 在访问。我为鲠生去买了一管牙膏。

---

① 新闻影片。指专放新闻影片的电影院。
② 英国现代著名小说家、剧作家杰罗姆·K. 杰罗姆（1859—1927）的《三人同舟》（*Three Men in a Boat*）。
③ 《罗莎琳达》，一个轻歌剧。
④ 《蝙蝠》。
⑤ 马克斯·莱因哈特（1873—1943），奥地利戏剧导演。

七时三刻与笃生去吃饭。饭后去看 Ethel Barrymore 的 *The Corn is Green*①。票又上星期即买好。这是 Emlyn Williams② 所写威尔斯矿工区的戏。但是其中主题是一个中年女人到那里去立一个学校，尤其是造就了一个天才。她牺牲自己，反抗强境，排除万难，甚至天才的不愿意。"得天下英才而教育之，三乐也。"

Barrymore 的表演很自然，一点都没有做作，是一点都不费劲。可是她似乎太不费劲了，因此只觉得轻描淡写，不觉得深刻的感情。

今天看的人很多，戏园差不多坐满了，所以里面还是很热。笃生恐怕没有看过正戏，不会感到大兴味。他只是说观众能够欣赏这种戏的恐不多。

完毕十一时余。回寓看报。浴。看一篇 *Challenge*。

1943 年 7 月 15 日
32:7:15(四)晨雨后晴

晨看报。

午饭时看 *Challenge*。

饭后续看，将此书看完。被选的二十五篇中以英人为多，却没有 Dorothy Sayers③，很奇。并不篇篇都好。足见侦探小说实在好的并不多。

看 *Nation* 及 *Look*④ 二杂志。中间睡着了一会。

到医院。鲠生今天已到室外散步。明天要下楼去园中少走动，大约后天便可回旅馆。与他及笃生谈美国政治。

八时许，我们方去吃饭。饭后上了地道车，方发现忘带了帽子在饭店，又回去。到寓已九时半。

浴后补写了些日记。看了些杂志。

---

① 埃塞尔·巴里莫尔（1879—1959）的《锦绣前程》。
② 埃姆林·威廉姆斯。
③ 多萝西·赛耶斯（1893—1957），英国著名推理小说家。
④ 《国家》及《面容》。

看 Maugham's *Introduction to Modern English and American Literature*。

1943 年 7 月 16 日
32:7:16(五) 晴

半夜醒，所以晨起已八时半。看报洗脸，完毕已十时余。即不去早饭。看完报，十一时半去午饭。

看 *Reader's Digest*①。补完日记。

今天报载俄军进展了二十余英里。这真证明德国的力量不行了。前年一日千里，去年攻势仍猛，今天非但不能有进展，反而有时被迫后退。失败之期不远了。我更相信今年内欧洲战事有完毕的希望。

四时许去医院。鲠生今天已下楼到园中散步少时。大约明天便可以出院了。

近六时与笃生去吃晚饭。饭后乘车去 International House②。今晚七时学术建国讨论会开会，备了茶点欢迎中国新来的两批教授们。好多人不在纽约，在这里的有人没有来，只到了吴贻芳，岳霖，萧作梁，李模之（清华工学院教员，自费出国，乘船到美）到会的有数十人。

八时开演讲会，由吴贻芳演讲。孟治主席。先由李任公指挥全体唱抗战歌。贻芳演讲，前一半用国语，报告参政会情形，后一半用英语，读了 Richardson③ 的关于中国战时科学研究一文的一部分，加了些说明。

吴演讲完毕后，开始讨论，有人请我们各人报告各大学情形，因此都请来说了我几句话。大都讲教员生活情形，我说了些学生的情形。后来又有一位新来的西南联大学生李君（?）及海外部的教员罗君说话。

参加的许多人中有刘廷芳夫妇，陈燕青，吴志翔，郑林森，夏晋麟等。多少谈了几句。

---

① 《读者文摘》。
② 国际大厦。
③ 理查森。

与岳霖、笃生、志翔在江边登车，停留了一会。回寓已十一时余。浴。

1943 年 7 月 17 日
32:7:17(六)晴

吕怀君今早由加拿大到此，即住这旅馆。笃生早晨来。我们同去早饭后，打电话与鲠生。他已与医生讲好，今天出院。我们即同去医院，将他接出来。鲠生行动已很好，只是医生劝他再养息两个月。他也非常小心，打算暂时不到门外走动。

中午与刘、吕乘地道车到 Wall St.① 资源委访吴志翔。我们请他和郑友撰君去唐人街吃中国饭。他们领我们到一比较小的"广东楼"吃了一条大鱼。而且还有他们做了东。

吴郑二君又陪我们到 Corkund St.② 去买无线电收音机。这里买收音机的铺子很多。可是机很少，而且都是旧货。我们一家一家去看，去试，费时很多，没有十分中意的。价钱也相当的贵。从前十元的，现在旧货也得三十元。走了半天，请吴郑二君先回，我们又去了几家，仍旧没有结果。

回旅馆，与鲠生商拟一电稿致雪艇，说他二月内不能动身回国。为他打好发出。

晚请刘到 Schraffets 吃饭。

夜看报。浴。

怀君谈起昭沄已调往 Johannesburg③ 总领事。昭沄做事，老是不得人心，所以馆员个个与他不合，完全不听他的提调，有时向部方去攻击他。他为人太尖刻，不能容人，看不起部下，而且财政不清楚，都是引人攻击的原因。他到 Vancouver④，请部准购房屋当领馆，批准后他却买了一所房子做领事住

---

① 华尔街。
② 柯坤德街。
③ 南非约翰内斯堡。
④ 加拿大温哥华。

宅。其他馆员没有地方住，要在外租屋，自然不愿意了。领馆的会计便不肯报销这笔账。

1943 年 7 月 18 日

32:7:18(日)晴

晨岳霖来。吴志翔君来。在我房间及在鲠生房内坐谈甚久。我们谈昆明朋友情形。岳霖说昆明教授每月收入在二千三百元左右。奚若①一家每月得花六千元，所以每月缺少三千元。奚若后母在西安有一块地，张太太在陕西有一块地，都卖了补充。奚若有一件皮大衣，预备卖三万元。只是东西太好，在昆明也不容易出手了。梅月涵住在联大办公处，全家包饭，去年便每人三百元。他一家七人，便是二千一百元。他收入是二千四。全数交给太太。太太说非她自己去做事不可。找了一单，做了一天，对方知道她是校长太太，请她回去。后来她与另一太太做了饼出卖。现在天热，饼不能留，不知改行做什么了。

中午我请岳霖及志翔吃便饭。

岳霖要去看动物园，尤其是要看看 panda②。我们与他同去。动物园在 Bronx Park③，有相当的远。我们乘地道车去。这地道车到了某一处，不但从地下出来成为地上车，而且离地很高，有二三层楼，简直是高架电车。Bronx Park 有河，可以划船。等候的人非常多。

动物园我们走了二三小时，不知道走了多少。似乎规模没有伦敦的大，动物也没有那样多。对于 pandas，布置比较的特别，并不放在屋内或箱内，而是放在露天，后面是一小山，前面一道流水，中间有几棵树，两道喷水。Panda 住两层，在七千英尺以上，当然过不惯这里的天气。这两条喷水是很必要的。我们初去时，太阳正高，所以两个都在后面树荫下午睡。回来时又特

---

① 张奚若。
② 大熊猫。
③ 布朗克斯公园。

意路过此处，它们已经睡醒，一个起来散步。它们都很胖，很大，（初来时只六十磅，现在已二百余磅，长足时可以有三百余磅。）样子实在可笑。这是小孩的玩具活起来了。

其他动物，没有很特殊的。也许有一部疏散下乡了。老虎只有一对。狮子有一部分养在笼内，一部分养在天然环境，一道壕沟与游人隔开。

游人很多，小孩子最多。有一部分是 Children's Zoo①。在那里孩子们可以骑骆驼，骑小马等。不知多少孩子在买了票等着。

六时余回。已经很累。

王世熊及弟世钺，大春及思杜在鲠生处。我们同在楼下饭厅吃饭。到九时余始别。

看了一会报。浴。

1943 年 7 月 19 日
32:7:19(一)阴晴

早饭后怀君来。谈了一会。笃生来。同在鲠生处谈话。

中午笃生请我们进城去吃中国饭。在 Canton Village② 吃。点菜并不高明。

饭后怀君要到领事馆去托办护照。会到领事罗心畲君。不久于峻吉回。在他那里谈了一会。于与刘十余年前曾在 London School③ 同学三年。

三时出，我请他们在 Radio City Music Hall④ 看电影。怀君从前来过一次，笃生还是初次来。电影片是 *The Youngest Profession*⑤，写些电影迷的孩子们，极平常，可是台上有 ballet⑥，有音乐，有狗把戏，他们看了非常满意。完毕已六时余。

---

① 儿童动物园。
② 广东餐馆。
③ 伦敦学院。
④ 无线电城市音乐厅，位于纽约曼哈顿区，为当时世界最大的剧场之一。
⑤ 由爱德华·巴泽尔（Edward Buzzell）导演的电影《最年轻的职业》。
⑥ 芭蕾。

晚与鲠生及刘君在附近饭店吃饭。今晚旅馆的饭厅休息，所以鲠生也不得不走出去。只走两条街，他回寓已经感觉不舒服了。

十时余回房。浴，看报。看 *Far Eastern Survey* 中 T. A. Bisson on：*China's Part in a Coalition War*①。Bisson 对于中国很同情。

1943 年 7 月 20 日

32:7:20（二）晴夜雷雨

早饭后往访鲠生。他已经在开始写文章，预备写一篇 *Is China a Democracy?* 和一篇 *Is China Unified?*②我只有叹望尘莫及。

我们同去 Columbia Uni.③ 图书馆。China Inst.④ 已有信为我们介绍。所以到了那里，填了一个表格，便得到一张红色的借用图书馆证。不但可以看书，还可以借书出来。

同往访吴贻芳。吴及牛都不在。在 Morningside Dr.⑤ 走了一会。

中午，*Fortune Magazine* 的 Joseph James 邀我在 Louis XIV Rest⑥。这便是由 Harry Price 介绍。James 年很轻，从前在 State Dept.⑦ 做了五年事，前两个月方才加入 *Fortune* 写文。所以他对于内部恐怕也不曾熟悉。他说要知道他们的观念，不但要读他们的报告，而且要读 *Fortune* 的论文，*Life* 的社论。他们的里面组织有一个研究团体，但是人数很少。一篇初稿完成后，送各部门的人看过，最后开会讨论，加以修改。他们自己有一图书馆，内部人称为 morgue⑧。他说如与他们一部分人见面商谈，最好先有题目，然后可以讨论。

---

① 《远东调查》中托马斯·阿瑟·比森《论反战联盟里中国的角色》。
② 《中国是民主的吗?》和《中国是统一的吗?》。
③ 哥伦比亚大学。
④ 中国学院。
⑤ 莫宁赛德路。
⑥ 《财富杂志》的约瑟夫·詹姆斯邀我在路易十四餐馆吃饭。
⑦ 美国国务院。
⑧ 停尸房。

他希望我们团体诸人都能参加。他也做不了主。后来听说鲠生与 Buell① 通过信,他说与 Buell 商谈后再定办法罢。

到 Kodak 公司去取为华放大的两张合作画照片。到 Macy② 去走了一圈。买了两本书。简直没有小的收音机出卖。又乘车到 Cortland③ 路,到上星期六来时没有开门的一家。居然有新的收音机,而且价钱并不太贵,只三十元。只是这不能用电池。我又到另一家看看电气电池两用机,要四十五元至五十元。还是旧的。还是决定买了一架新的。

Pardee Lowe 来访鲠生。我请他们在楼下饭厅吃饭。饭后笃生来。坐谈至九时半。

晚看报,补看星期日的报。试听收音机。

夜雷雨。

1943 年 7 月 21 日
32:7:21(三)晴

今早七时半即醒,睡床上看报。

中午与怀君去 automat 吃饭。

补写前几天的日记。打了一信与电气公司。写一信复高宗武夫妇。

五时半笃生来。与他及鲠生谈至七时。同笃生进城到林芳。于俊吉请吃饭,座中有凌冰夫妇,王宠佑,钱新之的女儿,海外部罗君。罗心畲君帮做主人。今天的菜很好,又有香槟酒。凌冰爱说英文,说话很多。他新近到过重庆,说在重庆一家得花万元以上,可是部长只有五千元,次长不到三千元。他是河南人,他的太太是广东人。王宠佑则近来研究灵学,特感兴趣。

散席已十时余。回家看报。浴。听广播。

---

① 雷蒙德·莱斯利·比尔 (Raymond Leslie Buell, 1896—1946),美国学者。
② 梅西百货。
③ Cortlandt,科特兰。

1943 年 7 月 22 日

32:7:22（四）雨阴晴

今早大雷雨。风急将我房间的黑帘子吹走。鲠生房中一房都是水。我起来关窗后即睡床看报。

十一时半在鲠生房看另一报。与他及怀君谈话。中午同怀君在外吃饭。

补写完日记。三时半又下了一阵雨。雨后太阳便出来了。所以天气还是很热。

与华写信。从四时写到六时。一信没有写完。

适之来。在鲠生房坐谈。即在楼下吃饭。适之现在仍夜间工作。昨晚他与小三等去看 Kiss & Tell①，回寓写文章。写完一看，已四时余了。一睡便到十二时方起。他最近写一篇文章，长八千字，证明汉时并不避皇帝的庙讳。

适之提起 Bisson 在 Far East Survey 写的文章，引起许多人的反感。夏晋麟很生气。宋子文也很不满意。他召夏去，delete 了两个 paragraph②。一条是询问中央军和红军所受的损失的数字，是从哪里来的。一条是说要是中国的 feudalism③ 能够让它抗战六年，那么 thank god for feudalism④。夏写一信致这报，即将这两段包括在内。适之说这信写得不好。夏能说话，却并不能写文章。他说第一段可用，第二段却等于承认是用不得的。他说最好是要 I. P. R. 自己否认。夏曾会见 Carter，Carter 也知道事情不妙。他说，这文章等出版后才看到。蒋梦麟曾来信劝他去游中国，他说现在看来只好暂缓了。夏说最不可恕的是此文出版等，I. P. R. 特别发一新闻致各报。

适之九时余走，我送他上汽车。在外面散步，走了十几条街。在收音机听英国及伦敦新闻。

---

① 《绯闻故事》。
② 删去两个段落。
③ 封建主义。
④ 为封建主义感谢上帝。

浴。与莹写信，写了不多。

1943 年 7 月 23 日

32:7:23(五)晴

　　晨看报。

　　十一时余与怀君去鲠生处谈话。一时与怀君进城。我身边的钱快没有了，到 Cook① 去取了百元。在 Rockefeller Plaza 地下层 Down Under Rest. 吃饭。怀君请我。饭后到 Doran② 去看画，买了四本书。

　　四时到七十四街一家电影院去看 *Gone With Wind*。③ 这电影已有几年，所以只有在很小的戏院才有时看得到。这影院很小，来看的人还是很少。片子很长，演了三时半以上。演得很好。Scarlett④ 这样一个不寻常的女人，演出来使人不觉得失去同情，很不容易。出院已八时。乘车到 Stoffer 已八时半，已不做生意了。到 Russia Tea Room⑤ 去吃饭，吃了 caviar⑥ 等，很不坏。是我请怀君。乘车回已十时。与鲠生谈了半小时，回房听新闻广播。

　　浴后睡。

1943 年 7 月 24 日

32:7:24(六)晴

　　晨看报。

　　十一时余与怀君去鲠生处谈话。怀君说英庚款生到 Canada⑦ 后都对英反

---

① 托马斯·库克旅游公司。

② 多兰。

③ 《乱世佳人》(《飘》 *Gone With the Wind*)。

④ 斯嘉丽。

⑤ 俄罗斯茶屋。

⑥ 鱼子酱。

⑦ 加拿大。

感。他们主张中国一定要强，要报仇。他们主张将来要联修日本，与白人争竞。我与鲠生都力辩这见解的危险。讨论了近两小时。鲠生说留美学生，怀这种见解的人很不少。这实在是一种可忧的现象。

一时半与怀君到一 Stanley Cafeteria① 吃饭。

回时遇吴志翔君。到他那里去坐谈半小时以上。他约我明天同到海边去。

看三十日（已经出版了！）的 *Colliers*，看完 Faith Baldwin② 的小说。实在太不高明。第一篇是写蒋经国的，满篇都是恭维，可是却无意中活画出一个小小的独裁者来。

五时笃生来。

五时半浴与鲠生及怀君去适之处。适之今晚请鲠生在林芳吃饭。约了 Mrs. Hartman，Miss 王及我们作陪。另约了游建文及王慕守。游没有能去。王去适之处谈话，没有去吃饭。

九时半回。

浴。听新闻广播。浴。补写三天来日记。

1943 年 7 月 25 日
32:7:25（日）阴晴

晨出门遇笃生。同早饭后回寓。十时三刻与他及怀君会吴志翔君同往游 Rye Beach③。得先乘电车至 125 街 New Haven④ 线搭火车。火车约四十分钟。走出了纽约的工厂区，便到了林木森茂的乡间。房子都像是别墅，马路都修得很好。到 Rye 后再得乘 Playland⑤ 公共汽车到海边。

Rye 本身是一市镇，从镇到海边，一路都是小小的别墅。海滨有饭馆，Cafeteria，有清水浴池。有更衣喷浴设备。进去更衣记存在一挂袋中，连喷水

---

① 斯坦利自助餐厅。
② 费斯·鲍德温。
③ 拉伊海滩。
④ 纽海文。
⑤ 游乐园。

浴是半元。海岸不准更衣。附近的人都换好了衣走来海滩。这里的海在一小湾中，外有石堤，所以没有什么风浪。

我们在 Cafeteria 吃饭。坐窗口下望，海滩上的人很不少。男子浴衣只一裤，女子则裤裙之外，另有一带包双乳。两节常常是分开的，并不相连。女子多于男子。小孩也不少。

饭后去买票，租衣，更衣。在海滩沙上晒了一会，走入海中。水相当冷，恐不到七十度。怀君、志翔也下水。怀君一次，志翔与我均二次。笃生因病后不敢下水受冷，所以只晒太阳。我仰泳及向右侧泳仍行，俯泳则更不如从前了。第二次在水中稍久，觉身上发冷，出水不久，右脚指有些抽筋。足见我不宜于游泳。

旁即所谓 Playland，都是小孩子玩的种种把戏。如乘车上山下壑，骑木马，乘船种种高低上下旋转的有些惊险的东西。还有打枪，投圈等种种可以得奖的玩意。我们打了几枪，投了几个圈。只有吴中了一包 chewing gum①。

乘五时五十分的车回。笃生邀我们在 125 街的 New China② 吃饭。遇见思杜。他说广播说 Mussolini③ 已辞职。这是一个很好的消息。意大利完事了。

回时有微雨。

王世熊、世钺在鲠生处。谈话至七时。听了广播，果然墨索里尼已下台，意王自任海陆空总司令，任命 Badoglio④ 为首相。Badoglio 说战争还继续。但是我们相信讲和之期不远了。许多评论者也如此说。

很是高兴。听了不少广播。

看今早的报。浴。

今天了晒了太阳，身上一件有些觉得痛了。

---

① 口香糖。
② 新中国餐馆。
③ 墨索里尼。
④ 佩德罗·巴多格里奥（Pierro Badoglio），1871—1956，意大利军事将领。

1943 年 7 月 26 日

32:7:26(一)晴

晨看报。墨索里尼辞职的消息，报上大书特书，加上不少照片和他一生的历史。大部分的观察者都认为意大利退出战争之期近了。

中午即在门口 Childs 吃。与鲠生、怀君同去。

下午与莹写了一长信。

六时余与鲠生与怀君乘车去附近的 Claremont Inn① 晚饭。这是在临江的一座小丘上，房子并不多。进去才知道有一个园子，中间有光滑的跳舞场。有一个四个人的音乐队。侍役都穿礼服。这是这里附近最阔气的饭馆了。三个人吃了十元以上。我请他们。只是坐园子里看不到江景。

八时半回。楼下 Master Theatre 有 *Good Neighbour Association*② 的电影，请我们大家去看。演的是南美的风景片。影幕太小，声光都不大好。院中很热，我们少坐即出来。在鲠生房中谈至十时余。

回房听广播消息。

写了一信与兰子，一信与仲常。

看 *Mrs. Miniver*③。

1943 年 7 月 27 日

32:7:27(二)晴夜雷雨

晨出外早饭后寄信回家。剪发。看报。

十二时前笃生来。十二时半与他及鲠生同去林芳。鲠生请客，怀君外有

---

① 克莱蒙特旅馆。
② 《睦邻交往》。
③ 《忠勇之家》。

适之及刘锴。刘锴说他昨晚去看了 *The Skin of Our Teeth*①，意义是一种 satire②。适之笑说 "通伯 is the critic. He said he couldn't understand it. I am ashamed of him"。③ 刘锴也说他不明白为什么这戏得 Pulitzer Prize。

适之说 *Encyclopaedia Britannica*④ 预备出新版，写信与他，请他推荐主持中国部分修版的人，他至今未复。他问我们，我们也写不出适当人来。

刘锴说八月号的 *Reader's Digest* 中有 Hanson Baldwin⑤ 一文，攻击中国的军事力量，比 *Times* 中一篇 more devastating⑥。我们谁也没看过。我们没有能买到 *Reader's Digest*。

陪鲠生去 5 &10 Cents Store⑦ 买了些东西，乘公共汽车回。

看完报。倦极，睡着了。有人访鲠生，误叩我门，方醒。

五时余怀君来。他今晚回 Toronto⑧，来辞行。谈了一时余。到鲠生房。有 Roger Green⑨ 在那里。他面有病容。新自华府来，即将回去。Green 走后，笃生来。怀君七时动身。笃生送他上车站。我们即在旅馆饭厅吃饭。

饭后我出去走到百十街，想买一个 *Reader's Digest*，谁知什么地方也没有。在江边走回。

看 *American Memory*⑩，听广播。浴。看 *Mrs. Miniver*。

1943 年 7 月 28 日

32:7:28(三)晴半夜雨

晨看报。买到了一本 *Reader's Digest*，看到了 Hanson Baldwin 攻击中国的

① 《九死一生》。
② 讽刺。
③ "通伯是批评家。他说他不明白这个戏。我都替他感到害臊。"
④ 《大不列颠百科全书》(*Encyclopaedia Britannica*)。
⑤ 汉森·鲍德温（1903—1991）长时间担任《纽约时报》杂志军事编辑。
⑥ 更具破坏力。
⑦ 5 或 10 美分杂货店。
⑧ 多伦多。
⑨ 罗杰·格林。
⑩ 《美国记忆》。

文章。他说的话，一部分不是没有理由，但是态度不好，而且许多地方言过其实。我疑心他一定听了有些从中国回来的美国军人的话。不知道许多美国军人与中国方面有摩擦。

一时与鲠生到林芳。晋麟请吃饭。适之最先到，主人反在我们后到。鲠生说美国人对于准时赴宴的观念很深。适之照例准时到。初来的中国人常不知这重要。今天最后到的是笃生及费孝通。此外有蔡卓夫、萧作梁，海外部罗君，和新闻处的罗慕生、林霖、杨永清、刘良模等。

夏看了 Hanson Baldwin，很生气，写了一篇答复，对于中国不是 a nation①，中国军事领袖都是 warlords②，和中国战报不可靠有辩驳。适之说对于军事问题，我们没有能力反驳。他提议由夏建议，让中国政府请 B 去华看〔勘〕察。如做得通，即可发一声明，说 B 君对于中国真相，诸多不明，中国政府已请他去考察。这样不辩，人们也就对他的信心动摇了。夏深为赞成此议。

三时到 Museum of Modern Art③。今天的电影，是 1917 年到现在美国新闻片的演变。有一个片子形容现代都市的不适居住，和新都市应分散在乡间，两两对照，给人以一个深刻观念。

今天上三楼看陈列的画。现代艺术，实在是看不懂。Gogh 及 Gauguin 最怪。有时还看到怪中之美。Matisse 的东西也是如此。Picasso④ 无论如何都没法看得懂，也没法看出有什么美点来。有一幅画西班牙某城被轰炸的巨幅⑤，有二三丈宽。线条等等完全是像小孩画的。有几幅美国画，也同样的无意义。一幅画一大树，树根似人脚，树枝似人手，而枝间隙地是许多人的头，人脚及经脉。工夫很细，但是想不出有什么深意，看不出有什么趣味或美丽。

有一位女子在演讲，有几个人在听。听了一会，也听不出很多道理来。

六时回。

陈燕青与其次女来访鲠生。与他们坐谈少时。

---

① 一个国家。
② 军阀。
③ 现代艺术博物馆。
④ 此段提到的画家依次为凡·高、高更、马蒂斯、毕加索。
⑤ 即毕加索的巨幅名画《格尔尼卡》。

晚饭与王世熊弟来。九时半在收音机中听 Pres. Roosevelt① 演讲。他说话很慢,很清楚,用的字句很简单。只三十分钟,从国际说到国内,从战争说到战后,无不井井有条。

十时半回房听伦敦广播等等。都已在引证罗氏的话。

浴。看了一篇端升在 *Foreign Affairs* 中的问。看 *Mrs. Miniver*。

1943 年 7 月 29 日
32:7:29(四)阴

近来每天七时余醒,起来到门外取了报,睡床上看一会标题大字等等,常常又睡着了。今天再醒已九时。

晨看报。天闷热,坐了也流汗。

午饭后补写日记。写信复任以都、景超。一信致 Joseph James,不知怎么我近来文思更涩,写短短一信都得花不少时候。

萧作梁来访。少坐即去。

六时到鲠生处。徐大春在那里。

六时半与鲠生同进城到林芳。Pardee Lowe 请邀鲠生与 Little Brown② 书店的 Angus Cameron③ 同餐。从六时半谈到九时半方散。Cameron 很想出版些关于中国的书。Lowe 介绍鲠生与他见面即为此。他希望鲠生写的是一种 hand-punching, critical④ 的书,将 Lippmann⑤ 等的对于远东的意见加以批评,然后提出自己的意见。书要短,不过五六万字。不要太 heavy, too full of detail⑥。但是要 full of ideas⑦。他所希望的与鲠生愿写的是大有出入。适之曾接受友人

---

① 罗斯福总统。
② 里特尔·布朗。
③ 安格斯·卡梅隆。
④ 快手批评的书。
⑤ 李普曼。
⑥ 沉重,太过于细节。
⑦ 充满观点。

写一中国史。他说已看见几章，写得不坏，但是内容太沉重，不能引起读者的兴趣。

我说适之能把无论什么东西写得津津有味。C 说为什么他不肯写东西。我说将来说不定他会写一本中国史，只是他现在没有这工夫。

最后他说如有好的中国抗战小说，大可以行销。问题是要找到适当的人来翻译。

他说 Willkie 的 *One World*① 销了百万本，其中有七八十万是一元本。W 的版税大约有二十五万左右。一元本不能到 15%，一本二元的书，出版家只收到 1.15，0.85 是书店的。作者得三角。成本大约 0.25。Overhead expenses② 0.20，广告 0.20，出版家所得大约与作者差不多。

Cameron 是一个 Democrat③，new dealer④，很 progressive⑤。对于政治方面的观念很前进，说美国有许多 fascists⑥。Lindberg⑦ 便是其中之一。他主张罗斯福当第四任总统。他认为 Willkie 在共和党未必能当选。我说要是 Willkie 在共和党当选，罗斯福不出来后补的话，W 是否有被选的希望。这他也承认了。不过他说也许 W 会是民主党的候选人。

他对于 Harry Luce⑧ 很不满意，说他是一个 imperialist⑨。他的 American Century⑩ 完全可以表现他的思想。所以他再三的说蒋夫人在此与 Luce 们打在一起，很是失策。美国的自由党人都引为奇谈。他再三的说他不懂为什么要如此。

九时余出门，正在下雨。

---

① 温德尔·威尔基的《一个世界》。
② 管理费用。
③ 民主党人。
④ 新政拥护者。
⑤ 进步的。
⑥ 法西斯主义者。
⑦ 查尔斯·奥古斯都·林登伯格（1902—1974），美国飞行员、作者兼社会活动家。
⑧ 亨利·鲁斯（Harry Luce, 1898—1967），美国著名出版商，创办《时代周刊》《财富（杂志）》与《生活》，被称为"时代之父"。
⑨ 帝国主义者。
⑩ 美国的世纪。

回寓听广播。浴。

看 *Reader's Digest*。

1943 年 7 月 30 日
32:7:30（五）阴晴

晨出门，早饭。看报。

中午看见鲠生在寓吃饭，想到外面也没有什么可去处，亦便叫到房间里来。

看了一本 *Life*。

打了一信与 Price，一与卓敏，一与质廷。

听鲠生说 Holland 与 Carter 要到中国去考察，星期一便动身。他托他带一信与雪艇。我想也托他带信。

写一长信与华。

七时笃生来。与他及鲠生在楼下吃饭。饭后谈至十时。他的稿子 *Is China a Democracy* 已写好，我们都看了一遍。他说十年没有写英文，初写很费力，写了几天便熟起来了。

十时后写一信与莹，一信与孟实，一信与雪艇，一信与立武①。浴后睡已一时余。晚上用脑，起先睡不着，后来也睡不好。

1943 年 7 月 31 日
32:7:31（六）晴

晨九时半与笃生在饭店用早餐。乘车去太平洋学会访 Holland，请他带一信到重庆。他们星二动身，在中国预备耽搁四五个星期，所以不能多到地方。

---

① 杭立武（1904—1991），1929 年获伦敦大学博士。1931 年出任中英庚款董事会总干事。抗战期间任国民参政会参议员、美国联合援华会会长。1944 年，任教育部常务次长。

他访找些人写些文章，一方面可以使中国事情多给美人知道，一方面也可以给中国学者些补助费。

他问带什么小东西去送人，我说墨水笔，铅笔，鱼肝油精，Vitamin Tablets，sulfa drugs① 等等。我又请他多带几本新书在路上看看，到中国可以送朋友。

他向笃生邀文章登 *Far Eastern Survey*。介绍主编 Miss Porter② 与我们相见。

十二时回。

看报。补看星期日的特刊等等。

晚饭与鲠生往访适之。Mrs. Hartman 在那里为我们做 cocktail③。适之接到了一本陈垣考讳的书，又写了一篇文章，补证汉时并不避讳。他今天写了一半。

谈 Rodney Gilbert④ 给他一长信，为了 Bisson 与 Baldwin 的文章，很是着急，与他约期面谈。Gilbert 说他 smell Russian propaganda⑤。他认为近来美国对华攻击，从 Pearl Buck 到 Baldwin⑥ 都是受了苏方影响。适之说他这看法未免是过虑。现在攻击中国的分两派。一派是左派。从 Pearl Buck 到 Baldwin，恐怕最近受了 Smedley⑦ 影响。S 来美已半年了。一派是右派，是受了军人的影响。适之说他自己负一部分责任。他在几月前与 Baldwin 谈话，说起滇缅路运输量太小，应同时进攻安南，打通滇越路，建新路通广西等等。

适之对于林语堂，提起了便骂。说他是投机分子，爱出风头，想做官。他说 Pearl Buck 为他父写一传，名 *Fighting Angel*⑧。P. Buck 自己也还是一个 fighting angel，她的 missionary⑨ 的精神至今没有消失，只是注意点不同。林语堂也多少有这一点。他在清华时教 Sunday School⑩，领了学生唱圣诗。后来他

---

① 维他命片，磺胺药。
② 波特小姐。
③ 鸡尾酒。
④ 罗德尼·吉尔伯特。
⑤ 嗅闻俄国人的宣传。
⑥ 从赛珍珠到鲍德温。
⑦ 史沫特莱。
⑧ 《战斗的天使》。
⑨ 传教的。
⑩ 主日学校。

不好意思了。但是他的思想还是这一套。《胡适文存》三集中适之有一文提倡科学精神。林语堂当时以为时髦，在《中学生》发表一文，提倡科学。里面小题是"没有物质文明未必即是有精神文明之证"等等。现在他写 *Between Laughter and Tears*①，又在提倡东方精神文明了。这文收在《胡适文存》中。

回寓已十二时。浴。看 *Reader's Digest*。睡已一时余。

1943 年 8 月 1 日
32:8:1（日）阴后晴

今天七时余醒。看了一会报，又睡着。再醒已九时半。浴后穿衣已十时半。便不想出去吃早饭了。看报。

*New Times Book Review*② 有批评林语堂 *Between Laughter and Tears* 一文，骂得相当凶。书中反英、反欧洲文明等等，说的话很荒唐。如不是语堂，恐怕批评者根本不会批评这本书。

中午一人吃饭。饭后看 *Times* 特刊等等。

与鲠生同吃晚饭。一个人在江边散步半小时后与鲠生谈至九时半。

有 Dr. Hume③ 来访鲠生。与他谈了一会。

浴。写日记。看 *Reader's Digest*。

1943 年 8 月 2 日④
32:8:2（一）晴

晨看报。林主席死了。⑤ 这消息大家早已预备听到，所以并不惊奇。据怀君说各使馆早已接外部训令，在林主席辞世后如何服丧纪念。似乎官吏要戴

---

① 林语堂代表作《啼笑皆非》。
② 《纽约时报书评》。
③ 休姆博士。
④ 这一天的日记不完整，为残篇。
⑤ 时任国民政府主席林森于 1943 年 8 月 1 日去世。

孝三个月，不得应酬。外交官可为难了。

中午与鲠生到 Childs 吃饭。地方实不高明。

又看 Baldwin 在 *Reader's Digest* 一文。今天 *Herald Tribune*[①] 有晋麟一信，即我们上次所看的文章改写的。我也打算写一答辩文。三时左右起打到五时打了两页（双行。每页约三十行，每行十二字。共约七百字。）。外国文多年不写，自然非常生疏。可是似乎来此三月，已经比在离国前稍为顺利些了。

看 *Look*。看 Kraus on *Men Around Churchill*（*on Eden*）[②]。

与鲠生到 Schraffet。

1943 年 8 月 3 日
32:8:3（二）晴

天气更热。纽约时报说八月是夏天最热的一月，杨永清也说在他经验中，八月最热。也许好好的得热一阵。不过比起重庆来，就是比起嘉定来，究竟还是好得多。据说昨天下午九十二度，今天九十度。在房中还差几度。

上午看两种报。中午到 Schraffet 去吃饭。回来已三时。看 Baldwin 文，找出他在 *Times* 所写一文，及 Gunther Stein[③] 在 *Far East Survey* 一文。看完已四时。

思杜陪祖望[④]来了。在鲠生房中谈了两小时。到六时方出。

不久适之有电话来，让我们与祖望等同去吃饭。与鲠生到适之处，吃了杯 Cocktail，到 Lun Fong[⑤] 去吃饭。

在 Lun Fong 遇见好几个人。先是于斌及几位天主教教士。

后来是 Roger Green，Mrs. Grant，一位 Miss Chao 饭后他们来与我同坐，适之请他们喝酒。适之说起叔华是小说家兼画家，Miss Grant 问 Green 说：“你

---

① 《先驱论坛报》。

② 雷内·克劳斯（Rene Kraus）论《丘吉尔身边的人》（论伊顿）。

③ 冈瑟·斯坦因，著名记者，曾担任伦敦《新闻纪事报》和《基督教科学箴言报》特约记者。

④ 胡适长子胡祖望。

⑤ 林芳。

们找了许多中国学者们来，为什么不找一位两位女作家？"

后来又遇到陈广沅及刘景山，也来同坐谈了一会话。

后来又到适之处谈到十一时。适之说祖望的厂长的母亲对适之说，祖望是适之的儿子，可是对于文学等等一无所知，太奇怪了。适之说祖望在看 Dumas① 小说，那是一个开始。他找出一本 Dickens Digest② 来要祖望带走，说看了这一本，至少对于 Dickens 知道一点。祖望却要了一部百二十回本水浒去看。

适之说他发现鲠生对于中国外国小说诗词等等什么都没有看过。他说他是学社会科学的，不看文学书，很奇怪。我说端六、皓白都是如此。适之说丁在君便什么都看。

我们谈林主席死后要找一位像他这样没有野心，没有脾气，清廉有品格的人来做主席很不容易。我只想到张某人。适之说要是张某人没有太太，也许不错。他说林主席没有夫人，也是他成功之一原因。适之为大使时，程天固出来调查使领馆，说华府最好，因为没有大使夫人。

适之要请祖望看戏，尤其是劝他去看 Vagabond King③，我说我来请，要祖望去买票。

浴。看了一会 Kraus 的 Eden④。

1943 年 8 月 4 日
32:8:4（三）阴晴夜雨

晨看报。

中午没有出去吃饭。即在房中吃。饭后看完 Kraus on Eden 及 on Halifax⑤。

三时起开始打字写文驳 Baldwin 文。到六时打了二页半左右。

---

① 法国作家大仲马。
② 《狄更斯文摘》。
③ 《游民之王》。
④ 《论伊顿》。
⑤ 克劳斯《论伊顿》及《论哈里法克斯》。

Pardee Lowe 在鲠生处。劝我们写书。劝我译些中国小说。我请他吃饭。谈至十时方去。今天报载美国的 Senators① 五人在英、荷、意预言说战事今年年底可完。因谈战事问题，及战后和平问题。鲠生认为美国在战后可怕又会回到孤立政策。Lowe 说不至于。他认为 international police② 可以成立。美人不至于反对，因为可以解决一部分失业问题。

浴。看 Kraus *on Sinclair*③。写日记，听广播。

1943 年 8 月 5 日
32:8:5(四)晴

今天晴，但有风，湿度不重，所以不像昨天那样热。

上午看报。看 Kraus。

饭后李幹来访。在鲠生处坐谈了一时余。李去后我与鲠生往访陈燕青。在陈家坐了近二时。陈不久即将去巴西就大使职。他的夫人近来患胃病，在请医诊治，有些怕高飞。他们昨天去送无锡人薛母（荣宗敬④女）的丧。陈太太说她看了薛太太好好的死了，她更害怕了。陈燕青的寓在 5th Ave.⑤，客厅相当大。有一个中国男仆。

近六时出来。访高凌白，不在纽约。到 Storffer 去吃晚饭。中城的饭店是比我们附近的高明得多。

我一人去访王济远，未值。即到 Empire Theatre⑥ 去看 *Life with Father*⑦。这戏连演已四年。角色大都已换了人，可是号召力仍很大。

这戏是一个喜剧，写的是十九世纪末一个中产阶级的家庭。情节没有什

---

① 参议员。
② 国际政策。
③ 克劳斯《论辛克莱》。
④ 荣宗敬（1873—1938），又名宗锦，无锡人，中国实业家，与兄弟荣德生一起被毛泽东称为"中国民族资本家首户"。
⑤ 第五大道。
⑥ 帝国剧院。
⑦ 《伴父生涯》。

么很紧张的地方。实在集中在父亲的个性。这男子脾气很大，自己以为是一家之主。他太太在表面上处处顺从他，处处敷衍他，实际上她处处达到她的目的。他说他懂得女人，其实一点都不懂。他太太真是懂得他。这样一个戏居然能上演四年，足见纽约亲中的程度很不差（布景三幕都不变动）。戏院可没有坐满，两旁还有不少空座。

回寓已十一时半后了。

1943 年 8 月 6 日
32:8:6(五)晴

晨看报。

饭后思杜送来戏票。我请他与祖望去看戏，由他们去买票。他们买好了明天下午的票。他坐谈了一会，又到鲠生房中谈一会，九时去。思杜看的报纸杂志真不少，他知道的东西真多。适之说他是"道听途说"。

打一信与刘锴，一信与卓敏。今天接到薪津支票，是大使馆所开，大约又是大使馆填发。所以写信与刘。

五时余 Eggleton① 来访鲠生。他是 *New York Times* 的国际法教授，Commission of Peace② 的研究部主任。我们谈了一会，鲠生请他到 Lun Fong 去吃中国饭。到九时余方散。Eggleton 到过中国。他不像普通美国人，比较的沉静，不那样急急忙忙。他说美国的律师太多。怎样能减少一切经由律师是一个问题。他说在法律前不能绝对平等，有钱的人才能充分的利用法律。

回寓后打了一信与淑浩，又寄了百元支票与她，存华账。

听广播。看 *Life*。

---

① 埃格尔顿。
② 和平委员会。

1943 年 8 月 7 日

32:8:7(六)晴

晨看报。

中午乘地道车到 Times Square，在一个饭店叫 Toffenetti 吃中饭。座位很多，价钱可公道。城中心便有许多这样的地方。

二时半去看 *Vagabond King*，祖望、思杜、大春已先在。这是写 Francois Villion① 的音乐剧。情节很 romantic②，布景很好，音乐也很好。这戏多年前看过电影。戏院也没有坐满。

到适之处。晚上鲠生请大家吃饭。在林芳。这一群人外还有 Mrs. Hartman。饭后又到适之处谈到十一时。

浴，看报。

1943 年 8 月 8 日

32:8:8(日)阴晴

晨没有出门，亦没有吃饭。

看报。

中午在鲠生处遇到 Miss 李。三人同在饭厅吃饭。饭后又坐谈至四时。李女士从前学医，所以对于医学的智识不少。她对于食物的 Calorie，Vitamin③ 都知道得很清楚。她说一个人少睡一点钟，即多消耗多少 Calorie，所以晚睡易瘦。有许多人晚睡吃些宵夜，又补足了。这实在很简单，可是我没有想到。我在英时吃东西省钱，可是晚上又老不肯睡，所以永远精神萎靡，老是睡不醒的样子。在乐山吃量不大好，晚上睡可睡得多，所以胖起来了。现在吃得

---

① 弗朗索瓦·维庸（François Villion，1431—约 1463），法国诗人，代表作为《美丽的欧米埃尔》。

② 浪漫。

③ 卡路里，维他命。

较好，睡又常不满八时。下午老是觉得疲乏。

四时回房，看报，睡着了一会。

七时晚饭。饭后与鲠生往访王世熊姊弟。他们有同事 Pardee 夫妇在座，谈了一会。P 等去后我们又坐了少时。七时余回。

听广播。看 *Times' Weekly Magazine*①。

1943 年 8 月 9 日
32:8:9(一)晴

晨早饭后在江边看报。

戴保真（？）君来访鲠生。他是张仲述使馆一等秘书，辞职来美。年很轻，很有经验。他说 Chili② 首都的天气极好，冬天不冷，只是两个月多雨，如英国。夏天也不热。说南美人都极 extremely proud,③ 懂英文的人不多，也不愿与人说英文。张仲述爱演讲，用英文，由人译成西班牙文，很不便。他说 Argentina④ 的市政比美国好。有三条地道，一条德国人办的最好，一条英国办，次之，一条美国人办的最不行，可是比起纽约的地道来还是好了十倍。他说在南美最不便的是没有书报。美国书简直不易去。一本书得费时三四个月方到。报也得三个月。所以只有听广播。大家都听英国 B. B. C. 的广播，不爱听美国广播。英国的声音清楚，节目有味，新闻报道及评论都很好。就是美国大使馆也听 B. B. C.。英国在南美许多事都比美国办得好，因为没有政治。如情报由在久居南美，懂得当地语言、人民心理的人去办。美国则由国内派去，既不懂言语，又不懂人民心理。这许多人都是有政治背景。美国在南美的机关很多，不相联系，乱得很。

中午与鲠生又到 Schraffet 去吃饭。后去买药，想买些药托人带中国。谁知

---

① 《时代周刊》。

② 智利。

③ 极度骄傲。

④ 阿根廷。

有许多药品，如 Atabrine① 等都得经医生开方方能出买。

买了一本 Omnibus②，内有 Eve Curie's *Journey Among Warriors*③ 节本。看了几页。睡着了一会。

补写近四日日记。

晚与鲣生到百十一街一家 New Asia④ 去吃饭。吃后鲣生说太不行。我也觉得并不太坏。

在江边走了一会。浴。

看 *Journey Among Warriors*。

1943 年 8 月 10 日
32:8:10(二)下午大雨一次

晨看报。

中午在房内吃饭。

饭后看完 *Journey Among Warriors*。略休。

接下来写答复 Hanson Baldwin 的文章。大约写了两页。

六时笃生来。他今天从 Chicago⑤ 回来。与鲣生同去 Schraffet 吃饭。笃生谈他们在 Chicago 参加 Harris Foundation⑥ 开会情形。总名是 Contemporary China⑦。分三天，五次会。政治是笃生做 leader，经济景超正，费孝通副，社会费正吴副，教育金岳霖，卫生志翔、朱章赓、刘瑞恒三人。似乎只有笃生及景超预备较充分，所以要把他们两人的稿子印出来。笃生便告辞，到 Chicago 后关门写稿，常到深夜。这是不容易的。

---

① 阿的平。
② 精选集。
③ 伊芙·居里（1904—2007）的《勇士之旅》。居里为法裔美国作家、记者、钢琴家。
④ 新亚。
⑤ 芝加哥。
⑥ 哈里斯基金会。
⑦ 当代中国。

走回寓。又打了一页文章。十一时听广播。浴。看杂志。

可是睡时已不易入睡。睡后又醒几次，不安眠。

1943 年 8 月 11 日
32:8:11（三）

晨看报。

中午在寓吃饭。又打了一页余，将答复 Baldwin 一文写完。共九页。约三千字。将文送去给鲠生看。

将华所写的"谈合作画"的一文找出，我重新打过，稍加改动。打了一页余。

鲠生也提出了些可以讨论之点，及文字应修改之处。他说内容很好。说 *Reader's Digest* 不登这种文字，不如投 *N. Y. Times*①。我说先给适之看看。即写了一信与适之，快邮寄出。

与鲠生在楼下吃饭。饭后我一人去看电影，看了 *Casablanca*②，是 Ingrid Bergman③ 的作品，很出名。我也没有觉得特别好。回寓浴后睡，已一时了。

1943 年 8 月 12 日
32:8:12(四) 晴

上午看报。

近一时接到适之电话，说我的文章 very good④。他已经为我改了些小地方，字眼 tone down⑤ 了一些。*Reader's Digest* 登载文章常在一二个月前排定，恐不如送 *New York Times*。最好是直接送给 Hanson Baldwin，由他去设法。他

---

① 《纽约时报》。
② 《卡萨布兰卡》。
③ 英格丽·褒曼（1915—1982），瑞典女演员。
④ 非常好。
⑤ 柔和。

说话时，正值刘锴去访。他即邀我与鲠生一同去吃中饭。

　　与鲠生乘车至适之处，又同乘车去林芳。刘锴休假十天，到 Lela Grange① 住了二三天，天天下雨，故回来了。谈谈中国问题，适之说中国人不知道 blood is thicker than water②，以为拉住美国，便可以仇视英国。结果美国人也得罪了。刘锴说中国人与苏联弄得不好，与英弄得更坏，现在美国也有一种行动，排斥中国。中国是"四强"之一，可是一个朋友也没有。前途真是可怕。

　　刘锴本说今天要他来请客。还是适之付了账。他说他前天与吴铁城老太太等打牌，赢了六十元，应当他请客。侍役认得他，不肯收别人的钱。回寓已近四时了。

　　坐下来打字，誊录答复 Baldwin 文。题为 *China in Pacific Strategy*③。

　　五时余有防空演习，拉警报。前后总共不到一小时，中间有十分钟左右街上行人绝迹，只有戴白盔帽，戴袖圈的 Airraid Wardens④ 在街上走。五时后正是在办公室出来回家之时，在大马路中一定可观。

　　与鲠生在楼下饭厅吃饭。饭后回房打字。笃生来。坐谈一会，到鲠生房中谈话。九时余王世熊，世钺及陈君来。陈君汕头人，香港大学毕业后，去英留学，1939 年转美，在哥伦比亚得博士。是 senior engineer⑤，近两年在 Porto Rico⑥ 去做建筑飞机场的工程师。他与王女士大约已订婚。此次陈君回美，不再去 Porto Rico 了。

　　那里一个中国人也没有，所以他的国语已忘了不少。得与工人说西班牙文，西文也学到了很多。

　　客散已十一时。浴，看报。不能打字了。

---

① 莱拉田庄。
② 血浓于水。
③ 《中国的太平洋战略》。
④ 空防人员。
⑤ 高级工程师。
⑥ 波多黎各。

1943 年 8 月 13 日

32:8:13(五)阴中午大雨

晨早饭后，回旅馆打字。从十时半打至十二时，大约打了三页。

十二时左右大约。过了十二时，雨小下来了。十二时半李石曾，张静江太太，及吴秀峰夫妇在八十六街的一个 Hon Young① 饭馆请吃饭。去时雨正止了。

今天他们是为陈燕青饯行。席中陈夫妇及女外，有郭任远，郭秉文夫人（郭秉文另有他约下来），寿毅成，王济远，萧作梁，李光前（新加坡华侨，陈嘉庚之婿）等。一张很大的方形桌子，坐的满满的（还有 Free World② 的职员刘、邝、赵君等）。

李石曾今天对我很客气，满脸堆笑，问什么时候来，打听关于稚叔③近来身体情形。后来又问刘子宽。

饭后我坐在张静江侄媳妇及吴秀峰之间。张湖州人，与她谈谈君梅夫妇等。吴说广东官话，不大清楚。据他说 Free World 英文版印三万本，中文版三千本。他问我要稿子，我推到将来再说。

饭后李石曾到乡间去。我与鲠生、济远、萧作梁、李光前等到 Free World 去参观。那是在 Riverside④ 85，86 号（81 街）两栋五层楼的房子。85 号是 International Council for Universal Democracy⑤。上面有一间房子，里面放数百本 Free World，另一间为 Free World 的编辑室。三层为图书馆，但不仅一本书也没有，连书架子还没有。86 号是在街角上。二楼一间大房为李石曾办公室，有一二百本中国书，书架及沙发等。另一间为吴的办公室。三楼为职员办公室。四楼一间教堂，放了四五十把椅子。

邝君送我们一人一张这两栋房屋的照片，角上有稚叔像。底下写了"稚

---

① 霍杨。
② 《自由世界》。
③ 稚叔，即吴稚晖。
④ 河畔街。
⑤ 世界民主国际委员会。

晖大学"四字。吴秀峰与我们谈北平有中法大学，里昂有中法大学，比利时有什么。这许多机关将来集合起来，成为稚晖大学。此事稚晖先生也不晓得。还是瞒他的，恐他知道了说不定要否认。

在纽约，先打算将鲠生这两栋房子买下来。李先生说将来扩充出去，一方面可以买到 100 街，一方面可以买到 West End Ave①。（这两栋房子现在还没有买下来。他们写信与房东太太，已三个月，没有得到回信。）他们现在去里面组织了 International Council for Universal Democracy。实在就是推行总理的三民主义，主张 political democracy, economic cooperation，只是 internationalism，不是 nationalism②。修正了一下，因为不好向外提倡 nationalism，总理也主张大同主义。这是将来大学中的大同学院。一部分是合作，现在由吴瑛在接洽，请有名大学教授十多人义务任教。有某君在法国飞机场任工程师，有发明，现在在八十五号四楼关门做研究。

另一事业是李石曾自己在编一部 *World Encyclopedia*③。这内容与组织别出心裁，与以前的百科全书大不同。不久第一册便可印出来。

这两栋屋子，比较旧式，不大通气，今天闷热，坐在里面热极了。也没有电梯，很少卫生设备。所以这房子在纽约是过时的了，没有人要租。

济远与我们同到 Master，在鲠生房内谈了一会，又在我房内谈到五时余方去。他说李石曾做事听得很大实在都是空的。以前也曾邀他去住在那里，成立一画院。他看看情形不对，所以没有去。以后谈了一会西洋人对于中国画很多误会。他觉得应当多几个人出来宣传一下。他自己曾写有讲中国画理的文章，只是他的英文不行。他希望我能久居纽约。

王去后我打字打了一页。文章打完。笃生来了。又将适之改致 Baldwin 的信打了一份。笃生要学打字，指示了几点，他试了一会。

王世熊姊弟为陈君来接我与鲠生去 Lun Fong 吃饭。另请了适之（因事未能来），及 Mrs. Hartman。有人在请陈燕青夫妇，有三大桌。陈到我们桌少坐。

---

① 西区大街。
② 主张政治民主，经济合作，只是国际主义，不是民族主义。
③ 《世界百科全书》。

陈小姐来请 Mrs. Hartman 算命。看茶杯底的茶叶，居然谈了近半小时。

鲠生与笃生及我三人同到王家，谈了一会，到十一时方辞出。

看完今天的报，浴，已一时了。

1943 年 8 月 14 日
32:8:14（六）阴晴闷热

晨，早饭后打了一信与 Hanson Baldwin，快邮寄出。今天星期六，信到时人大约早不在报馆。快邮只是做样子罢了。

接到大使馆来的长途电话。原来是刘锴打来了。刘说宋先生①昨晚已回到华府，他今天打电与吴景超，要他回去。没有说要我回。但是听说我有一篇文章答复 Hanson Baldwin，他要看看，希望我把稿子快邮寄去。因打了一信与刘，将一份稿寄出（好在我打了三份）。

到鲠生房少坐。回房打了一信复质廷。质廷又两信来，说去医院割治胆石，已痊愈出院。说他接六月二十家信，桂太太只接到他开罗发的信，但说叔华已接到我纽约发的信了。第二信是为了熊汇苓②要来美求学事。附有熊致我一信，信是六月二十四日所发，说去看过叔华，小莹很好。知道家中平安，颇慰。但是从五月一号到六月二十四日，这五十多天叔华不会不写信。信到哪里去了呢？

写完信原件二时余。这两天肚子不大好，吃了泻药泻了几次。因想中午不吃饭算了。即看报看杂志。到后来可觉得肚子饿了，一点精神也没有。

六时到楼下饭厅去吃饭。八时半看完一本 *Life*。

到王世熊家。今晚是第一次纽约的无锡人开同乡会。借王家。据说纽约无锡人有四十以上，今天只到了九个人。王女士姊弟外，另有茶叶公司的蒋辑，中国银行的禹烈，国会图书馆译述的朱士嘉，水利工程的唐振绪，土木

---

① 即宋子文。
② 熊向晖的姐姐。

工程的王志锴。另有军令部派来学习军事机械工程的范振伦君。范君等同行三十余人，另有航空学生五十余人，因六月初从重庆出发，在 Bombay① 乘船绕好望角来美。在船上三十五天，只在好望角停了三天。在他们前一个船上，有十二位去英工厂实习的中国学生。那船在好望角附近为潜水艇所击沉，救生船又被扫射，沉了两个（是日本潜艇，说德国人决不如此），只有一条得救。十二人中只剩了二人！范君自己等曾遇两条潜艇，因船的速度大，所以逃脱。

今天大家都是说无锡话，我的话居然不是最不行，虽然也不大算最好。讲年龄，可比最长的邹君还长十岁左右。散已十一时半。今天天气闷热。可是回寓时看到一轮明月在天，大约是七月半了。稍有凉意。

看报。浴后睡，已一时了。

1943 年 8 月 15 日
32:8:15(日)晴有风

今天风很大，所以不觉得闷。上午看报。

一时余与鲠生到楼下吃饭。吃完要走，朱章赓来了。他今天从华盛顿来，住在这里，明天又要到加拿大去。与他谈话，等他吃完饭，上楼已三时半了。

近四时笃生来。与鲠生少谈后，我们两人去访李平衡。他即住在我们附近。谈话之间，我与他争论起来了。他说美国人打仗是上英国人的当。美国就参加，也用不着派兵到国外去，只需送些东西去算了。Nazi② 并不可怕等等。使我忍不住要驳他。只是我没有失去笑容罢了。

五时半出来，访刘廷芳。也坐了一小时。

七时后与鲠生及笃生在 Tom & Lee③ 吃饭。饭后在江边散步回寓。今天是月半。回室后看 Times Magazine。

浴。睡已十二时三刻。

---

① 印度孟买。
② 纳粹。
③ 汤姆和李。

1943 年 8 月 16 日

32:8:16(一)阴

晨早饭后去剪发。走了几家方找到地方。看报。整理剪下来的报纸。

中午与鲠生到 Schraffet 吃饭。地方固好，却没有菜吃，都是些 Sandwich①之属。

到邮局去打听寄药回中国事。适之替我问 Keith②，请他带。K 说现在邮局可以航寄。我去问，这里的邮局说不知道。包裹处说要到 B. of Econ. Warfare③ 去请求 permit④。

回寓又看了一份 *Herald Tribune*，内有 Rodney Gilbert 答复 Baldwin 的文章。睡了几分钟。

已经一星期没有时间写日记。赶快补写。

七时与鲠生同去八十街的 Hon young 吃饭。遇到李石曾，吴秀峰及大使馆的谢君在那里。

回寓到笃生来。他写的 "Is China a Democracy" 一文已经打好。我与鲠生各看一遍，提出些内容及文字上可以讨论之点。花了近二小时。他十时半去。

继续补写日记。写完了。

今天接熊汇苓六月二十六日来信，中附有华的短信。只知道她近患苦性疟疾。不知为什么她自己早没有信来。

1943 年 8 月 17 日

32:8:17(二)晴

七时半即醒。在床看报。早饭后坐江边看报。

---

① 三明治。
② 基思。
③ 据陈小滢回忆为 Bank of Economics Warfare 之缩写，即经济战争银行。
④ 许可。

中午在房吃饭。看 Kraus 的文谈 Wavell[1]。

继续修改和打叔华所作合作画一文。大约从二时至五时左右，打了三页。

郝秉权君来访。他今天从华府来，是七月二十日左右从中国来的。路上很快。他与另一位都是在西南联大休假，即领薪水。他说只薪水还不够养家。他预备在此做战时工作。不愿教书，虽然美国很缺少理科教员。

与他同找鲠生，谈至五时半。中国报载政府准自费生出国，现教部已批准三百人。这许多人能够在此时出国留学，证明一部份〔分〕人真是有钱。

六时与鲠生去适之处。他后天到乡间某处去避夏，住两星期，预备什么人也不见，所以也不告诉人他到哪里去。今晚约我们，Mrs. Hartman，思杜及大春话别。在 Longchamp 吃饭。后来又在他那里谈至十一时许方散。

适之收到书店送他尚未出版的 Smedley：*Battle Hymn of China*[2]。五百余页，他读了些部分给我们听。有些故事是不可能的。我也翻阅了一会。里面称颂鲁迅，Bob Lim[3]，Stillwell[4]，Chenault[5]，朱、毛、张学良很多。

思杜下年如何，适之说要他好好念些书，不要读学位了。告他这半月好好的玩一玩。可以看看电影，或是买一本纽约指南，好好的逛一逛纽约。

适之说八股是起于律账，是他发见〔现〕。前人有说八股起于律诗者，他今天看到。但律诗第一句，并不都是破题。至于律账，他找出四部丛刊的某两种给我看，真是如此，并无例外。

1943 年 8 月 18 日

32:8:18 (三) 晴

晨七时三刻醒。在床上看了一会报。

---

① 丘吉尔身边的阿奇博尔德·韦维尔将军（General Archibald Wavell, 1883—1950）。

② 史沫特莱所著《中国的战歌》。

③ 林可胜（Robert Lim, 1897—1969），生于新加坡，中国近代最杰出的科学家之一，美国国家科学院第一位华人院士。

④ 史迪威将军（Joseph Stilwell, 1883—1946）。

⑤ 陈纳德将军（Claire Lee Chennault, 1890—1958）。

早饭后坐江边看报。今天接到六月二十日叔华与小莹所写信。在教员住宅那里，花了八九千元，盖了一小楼。材料一部分还是拆去的。说不住可以出卖。但是那是学校的地方，不能卖与外人，恐要出卖也不易。学校是不准出卖的。

陈燕青来访问及辞行，未遇。

写日记。

中午在寓吃饭。

下午打字，修改华谈合作画一文。打了四页半，居然打完。

五时半高宗武夫妇来了，住在这旅馆十七楼。我在鲠生房等他们。他们来纽约玩，预备住十天。

七时鲠生与适之在林芳请陈燕青饯行。陈夫妇及二小姐外，有宗武夫妇，Mrs. Hartman 及王世熊。王小姐快与陈翼枢君结婚了，请适之证婚。所以大家今天都开她玩笑。适之明天出去休息。

1943 年 8 月 19 日
32:8:19(四)

晨看报。

十一时半到鲠生房。宗武夫妇与李平衡在座。李很健谈，谈打拳，打球，游泳等等。他说他去香港前并不能游泳，可是在离港前他从香港游到九龙。

中午鲠生请 Raymond Leslie Buell[1] 在林芳吃饭，与笃生及我会面。Buell 新近在 Canada 开脑取出一个瘤，养息两个月方恢复。现在一眼一耳失去效用。仍每月两周在纽约办公。他说话很直接，不婉转。他对于中国问了些问题。似乎很关心，但知道的不很多。他很不赞成 Gauss[2] 回中国去任大使。他问我们有什么人。鲠生说也许 Bullet[3]。他不赞成。问他有什么人。他说如共和党

---

① 雷蒙德·莱斯利·比尔，美国学者。

② 高斯。

③ 布利特。

执政，也许 Henry Luce。他很希望 Willkie 当选。

他又说 Hall① 很守旧。State Department 里只有 Summer Welles② 比较的前进。

他不赞成 Walter Lippmann：*U. S. Foreign Police*③。他说他不赞成 Alliance④，如只有 alliance，将来战败国无法处置。他主张有一个国际组织，但是可以先有一个 nucleus⑤，不必一切都包括在内。他觉得苏联很不易合作。他说英美中可以先成立一个 nucleus。将来苏要参加时很好，既不参加，世界局面也可维持。

他不赞成 Baldwin 的意见。他听说我写文驳 B 要我寄他一份。

二时半发。与笃生到 Globe Theatre 看 Walter Disney 的 *Victory Through Air Power*⑥。这是 Seversky⑦ 的书改成电影。S 的主张很简单化的画出，很是有力。只要炸德国的工厂，德国便可崩溃。但日本的 radius⑧ 比德国远，盟国没有适当的根据地可以去轰炸日本。最近的是海参崴，但海参崴如一动，日本与满洲⑨好像蛇的上下颚，一合下来便吞下去了。中国一面是高山，三面是敌人。空军所需的用品不能单靠空运可够。所以只有加紧找三千里程的远距离轰炸机，才能解决这问题。

五时余回寓。打了一信与夏晋麟，请他为我打几份答 Baldwin 的副本。一封信到 Postmaster⑩，询问寄药到中国去的办法。

宗武夫妇因此间房子不好，搬进城住 Hotel Pierre⑪ 去了。与鲤生在旅馆吃饭。饭后谈至九时。

---

① 霍尔。
② 国务院里只有萨默·威尔斯（Summer Welles, 1892—1961），美国外交官。
③ 沃尔特·李普曼《美国外交政策》。
④ 联盟。
⑤ 核心。
⑥ 到环球剧院（Globe Theatre）看迪士尼的《空中制胜》。
⑦ 亚历山大·舍韦尔斯基。
⑧ 半径。
⑨ 应指伪满洲国。
⑩ 邮政局。
⑪ 皮埃尔饭店。

回房。整理叔华所写谈合作画文。看杂志。补写了一点日记。浴。

1943 年 8 月 20 日
32:8:20（五）

晨没有报送到门口来。原来送报人罢工。可是街上还是可以买到报。早饭后坐江边看报。

中午李平衡请吃饭。与鲠生同去。座中有宗武夫妇及胡世泽的儿子 Peter。Peter 人很高，但只十五岁。李安徽人，他的夫人四川人，善做菜。饭菜极好。吃得稍多，到晚上都吃不下东西。李谈话批评官，尤其是外交官，谈做官没出息，做外交官更没出息。

三时余与宗武等回。在我房坐了一会后到鲠生房坐谈至近七时。

晚鲠生在林芳请吃饭。宗武夫妇外，有王世熊、世铖，陈翼枢，及沈观鼎夫妇。沈福州人，沈来秋一家，做了七年巴拿马公使，卸职后没有下文。现在"新报"带李辛之任笔政，月薪只百数十元。沈夫人是郑廷禧之女，母法人（?），样子看不出是中国人来。幼时随父在俄，所以俄文、法文都说得很好。在巴拿马又学了西班牙文。英文可应用，中文也可以说几句话。她不止的说穷。自己做衣，自己做饭。说巴拿马天气热，生活高，所以没有积蓄。

陈翼枢君虽学工，对于英文学颇有兴趣。他说他爱看英国小说，不爱美国小说。

Mrs. Grant 及一安南女子在邻座，过来谈话。

席散后我与鲠生同宗武夫妇到他们的旅馆。谈到十二时方辞出。谈的大都是汪①出走时事。他们在香港时，希圣仍与布雷②通信，那时宗武与渝方没有接洽。但是到了上海后宗武与渝方接洽，希圣却不知道。最后宗武说，如要离沪去港，他有办法。事后他曾想如最后半年他不消极，一切接洽事，当

---

① 汪精卫。
② 陈布雷。

然由他担任，一切把柄也可以拿在手中了。但是如此做法，似乎不大厚道。

叶达最恨的是张岳军。他说他自己岂是做汉奸的人，但张群逼他无路可走——因为日本亦要求免职，可是命令中却添了"永不叙用"字眼。他一晚在高家哭了半小时。高问他是否愿意投渝方去，他说他只要有兵带，他便不去。看来将来到时候他是可以带了兵归顺的。

宗武起先劝汪勿去沪，但住在海外，在港、在河内，或到意大利。他从上海回香港后，胡政之说汪不听高话，蒋应很高兴。如汪听了高的话，蒋可为难了。

浴后睡已一时。

今天接 Baldwin 复信，很和气，说他谢谢 frankness and sincerity①。他说他将文送 Reader's Digest 去，唯恐不能登，因此杂志不登驳辩文。也许可登 Times 来函栏。如不能实现则将来他预备写几篇答复批评他的文章。当将我文札录于他的文中。

宗武说汪的领袖欲极大，气量很小。陈公博在军时领衔发了一个通电，汪看了很不高兴，对陈说，党的领袖还是他来担任吧。陈说他在津整天的喝酒玩女人，是从这里来的。

汪太太也是处处要居第一，不肯居第二的。

1943 年 8 月 21 日

32:8:21（六）

晨看报。

近一时与鲠生进城，到 Hotel Pierre。宗武夫妇住三十九层。其他的高楼大厦，不用说中央公园了，都在脚下。

今天中午他们为陈燕青夫妇饯行，请了陈氏夫妇及惠明与高凌百。凌百

---

① 直率和诚挚。

提议到一家意大利馆子 Zuckao 去。这里比 Pierre 便宜至少一半。吃一块 Mexican Melon① 加上两片薄薄的火腿。这是这里的特色。又吃一种方的饺子似的东西。比中国饺子可差了。饭后宗武夫妇，鲠生及我到 Stanhope House 凌百房间去闲谈。我叫茶房去买了今晚 *Student Prince*② 的戏票，请他们看戏。

六时到公园散步半小时。到 Lums Garden（林园）吃中国饭。这里价很便宜，味也很不坏。吃完饭时间还早，去马路走了一会，到家 Gallaher's③ 去吃了一杯 Benedictine④。

Student Prince，如我所料，是从 *Alt Heidelberg*⑤ 改编为 operetta⑥，四幕。不知怎觉得不够劲。主角 Prince 声音很响亮，可是不能演戏。

1943 年 8 月 22 日
32:8:22（日）晴

早饭后看报。中午与鲠生在楼下吃饭。下午看 *News of the Week*，*Book Magazine*⑦ 等。

于野声访鲠生后来我房少坐。朱世嘉来访。

近六时去鲠生房。宗武夫妇，大春及思杜在那里。喝咖啡和 cocktail。在楼下吃饭。有徐德予君访鲠生。饭后在江滨散步。回寓谈话，至十一时半客方散。

大春说罗斯福夫人到 International House⑧ 演讲，说起蒋夫人一故事。蒋夫人问总统对于美国应注意什么。罗斯福说，问他的太太好了，她什么都不知道。罗夫人说她感觉不知怎样好，因提出她丈夫执政后的两件大事。一是

---

① 墨西哥甜瓜。
② 《学生王子》。
③ 加莱赫。
④ 一种饭后甜酒。
⑤ 《阿尔特·海德堡》。
⑥ 轻歌剧。
⑦ 《每周新闻》《图书杂志》。
⑧ 国际大厦。

T. V. A.，一是 Social Security①。谁知道这两种蒋夫人都没有听见过，她不知道是什么。

宗武说夫人回国后对 Social Security 忽然很注意。有了几次电报来打听。

1943 年 8 月 23 日
32:8:23(一)晴

早饭后在江边看报。

打了一信复质廷。一信与 Buell，送他一份答 Baldwin 文副本。信方发出，他的秘书打电话来问鲠生，此文已寄没有。美国注意之深，非我们所及。

中午与鲠生到附近一家 Regent Hotel② 吃饭。居然东西不坏，价钱很便宜。

看了一会 *Life*。

补写日记。

五时半与鲠生去 Hotel Pierre，喝 cocktail。近八时到 Lums Garden 去吃饭。饭后找地方看电影。因高太太都看过，所以比较为难。最后到 Astor③ 看 *Best Foot Forward*④。是有五彩的音乐剧。情节毫无可取，歌舞还热闹。出来后吃了些冷饮，乘电车回寓，已十二时半了。看一会 *Eve*⑤。

宗武说这两天魏道明夫妇在纽约，住在李国钦家。郑毓秀与毛邦初、叶秉衡打牌，打了一天一夜。昨夜又在吴铁城太太处打牌。郑与吴太太几乎打起架来，弄得不欢而散。郑校长打牌，输赢常常几百元。高太太从前打小牌时还参加，现在告退了。宗武说他直截了当的说不打。他说他从前连汪蒋都不敷衍，现在更不敷衍人。徐公肃与郑打了三次，将一月薪输完。宗武教他

---

① 一是田纳西水利工程（Tennessee Valley Authority），一是社会保障金。
② 丽晶酒店。
③ 阿斯特。
④ 1943 年电影《众星拱月》。
⑤ 《前夜》。

告郑以后更不凑脚。徐去说了。

郑最不喜欢人叫她魏太太。最欢喜的是叫所长，其次郑博士，否则 Mme①。有一天 KS 说魏太太电话，她说"你也叫我魏太太，我杀了你"。

宗武说宋魏都以为 State Department 与适之有友谊，此路他们走不通，便不与来往，实在大错。他告萧勃，有便可以电告戴雨农②。最近蒋有电来，令使馆与 State Dep. 维持接触，大约发生了效力。魏请 State Dep. 请高作陪，他最初以为是有意的。

魏在美朋友很少。法国方面还有几个人。前些时曾有电回国，谈英美决不承认法 Committee③。高劝徐公肃不要如此肯定。后又去电减轻语气。

高说宋在此什么情报也得不到。美国人大都敬而远之。Rajchman 出去奔走，美国人也不肯对他看什么。他认为不必认识最重要的人，只要中间人认识几个，相当的熟识，什么话可讲。O. S. S. 中一科长便希望宗武回重庆，做中美联络人。宗武说他将来再不弄政治了。而且他从前与日人有关，现在有美国人关系，也引起猜疑。

他从前便是有几个日人极熟。一件事情发生前一二星期，他便有情报。所以蒋很相信他的话。

他说现在葡萄牙非常重要，应当有一个有政治头脑的人驻在那里。

他说陈公博有一句话说得很对，干政治切不可消极，一定得永远是积极。

我观察宗武对于政治，口头上消极，实际上还是积极。

1943 年 8 月 24 日
32:8:24(二)晨雨后晴

早饭后看报。至一时。

到外面去找饭馆。找了几个都没走进去，因为肚子并不饿。在 Automat 吃

---

① 夫人（madame）。
② 戴笠。
③ 委员会。

了一块西瓜，一块饼。

下午补写完日记。

笃生新近搬了旅馆，住在 Hotel Harmony。近六时往访。他的房子很小，不到我的一半大，周租十一元。与他同到他那里附近的 Cafeteria 去吃饭。饭后在街上走了一会。想寻找送王世熊女士婚礼的礼物。找不到适当的。同到附近电影院看电影。两个片子都很长。我们进去时，*It Happened One Night*① 已开始。第二片是 *The Lost Horizon*②。完毕已十二时了。后片是 James Hilton③ 的小说。像他的 *Random Harvest*④ 一样都用些不可思议的东西做一部分材料。此片的山景雪景都很好。

浴后睡。

1943 年 8 月 25 日
32:8:25(三)

早饭后看报。中午与鲠生出去吃饭。

昨天下午与华写信，今天下午续写。

七时吃饭后，八时到附近的 Thalia⑤ 看电影。一个德国片 *Madchen in Uniforms*⑥，并不怎样好。尤其是对白重新说过，说话与嘴唇的动作不相合，声音也不自然。另一片是 *A Bill of Divorcement*⑦。写遗传神经病的苦痛，尤其对于年轻的女儿，很是动人。里面几个角色也很好。

浴看报睡。

---

① 《一夜风流》。
② 《消失的地平线》。
③ 詹姆斯·希尔顿（1900—1954），英国近代著名畅销书作家。
④ 《鸳梦重温》。
⑤ 塔利亚。
⑥ 《穿制服的姑娘》（*Mädchen in Uniform*）。
⑦ 《离婚清单》。

1943 年 8 月 26 日

32:8:26(四)

晨看了一会报。十时余刘笃生来。在鲠生处少谈，十一时半我们两人进城去买王世熊女士的结婚礼物。在 Macy 走了一点半钟，从地窖子直走到六楼，没有买到适当的东西。

中午在 Toffenetti 吃饭。到 Breritano①。我想买一本书算了。可是里面的 Folder Treasury② 及 Oxford Book③ 都是十元以上一本。普通书又不像礼物。最后两人买了一套 Parker④ 的墨水笔及铅笔。回寓已四时余了。

倦极少睡。岳霖来访。与他及鲠生谈话至七时。留他吃饭不可。他要去江边看一个船!

与鲠生来楼下吃饭。看完报。听广播。浴。夏晋麟夫妇来。

1943 年 8 月 27 日

32:8:27(五)雨

晨看报。

王济远来电话，约去谈话。到他那里，同到林园吃饭。他说昨天接了两注生意。一注是一个美容院请他画两幅画，一张女主人像，送三百元。一注是有一 *Mademoiselle* 杂志⑤请他为一短篇小说画两幅插画。问他要多少，他要了三十元。杂志主笔说送他百元。他要我看一看这小说，把内容讲给他听。这是讲女作者童年时的一个厨子，省了钱留国去等死。用意并不坏，读后印象也不怎样好。主笔要济远画的两幅画，一幅画许多垂发辫的老头，乘船回

---

① 一家店名。

② 文件夹库。

③ 牛津图书。

④ 派克。

⑤ 《小姐》杂志。

国去死，也不好画。

五时与济远到附近去看了两个电影片。一个是 Deanna Durbin 的 *Hers to Hold*①，只看到后一半，不知好坏。一个是 *Crime Doctor*②，很平常。

七时余到 Pierre Hotel 访宗武夫妇。鲠生先在。喝了些 cocktail。我请他们到林园吃饭。

饭后大家同到陈燕青家谈话。陈太太与二小姐在家。喝茶喝酒吃瓜。到十一时半方散。

浴。看报。

晨，陈世襄的夫人姚女士来访鲠生。她在德学音乐七年，现在谱了中国民歌十首，如打花鼓等，放在 *John Day*③ 出版。

1943 年 8 月 28 日
32:8:28(六) 阴

晨看报。十二时与鲠生同去宗武处。宗武与鲠生中午在 Renbin④ 饭馆请李平衡夫妇及陈介夫人。

午后在 Pierre 客厅坐谈到近四时。在 Ambassador Hotel，陈翼枢与王世熊女士在此结婚。采的是中国仪式，但布置比较庄严。礼堂中放了多少排椅子。中间留一夹道为新娘的走道。客人百余人，坐在那里，没有声音，便与中国的拥挤不同了。

新娘打扮得很美。傧相一人，是一位已出嫁的太太，Mrs. Ho。长得很美，引起多多人的好奇心。傧相在前走，新娘由其弟撑着在后走。适之证婚，鲠生与陈介夫人任介绍人。适之读完了婚书，用英文说了一篇简短的演说。他说今天行的是中国的新式婚礼。旧式的要闹三天三晚。在美国这婚礼也许不

---

① 好莱坞女星狄安娜·窦萍主演的《赫斯行动》。

② 《犯罪医师》。

③ 《约翰·迪》，一本杂志。

④ 仁宾。

合法。要是他与介绍人被捕，好在新娘是律师，一定可以救他们出来。接着说一个文法的问题。鲠生曾问他 one another & each other 用法的区别。他找到一位哲学家的话。Life is one foolish thing after another. Love is two foolish things doing to each other. ①今天陈王结婚，他可以改成 Life is one sweet thing after another. Love is two sweet things doing to each other. ②

行礼后新娘新郎站在礼堂的另一端，接受庆贺。客人排了队鱼贯的走过去握手。女客有吻新娘的。侍者出香槟酒飨客。新娘切 wedding cake③。在此遇到 Prof. Joseph Chamberlain④。谈了一会。他是文藻⑤的老师。

与鲠生，笃生，大春，思杜同去 Pierre Hotel。宗武出示他的书稿。此书关于日本，原稿是英文。O. W. I. 为他译为英文，有五百余页，预备在 *John Day* 出版。我看了一篇序和里面的一章。里面有日本要人如松冈洋右⑥等人的故事。藏本事件⑦，须磨⑧的行动，与宗武做媒，说程克的女儿等。

八时到林园吃饭，由我请。饭后同到我们旅馆，与鲠生在房吃酒喝茶。到十一时余方散。

看报。浴。

1943 年 8 月 29 日

32:8:29（日）

晨看报。

---

① 生活是一件接一件的蠢事。爱情是彼此做的两件蠢事。

② 生活是一件接一件的甜美事。爱情是彼此做的两件甜蜜事。

③ 结婚蛋糕。

④ 约瑟夫·张伯伦教授。

⑤ 吴文藻。

⑥ 松冈洋右（1880—1946），二战期间日本有代表性的外交官，绰号"五万言先生"，其口头禅为"满蒙是日本的生命线"。二战结束后，作为甲级战犯在远东国际军事法庭审判期间病死。

⑦ 1934 年 6 月 9 日上午 9 时半，日本驻南京总领事馆突然通知南京政府：副领事藏本英明"失踪"。随后，日本大造舆论，称此为"拳匪事件"。除向中国政府交涉外，日方陆续调遣第三舰队多艘驱逐舰、巡洋舰开赴南京下关江边，进行武力威胁。

⑧ 须磨弥吉郎（1892—1970），时任日本驻南京总领事馆总领事，间谍。

下午三时余质廷来。他由 New Haven① 来，要到 Princeton 去，开完会即回华府。我们谈了一会，又到鲠生处谈。五时与他去访笃生。近六时别。

与笃生到 Hotel Paris ②访岳霖。他正在写一本英文书，论"道"。同出去在附近一广东饭店吃饭。这饭店完全美国化，连筷子都几乎没有了。

回到 Thalia 去看电影。一个是 Noel Coward's *In Which We Serve*，写一个在 Crete 岛被击沉的 destroyer 的故事③，和船上几个人家庭与恋爱。这是英国片，做得非常动人。一个是 *Little Foxes*④，写一个铁石心肠的女人，看了使人不悦。

看报。浴。

1943 年 8 月 30 日
32:8:30(一)晴

晨看报。

中午与鲠生同去林芳。晋麟在此请与太平洋学会有关的几个人，交换意见。好多人如李国钦，孟治，林语堂等都 out of town⑤ 出来。到了适之，林伴圣。讨论的是太平洋学会，Carter 等的态度，Bisson 的文章，学会中一部分年轻人如 Bisson、Perter 等都反对 Carter 等让步。他们说因有言论自由。夏曾去信，登出来了，但附有 Bisson 复及编者按语。编者却引了林语堂书中很长一段话。

适之提议成立一个聚餐会，可名为 Pacific Club⑥，每月一次，交换意见。

回寓后打了一封信致 Baldwin。今天他在 *Times*⑦ 中有一文，论太平洋的统

---

① 纽黑文。
② 巴黎饭店。
③ 诺埃尔·考沃德的《与祖国同在》，写一个在克里特岛被击沉的驱逐舰的故事。
④ 《小狐狸》。
⑤ 出城。
⑥ 太平洋俱乐部。
⑦ 《纽约时报》。

帅，完全不知道中国应已有一统帅。因写了此信，长约六七百字。鲠生看了说很好。从［重］新打过。

宗武夫妇与陈介夫人及陈四公子来。在鲠生处少坐。

七时我倒 Lums Garden。今天是英国新闻处的中国部分请中国新闻处，因为 Stanley Smith[1] 来了。Stanley Smith 提到我，所以请我参加。英方主人，Nash 及两位不识。中方夏、杨永清、高、刘良模、林侔圣外，还有中国新来到 Pacific Coast 来担任 News Services 的 James Shen[2] 及在 Chicago 负责的郑宝南，郑宝韶之弟。他说郑韶觉及淑平等都在沪。宝照在渝。

Smith 在英四月，说英国与美国大不同。他预备去美国西方，一月后到华府，返中国。他说他打算请中国新闻社记者游英，电雪槐同行。张道藩初已答应，后来又说不能实现。暂时只好停顿。

他说 Dodds[3] 已返英。他不赞成 Dodds。说一个人花了许多钱出去，单单与大学教授谈谈，看看学校，演讲几次，实在不够。他与 British Council[4] 商派一个活动的人，有地位的人出国去任代表。他说 Needham[5] 很好。他要为中国学校等买实验药品，没有钱。Smith 说新闻处可以帮忙百余镑。他在英得代理人来定，说 Needham 在印度买的末一批的账是万镑。Smith 与 British Council 商，由 Council 担任了。他也嫌 Blofeld[6] 不够活跃。说他对于中国文化有兴趣，不能介绍英国文化。

Smith 说 British Council 有意思请吴贻芳去英。后来我说起在战时很想看看英国。他问如英国请我去，我能否去？

十时余回旅馆。写完莹的信。此信几天前开始，今天方写完。另与熊汇苓写一信，不知放哪里了。找来找去找不到。

---

① 斯坦利·史密斯。
② 来到太平洋沿岸来担任新闻报道的詹姆斯·沈。
③ 多兹。
④ 英国文化委员会。
⑤ 尼德汉，即李约瑟［Joseph Needham（1900—1995），生物化学家和科学史学家］。
⑥ 布罗菲尔德。

1943 年 8 月 31 日

32:8:31(二)晴

晨又找致熊汇苓信,仍找不到。重写了一封,费时较少。

早饭后去寄信。看报。

打了一信与 Stanley Smith,请他赴约,请他吃饭或看戏。一信致邮局,打听寄药去中国的重量限制。下午补写了些日记。

五时笃生来。与他及鲠生入城到 Prince George Hotel① 访质廷。同到林园吃饭,笃生请客。饭后去 Rockefeller Centre 的喷水池边坐谈了半小时。到 Rivoli② 去看 *For Whom the Bell Tolls*,票子是昨天预买。这是 Hemingway 的小说,由 Gray Cooper 及 Ingrid Bergman③ 演电影。写西班牙内战时的一个故事。是五彩片④,几乎三小时方毕。

1943 年 9 月 1 日

32:9:1(三)晴

晨早饭后,不久任以都来。她暑假时在某处图书馆工作,后到 Virginia 及 Pittsburgh⑤。今早从 Pittsburgh 来,下午要回 Vassar⑥。

我与她谈了一会中国的情形,她家中的情形。十二时入城,请她到林园吃饭,饭后到 Radio City Music Hall。今天的人特别多,站着等的不知有多少。换了 First Messanine⑦ 的票,方得座。电影名 *Mr. Lucky*⑧,并不怎么好。

---

① 乔治王子饭店。
② 里沃利。
③ 根据海明威小说《丧钟为谁而鸣》改编的电影,由格雷·库珀和英格丽·褒曼主演。
④ 即彩色电影。
⑤ 弗吉尼亚及匹兹堡。
⑥ 瓦萨。
⑦ 当时电影院中一种特殊的票名。
⑧ 《幸运先生》。

Stage Show① 有海底跳舞，布景好极了。没有看完，因以都要赶四时四十分的车。

送她到 Grand Central②。

以都学史学，长得很高，比小时少加打扮，如不是牙凸出，还不难看。说话也 Kissable③。明年四月即毕业，预备到另校花一年工夫求一 M. A.。

今天天很热。坐公共汽车回，裤都汗湿了。

与鲣生在楼下吃饭。晚饭后笃生来。他接刘错来电，说 Dr. Song 要与他交换意见，问他能不能去华府一行。鲣生说宋不久要回国一行。如要在参政会开会时到，则不久便得动身了。

1943 年 9 月 2 日

32:9:2(四)晴

晨早饭后散步走了七八条街。在江边看报。有 Missouri④ 新闻学院毕业的 Safir⑤ 君找我谈话。

在寓中饭。鲣生示他所写他那本书的提要。

补写完日记。算账。到上月底为止，不敷有二十余元。

看 Hallett Abend's *Pacific Charter*⑥。

晚与鲣生到 Regent's Hotel 去吃饭，客很多，比我们这旅馆的价钱也贵些。

在鲣生房听广播。今天有 Town Hall Meeting⑦，辩论取消华侨 *Exclusion Act*⑧。

---

① 舞台演出。
② 纽约中央火车站。
③ 令人想吻的。
④ 密苏里。
⑤ 萨菲尔。
⑥ 哈里特·阿本德的《大西洋宪章》。
⑦ 市政厅会议。
⑧ 《排华法案》。

一方面是 Judd①，一方是 Congressman Bennett②。另有 C. I. O.③ 的人赞成取消，A. F. L.④ 的反对。演说后继以答复问题。Judd 比较理直气壮。Bennett 最初说他不赞成在战时取消这条例。后来说怕中国人进来，增加失业，等等，打动听众民族的、自私的心理。听众和提出问题的人似乎是赞成取消的人多些。

又听了 Raymond Clapper⑤ 的时评。

看 *Pacific Charter*，今天看了六十页。

浴。看 *World Digest*⑥。

1943 年 9 月 3 日
32:9:3（五）阴

早饭后走到江边公园去看报。近来肠胃不好，也许是太少运动。所以从昨天起每天早晨走二三千步。

中午与鲠生到 Regent's 吃饭。同往访岳霖，坐了一时。

午后看杂志，少睡。*American* 中有 Harry Hopkins' *We can win in 1945*⑦。我认为他的理由亦不能证明战争不能提前结束。今天报载英第八军已在意大利登陆。昨夜十二时听广播，还无消息。俄军也仍前进。如此下去，加上英美空袭，轴心在今年年底前崩溃，并非不可能。

五时半与鲠生去适之处。有画家周刚良及王少陵在座。他们走后，我们与 Mrs. Hartman 到 Longchamp 吃饭。饭后仍回适之处谈话至十一时余。

---

① 贾德。
② 国会议员本尼特。
③ 产业工人联合会（Congress of Industrial Organizations）。
④ 美国劳工联合会（American Federation of Labor）。
⑤ 雷蒙德·克拉珀。
⑥ 《世界文摘》。
⑦ 《美国人》中有哈里·霍普金斯的《我们赢在 1945》。

适之说宋前天找了晋麟去，表示对于太平洋学会非常不满，要他与朱光沐起草一电，打回中国，提议退出太平洋学会。夏后会了施肇基。施说十号左右来纽约，与Tarr①会面，并与适之商讨。

　　适之从墨索里尼下台时起，重新剪报贴报。到现在已贴了两本了。他非但剪大事，并剪社会上有味的消息。他说他现在又买晚报了。每晚如出去，一定买一份晚报回来。

　　他答应任国会图书馆中文部的Honorary Consultant②。图要送他年薪四千元，他谢绝了。他说他不受薪，行动比较自由。有时去，有时如华府人多，他可不去。如受酬则不得不去了。他以后也许每月去几天。华府的报登载他这消息，表示十分高兴。*Washington Post*开头便是'Dr. Hu Shih is coming back to Washington'③，却说他如何popular④，说他最popular & capable⑤的外交官，去年为什么更换都不明白。

　　适之从前曾有意一天背写一首好诗，一年成三百六十五首，编一集。背了百余首，便背不齐了，要去找书，常常为了一首诗找不少时候。此稿示我。他新近看过，有一部分他已不满意了。他选的绝句，以杨万里、王安石、陆放翁为最多。大都是重哲学意味。都有意思，但不一定有音调。

　　今天晚上自动的适之要听广播。他的收音机有毛病，听不清。Mrs. Hartman代他拾掇，适之也帮着，居然修理好了。

　　他有鲁迅全集。我取出翻看。他要我带回看，我没有接受。

　　适之谈语堂的开明英文教本，错误很多。三册有一句是'When nine years of age, his father died'⑥。他指了些错误，告语堂更正，恕不作序。

――――――――

① 塔尔。
② 名誉顾问。
③ 《华盛顿邮报》开头便是"胡适博士回到华盛顿"。
④ 受欢迎。
⑤ 最受欢迎和有能力的。
⑥ 此为一病句。

1943 年 9 月 4 日

32:9:4 日（六）阴

早饭后，散步看报。

今天接 Baldwin 复信，说 *Reader's Digest* 没有空隙。*Times* Letter Ed.① 答应登信的一部分。对于蒋是中国战区总司令，他说他并未想去。但是上层关系仍不明白。他说 Stillwell② 将来会指挥印度方面军队，Air Force③ 也会受 Stratmeyer④ 节制。

中午到 Old Salt Charm House⑤ 吃饭。这里是 seafood⑥ 的店子，各选很多。我吃的 charcoal broiled⑦ 的鱼，味颇佳。看 *Post* 中 Hausser on Old Chiang⑧ 等。

在寓晚饭。晚饭后与鲠生在江边散步。

九时许笃生来。他说在动身去华府前接七月十六号家信，说起叔华等搬去万佛寺。因为底下人发生问题，有两天在刘家吃饭。写信时已自己开火了。听了很有些关心。不知是否陈妈去了。如陈妈已去，搬家时一定很困难。现在过日子一定也困难。

笃生又说米已涨到十五元一斤。我动身时只三元一斤。半年间涨了五倍。这真是与马克差不多了。幸而发米，不然真要饿死了。油二十四元一斤。

笃生昨天去华府，今天回。今早与宋会谈了十分钟。宋找他去不为别事，只为了他们在 Chicago 开会时，有人说话不谨慎。宋说说话的人不是笃生，但希望以后大家合作，说话小心，并以此意转告日人。笃生问究竟他听到了什

---

① 《纽约时报》信函编辑。

② 史迪威。

③ 空军。

④ 乔治·E. 施特拉特迈尔（George E. Stratemeyer，1890—1969）美国远东空军司令。

⑤ 陈盐魅力屋。

⑥ 海鲜。

⑦ 木炭烤过的。

⑧ 《华盛顿邮报》中有豪塞尔论"老蒋"。

么话。宋说如中国政治是银行家、官僚、军阀的 trinity①。他接着说 ' Of course there is some truth in it but...'②。Trinity 的话，大约是老金所说。他与费孝通说话很是随便。

华府前两天很热，都在九十度以上。昨天今天都下雨，又觉得凉了。

浴后睡。

1943 年 9 月 5 日
32:9:5(四)阴晴

晨在公园中散步，看报。

我答 Baldwin 的文章，今天在 *New York Times* 的来函栏中登出来了。节删很多，余下来不及一半。但也有二栏。而且并不占来函中主要的位置。

中午 Pardee Lowe 来访鲠生。与他同在楼下吃饭，遇见 Prof. Condliffe③ 夫妇及其二媳妇。他们在太平洋学会与 Lowe 及鲠生相熟。饭后同去访问。他们住在六楼。Condliffe 夫妇都是新西兰人。上次大战中，Condliffe 当兵出征，战争终了后在剑桥或牛津读书。回新西兰后为太平洋学会研究部主任，曾在中国二年，国联二年。在 London School of Economics④ 任课。现为 California 教授。这一年任耶鲁国际学院研究教学。他对于中国很热心。他说他常去华府，因为在 Lehman Commission⑤ 有职务。他保留这位置的唯一目的，是当心不要把中国忘了。他说美国的物资并不太多，欧洲方面需要很大，很可能等到东方战事解决时，已经没有余资给中国了。

他与南开很熟。说卓敏与何廉都是 capable⑥ 经济学者。很称赞张伯苓，说他无论在哪一国都是伟大人物。

———————————

① 三位一体。
② "当然里面有些真相。不过……"
③ 康德利夫。
④ 伦敦大学经济学院。
⑤ 雷曼委员会。
⑥ 有能力的。

我们在谈话时，他的长子长媳来访。他听我说第一次大战时在英很奇怪。他说中国人的年龄是没法可知道的。我的年龄，推算起来应当与他自己差不多，可是从我的样子看了却与他的儿子差不多。

他的太太也很和气。是一个有高等知识的女子，但同时又是一个好的太太。

下午又继续看报。适之来。他在叔华的手卷上又提〔题〕了首诗。思杜与 Mrs. Hartman 都到鲠生处。适之听说 Condliffe 在此，请他们来参加吃cocktail。他们与次媳同来。

Condliffe 询问中国从前怎样完成统一的道理。适之说秦恃武力，不二世即崩溃。汉公孙宏定的规模，以后二千年没有什么大变。他说中国的统一，语言是一大关键，文官制度是另一关键。Condliffe 说他深思世界问题，觉得只有联合统一才有办法。所以他要研究中国统一的理由。他觉得现在的各国把 nationality① 看得太重了。

七时适之父子，Mrs. Hartman 鲠生及我同去 Claremont Inn② 去吃饭。今晚人很多。跳舞很热闹。有一位新娘及伴娘穿了礼服在跳舞。Mrs. H 是平常不行的。新月有时从云雾中一露即逝。

到 Mrs. H 寓所喝茶。回寓已十一时。看报。听广播。浴。

1943 年 9 月 6 日
32:9:6(一)晴

今天很热。又是 Labor Day③，美国各处放假，所以我更不想做事了。
早散步看报。
中午与鲠生出去吃饭。饭后他进城，我去 Thalia 看电影。是 Bernard

---

① 民族。
② 克莱蒙特旅馆。
③ 劳动节。

Shaw's *Major Barbara*。① Shaw 的剧本改编电影，这还是第一次看到。里面的对白还保存了不少。另一片是 *Citizen Kane*②。写一个报纸怪杰 Kane 的生平。并不觉得特别好。二片很长，从二时半看到近七时方出。

晚鲠生在外吃饭回。寓所不开饭。到 Schraffet 去吃饭。饭后索性再去看电影。一片是 *The Adventure of a Rookie*③。无聊得很。一片名 *The Fallen Sparrow*④，还可以。

十二时回。看第二天的报。浴。

1943 年 9 月 7 日
32:9:7 (二) 晴下午雨

今天更闷热。

上午在外散步看报。

下午看了一会 Joseph Shearing's *The Golden Violet*⑤。此书是适之借我。

写日记。

五时下雨，天仍不凉。

七时与鲠生在楼下吃饭。饭后在他房内喝 cocktail 谈话看杂志。

写完日记。

浴。

1944 年 2 月 16 日
33:2:16 (三) 阴

晨看报。

---

① 萧伯纳的《芭芭拉少校》。
② 《公民凯恩》。
③ 《新手的冒险》。
④ 《魔爪余生》。
⑤ 约瑟夫·希林的《金紫罗兰》。

写了一信与笃生，一信与岳霖。

下午看 *Events of the Week*①。补写日记。把最近几天的日记补完。

鲠生说文伯言，适之的津贴，二年后不继续，是罗氏基金不愿再出，因为此款由 Council of Learned Societies② 送，但是由罗氏基金内支付。为此适之曾大生气。他到哈佛去教书，也是万不得已。

下午雪艇曾去访 Pearl Buck。六时他与吴汝霖来 Master，在鲠生处坐了一会。他说 B③ 开口便说她不是共产主义者，她不赞成共产主义。

晚到 Metropolitan Opera④。China Trading Coop.⑤ 请了在此吃饭。饭厅中只有我们一桌人，主人夏鹏因牙病未来，到了任仕达，及美人某做东，个人雪艇，鲠，于，吴及我，又有宋以忠。是做的一个 box⑥，看的是 *Rigoletto*⑦，演女主角的又是年轻的 Patricia Mence⑧，布景音乐均佳。

1944 年 2 月 17 日

33:2:17（四）阴后雨

晨看报。

中午一时，在林芳请 Miss Rose Quang⑨ 吃饭，座中有王世熊，鲠生及怀君。Q 一人说话最多。

三时与鲠生到 Ambassador，质廷亦来。质廷要与雪艇见面。我们为约定下午三时。电约他中午吃饭，他不能赶来。不意今天下午到 Mrs. Moore⑩ 处去看画之约，不是四时，是三时。适之记错了。三时适之赶来催促。质廷说了

---

① 《本周大事件》。
② 美国学术团体协会。
③ 即赛珍珠。
④ 大都会歌剧院。
⑤ 中国贸易合作组织。
⑥ 包厢。
⑦ 威尔第的歌剧《弄臣》。
⑧ 帕特丽夏·门斯。
⑨ 罗斯·权小姐。
⑩ 摩尔夫人。

几句话即去。约晚间来，也未能来。

与雪艇、适之与于焌到 Mrs. Moore 处。另有姚，罗，济远，凌百，蒋寿萱，张乃骥（？）等。Mrs. Moore 的藏画，有的是挂的，有的是手卷。大部分都已经印出，成一巨帙。书是她的秘书和姚同编。她很得意的是一幅苏东坡的墨竹。细看竹叶明明是勾出来的，二叶中都有白线。有一个夏奎手卷，这幅画与姚藏的完全一样。后面边写"臣夏奎画"。据说英国共有同样的卷二个半，另半个在某博物院中。我觉得比较可爱的倒是王元章①的墨梅，沈不回的松菊等。

Mrs. Moore 七十多岁了，还是自己来打给雪艇看。但雪艇注意的是印章题记，对于这一套她都无兴趣，到后来便退出了。在楼下请我们茶点。她收藏的古玩也不少。房子在五马路侧，也很大。

晚适之、焌去在 Ambassador 的 Garden Room 请客。客人如 James Stillwell 等多人也不能到，到了 General McCoy，Mallony，Peffer，Prof. Mctoyne，Hume，Holland② 等。中国人有张公权，晋麟，夏鹏，济远，凌百，王际真，孟治，Kotir③，文伯，蒋寿萱，姚，罗，林霖等多人。

于说话介绍雪艇等。雪艇演讲后，适之说话，请外宾发言。McCoy，Peffer，Hume 等多人都说话，后来于作结。已十一时。

我们又上去坐谈。Kotir 新近发明一种治疗 stomach ulcer④ 的方法。只消吃某种化学物质，在二星期后，X 光可显出患处填没。陈辞修现患胃溃疡很重，雪艇为他担心，所以特别注意。他问 K 可否去中国一行。他说他与军部有契约，不能去。但只要一个医生受一二周训练便可。

李、胡出院。二人都没有什么病。胡太胖些。李则神经有些衰弱。Kotir 说，李神经有些病，看他面容，动作便可看出。神经紧张，结果可以有胃病，以致生胃溃疡。李有胃病，原因还在神经。李大慌张。

---

① 王冕（1287—1359），字元章，元末画家、诗人。
② 麦考伊将军，马龙尼，佩弗，麦克托因教授，休姆，霍兰德。
③ 柯迪尔。
④ 胃溃疡。

回家时有雨。

1944 年 3 月 6 日
33:3:6(一)

晨曹树铭来。与鲠生同早饭。曹说在此间接洽数事，都不愿就。万不得已，预备卖古书。

十时半到 State Dept. Cultural Division 访 Peck[①]，谈了一小时。他讲述 State Dept. 对中国的工作，大都是暂时的。永久的计划，要等国会通过款项。在国会没通过以前，一切计划不能谈。

与 Wilma Fairbank[②] 也谈了半小时。她注意的是怎样提倡汉学研究。她说 Council of Learned Societies 在这里提倡极有力。劝我去访问。她说 Council 将美国汉学者联络起来，工作保持接触。英国似无这种机构。但 Council 就是洛氏基金等支持。

十二时半回。与鲠生雇汽车去于斌处。与他共饭。他的平时做饭的书记今天被 Draft Brand[③] 叫去纽约问话，所以临时由潘朝英兄弟做的菜。座中另有 Father O' Brian[④]。饭后与斌同车进城。回旅馆休息十分钟。

三时一刻到 Cult. Division 去访 Turner[⑤]。这人很粗，说话很直率。他说近来来美的中国学生英文程度差了。他说最好给他们一种语言的训练。六个月或八个月。再加些美国文化的课目。他问中国政府会不会反对。他说他们并不用灌输什么政治主义，不用害怕。

三时半访 Hanson。他不赞成六月到八月的话。他说时期太长了。中国学生不能如此浪费时间。六个星期也许很够了。英语不行的可以在课外补习。

----

① 到国务院文化事务部访佩克。
② 威尔玛·费尔班克，即美国著名汉学家费正清夫人费慰梅。
③ 德拉夫特·布兰德。
④ 奥布莱恩神父。
⑤ 特纳。

Turner 又谈及将来在教会学校中也许办一个 School of American Studying①。Hanson 说美国国家向来不助任何教会。因为资助一个教会，其他教会会说话。他说中国政府帮助教会学校的经费一天多一天，将来也许可以改为国立。

与他谈了一会人才的交换及书籍的交换。他说军事当局不让书寄进去。他们有一种杂志摘要寄去。都是科学方面的杂志提要。

六时卓敏来。与他谈了一会。他最焦心的是回国的问题和家眷出来的问题。设计局熊何来电，要他们回去。他们已辞谢了。张伯苓也有电来促他回去。他说如回去不回南开，只有做官，但做一个平常的官，是否值得，又是问题。

七时与卓敏到廷黻处。鲠生及石君已到。先在 Bar 喝 cocktail，后到 grill room② 吃饭。我先走向大饭厅去。T. F. 说如不想跳舞，还是不到那一间去好。

1944 年 3 月 6 日
33:3:6

饭后在廷黻房谈话，起先没有劲。十时半鲠生说伤风不好，要去睡，先走了。我们又少坐。渐渐的谈出劲来，到十二时半方散。

廷黻今天谈政治、苏联等等，都有独到语。

他说苏联换了大使 Bogomoloff③ 后，新任的大使是新疆的副领事。这是很奇怪。后观外国某报说新疆副领事即是从前的国防部次长某人。他寻找旧报旧杂志，得到了国防次长某的照片。等他来时，请昭会细记他的面貌。他去后，出示次长相片，昭会说是一人，绝无问题。原来他是国防次长，以后化了他名去任新疆副领事。其实必有奥妙。后回国又覆车死了。石君不信他死，

---

① 美国学习学校。
② 小餐厅。
③ 迪米特里·博格米罗夫（Dimitri Bogomolov），1932—1937 年任苏联驻华大使。

相信他又化名去做他事了。

1944 年 3 月 7 日
33:3:7(二)阴

晨汤珣章来，与鲠生同早饭。他一定争了付账。他说代表同学促鲠生早回。

十一时到 Council of Learned Societies 去访秘书 Corwin[1] 君。他说他们现在对于中国方面，请房兆楹等为陆军部编了一部教中文的教科书。上册已出版，送了我一本。他说他从没有学过中文，但照了教科书中注音字母发音，我居然句句都听得懂。

研究部主任 Grames[2] 不在。由 Director Leland[3] 与我谈该会东方部的历史及工作。国会图书馆的近代名人录即是她们出版之一。他问我到英如何工作等等。为我介绍了 Prof. Webster[4] 等数人。

十二时到英大使馆访 Hayter[5] 少谈。他自己不抽烟。在抽屉内取出一盒 State Express[6]，我谢了。他说此烟还是 Madame Chiang[7] 在华府时，他们听说她爱此烟，特向英美烟公司设法购得，原定用 Lady Halifax[8] 名义致送。后来听说她已有了，便没有送去。

他介绍 Underwood[9] 是一二十余岁青年。U 说去英机位不成问题。问我何时要。

访卓敏。中午他本约了同去吃饭。后宗武又约吃粥，并让我与卓敏同去。

---

① 科温。
② 格瑞姆斯。
③ 利兰主任。
④ 韦伯斯特教授。
⑤ 海特。
⑥ 香烟品牌。
⑦ 蒋夫人，即宋美龄。
⑧ 哈利法克斯夫人。
⑨ 安德伍德。

因约了卓敏同去。座中另有鲤生。吃了饭谈话至近三时。我与卓敏到使馆去辞行。只会到了崔存璘，李幹，刘大中。

崔驾车送我回旅馆。收拾完行李又赶去车站。只差几分钟。崔与卓敏一人提一包跑上月台。车很远。居然赶上了。八时到纽约。

晚饭后写信等等。

1944 年 3 月 8 日
33:3:8(三) 晴

早饭后到邮局去取信，收到薪水汇票。回寓又赶了一信与卓敏，请他不必追问。

到 Canadian Pacific① 去换车票及定睡车座位。

访济远。与他去 52 街法国饭馆吃饭，遇林俋圣。林付了账。饭后与林同到 News Service，没有看到 C. L.，只见了 Mrs. Chen 及大春。与 Mrs. Chen 谈了半小时。

三时半约了在 East & West Association② 会见 Pearl Buck。等到四时才见到，谈了四十分钟。她说她不是共产党，不同情共产党。美国人也不同情共产党。有许多话，都是美国人从中国带回来，有许多是军界的重要的人。她也听着算了。他们说蒋先生脾气更大，常常发气，他有一次把茶杯掷宋子文（宋出门 bang 了门③，蒋以茶杯向门掷去），说中国有 concentration camp④（有人亲自看见的），年轻作家都送到 camp 去。（我说我没有听见过 camp，也没有听说一个有些声名的人被捉——除了马寅初送出重庆。）孙夫人失去言论行动的自由，二陈非常的专横种种。她说她希望国民政府能逐渐民治。有言论自由。她以为蒋先生脑筋究竟不是新时代的。最奇怪的谣言是夫人对美国某人说，

---

① 加拿大太平洋铁路公司。
② 东西方协会。
③ 砰一声关了门。
④ 集中营。

如中国人民暴动反对他们时，她希望美国人救他们出国！最后她说她并不着急，因为她相信中国的人民。

到 Scribner① 买了些书。又到济远处。六时回。

晚饭后鲠生回，来谈了少时。

写信与淑浩。一信与怀君。

收拾了一回东西，浴后睡。

1944 年 3 月 9 日
33:3:9（四）晴

晨早饭后去买了些 Vitamin 等。写了一信与刘锴。买 carton box② 也不易。访王际真，谢他送我一本他译的 *Contemporary Stories*③。他又送了我一本 *Traditional Tales*④。他说他译的阿 Q，只销了七百本。《红楼梦》也只有三千多本。一本书销不到二千元，简直谈不到版税。他在哥校任 Assistant prof.⑤，年俸只有 3 600，是起码薪水。

会到 Goodrich⑥，他说他到过珞珈山。他说哥校对入学都很严，并非对某一国人如何。如武大来的学生都像熊汇苓，便不至有什么问题了。他还广说我有这样的学生。

一时笃生来。与他及鲠生到 Rockefeller Plaza 的 Luncheon Club⑦ 应于焕吉之邀。他今天请的是 Prof. Lateworth⑧。于是 L 的学生，在 Davidson College⑨ 座中另有三位美人，都是他那时的同学。与 La 谈了一会战争与和平的问题。

---

① 斯克里布纳出版社。
② 纸箱。
③ 《当代小说》。
④ 《传统故事》。
⑤ 助理教授。
⑥ 古德里奇。
⑦ 午餐俱乐部，一种供人们餐饮社交的场所。
⑧ 雷特沃斯。
⑨ 戴维森学院。

饭后去取火车票。后来买了一双鞋。到 Macy 买玩具送怀君。菜籽送叔华等。回家已六时。

到适之处。鲠生先在。一同到 Longchamp 吃饭。饭后同去文伯处坐了半小时。适之曾患泻二天，现已痊愈。文伯割了扁桃腺，今天第八天，特别痛。适之说他去看 Dr. Johnson，一个看护谈起我，说是 a very charming man①。我写给 Johnson 的一封信，她看到了，简直像一首散文诗！

写信复 Dr. Leland，英大使馆的 Squadron Leader Atherton②，岳霖，及 Riffo Bank③。

1944 年 3 月 10 日
33:3:10(五)晴

今天更冷，出门颇似严冬。

十一时半往访 China Institutes in America④，与严仁颖及孟治先后谈话。这协会的活动过去都是与学生相关。最初由文化基金会拨款，后加清华公费生管理，战后加 State Dept. 及宋的救济金管理。最近 Henry Luce 捐款购房，才打算加其他文化活动。孟以后想多努力于捐款方面，其他事有别人办理。他希望 State Dept. 的款能继续，能永久，所以中国送 1 200 学生来的消息来后，他怕战后 State Dept. 便不肯再给了。

孟不满意中英庚款会决定不再供给庚款生继续在此。他说有交通部人要回去，找不到舱位。我问庚款生是不是愿意回去，他说二十一人中有七八人打算回去。

十二时半到济远处，他不在。到 Museum of Mod. Art⑤ 去走了一小时。看了一种描写美国生活的照片展览，及现代画家的素描。

---

① 一个非常有魅力之人。
② 皇家空军中队长阿瑟顿。
③ 里福·班克。
④ 美国中国学会。
⑤ 现代艺术博物馆（Museum of Modern Art）。

一时半又到济远处。前天他约我"后天"吃饭，但又说了"星六"。他以为是星六，我以为是"后天"。一只鸡买来方炖上。因吃了些汤，吃泡饭蒸蛋。

下午回寓收拾信件等等。摸索了几小时。

晚七时笃生来，约鲠生及我到"新亚"去吃饭。饭后又到鲠生房坐谈至十一时。

倦极。回房浴后即睡。

1944 年 3 月 11 日
33:3:11(六)晴

早饭后到银行买旅行支票。写了些日记。

十一时半进城，去 China News Service 访 C. L. 与他谈了一会。为了明天总理忌辰大会事，他们近来忙碌异常。最近左派攻击中国极力，也使他头痛。Agnes Smedley① 演说骂国民党。这一期的 *New Republic* 攻击国民政府。上星期 Pearl Buck 与 C. L. 说是三月十二没有 Mme. Sun② 的广播，恐此间发生很大想不到的反响。她说孙夫人言论行动都失去自由。C. L. 当面辩了，去电重庆，居然孙夫人答应明天广播。

刘锴来了。他打电话去使馆为我询问护照。崔说昨晚已用快邮发出。与林侔圣、林霖及 George 高③都略谈。林侔圣说很想到英国去。

一时到济远处。他炖了一鸡。座中另有朱洪题。饭后为济远复了一信。

回寓已近四时——中间去买了一纸箱，取了洗的衣服。看报等。

五时半与鲠生同去适之处。另有 Mrs. Hartman，文伯，游建文。游昨夜乘夜车回。说雪艇等昨天下午方动身。所以在 Montreal④ 休息了二三天。结果仍

---

① 艾格尼斯·史沫特莱。

② 孙夫人，即宋庆龄。

③ 乔治·高。

④ 加拿大蒙特利尔。

不好。于焌吉去吃 cocktail，另有约不能去吃饭。

鲠生请在林芳吃饭。饭后与鲠生、笃生同访王世熊、世铖，从十时三刻谈到十一时余。

1944 年 3 月 12 日

33:3:12（日）阴后雨

晨十一时访 Mrs. Beston 及 Pauline①。坐了半小时。

次访刘廷芳夫妇。廷芳连打电话来约吃饭等，谢了。今天去看他们，又送了我一件 woollen sweater②。

十二时半到朱洪题家。他夫人预备了些中国菜。十二时三刻听孙夫人广播演说，一点都听不清。

饭后同到 Metropolitan Opera House③。今天在这里举行 Sun Yet-sen Day④。人到的不少，虽然并没有坐满。票价很高，从几毛到五元。我与鲠生、游建文、潘朝英等，坐了正中的领事馆包厢。另有吴汝霖夫妇及孙治平夫人。

Governor Edison⑤ 主席，台上另有刘锴，于焌吉，夏晋麟，Pearl Buck 夫妇，Col. Carlson⑥，Admiral Yarnall⑦，Dr. Williams，孙治平 等。Mayor La Guardia⑧ 及 Paul Robeson⑨ 来说完了话便走。La 的话很简短，可是很有感情，很动听，是一位雄辩家。人很矮，肩头勉强比讲台高一点。

Paul Robeson 是请来唱歌的。但是在几支歌中间插了一段演说，是希望中国统一，不要压迫共产党。言辞中攻击中央政府，国民党。

---

① 贝斯顿夫人及波利娜。
② 羊毛衫。
③ 大都会歌剧院大厦。
④ 孙逸仙日。
⑤ 艾迪逊州长。
⑥ 卡尔森上校。
⑦ 亚内尔海军上将。
⑧ 拉瓜迪亚市长。菲奥雷洛·拉瓜迪亚（Fiorello La Guardia, 1882—1947），美国意大利裔政治家，时任纽约市长。
⑨ 保罗·罗伯逊。

Pearl Buck 的话是大半说孙夫人的生平及抱负。

休息后有 Intercollegiate chorus[①] 唱了半小时歌。以后刘锴的读蒋主席来电及演辞，与 Col. Carlson 的演说都是广播出去的。Col. Carlson 没有攻击政府，但是说共产党是怎样的努力。

又开会时，主席读了罗总统来电。中间有孙夫人及孙科演说是 record[②] 上放出来的。也听不清。

这全是 Dr. Williams 所倡导。大家觉得可笑的是他是被雇了来反共宣传的，而今天的会都是完全为共宣传。

会后与鲠生及晋麟到 Maxwell Coffee House[③] 吃咖啡。晋麟说这一次会便得花八千元。卖票等只有收入三千元。

与鲠生到适之处。文伯请吃饭。Mrs. Hartman 外又请了 Miss Newcombe[④]。在林芳。另有游建文。于焌吉也来了。

饭后遇鲠生走到 Maxwell Coffee House。我下午喝咖啡时，围巾落在那里了。人那么多，恐不易找到。只做万一之望。不意跑去一问，居然找到了。这是美国与中国的不同处。

回到旅馆。朱士嘉在等候。他帮我装了两箱子书。

1944 年 3 月 13 日

33:3:13(一)

早饭后收拾了一会东西。到银行购旅行支票。到英国的 Over Sea Press[⑤]访 Mackintosh[⑥]，也会到了 Nash。Mackintosh 给了我几个介绍信。他说出境时

---

① 学院合唱团。
② 录音。
③ 麦克斯韦尔咖啡馆。
④ 纽科姆小姐。
⑤ 海外新闻处。
⑥ 麦金托什。

都得有一个 income tax lease①。他那里有人很熟，可以陪我去取。可是我没有带护照，只得作罢。

到领事馆去辞行。于不在。今到了罗、吴及孙治平等。

中午晋麟在林芳请吃饭。刘锴与他争做东。最后刘锴请 cocktail。座中有于，游建文，孙治平，鲠生。适之谢了未来。

又买了些丝袜，口红等。

下午回家收拾东西。四时朱士嘉来。他为了去买了一 trunk②。书籍杂志有另一箱装，差不多了。朱为了装书。我自己装衣服等。到六时余朱方辞去。

卓敏今天下午特从华府来。七时到。七时余我与鲠生到 Belmont Plaza③ 去看他。我在纽约半年，没有到过 night club④。今晚鲠生请我们去 night club。去 Broadway 的 Latin Quarter⑤。这是比较 popular 的一种。我们八时余到。居然有桌子，在舞场侧。地方很大，装潢也不坏。有女子来往鼓捣人照相等等。到舞场去跳舞的人很多，可是没有一个女子长得很美，或穿得很好。

show⑥ 很长，有一时半左右。有 ballet dance⑦，有舞女十余人跳舞。舞女都长得很高，相貌也中上。有变戏法，很好。两手结紧后又与臂接圈子尤为特色。

十时半出去。等在门口的人排了很长的队。

在卓敏旅馆坐了一时余，谈话，看报，听 radio。

十二时又到楼下的 Glass Hut⑧ 夜俱乐部喝酒。也有 show，近一小时。这里规模小得多。有人唱，有戏法，也不坏，也有人舞，可没有布景，没有舞女了。

卓敏说翁咏霓、钱乙慕有电来给他与景超，说外部事期满，希望他们参加资委会派出来的团体，在美调查八月，再去英国。景超已接受。卓敏回电

---

① 所得税租赁。
② 行李箱。
③ 贝尔蒙特广场。
④ 夜总会。
⑤ 百老汇的拉丁区。
⑥ 表演。
⑦ 芭蕾舞。
⑧ 玻璃小屋。

说要酌处一二月再定。卓敏之意要家眷出国。如何能出国，很费心思。

回到旅馆已二时了。

1944 年 3 月 14 日
33:3:14(二)晴

早饭后又收拾东西。十二时笃生来。他帮了我们一会。十二时余与他去领事馆。会到于、罗等。

中午于在 Rockefeller Luncheon Club① 请吃饭。座中有适之，鲠生，卓敏，文伯，郭镜秋，王世熊，Mrs. Hartman，笃生，George 吴。另有孟治未到。

饭后与笃生到 Alien Division of the Internal Revenue Dept.，② 很快的即得了不免缴所得税的证明文件。

回旅馆。继续收拾。朱士嘉来。与笃生为我个箱子又等。熊汇苓来。到六时半。

与鲠生，大春，笃生，士嘉去车站。在站上的 drug store③ 吃饭。（事后才知道这是鲠生的生日）。

他们送我到月台门口。刘廷芳夫妇，王世熊姊弟及卓敏都来送。不能上月台。八时十分辞别登车。于焕吉来送，要我买些东西去英送人。（文伯说要送东西与公超，没有赶来。）

八时一刻开车。我坐的是一间小房，roomette④ 邻屋为 Dr. Lovell Murray⑤ 是 Toronto 的 School of Mission 的 Director⑥。他与刘廷芳等曾会过。上车后约了谈话，在他屋中谈了有二小时。

回房看报后服了安眠药睡。

---

① 洛克菲勒午餐俱乐部。
② 国税局外侨处。
③ 药房。在美国，一般药房里可以吃简单的东西，如水果、牛奶、三明治等。
④ 火车卧车车厢的小包房。
⑤ 洛弗尔·默里博士。
⑥ 多伦多的宣教学院的主任。

1944 年 3 月 15 日

33:3:15（三）雨雪

晨八时余车到 Toronto。五时余过境，有人来查阅，很客气。行李开一箱，未动手检查。怀君上月台来接。月台外有华侨领袖张子田及陈姓数人，陈骛亮、陈象宏等。火车站有地道通 Royal York Hotel①。吃早饭后方有房。洗脸更衣。

与怀君到领事馆。领事冯君到 Montreal 去了。会到学习领事刘宗武（新自国内来方一月）及办事员黄君。

与怀君去看 Royal Ontario Museum②，规模很大。我们只去东方部。会到 Bishop White③，他在中国河南等地三四十年，收集了不少古物。现为东方部主任。也收藏了不少中国书。他与我们谈了一会，引我们在中国部走了一圈。陈列依照时代，路线由古及今走了一圈，可以看到器物的变迁和各时代的特长。

一时出来。到中国饭馆吃饭。由领事馆请客，吕、刘、黄外另有张子田君。

饭后到 Toronto 大学看看，进图书馆走了一圈。这里的阅览室，男女分坐两间。规模不大。大学的屋子分多少座，亦不很大。

到怀君家与喝茶。会到斓诗及家英。他们不放心家英在外，整天守在家里。孩子似乎不大活跃。斓诗也很少与人来往。我观怀君将来如仍打算在外交界，他夫妇当多交际。

怀君为我照了几张相。

五时余回旅馆，想休息。有电话。是 *Globe & Mail* 的 City Editor Brown④ 要来访。来谈了一二十分钟而去。

这里有两份中国报，一名《醒华》，一名《国民》（？），都是中午出版。今天已登了我到的消息。是怀君所放。只是里面写了我是外交部顾问。

---

① 皇家约克酒店。
② 皇家安大略博物馆。
③ 怀特主教。
④ 《环球邮报》城市编辑布朗。

晚到张子田处，次到陈氏颍川公所。这里华侨三千人，陈姓有二三百人。组长为陈象宏之父典庚，已七十余岁。

晚陈氏请吃饭，一桌很好的席。另请了领事馆的诸位及张子田作陪。陈氏兄弟们都是洗衣馆的或饭馆厨师，报馆排字，言语不通，也没有什么话说。

饭后回旅馆。写了一信与华，一信与莹，一信与洪。连信与菜籽等都寄与游建文，请他代发。写完信，浴后睡，也快近十二时了。

1944 年 3 月 16 日

33:3:16(四)雨雪

今天要去游 Niagara Falls①，打算六时半起。怀君也说六时半电话来叫我。我六时半未醒，六时三刻电话响，将我从梦中惊醒。初不知何事，摸电话，错了方向，从床上掉下床。伤了背。

梳洗毕，等怀君来，赶去车站，离 7:45 只有一二分钟。可是车迟开了二十分钟，上车后又得等候。在车上早饭。看报。*Globe & Mail* 已将我的 Interviews② 登出。可是昨天特派人到饭店照的相却没有登。

十时车到 Welland③，换公共汽车到 Victoria Park④，走下去到公园的岸即到了瀑布。瀑布有两个。一在对面，一在右手。对面的宽阔，但不高，右手的高而狭，水势更急。可是右手的只可远瞻，不像对面的可近观。冬寒水浅，所以瀑布也不像水涨时的伟大。瀑布下的乱石冻了冰。树木树干上冻了冰。完全是中国古画中的寒林积雪，另有一番风味。河中也有冰。既无冰，自战争发生后也不准在内划船。我们沿公园河边走了一会。右手有水电厂，也不让穿过，所以不能到右手瀑布去近视。地初冻结很滑。后下雨，稍溶化⑤。

---

① 尼亚加拉瀑布。

② 采访。

③ 韦兰。

④ 维多利亚公园。

⑤ 即融化。

到 Jewel Brook Hotel① 去吃饭。本来顶上有饭厅，可眺望。此时不开，只有楼下的 Coffee Shops② 开门。吃了饭，上楼去 lobby③ 休息。此处可眺望。我闭目睡了十分钟。写了数个画片寄笃生，朱士嘉，适之，卓敏等。

近二时又到公园中来回走了一次。此时下雨，可是反而看得远些，看得清楚些。右手瀑布水下时做碧色，很鲜明

三时搭 bus 到车站，等半小时上车。六时到 Toronto。

今晚张子田请吃饭。冯领事已回，另有刘、黄及二位华侨。饭后与怀君同去电影院看一个电影，名 *What a Man!*④，只看到后一半。电影完毕后有 Vaudeville⑤，约一小时余。节目中有脱衣露体跳舞。其实跳舞很平常。裸体也没有什么特别处。阴物前后始终有些保护。其实看裸体，画画用的 model⑥ 一小时只一二元。

十一时毕。怀君送我上车。行李已交旅馆侍役送上车。

十一时半车开。我乘的是 drawing room⑦，床外有沙发，有洗脸室。可以起坐休息。可是上车已晚，明天要早起，即睡。

1944 年 3 月 17 日

33:3:17(五) 雨雪

醒已七时一刻。车应七时二十分到，不早了。昨晚嘱侍役七时叫，不知叫没有。急起洗脸。七时二十分过了，车未停。以后一切完毕，仍旧没有消息。开门方知车迟到了一小时。

八时一刻车到。大使馆黄君来接。走地道到 Chateau Laurier⑧ 客栈。此时

---

① 朱厄尔布鲁克酒店。
② 咖啡店。
③ 大堂。
④ 1938 年由埃德蒙·格里维（Edmond Greville）导演的英国电影《速成男子汉》。
⑤ 歌舞杂耍表演。
⑥ 模特。
⑦ 头等车厢。
⑧ 洛里耶堡。

没有空房。因先到底下 Cafeteria 去吃早点。与黄君谈到近十时。他江西人，北大法律系十二年毕业，在驻日大使馆长久。他不喜欢 Canada。

十时前到使馆。刘琴五割痔疮，仍未愈，上次为雪艇等来，陪了两天，又坏了。所以现在躺在床上。与他谈中国美国的朋友消息。克恢比他高两班，是音乐队的队长，他是队员。

会见了馆员苏州毛君，无锡朱家镇，及河北刘君。

毛君陪我去 Ottawa University① 。是天主教学校。有 Father San Denis② 招待。谈了一会，看看图书馆。规模极小。分几部，我们看到的只一部。怀君即在此毕业。

回到旅馆。得到了房间。与毛坐谈一会。

十二时半毛君领我走繁盛的街道到中国饭馆。此间一家为致公堂所办，一家为国民党所办。我们在党方一家。说地方较好，菜亦较好。馆员都来了，由黄君带刘琴五做主人。

窦学谦女士另邀了两位女人在吃饭，没有能参加。饭后她与我说了几句话。说来访。

荣泉声与他的同事们也在吃饭。他来坐谈少时。毛君的夫人也在座。她出国时遇险，船打沉了，她在海上漂了三天遇救。她是重庆人。

二时半与毛君去国会。国会在 Parliament Hill③ 上。左有外交部，右有其他部。中间是图书馆。圆形，只是很小。很好看。馆长与我们谈了一会。

三时到上院去看看。上院红地毯，故名 Red Chamber④ 。这几天不开会。

下院三时开会。我们坐外交团的楼，即对着 speaker⑤ 。起先是 question times⑥ ，Social Credit⑦ 首领开始发言。最后议长停止他发言。议长每起立，坐在他脚

---

① 渥太华大学。

② 圣丹尼斯神父。

③ 国会山。

④ "红楼"，即加拿大议会参议院。

⑤ 发言者。

⑥ 提问时间。

⑦ 社会信用党，加拿大一个小党派。

前 platform 上的 pages① 们都起立。人叫 order②。问题由 Mackenzie King③ 自己，国防部长，工人部长等答复。有一人为南爱尔兰说话，为议长所止。但拍桌子的很有些人。此间每人面前有一桌子，上有笔墨。喝彩即拍桌，不是拍掌。

询问完毕，议长退席。开委员会。有军需部长做长篇报告，提出商业航空的计划。

我们上顶去看钟楼。是全市最高处。四面可眺望。只是天气不好，不能看得远。

开电梯的人特别勤恳招待。偷偷的指示我们钟的构造，并让我们进去，看四点钟的打钟。钟上小下大有三四排，大的像小屋。打钟时声震耳膜。下有上次大战纪念室。

到 Museum 及 Art Gallery④ 看看。Museum 有 Dinosaurs⑤ 骨骼等，只看了一点。Art Gallery 有三四层。最上层有些英国、荷兰及意大利古画。下层是英法近代画。中间一层是 Engraving & drawing⑥，一层未开。画更不多，也各样有一点。Reynolds，Gainsborough⑦ 的像有几幅。有 G 的 *Red Boy*⑧，有 Rembrant's⑨ 自画像。有 Camel⑩ 的细工画多幅。今人有 John，Epstein，Lowry⑪ 等等。

五时余回旅馆。

六时荣泉声来。请我在旅馆饭厅吃饭。坐到九时余辞去。他说 Canada 人诚实，地方很清静。

---

① 平台上的侍童。
② 秩序。
③ 麦肯齐·金（1874—1950），加拿大第十任政府总理。
④ 博物馆及艺术画廊。
⑤ 恐龙。
⑥ 雕刻和绘画。
⑦ 英国画家雷诺兹、盖恩斯伯勒。
⑧ 《红孩子》。
⑨ 伦勃朗·哈尔曼松·凡·莱因（Rembrandt Harmenszoon Lan Rijin，1606—1669），欧洲 17 世纪最伟大的画家之一，也是荷兰历史上最伟大的画家。
⑩ 莱昂·弗朗索瓦·科梅尔（Léon François Comerre，1856—1916），法国画家。
⑪ 据小滢回忆，为英国画家约翰·柯里尔（John Collier）、劳伦斯·爱泼斯坦（Lawrence Epstein）、劳伦斯·劳瑞（Laurence Lowry）。

看报。写本日日记。浴后睡。

1944 年 3 月 18 日
33:3:18（六）晴

早饭后看报。

十时半荣泉声君来。不久毛君来。已约好了去参观 Eddy paper factory[①]。由人事科长 Maclennan[②] 及经理二人亲自引导。做币机的原则与在嘉乐所看的相同，只是长得多，大得多。一面是水也似的薄纸浆进去，一面是很精致的成了卷出来。有的纸是信纸，文具用纸，有的是很厚的双层的皮纸，有的是手纸。

做手纸成卷，成包有机器。做纸袋也有机器。本来也制报纸，因为砍树人工缺少，那一部分停了。说报纸一吨的价钱，比起今天所看的其他纸来，少了二倍至三倍。报纸可以销国外，大多销美国。其他只够销本国市场。

归时到这里的 C. D. S. 去拜访了一下。主任江彪不在，会了副主任哈君。

中午毛君与朱家镇同吃饭，座中另有毛夫人及刘君。又是广东饭店。

二时半窦女士约了来谈。说有体己话。可是来了也没有说什么。说郭部长曾有长信来说我来，陈部长有信来等等。她母亲自北平新到重庆，身体不好，要见她，请假是做不到的，说要辞职。又说要到英国去，到 Sommerville[③] 读一年书。Margery Fry[④] 再三劝她如此做。她回国后拟奉母出国。她与 Malcolm Macdonald[⑤] 兄妹都很熟。昨天中午与她同吃饭的便是 M 氏的妹。

三时黄君来，不久毛夫妇、朱、刘都来。三时半送我去车站。哈、荣也去送行。不能上月台，即辞别。

刘琴五下午到旅馆，留了一字条，说要去看医生，不能久候送别。

---

① 艾迪造纸厂。
② 麦克伦南。
③ 萨默维尔，牛津大学的一个女子学院。
④ 马杰里·弗莱。
⑤ 马尔科姆·麦克唐纳。

车四时十分开。天气很好，有阳光。经过的地方，都是原野田地，上面满是白雪，在阳光中发生反照。树木上无雪，立雪中黑白分明，颇入画。停的都是小站，只有很少的几家人居。

七时二十分到站。有阮赓唐、陈孔波、陈孔崇到月台来接。站外更到了陈氏同族十人左右。到 Windsor Hotel[①]，住 110 号。

八时他们请我到新国民饭店吃饭。座中有阮君，陈孔波，年已七十余，陈孔崇，年六十五，陈忠兴，年六十一，还有年轻的陈祥发与胡奕才。陈祥发与胡都是年轻人，受过高等教育。说在加没有出路，愿意到中国去。但是中国政府对于他们，一点都不予鼓励及援引。他们希望政府派人来与他们接洽。阮则劝他们参加三民主义青年团等等。

饭后与阮及陈孔崇去拜人。看了陈孔波（开食品店）、阮（杂货店）、陈孔崇（中国杂货店，现没有货，楼上是颍川公所），又访了国民党的李君等。他们送我回旅馆，又坐了一会。已十一时。浴后睡。

1944 年 3 月 19 日
33:3:19(日) 晴

天气很好。这里星期天没有报纸，无事可做。出去散步。旅馆一面为 Dorchester St. [②]，接近工厂区。上面为 St. Catherine St. [③]，大部分的电影院及铺子都在那里。我转到此街，沿街走了不少路，搭电车回。

十二时余陈祥发与陈孔崇来，George 陈开车。先往访谭天一，谭是在国际劳工局工作。湖南湘乡人，还是谭戒甫的侄孙。他娶了一位法国太太，两个女儿已二十岁左右，儿子只八岁。

又到新国民饭店吃饭。饭后驱车出郊外，到阮赓唐住宅。阮夫人不在，儿子外出，有三个女儿在家，也都在二十岁左右。

---

① 温莎饭店。
② 多切斯特大街。
③ 圣凯瑟琳大街。

阮君驱车陪我与谭，还有孔崇绕 Montreal 一周。M 城四面有水，或是江，或是湖。湖水大都冻结，偶有人在滑冰。夏天驾帆船钓鱼是好地方。但他们说此间冬冷夏天又很热很温潮，不舒服。最后驱车过城，在住宅区 Sherbrook St.① 穿过。

到 Harbour Bridge② 上来后走了一次。桥很长，开车走也走了五分钟方完毕。

又到新国民饭店去吃饭。因为中途在湖边吃了一个 hotdog③ 吃不下去。吃了一碗面。谭另有约辞去。

阮请我及孔崇在 Gaiety 看 vaudeville④。八时半开场，我们七时半便去了。没有什么特殊的节目。脱衣的两幕也不动人。完毕已十一时。

1944 年 3 月 20 日
33:3:20(一)雪后晴

早晨有些飘雪，不久即停。

余铭与孙治平到的 Mont Monbrant⑤（？）游息，昨夜回。今早同进早餐。早餐后到余宝。他的办事处即在此处。有加拿大女子 Miss Larson⑥ 为秘书。这女士大学毕业后研究二年，为法官秘书数年，英法文都极好。做事也有办法。月薪仅 150 元。

十时半余为我打电话致英飞机场管理处的 H. Cooper⑦ 接洽一切。明天九时有车来接。行李交涉了可带八十磅。我才放心了。

十一时谭天一来，与他到劳工局去看看。他们是租用 McGill Uni.⑧ 神学

---

① 舍布鲁克大街。
② 港湾大桥。
③ 热狗。
④ 在盖伊提剧院看杂耍表演。
⑤ 蒙布朗特峰。
⑥ 拉尔森小姐。
⑦ 库珀。
⑧ 麦吉尔大学（McGill University）。

院的房子。Fini① 在此处。进去与他谈了有一小时。他比从前长得胖了。样子仍未变。他来美已数次，这一次已二年。将来打算在美教书。他在 T. V. A. 调查一年。报告一时不能出版。新近写了一本 *International Organisation of T. V. A.*② 提倡以国际资力开放世界富源。不久可出版。

中午余铭请在 Diana Grill 吃 steak③。

看报。三时半谭天一与李锦明来。与他们乘车到山顶，看看全城景物。下来喝茶。后来又与李在房谈一小时，至六时半。李在此间医院工作，与华侨不来往（华侨曾向加政府控告他探取秘密之类），所以除谭外，与余铭亦未见过。

晚陈家又请客。陈孔波临时病了，陈孔崇主席。陈氏外又有华侨领袖。余、谭、孙都被请。孔崇说了些话。我也回答了两句。

晚收拾行李，重新装箱。写信与鲠生，笃生，怀君，及毛雪安君等。怀君有电话来。浴后服安眠药。

1944 年 3 月 21 日
33:3:21(二) 晴

昨天余铭的本地女秘书 Miss Larson 为我买了一个闹钟。所以吃了一个安眠药后，安心的睡。醒了又睡。今早六时半为闹钟叫醒。梳洗后收拾行李。八时与余孙到楼下吃早饭。行李还有机位，又买了两盒雪茄烟以便送人。

九时有车来接。半小时到三刻钟方到 Dorval 机场④。Cooper 很和气。我们的行李都好是八十磅。两个箱子六十磅，加上手提包八十磅。余铭与他们约定此数。我以为决［绝］不会超过，谁知险些超过。许多人正是带四十磅，有几人五十至六十。

---

① 菲尼。
② 《田纳西水利工程的国际组织》。
③ 在戴安娜烤肉店吃牛排。
④ 多瓦尔机场。

我们到一间屋子去，由一位空军人员说明如何带 Oxygen Mask①。各人都试验。我的一个恰好有毛病，当时即换过了。又说如何用 Mac Vest②，一是在水面上降落时带在身上的救命圈。说这只是一种 formality③。机有四个发动机，决不会有问题。

十时三刻上机。我坐第一排。可以伸脚。机上有座位，每排二人。也有暖气设备。所以并不需穿航空衣。

天气好极了。暖和无风。十一时起飞。很是平稳。逐渐飞到七千尺。以后始终在七千尺左右。高度表即在我座前。

一时有 steward④ 来分午饭。各人一盒。有三包 sandwich，一个鸡蛋，一个橘子，二片饼干，一条 Chocolate。当然吃不完。我留了橘子在袋中。

飞机是轰炸机。有人说是 Liberator⑤。号码是 AL592，不像客机有窗。舱中只有两个方窗，两圆孔。坐了看不见什么。偶然起立，可以看到下面的树林及雪地。没有洗手宝，后舱有一桶。看报看 *Life*。

三时一刻渐降落。三时三刻到地下来。这是一处名 Gander⑥。乘车到一所房子名 Eastbound Inn⑦，是这里 Hangar⑧ 的餐厅。

进去便吃饭。吃饭的人有不少，大都穿便衣的青年人。此处时间与纽约不同。我们四时，此处已五时半。我实在吃不下去。饭没有选择，汤，小牛肉，beanpie⑨，咖啡，价一元，也不便宜。

饭后与牛津 Christ church 的 Dr. Roaf⑩ 等在外面马路上来回散步。此处没有树木，只有些 hangar 与木建的宿舍之类，毫无可观。一切也无人收拾。

---

① 氧气面罩。
② 海上救生衣。
③ 走过场。
④ 乘务员。
⑤ 解放者。
⑥ 甘德。
⑦ 东行酒店。
⑧ 飞机库。
⑨ 菜豆排。
⑩ 牛津大学基督教会学院的罗夫博士。

说是今天继续飞行。因为在英都是夜飞。早晨可到。我们不知何时飞。在休息室中坐了一会。六时有车送我们去。但到了又是一休息室。而且一部分人不去那里了。最后都到齐了。这是休息室。里面有一种打枪的玩意儿。一个飞机的光影在墙上过去，你开枪如打准，便得一点。有一海军少校开始试。我也试枪，第一次一点都没有，第二次得七点。Roaf 最后曾得十六点。

我又与一位旅客打台球。当然输与他了。

八时左右忽然说今天不走了。我们走到 Hangar 中看见飞机正在修理。我们上去将行李取下，乘车回到 Gander Inn，即在 Eastbound Inn 的间壁。一人有一房。没有手巾等。

写本日的日记。算了算过去的账。

1944 年 3 月 22 日
33:3:22（三）晴雪

昨夜起先睡不着。后来还是睡着了。屋子冷，时时冷醒。在美国有水汀的房子住惯了，到英国去一定不舒服。

昨天天气非常好。有人便说不要住一天天气变了。有海军 Lieutanant Commander① 说他认识一人，一住五天。今早有太阳，但有风，渐又飘雪。天气是在转变。

上午补写在 Toronto 及 Montreal 的日记。

十二时半与 Dr. Roaf 出门散步。天气又晴，太阳很好，但是风非常的冷，刺双耳发痛。不久即回。

午饭后在休息室坐谈一会，又补写日记，至四时半。到休息室与人闲谈，看他们打桥牌。

五时半晚饭。问人谁也不知道今天飞机开不开。我与 Dr. Roaf, Dr.

———————————————

① 少校。

134

Huckill，Mr. Haid① 同走到 Hangar 去询问。才知道飞机的一个发动机坏了。今晚要飞回 Montreal 去修理。今天不能走了。他们希望明天另一机飞来送我们去英。后来我们另一批人去交涉，听 Captain② 说今天天气不算顶好，有逆风。所以有一发动机坏了，不便冒险走。

这一方是英国的空军站。美空军也在此处。每天有三次电影。我们也搭车去。到了那里，第一场未完，许多人排队在等。同行人不想进去了。又搭车回。

在休息室看 *Liberty*③（加杂志），谈话至十时。

看 *Time*。

十二时浴后睡。

这里设备很差。没有报纸杂志书籍（可以买到星期一的报），没有无线电（许多人房内自备），饭厅没有水杯。

1944 年 3 月 23 日
33:3:23(四)晴

早饭后看报，看 *Time*。

又补写日记至一时。午饭。

天气很好，不像昨天那样的苦寒。

饭后看完 *Time*，补写完日记。

四时半出门散步。一人走没有意思，归途又遇 Roaf 及 Loughuare④。与他们走到加拿大空军的范围。五时一刻回，看见一个轰炸机降落。我们来的机，昨天已开回 Montreal。说今天另开一机来。我们一心等候来机，所以看见有机很高兴。后来 Huckill 等回，说二十五分钟前还另来一机。一机有客，一机是

---

① 罗夫博士，赫克尔博士，海德博士。
② 机长。
③ 《自由》。
④ 拉夫华雷。

送我们的。说七时动身。

六时吃了饭。收拾完东西，在 Roaf 房谈话。Oriel① 亦来。七时东西上汽车，人也上来。另有十人是今天来的。机为 AL514。

8 时，或是 Greenwich Time②，11:30 机发动。可是只响不走。另一机开了。半小时后又请我们下午，说要入厂装几个 plugs③，很快便完。于是到 Traffic Office④ 去坐。喝了一杯咖啡。看了一会二年前的 *Fortune*。大家在秤上称一下重量。我穿了外套套鞋，有 144 磅。我们怕今天又走不成了，很是心焦。

1:30 说好了。机又推出厅（有一车推其一轮）。1:40 发动。1:57 起飞。外面星非常清明。

1944 年 3 月 24 日
33:3:24 晴

机师来说九小时可到。大约一万余尺高，但不言说定。我们注意面前的 altimeter⑤（大家都坐原位）差不多每二分钟上升千尺。到了一万一千尺便不再向上了。

不能入睡。看完一本 *Liberty*，看 *Life*。

3:30 Wing-Commander⑥ 又来分发点心咖啡宵夜。

可是以后渐上升，至 14 000 尺。

5 时 Wing-Commander（他与我们同坐，也像乘客之一），来开 Oxygen⑦，为我戴口罩，慢慢的高度升到二万尺。（六时）到二万尺后即不再上升了。戴

---

① 奥里尔。
② 格林尼治时间。
③ 火花塞。
④ 交通办公室。
⑤ 高度计。
⑥ 空军中校。
⑦ 氧气。

了 Gas Mask①，并不觉得不舒服。只是舱内很冷。（我们的最前座特冷。在一千尺时，后面的人脱了外套还热，关了一面的暖气。）

八时，曙光入窗了。机也渐下降。在 6 500 不降了。口套也早已去了。又吃了些 Sandwich。

10:30 左右看见机下散云下有湖有山。机师来说现正在外爱尔兰上飞过。11 时左右在海上飞，海波似乎很平。一面看到北爱的海岸，一面也看见苏格兰海岸了。

以后渐降落。十一时半前到 Prestwick② 机场。这是 Ayrshire③ 的一个大机场。

下机后领了一张文件，要经过六处，如交还机上借的衣物，如医生检查（并没有验），如 Center④（只问有预备寄的信没有），海关，Traffic 等。Traffic 记下后为我们定车票。海关分二处，一处问有没有丝袜，烟草，酒。我说有丝袜三双，后来发现六双，交他看了，交了五先令。另一处检查。也很客气。自己带五十支雪茄，不需付税。也没有多翻。他问有礼品没有。我说有几件。一看余铭两包，一包送人的丝袜六双，一包送 Lindsay⑤ 的烟草半磅。又得上税。烟草税一镑。他说可以由他们寄去，向 Lindsay 收税。我觉得不好，还是自己付了。

一切完毕。我定了一房。这里是 Terminal Mess⑥，一个相当大的旅馆。洗脸剃须等等。

去吃饭，与 Loughuare 同座，谈了一会。饭后看到华盛顿英大使馆的 Opie。他与一空军军官同坐。过去与他谈了半小时。

二时半去 Traffic Office，取到今晚汽车睡票。说车票有 warrant⑦，不用付

---

① 气体面罩。
② 普雷斯特威克。
③ 苏格兰埃尔郡。
④ 服务中心。
⑤ 林赛。
⑥ 空港梅斯酒店。
⑦ 担保。

钱。就是启程。因打了一电与顾少川，一与大使馆周书楷。

回房解衣上床。躺了两小时，简直无法入睡。不懂如何昨夜一夜不睡之后，今天仍不能睡。飞机声一刻不停。

五时起。洗了一个喷浴。写日记。收行李。

六时半与 Loughuare 到 Caffet① 去喝了一杯酒。他请我。他是 Ministry of Food② 的职员，他的名字是爱尔兰的。他说他看了中国美展，觉得那样的画是无可比拟的。他说英国军队毁坏圆明园，实在是野蛮，而主师 Elgin 是保存 Greek Marble 的 Lord Elgin 之子③，也太不可思议了。

与他及 Gordon Munro and Lt. Col. Gibson④（同吃饭）饭后与 Roaf 又谈了一会。

九时上汽车。有人点名，报告床位等等。车行半小时。一路真是漆黑，什么都不见。到了车站还是黑黑的。这是 Kilmanock⑤ 站。我们的 Warrant 还要换车票。车稍迟。

头等卧车等于美国的 roomette，一人一间屋，有洗脸盆等，比美国的大些，可多放些东西。电灯的种类也很多。

收票的即是车上侍役，收票登记后，问何时叫，要不要送一杯茶来，Sir?

吃药。看李清照词选。睡。

1944 年 3 月 25 日
33:3:25(六) 晴

睡得好极了。模糊醒来，不看表，仍睡。侍役打门，说七时三十五分，送早茶进来。早茶已多年未吃过了。

---

① 咖啡厅。
② 粮食部。
③ 主师埃尔金是保存希腊大理石雕像的埃尔金勋爵之子。
④ 戈登·芒罗和吉布森中校。
⑤ 基马诺克。

看窗外模糊，以为玻璃为特别 opaque① 的。侍役说 very foggy, sir②。伦敦的雾，晨雾，许久没有看见，不认识了。

侍役说八时半可到。结果是九时余方到。车子最后经过的地方，还是灰沉沉的砖墙瓦房。

车快到了。侍役为诸客将行李送到门口，却不为我取。我曾为食茶给了他 2/6，不该嫌少吧。车到了，侍役到后面张罗去了。我自己将三件行李搬下车。没有人接。也没有脚夫。我想也许接的人在月台外吧。好容易找到脚夫，将行李送出去。一看月台并无门，什么人都可出入，车子直开到月台后的路上。没有中国人。脚夫将行李放下，说接的人全到此来。谁知既没有人来，放的地点又没有车停。等了一会，问巡警，说最好到站外去叫车。到了站外，有人来为我叫了车。

即到大使馆。我初想也想因车误点，接的人来了又去了。可是到了大使馆，一英人门役开口，说一个人都没有来，要十时后方有人来呢。问我姓什么。我说了，他便将行李搬进去，说他立刻打电话与叶博士。他一打电话，说叶博士立刻来，一刻钟可到。他请我看报喝茶。

不久翟凤阳（瑞南）来。他说使馆正候我消息，恐怕电报来约大晚上。外面去一看，我的电报原封未动在桌上。门役说到已十时了。顾少川昨天回乡间去，今天不到馆。馆内晚上不住人。

公超③来了。他说大使馆没有值夜制，所以如此。他昨天七时到馆，没有见电。他嘱门役夜间不要走。如不吩咐，我今天去时还不让我进去。

公超自己开车，带我到 Welbeck Street 的 Welbeck Hotel④。这里离使馆很近，离公超办事处更近。使馆前两天已为我订了房。翟打电话时，初说没有，后来方说有。我们去时，说房子还未空，要等到十二时。

因到公超处。他那里有四间房，用四位雇员。公超谈话，还是像从前一

---

① 不透明的。
② 非常多雾，先生。
③ 叶公超。
④ 维尔贝克街的维尔贝克饭店。

样，豪气纵横，什么人都加批评。他自己在这里，各方面都有联络。他的工作，一方面发稿，一方面将英方舆论，报告国内。他说他与美国不同。他一切都不隐瞒，不论好坏都报告回去。但因是惹起许多麻烦。重庆来电要反驳，都得他去做。但有的时候，要反驳的可以不驳，或不便反驳。他也有时抗命。他曾辞职两次，却又不让走。他最近要回国去看看，走一趟。他也要到美国一行。为了晋麟将蒋演说集的英国版权卖与美国书铺，也不通知他一声，他要去交涉。这里英文本，一个小册子，已经出了版，他如何可收回？

十二时到旅馆。得到了 249 号房。进了房后，吴权君来，周树楷君来。顾少川接刘琴五电后，将接车等事交吴（吴景濂之子）君。所以吴君得不到消息，很着急。施参事德潜来电话，抱歉，中午要代大使请吃饭。顾初约下午茶会，后来改了星期一在使馆见面。

会了傅筱峰，请他打了一电与雪艇、宗武，告以客托此间，请示方针，并告次仲、叔华。

上四楼拜访郭秉文，梁鉴立。约到钱尧。

中午在探花楼吃饭。施代主人，座中有公超，秉文，翟，吴，周及办理文化接触及海员之陶君。座中谈罗隆基、王佑嘉等事。

饭后与公超到他 Hampstead 的 flat① 去坐谈。他有房四间，客厅，睡房，空房，浴室及厨房。有冷热水，只没有暖气。有电炉。

他与我细谈 China Institute 事。说歆海所领旅费，初是六百镑，后来又加四百镑。到了美国说没有钱了，不能来。后来又寄了二百镑，他现在要求再领二百镑补足回去的旅费。

顾少川说已找定了我。公超说很好，只是我恐不能干。为什么呢？薪水只有一千镑，而所得税要去五百镑（每镑抽 10%），一年只有四百五十镑如何生活养家？顾说可以津贴津贴。公超说津贴是有些人不愿意要的。

顾要公超去 British Council 去提一提薪水事。British Council 说如有 1ˢᵗ class

---

① 汉普斯特德的公寓。

man①，二三千镑也可。可是以后也没有再提起。

他又问起工作，第一是要学生来时接船，找房子。第二是组织讲演等等。第三是与文化机构接洽。公超告顾少川，这事通伯决不做。顾说他已说过要应付学生。公超说坐在办公室中指导学生是一件事，去接船找房子是另一件事。一个人有一个人的地位。

对于演讲，我是否愿意，也是问题。顾少川最注意演讲。公超说如我预先接洽，到任后不久即不断的弄些人来，如仲揆、异甫、孟和等，倒可以干。

但是 U. C. C.② 只有八千余镑一年，付了 Prof. Yates③ 等的薪水之后，只有二千镑左右。薪水千镑无法可加，而办事也无经费。

又 U. C. C. 的委员中，director④ 并不在内。所以名义上是受委员会的指挥，实际上是受 U. C. C. 秘书的指挥。这 U. C. C. 的代理秘书名 Richter⑤，是一个极无聊的犹太人。顾少川要公超赶 R 走。公超说他是 Howell⑥ 的人，如何可赶。现在 U. C. C. 的主席是 Prof. Adams，一切好商量，但一年期满仍得赶。里面有些委员是上海商人，Old hands⑦。（一位是会计。他要弄出 business like budget⑧，提出预算，把文化工作删去了。这是余铭讲的。）

因此种种，公超以为我不能做。

雪艇立武来后，公超也如此说。后来雪艇明白了，说我不能干。立武方也如此说。他们后来想了这方法。

公超说现在 British Council 请了中国四位教英文学的来，有"范存忠，方重……" British Council 得讯，即到大使馆去打听，大使馆人说都不知道。Council 去电重庆，说这些人都 unknown to the Chinese⑨。公超知道了，即跑去

---

① 第一等级的人。
② 大学中国学会（University China Committee）。
③ 耶茨教授。
④ 主任。
⑤ 里克特。
⑥ 豪厄尔。
⑦ 老手。
⑧ 业务预算之类。
⑨ 在中国人里没知名度。

见顾，要他说知道这些人。

公超说费孝通，老金等，可以请他们来一次。盼我交涉。

五时余与公超到 Hampstead Heath① 去散步。他寓所离很近。Heath 很大，一部分仍有野趣，矮树上径，不加人工。旁边是 Rothermere② 邸，非常的大。我们在另一方向走出，恐迷途，又退回，又走错了路。今天天气很暖。散步时我不穿自己的原外套，借了公超的薄外套，谁知还是太热。走路时不穿外衣。身上脚上还不止出汗。

这里不但草绿了，树上的花也开了。有些是桃花，有些也许是杏花。

七时三刻八时到郭秉文处。他夫人是夏鹏之妹。本在音专教音乐。今天到 Albert Hall 去听 Sir Henry Wood 的 Concert③，六时余回，方做菜。很好。酒的种类很多。

郭问我觉得英国变化如何。我说房屋街道仍旧。Bus 上有了顶。有轨电车改为无轨电车了。睡房有冷热水管，有些房子有。

郭太太讲起她的嫂嫂的姐妹的事。后来才知道原来她初嫁 Locke Wei④。Wei 跳河自杀后，她与郑宝照恋爱。宝照八年前与他太太离婚，七年前与她结婚。我说我在重庆看到淑平，她没有说起。后来想起我看见淑平是在汉口，不是在重庆。公超后对我说淑平不肯离婚，所以宝照实在是与此人同居，并未结婚。此人已五十多岁，比宝照大十岁。

郭秉文谈他去的地方，非兴趣所属。他初办教育，近十年弄财政经济。现在则要去做秘书处主任。我说，他的经验都有用。国人中胜任的人实在没有几个。

谈到十二时。听完新闻广播，公超送我回。外面真是 Blackout⑤。出了门，一点都看不见。划了几支洋火才找到车。马路中间有 Crystal⑥，反光，才可分

---

① 汉普斯特德荒野公园。
② 罗瑟米尔。
③ 到阿尔伯特音乐厅去听亨利·伍德爵士的音乐会。
④ 洛克·魏。
⑤ 一片漆黑。
⑥ 结晶。

左右。一路有人见车来便叫 Taxi，他们实在不知道哪一辆是 taxi。

回到旅馆已十二时半。上星期德机来袭四次。投下的大都是燃烧弹，及轻磅炸弹。郭夫人等说她们现在不起来了。公超说他附近落燃烧弹，他也帮了救火。他们每人都有钢盔。

我希望今夜不要来。可是回去了先不睡。捡东西，信件，写地址等到二时余方睡。

郭谈他在此交涉借款。延搁甚久。现在已有 agreement①，只还没有签字。延搁的原因是重庆方面提出一切条件要与美国相同。英国说他自己是穷国，借款已出一身汗，条件如何可接美国。公超说中国人一切要英与美同，美最生气，某英人说 'At least English is still an independent country'②。

1944 年 3 月 26 日
33:3:26(日) 晴

今天非常暖和。七时余醒，不能再入睡。

早饭后看一会报。

十一时余到公超办事处。看他重庆所来的消息。雪艇等二十三日到 Calcutta③。立武等已先回。说他们昨天动身回重庆。

与公超到 Regent Park④ 去走走，看到 Queen Mary's Garden⑤ 等。又到 Hyde park⑥。Hyde P. Corner⑦ 还是有人演讲，许多人听。中有一黑人，公超熟识。Rotton Row⑧ 中还有人骑马。Seprentine⑨ 还有人划船，而且等的人很多。男女

---

① 协议。
② 至少英国仍是一个独立国家。
③ 加尔各答。
④ 摄政公园。
⑤ 玛丽王后公园。
⑥ 海德公园。
⑦ 海德公园角。
⑧ 骑马道。
⑨ 九曲水池。

衣服也还整齐，虽然比起美国人来自然差了。

与公超到 Saville Club① 去吃饭。外面看来像一人家。里面家具也很旧了。里面不能有女客。现在可是有女侍者管车。有个客饭厅，阅报室等。有酒。午饭只三先令。外面六先令的饭，反还没有那么多。吃完饭看了一会报。

公超在此，加入的 Club 有十余种之多。他专打进没有外国会员，不收中国会员的地方。如一个 Club 是 Air Marshall Harris② 所介绍。他们两人去吃饭，公超说很愿意做会员。立即叫管事人来。来人说会章不收外国人。Harris 说他做了十多年会员，never heard of it③。有一 Club 不收外国会员，他进去了，又介绍了中国武官，美国武官，及苏联武官。在一个 Club 他提议请中美苏大使为名誉会员。

英国书籍出版要钱，需请要钱。任准不准，需先审查书。请钱时中国书都由公超审查。他反对的书便不出版。Agnes Smedley 的书他恐不出版，引起反响。所以他说他不赞成书，但不反对给钱。

有 Alan Bigland 是 M. O. I. 的 panel speaker④。他说蒋是无知识的军人等。中国来令抗议。顾找公超。公超与 M. O. I. 要解除其职务。Bigland 来找公超。他们本是好友。说他看见公超所写信。公超说他是 under instruction⑤。B 问他自己作何意见。公超说他自己没有意见。从此二人便绝交。他为这种人得罪人很多。

他又化名写人。如熊式一的 *Bridge of Heaven*⑥，他化了二名，写了二个书评骂此书。又讲到萧乾与崔骥。

公超三时乘车去 Rugby⑦，明早一上午参加讨论。要明晚方回。

我回寓休息看报。

---

① 萨维尔俱乐部。
② 空军中将哈里斯。
③ 从没听说有这事。
④ 艾伦·比格兰是情报部（Ministry of Information）的小组发言人。
⑤ 奉命行事。
⑥ 《天桥》。
⑦ 拉格比市。

五时后到 Regent Park 去散步游览二小时。走了半个公园。看到了几处胜景。桃花开了，迎春盛开。垂柳也发芽了。很暖和，不能穿外套。游人很多，男人情侣很多。

　　八时左右在旅馆吃饭。英国限制饭价，每人每餐不得过五先令。可是另定 home charge①1/6。据说大旅馆加重5%。但不准超过五先令。饭并不佳。没有 butter②，没有咖啡，茶等。也没有 serviette③。paper napkin④ 也没有。

　　看了些现代诗人作品。不大懂。

　　九时上楼。写昨今两天日记至十二时半。

　　腹胀，不大舒服。

　　今天向 Regent Park 走去时，路上看见好几所楼被炸了房子，附近左右的房子也都关起来了。沿公园的屋子，也有被炸的，可是几乎全部没有人住。

1944 年 3 月 27 日

33:3:27(一)阴云

　　一时醒后二时半醒，胃那里有些作痛作胀。心想胃病又发了，起来取出"苏打明"吃了两个。又睡。五时半又醒，痛更剧，又吃苏打明。以后时睡时醒，痛也不止。我想此病已十年未发，现在在客中又痛起来，真是糟了。

　　九时起，痛得不能多站。洗脸时立一会，坐一会。只有再去睡。等到十时打电话去使馆，只有翟君一人到了。他听了为我请医生。后来说医生二时方能来。再找另一人，也是不能上午来。

　　周书楷君来坐了一会。二时许他又来等候医生。医生 Dr. A. McCall⑤ 是顾的医生，很亲切，很小心。我告以病情，和十年前发病的经过。现在在腹有一大硬块。我疑心是不消化的东西停在腹中，将肠阻塞住了。他不大相信。

---

① 房费。
② 黄油。
③ 餐巾。
④ 餐巾纸。
⑤ 麦考尔博士。

他说我没有热度，肺部也好。此硬块如是 gall stone①，未免太大，也许是肝长得太大了。他说他找一看护来洗肠子，等洗后再看此块有无变化。他很恭维我的英语，说是 perfect②。我知道医生有这一套哦，他又问近年瘦了些没有。

五时有一位看护 Mrs. Atkinson③ 来。年约三十余岁。很能干，很体贴，很gentle④。她为我灌肠。先告我没有什么不舒服，不要害怕。原来英国灌肠方法，或是新的方法，与中国不同。这不是将水灌进去，至不可忍受时，上马桶放出。以至有时忍不住了，便弄脏床褥。这是有一个玻璃管做的义子⑤，一面灌水，一面放水。两个橡皮管上都有夹子，一个夹子一开，水便进腹，另一个一开，腹中的水便流入桶中内。腹中的粪便等也自然而然的排泄出去了。而且水也一段一段的洗进去。起先说洗下部，并没有粪便，因今天已大便三次。后面渐上去，将积的干结物溶化了一部。右腹的硬块果然小了。Dr. McCall 又来，摸了一摸也深为高兴。这手术有一时半至二时。

周书楷下午来与我买药，晚上下工又来。他说二十八年时他在汉为国联协会干事。国际儿童节时，立武请叔华去当主席，叔华带了小莹及保熙去，他曾见过。

翟瑞南也来了一次。

今天一天没有吃东西。晚吃了些药，因加了水，便感难过恶心。后来果然吐了。以后每喝水便吐。我觉得喝些洗洗胃也好，喝了几次。可是胃痛仍不止。朦〔蒙〕胧睡去后不久又醒。

1944 年 3 月 28 日
33:3:28（二）阴后晴

昨夜十二时后吃了一个安眠药。一时半即醒，胃痛更剧。后来又睡着去，

---

① 胆结石。
② 完美。
③ 阿特金森夫人。
④ 温和。
⑤ "义子"即"仪子"。

有时醒。最后醒时已五时三刻。胃胀痛不已。胃那里有几块硬物凸出。一夜口中吟不绝。哼哼之外，甚至说要死了。

不过居然又朦〔蒙〕胧睡去。醒时胃不痛了。真是"爽然若失"。起来洗脸，浑身很软弱。吃了一壶茶，一块土司。看完一张报。（Times报①平时买不到，要请求订购。）

上床又睡了一会。

下午二时余周书楷来。Dr. McMall来，他说硬块小得多，但他不觉得满意，他认为需照X光，找出原因。他说这是很不平常的。即是肠中积物，如何能堆积，一定要找出原因来。

三时Mrs. Atkinson来，今天洗肠，洗了有二小时。里面干的东西，起先打不开，不出来，打了好久才打开。据说脏物很多，各种都有。气体特多。她不时的搜摸，将气及物体压出来。硬块又缩小，但不消灭。到五时半方完。

六时半周书楷与郭则卿君来。带来些饼干等。这里买饼干也得用coupon②。

七时左右公超来。他谈到Rugby去演讲情形（文字统一，语法一样，从伦理中求得上帝等等），后来上六年级班。他们有六个学生读报告，然后请他批评。这些学生虽大都是贵族学生，但思想都左倾。

英国请求中国人去演讲，去参加讨论的很多。实在不够分配。他希望找几个人专任此事。如中英文化协会能担任一笔钱，一百镑一年，可以聘二人。

他自己的机关不易扩大。董显光在美国时对顾少川说，中国的政策是重美轻英，所以不预备在英多花钱。

近八时翟君来谈了半小时以上。他说他出席U. C. C. 每次歆海来信，使他面红。U. C. C. 愿意担任歆海回国川资二百镑。歆海来信说飞机价贵，二百镑太少，他亦不争全部飞机旅费，愿以数百镑了事。先U. C. C. 愿意送他二百镑，以后他何时定回国，为他购买船票。

---

① 《泰晤士报》。
② 购物券。

十时至十二时读词选。白天不想看书。无事只睡。有时看看天，看见气球悬在空中，傍晚一个个的降落。

1944 年 3 月 29 日

33:3:29(三)阴

今天天阴云重，据说外面天气也较冷。

晨醒已十时半。早饭后看报。

一时余周书楷来。二时午饭。方毕，Dr. McMall 来。他说腹右硬块仍未消。他明天当再请 Mrs. Atkinson 来灌肠。如不消，照 X 光也无用。他自己后天下午来看看，再定办法。他说我们的心与肺都极强。这病的原因必须设法找出才好。

三时休息至四时。浴。看词选。

晚写信与华（37）①，莹，及洪。又写一信与鲠生。写完已十二时了。看了一会词选，即睡。可是已经睡不着了。到了二时半，无法，只得吃安眠药。三时后入睡。仍常醒。

1944 年 3 月 30 日

33:3:30(四)晴

早餐后看了一会报，出门散步少时。走到 Oxford Cricus②。一路的店铺，关了门贴招租招牌的很不少。开的铺子也大多将窗户掩上盖板，或是大窗中开了小窗。窗子里东西，都是很少。一切都有些凄凉意味。

牛津街与 Cavendish Sq. 之间有两个 blockes③ 完全炸毁了。这大约是很久的事，现在破砖废瓦都打扫得干干净净，只留下断墙残垣。

---

① "（37）"是陈西滢为家信所编的号，即写给妻子凌叔华的第 37 封信。

② 牛津广场。

③ 牛津街与卡文迪什广场之间有两个街区。

到 Times Book Club① 去看看书。书也并不多，文具更是少。

到一家理发铺去剪发。问我有没有 appointment②，理发要约定时间，这还是初次。只好约了明晨才去。

回寓。周书楷君来。午饭后梁鉴立来。梁是绍兴人，与楼光来同乡极熟。与吴德生更熟。

写完昨天的几封信。

五时余 Mrs. Atkinson 来，灌肠一小时以上。今天似更没有很大的结果。

灌肠时公超来。说顾少川要来访，他说代达到好了。顾为 China Institute 事与公超办交涉，要他不要阻挡。公超说只要顾能劝我担任，他没有话说。

昨天 U. C. C. 开会开了二小时。对于将 director 的地位抬高，薪水加高，Prof. Adams 认为都没有问题。但担任此来，至少得三年。公超说如无适当的人来担任，提高了许多人来争也是问题。他觉得即提高了，Adams 说二千至二千五百镑，使馆方面的人认为受洋人的钱，如洋奴，且眼红，也不好办。

他说他从前曾想到曾约农，做这事倒是很适当。

晚饭后看 Herbert Agar：*The Time for Great*③ 及词选。

1944 年 3 月 31 日
33:3:31（五）晴

中夜三时半醒。醒了一会，警报声发了。如中国紧急警报，时间却不长，也并不同时听到多少不同警报。心中盘算，起来还是不起来？听听附近没有声，便决计不起。四面静得很，什么声音也没有，我躺着等候炮声、炸弹声。有时远处小有炮声，按一会又没有了。看看钟，三刻，四时。我想半点钟不来，也许不来了吧。四时一刻了，再过一会，解除了。解除与国内一样，只

---

① 泰晤士图书俱乐部。

② 预约。

③ 赫伯特·阿加尔《伟大的时刻》（*A Time for Greatness*）。

是不那样长。

　　早饭后去剪发。约了十一时，去迟了一刻，说太迟了，又有了人了。便出来，另找到一店，可以进去等。等一会也就剪了发。

　　以后散步了一会。到 Selfridges① 店来去看看。比起纽约的 Saks, Macy② 来真是大不相同了。

　　十二时一刻叫饭，一时一刻未来，即取消了，因为一刻三刻 Mrs. Atkinson 来。他说如吃饭太近，或致呕吐。只吃了二三块饼干。

　　二时灌肠，到三时三刻方完毕。

　　休息了一会，即去大使馆。顾少川约了四时半会。去了先到外客厅，请了翟君来陪。再由翟君引到内客厅门口。门开了，顾坐在书桌前，站起来。请在沙发上坐。他其实大约午睡方起。背心扣子有二三个没扣，裤子也有一二个扣子未扣。

　　我们先谈了一会美国的政治情样。华府使馆的消息。他要知道魏伯聪是否匆促走的。谈些雪艇等在美的酬酢。

　　后来谈到 China Institute 这件事，他说从前已提过。我说雪艇这次去说的是中国方面的代表。也已经报告了委员长③说在此代表接洽文化合作事。他说这两件事也许可以兼任。我说一件是中国方面的，一件是英国方面的，兼了不好说话，不好做事了。而且委员长知道我此来是代表中国方面接洽，忽为英方做事，恐不方便。

　　七时公超来谈了定。

　　晚饭后看公超的 *China News Week*④ 等。

　　十时后公超又来，顾到十二时方去。他说顾少川必会打电⑤去重庆，提出我兼的事。他想把那件事弄一个结束。公超对于中国的前途，很是悲观。

———————————

① 位于牛津街的塞尔福里奇百货公司。
② 纽约的萨克斯、梅西百货。
③ 蒋介石。
④ 《中国新闻周刊》。
⑤ 即打电报。

1944 年 4 月 1 日

33:4:1（四）阴

等早饭等了三刻钟。十一时去公超处。与他同去 Hampstead 看一个房子。这是做 paying guest①，五镑五先令一月。房子与我从前三十先令住的差不多。

十二时到 Dr. McMall 处。他说我的硬块又小了些。他要我吃一种药，过十天半月再说，X 光也那时去照。他量了我的血压。说中国人大都低。我只有 110。又要了我的小便。

出来去买药，寄信等等。

下午二时半 Mrs. Atkinson 来。灌肠是三时三刻到四时余。今天比昨天又不舒服。据她说，是灌到上面，将陈旧的堆积物打碎的原因。

五时喝了些茶，吃了些点心。

出门，到戏票店买了 *An Ideal Husband*② 的戏票。乘车到 Westminster Theatre③，Oscar Wilde 戏，演原本，我还不曾见过。这戏的布景很好。角色也大多不差。全场时时不断的发笑。

英国戏院现在也正厅只有 stall④，把 pit⑤ 取消了。这是与美国相同了。可是座中可抽烟，这是与美国相异。

九时出来。到 Victoria Station⑥，想乘 Taxi，等的人多来的车少。乘 Bus。九时半方回寓。没有晚饭吃了。才发现可以预先叫好，吃时吃冷的。

今天旅馆开了账来。这里是连住带吃，每天三十先令。小账加送上楼每次一先令。所以我一星期便是十二镑余。这样一个月要五十余镑，即美金二

① 寄膳宿者。
② 根据王尔德同名小说改编的《理想丈夫》。
③ 威斯敏斯特剧院。
④ 剧院的堂座。
⑤ 正厅后排。
⑥ 维多利亚火车站。

百余元。比我在纽约贵得多了。

1944 年 4 月 2 日
33:4:2（日）雨后阴

英国本已有 daylight saving[①]，时间已经提早了一点钟。从今日清早起，时间再提早一小时。双倍的节省日光。

早饭后看了一会 *Observer & Sunday Times*[②]。

十二时一刻公超来。与他到 International Sportsman Club[③] 吃饭。座中有 Patrick Fitzgerald[④] 夫妇。Pat. 在云南多年，懂中文，写了一本中国文化史。现在外交部工作。他与公超同编一本小学教科书的中国史。他们昨晚写序文，到一时。今天会面，又续谈此事。他们一句一句，一个字一个字的推敲，很费时间心思。F 夫人听说公超要去美，请他带丝袜子。说以十瓶 orange juice[⑤] 为报。

他们走后，与公超谈住居事。他带我到 Hampstead 去看看报上广告的地方，似乎是不是什么大地方。去访 William Empson[⑥]，不在家，太太躺在床上。未坐即走。到公超处谈话。他劝我多花钱住阔气地方，如 Claridge Hotel[⑦] 等，说可以开公账。我说我不愿开公账，也没有公账可开。中英文化协会自己是没有钱的。中国对于钱，也看得并不随便。我用不着大刀阔斧的立出一个大架子来。

再则谈工作，我现在的使命只是接洽。接洽不应有许多事务，所以办公房，书记等是否有必要也是问题。

---

① 夏令时（Daylight Saving Time）。
② 《观察家报》和《星期日泰晤士报》。
③ 国际运动员俱乐部。
④ 帕特里克·菲茨杰拉德。
⑤ 橘子汁。
⑥ 威廉·燕卜荪（1906—1984），英国著名诗人、批评家，曾在北京大学担任英国文学教授，成名作为《朦胧的七种类型》。
⑦ 克拉里奇饭店。

至于住的地方。住在外面，进城没有落地处，似乎有些不方便。但是外面如有一种旅馆，有 service①，有人转电话，似乎也不差。

五时余近六时乘车回。到 Hyde Park 去散步，在露天演讲的地方听他们演讲。很奇怪的，讲演的人，口音大多数是 Cockney②。我这次来，听英人说话，普通比二十年进步得多。口音清楚得多。可是这些演说家却常常是本地方言。里面有一黑人谈种族平等。比较最有趣的是 Socialist Party of Great Britain③。一个人说得比较的有条理，动听，不止的有外国口音的共产党与他辩难，——他们却不是他的敌手。

八时晚饭。

看 Lord Riddell's *Looking Round*④。

看完今天的报。写日记。

1944 年 4 月 3 日
33：4：3（一）阴后雨

早晨看报。

十一时到公超处。他那里忙着为了董显光来电要知道英舆论对于日苏协定的反响。今天报载中国新疆军队与外蒙古冲突的消息。此事似发生在去年年底。苏联此时大为宣传，不知用意何在。

公超介绍我去最近的 Barclays Bank⑤，经理 Odell⑥。我只有美国的 notes 及 traveller's checks⑦。在英国换钱，很麻烦，得向 Treasury Bank of England⑧ 得许可。等了半天没结果。即出去。

---

① 服务。
② 英国工人阶级特有的一种伦敦腔，常被人看不起。
③ 大不列颠社会党。
④ 里德尔勋爵的《环顾四周》。
⑤ 巴克莱银行。
⑥ 奥德尔。
⑦ 钞票及旅行支票。
⑧ 英格兰财政银行。

到大使馆已一时。与施傅周等略谈。一时一刻顾少川请吃饭。座中有叶树果（他是顾同学，在英国已二十多年了），他还认识我，公超，中国新来的空军上尉陈君及乐君。海军上尉柳君。另有使馆的施、周及李。桌子中间有小圆桌可转动，也有公共筷子及匙子。我坐首桌。顾中间不断为夹菜。说话以公超为最多。二时半辞出。

我与周书楷再到 Barclays Bank。换钱事已办妥。账也开好。

周君陪我到 Caxton Hall① 的 Food Ministry② 去领 Ration Book③ 等。说要先到警察局得到 Identity Book④ 再来此处。来此后有了 ration book 又得再到 Food Ministry。于是又到 Piccadilly Place⑤ 的警局 Aliens Registration Office⑥ 去登记。等了好久。弄完已五时。

在 Regent St. 及 Oxford St.⑦ 走回寓。坐椅子上睡着了。

六时余到公超处。与赵君及公超谈了一会。公超邀往"新中国楼"（Ley-on⑧）吃面饭。坐谈到十时半方回。公超在此认识的人真多，如 T. S. Eliot, Edith Sitwell, Rose Macaulay⑨ 等文人，Laski⑩ 等政论家，以为 Gallacher⑪ 等是共产党。

我们三人吃一锅面三个菜。饭菜账是 18 先令，还是经理客气，据赵君说现在一个人去吃饭，至少五先令，大约得六先令。战前一个人去吃饭，只消 1/6，而且还吃得好些。伦敦有中国饭馆十余家，这一家名 Ley-on，主人为电影明星。所以四望都是明星的照片。

----

① 卡克斯顿大厅。
② 粮食部。
③ 供应证。
④ 身份证明簿。
⑤ 皮卡迪里广场。
⑥ 外国人登记处。
⑦ 摄政街及牛津街。
⑧ 雷昂。
⑨ 托马斯·艾略特，伊迪丝·西特韦尔，罗斯·麦考利。
⑩ 拉斯基。
⑪ 加拉切尔。

1944 年 4 月 4 日

33:4:4（三）阴后晴

看了一会报。

乘车去 Caxton 的 Food Office 要 ration book 等。忽然又发现我住的地方不属于 Westminster，工作地点（大使馆）也是如此，不在这一个局的范围以内。所以得到 Marylebone，乘地道车到 Backer St. ① 出来后找了半天才找到。这里职员都是女子，对人很是耐烦，很是客气。

回时不认识路，做错了车，到了 Tottenham Court Rd. ② 再回去。回旅馆正一时。

萧乾已在等候。他说我这旅馆不算太贵。初来的时候要与人来往，也不好住小旅馆。

我们到 Piccadilly 附近一家西班牙饭店去吃饭。谈各事。他今年夏天便要离剑桥。到伦敦来做《大公报》访员，设通讯社。因为他向中国通信，只预备用一个女书记，管管通信及电话。胡政之答应每月给他五百镑。（我算一算合钱百万元一年。"中国钱"真是不值钱，英国汇兑也不值钱。若在从前，一年十万元，《大公报》决不能担负也。）

他上月在伦敦轰炸时，住所被炸，衣物有损失。所以不劝我住城中心，说住得远些好。他劝我到剑桥、牛津去住。说到伦火车一时半。这里如有一个 Office，一星期来三四天，便行了。

他说 China Institute 在现在决不可做。但他希望能将委员会改组，将来好好的办一办。他希望叔华能来，对于文学艺术可以提倡一下。我告他我已经很思乡，最多一年便要回去了。

他对于树藏③的断绝，说都是他不好。他在香港时另有所好，后来出国又

---

① 到马里波恩乘地道车到贝克街。
② 托特纳姆法院路。
③ 萧乾的第一任妻子王树藏。

未成。树藏知道了即与他断绝音信。我告他树藏在武大借读的消息。他说此次他托胡政之回去了结此事。他说树藏很聪明，很沉着，不像他的虚浮。

吃了饭又到警局去打印。警局也很客气。

三时半回。四时赵君来，说 Dr. Edwards, Oriental School① 的主任约明天下午吃便饭。十一时一刻他来陪我同去。Edwards 又托赵询问可否在学校开一门现代文学的课。我谢了。

五时 Mrs Atkinson 来为灌肠。今天又灌得很不舒服。她又说是上面沉积物需洗碎的结果。

没有下楼吃饭。

看 Stephen Duggan② 访英报告。Ivor Evans 的 *Eng. Lit.* ③ 小册看了多少页。又看 Dale Carnegie 的 *How to Win Friends*④。

1944 年 4 月 5 日
33:4:5(三)阴

晨看报。

十一时余赵德洁君来，陪我同去 Oriental School 访主任 Dr. Dorothy Edwards。学校在伦敦大学大厦旁。大厦现为情报部所占。Oriental School 的大部分也为情报部借用，只留下一小部分。

Edwards 年约六十余，发已灰白。她上次一战时在中国，1919 年回英。她的助手 W. Simon⑤ 是犹太人，Reader of Chinese，年约四十余岁。我们一同谈了一会美国教中国语的新方法等等。英国方面教中国语的只有这里一处，也没有不教文字，单教官语的。可是新的方法，在一年半之间，一个学生能说不少话，也能认不少字。

---

① 东方学院爱德华兹博士。
② 斯蒂芬·杜根。
③ 艾弗·埃文斯的《英国文学简史》。
④ 戴尔·卡内基的《如何赢取友谊及影响他人》（*How to Win Friends and Influence People*）。
⑤ 西蒙，中文读者。

Edwards 请我们吃饭，即在情报部食堂，吃的东西很不高明。

饭后 Edwards 说我在英期间，可以视 Oriental School 为家，随时去利用书籍，随时找他们帮忙，切勿见外。

赵君等在此教书，是学校在后面租的民房。在他那里少坐。到 Garden Square 十六号① China Institute 去访问。代理秘书 Richter 不在。由他的女书记领我们看了一看地方。楼下是阅报室，有当天的报多种和杂志。沿墙也有不少书籍。里面有写字室，只有桌子，没有笔墨纸张。最里面是 University China Committee② 的办公室。Richter 与两位女书记都在内办公，还很宽敞。二楼是会场，可以坐八九十人听演讲。平时室内放一张台球桌子。三楼一间为图书室。一室是 director 的屋子，内有桌子两张，电话。现在由中国同学会的会长在内办事。另有一小间为学生会。据说四楼是仆役所住。从前听说 director 有睡房，不知在哪里。

我们等 Richter 等了一会，即去。中国同学去的并不多。我们进门时，一人正出门。我们等候时，一人进来看报。此外便没有人了。

到 M. O. L. 坐了一会。到大使馆去访问书楷，遇到周、翟诸人。

晚赵君请我与公超到上海楼吃饭。另有吴桓君（George Wu），是在比国学医的医生，X 光专家。他到英已四年。说英文颇有英国口音。他说到他医院去照 X 光，不必化［花］多少钱。洗肠子是一种无聊的 Racket③。我问价钱，公超说 McCall 出诊一次五 gu④，洗肠一次十 gu，骇了我一大跳。我希望是公超的过甚其辞。

晚饭后吴君邀我们同到他寓所去喝茶。途中说起 Margery Fry。他说与她寓相近，常邀他去谈话。我今早打电话与她没有打通。下午公超为我打电话，说她今晚由乡间回。正好提议去访她。到她那里已九时半了。Margery 邀我们进去，她说我们见过，是否在上海。我提起了武汉，她想起来了，问太太好

---

① 花园广场十六号。

② 大学中国委员会。

③ 诈骗。

④ 即"几尼"（guineas），钱币名称，五几尼等于五镑五先令。

否。她头发已差不多完全白了，蓬蓬松松的盘在头上。说话还是很疾［急］很多。她叫公超 George，公超也叫她 Margery。她与吴也很熟。他们说话最多。请我们喝咖啡。我们谈到十一时，她的同伴来收碗，意在催客，我们方走。

又到吴君处。他与一英人同住一 flat，是 furnished① 的，每星期只花二三镑。这一则因是一年前所租，一则他是在医院服务，所以二房东不加租。他对于照相很有兴趣，对于照相镜颇有研究。他请我们喝 Gin②，又煮了茶。我们出门已近一时。睡已一时半后了。

睡后再也睡不着③，通宵未眠。六时至八时虽未睡着，也没有乱想。

1944 年 4 月 6 日
33:4:6(四) 阴

上午十一时半到 Kensington④ 中国驻比大使馆去访钱阶平大使。他租的是一个 apartment。他的车夫在外候我。我先会见秘书王壮涛，交他游建文托我带来代他买的自来水笔。

钱阶平出来，与他谈了半小时美国情形。他似乎知道我的履历，谈参政会，武大，问雪艇、适之、鲠生等。最后送我下楼，直送到大门。真是客气极了。

中午翟瑞南君邀了到 Euston Road⑤ 一家意大利饭店去吃饭，座中有周书楷君。饭后周君与我到 Regent Park 去坐了一会。他说当初访英国团发表有李唯果时，顾少川大着急，以为雪艇拜任大使，唯果等不回去了。所以用苦雪艇，如并无根据，最好与顾说清楚以安其心。但顾在此也并不满意，很想到美国去。

三时半去访王景春。他是北方人，年约六十余，人很诚恳，一位道地的

---

① 带家具的。
② 杜松子酒。
③ 疑为"醒后再也睡不着"之笔误。
④ 肯辛顿。
⑤ 尤思顿路。

北方老先生。说起住的问题，听说我旅馆情形，和很愿去住现住的 Mount Royal Hotel①，他立即为我去打电话订房间。明天便可搬去。房间连早饭18/6，中饭 4/6，晚 5/-②，说一共亦不到三十先令也。他说房间如不中意，去后可以"换"。他在那里已住了两年了。

回去后访公超。在他那里看到去年杨人缦及 Hughes③ 在《大公报》所登论中英文化合作一文。他们这里有剪报，贴成本子，很有用。

晚与公超同到新中国楼吃饭。会到老板 Ley-on。样子有些像董显光。公超说他很有钱，有 country house④ 等等。

九时半回去。看报看杂志。

1944 年 4 月 7 日

33:4:7（五）阴

早饭后收拾行李。一切弄好后，交门房搬到楼下。

十一时余到公超处。与他及 Dr. & Mrs. Whymant，Mrs. Booth⑤ 等一同到英国的情报部。公超没有看过 Pearl Buck 的 *Good Earth*⑥ 的电影，情报部特别映这片子与他看。公超又约了周武官诸人来。电影司司长 Benninton⑦ 自己在等候招待。在开映前陪了谈话，开映后他便走了。

这片子很长，从十一时三刻演到二时方完毕。片中 Paul Muni⑧ 演王龙，Louise Ranier⑨ 演阿兰。阿兰的神情态度，完全是一个中国女子——只是一个文雅的闺秀式的女子，不像一个粗人。Paul Muni 的王龙也不大像客夫。他们

---

① 蒙特皇家酒店。
② 此处分别是 18 先令 6 便士、4 先令 6 便士、5 先令。
③ 休斯。
④ 乡间别墅。
⑤ 怀曼博士夫妇，布斯夫人。
⑥ 美国作家赛珍珠的《大地》。
⑦ 本宁顿。
⑧ 保罗·茂尼。
⑨ 路易丝·赖纳（Luise Rainer, 1910—2014）。

住的农屋等等，也模仿得很像。情节也很动人。只是似乎片子的主角不是王龙而是阿兰，一个舍己为丈夫儿子牺牲的中国女子。小地方可指摘的很多，大致很不差。

出来后公超请 Whymant 夫妇在岭南楼吃饭。到三时半。

在 Wellbeck 付了账到 Mount Royal Hotel，住 743 等房。管房的人说，这旅馆是为了 Service Men[①] 而办，非军人只能住四天，如住长久需自己与经理交涉。这里房间布置等等，与美国旅馆有些相像，有私浴室，电影，Closet[②]，本来还有电炉及冰箱，可是现在已不让用了。房间虽多，也还清静。我觉得相当的满意，将来如可能，也许便长久住下去，不必搬了。

公超坐谈到近六时去。

七时余王壮涛来，约了同去香港酒楼吃饭。座中有周书楷，领馆的学习领事戴君，留英同学某君。到十时许方出来。此时还有人进来吃饭，有许多已喝得醉醺醺的了，可是饭馆说要关门了，不能招待了。（今天是 Good Friday[③]。）

Piccadilly Circus 地道人山人海。喝醉的人与检票的冲突。买票都不容易。据说伦敦十时后 bus 便停了，十二时后地道车也停了。所以一个人在外迟归，只有步行回去。Tube[④] 的月台上有一排床架子。有少数人放了行李在床上。空袭的时候不但架子住满，地上也睡满人。

王？二君送我回旅馆而去。看一会杂志。浴后睡。

1944 年 4 月 8 日

33:4:8（六）晴

早饭后去看 Dr. McCall。这两天右腹硬块又小又软。McCall 说大前晚的

---

① 服役军人。
② 壁橱。
③ 耶稣受难日。
④ 伦敦地铁。

硬，大约是喝了 Gin 的关系。酒精是不良于肝的。他要我不喝酒。他说以后不必再洗肠。只是要验血及照 X 光。他说他与 George Wu 去商量办法。

在大路上走走看看街景。今天许多店铺不开门，饮食店的关门的尤多。Lyons Corner House① 前面，鱼贯了一长排。我本想在外面吃饭，只有回旅馆吃。看了一个旧书店等。

看报。看 Lord Riddell's *Looking Round*。补写日记。

四时半出门。到戏票房买了一张票。在一处吃了些茶。乘车去 Scala②。

Scala 近来有 Wolfit 的 Shakespeare Season③。但莎戏外，也演 Ben Jonson 及 Shaw④ 的戏。今晚演的是 Jonson 的 *Volpone*⑤。剧中的角色几乎个个是贪污卑鄙。Jonson 鄙视人类，挖苦人类到极点。不过这样的戏，不能怎样的打进观众的心里去。演员并不齐整。剧院也不舒服。

八时半完。回到旅馆吃饭。

Empson 夫妇今晚请公超吃饭，也邀我。我回来方收到字条。

看晚报。

1944 年 4 月 9 日

33:4:9(日) 阴有时小雨

早饭后往访王景春。同旅馆住的周显承（宪章）也去访。谈话便到中午。王老先生很健谈。他说的话也有时很可惊。如说将来人的生殖可以靠取精。他说牛马选种用这方法，人将来也会如此。

中午周上校邀我们去吃饭。王先生说近日肚子不好，不能吃中餐，辞了。我们两人到新中国楼吃面。周君去年十月到此。他是民三十年⑥左右在此学海

---

① 里昂角屋。
② 斯卡拉剧院。
③ 演员唐纳德·沃尔菲特爵士的莎士比亚戏剧演出季。
④ 本·琼森及萧伯纳。
⑤ 本·琼森写于 1605 年的喜剧《狐狸》。
⑥ 应指民国三十年。

军。这一次带了二十多位海军学员到此来入学。

回寓后周君又到房间来少坐。三时余去。我，倦坐欲寝。四时傅筱峰与翟瑞南来。谈了一时余。

看 *Sunday Times* 及 *Observer*①。*Observer* 中有文说宋子文之谜。说他是唯一能对蒋抗议的人，说他们政策不同。

七时王先生在饭厅请我及周君吃饭。饭后在 Lounge② 谈了一会。王先生已六十岁，但每晚十时睡，早七时半起。他说直到三年前他每早六时半起，现在年老，懒了！

与周君谈了一会，到他房少坐。听时事广播。

回房看报，写日记。浴后睡。

1944 年 4 月 10 日

33:4:10（一）阴晴雨

早饭时遇周君。饭后公超来。周君来说已与经理说好，我在此长住不成问题。且可搬到底下二三层楼去。周君说住楼下一点比较的安全。公超则以为愈高阳光愈多，如直接中弹，住哪一层都一样，除非到 shelter③ 里去。

到 Hampstead，访 William Empson。他上工去了，只见到他的夫人及孩子。他们住的是地窖子。里面很脏，一切乱七八糟。完全是不修边幅的文人的家庭生活。E 夫人是雕刻家。看孩子，同时去后面种菜，同时又在看书。我们去了即请我们喝便酒。窗口有一个极简单的铁工车床。每一间房内的大人小孩的床都没有铺。

到公超寓所坐了一会，四时余去 West Hampstead Heath④ 看一看。今天是 Easter Monday⑤，是银行假日。因为海滨不准人居，铁路车辆不加，人们大都

---

① 《星期日泰晤士报》及《观察家报》。
② 休息室。
③ 防炸弹的防空洞。
④ 西汉普斯特德荒野公园。
⑤ 复活节后的星期一

没有下乡，只是在伦敦城内过假期。Hampstead Heath 这种地方特别来得人多。我们去时，许多游人已经在回去了。地道车站的门口街上，走了数丈的一串人。火车站门外一串人。等公共汽车的一串一串的人。私人汽车是没有的。路又远。所以都是一串串的人，长几十丈。街中来往走路的人也是满的。

Heath 上面的娱乐场所，花样并不太多，比起 Luna Park①，美国海滨来当然是简单得多，粗陋得多，原始得多。可是在每一花样外面等着要进去的也是一串串的人。许多车子是临时的店。茶店外也是一串串的人。看相的，也是一串串人。做小生意的摊子旁也是围着不少人。

走过了这地方，过去是谷中有池，有游泳池（水可很脏），再上后面的山坡，便到了旷野。一面是许多住宅，但一面看过去，小山起伏，一丛丛的树木。天上几十个气球悬在天际，使人不忘记这是战时。不然看看杂草黑林，看看躺在草地上的男女老幼，几乎忘记有战争了。

在这里看起来，样子过得去的人，好看的女子，真是少，简直可以说没有。公超说这里来的都是中下阶级。但美国中下级的人似乎好看得多。这大约一部分是营养差，发育不良。教育方面对于体育不够注意。另一部分是没有钱打扮，也不知道怎样打扮。

五时半回到公超寓所喝茶吃饼干。六时余进城。

今天我买了两张戏票，请公超看 Uncle Harry②，这是写一个 weak character③，大家认为非常 harmless④ 的好好先生，人人叫作 Uncle Harry 的一天为了要恋爱，要解放，临时设计了一个 perfect murder⑤。他杀死了长姊，害死了次姊。他的恋人却不能爱一个杀人犯的兄弟。他的生活无聊到极点，他去自首，但是官方不信。他见人便诉说，但是没有人信他。他的暗杀太完美了，他的名誉太无疵了。他的次姊在临死前一天可以宣布真相。但是她不让

<hr>

① 美国月神公园。
② 《哈里舅舅》。
③ 性格软弱。
④ 无害人之心的。
⑤ 完美的谋杀。

他去。一生的忏悔难过，一生的无聊寂寞。演 Uncle Harry 的是 Michael Redgrave①，演他次姊的是 Beatrix Lehmann②，演得丝丝入扣，细腻到极点。Lehmann 的各种表情，喜怒哀乐，悔与回，极度的痛苦，百无聊赖，都描写出来了。

戏三幕六景。布景也极好。五时五十分演到九时一刻。

到 Choys（皇英饭店）去吃饭。坐谈到十时半。公超说在英交际地位很有关系，政府的部长等，他的地位无法与他们来往。他又不便报告国内，使人误会以为他要做官，要 minister rank③。他曾暗示顾少川，在他与英方政治家周旋时提携他，同时，目的并不是为个人。但是顾却不明白。

回寓已近十一时，看完报。看了一会 Riddell's *Looking Round*，便睡。

1944 年 4 月 11 日

33:4:11（二）阴晴

现在每天八时半起来取报。又躺下吃药。看报忘时间，常常起来洗脸已九时一刻左右。

早饭时遇见周君。他说方才会见经理，告他明天让我搬到二层或三层去。后来回房后经理自己打电话来通知。

看报，补写日记。

午后看了一会 Riddell's *Looking Round*。休息了一会。

三时出门，去访问从前住的地方。乘公共汽车到 Clapham Common④。过 Chelsea Bridge⑤ 时还是这一次第一次看到泰晤士河。河水是黑的，波浪滔滔，没有多少船只在上面。

---

① 迈克尔·雷德格雷夫（1908—1985），英国著名演员。
② 比阿特丽克斯·莱曼。
③ 部长头衔。
④ 克拉芬公园。
⑤ 切尔西桥。

Clapham Common 大致仍旧，但是 underground[①] 车站改到街中间去了。店铺也有更改，可是我常买书的旧书店仍在。只是高大的老板已没有了，现在是一个瘦小的老人。

Orlando Road[②] 我住时一边没有大改变，但是对面有好多栋房屋已炸了，只是一片荒场，在口上盖了一个工厂式的平房。我住的不记得是三十几号或四十几号。大部分是空着，有几栋现在正有工人在拾掇。大约是这空房之一吧。

路角 Public Library[③]，是我常常去看杂志的地方。似乎房间改过了。楼下是借书处，新闻纸及 trade paper[④] 的阅览室。楼上有 Reference books[⑤] 及杂志。书籍大都是破旧不堪了。

沿了 Clapham Common North Side 走走，大多依旧，只添了几所 apartment house[⑥]。Common 中一部分是种了菜，一部分是高射炮，探照灯，沙土堆及防空壕。

Sister Avenue[⑦] 依然故我，孟真华住的屋一点都没有改。我后来住的大约是 Thirsk Road[⑧] 吧？号数也忘了。这一排小房子也还好，没有破落。这两条路也没有炸弹的痕迹。

Town Hall[⑨] 旧了，Shakespeare Theatre[⑩] 已好久没有开门的样子。这也不常开，我记得曾经在里面看过电影。

Latchmere Road[⑪] 炸弹落了不少。我们住的那一边，头上四家炸得没有了，

---

① 地铁。
② 奥兰多路。
③ 公共图书馆。
④ 商界报纸。
⑤ 工具书。
⑥ 公寓楼。
⑦ 姐妹大街。
⑧ 瑟斯克路。
⑨ 市政厅。
⑩ 莎士比亚剧院。
⑪ 拉奇米尔路。

近学校那一头的三四家也成了荒场。我似乎记得稚叔①住的是 130 号。这房子没有了。现在只有 172 号，一下都没有，外面有一木板墙挡着，所以起先我以为第一家是 172 号。

Lavender Hill② 的 Public Library 一旁及对面都有弹。也许楼上受了损毁。从前楼上比较好的参考室，我常常在看书的，现在不能上去。楼下从前的阅报室也改作他用。只是借书部分改进了。现在阅览的人可以自己走到书库里去挑选。一个口进，一个口出，职员在两个口的中间，办还书借书的手续。

Beauchamp Road③ 炸去好多栋房。从前 Queenie Hall④ 住的屋子没有了。

Clapham Junction⑤ 的转角上 Arding & Hobbs⑥ 还在。

在附近茶点喝了一杯茶（是 Cafeteria 的方式）又走 St John Road⑦，转到 Common，走 Avenue 穿过 Common，这里一带还是保留了树林。有足球场（从前似乎没有）。有一池塘中有许多孩子在划船。这也是没有的。

走到 Balham⑧，看到一所相当轩敞的 Apartment House。在这条路走进去，一点都不认识。这是 Balham 吗？走进去还是不认识。Balham 不至于变得这么快吧。

转了两转，在 Balham Hippodrome⑨ 附近出了，走上了 Balham Hill⑩。还是破旧的 balham Hill。Hippod. 附近落了炸弹，也已久不开门了。这一条路上的炸弹落了不少。

到了 Malwood Road⑪ 了。路口一所大房子，是什么？是一个新式的电影院。可是对面一排房子还是老样子。我住的三号还在，可是又是空着，没有

---

① 吴稚晖。
② 薰衣草山。
③ 比彻姆路。
④ 奎尼·霍尔。
⑤ 克拉芬交汇站。
⑥ 阿丁和霍布斯百货店。
⑦ 圣约翰路。
⑧ 巴勒姆。
⑨ 巴勒姆竞技场。
⑩ 巴勒姆山。
⑪ 梅尔伍德路。

人住。走完这路，走到端六①住的 Lysias Road②，也是没有改变。回来又走到 Cavendish Road③ 路，看看西林，乙慕，博生住的 147 也一点没改。旁边 Honeybrook Road④ 路上的网球场，现在却成了 apt. homes⑤ 了。

这里一带电车还是有，电车的样子稍不同。我坐二路车，经 Kennington，Westminister Bridge 到 Embankment⑥ 一路炸毁的房屋，教堂等很不少。

到 Strand⑦ 已七时左右。Strand 不认识了，好像比从前宽些。房子有了改变吗？这时候已经没有多少人在走路。到 Aldwich⑧，这里许多房子一定是新加的。Kingsway 行人几乎绝迹。

到 Holborn⑨ 乘车回。New Oxford St. ⑩ 两旁炸毁的屋子不在少数。

八时回旅馆。倦了。今天走了有三四小时路。看报。记日记。

1944 年 4 月 12 日
33:4:12（三）阴

早起收拾东西。楼下房尚未空出。到十一时搬到 391 号房。这是在三楼，不易得到天光，所以比七楼暗得多。而且房间较小。好处是空袭时比较的安全。上面还有五层，除了重磅炸弹外，即直接中弹也不至于穿过五层。比普通房屋的地窖子已安全得多。像我这样的懒人，可以省得起来。

从前住的人将钥匙带走了，铜匠（说是木匠在做！）做起来要一两天。出入不大方便。

---

① 杨端六。
② 利西亚路。
③ 卡文迪什路。
④ 霍尼布鲁克路。
⑤ 公寓房。
⑥ 经肯宁顿，威斯敏斯特桥到路堤。
⑦ 斯特兰德。
⑧ 奥德里奇。
⑨ 霍尔本。
⑩ 新牛津街。

China Inst. ① 的 Richter 请在 Russel Hotel② 吃饭。我到得早五分钟，即在 Russel Sq. ③ 走了一圈。新盖的 London 大学的后面即连着 Russel Sq.。这 Sq. 四周的铁栏取掉了。所以粗粗一看，完全不认识了。

Richter 迟到。他另邀了一位 Evert Barger④。B 是在中国红十字会工作，是一位 historian and archaeologist⑤。Richter 劝我住 Russel Hotel，说离 China Inst. 近些。我觉得一则交通不大便，再则房屋古旧，经不起炸弹。可是我没有说什么。他说郭任远在此住过不少时。

R 说英国政府有一个 committee，Lord Setland⑥ 是主席，研究设立一个 Asiatic Centre⑦。目的在展览陈列东方的文物。有人主张立一个 Imperialistic⑧ 的，有人主张是国际的。至于中国是不是愿意参加？参加的时候，是不是愿意在这 Centre 中加入一部分，还是自己另外设立一个单独的机关？Witness⑨ 去说话的很多，可是没有中国人发表意见。我来了很好。我可以不可以费半小时的工夫，去做一次 Witness？

他说 Brit. Museum 中的亚洲东西太多，没有法子陈列出来。如 Asiatic Centre 成立，许多东西可以挪过去。

Barger 说英国的当局全副精神都用在西方，对于东方，不感到兴趣。他在这里竭力推动，一时也没有结果。可是他又说一二月后情形当较好。为什么，都不能解说。

Barger 说政府当局中 Sir Stafford & Lady Cripps⑩ 对于中国实在同情，实在热心。我务必要与他们认识。

---

① 中国学会。
② 罗素饭店。
③ 罗素广场。
④ 埃弗特·巴杰。
⑤ 历史学家和考古学家。
⑥ 泽特兰勋爵。
⑦ 亚洲中心。
⑧ 帝国主义的。
⑨ 证人，见证人。
⑩ 斯塔福德爵士和克里普斯夫人。

回寓已近四时。看报看杂志。

七时余与周书楷同到 Buckingham St.① 应 Dorothy Woodman② 之约。Woodman 与 Kingsley Martin③ 同居。今天 Martin 记错了日子，与 Lord Vansittart④ 辩论去了，所以没有见到。客人有 Margery Fry 和一位 Mrs. Jackson⑤。Mrs Jackson 是中国人，广东华侨，能说官话，丈夫是剑桥的一位教员。

Woodman 自己素食，可是我们吃的很丰盛，一切都是自己动手。饭后 J 夫人先走。我们喝咖啡闲谈。Fry 与 W 现在正在筹备一个 China Centre⑥，地方在 Holborn Place⑦。他们的目的与 China Institute 不同。C.I. 的对象是智识阶级。中国人都是官吏及学生。（F 说这代人不仅应是中国人的集合地点，还应是中英人士集合的地点。可是那里平时决不会有英人。有一次访英团的茶会，他曾去了。看到出席的英人都是奇奇怪怪的人，大都是 Anglo-Indian⑧。）C.C. 的对象都是一般的人，学生以至海员，饭店的伙计。英国人也要是一般普通人。他们曾登一广告，给予英人学习华语的机会。应召而来的便有二十余人。他们可以开华语班，同时可以开一个英语班——给予华侨们一个学习英语的机会。

他们尤其要有一个儿童室，使儿童们对于中国有些认识，有些兴趣。他们想找些中国儿童的图书、课本、手工之类。他们要关于中国的照片。他们要小学教师有机会知道一点中国。要使他们到这地方来与中国人发生接触。教师们自己有了些接触，他们间接可以影响到学童们了。

谈到十一时余，警报响了。F 说今晚如不能回家，要住在这里了。即去打电话。我们恐过了十二点，没有车回去，即辞出。在街上走，听得高射炮声。多少有些心慌。恐碎片落在额上。街上也有人急急的走。但也有人站着不当

---

① 白金汉大街。
② 多萝西·伍德曼。
③ 金斯莱·马丁（《新政治家》杂志主笔）。
④ 范西塔特勋爵。
⑤ 杰克逊夫人。
⑥ 中国中心。
⑦ 霍尔本广场。
⑧ 印度英侨。

一回事。我们到 Tralafgar Sq.①，这里车停开。到 Strand 车站。此时已不闻炮声。在内等车，换车，在 Marble Arch② 出来时，已过半小时以上，警报已解除了。

地道车月台上的人并不很多。有些床上已经睡了人。也有些人带了手提箱之类坐在那里。

看杂志。到一时睡。觉得恐睡不着，果然睡不着。到二时半起来吃安眠药。大约三时入睡。

1944 年 4 月 13 日
33:4:13（四）阴

醒已九时半。早饭后看报。写了一信与 Lionel Giles③，一信与宣传部的 Bernard Hand④，一信与 British Council 的 C. P. Harvey⑤。

近一时 Harvey 来访，彼此将信交换。他约我明天中午同去吃饭。

一时一刻，钱存典与周书楷同来。钱君请吃饭，同到了一个 Soho, Greek St.⑥ 的瑞士饭店，居然每人有一大块鸭子。钱君金大毕业，在笃生、钰勉之后。

饭后与周到 Haymarket⑦ 又到 Regent St. 的 Stratford-upon-Avon Festival Society⑧。周说可以在此接洽旅馆及戏票。谁知这里的热闹都到 Stratford 去了。电梯的人告我写信去，与这会的 Savery⑨。最后拍我肩膀说 This is a good

---

① 特拉法加广场。
② 大理石拱门，伦敦的著名地标。
③ 莱昂内尔·翟理斯，即翟林奈（1875—1958），英国学者、翻译家，译有《孙子兵法》（*The Art of War*）。
④ 伯纳德·汉德。
⑤ 英国文化委员会的 C. P. 哈维。
⑥ 希腊街。
⑦ 干草市场，伦敦的剧院区。
⑧ 埃文河畔斯特拉福德节日协会。
⑨ 萨弗里。

fellow①。

到 Marylebone Lane② 的警局去报告迁居。谁知二星期前外侨登记处移到 Pardington Green Station③ 去了。走了不少路，好容易才找到。登记完了，说 Identity Card 要到 Food Office 去更改地址。后来我发现上面填的是使馆地址，省了不少事。

回寓，知道叶树果来过。他借我一本 *Everyday's Nature Cure*④，送我两本杂志。都是主张用自然的力量来医治各病。我看了些，如治咳嗽，治便结，都是差不多的方法，要清腹，减食，素食，吃水果等。未免太简单了。

晚看书，倦得很，早睡。

回来时钱阶平大使来访。正在门口遇到。请他喝茶，在客厅谈了半小时。

1944 年 4 月 14 日
33:4:14(五) 阴后雨

十一时半到 British Council 会 C. P. Harvey。他介绍 Hampden⑤ 一块谈话。Hampden 是管理 British Council 的各种小册子，设法宣传到各国去的。他说已译有多国文字。他与大使馆已接洽过，与中英文化协会也接洽过。中英文化协会拟编些同样性质的小册子，*Chinese Life & thought*⑥，编好后译为英文。他们打算编译完事后再来译 *British life & thought*⑦。他觉得这样太慢了。他问是不是可同时并进？是在这里译，还是在中国译？

我的意见是，第一，像 *Brit. Life and thought* 这种 series⑧ 不但要译，还得在中国印行英文本。因为中国能读英文的人多，也愿意读原文。二，如要快，

---

① 这是个大好人。
② 马里波恩巷。
③ 帕丁顿格格林车站。
④ 《每天的自然治疗》。
⑤ 汉普登。
⑥ 《中国人的生活和思想》。
⑦ 《英国人的生活和思想》。
⑧ 系列。

最好是由英国新闻处去译。因为请大学教授担任，恐不能限定时间，也难望按时交卷。三，但如要好，则需请专家担任，不要他们逐字逐句的译，而要他们有时可以酌量加减。如此，国内的人才比国外多。

其次印刷的问题，恐得在外面做好图书等运进去。

我同时又提出印英文教本这些问题。希望他运多少部书的纸板进去。

Harvey 问起昆明分会工作的问题。他根本没有听说过成都也有了分会。他说 Brit. C. 对于重庆分会，津贴二千镑，昆明分会五百镑。

Harvey 请我在 United Universities Club① 吃饭。所谓 United Universities，只是牛津与剑桥。

出来时他带我到一家烟店为卓敏买了一个 pipe②。英国近年烟斗很不容易买。价钱也长了不少。从前五六先令可以买一烟斗，现在是没有的了。我买的一个三十五先令。

三时到 Hammersmith Hospital③ 访吴桓星博士。已经预先与他约好了验血。他自己为我在右臂抽了六 cc 血，很痛，又带我到一处，由看护在右耳根取血，一点也不觉得痛。我等他看了几个别人后，与他到饭厅去喝茶。与一医生一军官谈了些中国情形。

吴领我看了些 X 光的仪器。都是非常的大。他现在专门的是 cancer④。他约我星期一清早去医院照 X 光。

五时余与他同乘公共汽车回。

六时周书楷来，请我同去 Haymarket Theatre⑤ 看戏。是 Congreve 的 *Love for Love*⑥。这戏在 London 已做了两年多，真是想不到的。角色很齐全，也许演 comedy，尤其是 Restoration comedy⑦ 免不了要做作，有时觉得做作得太过些。

---

① 联合大学俱乐部。
② 烟斗。
③ 哈默史密斯医院。
④ 癌症。
⑤ 干草市场剧院。
⑥ 威廉·康格里夫的《为爱而爱》。
⑦ 也许演喜剧，尤其王政复辟时期的喜剧。

戏院很好，人是满的。

出戏院时下雨。我请周到"岭南"吃饭。

晚看报，看 *Spectator*①。

1944 年 4 月 15 日
33:4:15(六)阴时雨

早饭后访公超未值，与 Dr. Whymant 谈了一会。到 Cumberland Hotel② 去看看，似乎比 Mount Royal 又热闹得多了，更加像美国的客栈，有卖车票的，戏票的，和卖药品的。

中午吃饭时，王右嘉来同座。她昨天自 Edinburgh③ 来。她说她要转学牛津、剑桥或伦敦，因为她学戏剧，爱丁堡却没有戏剧。她说她来与我同坐的目的是诉冤。她说公超到处骂她，说刻薄话，她不明白为什么。她写信与学生会主席，不准他找他讲演等等。他如为了努生④，他尽可与她开诚的谈谈，可以问问她为什么，也尽可教训她。但是他不让她说话，她说了两句他便挖苦她。她很不甘心。

她说她自己脾气不好，努生来信她没有看便烧了，是她的不是。他们十年夫妇，她不愿说长道短，如说努生错，努生不能辩护，如不说他错，那为什么要分裂？说到后来，她还是免不了把罗的过错举些。他们同居八年，没有名分。他出去与女人玩，她要说话，他便说 What right have you?⑤ 他在天津时与一人的太太来往。他们夫妇在北戴河，这太太与她女儿同去。到时罗便叫她与女儿 Amy⑥ 去游泳、看电影、骑马等，他们俩人在一处。可是她每次出门，回去得报告所到的地方。她报告过后他去问车夫。他得到前妻离婚

---

① 英国杂志《旁观者》。
② 坎伯兰饭店。
③ 爱丁堡。
④ 罗隆基（1898—1965），字努生。
⑤ 你有什么权利？
⑥ 艾米。

书后，她母亲亲劝他们立一婚书，可以寄她父亲（因父女已断绝关系），罗全不理会。他们在昆明，有一箱子放在家。罗说是报馆寄存。后来其太太来，说是她的，她已不愿与他来往，请她将她的信给出。她才看到这些信，中间已经讲如何离婚等等。这几年他说她可去北平。但她每次要去，他便吵闹，而且要动手打人。不是一星期一次两次，现在屋子小，多人同居，实在不像样。人也许要说老罗有 X①，王右嘉跟他，老罗没有 X，她便走了。从前老罗也并没有 X，最初他们同居时，每月只有新月的百元。现在他也不是没有 X，政府不准他教书，许多朋友倒帮他忙，送他钱，与他做些小生意。

下午看完报，补记日记。

今晚公超到爱丁堡去。七时半约他来吃饭。请周显章君陪。周君在五时余请我在楼下喝茶，另有海军学生罗君。罗对于他们的待遇极满意。每天饭食费只 9d.②，还每天有 ice cream 吃，也常有水果橘子，有新鲜鸡蛋。

我与公超、周吃饭，王右嘉方吃完，请她同坐。公超与王对话，两人都是冷嘲热讽。后来王说了她烧信过火，公超也说以往的事都忘了。饭后王去，我也劝公超。公超说他并不为努生。只是她太不给他面子。既然认错，以后再不提了。

公超九时半去。

看 *New Statesman* 及 *Time & Tide*③。

浴后睡。三时醒，咳不止。起来擦 Vicks，以后睡得很好。

1944 年 4 月 16 日
33:4:16(日) 阴雨

早饭后与周显章、王右嘉谈话。十一时半上楼看报。

一时与周、王及周太太（海军武官周之妹，与王等同出国，现在此读农

---

① 以此符号代指钱。
② 即 "9 dollars"，九美金。
③ 《新政治家》杂志及《时与潮》。

业化学）到上海楼吃饭。

下午看 *Observe* 及 *Sunday Times*。

写了一信与叶树果，一复 Bernard Hand，一致萧乾。

七时王右嘉请吃饭。周与周太太外，有海军学校三位。今天是王的生日，所以吃了寿面。我送了王一支口红。

晚九时半回，补写完日记。

一个人老了，与少年人在一处，觉得不舒服。他们所说的笑话，彼此嘲笑，都是没有什么意义的，没有法子插口。中英协会的事好在没有干。

1944 年 4 月 17 日
33:4:17(一)阴

昨夜不到十二时便醒。中夜醒过二次。七时前又醒了，闹钟响时，本醒在那里。

八时下楼，等候吴桓兴君，他来时稍迟，同乘汽车去医院。先灌肠。医院所用还是中国所用的方法。肠中灌满了水，再上马桶放出。

吴君介绍 X 光部的一位 director。到一 cubicle① 中将衣脱光，仅穿一绒长裤。先进去由看护照了两个 X 光相，一个仰卧，一个俯卧。又到 cubicle 去等了一会，到另一室，立在 X 光板前，director 与吴在看，或平立，或侧立。这时才开始吃 barium meal②，先一口，等一会又一口，二三口之后一次将一杯都吃下去。又去躺在床上，仰卧，侧卧，俯卧。每次有板子压在身上，照了相。最后到 X 光板前又做了照了一两个相。

这时九时余了。穿了衣服出院，回旅馆。下午三时得再去。中间不能吃喝东西。在寓看报。今天有些冷。肚子空着，更容易觉得冷。

下午三时又到医院。躺床上看了一会，似乎是说胃肠缩得很进。又照了

---

① 小卧室。
② 钡餐。

一相。要我明天早晨再去一次。

吴君谓今天早晨所查的结果，胃与肠都没有毛病，只是肝很大。

回到 Marble Arch 在一茶店吃了些茶点。今天到此时方进食。

到 Royal 电影院看电影。新闻片也没有多少新闻，正片是 *The Halfway House*①，一种半神秘的故事，情节有些像中国唐宋人故事。没有什么了不得，但也不俗气。另一是美国的片子，则无聊得很了。

晚看报，看 Brogan：*The English People*②。

1944 年 4 月 18 日
33:4:18(二) 晴

今天早饭后又去医院。因为 director 还要看一看我的胃肠。又照了一相。

吴桓兴因院长找他去帮助行手术，不在场。而且他请我为张兴翻译。张是顾少川的当差和厨房。也有胃病，住院照 X 光。他不懂话。我在旁翻译。因此也看到了照 X 光时的镜内的现象。没有训练过的眼睛，不容易看出什么来。吃了白质后肠子里有些影子，是看得到的。

吴又与我约定时间，验某种血。但医生的技术助手病了（出疹子），约了到下星期再说。

我打电话到中央社约林君吃饭，他反约我吃饭。一时到中央社。他请我到附近 Fleet St. ③ 的一家饭店吃饭。座中大多是新闻记者。在路上遇到了 Mrs Elwin Jones④，她的先生到意大利做意大利的法官去了。她是艺术家，对于中国很热心的帮忙。

饭后与林同到中央社。他领我看看社的工作。一间屋是他的办公室，一

---

① 《半路之家》。
② 苏格兰作家、史学家丹尼斯·布罗根（Denis Brogan，1900—1974）所著《英国人：印象与观察》。
③ 舰队街。
④ 艾尔温·琼斯夫人。

间大的是他的秘书及助手的工作室。一间小的有三个 ticker①，一个是 Associated Press② 的外省来的新闻，一个是 Reuter③ 的新闻，另一个是国外来的新闻。

中央社开始时每月只有六十镑。他的薪水二十镑，秘书薪水二十镑，其余二十镑买纸张等等。幸而那时房子是借的，电文是 Reuter 供给的，可是那一年半实在是苦了。公超来后，说六十镑实在不够，他去提议加到每月二百镑。后来听说任君来时，每月是千镑，只是实报实销，多下来的做 reserve④。

林君又带我去看 Reuter 社的工作。中央社的房子即租自 Reuter。此外如 Tass⑤，如法国、挪威等，许多通信报也都在此租房子。Reuter 工作室内人很多。百余人在一大间内工作，有收电的，有发电的。Associated Press 在一旁，他们发电去外省。伦敦各报则由 R 自己供给。有一位领我参观，说明一切。O. M. Green⑥ 现在此工作，是中国部分的 Feature writer 和 editor⑦。

林君很热心，为我设法介绍熟人。为我打电话去 M. C. I. 又打电话与 British Council，为我在 Stratford 找房子。

我出来已五时了。到宣传部。与 Whymant 及赵君谈了一会。

七时我邀赵君到旅馆吃饭。八时余辞去。

今天借了一本熊式一的 *Bridge of Heaven*，一本 Priestley 的 *Daylight on Saturday*⑧。晚看熊书百余页。里面的人物描写，许多取材于儒林外史的岁贡生严监生，小处也多东抄西袭。

十二时余睡。起先睡不着。后来睡着了。忽为炮声所惊醒。此时只一时一刻。大约方睡着不久，所以警报没有听到。炮声自远渐远。附近的大炮发

---

① 自动收报机。
② 美联社。
③ 路透社。
④ 保留。
⑤ 塔斯社。
⑥ O. M. 格林。
⑦ 特写记者和编辑。
⑧ 英国剧作家、小说家普里斯特利（1894—1984）的《星期六的日光》。

了有四五十声。中间有也如此小的似乎是炸弹炸裂声。我没有起来,躺在床上打战。要不战不可能。只好不起来了。听到附近的人有的在走廊的谈话。约一刻钟后炮声渐止。我看 Priestley's *Daylight on Saturday*。一时五十分解除。我又看了一会书。以后又好久没有睡着。

今天,*Manchester Guardian*① 有社论,关于中国教育报派差监督统制学生思想问题。据云哈佛大学教授多人发表宣言,在中国统制学生思想之时,哈佛拒绝接收中国学生。*Guardian* 希望中国不要如此。中央社前几天有陈立夫的辨正,说中国并不统制思想,且认为思想不能统制。但是他说中国学生必须服从三民主义,因为三民主义是中国的根本原则,如美国的民主政治一样!他说学生并不需个个是党员。所以受训,因为学生出国外国人多询问种种问题!

1944 年 4 月 19 日
33:4:19(三)晴

早饭后看了一会报。到 Southampton Row 的 Collector of Custom and Excise②。因为要求增加 clothing coupon③,需由这一机关。我写了信去,今早后复,谓需亲自去。去了看到的人,照样很是客气。他说衣服没有黑色深色浅色之分,已有衬衫,不管有领无领,不能多需等等。他为我想出路,问这有否。我可不能说假话,有的说没有。他最后说只能给我五十余个,已经尽他的力量。规则限定,他也是无法可变。我谢了。

去 Peter Robinson④(使馆人员多在此剪发),说要 appointment 才有空。到对面一家去剪,要价比别处加一倍。

---

① 《曼彻斯特卫报》。
② 南安普顿的关税和消费税办事处。
③ 衣服购物券。
④ 彼得·罗宾逊。

中午林君请吃饭，在香港楼。座中有法国社会党 Len. Blum[1] 的某报主笔 Levee[2] 夫妇。谈法国政情。他说 de Gaulle[3] 不但是帝国主义者，而且是 fascist[4]。他说法国的希望在社会党与共产党合作。他希望中国能在欧洲政治中有发言地位。说如只有英美苏三国，欧洲的前途很没有希望。

饭后到 Cook[5] 去问去 Stratford 的时间。走 Pall Mall, St. James 到 Piccadilly[6] 回。在 Bumpus[7] 看书看了一会。

回寓四时半，得 British Council 电话，Miss Windsor[8] 也为我在 Mr. Mathews[9] 家找了一间房子。似乎一切由 Mr. Mathews 代办。今早本接 W. H. Savery 复信，说旅馆临时不易得，如我决定去，打电话与他，我为我设法谋临时住所，但没有一定把握。他劝我迟些时去。我本预备不去了，得了 British Council 的电话，决定去。

写了信与 Leonel Giles, Mrs Empson, W. C. Cassells[10]，萧乾，叶作梁。一信与 W. Simon，谢他赠书。

七时王壮涛来。我请他在饭厅吃饭。饭后在 Lounge 谈话，听了九时广播。上楼后辞去。

我写了一信与 London Missionary Society[11]，访问 Wallbridge[12] 消息。

写昨今两天日记。十时半有警报，但不到十一时即解除。

写信与华与莹。写完已十二时三刻。浴后睡。

---

① 莱昂·布鲁姆。
② 莱维。
③ 戴高乐。
④ 法西斯分子。
⑤ 库克旅行社。
⑥ 走蓓尔美尔街，圣詹姆斯到皮卡迪里回。
⑦ 彭勃斯书店，位于伦敦街。
⑧ 温莎小姐。
⑨ 马修先生。
⑩ W. C. 卡塞尔。
⑪ 伦敦传信会。
⑫ 沃尔布里奇，在中国担任过牧师。

1944 年 4 月 20 日

33:4:20（四）晴

早饭时与周显章君谈话。写完莹的信。写了一信与王景春。

出门，到 Cumberland Hotel Cook① 买去 Stratford-upon-Avon 的车票。到 Bumpus 买了莎剧四种。到银行取钱。Welbeck Hotel 取洗的衣服。到邮局寄信，打电致 Mathews。

回到旅馆，收拾行李。到十二时半完。

一时到 China Institute。今天是国会女议员 Irene Ward 演讲 *Impression about China*②。一时有 fork lunch③，到了八十余人。一部分人在外面。少数人在内。Richter 介绍我会了 Sir William Homell。与 Sir John Pratt④ 也谈了一会。出去遇到 Bernard Hand，与他走一处。

Ward 演讲只三十分钟，谈了些中国现状，并没有什么深刻的见解。后来二十分钟问题，也没有什么重要的问题。这时有人问 inflation⑤，Ward 说她不是财政专家，不能答复，但是她完全反对 Willkie 的意见，宁可军事失败，不可财政失败。

回到旅馆。到 Paddington Station。车 4:05 开。出了伦敦，便是英国的乡村风味。草坡与树丛。树上绿了，草青了，不少的花，在树上，在草中。天气阴晴不定。一时是青天白云，一时是满天盖了黑云。一个人住在城中，是失去了不少妙景。我有时看报，有时向窗外赏玩风景。时间过得很快。六时到 Leamington⑥，下车换车。在车站喝茶。这里换电气车，只两节。半小时左右到 Stratford。

---

① 坎伯兰饭店库克旅行社。
② 艾琳·沃德演讲《关于中国的印象》。
③ 便餐。
④ 威廉·霍梅尔爵士，约翰·普拉特爵士。
⑤ 通货膨胀。
⑥ 利明顿。

Mr. Trever Mathews[1] 接。他自己驾车,送我到他家。是一种别墅式的楼房。他是 Alderman J. P. [2],从前做过这里的 Mayor[3],是地方上的重要人物。太太是美国人。他前妻的孩子都已成家了。太太原来是 Mrs. Patterson,有三个孩子。长女病了,躺着。次女 Mopsy,十五岁。儿子 Bill[4] 才十岁左右。都很亲切。

他家中设备极佳,有冷热水,水汀,还升柴火。有女仆。吃的东西也很好。先喝酒。

饭后在书房谈话。讲中国。他出示收藏中国的邮票。听广播。谈此间如何招待军人。看 Stratford 的指南。

十一时三刻上楼。洗脸,写日记。十二时半警报,三刻即解除。

1944 年 4 月 21 日

33:4:21(五)阴时雨

今天天阴,晚上下了些雨。

早饭后看了一会报。出门去 Shakespeare Memorial Theatre[5]。Stratford 是一个小城,人口只有不过一万一千人。有了一张图,到处都可以步行。到戏院去的路,一路都是别墅式的住宅,园子很大。马路上许多樱花盛开,(与日本不同处是花开时叶已很盛,也是橙红色,掩去了花的颜色),白的梨花也盛开。各种颜色的花更是多了。

戏院在 Avon 河边,地名 Waterside。后面临河,两面都是草地。地点和环境是妙极了。建筑是十余年前新盖的。原来的旧戏院,在 1923 年(?)遭了回禄[6]。

---

① 特雷弗·马修。
② 市议员。
③ 市长。
④ 太太帕特森夫人,次女莫普西,儿子比尔。
⑤ 莎士比亚纪念剧院。
⑥ 回禄相传为火神之名,转义指火灾。1926 年莎士比亚纪念剧院毁于一场火灾。

我带了 Mr. Mathew 的信去与一位 Miss Crowhurst①。她不在，原来 British Council 告我他们的 regional officer② 已经为我定好所有的票。Miss H 不在。卖票的人不知道。我便去访 Mr. W. H. Savery（manager）③。这是一位中年以上的人，耳朵带了一种耳聋人的听音机。他也不知此事。去问 Robert Alkins（director and producer④），他也不知道。他说也许这是与 Mr. Tousser⑤ 交涉的。T 不在。这票的钱是我出还是 British Council 出，他不知道。无论如何他为我留票。我说自己很愿意付票钱。他说到开戏前取票好了。

　　戏院旁是 Art Gallery。这一所是原来有的。火烧时风向相反，所以得保全。楼下莎比图书馆。里面藏莎翁各集的本子，和关于莎氏的著作。如 First Folio⑥ 等，只是 facsimile⑦。原本大约都藏起来了。楼上是各种莎氏的图像，莎比同时代人的像。莎剧名演员的像，和许多出名演员演某一景的图画。有许多 stainless glass 窗⑧，也是莎剧人物，或某人演某角的图像。

　　从此向南，不远到 Holy Trinity Church⑨。这教堂也在水边，坟园很古老。这教堂莎氏前便存在。莎氏于 1564 年四月二十六在此行洗礼。他的生日，始终无明文证实，大家推测是二十三日。他的死日也记在同一册中。1616 年四月二十三日，据说生死同在一天。

　　莎氏夫妇，女儿，女婿，孙女夫妇都葬在这教堂中。而且很奇怪的，葬在 Alter⑩ 的前面。这是很少见的。这教堂很古老，在莎氏前多年即建造。可是没有人想到去埋在神坛前。莎氏把这一片地都买下来了，全家葬在那里。Stratford 的大家，贵族，Chieftain⑪ 却葬在一边。也许因为要有石棺石像，不

---

① 克劳赫斯特小姐。
② 地区官员。
③ W. H. 萨弗里先生（经理）。
④ 罗伯特·艾金斯（经理兼制作人）。
⑤ 托赛尔先生。
⑥ 第一对开本。
⑦ 复制品。
⑧ 不锈钢玻璃窗。
⑨ 圣三一教堂。
⑩ 祭坛。
⑪ 首领，族长等人。

能利用神坛前的地位。

有一队美国军官参观，有人领导说明。我在后跟着。organist①劝我跟着。所以一切不用寻找。

在教堂外遇见 Vicar②。他与我谈话，说听说我来等等。

走 Old Town 到 Church 外。到 Grammar School③。前面一排屋子曾经做市会议厅。楼上是教室。据说莎氏是这学校的学生，即坐在这教室的前面近窗处。这屋子很老了，地板很旧。现在的桌凳当然是近代的了，但是也是很简单，很旧。

过去不远是 New Place Museum④。New Place 是莎氏由伦敦回里后住的地方，他晚年的剧本在此写，他在此逝世。可是他的屋子已毁了。只存了地基。一部分的墙基还存留，成了花园。中间立了一棵桑树。莎氏手植的树早已砍了，只一棵据说是一枝长成。后有花园，新近布置的园景，很美观，颜色很鲜明。

所谓 Museum 是莎宅旁的屋子，是莎家的孙女婿 Nash 夫妇所居。莎女 Mrs. Hall 也在此住过，曾在此接 Charles I 的后 Henrieta⑤住过。博物院中楼下大都是些本地的器物。楼上有 Garrick⑥的遗像遗物，也有莎家的东西。有一圆桌面，即莎氏桑树木所制的桌面。

到 Town Hall 去访市长。他白天在 Birmingham⑦办公。他留片子而已。

莎氏的生身的屋在 Henry St.⑧。这是一排两所小房子。都是后来 restored⑨，究竟有没有一部分是当年旧物，这是谁也不知道了。外观很好，顶上有尖窗，窗上有格子，里面堆有不同时段所书的 birthplace⑩。愈早的愈简

---

① 风琴演奏者。
② 教区牧师。
③ 从老城到教堂外，到文法学校。
④ 新地博物馆。
⑤ 查理一世的王后亨丽埃塔（Henrietta）。
⑥ 著名莎剧演员大卫·加里克（David Garrick, 1717—1779）。
⑦ 伯明翰。
⑧ 亨利街。
⑨ 复建的。
⑩ 出生地招牌。

陋。上面没尖窗。临街的不是窗，而是一种屠户等店铺的木板窗，支起来即可在下面柜上做买卖。门外的人是泥路。

里面楼下是石板铺的地，楼上的地板是很厚的木板，并不平整。莎氏生室即在右手屋子的楼上。里面陈设是几个同时代的柜子。只有一个柜据说是莎氏 Aunt Joan① 的旧物。窗上玻璃本有 Scott，Byron，Carlyle② 等刻的名字。现在都取下保存在安全处了。

厨房在楼下。

左手的屋，现在是 Museum。楼上的 First Folio 等都是 facsimile。墙上图书等，多少是宝贵的，许多信件文件等多少是真迹，恐怕都不甚多。

邻近是 Public Library③。进去遇馆长。他有一个兄弟，是日本所俘，现在浦东。馆很小。新书反放在外面，任人取阅。旧书放书库内。楼上有儿童阅览室和写字室。后一室像会议厅。这图书馆是 Carnegie④ 所捐赠。

回寓午饭。

饭后又回到莎氏生处。因为上午去时，已将闭门，门者说请我下午再去，不必另购门票。又去盘桓半小时。在后面园中游览了一会。园不小，一面是草地，一面是花草。当然全非旧观。游人以美国军人为最多。

出来循小径往 Shattery⑤。所谓小径，是人行道，不能行车。而且有许多铁门。人可行，牛马不能通行。地是洋灰的。起先在人居中，后在草地中。草地上有牛在吃草。

Shattery 并不远，是一村，也是红砖房屋。出村不远，即到 Ann Hathaway Cottage⑥。这 Cottage is thatched roof⑦。一端临马路，马路的另一面是一小溪。屋前是一草圃，各种花布置得很齐整，颜色鲜明，很是美观。

---

① 琼安姑姑。
② 司各特、拜伦、卡莱尔。
③ 公共图书馆。
④ 卡内基。
⑤ 沙特里。
⑥ 安妮·海瑟薇村舍（Anne Hathaway）。
⑦ 稻草屋顶。

买票后坐在客厅火炉的 hearth① 旁休息。有女人在领导说明。游人只有一个兵士与一对情人。穿过客室等上楼到卧室。一个木板床说在此已数百年。帐子是 linsey-woolsey②，席子是草褶的，与中国的草填有些相似。楼上除两张床外，没有什么陈设。

另梯下楼到厨房。有灶。烤面包的灶在墙内，盖口的是一厚木萱。炉前有一很窄的高背长凳。据说莎氏与 Ann 求情时即坐在此。其实即使当时有此凳，求情时，尤其在春秋或夏季，恐少年人未必肯坐在屋中。这椅子也太不舒服了。

余人走后我在此室坐了一会。壁上有 Cottage 的图多张，也是比现在为简朴，图中花草是乱乱的，泥路上是些大羊。屋顶门窗也不如现在的齐整。原来的是当时的农家。现在的是 repaired③ 了。

考据家找到 Richard Hathaway④ 的遗嘱，里面并没有提到有 Ann，只有 Agnes⑤。于是有人说 Agnes 便是 Ann。这未免太穿凿。有人相信也许另有一 Hathaway，则这地点根本与莎氏无关了。

在花园中走了一圈，到里面坡上看看。此地有草地树木，也有座椅。即坐了一会。归途去看了一下这里的 manor house⑥ 及教堂。

口占了两首诗。

首题莎士故居：

是乃市井之徒耳，
绝代奇才谁识之？
今日四海争膜拜，
脚跟踏穿此庭池。

---

① 灶台。
② 亚麻毛织品。
③ 修好的。
④ 理查德·海瑟薇。
⑤ 阿格内丝。
⑥ 领主之宅。

一首题 Ann Hathaway 故居：

> 门外清溪涓涓流，
> 枝头叶落已深秋，
> 炉前高椅并肩坐，
> 旷世才人未识愁。

慢慢的走回寓所。六时半特别为我一人预备了饭。七时动身。走十五分钟到剧院。买到的票在第七八排的左侧。今天并没有坐满。两边还有空座。剧院很讲究。座位很舒适。每一排比前一排高，观众不致为前面所掩遮。

今晚的戏是 *As You Like It*。演 Rosalind 的 Helen Cherry[1] 长得很美，常常笑，似乎没有很多的表情。角色相当整齐，不过没有什么了不得的。

As You Like It 本来是戏，很明显的是做的戏，不是写真。台上也是在做戏，所以表情似乎没有什么关系。可以相当的满意。

戏分两幕。每一幕连续的演，布景起先在宫内，后来则都在林中一个地方。如在他处，则下内幕，在幕外演。戏台很深，在幕外还有不少地方。时间的间断便不管了。

十时完。回寓。Pat. 的未婚夫 Warren Beach[2] 在座。与他们同坐谈天。B 走后与 Trever[3] 又谈了一会。上楼已十二时余。

1944 年 4 月 22 日
33:4:22（六）晴

晨看了一会报。十时半与 M 夫人等全家去 M 的办公处。M 是牙科医生，他的医务处即在市政厅那条街上。

---

[1] 《皆大欢喜》，演罗莎琳德的海伦·彻丽。
[2] 沃伦·比奇。
[3] 特雷弗。

十一时到市政厅会聚。客人陆续的来。介绍了市长，市长的母亲，Town Clerk①等等。有一位是 Rugby School 的校长 Lyon②。我初以为是 Grammar School 的校长，说曾去参观过。后来弄清楚了，说了要去看看学生的生活。他表示欢迎。又介绍了不少人，我不知道谁是谁。（市长的母亲很客气，说我来她应当招待，可是家内客多，如 Dr. Lyon 等，没有办法，只有请 Mrs. M 代劳。后来听 Mrs. M 说她请 Mrs. M 招待我，谓如住不下，可以放两个孩子到她家去！）

全体排了队出发，由美国军乐队引导。到 Market Place③。市长升旗。升完旗，全体走到 Shakespeare 的 birthplace 又转过头来，走市中大街，到教堂。两面夹道观众很多。

教堂四周已坐满了人。中间的座空着。行列的来宾坐一边。照例的唱诗，祷告等等。市长读一段圣经。

最重要的节目是 Lyon 的演讲。他是带了一篇文字来宣读。写得很好，很是 scholarly④，所以孩子们去 Mopsy 说一点都听不懂。

完毕后献花。有团体带了花圈，个人或带一束花，或带一支〔枝〕花。我们去时每人有花一束。在市政厅许多人来分，所以一人只有几朵花了。

牧师站在圣坛前收献的花，大捧的放在墓上。献花时 Grammar School 学生在前，因为说与莎翁是同学。

回来时又列队到市厅。在门外立停，乐队奏英美国歌。客人进去与市长作别。

回寓午饭。

饭后二时余又到戏院。下午演 *Macbeth*。昨天演 Jaques 的 Hayes 演 Macbeth，昨天演 Phoebe 的 Patricia Jemel 演 Lady Macbeth。⑤ 这班子的好处，

---

① 市政职员。
② 拉格比公学校长里昂。
③ 市场。
④ 学术。
⑤ 下午演《麦克白》。昨天演杰奎斯的海耶斯演麦克白，昨天演菲比的帕特里夏·杰美尔演麦克白夫人。（杰奎斯和菲比，均为莎士比亚喜剧《皆大欢喜》中的角色。）

是有些像科班，在一个戏表演主角，另一戏内便演配角。昨天演 Orlando 的 John Byron 今天演 Duncan 的儿子。① 可是 Macbeth 与 Lady M 似乎都没有出人头地的地方。愈是伟大的剧本，愈不好演。今天的成绩平平。

不到五时完。我走到 Avon 河的对岸散步。Avon 不宽，大约只有四五丈。更不深。水很浊，颜色灰黑。今天星期六，天气好，游人很多。河中有两个汽艇，来回的走。有许多 canoe, punt, rowing boat②。也有练习赛船的 rowing boat。戏园前的草地上，河岸的草地上也坐了不少人，一双一双的。河对岸是青草地，有 Bowling Green③，网球场等。这些地都是纪念剧院所有，所以不会由商人来作践了风景。可是现在也没有点缀了。

六时余回。

六时半全家同餐。Beach 也在座（她们叫他 Brinks or Beans）。晚上全家都去看戏。她们住在此，每星期六看戏一次，比如 birthday performance④ 也去看。

晚演 *Taming of the Shrew*。下午的 Lady Macbeth，晚演 Kate。下午的 Macduff 晚演 Petruchio（Anthony Eustrel）。⑤ 这是戏，开玩笑的戏，今天的比较顶满意。

今晚听说 Rugby 校长 Dr. Lyon 昨天下午忽然不知人事。市长与医生送他回家。醒后可以说话，但失去了记忆。今天到此演说的事，前几天女儿出嫁的事他一点都想不起来。他说你们如此说，一定是确的，但他无法追忆。医生说是中风的一种。恐长期休养。

1944 年 4 月 23 日

33:4:23(日) 晴

晨看报。

---

① 昨天演奥兰多的约翰·拜伦今天演邓肯的儿子（即马尔康）。
② 独木舟，平底船，划艇。
③ 草地保龄球场。
④ 生日演出。
⑤ 晚演《驯悍记》。下午的麦克白夫人，晚演凯特。下午的麦克德夫晚演彼特鲁乔（安东尼·尤斯特莱）。

十时余与 Mathew 全家去市政厅。市长（Rodrick Baker①）又邀请去参加纪念莎翁的 Divine Service②。今天请的人更多。两间厅的门都打开了。美国军官也来了多人。十时四十分出发时，Beadle③ 持市长节在前，市长与 Town Clerk 后面应是 Alderman④，但今天一位 Alderman 与军官同行。

我与 Technical School 的校长 Mr. Hutt⑤ 同行。

到了教堂，照样的祷告唱诗。Shakespeare sermon 是 vicar of St. Peter's Piccadilly 的 Rev. Clarence May 说的。⑥ 这位教士不是说教，而是演剧。神情，声调种种都是在台上似的。许多人都说他 missed his profession⑦。本教堂的牧师对 Mr. Mathew 说他不喜欢如此，'It is too worldly for him.'⑧。

午饭后与 Mathew 到剧院。每星期日有一位美国医生组织一队美国军兵来游 Stratford，他自己陪来。先游 Warwick⑨ 等。到此后先到剧院。由 Mathew 说剧院历史。他们分头乘车去游各故迹。

回到 Mathew 家。British Council 的 Home Director, Miss Parkinson 与 Regional officer, Burbridge 来访⑩。他们是与 Mrs. Mathew 商，请她担任招待军人的工作。Miss Parkinson 年三十余，可是嘴上长了很多的胡子。人很能干，很能说话。

五时又与 Mathew 夫妇到 Shakespeare Tavern⑪。本市请来游的美国军官有六十人茶点。我们与市长母子及一 Mr. Lindsey，一 *Daily Mail* 的记者⑫，三位美国上中校同一桌。茶点后美医生介绍 Mathew 主席（他是 chairman of

---

① 罗德里克·贝克。
② 祭礼（礼拜）。
③ 教区执事。
④ 市议员。
⑤ 技校校长赫特先生。
⑥ "莎士比亚"布道是由圣彼得的皮卡迪里的教区牧师克拉伦斯·梅说的。
⑦ 错过了职业。
⑧ "他这样做太世俗了。"
⑨ 沃里克。
⑩ 英国文化委员会国内事务部主任帕金森小姐与地区官员伯布里奇来访。
⑪ 莎士比亚酒馆。
⑫ 林德赛先生，一《每日邮报》的记者。

Entertainment Committee①） Mathew 介绍市长母子说话后，忽然请我说话。我毫无准备，勉强的话了一段。居然鼓掌不少。后来是 *Mail* 的记者（他很能说）Lindsey，美军官代表等。Mrs. Mathew 也说了她如何与 Mathew 结婚，是她对于英美合作的贡献大，博得掌声极多。

晚饭后有美国 Parachute② 的军官三人与 Beach 同来。坐谈长久。他们对于世界政治有相当兴趣。走时已十一时余了。

1944 年 4 月 24 日
33:4:24（一）阴晴

早饭后看报。

到戏院。因 Mathew 家 Pat. 今天回校，Beach 不能出来，多了两张票，请我。我到戏院去说明，不必为我留票了。

在河岸上散步。买了些画片。

午饭后向 Maidenhead Road③ 的另一头走去。不久便到乡间。这里大多是牧地，但也有耕地。不很高的山坡。慢慢上去，回头望见 Stratford 全市的屋顶。走到最高处是一个石砌的 monument④，纪念一父子兄弟三人（政治家议员），山坡下有一大宅。是 Sir Otto Trevelyan⑤ 的故居。

回寓四时半。Pat. 上车去车站回校。她是学 secretaryship⑥。将来打算到伦敦去工作。

五时 Richter 来。茶点后与他同出去散步到河岸。到 Swan's nest⑦ 旅馆预备他在那里预定一桌。谁知已没有了。又走到 William & Mary Hotel⑧。六时半

---

① 娱乐委员会主席。
② 伞兵部队。
③ 梅登海德路。
④ 纪念碑。
⑤ 奥托·特里维廉爵士。
⑥ 文秘。
⑦ 天鹅之巢。
⑧ 威廉玛丽旅馆。

的桌子也没有了。说可以七时去。

与他想到河上去荡舟。船户说时间已迟，不出租了。

我们在剧院前河岸坐谈了一会，又到莎翁新居的花园中坐谈了一会。七时去吃饭，又等了一会。

Richter 说 British Council 的工作，以国外为重。现时因国外不能工作，外国人流亡在英者多，所以对国内工作也注重。将来战后是否国内工作可继续，大是问题。而且战后减政，文化事业最先受影响。他认为 British Council 的前途不甚乐观。

到戏院，已开演。今天是第一次演 *Hamlet*。演 Hamlet 的是 John Byron，演 Ophelia 的是 Anna Burden。① John Byron 演得很认真，但是不是我心目中的 Hamlet，似乎还不够深刻。可是整个的戏很热闹，一点都不 gloomy②，所以连 Bill 都看得能高兴。

戏完后有演说。Sir A. Hower 年八十余，辞了主任委员职，他的儿子 Mayor Hower③ 被推继任。Lord Lliffe，Robert Akins，④ 市长及 Mayor 都说了话。

1944 年 4 月 25 日
33:4:25(二) 晴

晨七时起。

七时三刻早餐。八时二十分，Mr. M 送我到车站附近。车不能开去车站，因汽油不能如此用。最后走到车站。到 Leamington，一个人坐一节车。换车后，没有座位，站在车厢中。走了一会，不知为何一女子由一节车内走出不再回。我方有一座位。车沿路不停，不知此女人到哪里去了。车中有二人谈话，高声笑。也许是女人离开的原因。

---

① 《哈姆雷特》。演哈姆雷特的约翰·拜伦，演奥菲利亚是安娜·伯登。
② 阴郁。
③ 豪尔爵士，他的儿子梅厄·豪尔。
④ 利夫男爵、罗伯特·艾金斯。

十二时前回到 Mount Royal，看了一会教育部报告。

中午请钱存典君吃饭。下午要与美国来出席 United① 流亡政府教育会议的代表谈话。先打听一下情形。

下午看了一会教育部报告。睡了一刻钟。醒已三时半。即去使馆。与钱君及周厚辅同去 Claridges②。周是周厚枢之弟，川大教授，与 C. C.③ 密切。去年带学生到此入厂等等。现住在 Hampstead。

我们会到的美国方面代表是 Turner, Commissioner of Education Studebaker 与 Stanford Uni. 的 Prof. Kefanver④。谈了会在战后如何救济中国的教育，我提出书籍、仪器等问题。Studebaker 说似乎最有效的帮助是收集些印刷机、字模与纸张，运去中国，可以印报印书。

Turner 谈战后问题。他说可否使日本回到完全农业国。他说如中国工业化，注重国防工业，民众生活无法改进。我说中国将来必须工业化，当然注重消费工业，但不能不同时振兴重工业。中国不愿在将来再有战争时，仍完全依赖他国接济军火。至于国防工业振兴到何种程度，完全得看将来国际合作到何种程度。这一切他们都同意。我说将来一部分日本工厂我希望运去中国，赔偿我们的损失，一部分书籍仪器亦然。Turner 说恐战事终了时，没有多少工厂和书籍仪器了。他说美国，要求这种种赔偿菲律宾如何。我说中国也得要求一份。Turner 对于原料分配问题，认为未必能行。

谈了一小时。五时辞出。钱说 Turner 是美国代表团的灵魂，一切计划等等都是他发动的。

到公超办公处。公超却不在。与 Whymant 谈了一会。看报。七时半邀公超、赵德洁到香港楼吃饭。公超谈他令叔玉虎等故事。

九时半回。看 *Bridge of Heaven*。

---

① 联合。
② 克莱瑞奇酒店。
③ 即当时由陈立夫、陈果夫兄弟控制的国民党"中统"。
④ 特纳，教育局局长施蒂贝克与斯坦福大学的柯凡威尔教授。

1944 年 4 月 26 日

33:4:26（三）阴晴

　　早饭后到 Hammersmith Hospital。吴桓兴君领到 Laboratory① 又验一种血。左右中指刺一口，抽血二针，溶入两个 test tube② 的药水中。说今天下午三时可得结果。一切结果齐全后，吴与 McCall 去讨论病情。吴说 X 光照片可以送我一份。

　　十二时回。看报。

　　一时到 Charlotte St. 的 Etoile Rest③。Bernard Etoile④ 请吃饭，座中有 Vere Redman⑤。Redman 在日本长久，懂日本话。谈话的范围很广。从中文译的英国文学到英国的外省城市。他们认为许多 provincial towns⑥ 毫无可取。不过许多工厂却值得参观。将来他们可为我布置参观 war effort⑦，British Council 为布置参观文化机构。

　　下午五时余去 Livingstone Hall⑧。Fabian Society⑨ 有 D. H. Cole 的演讲，谈 Socialism and Housing⑩。Cole 样子与从前差不多，可是头发白了。说话非常的快。他有讲稿，说话时几乎全部没有看。说话很有条理。他说了一时余。后来有问题，谈论。

　　回寓已近九时。

　　晚看完 *Bridge of Heaven*。这本书前部抄袭中国旧小说中的故事、笑话等，到后来写康梁变法，武昌革命等，写得毫无生气。书中人物也没有一个活的。

---

① 化验室。
② 试管。
③ 夏洛特街的埃图瓦勒餐厅。
④ 伯纳德·埃图瓦勒。
⑤ 维尔·雷德曼。
⑥ 外省城市。
⑦ 战争时期的努力。
⑧ 利文斯顿大厅。
⑨ 费边社（英国社会改良主义团体）。
⑩ 科尔（George Douglas Howard Cole, 1889—1959，英国经济学家）讲《社会主义与住房供给》。

1944 年 4 月 27 日

33:4:27（四）晴

晨看报。

一时钱阶平在岭南楼请吃饭。座中有公超、梁鉴立、翟瑞南、秦君及王壮涛（王景春因事未到）。饭没讲究，开始有一八宝鸭。公超说为了建筑飞机场，美军官与工人发生了冲突。军官平时视工人为牛马。工人受军阀地主的鼓动，发生暴动，打死了美军官。夫人听说了，报告蒋，蒋大怒。他的消息是到于美方的。

钱的车送我回旅馆。

五时半 Westminister Abbey 有 Dean of St. Paul 的 Give lecture，讲 Worship①。我以为是 Dean Inge②，所以特去听。谁知现在的 Dean 是 Mathew。不听了。去得早，看看 Abbey，可是五时后里面又关了。

晚七时与林咸让去 Margery Fry 处。她今晚请我们吃饭。她的 housekeeper 名 Mrs Fortini（？）。③

谈到十时半以后方辞出。M. T. 七十三岁了，可是精神还是很好。眼光很锐利，说话很锋利。如她说在 Canada 与 Mackerzie King④ 盘桓了半天。她没有听到他说过一句有见解的话。一个极平凡的人。不懂他为何能做首相许多年。

她对于中国中央政府不准药品到边区，很不满意。她说她对于中国的政治，毫无意见，不要干涉。但是希望有 fair play⑤。边区的妇女孩子也是人，一点药品不准运入，是太不人道了。

---

① 威斯敏斯特教堂有圣保罗教堂的主持牧师的演讲，讲拜神。

② 英格主持牧师。

③ 她的女管家名弗蒂尼（？）。

④ 在加拿大与麦肯齐·金（应为时任加拿大总理 William Lyon Mackenzie King）。

⑤ 公平竞争。

1944 年 4 月 28 日

33:4:28（五）

　　早饭后到国会，访 Anglo-Chinese Parliament & Committee① 的秘书 John Dugdele②。还是进 St. Stephen's Gate③，先要领一 temporary pass④，到里面一八角亭，似乎是中心的堂屋，又要另写一片。议员接片后即出来。

　　Dugdele 为我取得一门券。说领到的地点特好，坐在 Speaker 后旁的一厢内（可坐七人）。英下院自炸毁后，现在上院开会。格式与下院相同，只是较小。旁听席尤少。楼上两面都只有一排座，对面是两排。议员座是红皮的，两面各有五排。

　　我到议员门口时，看见 Eden⑤ 正下车，在我前进门。但他未出席。今天是 Aneurin Bevan⑥ 提议，取消新近颁布的取缔鼓动罢工法令。Bevan 很能说话，是雄辩家。鼓掌者很多。说了三刻钟。附议者 Krikword 是苏格兰工人，完全苏格兰口音，听不大懂。也有三刻钟。

　　政府席中 Ernest Bevin⑦ 仰头闭目听 Bevan 说话。样子实不好看。K 说话时他便走了。Attlee⑧ 有时在坐［座］。一进来便躺在座椅上，将脚放在中间桌上。

　　十二时半出去。回旅馆。一时 Lionel Giles 来，我请他吃饭，谈到二时半。他比从前老了，但样子还很不错。抽烟斗，喝啤酒，似乎比从前 mellow⑨ 了。他退休已三四年。他说 1940 年轰炸厉害，他已到退休之年，即退休了。谈起 Arthur Waley，原来他原名 Sloss，是一个 German Jew⑩，上次大战时才改今名。

---

① 英华议会和委员会。

② 约翰·达格代尔。

③ 圣史蒂芬门。

④ 临时通行证。

⑤ 艾顿。

⑥ 安奈林·比万（1897—1960），曾担任英国工党的卫生部部长。

⑦ 欧内斯特·贝文（1881—1951），英国政治家，1945—1951 年间任英国外交大臣。

⑧ 英国工党政治家克莱蒙特·艾德礼（Clement Attlee），1945—1951 年担任英国首相。

⑨ 圆润。

⑩ 阿瑟·魏理，原名斯洛斯，德国犹太人。

Giles 对于 Hughes 很不以为然。说他著的一部中国哲学，里面错误之点很多，而且错得很大。他想做牛津教授，实在不合适。

他邀我下乡去，但又说在乡下没有 coupon。买不到肉，乡下又没有饭馆。

三时又去国会。在访 Dugdalle，他说现在 Ernest Bevin 正在说话。里面坐满了，一个空席也没有。他说座位不能保留。走出半小时即取消。十次有九次有空座，今天是第十次。约我下星期二再去，听听 questions[1]，与他谈一谈。

即到 Westminister Abbey 去。我上次在英时，究竟是否来过，已想不起来了。Poet's corner[2] 似乎看过，但是否是书上的插图，也无从想起。一面是 poet's corner，一面是 statesman[3]。可是许多 monument，却是从前的有钱有势的，并没有功德于社会的。参观的人，美国军官最多，一队队都有人引导说明。

回到旅馆，喝茶。

写了一信与 prof. Dodds[4]，一信与萧乾。一信与叶树果，约他星〔（期）〕一来午饭。为周显章写一信与藕舫[5]，介绍他的儿子转学浙大附中。

访周。与他同吃饭。饭后听广播。

九时半上楼。看杂志多种。十二时看 *Daylight on Saturday*。

1944 年 4 月 29 日
33:4:29（六）阴

早饭后与旅馆交涉，他们说在三层即向南也不见得有阳光。在五楼就好了。他说有 583 号房很好，问我好不好。我去看看，比较的亮些，虽然天阴没有太阳，而且房间大些。只是衣柜开关不大灵。我想求全太难，便决定搬。

---

① 槌问。
② 威斯敏斯特教堂内的"诗人角"。
③ 政治家。
④ 多兹教授。
⑤ 竺可桢（1890—1974），字藕舫，中国气象学家、地理学家、科学史家和教育家。

收拾了一下，将房间搬完。

看报。接到电话，是熊式一打的。他约我到香港楼去中饭。座中另约了谭葆慎。熊的样子还依旧可记得。头发很长，没有剪，也似乎没有梳光。嘴上有胡子。这是暂时的，因为他嘴唇上长了一个瘤，因为在口部，不能用手术，痛苦了一个多月。

谭我没有见过。他也有胡子。他对于中国的情形很隔膜，发的议论，如说政府不注意这，不注意那，不说道政府现在是在艰苦中过抗战的日子。他说中国外交官升调都没有法度。外国都是从领事升公使。外部中的司科长以上的人，都没有做过领事，所以定的办法，常常不行。我说起新定法令，使领馆人员三年回国的办法。他说他到此五年方才在人事方面熟悉些，做事才方便些。

熊说只有他在英国要交所得税，吃亏很大。1936—8 他在中国，王部长答应他外交护照，可是去上海了。次长陈介等说外交护照他们不能做主，官员护照可发。他觉得官员护照没有用，照样要交所得税。后来，他到上海，香港来英，没有机会。

我说官员护照在美也不必征所得税，在英是要缴费。熊与谭都说要交。说崔骥是官员护照，也是减税。骇了我一跳。如我要缴所得税，我的钱简直不够维持生活了。

熊现在在写中国史。预备写一本甲午至革命，一本革命至抗战，一本1931 至今。

他们说行政院发言人张平群说在抗战紧急关头，中国要集中一切人才，所以决定不派送学生出国留学。这主张也自有理由，但与前些时的决议要派送千二百人出国，未免太矛盾了。这是什么原因呢？

三世余熊、谭乘车去 St. Marylebone Church① 参加陶寅母追悼纪念礼拜。在路上接了赵德洁。到时正三时半，已开始。只是唱歌，祷告。中国人到了七八十人，大部分是学生。顾少川与钱金郭，诸人都到了。

_____

① 圣马里波恩教堂。

会到了崔骥（少溪）。与他同到旅馆，谈了一小时。他是河北人，生在广东，长在江西。在江西进中学，后入师大英文系。熊式辉送他来英。来此后靠卖文写书，与 B. B. C. 写广播为生活。现在在写一部中国文学史。他对于英国的汉学家，只有 Waley 与 Giles 还佩服。说 Yetts① 不大懂中文，Edwards 不是学者，Hughes 不行。对于剑桥 Haron② 倒是佩服。崔长得又瘦又小，说话带江西口音。

五时崔去，遇周显章。与他喝茶谈话。

上楼看报。

近七时公超来。与他同去梁鉴立处。另有 William Empson 在座。我们先到附近的一个 Polo Club③ 去散步。里面只有几个人在打 croquet④。很平的草地，静悄悄的很是幽闲。园边场外即是 Thames。丁香开了，紫丁香白丁香都有。Empson 虽是诗人，他对于草名字大都不知道。

饭是梁太太亲自动手。有饺子。做得很好。梁太太是常州人。很高大。很 friendly⑤。饭后喝酒谈话。梁家有不少唱片，听了些刘宝全的大鼓、余叔岩、马连良的平〔评〕剧等等。

Empson 不大说话，爱喝酒，Whisky water⑥ 他一杯一杯的不劝自倒。他说诗人某夫妇，开了一个 boarding house⑦，现在让与 Mia Henderson⑧ 去管理。在 Hampstead，离 tube 不远。他劝我去住，说比 Mount Royal 便宜得多。他说二镑半一星期，一日三餐。公超说决不会如此便宜。他也觉得说错了。梁说住在近郊的一个不便处，是进了城，没有歇脚处。要是设一 office，花钱更多了。

十一时余回。

看 *Daylight on Saturday* 到一时。

---

① 耶茨（1878—1957），1932—1946 年担任伦敦大学中国艺术与考古学教授。
② 哈伦。
③ 马球俱乐部。
④ 门球。
⑤ 亲切友好。
⑥ 掺水威士忌。
⑦ 供膳寄宿处。
⑧ 米亚·亨德森。

今天报载郑州已沦陷。日军似由陇海西进。

1944 年 4 月 30 日
33:4:30（日）晴

早饭时遇 Liverpool[①] 来的徐允贵君。与他同吃饭。他是河北人，燕京毕业，物理学助教。Blue Funnel Line 的 Scholarship[②] 来利物浦，开战后没有能回去。

十一时半王右嘉介绍伦敦学生会的主席宋常康君来访。他是广东人，香港大学毕业，在此已五六年，研究机械工程。现在在工厂实习制炮。他不大会说中文。但说正在学习说中文。

中午宋约我与右嘉去香港楼吃饭。饭后与右嘉同走回。

周书楷来访。与他说好到 Kensington Garden[③] 去游览。要到 Kensington High St.[④] 换车。在那里等了好久，一辆辆的车过去，都没有人下来，不能上去。便算了。到 Kensington Garden 中去走了一会。里面人很多。池子旁看帆船的更多。园中没有什么花树。可是大树不少，有北平公园气象，可是树下是绿草地，可坐临休息（狗粪却不少）。

Serpentine[⑤] 中游船不少。在 Hyde Park 坐谈。Hyde Park 中人更多，树反少。

五时回。看报。

补写日记。日记好久未写。今天补写最近九天的，写到十二时余。浴后看了几页 *Daylight on Saturday*。睡。

我应当挂一张"勤笔免思"做座右铭。

---

① 利物浦。
② 蓝烟囱轮船公司的奖学金。
③ 伦敦肯辛顿花园。
④ 肯辛顿高街。
⑤ 蛇形湖。

1944 年 5 月 1 日

33:5:1 (一) 晴

晨十一时到 British Council 访 Sir Frederick Ogilvie①。他介绍了 Ifer Evans②。谈了半小时，即出，约期再谈。Evans 年还轻。似乎不如 Ogilvie 的沉着亲切。他答应为我介绍教育部方面的人参看学校。

出来到 Sackville St. 及 Saville Row③ 走了一下。这是英国出名的裁缝铺街。这种地方，差不多窗户中没有陈列了。说这些地方的衣服与其他铺子一定不同，我有些怀疑。

回到旅馆。接叶树果信。他约他来午饭，他说午饭后才来。吃饭时他来了。与他在楼下坐了一会，又到楼上坐了一会。再与他同乘公共汽车去 Highbury④。

叶今年已六十岁。他是 1910 来此，后来没有回去过。住在他现在住的房间也已二十年。他住的房间，与我在 Orlando Rd.⑤ 所住差不多。出入锁上门。里面架子说不少中国书。地上放满瓶子罐子。至今房租只 18 先令。他说相信少食却病主义，所以每天早晨晚上只喝一杯茶。中午到外面吃中饭。我去后为我煮茶。预备了些面包牛油，和一个 cake⑥。

他对于中国情形，完全不知道。所以无论谈起什么，他都非常惊奇。他研究中国古物、书画、瓷器。他为 Sir Percival Davies⑦ 编一收藏目录，花了三四年工夫。所以关于中国书画金石的古书，他还有一点。

近六时他送我上车而别。

---

① 弗里德里克·奥格维尔爵士。
② 艾弗·埃文斯。
③ 萨克维尔街及萨维尔街。
④ 海布里。
⑤ 奥兰多路。
⑥ 蛋糕。
⑦ 帕西瓦尔·戴维斯爵士。

今天王右嘉为我在使馆带回雪艇一信，文为'letter received remittance being managed'①。

晚饭时与周显章谈甚久。

补写在 Stratford 日记。十二时看 *Daylight on Saturday* 半小时。

1944 年 5 月 2 日
33:5:2（二）晴

早饭后到议会。

Dugdale 留了一张 Distinguished Strangers' Gallery② 的旁听券给我。这在楼上，斜对 front bench③，旁是 peers' gallery④，及大使席。新闻记者席在议长后的上面。这里有好几层。普通旁听席即在后面。我在坐的地方，有时听到，有时听不到。我以为我耳朵也许也许有毛病，或是英文还不行。后来坐我旁的一位，是英国驻芝加哥的总领事，说他只听懂一半。我才放心。如在普通旁听席，恐只听到声音，不知说什么了。

十一时起是 question time⑤。每位议员都发一张编了号码的问题。旁听的人也每人有一张。号码，发问的人名，后面是问题。议长叫议员名，议员站立说问题第几号。问某一部的问题都排在一起，部长答复完他的问题后要走便走。今天的问题，是由煤电部的 Lloyd George，商务部的 Dalton（我认出是他），军政部的 Sir James Grigg，苏格兰部的 Johnstone⑥ 答复。Attlee 代首相答复。Sir John Anderson⑦ 后，问题未完，议长停止问题，说艾顿有话报告。Eden 起立报告英美与西班牙交涉结果，甚为圆满。

---

① "收到信件，汇款已处理"。
② 英国下议院的特别旁听席。
③ 议会的前座。
④ 贵族席位。
⑤ 提问时间。
⑥ 此处四个人名依次为：劳埃德·乔治，达尔顿，詹姆斯·格里格爵士，约翰斯通。
⑦ 约翰·安德逊爵士。

答复大都是写好的，部长手中有一本笔记样子的本子。有时念得很快，来不及听。可是有时答复后又 Supplementary① 补充的发问，问及答便比较的有趣。如大家注意的问题，有许多人争着补充发问。这很快。如稍迟，议长即叫下一题的询问人。补充几次后议长也便会叫下一题。

问题完毕后，到 Committee Stage②。许多议员便退席。演说的人，看着听众一路的减少。

十二时三十分 Dugdale 来。他看看 front bench，说除了 Anderson 外，没有什么重要的人。他领我去看看议会。要到上院去。警察说上院正审完案，法官在密谈，不准旁听。D 说他从来不知道有这种情形。到一处从窗口看到从前的下院会场。现在是四座残垣围了一个废墟。只存了地下室的地。D 说一个炸弹正落在顶上。河中也落了不少弹，但是议会其他部分却没有弹。

他说下院会场比上院小些。将来建设依照旧样，并不扩大，只是旁听席加多。

他请我去饭厅吃饭。另听有 Mr. & Mrs. Alexander③。这 Alexander 从前在上海是 press attacher④，他的夫人是福开森⑤的孙女。座中另有一议员 Mr. Bellenger⑥（？）。饭厅很小。规定每人只能请两个客。所以如邀三个客，便得约另一议员陪着做主人。菜与我的旅馆差不多。在附近一桌上，Miss Ward 与 Richard Law 在请顾少川夫妇。

Alexander 问了些南开、张伯苓、韦卓民等。工党预备开会，撤去 Bevan 的 Whip⑦，即是将 Bevan 开除出党。工党明天恐有争论。Bellenger 说他少时穷苦，十四岁即做学徒。后入邮局，等等。上次大战去投军，在军中五年，占领德国时娶了德国 Cadbury⑧ 的女儿为妻。Alexander 说他十六岁去做事，等

---

① 补充的。
② 委员会审议阶段。
③ 亚历山大夫妇。
④ 新闻记者。
⑤ 福开森（John Calvin Ferguson, 1866—1945），1888 年来华，在南京创办汇文书院。
⑥ 贝伦格。
⑦ "党鞭"，即议会内的政党代表领袖，或政党组织秘书。
⑧ 德国吉百利巧克力公司老板。

等。后来到德国学德文，考入外交部。他夫人说在 16 岁以前，他在 Caterham① 上学。后来谈儿童教育。Alexander 夫妇说中国女人是 the best groomed in the world②，比得过美国女子。美国女子在法国女子之上。说中国女子的 deportment③ 真好。B 说他的儿子在 Westminister D. 要找一个 Austrian maid④。说他与三岁的儿子说话，照例说法文。可是他们都是工党的议员。

后来二时半到三时半又在议会旁听。讨论农业的一案外，又有议员攻击 Bevan 在 Bristol⑤ 的演讲。争论很多。常常有人跳起来提出 point of order⑥。

Dugdale 来又陪我去上院。上院现在 King's Royal Room⑦ 中开会。很小，只能坐数十人。据说上院没有 point of order。所以可以借题发挥，海阔天空的说去。我们到时，谁知上院已休会了。D 说上院应解散。

出来遇到上议员 Lord Farrington（labour）⑧，年轻，穿军装。D 挖苦英上院不干事。F 说他们不像下院的浪费时间。谈起 Bevan，F 问 D 如何投票。D 说投政府票。F 说他是 Striker⑨ 等等。D 发了急。又有一年轻的工党上议员 Lord St. Davies⑩ 来，说他赞成他，才解围。

辞出后到 Leicester Square Theatre⑪ 看 *Pygmalion*⑫。演 Higgins 的是 Leslie Howard，演 Eliza 的是 Wendy Hillier⑬，很有意思。似乎比我从前看过的舞台剧还好玩些。

七时余回。

---

① 卡特汉姆中学。
② 在世界上最会打扮。
③ 举止。
④ 奥地利女仆。
⑤ 布里斯托。
⑥ 关于秩序的异议。
⑦ 国王的王室厅。
⑧ 法林顿勋爵（工党）。
⑨ 罢工者，即不投票的人。
⑩ 圣戴维斯勋爵。
⑪ 莱斯特广场剧院。
⑫ 萧伯纳的《卖花女》。
⑬ 演希金斯的是莱利斯·霍华德，演伊莉莎的是温迪·希利尔。

晚饭后听广播。

看报。看 *Daylight on Saturday*。写日记。

今天 *News Chronicle*① 中有 Stuart Filder② 一篇关于中国的报道。说中国是法西斯的，攻击很厉害。

1944 年 5 月 3 日
33:5:3（三）晴

晨看报。

十一时蒋彝与刘圣斌同来。谈了一时余。蒋彝人高高的胖胖的，与我心目中所想象的不同。也不是不说话。他在牛津住，每星期房饭钱三镑，有两间小屋子。因此每年可寄三百镑四百镑回国养家。所得税年付百余镑。

刘三月四号方离重庆。说米每市斗二百余元。公务员月入三千余元。在南开读书每半年得交七八千元。中学教员常常一人教二十余小时，用两个名字，领二份薪金，比大学教员反好得多。

十二时蒋彝去。刘与我上楼谈重庆情形。

十二时半与他同去 China Institute。吃了两块 Sandwich，会到 Cassels③ 夫妇，Lionel Giles，Harvey，Miss Margery Fry，吴桓兴等。

公超主席，Prof. Dodds 讲 *Reflections on a Visit to China*④。可是内容是说中国大学教育的状况，说所受影响至大，尤其是 inflation⑤。他提议了些救济的办法，最主要的是捐书报。他的态度并不坏。起先听说他初回去攻击中国很厉害。今天却并没有。而且后来有人问 inflation 的原因，他说他不是经济学者，他不知道。最大原因，以常识来说是封锁与失去了富饶的省份。

公超后来说英国人如要真正认识中国人，需学中国语。中国语难学是一

① 《新闻纪事报》。
② 斯图尔特·菲尔德。
③ 卡塞尔。
④ 《一次访华之思考》
⑤ 通货膨胀。

种迷信。

与公超到他办公处。他不久出去演讲。

我到 Selfridges 买了一件 sports jacket（Harris Tweed）① 及一条 worsted② 的裤。

回寓，看报。看公超交我 Sir William Homell 对于 China Inst. 的报告。他主张将学生会分开。China Inst. 单做 U. C. C. 的办公处，及一个中国 Student Adviser③ 的办公处。director④ 如要头等人才，年薪当 2 500 镑。这里出不起。只好请一个 adviser。如找不到适当的人则找一个年轻的英国人住在里面。

五时余王右嘉来，送我些糯米之类。我送了她些美国的 Chocolate。到她房去看看，比我的好些。她说她搬后可以搬她那里去。她正在与祝小姐商量租一所小房子。

她说东伦敦新中华楼中国饭很好。我请她。约周显承，他已有另约。乘公共汽车去。路经 St. Paul, City。⑤ St. Paul 旁炸去房屋甚多，教堂当时也炸坏，但后已修复，居然仍矗立如旧。City 中也炸得很厉害。

到东伦敦，找错了地方。有新义楼主人是上海人，姓何。告我们地方。会到学生倪君及主人中国银行王君（Dutch Guinea⑥ 人）。厨子也很客气，跑堂的有一部分是天津人。给我们油鸡腊肠等。我们到 China Town 去看看。比起美国的唐人街来，真是可怜。没有一家像样的店铺。海员公会里面也不像样。此间好多房屋也被炸。据说曾死不少人。

十时回。

看报。写日记。

浴后看 *Daylight on Saturday*。看完已二时。此书写一个飞机工厂中的各种人物。十几个人都写得个性很分明。没有多大的情节。

---

① 便服外套（哈里斯粗花呢）。

② 精纺毛料。

③ 学生顾问。

④ 主任。

⑤ 市区内圣保罗大教堂。

⑥ 荷属新几内亚（Dutch New Gainea）。

1944 年 5 月 4 日

33:5:4(四)阴后雨夜晴

早醒已九时余。早饭后去剪发。看报。

十二时半动身去香港楼。今天请林咸让吃饭。他问我国内种种情形。他的眼光等等，都是从英国报来的。

三时到 B. B. C. 访 William Emspon。广播室在地下三四层。一间是对中国广播的。在外面一室是 Mrs. Lury 与二位外国青年，一位管开关，一位管唱片。里面一间是一位 Dr. Hunter 与王韦二君。王君在广播说新闻。他说完后，有五分钟音乐。外面开了唱机，我到里面去与他们谈话。唱完又出来。韦君广播下二周的节目。每天只是三时至三时半半小时。

房子二间，门二重。里面广播时，外面有广播的声音。外面尽可说话。有玻璃窗内外都可看得见。到时间只有二分钟时，Mrs. L. 进去放两个铜子在广播者面前。过了一分钟又取去一个。如此在一分钟内他必说完了。

完毕后上去到他们办公室去谈了一会。又有一位 German Jew[1]（曾从丁月波学汉文）参加。谈了一会。去年到 Canteen[2] 吃茶。四时半 Emspon 等去。我们又谈了一会。王君江阴人（浙大学生）。另一马君广东人。

五时到 British Council 访 Ifer Evans。他已为我写信致驻剑桥的代表 Mr. Charvet，及教育部的 Richardson[3]。他以为我教哲学，听我说教文学，似乎很奇怪。

回旅馆。写了一信与萧乾，一信与刘圣斌，一信与 Mrs. Trevor Mathew。这谢函早就应当写，拖延至今。我送了她母女三人三双袜子。

---

[1] 德裔犹太人。

[2] 餐厅。

[3] 沙维特先生，及教育部的理查森。

七时半周显承请王右家，席李瑶玑及我到一法国饭馆 La Corvette① 去吃饭。路不远，但得换三次车才到。菜也不过平常。

七时回。写日记。写了一信与 Mopsy。

1944 年 5 月 5 日
33:5:5(五)晴时急雨

早饭后到教育部访 W. R. Richardson。有 Ifer Evans 的介绍信。他今天很忙，略谈后，说先介绍我看看剑桥地方的教育。

出门小雨。回到旅馆后中午暴雨，打雷。看报。

中午吃饭时遇周显承与王右家。饭后又同坐谈后至三时。我即告辞。回房看报。

四时出去，到领馆访问。谭葆慎留吃茶。领馆在使馆附近，房子倒不小。有刘领事等三人。有一位祝文露，是女的，无锡人，新近才来到这里，看来似乎很能干。一位戴尔卿也新来，一位何思可，四川人，在此已八年。他们都是中政校毕业。我与他们四人都说了一会话。

五时半到公超处。在他那里看了些剪报。公超说许多报纸为了借款给中国事很有批评，说为什么不借与共产党。可是报纸中是登载议会中有共党议员等的质问。许多报还没有登。艾顿的答复很得体。

也看了 *National Review* 中 Bland② 攻击《中国的命运》一书。他的根据只是 *West China Missionary Society*③ 的摘要。

七时与公超出去，他买了些蔬菜，到 Ley-on 借了些肉，回到家去做饭。饭后谈到十一时余他才送我回寓。我们谈的东西很多，从梁遇春、冯文炳到英国的画展。

---

① 拉克维特。
② 《国家评论》中的布兰德。
③ 华西传信会。

1944 年 5 月 6 日

33:5:6(六)阴后晴

睡后五时醒，不能再入睡。六时半看了一会书，又睡着了，九时方醒。
早饭后看报。

中午约了 Richter 来吃饭。与他谈到剑桥、牛津去访问些什么人。谈了戏
剧，谈了一会中国戏剧。他要我到 China Institute 去讲戏剧。

下午写了一信与华，一信与莹。写了几封短信与剑桥的 Charvet，Rugby 的
Evers，与 Sir Frederick Ogilvie。

五时半与右家去 Aldwych 看 *There Shall be no Night*，主角是 Lynn Fontane
及 Alfred Lunt[①]。配角大都是美国人，也不过平常。这两位主角却着实好。表
现哀乐之情，真是像真的似的。这剧本是 Robert Sherwood 所写。写战争到希
腊时的几个美国人的心变化。后一半似乎没有前一半写得好。

到 Ley-on 去吃饭。遇到周显承与两位海军学生。坐谈至十时余方出来。
已经没有公共汽车，走回家。今晚月色很好。

1944 年 5 月 7 日

33:5:7(日)晴

晨看报。

午后二时半林咸让来。与他同乘车去 Richmond[②]。天气很好，车中很热，
可惜不容易看到窗外景色。

到了 Richmond Bridge，我们沿 Thames 河岸走去。河中游船，岸上游人，
真是老杜所谓"三月三日天气新，长安水边多丽人"。

---

① 　去阿尔德维奇剧场，看罗伯特·舍伍德所写《不会有夜晚》，主演是林恩·方丹及阿尔弗雷德·伦特。
② 　里士满。

四时余到 Prof. Reilly① 家。Reilly 是建筑教授。英国有名的 Liverpool School of Architecture② 即由他创办。现年七十余，已退休。对于政治，相信社会主义。与 Bracken，Woolton③ 很熟。他住在地下一层。楼上两层为 Walter de la Mare④ 所居。楼上可望远，楼下却有小小花园可坐息。我们即坐园中喝茶。

他家中有一位 Mrs. Hutchinson⑤，是苏格兰人。有一位客人是 Miss Wilde⑥。另有一中国学生陈祥君。陈是逢化人，在 Liverpool 建筑学院。对于 Town Planning⑦ 很有研究。

Reilly 年虽大，可是精神甚佳，好说笑话。恭维林的演讲，陈对海员的帮忙。

五时半辞出。七时回到旅馆。在路上遇见蒋彝。今晚我约了蒋及刘圣斌与王景春同晚饭。饭后一同谈到近九时。刘说今年二三月间，一周内物价涨了一倍，甚可惊人。中国农民与美军人常有冲突。

蒋彝谈中国政治腐败，县政府更甚。他做过四年半县长，知道得清楚。他在芜湖，县政府一切经费，是包办制，只一千二百元。县长薪三百，四个科长，二人各八十，二人各六十。每科四科员，薪更少。听差，差役等人，便没有工资了。所以各人不得不想法取钱。行政费百元，一切在内，邮电招待等等。所以如电灯之类，照例不付钱。田赋等交八成为最佳，如有来历，则所交成数可减少，来历愈大，成数愈少，可少到三成。所以中国田赋问题，最重要的是丈量。现制下富绅大贵，反而不付租税，只有小地主，小田户付税。中央每行一新政，乡间即转为取钱之法。如调查取缔私塾。县即设调查取缔委员会，委员到每乡去调查。每一私塾送钱二元，即不呈报。一县因此得数千金。委员不但不支薪，但有钱赠县长。他说如人民程度不提高，县政

---

① 雷利教授。
② 利物浦建筑学院。
③ 布雷肯，伍尔顿。
④ 沃尔特·德·拉·梅尔（1873—1956），英国诗人、小说家。
⑤ 哈钦森先生。
⑥ 王尔德小姐。
⑦ 都市规划。

无法清明。中央无论如何贤明，也是没有办法。

九时听广播。九时半蒋走。刘又我谈一时印度问题。他在印度一年半。他说印度问题无法解决。他说印度人不能自治。如独立，必内乱。但是他又认为英人治印手段太高明，决不让印人有独立的可能。

写了信与刘锴，一信与游建文，询问汇款的事。

看完 Priestley 的剧本 *Music at Night*①。这剧本似乎没有什么深厚的意味。

1944 年 5 月 8 日

33:5:8(一)晴

七时余醒，又睡。醒已九时半。

早饭后写回信与钱存典。到邮局去送挂号信到中国及美国。到银行取钱。

中午熊式一来电话，约了去上海楼吃饭。谈了一时许。他说崔骥在江西教育厅为秘书，教厅派出洋，送了数千元，熊式辉又赠数千元。与李（？）勉同来。到此后寓式一家中，终日上图书馆，零用极节俭。写书收入虽不多，但生活极俭，故能支持。崔是纯粹读书人，一切世事均不明白。出门不识路，常闹笑话。熊自己似乎无回国意。他长女，年入大学，二三儿子不久可入大学。所以他预备在牛津住五年，等三个人都读完大学再作他计。他谈起中国戏剧。说只有曹禺的比较像样，宋之的、熊佛西的都要不得。

三时到 Royal Academy of Fine Arts 参观 Summer Exhibition②。油画，水彩，铅笔，木刻，锌板，雕刻，建筑等等，共有千余件。画以人物、风景、静物为多。工笔极多，偶有新派画，但是没有未来派样的东西。有 James Gunn③ 黄衣女子，极佳。Gunn 的画像有数幅，很逼真，有人说他 too exact④ 了。

五时半回。看完报。

---

① 普里斯特利的剧本《夜间音乐》。
② 到皇家美术学院参观夏季展。
③ 詹姆斯·冈恩。
④ 过于逼真。

七时周显承请我及右家同去上海楼吃饭。在那里遇郭秉文夫妇在请客。

九时半回。补写完日记。

1944 年 5 月 9 日
33:5:9（二）晴

晨看报。写了一信复 *Times Education Sup.* 的 Dent，一信复 Harvey，一信复 Richter①。

午后看完报。写了一信致 Sir Stafford Cripps，一信致 George Rainer 之父②。

昨夜看 Priestley 的 *The Long Mirror*③，看到一时半。今天下午看完。此戏以戏剧情节结构论，比较的有趣。但中心关键，一种两个人间的 telepathy 似乎太不 real④。即偶有此事，因为太偶然了，不是人同此情，心同此理。

下午到 Selfridges 取衣。又买车票及其他。

七时到香港楼请吴桓兴吃饭。饭后与他同到一位 Baroness de Linden 家的 Party。有一位 Latvia 的外交官谈 Latvia 的历史种种。⑤ 谈了半小时，后来讨论一时半。谈并不很有趣，讨论极有趣。Latvia 的人民希望独立，不愿为苏联一员。1940 年投票，完全是强迫的。反对的人许多流窜西比利亚。军队强迫人民去投票。名单只有共党提出的一个。最后数票也无人监视。这当然是一面之词，但是也多少有因。

十时半以后出门，十一时半才回到寓所。

看 Priestley's *They Came to a City*⑥ 一篇，到一时余。

今天晚会时共有十六人。主人夫妇，客人也多英人，男多于女，有一位

---

① 一信致《泰晤士报教育增刊》的登特，一信复哈维，一信复里克特。
② 一信致乔治·雷纳之父。
③ 普里斯特利的《长镜子》。
④ 心灵感应似乎不太真实。
⑤ 到德·林登男爵夫人家的聚会。有一位拉脱维亚的外交官谈拉脱维亚历史。
⑥ 普里斯特利的《他们来到一个城市》。

是 Czech① 的上校。

1944 年 5 月 10 日
33:5:10(三)阴晴

晨早饭后收拾行李。十一时出门乘车到 Liverpool St. Station②。十一时五十分车开。头等车中大半以上是美国的军官及下级军官。

看报。窗外风景大多是绿草如茵。花树已经不多了。

一时半到剑桥站。萧乾来接。同乘车到 King's③。将行李放萧处后，即到 Red Lion④ 去吃饭。剑桥吃饭不易，时间稍迟，即无办法。我们已定座，说一时半到。到时是一点五十分，侍役即说完毕了。幸 head waiter⑤ 曾接洽，让我们吃些冷碟。

到炳乾⑥处。他已接到四月二十日至二十五日的《大公报》（外交邮袋寄来）。看了一会报，看了 Lawrence⑦ 的画集，与萧喝茶，谈熟人及英国文坛情形。

五时到 Corpus Christi⑧ 访 British Council 的代表 Dr. Charvet。谈了一会，请他为我约些人会谈。

出来在河边散步。

七时在 Arts Theatre Restaurant⑨ 吃饭。萧请我。因说我今天生日，请我吃酒。两人喝了半瓶酒。

---

① 捷克。
② 利物浦街车站。
③ 剑桥大学国王学院。
④ 红狮。
⑤ 餐厅领班。
⑥ 即萧乾，萧乾原名萧炳乾。
⑦ 英国画家托马斯·劳伦斯（1769—1830）。
⑧ 基督圣体学院。
⑨ 艺术剧院餐厅。

晚饭前曾去与萧专访 King's 的 Provost，Dr. Shepard①。他说话很幽默。约我星期六夜饭。他认识志摩。Julian Bell② 的诗，他认为真是诗。说他懂得文学，但是拼法可是错。他请求任命时曾来信请 Dr. S 证明及推荐。他说要求到中国应为 professor③，曾拼成了 proffesor。

八时到 King's 一个学生 Armstrong④ 房中去。有一个文会在集会。会员有三十余人。今天到了十余人。一位 Butler⑤ 主席。一年十九岁的人念了一篇批评 Isherwood⑥ 的论文。这孩子见解很不错，看的书极多。念完后，好些人参加讨论。有一俄人，一 Chechoslovak⑦ 人，说的英文都听不出是外国人。也有一位画家夫妇，一位小说家 Matin Boyd⑧ 参加。

九时三刻到 St. John's⑨ 访张自存君。他是 British Council 出钱来的学生九人之一。其余大都学工程，他读经济。（湖北人，清华。）萧说他是极用功，学识极好。（另有蒋雨岩的儿子蒋硕权，及张王二君。）

St. John 有一新斋。张君住的即新斋。书房，睡房都新式，有新式的厨房。只是茅房在外，但也一人独用。浴室却四人共用。每学期约三十镑。（他们在牛津、剑桥、伦敦的，月领三十五镑左右，在 Midland⑩ 的只有二十二镑左右。）周厚复⑪领他们来，也只有 35 镑。

住在 King's。这是一间睡房。在 Provost 的楼上。这一层有一浴室，有一茅房。萧乾住的也是教员寓，一栋只有一浴室。房间内有旧式的脸盆。有些房子，根本没有浴室，洗浴得走到另一栋屋去。

---

① 国王学院的教务长谢泼德博士。
② 朱利安·贝尔。
③ 教授。
④ 阿姆斯特朗。
⑤ 巴特勒。
⑥ 伊舍伍德。
⑦ 应指捷克斯洛伐克（Czechoslovakia）。
⑧ 马丁·博伊德（Martin Boyd）。
⑨ 圣约翰学院。
⑩ 中部地区。
⑪ 周厚复（1902—1970），中国有机化学家，化学教育家。

窗外是对了 Clare①，隔开一片大草场。草地便沿 Cam 河②。游船在河上往来。

1944 年 5 月 11 日
33:5:11(四) 晴

早晨到 Cambridge Shire County Council 访教育科长 Henry Morris③。萧乾事先即告我此间以 Village College④ 为特色。这是 Morris 所提创的。本打算有十一校，现成立四校，以 Impington⑤ 为最著名。Morris 是 King's 出身，曾听过 Dickinson⑥ 课。

他派一位 Miss Pready⑦ 同我去。而且要她带我看两个。P 驾她自己的车。先到 Bottisham⑧。这里是第二个成立。这种学校容纳十一岁至十四岁。十一岁以前有初级校。在 Bott. 两校在一处。初级校分三班。一班是 Nursery，一班是 Kindergarten，⑨ 学识字。一班是已识字的。每一班中有不同程度。同时在学不同的功课。是一个个的 groy⑩ 在一处。有父母候待室，可开会，有医药室。

医生每年来一次。平常康健学生大约在校到十四岁检查三次。牙医也如此。

今天到 B 时，牙医正来。他的牙医宝车⑪即停在校外。学生在等。

B. Village College 本身分两部分，一面是成人班。有杂志室，讲演室，椅子极舒服，不坐硬凳。娱乐室，工作室。工作一方面是在夜间，一方面是儿

---

① 剑桥大学克莱尔学院。
② 卡姆河，即康河。
③ 剑桥郡议会访教育科长亨利·莫里斯。
④ 乡间学院。
⑤ 氲聘敦。
⑥ 即英国作家高斯华绥·狄更生。
⑦ 普瑞迪小姐。
⑧ 博蒂舍姆。
⑨ 一班是托儿所，一班是幼儿园。
⑩ 标签。
⑪ "牙医宝车"应为调侃说法，即牙医的宝贝专车之意。

童的课室，工作为白天。我们看到学生正在 mix 洋灰①，在园子造一路。猪屋是学生所盖。养小猪三。花圃种菜都是学生。

后来到 Impington。这里比较新，规模比较大。也是成人一面，儿童一面。中间是一个 hall② 隔开。有一个会场，很大，常常有演戏，开会，每星期一次电影等。学生有科学室——植物，许多良草莠草都由学生觅来，养多少瓶中。女工学洗衣。中间家里带来衣服。艺术科，有人画画，有人做 doll③，有人 bind books④，工作室，有车床，机器等。做的器具有些极佳。男生在锄地，锄头放上。教室一面可打开窗，几乎如在户外。

成人室方面，有 Billiard 室，有 Card 室⑤，阅览室。有演讲室。有图书馆，是公用的。图书大都是 County⑥ 图书馆来。放几个后换一批。

学生中午大都在这里吃饭。男生轮班搭桌（可以拆开靠墙放）。女士扒刀叉等。我们看他们吃饭，meat pie⑦，生菜，番薯。每桌有一教员。客人去常用餐。我们今天不能参加。

一时前回到萧乾寓。中午他约了他的 tutor Ryland⑧ 及经济学者 Mrs. Joan Robinson⑨ 同餐。Ryland 说英国小说在 Woolf⑩ 后没有什么人。Forster 只有 *Passage to India*⑪ 可译，在他不够好。戏也没有人。James Bridie⑫ 还要得。

Mrs. Robinson 是很左的，穿裤子，很 Bohemian⑬。她为了中国思想统制问题要发起运动。学生换科目，应得部分准许，是对的。中国派人是为了学某

———————————

① 和洋灰，即混合水泥。
② 大厅或会堂。
③ 玩偶。
④ 装订书籍。
⑤ 有台球室，有纸牌室。
⑥ 郡县。
⑦ 肉饼。
⑧ 利兰德导师。
⑨ 琼·罗宾逊夫人。
⑩ 弗吉尼亚·伍尔夫。
⑪ 福斯特只有《印度之行》。
⑫ 詹姆斯·布里迪。
⑬ 波希米亚式；表示十分自由自在，不在乎别人批评。

种的需要。如英国领了公费提倡 Fasicism①，反战争，它的公费是否应取消？他们没有说话，说是中国有的运动不是为了反对 liberation② 么。我说前几天还有孟实文，论思想自由。

他们问出国前受训事。我谈中央训练团。说中国人也应有些 discipline③。我说 King's 的草地只准 dons④ 走。学生不能走。在中国做不通。他们大惊慌。Ryland 说如此中国人倒像法人了！

二时半看 *Trojan Women*。做 Hercuba 的 Mary Britten⑤ 还不差。其余的人平常。许多中学女生不止的笑。

四时半完。到张自存君处喝茶。座中有蒋硕杰。谈国内情形等等。

六时半回萧房。七时 Prof. Haloun⑥ 来。他是 Czech⑦ 人，现在是剑桥的汉学教授。他从前在 Gottingen⑧。没有到中国。英文也说得不好。人很诚恳，也很退缩。他今晚请我在 King's College 的 Hall⑨ 吃饭。先到 Combination room⑩。他刚举为 fellow⑪ 不久，所以不识多人。Provost, Dr. Shepard 来后，他即招我与他同走。

吃饭时教员要排了队从 Combination Room 走入饭厅。学生已坐好，队进去时，校役打锣，学生起立。走到 High table⑫ 前，立定。有一学生立桌前说拉丁文的谢上帝词。词毕就座进饭。Provost 中坐，请我坐其右，Haloun 又坐我右。坐在 P 左的是 Queen Mary College（从前 East London College⑬）的校长 Sir

---

① 法西斯主义。
② 解放。
③ 纪律。
④ （尤指牛津、剑桥的）大学教师。
⑤ 《特洛伊女人》，玛丽·布里顿饰演赫卡柏，赫卡柏（Hecuba）是特洛伊国王普利阿莫斯之妻。
⑥ 哈隆教授（Gustav Haloun）。
⑦ 即当时捷克。
⑧ 德国哥廷根。
⑨ 国王学院的餐厅。
⑩ 公共休息室。
⑪ 董事。
⑫ 高桌。"高桌"源于牛津、剑桥的"高桌晚宴"。学院餐厅把位于台阶之上的留给学院院士、知名教授及其客人的座位，称为"高桌"。客人到高桌就餐，被视为一种荣誉。
⑬ 玛丽王后学院（从前的东伦敦学院）。

Frederick Morris（？），这一学校校长借此校。中间三桌是 King's 的学生。两旁近另一窗的是 Queen Mary 的学生。高桌上也有两校的人。另有军队学生数十人。高桌上也有几个军官。

饭后到 Combination Room 喝咖啡。谈一会话。我与 Morris 谈，问他学校情形。说他们疏散后，初为军队所用，后来军队走了，他们迁回，1940 年又迁来。现在为 Stepney Borough Council① 所用。我问为何。Provost 说我也要 'echo the why'②。他说他要问为什么不迁回去。Stepney B. C. 是炸毁了。

与 Dean Salt③ 谈了一会。他是 Harvard 出身的科学家。他说他不同意 Provost 的意见，说 Harvard 是美国的牛津，Yale 是剑桥④。他说 Harvard 与剑桥都比较重科学，是一相同之点。

与 Haloun 到 Fellows Garden⑤ 去散步了半小时。这里没有什么人，很清静。花树花草很多，收拾很整齐。丁香花，Magnolias⑥ 等盛开。

八时半到萧房，有中国同学来茶会。张、蒋外另有张明觉，王应宾，麦荣理，吴文黎。吴为吴达淦之子，与某德国犹太夫人同来。Haloun 喝了两杯咖啡即去。麦、吴也先走。余人谈到十一时余方散。谈国内大学教员学生生活，其他情形等等。

1944 年 5 月 12 日
33:5:12（五）晴

晨浴。写了一会日记。

九时半与萧到 Lyons 去吃早饭。Lyons 现是美国式的 Cafeteria。早饭后到

---

① 斯特普尼区议会。
② 回应为什么。
③ 索尔特系主任。
④ 哈佛是美国的牛津，耶鲁是剑桥。
⑤ 教职工花园。
⑥ 木兰。

Heffer[①] 去看书。Heffer 的规模似乎比从前大得多。

十一时到 Dept. of Educ.[②] 访 Dr. Thonless[③]。这房子很小，门牌告我是错了。我先打门，不应再打铃。一女人出开门，方洗浴，很生气。她不知 thanks 之名。再三抱歉，她方说可询问十四号，或十七号。询十四号再不知。17 号是了。

Dept. of Education 即从前 Men's Training College[④] 所改。又不在此上课。与 Women Training College[⑤] 同上课。大学毕业生要当中学教员的多受一年训练。另有训练学校，为期二年，不必是大学毕业，出来当小学教员。如 Eton 等 Public School[⑥] 的教员不必受训练。但是他说受训练也颇多。他的房子对着 Perse School[⑦]。这是新的 Public School，成立不过三十余年，是为不信国教的学生。学生住本地者可走读，但在校三餐，只可回去睡。这学校已疏散到苏格兰去了。

他说在 Coleridge Rd. 的 Senior School[⑧] 可观。为我打电话。这时十二时三刻。打完了他说有一英里，大约快走二十分钟可到。谁知走了我五十分钟。找到了 Coleridge 路，再找到学校，是平常小学。Senior School 在另一条路，找到了。学生教员在饭厅中进饭。找了校长 Warmington[⑨] 请他为我打电话叫汽车。一面与他谈英国学校制度。

回到 King's 已一时。与萧急去 Haloun 家，走到已一时二十分，主人等急了。Haloun 夫人头发花白，但孩子很小。长女 Bridge[⑩] 才六岁。两个孪生男子三岁。女儿同我们吃饭。已带英国人口音。

---

① 剑桥大学赫弗出版社。
② 教育系。
③ 索恩莱斯博士。
④ 男子训练学院。
⑤ 女子训练学院。
⑥ 伊顿公学等公立学校。
⑦ 佩斯学校。
⑧ 科尔里奇路的高级学校。
⑨ 沃明顿。
⑩ 布里奇。

饭后坐廊下喝咖啡谈英国的中国语文学。后起似乎没有什么人。领我们在园中走了一圈，看看他们的书。三时半辞出。他送我们走回城中心。走过 Newham College①。校园中草地上，两两三三的女生在躺着预备功课。光了脚。也有睡着了的。Girton② 则离城三英里。

四时到 Fitzwilliam Museum。Director Mr. Lewis Clark③ 招待。院中古物，大部分已运去 Wales④ 珍藏。现在只有很少些东西陈列。此书在开希腊展览会。是 British Council 与希政府合作。似乎并无什么精品，大都是现代的陶器、刺绣之类。有一位 Lady 来访他。从伦敦来。说伦敦房子被炸。此间房子为军队占用，都毁坏了。

Clark 请我到他家吃茶。房子很大。还有 butler 及 gardener⑤。他说 British Council 与他商展览中国品物。他认为要展先需用精品，否则二等东西，使人得错误印象。他对 M.O.I. 提议做一展览，表示日本的种种都来自中国，M.O.I. 说万万要不得。五时与他在园中走了一圈。园极大，有游泳池等。一部分是野的。他的狗跟了我们走。

六时辞出。六时半与萧访 Laski。这是一所小房子，在一个铺子上面。门在巷内，进了门便上楼。L 有一间办公室在此。我们进去时，有两个女生在楼梯头上等候。萧乾说 Intellectual Clique⑥ 真是忙。L 在内听见了，他会了一女生，叫另一女生另一天来后，说 Intellectual Clique 完了。我们进去后，我说我是他老学生。他说还记得我的脸，好像是十五年前在学校。我说不是十五年，而是近二十五年了。他的样子老了，头发渐稀，但没有秃，也没有白。仍是小胡子，阔边眼镜。鼻子上有毛，耳朵里也有毛。

他说话仍是很快。一开始即说有三个问题要问我。可是一边说，一面三个问题变了。第一个问题后来没有再提。后来的三个问题是：

---

① 纽纳姆学院。
② 剑桥大学格顿学院。
③ 剑桥大学菲茨威廉博物馆，馆长路易斯·克拉克先生。
④ 威尔士。
⑤ 男管家和园丁。
⑥ 精英圈子。

1. 怎样可以使年轻的英国学者研究汉学。他说第一一定得先学中国话。一定得可以与中国人来往，使人忘记他是英国人。他与 George（yeh）[1] 在一块，G 的说话与一个英人一样，他忘了他是外国人。所以一定得让他们到中国大学去读书。（他说 George 说能够说流利中国话的英人不到六人。我说我遇到的，还不到六人。）我说中国大学容纳他们不难，只是他们的出路大是问题。他说并不难，英国大学至少可以有六个学校设立中文系。

2. 翻译中国的文艺作品。他说他接到了萧乾的 *Etching of a Tormented Age*[2]，看了很惭愧，因为里面说的人名字，他一个都不知道——后来他说除了志摩与适之。他希望中国人译些近代的文学作品出来。他可与 Gollencz, Union[3] 等来出版。

3. 他提议五六个中国人，五六个英国人，每月集会一次。在一两年之内，出一本像 *Fabian Essays*[4] 的讨论中英关系的问题的。英人方面如 Russell, Brailsford[5]。他说世界大势，已经很明显，过后五十年是美国的世界，再过五十年是苏联的世界，一百年以后是中国的世界。以中国的哲学和人生观，联上了近代科学和工业技术，一定是世界的大势力。但这也得准备，如何便宜这时期的来临。

萧提起 Kingsley Martin。L 说 Kingsley 眼睛所看的只是 News value[6]，一件新闻过了星期五，他便不感兴趣了。

与萧乾到 Peacock[7] 饭店去吃饭。这是一家捷克饭馆，地方很小，顾客却很多。饭后穿过 Trinity College[8]，到后面 The Backs[9] 遇到一美国军官，开始谈话，一谈一时余。他对于英国不喜欢，喜欢苏格兰。他来自 Midwest[10]，承认

---

① 叶公超。
② 萧乾英文著作《苦难时代的蚀刻》。
③ 格兰兹出版社（Gollancz）、联合出版社。
④ 《费边论文集》。
⑤ 罗素、布雷斯福德。
⑥ 新闻价值。
⑦ 孔雀。
⑧ 剑桥大学三一学院。
⑨ 学院后边。
⑩ 中西部。

他们那里还是孤立派的意见很有势力。他自己也说，对于世界不大知道，不大感兴趣，只是想回到老家去。他是大学神学院出身。

在 King's College 的 Fellows Garden 中坐谈了一会，回去又在萧房中长谈。

今天天气很热。

1944 年 5 月 13 日
33∶5∶13（六）晴后雨

早饭后十时到注册部访主任 Dr. Greve①。他问我有什么需要，到英国有何目的等等，说话未久，有他事来打扰，等他出去回来，已过半小时，我要走了。

次与 The Treasurer Mr. Knox-Shaw②，他让我问问题，对于剑桥财政，倒知道了一个大概。各校有各校的收入，来源大不同。最多的是 Trinity，年收有九万余镑。King's 八万，St. John's 七万余。以下只有一院有四万。有好几院只有二万左右，又几院只一万左右。最少的 Downing③ 只七千。（King's 财政，大都是 Keynes④ 经营的结果。Sir John Clapham⑤ 说当他初做 fellow 时，King's 的 fellowship⑥ 每年只值八十镑。）每院有一定的成数交与大学。大学另受政府津贴。但各院所交成数如超过五万镑，则以余数之半交还各院。去年曾交还一万余镑。现在政府津贴逐渐增多，将来也许大学反而得津贴收入不多的院。

学校教授、讲师等都由大学聘任。教授年俸大都是 1 200 镑。讲师或二百镑或三百镑，或三百五十镑。Kylands⑦ 只有二百五十镑。如教授是 fellow，他另领 fellow 的俸。可是大学又在他薪金中扣二百镑还 college。fellow 大都起三

---

① 格雷夫博士。

② 财务主管诺克斯–萧先生。

③ 剑桥大学唐宁学院。

④ 凯恩斯。

⑤ 约翰·克拉普汉爵士。

⑥ 初做研究生时，国王学院的奖学金。

⑦ 季兰慈。

百或三百五十镑。五年进一级，五十镑。到 500 镑止。谈了半小时。之后辞出。

与萧到图书馆。由 Haloun 主导。

中午与萧到 Copper Kettle[①] 去吃饭。

二时半往访 John Hayward[②]。H 是剑桥怪人之一。他是 king's 出身，十年前病了，半身不遂（也许是 infantile paralysis[③]）他住在 Lord Rothschild[④] 的别墅中，这别墅是一个古屋所改造，也很怪。H 有一个小小的 wing[⑤]，一间大屋子，一面是 Divan bed[⑥]，一面窗口是书桌。四壁有不少书，也挂了几张画。开门出去即是园子。H 穿得很整齐，坐一个车上，可以推进推出。他的两脚没有什么用。头特别大，样子很怪。大嘴，下唇突出。说话时舌常常伸出到唇上，像狗。

他很愿谈话。谈 Bcowell 的 Papers[⑦]。他正在看。谈源宁[⑧]寄来的信。说话多批评。谈到性，似乎特别感兴味。谈了一时余。后来萧乾说他今天与我初见面，很客气，不然的话，男女等等的 gossip[⑨] 他还说得多。如萧与一女友在一饭厅吃饭，H 便要说与她睡等等。

（十一时半与萧到大学新图书馆。Dr. Halboun 引导我们看中文部的藏书。有几种他认为宝藏，我一点都不懂。这图书馆外面是新式的，有方塔，样子并不好看。但是规模很大。各种阅览室很是明亮轩敞。只是下午四时便关门，不方便耳。）

四时半以前到 St. John's 张自存房。他请了他们的院长 Benians[⑩]，及蒋硕杰、王应宾二君。Benians 在中国革命时到过中国。与 Lewis Dickinson 一样都

---

① 紫铜壶茶舍。
② 约翰·海沃德。
③ 小儿麻痹症。
④ 罗斯柴尔德勋爵。
⑤ 耳房。
⑥ 沙发床。
⑦ 谈柯卫尔（Bcowell 即 E. B. Cowell，1826—1903），英国的印度学学者的论文。
⑧ 温源宁。
⑨ 男女间的八卦。
⑩ 欧内斯特·贝尼恩斯（Ernest Benians，1880—1952），英国学者、历史学家。

是一个 travelling fellowship①出去的。他对于交换教员，交换学生等很感兴趣。我提到了美国请了六位教授在美，他便说可以请他们来英一行。

天下起雨来。借了雨衣回寓。也冷起来了。

七时 Dr. Shepard，Provost of King's 请我吃饭。还是排队进去，say grace②，我坐在 Shepardgn 与一穿军衣的教员之间。吃完饭。到 Combination Room。这是另一间屋，有一长桌，大家围着桌子坐。有两 Decanter③ 酒放院长前，一瓶 Claret，一瓶 Port④，这酒瓶一路传过去。传了半路，便没有了，又添了两瓶。我坐院长右。Dr. Salt 坐我边上。他谈在 Harvard 时有同学中国人，学植物学，似姓胡。胡看的世界文学书很多。曾为 Salt 开一书单。Salt 慢慢的在十年内将这些书都看了。我想此人大约是胡先骕。与他说了。坐我对面的是 London School 的 Dr. Hayek⑤。

九时在另室听广播后，我即辞出。与萧乾谈到近十二时。他说及英国男风之盛，很为奇怪。

1944 年 5 月 14 日
33:5:14（日）阴

晨浴。萧乾自己做面。在他那里等候别人来。看 E. M. Forster⑥ 与他的通信，他都打出来了。信都是亲笔写。萧乾编为三卷，每年一卷。起先是应酬约期会面文字。到后来，信便长了。

近十二时张自存来。十二时我们三人去划船。因为不会用篙子，不能 punt⑦，只是划。三人中似乎还是我划得好些。我们在学校的后面河中划，可

---

① 旅行奖学金。
② 饭前祷告。
③ 盛酒的玻璃酒瓶。
④ Claret 和 Port 是两种产于法国波尔多的干红葡萄酒。
⑤ 伦敦学院的哈耶克。
⑥ 爱·摩·福斯特（Edward Morgan Forster，1879—1971），英国小说家、散文家和批评家，被公认为 20 世纪最伟大小说家之一。
⑦ 撑。

以看到河上的学校风景，经过 Bridge of Sigh① 等。两面都有闸。来回一次，正差不多一小时。

回寓，蒋硕杰在等候。我请他们去吃饭。走了两个饭店，都已人满关门。最后到一希腊饭店，还有座。饭后到 St. John's Fellows Garden② 走了一会。这里很荒芜，大不如 King's。

3:45 到 Chris's，访 Mr. Downs③。他是英文教师，书房很大，四壁是书，与他谈了一会中国教英文学的方法。他领我到后园去看这里出名的 Mulberry Tree④，因为 Milton⑤ 是这一学校出身。Milton 在校时，园中桑树不少。现在只存了一棵了。这当然不是 Milton 手植，甚至他是否看到过这一棵也不知道。

4:15 到 Emanuel 的 Master Lodge，与 Dr. Hele 喝茶⑥。Hele 是剑桥大学的副校长（副校长二年一任，由院长轮流担任。）一同喝茶的有他的夫人与两个女儿。两个女儿对于剑桥男女不平等的待遇，颇有不满。我讲了些中国女子的情形。茶后与 Hele 谈了一会沟通文化等问题。

五时半回到 King's，在萧房看了一会书。

7:20 到 Corpus Christie⑦ 会 Charvet。他今晚请我们吃饭，同时请了 British Council 的 White⑧。介绍见了院长 Sir Will Spens⑨。今天来宾很多，还有一位某处的主教。也是院长领了队进去。但是进去时并不经过学生的座位。Master 不中坐，而且坐 High Table 的一端。谢天辞不是学生念而是 Charvet 念。他坐在 Master 的左手，我坐他与 White 之间。

饭后到 Combination Room 去喝酒。这是 Port 与 Maidiera⑩。Master 坐一端，

---

① 叹息桥。
② 圣约翰学院教工花园。
③ 唐斯先生。
④ 桑树。
⑤ 约翰·弥尔顿（John Milton, 1608—1674），英国著名诗人。
⑥ 到伊曼纽尔学院的校长室，与海莱博士喝茶。
⑦ 基督圣体学院（Corpus Christi）。
⑧ 英国文化委员会的怀特。
⑨ 威尔·斯彭斯爵士。
⑩ 波尔图酒和马德拉（Madeira）酒。

Charvet 坐对面。我坐 Charvet 左。一边为一教士，他生在宁波，四岁便返英，与他谈长久。

散座后我与 White 等被邀去 Master's Lodge。到 Lady Spens①，及 cousin② 某女士。某女士自香港来。座中有一空军武官，与我谈论中国文字的问题。他说中国文字太难，应改为罗马字之类。我们辩论了甚久。

Sir Will 与我谈教育问题。他特提出二点。第一，学生在大学没有毕业后不可派出洋。不可到外国上中学或大学。如此这人易于 denationalised③。（我告以中国政府即采此政策。毕业做事二年后方可出国。他对做事二年不赞成。）第二，他说出洋时最好与妻同出来，使两人有同样的经验。将来不至二人意见相去太远。做事做人都方便。我说女人出来，更不易有社交生活。他说 British Council 应负责，即把 White 叫来参加谈论。

辞出，与 White 同行。回到 King's，已近十一时了。与萧谈到十二时。

1944 年 5 月 15 日
33:5:15（一）晴

早饭与萧同在 Lyon。买了几张画片后，我们到 Faculty Library④ 去参观。这里是文科的图书馆。有两层，大部分是英文学创作及批评及哲学（包括心理）。这是学生常用的书。楼下借书，楼上可坐下阅览（两间屋内有女生十多个人，男生只二人）。大部分的书，武大图书馆也是有的。

College 里另有 College Library⑤。这就在萧住的楼下。里面是 College 所收藏的书，古书多，新书少，而且各种各样的书都有，如法国出的手画的鸟谱，如手写的圣经等。大部分是历史书。此间的书大多是出借。看馆的是一德国

---

① 斯彭斯夫人。
② 表亲。
③ 去国民化，失去国民性。
④ 院系图书馆。
⑤ 学院图书馆。

的 refugee①，很寂寞，见了人便拉了说话。

十时半乘车到车站。应十一时四分车开，但几十一时半方开。上了车没有座位。头等本每边坐三人，现贴一纸，说坐四人。但有些房间仍坐三人，扶手放下了，别人不能坐。有一兵士请我坐到他的一排去。他是一个有文化教养的人（听他与一女教员或作家谈话）。看报。

一时余到。乘地道车回旅馆。

今天接到华来信，是一月二十七号所发，寄美由质廷转来。黄方刚死了。质廷说吴子声也有病了的述说。物价涨得更厉害。不得了。

写了一封信致 Evert of Rugby②。

五时去访公超。与他谈到六时半。他说苏格兰艺术展览，要一个人去讲"文学"。Sir Hebert Greason③ 允当主席。崔骥不肯去，他要我去。我说我一点材料都没有，不能去。与其说去了使人笑话，不如没有人去的好。公超说他写了两个展览会的 review，一个交 Scotsman④，一个交 British Council。

晚七时王右嘉介绍中国学生会总会的副会长林苍佑（爱丁堡）、徐国璋（Manchester）来访。我们同去上海楼吃饭。门口又遇杨爱心（学音乐，也是爱丁堡）。饭后他们又同我们同来。坐楼下谈话，到十一时半方散。

他们对于 China Institute，对于 William Homell，都是很不满意。同学会曾呈请教育部推荐 China Institute 的 director，也请派一文化 attache⑤。徐君上海人，林广东人，生长 Pengan⑥。他们与另三人正打算回国，事情都辞了。现在不能成行。

看了一幕 Priestley's *Cornelius*⑦。

---

① 难民。
② 拉格比的艾弗特。
③ 赫伯特·格里森爵士。
④ 苏格兰人。
⑤ 专员。
⑥ 广东鹏安。
⑦ 普里斯特利的《科尼尼利厄斯》。

1944 年 5 月 16 日

33:5:16(二)时时雨

晨十一时往 British Council 访 Harvey。他提起他是牛津的一个大 Preparatory School，Dragon School① 的学生。他曾打算介绍一人到那里去演讲中国问题，没有找到人。他希望我能去，同时可以看看一个有名的学校。我答应了。

我也提出了几个问题。一个是 Benians 所说的请费孝通诸人来英国一行的问题。一个是吴保安可否来英研究的问题。他要我写信去提。他说国内有好几个想来，郭子杰是其中之一。

我打听了 British Council 请国内教授来英做 visiting fellows② 的问题。现在定的是四人，范存忠到 Balliol Oxford③，方重到 Trinity, Camb④，Yin Hung Chang（清华，生物化学）到 St. John's, Camb⑤，Miss Chu Ryu Hua（北京大学，Organic Chemistry⑥）到 Somerville⑦。他们来一年，待遇为年津贴六百镑，外加来回旅费。

十二时一刻辞出。走了一回路，忽下起雨来。我不认识 St. James Sq. ⑧ 在何处，乘车去 Chatham House⑨。W. C. Cassels 和 Hubbard⑩ 已在门口等候。同冒雨走到附近的 Royal Automobile Club⑪，地方很大。像一个大旅馆。C 夫人已在等候。吃了饭，又谈了一会。C 先去。与 H 及 C 夫人又谈了一会。

---

① 牛津龙小学预备学校。
② 访问学者。
③ 牛津大学贝列尔学院。
④ 剑桥大学三一学院。
⑤ 剑桥大学圣约翰学院。
⑥ 有机化学。
⑦ 牛津大学萨默维尔学院。
⑧ 圣詹姆斯广场。
⑨ 查特姆研究所，即英国皇家国际事务研究所。
⑩ 卡塞尔和哈伯德。
⑪ 皇家汽车俱乐部。

三时到教育部访 Richardson，他与我定了下星期去参观些学校的计划。另给介绍信与苏格兰部。我去苏格兰时，可参观。

回寓后写了一信与 Prof. Lindsay，一致 Rainer，一致 Wallbridge，另写长信与 Harvey，未写完。看把。

七时吃饭。与王景春谈了一会。

八时一刻到 Aldison Bridge Place① 访 Laski。这是他每星期的 at home day②。他住一所小房子。客厅长形，一面满是书架，上面放满书。房子长而窄。我到时有一美国人名 Olsen③ 也到。谈了一会，又来了三人，也似乎是美国人，一名 Wilson，一人 Laski 称他为 Mark④。平常常有美国军人来。今天据说不准美国军人上街（也许是第二战场快开始了吧？）所以没有一个军人。

Laski 谈风真健。自八时余谈到十一时余，几乎是他一个人独白。余人只插几个话，或问几个问题。而且 Laski 喜欢模仿人，模仿 Winston⑤，模仿美国人的口气等等。他的记性真是好。他可以背诵书中某一句，某一节。他可以背诵他或别人写的信。（他曾于美驻英大使 Joe Kennedy⑥ 一信，说他的儿子的论文不必付印，K 从此与他断绝来往。）

L 批评的人很多，也很厉害。他说 Eden 是一个 spineless person⑦。他辞外长后，什么话也不说，到 Rivera⑧ 去打网球。他到美后 F. D. R.⑨ 问他英国政策，他说糟极，问他为何不发表意见，Eden 说不便。F. D. R. 大为失望。L 说 Vansittart⑩ 说他做外交顾问，二年间只见过 Chamberlain⑪ 一次。L 问他为何不辞职。

---

① 艾迪生桥广场。
② 会客日。
③ 奥尔森。
④ 一名威尔森，一人拉斯基称他为马克。
⑤ 温斯顿，即丘吉尔。
⑥ 乔·肯尼迪。
⑦ 没骨气的人。
⑧ 里维拉，乌拉圭北部边境城市。
⑨ 美国前总统罗斯福。
⑩ 范西塔特。
⑪ 张伯伦，1937—1940 年担任英国首相。

L 说 Churchill 下台后，继任的是 Eden。上台一年后，一定要 breaking down①。他不懂经济，经济问题使他无法支持。继任的是 Stafford Cripps。保守党到了没有法的时候，常常找一个 Radical② 来做首领，来提倡 Tory Democracy③。

他极反对 Dewey④，说他是 little means⑤。但说他有百分之五十当选的机会。他不懂为什么 Willkie 在 Wisconsin 一票都没有。⑥ 他似乎极看重 F. D. R. 开口闭口都是 F. D. R.（他也叫 Churchill 做 Winston）。他说 Hull⑦ 是不会死的。他也说很可能 F. D. R. 当选，但议会中共和党得多数，与民主党一部分结合，成 Wilson 时代的局面。他说很可能又是 Harding 之后来一 Coolidge，后面来一 Hoover。⑧ 他说 Dewey 如当选，最好是他上台后即死，但副总统也许是 Coolidge。讲了他不少故事。一次在某处会到，C 请 L 去会谈，二人坐着没有话说。L 等了一会问他对于某事的意见，C 说某部长有很好的鄙见。一会 L 又提起人民对于某事的 petition⑨，C 说这应当是议会的事，不是行政部分的事。等了一会，L 说他要告辞了，因为要到 Senate⑩ 去吃饭。C 的脸 lightened up⑪，他说"你一定要点 baked bean⑫，那里的 baked beans 是华盛顿最好的！"。

L 对于 Adams family⑬ 讲了很多故事。他说 John Quinsy Adams⑭ 的日记是政治自传中最重要文献。

---

① 瓦解。
② 激进分子。
③ "托利民主"，指保守党在大选中的得票份额和在议会中的席位均稳步上升。
④ 杜威。
⑤ 小手段。
⑥ 温德尔·威尔基，1940 年代表共和党与罗斯福竞选美国总统，最后落败。此处指在竞选时威斯康星州未获得一张选举人票。
⑦ 赫尔。
⑧ 三人分别为哈丁、柯立芝、胡佛。
⑨ 请愿。
⑩ 参议院。
⑪ 高兴起来。
⑫ （加番茄酱等制的）烘豆。
⑬ 亚当斯家族。
⑭ 约翰·昆西·亚当斯（1767—1846），美国第六任总统。

1944 年 5 月 17 日

33:5:17(三)时雨

十一时往访伦敦大学 Institute of Education 的主任 Sir. Frederick Clark①。他没有很多可说，但说可以随时去利用他那机关及图书馆。可以去参观他们的训练。我问他英国教育有什么特别值得注意，他说可特别看 Nursery School，Technical School② 及 W. E. A. ③。

回寓。写完致 Harvey 的信。写了一信与钱存典。

一时半吃饭。看了一幕 Priestley's *Cornelius*。

三时到 Charing Cross Rd. 的 Zwemmer 书店会萧乾④。与他一起到 Victoria Sq. 去访 Leonard Woolf⑤。W 新近搬到这里来，一切都没有弄清。每一间屋内，大都是空空如也的，可靠墙的书架上都是书。一楼是客厅书房。书架外挂了好多画，大部分是 T. Ritchie⑥ 女士的作品。这 R 是 W 的邻居，今天来询问萧乾关于中国的事。她打算画些中国人的生活为儿童读物。

室内有两三张桌子，一个桌子上有一打字机。三四张沙发。W 在火炉前的 Gas⑦ 上煮了水，冲了茶，请人吃茶点。他的手抖搂得特别厉害。倒茶时茶都不易倒进很大的茶碗内。他的样子很诚恳。衣服很旧。年约五十至六十。并不像犹太人。说话不很多。问了些中国情形。我们坐了近二时。到五时半方辞出。

请萧到上海楼去吃饭谈话。他中午与 Bernard Floud⑧ 同饭。对于《大公报》设社的计划渐有眉目。劝他不必设社，说各国的大访员、特派员都没有

---

① 教育学院主任弗里德里克·克拉克爵士。
② 幼儿园，技术学校。
③ 工人教育协会（Worker Education Association）。
④ 查令十字路的茨维玛书店。
⑤ 到维多利亚广场访伦纳德·伍尔夫（弗吉尼亚·伍尔夫的丈夫）。
⑥ 里奇。
⑦ 瓦斯炉。
⑧ 伯纳德·弗拉德。

社址，只是住在大饭馆内。萧说胡政之要有社址。而且有了书记，工作比较容易进行。

七时半出来。萧回剑桥。我想不必回旅馆。萧劝我去看 new film 或去 St. James Park①。到 Studio 2②，有排队，即乘车去 Whitehall③。Downing St.④ 等处都拦了起来，要通行证方能走过。St. James Park 中 Tulip⑤ 花很多，各种颜色，一堆堆，一丛丛的相间，很是好看。只是天下起雨来。我以为不久即止，谁知愈下愈大。没有地方去，只到下地道，买了一票，到了 Aldegate⑥ 又退回 Claring Cross。九时余到 Whitehall Comt.⑦ 访 Sir Stafford Cripps 夫妇。没有人应门。很奇怪。心想也许是弄错了日子。回寓已近十时。接到 Lady Cripps 秘书的来信，说会面期是星期三，二十四号，不是今天。Lady Cripps 也打电话来，说听门人说我去访，很是。我说是我粗心。

写了些日记。看报。

看完 Priestley's *Cornelius*。这戏角色大多，剧情不够紧张。

1944 年 5 月 18 日
33:5:18(四)晴

今早醒已九时余。洗了脸，接着接到电话。Mrs. Wallbridge 来电话，她说不知陈源是谁，想是陈通伯。约了下午见面。Dorothy Woodman 又来电。打完电话已经十时半，楼下饭厅已关门，而且十一时的约会，不能不走了。

到 Institute of International Affairs⑧。Hubbard⑨ 因要事不在伦敦。他留下

---

① 去看新电影或去圣詹姆斯公园。
② 第二工作室。
③ 白厅。
④ 唐宁街。
⑤ 郁金香。
⑥ 阿尔德门。
⑦ 白厅委员会。
⑧ 国际问题学会。
⑨ 哈伯德。

话，介绍我到图书馆去阅览。填了一个表格，领了一张 Card①。在那里看了会杂志。

饭后看报。

四时余，Percy Wallbridge② 夫妇来。请他们在楼下喝茶。谈到六时余。又请他们到上海楼去吃饭。到九时半方辞。Percy 一个耳朵有些聋，听话不大清。照样的他还是话不多。Mrs. W 话很多，问了不少的问题。关于中国，朋友，及我家。他们与教会已断绝关系。她现在为 M. O. I. 在外演讲中国问题。Percy 也在教书，讲宗教哲学。住伦敦。他们很亲切，如亲人久别重逢的样子。说旅馆很好，不算贵。但是如要省钱，可以住到他家去。衣服袜子破了，也可拿去补。她很希望叔华能来。她说叔华的英文说得好，可以出来做文化工作。他们自己将来也是还想到中国去。

十二时浴，看萧乾的 *China but not Cathay*③。

1944 年 5 月 19 日
33:5:19(五)阴

醒已九时余。急起穿衣，吃早饭。乘汽车往 Printing House Sq.④ *Times* 报馆访 H. C. Dent⑤。他说他的办公室坐不得人，引我到附近一饭馆去喝咖啡。谈了一小时。

他说英国教育的趋势是政府的干涉及监督渐多。而且逐渐加快，可是英国教育向来自由，所以恐快得好多年方才各种教育都受监督。对于 Public School⑥的将来，他不敢说。但相信只有少数极富庶的能继续自由，大部分 Pub. Schools 现在已经实际上依赖公家津贴。国家自然可以愿他们多收贫寒子弟。

---

① 阅览卡。
② 珀西·沃尔布里奇。
③ 《中国并非华夏》，萧乾介绍中国的英文书，1942 年初版，顾维钧作序。
④ 印刷所广场。
⑤ 《泰晤士报》报馆访登特。
⑥ 公学。

他说英国出名的 Supermental Schools① 有四五个。这多是私立学校，有宣传，所以人们知道。其实公立学校中有许多也许在这些之上，但是大家不知道。只有偶然碰到才知道。

我请他为我开列 1. 新出的重要的教育书籍及政府报告，2. 应当参观的学校，3. 教育界的杰出的人物。

Dent 说上周 *Ed. Sup.*② 中有一文攻击中国教育部对于学生所发的命令。他说这是一个与中国政府有关的人所写，所以他们没有细加推究。这登载并不是表示他们报纸赞同笔者的意见。他们希望有人反驳，发生辩论。

十二时余到中央社，与林同到新中国楼。请他及 Harvey 吃饭。Harvey 说他在战前一家数口，每人每周只合到 15 先令。现移家下乡，自己种菜、养鸡，家人每周饮食费用还不到 15 先令。又谈了些中国家庭问题及通货膨胀问题。

三时回寓，看报，杂志。

补写日记。

七时半与周显承、王右家到一家希腊饭馆吃饭。叫 White Tavern③，九时半回。又闲谈了一小时。

补写日记。今天方写完。

1944 年 5 月 20 日
33:5:20(六) 阴晴

早饭后去银行取钱，在书铺买地图等。十二时到公超处。他今早从 Edinburgh 回。他仍要我到爱丁堡去讲文学，说讲一方面，如小说亦可。我说如讲小说，也许可以考虑。只是我下星期很忙，没有时间预备。也许 Whymant 帮忙修削，他的书记托打字，也许有些希望。

一时回。吃饭。

---

① 超人学校。
② 《泰晤士报教育增刊》。
③ 白酒馆。

饭后去 Victoria Station 乘 2 点 51 分车往 Coulsdon North①。车中遇老年夫妇二人带了二岁的孙儿往看女儿。谈了些话。Coulsdon North 在 Croydon② 之南。车到时，Rainer 的父母在车站等候。这里出站便有乡村风味。上坡下坡。坡上是青草。

Rainer 家离站不远，约行五分钟可到。是一栋二楼小房子。门口有小园，草花盛开。路对面是空地。John 的妹 Elsie③ 也出见。款茶点，谈乔治在中国的情形。他们问他可以回来否。我说回来恐不易有相当职业。他父听说他每周上课十一小时，说这太舒服了。回国也没有这样舒服事。

乔治有另一妹名 Connie④，已出嫁，住附近，今天未来。她的丈夫 Allan Savage⑤ 来了。这人对于远东问题相当注意。是近于 Socialist⑥。据说暇时常在外演讲。他问的问题很多，如国共问题，如中国统一问题等等。

我三时半到。七时方辞出。八时回寓。

吃饭后听广播。

写了一信与质廷，一信与卓敏。一信与 Rainer 报告今天访问的情形。又写一信与 John Dugdale，寄他学生名单。

1944 年 5 月 21 日

33:5:21(日)阴

早饭后看报。回信 Richardson。

一时公超来，约了同到 International Sportsman Club⑦ 吃饭。他说我在此工作，需得有教育部的代表等一类的名义，让使馆知道，使馆方肯帮忙。他曾

---

① 寇斯顿北。
② 克罗伊登。
③ 艾尔希。
④ 康妮，康斯坦斯（Constance）的昵称。
⑤ 艾伦·萨维奇。
⑥ 社会主义者。
⑦ 国际运动员俱乐部。

与顾少川提了二三次，为我请一次客，介绍认识人，或请客时让我参加。顾回答老是慢慢的办。可是他昨天去看看请客单，只请过我一次，且没有嘉宾。顾是很精明的人，对于中国政治很熟悉。他知道陈立夫与朱骝先①间，陈与雪艇间的冲突，他决不愿得罪陈。如我在此的使命，有教部的同意，他便可以放手做了。而且杭立武在此，有些事得罪了使馆。他去与外部等商谈文化合作等事，事前事后都没有通知顾。公超在此，做了事，最后都让使馆居名。英国与美国不同，一切事他们都去问使馆。所以如使馆不出力帮忙，什么事也做不通。公超主张打一电去重庆说明没有教部名义不易工作的情形。我说此电我自己不便发。我打此电，不明白的人以为我想在教部弄一位置，可以发生种种误会。

三时三刻 John Wallbrideg 来。他带我乘 2 号 bus 到 Hampstead。下车行十分钟到他家。这条 Frognal 路②两旁的房子相当的好。前后有花园。W 家房子相当大。可是家具很少，没有窗帘、地毯等等。花园也没有人收拾。楼下三间三房，一间是客厅，一间是孩子们的课堂，一间是小书房。上面有两层，二楼住有一对夫妇及两个孩子，占屋两间。三楼有一位夫人占房一间，还有两间空着。

John 今年十五岁，长得很高，有六尺，看来很单薄。所以住楼下的玻璃房。Jean 又叫 Elizabeth，昨天与 Joyce 做了十四岁的生日。Jean 五尺三寸高，瘦瘦的。Joyce 五尺一寸半高，胖胖的。David 十二岁，③ 不很高大。他们全家对于中国很感兴趣。都想到中国去做事。Jean 学 ballet dance④，唱歌等。Joyce 学 education⑤，想演戏。David 将来做电气工程师。John 本来想学铁路工程。学代数怕起来了，现在想学汉文，做外交官。

住在他们家，上学的又有一八岁女孩名 Anne，诨名 Panda⑥，又有一孩子

———————

①　朱家骅（1893—1963），字骝先。

②　霍格劳路。

③　约翰十五岁，简又叫伊丽莎白，乔伊斯五尺一寸半高，大卫十二岁。

④　芭蕾舞。

⑤　教育。

⑥　安妮，诨名熊猫。

来走读。他们在自己家里教书，也请些先生。Mrs. W 说现在学校里都是 main production①，她不赞成。

他们想有一收音机，可是买不起或买不到。所以有时到三楼的房间去听。Mrs W 在外一月讲十五次到二十次一月一二十镑，W 也是演讲。房周租便五镑。

Jean 前几天在 B. B. C. 广播一次。得了二镑钱。所以很高兴。晚饭后她唱了几个歌，跳了一个 ballet，他们又合唱。最后唱三民主义，中文的，英文的。

谈到十时十分方辞出。

到寓已十一时半。

公超有电话来。他草了一电致雪艇，大意说为了我在此工作接洽方便计，可否商教育长予以名誉名义，为教部派驻英国接洽文化工作代表。中英文化协会代表名义，对外对使馆均嫌力量不足。

公超今天又说我在此一年半载，回去总得带些东西。他提议一个是展览会场的计划。一个是关于 China Institute 等等的报告。

1944 年 5 月 22 日

33:5:22(一) 阴晴

早饭后往访 Dr. McCall。他说在医院检验的报告，一切都是 Negative②。他为我验尿，也没有什么。验血压，是 110 及 90，这是说 Pulse pressure③ 是二十，比较的低。我的精神不佳，易觉疲倦，即由于此。其次，我说我有些 Constipation④。所以他开了两种药，一种是增加 bile⑤，通大便。一种是增加 Pulse pressure（大约是 Vitamin 之类。）

———————————

① 主要生产。
② 阴性。
③ 脉压。
④ 便秘。
⑤ 胆汁。

到 British Council 访 Ifer Evans。他为我介绍于苏格兰的 British Council 代表。访 Ogilvie。说了一刻钟。访 Harvey。我寄他的信，他至今未见到。问秘书，秘书说在他的公事堆中，他在里面找，却找不到。太不好意思了。说是 inefficient①。他与他说此事大意，他好像没有听过似的。说这意思很好，但是在此时交通来往被禁止，恐怕无法可以从美国请费孝通这一批人来。

中午 Richter 请我及 National Book Council 的 Maurice Marston② 一同吃饭。谈谈书报界情形。据 Marston 讲，在战前普通小说，可销六七千本，三万本即是好的，十万本即是 top public③。传记是普通四五千，可销到三四万本。诗则千五百本即是好的。一般只销数百本。所以英国作家能完全靠著述生活的并不多。战时纸张受限制，书铺少印书，集中印几本。也许从前印二十种，现在只印五种。少数作家收入加增，多数全无收入。

至于在报上写文，Desmond MacCarthy④ 的每周一篇约十镑。普通批评者一年也许只有二百五十镑。

到东方学校的小图书馆，想找几本鲁迅的小说史略之类的书，一本也没有找到。

回寓，与赵德洁打电，请他找书。写了一信与 Dodds。

四时一刻到中央社。与他同到 *Times* 去访 Foreign Editor, Ralph Deakin⑤。谈了一小时半。我们进去时，一个 leader writer⑥ 正在与他讨论如何写一篇文章。在此 Military Correspondent C. Falls 等都是受 Foreign News Ed. 所支配。⑦

他们谈战局。他说他是 pessimist⑧，他的估计是战事要到 1946 年五月方了。德国要到明年十月方崩溃。东方战局与西方的同时并进，哪一方面先完，他不敢说。

---

① 无效率。
② 国家图书委员会的莫里斯·马斯顿。
③ 广受赞誉。
④ 德斯蒙德·麦卡锡。
⑤ 到《泰晤士报》访国际编辑拉斐尔·迪金。
⑥ 社论作者。
⑦ 在此，军事通讯记者 C. 福尔斯等都是受国际新闻部支配。
⑧ 悲观主义者。

我说中国人对于 Burma① 战的希望与失望。他说他也失望。可是讲起来，说军队曾从意大利调到 Assam②，又从 Assam 调回来，浪费时光。原因是美国国会迫 Roosevelt，R 迫 Churchill，③ 所以调去。可是一切机构要从此非移去，运输要候地中海打通种种切切，不能大举反攻，所以又调回意大利。从他口气中，可以听到英国人对于缅甸战事不想进行的消息。

他人很守旧。他觉得 Reuter 应有 foreign editor, suppress 许多消息④，不要单单传递消息。他认为英国报纸太多，可以取消一半。他认为 B. B. C. 有害于报纸，并不是使人不看报，而是 B. B. C. 的人用了报纸的材料，并不 acknowledge⑤ 来源。

近六时辞出。走过 Aldwigh，即去看戏。买的票是第二十排，在 Pit⑥ 的前一排。听不大清。是一个疯子杀人戏，却写成了一个 comedy⑦，立意很好。演两个发疯的老女人非常的好。

九时半回。没有吃饭。吃了 Wallbridge 送的饼。

写日记。写信与莹。(40)

浴，看 Chen Pa Ta 批评 *China's Destiny*⑧ 一文。

1944 年 5 月 23 日

33:5:23(二) 阴

晨十一时余到 British Council 的 Art Dept. 访 Major Longden⑨。他新自 Edinburgh 回。爱丁堡的中国艺展即由他负责。他忙得很。我与他谈了半小时，

---

① 缅甸。
② 印度阿萨姆邦。
③ 美国国会强迫罗斯福，罗斯福强迫丘吉尔。
④ 他觉得路透社应有国际编辑，抑制许多消息。
⑤ 告知。
⑥ 正厅后排。
⑦ 喜剧。
⑧ 陈伯达批评《中国的命运》。
⑨ 到英国文化委员会艺术部，访梅杰·朗登。

谈在英设一 gallery 的问题。他说战时许多房屋被炸。要地建屋，当不甚难。这是极好的一个时机。我说要请他做一计划等等。

他说他们的艺术品，常运往各国展览。战后自然也要到中国去。他们的展览，如可能，即在 British Institute① 内。如不可能，则借 hall②。他说将来要到中国去设立一个。我说在中国，设立一个是不够的，中国大，与欧洲差不多。至少得设四五个才行。他说将来要我帮忙计划。

我想在这里设立一个 China Inst. ③，附设 gallery 倒是上上策。

十二时回，写完莹信。

看报。

三时到教育部访 Mr. Jade 与 Mr. Cochran④，谈成人教育。他们介绍了几个人及几个机关。谈了一小时。他们没有出过国，所以没有比较，见解也平凡。

四时余去寄信，买药，买信纸等等。

五时到公超处。他示我致 Harvey Wood⑤ 一信，中间介绍我的话，一半不确实。听公超说话，恐非打折扣不可。赵德洁为我借了小说史略等书。

六时余回。

看了一本 Buck's *The Chinese Novel*⑥。除了处处攻击学者文人，提高民决外，并没有什么见解。

写了一信与华。写信与 Richardson 及刘圣斌。

1944 年 5 月 24 日

33:5:24（三）晴

晨早饭后去国会，访 John Dugdale。今天下院讨论外交问题，邱吉尔

---

① 英国协会。
② 展厅。
③ 中国协会。
④ 杰德与科克伦。
⑤ 哈维·伍德。
⑥ 赛珍珠的《中国小说》。

演说，所以我三天前即写信与 Dugdale，请他为求坐券。不想他没看到信。今天已太迟了，毫无办法。后来他进去商，说这一个机会，如大使不来，可以坐他席。我打电话去使馆，则大使要来，而且武官两人要来，只有一券。我便打算作罢。Dugdale 说大使既未到，何不先占他座，等他来时即让还。

引门的侍者说大使席只有大使可坐，代表并无先例。强而后可。谁知海军周武官坐普通席中，见我坐大使座，与侍者争论。再三说不明白。

我十一时一刻入座，场中正是质问。空军部长 Sinclair[1] 被问得生气，说话都说不连贯了。Eden 进来后，坐前席，仰首望大使席，与同座之人交谈。我很不舒服。近十一时邱吉尔来，坐 Attlee 与艾顿间。胖胖的，但脸色似带病容。场中人渐多。旁听席也满起来。不到十二时，顾少川来了，我即让座回寓。

下午看报。看鲁迅《中国小说史略》数十页，Hsiao-Chien[2]，*China but not Cathay* 四五十页。

五时三刻到 Henrietta St. 的 China Campaign Committee 开会。Miss Fry 主席。座中有 Dorothy Woodman, Dr Edwards, Victor Gollancz, 林咸让及 Mrs. Jackson,[3] 共十余人。他们询问我种种问题，我逐一答候。我说明几点如 1. 大学四年级学生被征去当翻译，等等，表明中国人才的缺乏，最近中国停止派遣留学生，由于动员人力，与国外批评无关。2. 留学生监督，四十年来有时有，此时却正没有。3. 我与吴贻芳、晏阳初被派出国，没有一人是党员。4. 中央训练团是训练纪律及灌输现代知识，中国历史及哲学。Gollancz 说其与所传正相反了。传说是不仅是训练忠实党员，而且进一步为了崇拜握权一个人。

Gollancz 等主张在此时发一种宣言，表明主张。

---

[1]　辛克莱。
[2]　萧乾。
[3]　到亨利埃塔街的中国竞选委员会开会。主席弗莱小姐。座中有多萝西·伍德曼、爱德华兹博士、维克托·格兰茨，林咸让及杰克森夫人。

七时余散。我与 Margery 同步行往上海楼，应林咸让之约。客人有自由党议员 Wilfred Roberts[①]，法国的 Camdon 及 Comet，挪威的 Evang，公超及 Dr. Lim[②]。Dr. Roberts 说今天 Churchill 的演辞，许多人都不满意。他大称赞 Franco[③]，不承认法国政府都是人们不满意的。

九时余我先走。到 Whitehall Court[④] 去访 Sir Stafford Cripps 夫妇。Stafford 自己来开门。他们与一客正在听转播的邱氏演说。他的态度很和蔼，一点架子都没有。先谈文化工作问题。我说许多问题只有战后才能举行。C 夫人说此时很重要，不能等到战后。我说及将来设立一永久的展览会等等。C 夫人说这太 narrow 了，像一个 museum，对于一般人没有 affect[⑤]。她主张在此时即成立一种会所，讲演，开会，等等，成一个活的组织。她说 United China Aid[⑥] 现有分会很多。对于中国很热心。一旦战事平定，Aid 不用了，全部冰消，很为可惜。她所以认为此时应有一组织起来，吸收分会的兴趣。S 也是如此说。他说此事如由大使来发起，英方也不难由外长出任会长。现在 Anglo-Polish House[⑦] 等等已很多。所以钱的捐助，决不成问题。British Council 也应该可以帮忙。

S 也主张中国选些学徒工人出来。不要专送大学生。这种人选定后先教他们一年半载英文。将来做工头，组织工会等等。

后来又谈到中国人在英少，S 夫人说中国人认为美国重要，英国不重要。我说并不如此。她说这是中国人之家对她说的。

他们也提出停止送学生问题。我又说明原委。S 说中国应有声明。我说政府是如此说的。S 说太简单，此间人不懂，要加说明，应有大使馆在说话时带到这一层。

---

① 威尔弗雷德·罗伯茨（1900—1991），英国自由党政治家。

② 法国的坎登和柯梅，挪威的埃旺，公超与林博士。

③ 佛朗哥（1892—1975），1936 年发动西班牙内战，从 1939 年到 1975 年推行独裁统治。

④ 白厅法院。

⑤ 这太窄了，像一个博物馆，对于一般人没有影响。

⑥ 联合援华会。

⑦ 盎格鲁波兰之家。

说到交换教授事，我提及 British Council 不能请人，因为 Diplomatic Ban①。S 说这 Ban 不久即会取消，几个星期内便会取消的。

C 夫人打开一盒新茶说是夫人新近寄赠。盒是刻竹的，很好。C 夫人致敬煮水冲茶。说明如何煮茶的英文 direction② 说是绿茶，可是泡出来后却是红茶。

S 说蒋夫人送他一件棉袍。他去莫斯科，即靠这袍子过冬。C 夫人说他天天穿了这袍子在园中散步。S 说他初去时，穿了棉袍，鞋，俄国派去接的人找他不到了，以为他是中国人。

他说在新疆的时候，盛世才不见他。行动被监视。他去俄后，夏晋熊在等他完全被禁。

他说宋、孔积不相能。T. V.③ 的脾气大，拗强。他抗战后在香港，不到重庆，是大错误。许多中国人 resent it④。他与孙夫人谈过。他在港有一次与姊妹三人在一处。孔与孙二人正相反，一个是非常 worldly⑤，一个是恰好相反。孙夫人是非常的 loveable⑥。

我辞出已十一时一刻。说话忘了时间。C 夫人早已在打盹或装作打盹了。

1944 年 5 月 25 日
33:5:25(四) 阴

昨夜也许喝的茶太酽，也许谈话太兴奋，起先睡不着，后来又醒。六时余便醒了。不到七时起。八时到 King's Cross 乘 8:24 的车去 Welwyn Garden City⑦。九时到。没有地方吃早饭。

---

① 外交禁令。
② 用法说明。
③ 宋子文。
④ 怨恨这一切。
⑤ 世俗。
⑥ 可爱。
⑦ 从国王十字车站坐车去韦林花园市。

等了一会，Hertfordshire 教育局的 assistant secretary Scimn①君才来。他有一辆破旧的小汽车，所以可以领我到几个不同的地方看几个不同的学校。

Welwyn Garden City 是一个新成立的有计划的住宅区。成立了不过二十年左右。只有一个铺子，或是一个市场。我们参观的是 Parkway School。这是一个 Junior School。②儿童学校在四岁半至十一岁。校长 Miss Cove③（？）年已老，可是精神很好。许多教学方法，说是她自己所发明。房屋设备也很不错。她领我们自最小的学生看到最大的。最小的为 reception class④，年最小的四岁，并不编入级。有的自 nursery school⑤来，有的自家来，但能力并无什么差别。他们在那里有的认字，如以同样字放在同样字之下，有的数数，如以多小色子放在一格内等。上去便是 junior class⑥，正式开始学写字等等。上面三级。每一级有二个 Stream⑦，以学生的智力能力分开。这两个 Stream 一路的上去。另有一班 sented defective⑧的儿童。高级班的学生，这几个都是投考 School Certificate⑨去了。优秀的儿童，得到 Scholarship，即到 Secondary School 去⑩。得不到 Scholarship 的到 Senior School⑪里去。

这学校教课很有意思。很有味的是教数学。先生教"分数"如五分之一及九分之一，她将纸一张折了五下，又横折四下。询问学生，大多数的学儿便明白了。可是有几个人是莫名其妙的望着。校长说教数学需有天才。她经验中只有三个人真会教算学。其他她去试教演示等等之后，稍好些，不发生大作用。儿童的游戏及 Maypole⑫跳舞也极有意味。

---

① 赫德福德教育局的局长助理西姆恩。
② 公园路学校，这是一个小学。
③ 科芙小姐。
④ 小班。
⑤ 幼儿园。
⑥ 低年级。
⑦ 分班。
⑧ 有缺陷的。
⑨ 学校证书。
⑩ 得到奖学金，即到中等学校去。
⑪ 高级学校。
⑫ 五朔节花柱。

第二个看的是 St. Mary's School。这是 Church of England School，[①] 校长 Mr. Savage。学校校舍是新成功的，经常费却是 County 的[②]。这里是十一至十四岁的孩子。分三级，每一级有三个 Stream。这三个 Stream 升上去，很少变动。校长说 even[③] 已经为 Secondary School 所收去了。这里有一个大厅，可以演戏，映电影，一端有戏台。女学生洗衣、烹饪。今天是洗衣。男生有木工、园艺。

第三个是一个小村 Tennin[④] 的小学校。这是一个设立很久的学校。新校长到了只九个月。学生有五十余人，连校长只有两个教员。从四岁半到十一岁，不理你智愚程度，只分在两班。校长说村子里孩子是比城内孩子笨些。他们的样子也是笨些。见闻少，是一个原因。但是许多不同程度的在一班，教员教每人的时间甚少，应是另一原因。每一班二三十人，分了不知多少组，无法全时教。只有教唱歌可以在一处。有一位邻居 Mrs. Hutton[⑤] 来教学生跳舞。一星期来半天，校长方有时间多管管另一组。

十二时余吃饭。我们看看儿童吃饭。有两个值日男生 serve[⑥] 一切人。值日女子摆桌子，收碟子，擦桌子等。饭是牛肉，番茄，Yorkshire pudding[⑦] 及菜，pudding。每学生每餐只交 4 pence[⑧]，真是便宜。教员在值日，吃饭不交钱。不值日，每餐 11 pence。似乎比伦敦 55 pence 的还可口些。学生可免费，但必须家庭收入在多少以下。这些学生看着很穷，却没有一个合格。

我们与 Mrs. Hutton 在校长室吃饭。即吃学生的饭。饭后 Scimn 交了二先令。他们谈九个月前这学校是老校长夫妇二人教。简直不成样子。校长设法可以说明这九个月的不同了。老校长在此十六年，退休方去。我问 board[⑨] 没法罢免不称职的教员校长吗？Scimn 说如没有行为不端等事，没法辞退。因为

---

① 圣玛丽学校。这是英格兰国教学校。
② 由郡里支付。
③ 甚至。
④ 滕尼恩。
⑤ 休顿夫人。
⑥ 服务。
⑦ 约克郡布丁。
⑧ 4 便士。
⑨ 委员会。

辞退时反有许多家长来抗议。且教员工会也要说话。Scimn 说最不幸的是品行出毛病的常常是好教员，没用的教员决不出毛病！

午后过 St. Albans 到 Hatfield①（？）看一个普通的中学。校长是 Hill②。房子很旧。这是平常的初级小学。只准他有五班，五个教员。所以一切 mental backward③ 的孩子，在一班。他又找不到教员。有一个女子临时替，所以没办法。领我们看了数班。每班他都令起立，说 Good day, Sir④。礼貌很好。高级班知道中国在哪里，有儿童知道委员长的名字。次级十岁的学生中也有知道蒋的名字。我问他们，有好多人举手。

最初去看的一个是 Elstree⑤ 的 Senior School。这校舍方成立，预订于 Pearl Harbor⑥ 后一天开幕。校长 Garrett⑦，房子很好，但因战事关系，一切设备都没有完成。如木工室的铁工器具等。他找不到 Handwork⑧ 的教员。我们看见男生在学修补皮鞋。女生则在做衣服。Hall 中学生在上 dramatic 课，⑨ 一部分在台上念剧词。此间有一特别的是有一个 wooden flat⑩。有睡房，客房，厨房及浴室。有学家政的女生在内打扫。这是没有人住，不容易脏。

四时半到 Elstree Station⑪。等了一会车来。五时半回寓。很倦了。

休息，看报。

晚饭后看小说史略。

补写昨天日记。

浴后睡。

---

① 圣奥尔本斯到哈特菲尔德。
② 希尔。
③ 智力迟滞。
④ 日安，先生。
⑤ 埃尔斯特里。
⑥ 珍珠港事件。
⑦ 加勒特。
⑧ 手工制作。
⑨ 大厅中学生在上戏剧课。
⑩ 木制平台。
⑪ 埃尔斯特里车站。

1944 年 5 月 26 日

33:5:26（五）阴晴

昨夜睡醒了好几次。今早醒七时半。再醒已九时三刻了。

早饭后出门买去牛津车票，买糖，也买了一本 Waley① 译的《西游记》。公超说 W 在此书序文中谈中国小说，其实一个字也没有。

十二时到使馆。十二时二十分会到顾少川。与他谈近日所听对华批评，和 Stafford Cripps 的意见。他说美国 *Time* 说中国派送学生是为了外间批评，中国拟修改管理学生条例，在修改前不派学生云云。他说这像是气话，不如我的解说。他上星一已为 B. F. I. 询问是否添足实习生缺额事已去电询问，等回电再说吧。他说英国批评中国，一方面是一种小的原因，是检查及外部议员证实，大的地方是左派的人种种的恶意中伤。材料是中国出来的，有许多是中国人所供给的。

到 Greek Street 的 Josef② 应 Dodds 之约。到已迟了二十分钟。他带来华③交他带我的画。他说华招待他极优渥。带他到对江山中去 picnic④。乘船回，遇到渔舟上有 cormorant⑤。他赞叹。第二天华即画了一幅渔船送他。

我与他谈嘉定，谈峨眉。后来也谈此间批评的问题。他说教育部想控制思想是有的，在中国不易实行也是真的。他说英国人的说 fascism，只是说 one-party government⑥。我说中国国民党也已宣言取消党治。他问大家怀疑是否真诚。我说我相信是 sincere⑦ 的。我认为蒋再三说的话是 sincere 的。

二时半回。看华的画。大小不等，五张山水，五张花卉。Dodds 称为 very

---

① 指阿瑟·魏理。

② 希腊街的约瑟夫。

③ 凌叔华。

④ 野餐。

⑤ 鸬鹚。

⑥ 英人的说法西斯主义，只是说一党政府。

⑦ 真诚。

pretty①，他不懂中国画，这不仅 pretty 也。

看报。

补写昨天的日记。

写了一信与 John Dugdale（他昨天为我弄了议会入场券，打电找我），W. Empson 及 Maurice Marston。

晚八时一刻到香港楼，与林咸让同饭。萧乾与三位女友在那里。王壮涛及使馆领馆多人在那里。王壮涛吃完饭，与我们来同坐。

九时半到 J. B. Priestley 处。他住在 Piccadilly, Burlington House② 的间壁。那里原来是一个大门，里面有一条走廊，两面有多少栋房子。进去，右手第一栋，是 Gladstone③ 所住。P 即住对面，左手第一栋。现在改为 flat④。P 住第一层的对面二栋。

P 外面不很像文人，相貌很平常。抽烟斗，样子仍是文人。他夫人很 elegant⑤，年轻时一定很美丽。有六个儿女，长女是太太前夫 Wyndham Lewis⑥ 所生。是女演员，现在 P 的 *How Are They at Home*⑦ 中上演。次女为工程师。后来又一个女儿回来，是在学音乐。

又有一客，名 Charles Lacky⑧（？）来。他是军医。曾在汉口住过。与我讨论通货膨胀、国共等问题。他说公共卫生进步后，中国的人口将成大问题。

P 与我谈时局。他的观察，欧战今年可完，亚战明年可完。与我的意见不约而同。

谈起文化合作问题，他说图画、小说、戏剧、电影，都可以宣传文化。电影的效力比书籍大了几百倍。

---

① 很漂亮。
② 皮卡迪里，伯林顿府商厦。
③ 格莱斯顿。
④ 公寓。
⑤ 优雅。
⑥ 温德姆·刘易斯。
⑦ 普里斯特利的话剧《他们在家里怎么样》。
⑧ 查尔斯·雷基。

他近来为了 *They Came to a City*① 的拍演，他自己常去参加。他是叙述者。

说起文学，他说在战时不易有大小说出来，时间太不平定。伟大的小说大都在承平盛世出版，如十八世纪、十九世纪中叶。

他送了我一本 *Daylight on Saturday*，签了名。特别找出一本美国版送我。

他说他的戏剧，也许 *They Came to a City* 比较可以在中国上演。

十一时余辞出。回寓已十二时。收拾东西，换衣服。浴后睡。又起来写了一信与赵德洁，请他借 Waley 译的《金瓶梅》。

1944 年 5 月 27 日
33:5:27（六）晴

没有到七点即醒。早饭后，九时到 Paddington② 车站。9:15 车已提前开出。次为 9:45 车。9:15 入站。月台上已站满人。车未停，即有许多人跳上去。我也跳上去，得靠窗一座。一会儿不仅 Corridor③ 中站满人，车厢里也站满人。一会儿车长在查票，说前面三等车很多，许多人出去了。可是过一会，又挤满。一半是三等客人。

路上的站，客人常不容易挤上来。有一母与二个孩子同等车，没法上，孩子哭了，我们这一节让他们挤进来。

天很热。九时四十分到牛津站。喝了一杯茶。出站，等的人多，不易得 taxi。即行，想乘 bus。走了一段才找到。到 High St.④ 要换车。我想吃了饭才去熊式一家吧。走了三家饭店，一个旅馆，都人满。最后找到一家名 Noted Cafe⑤，有座位。饭可坏极了。价也廉（只 2/0⑥，连咖啡）。我到英后没有吃过这样便宜的饭。

---

① 《他们来到一座城市》。
② 帕丁顿。
③ 走廊。
④ 高街。
⑤ 知名咖啡馆。
⑥ 2 先令。

饭后与式一通话。他说在等我吃饭。乘 2 号车去，并不困难。他住的名 Iffley Turn House①。房子相当大，睡房有八间，楼下有大客厅，饭厅，及儿童室。园子更有二三 acre②。式一坐园中，另有伦敦来的做戏朋友 Jonathen Field 及其妻 Moira③。

式一在此有四个孩子，长女德兰，17，长子德威 16，次子德悕 15（以下有一子一女在中国），小女德怡，四岁半。

下午坐园子闲谈。四时半有一对 Arminian④ 夫妇来访他们。茶谈。

六时熊式一与我及 Field 夫妇往访蒋彝。他正出了门与房东一家去散步。说今晚收拾东西，明早去苏格兰。熊邀他回家晚餐。他谢了。我们回家晚饭。

晚饭后在客厅中谈了一会话。与式一到园中去散步。他这里有叶树四十余棵，苹果、李、梨都有。菜种得很不少，够自己的。有龙须菜，草莓等。Mrs Field 出来拔草。两个儿子帮了她，将 Onion⑤ 圃中的杂草拔干净了。

这屋子租价只二百镑一年，续订了五年。家具都是自己的。据说许多家具长了二三倍，有些长了十余倍。

十一时上楼。看小说史略。

1944 年 5 月 28 日
33:5:28(日) 晴

今天天更热。

星期天早晨，没有公共汽车进城，要二时后才有。

十一时与式一出去看看这村子。有多少栋旧式的石屋，有一个小小的 Parochial School⑥，一座小小的古老的教堂。过去不远便河。这里正是闸子。

---

① 指伊芙利式室内带旋转造型的房子。
② 英亩。
③ 乔纳森·菲尔德及其妻莫伊拉。
④ 阿米尼乌斯派教徒。
⑤ 洋葱。
⑥ 教区学校。

过桥来回一便士。过了桥，沿河是田野。在那里散步，坐树下谈话。

我偶然谈起 Leeds① 的张家历史，问他听过这一家没有。式一说前不久他接到了一个电影剧本，就是写这故事，作者说这是真事，但是不知道怎样写，看了使人不置信。作者是一张小姐。这一定是 Vivienne② 的姊妹了。式一说这位小姐投稿到各处，都退回。她寄给式一，请他介绍。式一爱莫能助，即退回去，说他近来与这些人没有来往。

午饭后已二时余。出去赶车，赶上了二时十五分的车进城。到 Sheldon Theatre③。今天在那里有 Whitsun Singing④，捐钱 in aid of 中国学生。Dodds 邀我来参加，说几句话。

Shelton Theatre 是牛津授学位等等的礼堂。形式是一个长圆的一半。一端平的是大门。对面是一排排高上去的座。上面也有二层楼。音乐队坐在池子里。主席是 Prof. Adams。因 Vice Chancellor 太太病了，⑤ 不能来，他替代他。

指挥是 Sir Hugh Allen，是牛津的一 Character⑥。他指挥大家唱，说唱得不对，得重唱。或重唱一句，或重唱一段。大家都笑着接受。

唱了几段，Dodds 上去讲中国学生的苦况。大致与在 China Institute 所讲相差无几。他请大家多多捐助。于是 collection⑦。我附近的人好几位拿出钞票来。又唱了几歌。完了。主持收赠的人宣称今天捐到了八十五镑。

主席请我去讲几句话致谢。这几句话我早晨一醒即想好，开会时一路的在修正。上去说了，似乎还有力。Adams 在主席椅中不止的在点头。说完了掌声很多，很久，只等我从 Conductor⑧ 旁走回座位才止。Adams 下来握手道谢。

此时四时。我持了图在城中走了半小时。四时半到 All Souls⑨。Warden

---

① 利兹。
② 维维恩。
③ 谢尔顿剧院。
④ 圣灵降临节演唱。
⑤ 主席是亚当斯教授。因副校长的太太病了。
⑥ 指挥是休·艾伦爵士，是牛津的一个有趣之人。
⑦ 收捐。
⑧ 指挥。
⑨ 牛津大学万灵学院。

lodge① 后面是一大片草地。有两棵大的 Horse chestnut② 在上面。在这里喝茶，A 夫妇外，有媳妇。另有客人 Mr. & Mrs. Williams-Ellis③ 及小姐。又有一对夫妇来。我与 Adams 谈了半小时余。

五时一刻往 Balliol 访 Lindsay④。L 的太太开门，样子很瘦弱。说她有一个孩子在中国。她领我到 L 的书斋。L 很高大。一见了面他便说他也许可以到中国去一次。他继说英国的人，除了少数对中国特别有倾向的外，大多不愿意久离英国。他们怕去了三四年，英国人把他们忘了。所以去教书，只能去短期的。

我说我们需要的不仅是人去教书，更需要医生及技术人员，去帮我们建设。他问真需要许多人吗？想了一会，说现在有许多 Prisonary ward⑤，他们也在研究技术等等。他们焦虑他们的将来。如知道中国要人，他们的心现在便想到那里去。我说恐怕他们只是想回国。他说回来几个月又可出去了。

我与他说中国派送学生及教员事，他也赞成多派 research fellow⑥ 出国研究。

六时余往访 Oriol 的 Provost，大学的副校长 Sir David Ross⑦。他说中国 Hughes 有信来，介绍三个学生来牛津，有一学哲学的，他这 College 已接受了。我告他现在政府有不派学生出国之议。这是不是连自费生在内，我不知道。并告他原因。他说他欢迎中国学生及学者来。后来又谈了些战事问题。

七时前到 New College 去访 Richter⑧。他今晚请我及熊在 New College Hall 吃饭。他住的房间，在 Lord David Cecil⑨ 上面。在路上有人介绍。C 明晚讲演 Dostoivsky⑩。他说他很不好意思，因为他一个俄国字也不认识。我说我译过 Turgenev⑪ 的小说，我也一个俄国字不认识。他问如何译法。最后说他现在胆

---

① 看守所。
② 马栗树（七叶树）。
③ 威廉姆斯-埃利斯夫妇。
④ 往牛津大学贝列奥尔学院访林德赛。
⑤ 看守所。
⑥ 研究人员。
⑦ 往访牛津大学奥利尔学院（Oriel College）的院长，大学的副校长大卫·罗斯爵士。
⑧ 到牛津大学新学院访里克特。
⑨ 大卫·塞西尔勋爵。
⑩ 陀思妥耶夫斯基（Dostoyevsky）。
⑪ 屠格涅夫。

壮得多了。

New College 的 Hall 不大。也是要走过学生桌子。可是教师们没有进去，学生已在吃了。自 Fisher 死后，至今还没有新 Warden[1]。说是此时学者们去做战时工作，大都不在校，不便选新院长。但 Richter 说有派别纷争，各不相下，也是原因之一。因为没有 Warden，有一位 Smith[2] 代理。可是觉得没有秩序。今天客人也多，High table 不大，所以一部分人只好坐学生桌上。

我坐在 Richter 与 Sir John Myres[3] 之间。M 是考古学家，曾去 Cyprus[4] 等处发掘，他曾会见济之。他提将一部分中国古物一部分与英国古物交换，或交换陈列。

饭后到 Combination Room 去喝酒。这里的坐法是圆圆的一排小圈茶几，后面一排椅子。圆圈稍大，不便对面说话，只可左右接话。吃饭时饮 Hock[5]，此时喝 Port[6] 都很不差。

饭后在 New College 的 College Garden[7] 中散步了一圈。又去看看新添的图书馆等。再想去看其他学院，已不纳来客了。

此时已没有 bus 出城。与式一走回他家。

在客厅中与 Field 夫妇等谈话至十一时方散。

今天极热。写了些日记。浴后方能睡。

1944 年 5 月 29 日
33:5:29(一)晴晚雨不久

晨十时三刻到 New College，与 Richter 参观新成立的 College Library。Sir

---

[1] 自费舍尔死后，还没有新学监。
[2] 史密斯。
[3] 约翰·迈尔斯爵士。
[4] 塞浦路斯。
[5] 一种莱茵白葡萄酒。
[6] 波尔图葡萄酒。
[7] 在新学院的学院花园。

John Myres 便在内主持。与他谈了一会，他领导观楼下的 Law Library & Classical Lib①。楼上是普通阅览室。

继往参观 Bodliean Library②。这是一古老的建筑，在 Sheldon 的旁边，参观人要爬入好多转梯到最高层，方才看到一间阅览室。还是不能进去。R 去交涉后，方有年老的馆员领我们参观。这里的书并不多。阅览者分多少格，每格有高书架，可放书。人便坐书架前。一切都很古旧。屋顶也极旧的。此间所见，仅古旧。问只此一间么。他说 'Oh, Goodness, No!'③，有好多。但不领我看，也不领看书库。说有大部分的书在新馆中。但新馆又为海军部所用，他说我们如去便会被赶出来。

R 便领我去看 Students Union④。这是一所独立的屋子，在 Common Market Street⑤ 后。有一间是 debate room⑥，每星期四晚有 debate。赞成反对的对面坐。但 below the gangway⑦ 的长凳面对主席。坐这里的是胸无成见的。说时不在席次，要走到 dispatch box⑧ 旁去。表决时也是走出门时数人数。可只有一个门，所以赞成的在门右首，否对的在门左首走出。

此外有 Club⑨，可以打 billiard⑩，看报，吃饭。有一个图书馆，也有馆员。如从前的 debate room。一个人交了九个学期的会费便成终身会员。可是牛津学生，只有三分之一是会员。

中午回熊家吃饭。饭后 Field 夫妇走。我三时左右要动身。公共汽车挤不上去。打电话雇汽车。三时半方进城。式一陪我去。先到 Adams 家，将行李放下。

---

① 法律图书馆和古典图书馆。
② 博德利图书馆。
③ "哦，天哪。不!"
④ 学生会。
⑤ 公共市场街。
⑥ 辩论室。
⑦ 通道下面。
⑧ 案头公文箱。
⑨ 俱乐部。
⑩ 台球。

我们去参观 Christ Church①。这是牛津最大的学院。天井很大，当于剑桥的 Trinity College。次看 Merton College②，没有什么特别的地方。最后到 Magdalen③。天很热，我们坐礼拜堂中谈话，很是阴凉。到五时方出。可是这里的校园，所谓 Addison Walk④ 者已经关门了。我们又到茶铺中去坐了一小时。

熊谈在英国作家生活很详。如是戏剧，至少可以抽 royalty 5%⑤，如每星期收入在多少以上，再按比例多抽，如此递加，到 15% 为止。写书则二千本以下 10% 递加到 25%。可是有些书铺，如 Peter Davis⑥，对于他，开始即可 25%，如在二万以上，则又可再加，到 30% 及 35%。不同的作家，收入不同。

他很感叹中国人的不相容。使馆对他一点都不帮忙。访英团在伦时，他想请他们约约许多作家，publisher & editors⑦，使馆说没有时间。他请他们便饭，从不来亦不先通知。

六时到 Dodds 家会他与他太太。他太太是 Canada 人呢，说她不喜英国南部。她说北方人直爽，可是我觉得她有些做作。她养了一狗，一个鹦鹉，都老了。她说她不爱 practical 或 Business like 的人。⑧

七时到 Adams 家。在他家吃饭。座中他夫妇外，有儿媳，Williams Ellis 及其女儿 Elizabeth，还有一穿军服的 Canada 女郎。

饭后谈了一会。听九时广播。他领我参观教堂、图书馆、饭厅等。后来又谈到十时余。

他问我来英的任务，认识了什么人，希望如何工作。他说 U. C. C. 的工作很好，只是英国唯一的机关，如大学都有代表。他们希望保持这性质，保留大学与学生的机关：中英大学交换消息；交换教授等；指导学生。他们不愿将此改为普通的文化联络机关。他望另有组织担任这任务。

---

① 牛津大学基督教堂学院。
② 牛津大学默顿学院。
③ 牛津大学莫德林学院。
④ 爱迪生小径。
⑤ 抽百分之五版税。
⑥ 彼得·戴维斯。
⑦ 出版人和编辑。
⑧ 她说她不爱偏重实用和满脑子生意经的人。

他们十时半上楼。我浴，写了些日记。

1944 年 5 月 30 日
33:5:30(二)晴

早八时吃早饭。看了一会报。与 Adams 谈了一会。他问我认识了些什么人等等。说如要介绍什么，可以告他。有事与他谈，可以住在他那里。他那里一切极自由，各人有事各人去做，在吃饭时会面。吃东西也许多自己动手。如早餐自己取 porridge①，倒茶等等。

十时前一点我与 Williams Ellis 的女儿 Elizabeth 同去车站。E 方在中学毕业，今年秋季到 Sommerville② 去念语言。与她谈了一些中国字的原则。

去伦敦的人不少，但比上次来时要少。E 坐三等，我陪她坐三等。车虽自别处来，我们居然都得了座位。我看"小说史"。借了式一的 *Bridge of Heaven* 与她看。

十二时二十分到伦（车 10 点二十分开，但出了站停了二十分）。回寓洗脸换衣看信后即去饭厅吃饭。遇周显承。

饭后倦极，睡着了半小时。

公超来电话，说雪艇有电来。我去，他出示，说 "Official flavour sometime disadvantages. Will recommend to Ministry Education if it has real work for Tungpo. Cable Tungpo's health"③。

公超说他与雪艇谈甚久，雪艇还不懂。大使馆的人，如看见人没有后台，不肯出力帮忙。他提议再去电，提出出席 Allied Ministers of Education Conference④。我说这组织将扩大，成为 Unnra⑤ 仿佛。叫陈如见此议，一定以为我想谋代表之职。这是下棋，后一招不放，前一招不放的。

---

① 粥。
② 萨默维尔学院。
③ 官方口味时有不利。若教育部有实际工作适于通伯，可推荐。电告通伯之健康状况。
④ 同盟国教育部长会议。
⑤ "恩拉"，为联合国成立前一国际组织。

公超即拟了一稿复雪艇，说我病愈。已有"useful contact, would enhance his position with Embassy if you could cable Koo for his assistance and guidance in exploratory contact in Sino-British cultural relations"[①]。

与公超同去使馆。接到刘锴回电。说每月汇款，汇费太昂。他劝我在纽约中国银行开户，由伦敦支付。六月以前薪水当电汇来。

上楼访郭秉文未遇。遇到了施、钱、翟、周、郭诸人。

回寓后开始写小说讲稿。

七时半下去吃饭。饭后遇右家，到她处少坐，借了一本书。

写讲稿至十时余。今天只写了七百余字。

1944 年 5 月 31 日
33:5:31（三）晴

早起看报至十一时半。

写讲稿二小时。

午后又写了二时。

四时半去中宣部办事处。晤 Whymant。他谈他对英人方面如何讲演中国。他为我借了一本英译《金瓶梅》。都是有 Waley 序文的。

昨日法文报 *France*[②] 有国共谈判消息。说谈判已有进步。共方条件八条，中一条为承认共区的独立。国共争执的关键在此，如坚持此种条件，如何能成立合作？

六时余回。又写讲稿一小时。

饭后时看《金瓶梅》序文。

九时至十时余又写了一时余。今天共写了有二千余字。

十时余到右嘉处还她《今古奇观》，又问她借一字典。我连一本字典也没

---

① 已有"有用之联系方式，若蒙给顾发一电报，让他在探索性接触中英文化关系上，给予协助、指导，将提高其在大使馆的地位"。"顾"（Koo），即顾维钧（少川）。

② 《法兰西日报》。

有。周书楷与郭则乡在她那里。谈了一刻钟。

周说使馆与国内至今停止通信。因发信即等于接受检查。其他各馆使馆也大多如是。右嘉说这是像阿 Q 的胜利。

写日记等。浴。

1944 年 6 月 1 日
33:6:1（四）阴

晨看报到十一时半。

写讲稿一小时。

一时到上海楼。周书楷约了我会李德燏，这里中行的经理。他是绍兴人，李复生的侄儿，在伦敦已十五年。与他谈刘锴来电所说，在纽约中国银行开户，在此开支票支付事。他说英国法律，不准在英的人在国外有银行存款，如有存款，须交与国家。所以此事不易办到。他说英国不能汇款出去，但外国可以汇款进来，如每月由纽约中行邮汇，为值也不昂。

谈话中说起纽约中行经理夏屏方已换，由席德懋代。席是中央银行总经理。所以很是奇怪。

在饭店遇见周厚复。与他略谈。我说起房子事，他力劝我买家具住人家。周书楷也说如此上算。因过了一年，家具卖出去，还是值钱。战事即完，东西也不会立即跌价。

周书楷说周厚复一方面是 British Council 的 research fellow，另一方面教育部汇些钱与他，两方合来，每月有五六十镑。他的老兄是 C. C. 中的主持关于中学部分的人。他与立夫有关，所以在此顾①也很敷衍。

下午又写了讲稿。

七时一刻与右嘉去新探花楼。郭秉文夫妇请客，座中有王景春、周显承、谭葆慎、林咸让等。郭说他不久可走，因为六月一号开金融会议。中国出席

---

① 立夫，即陈立夫。顾，即顾少川。

人，仍郭、席德懋、宋子良、李国钦。加派卫捷生，但不出席。我说为什么不多派数人。如李卓敏现在纽约。郭说也许代表团可打电话请求。郭太太说她不知可否同行。

九时半散。十时到十时半余周在王房略坐。

又写讲稿至十二时余。写完《红楼梦》，便不再写下去了。共约四千字至五千字之间。

不久即睡。

1944 年 6 月 2 日
33:6:2（五）晴

早三时余醒。钟停了。开了又睡。醒时只七时余，又入睡。再醒仍七时余。原来钟坏了。此时已近十时。

早饭后校改讲稿，至十二时，未校完。即去宣传处。请 Whymant 校改或重写，改完由他们代打。

中午周显承请我及右嘉去一家希腊饭店 L' Elysee① 吃饭。并不佳。

午后看报。杂志。

写信与 Harvey Wood, C. D. Evens, Mrs. Herdman, Mckay Thomson 等。

补写昨天日记。

开始写信与华。（41）

八时到上海楼。刘圣斌在此请客，座中有 Harold Acton②，公超、赵德洁、林咸让。邻座有 *Manchester Guardian* 的 financial ed.③ Dr. Fry。又有一位 Col. Stewart④，说天津话极好。

我们谈话到十时半方散。公超说话最多，挖苦顾太太的朋友 Sir Francis

---

① 爱丽舍。
② 哈罗德·阿克顿。
③ 《曼彻斯特卫报》的财经编辑。
④ 斯图尔特上校。

Rose。他在苏格兰听到 Brazil① 公使故事。人说他是 Scott 的研究者，请他与 Grierson② 会面。他说 'Scott was a great writer'，'Homer was a great writer'，'Scott wrote poetry'，'Byron wrote poetry'③ 等等。

公超骂王文显。说他为清华外文定存书中有 *Hunting*④ 杂志数种，因为他爱打猎，太太的打头绳杂志数种。她与他吵闹。

与林同到公超新迁的房子。很小，只有两间，另有小浴屋与小厨房，每周五金尼。只是下有汽车房。一切东西还没有收拾好。

谈到十二时半。他说接 Stanley Smith 信，说雪艇竞争教育部长失败，很不得志。顾少川要他 sabotage⑤ 他太太的书。

回寓。写日记。浴。睡已一时半了。

1944 年 6 月 3 日

33:6:3（六）阴晴

早饭后看完报，往宣传处。Whymant 正在校对我讲稿的打字稿。共打了十七页，大约合到五千字左右。我本请 Whymant 好好修改，尽量重写过，可是他只少修改了些字句。他说写得很好，也很有趣。

中午有中国银行郭君请公超吃饭，他拉我同去。郭住在城西北角，自己是山东人，初学造船。太太是 Birt. Guiana⑥ 的华侨。有三个小孩。今天请了赵德洁及中行新来的河北人刘君（也是公超学生）。郭的妻妹也在座。妻妹是开战前三星期到此，不能回去。现在在美国红十字会娱乐队工作。

郭自己动手做的菜。还是公超说话多。

三时余方散。因到公超处已四时。他与我推敲我们讲稿。对于字句等很

---

① 巴西。
② 约翰·格里尔森（John Grierson，1898—1972），苏格兰人，英国导演、编剧、制片人。
③ "司各特是个伟大作家"，"荷马是个伟大作家"，"司各特写诗"，"拜伦写诗"。
④ 《狩猎》。
⑤ 故意毁坏。
⑥ 英属圭亚那地区。

费些斟酌。可是到后来没有时间了，只好马虎了结。他说结尾太潦草，似乎是虎头蛇尾。开头也似乎应照顾到 Herbert Grieson 及苏格兰，说些恭维的话。开场的，他想了一个，打下来了。

完毕已近七时。约了与右家吃饭。她今晚搬家，本来说使馆郭君送她去。去后太晚，恐不能回，须住下，一人不便，她请我也去住一晚。可是郭已为她将东西送去了。所以今晚不用去做 chaperon①，只是陪她去新居。

乘车走路，要一小时以上方能到，未免太远了。出站要走些路。这里一带很宽旷。马路极宽。两边的 flats 不高。小房子门口都有小花园，玫瑰花正盛开。她住的也是这样一栋小屋。前后都有园。一切家具都有，很是舒适。只是一人住，未免太寂寞。

介绍她的医生的女儿及未婚夫去陪她住三天。

右家做了饭，火腿蛋，及罐头鱼及汤，我们吃了饭。

十时半动身回。到家已快十二时了。

无日期（不完整）②

起立，向 Archdermid③ 说有盟国代表来致敬等等。Arch. 请上台。D. O. E. 即引我们上台。初分二行，但台旁的行人道即能容一人。又改为一行。次序依各国字母，所以比国④第一，中国第二。上去后先分二排立台旁。Recorder⑤ 宣读每人的履历及代表某国。代表即前去与 Archdermid 握手，Archdermid 说"欢迎"，一至五立其右，六至十立其左。每人被介绍，听众鼓掌。对于苏联和美国，鼓掌之外，加以高叫。

立定后 Recorder 说我们拟致辞，他任译述。于是又依次每人到播音器前

---

① 陪伴。
② 此信已无日期，亦不完整，整理时与日记同属一处。其余不详。
③ 阿彻米德。
④ 比利时。
⑤ 记录员。

用本国文字致辞。有些人的话如苏联及 Slovak①，相当长。只有我的真实不过十五字，而且中文只十四音，特别短。我说完后，听众似乎很惊异如此即完。译文读后大鼓掌。Col. Ott② 所说为英文，全场都懂。Recorder 为译俄文，听众大笑。在 Karavarev③ 说话时，忽有一黑人从门口进来，由职员领上台。Recorder 即宣称由代表致辞。此人致辞后，Recorder 设法翻译了，全场大笑。后来知道此人为 West Africa Sierra Leone④ 人，现在是剑桥学生。他并不代表盟国，实不应上台。但 Archdermid 及听众似乎很满意。

礼毕，唱歌。下幕。会散。

又有人为我们照相。喝茶。又有人来找签名。

五时左右我们乘专车在四郊兜风，观览风景。又经过 Llandillo，过 Dynover Castle，远望 Carry Cenner Castle，最后到 Talley Lake。⑤ 这湖很小，只是一池塘，但在山谷中，很静。旁有一 Abbey⑥ 的废墟。此间一带风景到处是山，而山不甚高。

七时余到 Wilmot⑦（它是南威南英⑧的 British Council 代表）住的地方。

1944 年 8 月 23 日

33:8:23（三）雨后晴阴

晨起大雨。早饭后渐止。十时半与 Mrs. Hardy⑨ 作别，她到 Pump Room⑩ 去工作。

---

① 斯洛伐克。
② 奥特上校。
③ 卡拉瓦列夫。
④ 西非塞拉利昂。
⑤ 又经过兰德里洛，过戴诺弗城堡，远望卡里·采奈尔城堡，最后到塔雷湖。
⑥ 修道院。
⑦ 威尔莫特。
⑧ 南威尔士。
⑨ 哈迪夫人。
⑩ 泵房。

十时四十分我又到 Sidney Place 再看一次 Jane Austin 的房子①。我觉得应有几所房子，如 Jane 的屋，由市府收回，加上 period furniture②，售票让人参观。

又到 Sidney Garden 走了一圈。回寓，与 Miss Bevan③ 作别。乘车去车站。到得早，所以喝了些茶，吃了些 Sandwich。

十二时半车来。并不挤。我得窗口一座。后来车长来收票，方知原因。一位七十岁的老太太是头等票。车长要她加钱，她只说 May put me here④。（其实是她的一女友送她来。）车长也便算了。车开后只停了一次，以后过 Swinton，Reading⑤ 等大站亦不停。所以三时即到伦敦。

在 Mount Royal⑥ 住下。先打电知公超于星一已走。到从前买到 note refills⑦ 的铺子买 refill，也没有了。到 Selfridges 询问，居然买到了数百张。

访周显承。听说顾少川明天去美。与周去楼下喝茶。六时到他房间听广播。

六时余他请的客来。一为裴君，陆军武官处的秘书，不久即将回国。一为裴君女友，华父英母的张四珍。张完全不能说中文，现在在空军武官处打字。另二人为海军学生，一为扬州人，一为湘潭人，都在 Plymouth⑧ 服务。周请我们在 Club 吃了两个 gin orange⑨ 后吃饭。饭后在他房谈话至十时。张女士学中国语，很快，发音也好。她称赞我的英文发音好，问是否在 B. B. C. 广播，等等。到不想是灌米汤，只是与同座的相比，略胜半筹罢了。

今天的最惊人的消息是巴黎已克服。广播中连奏 *Marseilles*⑩。

回房看完 Raymond Postgate 的 *The Verdict of the Jury*⑪。今天在车上看了百

---

① 到西德尼广场再看一次简·奥斯汀的房子。
② 古典家具。
③ 贝文小姐。
④ "可以把我放在这儿。"
⑤ 斯文顿、雷丁。
⑥ 皇家山酒店。
⑦ 补票。
⑧ 普利茅斯。
⑨ 橙汁杜松子酒。
⑩ 《马赛曲》。
⑪ 雷蒙德·波斯特盖特（1896—1971）的《陪审团的裁决》。波斯特盖特为英国社会主义者、记者、编辑。

余页。此时只有三四十页。写得不落几套。只是到后来不像开卷的用力。

写了一信与雪艇，一信与华，（45）浴后睡，已一时。

今早有警报。以后没有。晚九时左右又有，不久即完。

1944 年 8 月 24 日
33：8：24（四）阴后大雨

晨写了一信与莹。

十一时许到使馆。会到钱存典、翟凤阳。翟介绍我认识赵金镛。他现在管理信件。

顾少川今天十二时半动身。同行的有翟及梁鉴立。来送的人很多。如金问泗及馆员。谭葆慎及馆员一二人。三位武官等。到十二时一刻请大家到楼上客厅。郭出来与大家握手。说了几句话，如责任至重，但有孔院长在近指示等等。说承诸位同事及朋友来送，感激得很。他说话时看着我，使我不舒服。话完了，又请我先走。与他同出大门。他说不知鲠生仍在美。他还谢我代表到 Wales 去。顾太太抱了狗出来，也送到门口。并没有说什么。

在等候送行时，陈经城带我进去看看总理被拘禁的那间房子①。现在保留着为纪念。他睡的床架及洗脸桌等保存。可是，放在一边，不像样子。一壁挂总理遗像及党国旗。一壁挂林主席②像。窗左首一边为孙科全家的照相。一边为胡展堂所题的诗，寄给郭复初的。这间屋子为总理纪念室。所以纪念周等常在这里做。可是小得很，不能容多少人。

今天接到立武二电，谓"昨中英文化协会正式请兄任驻英代表每月办公费连公费百镑已向财政部洽购外汇如急需款请向周书楷先提访英团节余项下借支该节余已奉委座核准，全部专发中英文化协会交事业用费余函详"。（寒）

又一电则谓"财政部核给外汇每月八十镑拟以六十镑为办事处经费二十

---

① 指当年孙中山在伦敦被拘禁处。
② 林森。

镑为公费请连编寄预算"。（文）

寒为十四，文为十二，但文似后发。这二电都于八月十二收到。则"寒"必为误文无疑。

回"皇家山"吃饭。与显承谈话到近三时。赵志廉来访。他送来我请 Miss M 代找人修理的闹钟和托公超带去他没有带的 Vitamin 丸。他只为我带了一包袜子。

三时 Dr. A. S. Sanders[①] 来。他是 British Council 派往中国帮 Needham[②] 的。将专门注意医药卫生问题。我与他谈了一小时。他问英国拟送四五位医学教员去，我以为集中一地为佳，还是分散各地为佳。我说如研究及私人社交方面，以集中为佳。但如为教课，则分散各地，到处都有一点影响。我问他将来是否可以有第一流英国学者去华久驻。他说久驻恐难，一年半载当无困难。比较年轻的人，另是问题。

三时余起大雨。有时打雷。

我因听说时事电影中有我在 Llandebie[③] 的声影，到附近 Gaumont[④] 去看。谁知片子已换过了。看了一个电影名 *Once Upon a Time*，简直是 Silly 到极点[⑤]。

去电影院时有警报。没有什么人出去，而且以后来的人更多。八时余赵志廉到上海楼去吃饭。与他商谈成立办事处的问题。他说租房自置家具，可以便宜一半。Furnished flat[⑥] 至少五六镑，空屋百余镑一年便够了。

回寓与立武写了一长信。并一短电。

浴后睡。

1944 年 8 月 25 日
33:8:25（五）晴后阴

早晨有短时警报。十一时余到使馆，会施，请他代发函电。

---

① 桑德斯博士。
② 李约瑟。
③ 兰德比。
④ 高蒙。
⑤ 电影《从前》，简直愚蠢到极点。
⑥ 带家具的公寓。

到 British Council 访 Harvey 及 Bryd-Smith①。B. S. 说中国五教授九月一日可到开罗。但开罗访机，或有相当时候，所以她预备他们九月半左右到。到后即分往牛津、剑桥，以便休息及工作。

十二时余到 Charing Cross 的 Railway Lost Property Office② 买了一个装书的木箱。

访炳乾，请他吃饭。饭后在他 Office 坐到三时。他送我 *Spinners of the Silk*③ 一书。看了 Contemporary 中关于中国一文 *The Mistakes of China*④，说中国人太自由了。有些道理，但并不全对。

回旅馆后收拾东西。到 Liverpool St.⑤ 乘四时半车，六时余到剑桥。

晚饭时遇刘焕东等。刘请我在 Blue Barn⑥ 吃饭。饭后到我寓所少坐。

听广播。看不少来信。

九时余蒋硕杰来谈了一会。

写日记。

1944 年 8 月 26 日
33:8:26(六)晴

晨早饭后去银行取钱，表铺取修理的手表，火车办事处询问去 Durham⑦ 时间，两个饭店定座位，在 Art Theatre⑧ 等了半小时，谁知下星期的 *Hamlet*⑨ 票都已卖完了。取杂志回。

---

① 访哈维及布里德·史密斯。
② 查令十字路的铁路失物招领处。
③ 萧乾英文著作《吐丝者》。
④ 《中国的错误》。
⑤ 伦敦利物浦车站。
⑥ 蓝谷仓。
⑦ 达拉谟。
⑧ 艺术剧院。
⑨ 《哈姆雷特》。

打了一信与 George Rylands①，问他可否设法买一票。因这一次 John Gielgud② 的 Hamlet 是 Rylands 指导的。票价附在信内。

Dr McCall 开了账来，是 12 Guinea③。我想我请他看病不过五六次。大约是每次二金尼。写了一支票，打一信寄他。

饭后看报。显承来。邀我同出。他去买车票。到上游租船处，想订明天的船，谁知星期四即已租完了。

与他去访 Haloun，谈了一二小时。他说秦始皇焚书是后人造的，来历是出于 Balylonica④。他说三十六、七十二等数也是西亚去的。我不能说什么。

晚听广播。时事外有 Galsworthy 的 *Silver Box*⑤，很是动人。

1944 年 8 月 27 日
33:8:27(日)晴

晨看报。

十一时半显承来。我打了两信，一致宋延群，一致 Crwys Williams⑥。

一时到 Arts⑦ 吃饭，开始看 J. P. Marquand's *Ming Yellow*⑧。Marquand 此书，昨天在 Boots⑨ 借来。起先看到 *Mr. Moto*⑩ 一书，及此书，以为另有一 Marquand。后来看作者所著书中，有 *H. M. Pulham Esqiure*⑪，及 *The Late George*

---

① 乔治·赖兰慈。
② 约翰·吉尔古德。
③ 12 几尼。几尼为英国旧货币单位，1 几尼等于 21 先令，约合 1.05 镑。
④ 巴比伦王国（Babylonia）。
⑤ 高尔斯华绥［约翰·高尔斯华绥（1867—1933），英国小说家、剧作家］的《银盒子》。
⑥ 克里怀斯·威廉姆斯。
⑦ 艺术剧院餐厅。
⑧ 约翰·菲利普斯·马昆德的《明黄》。
⑨ 布茨书店。
⑩ 马昆德的《再见，莫托先生》（*Goodbye Mr. Moto*）。
⑪ 应指马昂德小说 H. M. Pulham Esqire（《普尔翰先生》）。

Apley①，方知他有写美国的，也有写中国、日本的小说。

饭后往访显承。与他同到蒋硕杰处。王应贵昨天方从湖区回。我们同乘车到 Trampington②，由那里走不远即到 Grantchester③。在 Orchard④ 吃茶。今天天热，喝茶的人很多。桌椅不够，坐草地上等候。张明觉与西友也去了。五时许到 Byron's Pool⑤。这是又一小水闸，闸上水流下，成小池。Byron 爱在此游泳。当时几个朋友到此，也许有诗意。现在池边坐满了人。水不深，不少人在内走，池泥挖起，这里的水比哪里都脏些。可是由马路到此，小路在树林中，如人稍少，也还有趣。归时沿剑河走回。这一条路实在是附近最美的了。

请显承在 K. P. 吃饭。

饭后他与我同回。听九时广播。十时余回。在 Life 中看到 White 所写 'Life' Looks at China。⑥ 这文批评虽刻，但并不出于恶意。只是对于中国事，还是有一部分误解。

1944 年 8 月 28 日
33:8:28(一) 雨后风阴晴

晨看报，后看 The Foreign Affairs 讲中国民治一文，Lattimore⑦ 书中谈民治一章，和 China Hand Book⑧ 中谈参政会一段。

午饭后到图书馆看报。剪发。等候时看 Ming Yellow。

回寓看 Ming Yellow 看完了。这本书以十余年前的中国做背景，军阀、土匪，英语非常完美但行动极难捉摸的留学生。情节相当紧张。可是书中的美

① 《波士顿故事》。
② 特兰平顿。
③ 格兰切斯特。
④ 果园。
⑤ 拜伦潭。
⑥ 在《生活》中看到怀特所写《〈生活〉看中国》。
⑦ 欧文·拉铁摩尔（Owen Lattimore，1900—1989），美国的中国问题专家。
⑧ 《中国手册》。

国人也实在毫无可取。

晚饭时遇见一对老夫妇同桌，谈了一会。

晚听时事广播。

回右家信。她要请求庚款，我回她我与英庚款并无关系。回张自存一信。

今天风大，很冷，与昨天相差十余度。

1944 年 8 月 29 日

33:8:29（二）晴后阴

晨看报。

开始打演讲稿。上午打了一页半。下页打了二页，晚又打了页半。

中午与晚吃饭时看 M. Marsh's *Surfeit of Lampreys*①。

今天接到 Professor Renwick（任义克）一信，附有华与莹六月初所写信。华说有两信托王雪槐转，我至今未收到。不知是没有转，还不知是遗失了。回信谢任。

补写 Bath② 日记。

十二时去睡。大约因为晚饭时喝了一杯黑咖啡，简直睡不着。看了一会 *Surfeit of Lampreys*。

1944 年 8 月 30 日

33:8:30（三）晨雨后阴

晨看报。

打讲演稿一页。

饭后在图书馆看报。归途遇一中国学生招呼，说是姓周，并不能讲中文。

---

① 马什《过量食用七鳃鳗》。英国国王亨利一世食用了过量的七鳃鳗鱼，在诺曼底圣丹尼斯死于食物中毒。

② 巴斯。

他问我能否去喝茶，有一位 Bishop Tsu① 来了。原来朱友渔到了。我当然答应去。

回寓午睡半小时。打演讲稿不到一页。

四时半到 Westcott House②。朱友渔看见我也大惊异。座中有二三十人，大都是 Westcott 的教员与学生。我与院长同坐。他说这里平时有学生四十人，大都是大学毕业生，读神学三年，以备做教士。但也有三四人是 School of Life③ 中出来的。

请朱谈话。朱说了些中国的情形，也说教会教育的重要。他说中国信教的人，万人中只有一人。但《中国名人录》中的人士，六人中有一人是信教的。有三人是教会学校出来的。也问了些问题。多注重教会学校的将来。

六时散。朱与我回寓，谈了一小时。请他到 K. P. 吃饭，因没有空二座，所以要等第二批。即在城中散步，走到 Leys School④ 附近方回。

他此次来英，预备勾留六星期。他是自美飞英，仍打算自英飞美。到美后即回中国。他的夫人及四个孩子已于五日到美。共花了旅费美金四千元！（但其实只是青油回缸之价！真是 fantastic⑤！）

我们这 Study group⑥ 应于十月结束。阳初已经辞去，专门为他的民众教育募捐。质廷得到洛氏基金的 research fellowship，已去 Yale⑦。据说钱不少，一部分可供家用。卓敏现在在廷黻处工作。景超大约是转到资源委员会。所以只有友渔一人回去。

C. D. S. 已结束，只留下一个图书馆。现在归大使馆管。

也谈了些国内新闻。夫人出国，美国盛传是夫妇不和。国内来人也说有此事，原因为了夫人在外时，蒋与从前的某姨太太又和好。据说戴季陶等很

---

① 朱主教，即朱友渔（Andrew Yu-yue Tsu, 1885—1986），中华圣公会主教。

② 剑桥威斯科特大厦的英格兰教会，中华圣公会所在地。

③ 生活学校。

④ 剑桥雷斯中学。

⑤ 极好的。

⑥ 学习研讨会。

⑦ 得到洛克菲勒基金会的奖学金，已去耶鲁大学。

出力奔走。据有人说是党内一部分人要离间他们夫妇的计划。

T. V. 现在这是挂名。他本在寓办公。手谕所有部长都得到部办公。所有出国护照都得经过蒋自己。所有各种权力都落到秘书处。

友渔听说学生会全年，在 Durham 开会，他很愿意去参加。我回寓后为他写了一信与宋。

打演讲稿一页半。

友渔听我说英国一年前谣传有一华人能预知未来，预信欧战将于十月二十二日完毕。他说去年，在美遇一 astrologer①，预信太平洋战争将于一九四五年六月完毕。他当时请他写下，现尚保存。现在看来，这两个日期都有实现的可能。

1944 年 8 月 31 日
33:8:31（四）阴晴急雨

上午看报。

回了一信 Mrs. Lung，她请我星期日吃茶，一信回爱丁堡的 Mrs. Lam。

午后草一中英文化协会伦敦办事处的预算。写信与立武。誊清后附一信寄施德潜。

看 M. Marsh 的 *Surfeit of Lampreys* 放不下来。看到夜一时方看完。暗杀的结局似乎不大可信。可是写人物却写得实在好，对话也有趣。

晚出门吃晚饭时有太阳，但同时有急雨，得着雨衣。

1944 年 9 月 1 日
33:9:1 日（五）晴阴

晨看报。

---

① 占星家。

写信与赵志廉，请他为我在伦觅房。一信与 Crwys Williams。

钱家福有信来，说上午自伦敦来，请我领他去房东处。他的房东即显承的。到一时未来。我留了字条，即去吃饭。

饭后去买火车票及戏票等等。到 Boots 换书。

三时回，钱已来过。

打演讲稿至四时半。

茶后去访钱。钱是顾少川之婿，钱阶平之侄。顾女在英受教育，我以为他一定是英美学生，谁知从前没有出国过。交大毕业，学物理，曾在红十字会 Bob Lim① 处工作。现在是 Needham 找他来，一方面任中英科学联络，一方面拟做些科学试验。将来也许来剑桥。

我请他在 K. P. 吃冷餐。

七时我去看 *Hamlet*。这是 George Rylands direct, John Gielgud 演 Hamlet, Ashcroft 演 Ophelia, Leslie Banks 去 King, Marian Spence 去 Queen。②好极了。看时非常的感动。比 Startford 所演不可以道理计。似乎比 Magaret Webster 所导，Paul Robeson 所演 *Othello* 又高一筹了③。我说看了这戏才知 *Hamlet* 是 a great play。Gielgud 是 a great actor。④

戏自七时演到十时三十多分。回寓已十一时三刻。听广播。看了一会 Marquand's *The Late George Apley*⑤。

1944 年 9 月 2 日
33:9:2(六)大雨

晨看报。

---

① 鲍勃·林。
② 去看《哈姆雷特》。这是乔治·赖兰慈导演，约翰·吉尔古德演哈姆雷特，阿什克罗夫特演奥菲利亚，莱斯利·班克斯演国王，玛丽安·斯彭斯演王后。
③ 比玛格丽特·韦伯斯特所导，保罗·罗伯森所演《奥赛罗》又高一筹了。
④ 《哈姆雷特》是一部伟大的戏剧。吉尔古德是一位伟大的演员。
⑤ 马昆德的《波士顿故事》。

吃饭前后打演讲稿。

中午去取报。

下午四时钱家福来，请他喝茶。与他谈中国现状。他说中国不派留学生完全是为了哈佛教员的宣言。蒋生气。陈力争无效。孔①则赞成不派，因外汇可省。

领钱与访蒋硕杰。谈了一会。说起有一 Miss Sproton②，研究科学，自己学中文，想到中国去。蒋领我去访她。她住在一 boarding house，四望中国字画及图书很有些。人很有趣，话很多。

晚饭后打完演讲稿。共十二页。

看画报。浴。

1944 年 9 月 3 日

33:9:3（日）晴后阴雨

晨看报。

十二时余动身往 Prof. Haloun 家。他请我午饭。今天本请周显章，他没有来。全家都上桌子。饭后闲谈一时余。三时辞出。H 送我到 Trinity 后门。遇蒋、王、钱、冯，他们访我未值。他们到 Grantchester 去，我因有事未同去。

访 Bertrand Russell③，他不在寓中。

下午打了些信致 George Rylands，George Williams，Miss Russ，Cecil Francis④ 致谢。一信与东方语言学校校长。她请我七日吃饭，我不能去。

六时余到 Dawning 去访 Crwys Williams⑤。他正送一 Miss Westlala⑥ 去寓所，我与他同去。七时我请他及钱、马二人在 P. K. 吃饭。谈英美教育。

---

① 此处，蒋为蒋介石，陈为陈立夫，孔为孔祥熙。
② 斯普罗顿小姐。
③ 哲学家伯特兰·罗素。
④ 乔治·赖兰慈，乔治·威廉姆斯，露丝小姐，塞西尔·弗朗西斯。
⑤ 到唐宁学院去访克里怀斯·威廉姆斯。
⑥ 韦斯特拉拉小姐。

回寓打信与 Mrs. Hardy, Mrs. Brackett①。十一时余睡，初睡不着。

1944 年 9 月 4 日

33:9:4(一)雨有时晴

晨六时半起。七时半出门，赶着搭公共汽车去车站。天雨。乘八时十五分钟车去 Ely. 在此换车。在这里远远看到 Ely Cathedral。路上又经过Lincoln,② 在车上也可以看到 Cathedral。一路都下雨。

一时五十分到 York③。在此候换车。候车得一小时。Refreshment Room④连茶都没有。只好喝一大杯啤酒解渴。喝完即出站。York 是古城。著名的Minister⑤ 离车站不远。过了河不远即到。Minister 的建筑，宏大，壮观，美丽，兼而有之。我在里面走了一圈。真是高大。只是一个 Transept 的顶上的oak 顶，为一种 beatle 蛀空了。⑥ 堂下有地窖子，可以下去，也很不小。

外面一面很挤，另一面是 Chapter House，Dean⑦ 住宅等。四周建筑都很调和。附近有很大的公园，里面有博物馆等等。我没有时候进去。也有城墙。因为并不是两面都是店，一面是园，所以可以上去眺望。

一路本不很挤。自 York 上车，便挤了。我幸得一座。但很多四人坐三人位。天出了太阳，忽然很闷热。不大舒服。经过 Darlington⑧，是工业城。到此不少人下来，稍松动。

五时余到 Durham，有汽车在等候。出车站下坡，入城，又得上坡。到Durham Castle⑨，这是在山顶，与 Cathedral 并峙。

---

① 布拉克特夫人。
② 看到伊利大教堂。路上又经过林肯。
③ 英国著名古城约克。
④ 饮食店。
⑤ 约克大教堂。
⑥ 只是一个教堂的十字形翼部顶上的橡木顶，为一种甲壳虫蛀空了。
⑦ 牧师会礼堂，主持牧师住宅等。
⑧ 达灵顿。
⑨ 达拉漠城堡。

车直开进堡内。看门的女人说我住 Norman Gallery No. 19①，这在四层楼上。有一排房的一间。房外的廊比房还宽。原本是一间大屋，对面开窗，现在隔成了些房。每房有一睡房，一书房。陈设很简陋。房内似有些东西，似乎有人住。下去询问，才知道是错了。19 号是 Richter 所住，我住二十号。

今天所有的人到 New Castle② 参观去了。所以一个人没有。我在房间休息了一会。下楼去，他们正回来。

六时半吃饭。在大饭厅内。有六条大桌，三条为在此受训的空军 cadets③，三条为中国学生。上面是 High Table，只有在此做研究的 Dr. Stewart 及 Mr. Schofield④ 在此。原来朱友渔也来了。他比我早到半小时。还有李鑫（会长）与宋长康（秘书）同座。李鑫浙人，但在上海生长。现在 Manchester 任教。

晚饭后 British Council 映 Ministry of Information⑤ 的片子。里面有两个中国片。大多是新闻片凑起来，使英人多少知道一点中国的。一个大部取材于议会访华团到华所见。另几个科学片，如如何量尺寸至一寸的千分之一之类。我不懂。最后一个五彩的 *Garden of England*⑥，极美丽。

完毕后许多人都等着与 Richter 算账。徐国璋领我走下山坡到 Wear 河⑦边。原来 Durham 建在一半岛之上，三面绕河。堡与教堂即在岛的极端。河水有闸多道，但宽有十丈左右。在河边走山谷中，看着两面有林木的山，很是幽雅。

回来到学生会门口。遇到张自存。与他同到萧乾寓。会到清华学生四五人。谈到近十一时方回。

此间十一时关门。我回 Castle，大门已锁。叫开了。走进大门，漆黑找不到路。看大门右有灯光。走上石级，不通我住的地方。又到大门左。走上一石级，又不对。最后方找到了。

---

① 诺曼走廊 19 号。
② 纽卡斯尔。
③ 学员。
④ 斯图尔特博士及斯科菲尔德先生。
⑤ 放映情报部的片子。
⑥ 《英格兰的花园》。
⑦ 威尔河。

1944 年 9 月 5 日

33:9:5（二）雨晴

早饭后与自存进 Cathedral 去参观。这是十一世纪开始建造，壮观而简朴。旁连 Chapter House，里面有一 Dungeon①，连三间，最内一间，小，没有窗，边上有石槽。

十时与一部分同学参观 University College② 的图书馆。这房子与学生会等，都在堡与教堂之间。由 Librarian③ 引领。她是一年轻的女郎。下面是新的阅览室，陈列新书，外面一间阅览室，陈列参考书，都不很大。据说新书有六万，古书 collection④ 等有二万册。在上面，陈列以前的阅览室内。有万余册是 Dr. Hou（?）所捐。此人与本校无关，是牛津某 college 的 Master。为何捐此校，牛津与本校都不明白。下面有一间地窖，陈列些手卷及版本。内有 Shakespeare 的 First Folio（但系借来），Charles II 的大 Bible⑤。最可注意的是 Kipling⑥ 的诗手稿。一张张的贴在一册内。他的字很清楚，可是常常写得很小，也有涂抹更改的地方。

十一时去参观这学校的科学实验室。并不大，据说上一层方完成，没有利用，现住 cadets。这一层用。有生物，地质，化学，物理各系的人指导说明。实在也没有什么可观。在物理方面他们讲了些音波的 frequency 所表现的 wave pattern⑦，表现是光的汶动。

午饭时 Bishop of Durham⑧ 来会友渔。Master，Warden（Prof. Buff）及 Mr. Fox（treasurer）⑨ 等都来了。上面坐了两桌人。我与 Warden，Bishop 及 Fox 谈

---

① 地牢。
② 大学学院。
③ 图书馆员。
④ 收藏。
⑤ 莎士比亚的"第一对开本"，查理二世的大《圣经》。
⑥ 英国著名诗人吉卜林（Joseph Rudyard Kipling, 1865—1936）。
⑦ 音波的频率所表现的波型。
⑧ 达拉谟的主教。
⑨ 院长，学监（巴夫教授），福克斯先生（司库）。

了一会。后来他们又谈了 Durham 盖电厂的问题。

下午二时半学生会开幕。到的人很多。这次学生到会的共七十余人，内有十人为女生。大部分来了。

李鑫致开会辞，谈了一会会的工作。朱友渔与 Lord Eustace Percy（Vice-chancellor of the University）① 演说。

朱演说时劝大家讨论三个问题，Technological advance，Social security 及 moral uplift②。

Lord Eustace Percy 劝大家不要太注意头衔，尤其是 doctorate③。他说这是最初发生于 Forster of Germany④，后来流传美国，余波到了中国。上次战后英国也有了 Ph. D. 但是英国人对此还是加以隔离。Imperial College 的一张 diploma，比 doctorate 高得多。⑤

散会时摄影。可是忽大雨。等了好一会，雨止，照了相。后不久又雨。

晚饭后在女生住的 St. Mary's College 有一 concert，有 Miss Goh，Mrs. Lam⑥ 钢琴，牛津黄及某君 violin⑦，陈善慈女士唱广东戏。萧乾大鼓。St. Mary 的女士唱 college songs。⑧ 都是自己编了取笑人等等的。

后来跳舞起来。即回。写了一会日记。

1944 年 9 月 6 日

33:9:6（三）阴时雨

早饭后与萧乾，自存，林慰梓，张佩琳，同去 Sunderland⑨。汽车去，三

---

① 尤斯塔斯·珀西勋爵（大学的副名誉校长）。
② 技术进步，社会保障及道德建设。
③ 博士学位。
④ "森林的德国"，意即由德国这乡野之地产生出的博士学位不值得夸耀。
⑤ 帝国理工学院的一张文凭，比博士学位高得多。
⑥ 圣玛丽学院有一音乐会，有高小姐，兰夫人。
⑦ 小提琴。
⑧ 圣玛丽的女士唱校歌。
⑨ 桑德兰。

刻钟可到。这是海边一大城，是造船的工业区。在 Wear 河口。路平坦，没有什么可观。也经过些矿区。Sunderland 只是工业城，无可观。

又乘车到 Seaham①。这是海边。有一点 beach，还没有成为 resort，② 只是看看海，在海岸走一回。

回 Castle 中饭。又与 Warden 谈话。

下午休息片时。二时半与朱友渔别。

我二时半演讲。到了四十多人。萧乾主席。讲国民参政会。讲了三刻钟。答问题半小时。都是英文，没有人说中文。

有剑桥戴贻汾，请我去喝茶，有林恩光夫妇，陈善慈女士及徐国璋等。又会了陈汝铨。

晚在 Union 看报。岑如意女士拉我去打 pingpong③。与萧乾对岑及陈润元。后来又与陈对岑及陈继爱女士。我好久没有打，当然打不好。陈润元是陈铭枢子，打得好极了。

十时回，写些日记。

1944 年 9 月 7 日
33:9:7(四)雨

下雨，不止的下雨。本来决定了到 New Castle 去，早饭后还是去了。同去的有唐统一，李鹗鼎，陈汝铨，区锡龄。陈是浙大，British Council 考选。其余三位是清华、F. B. I. 考取的。

由 Durham 去 N。公共汽车一刻钟一班，时间不到一小时。一路雨，看不见多少东西。只是有一段两边似乎有些小山谷。

New Castle 很大，完全是一个工业城。我们冒雨在市中心大街上走了一会——当然与其他都市的大街相仿。走进了两个书铺。唐、区等对买书很有

---

① 英国港口城市锡厄姆。
② 有一点沙滩，还没有成为度假地。
③ 乒乓球。

兴趣，所以花了不少时候。书铺并不大，我没有看到什么可买的书。

十二时走了两个 cafe① 都得在门口排队。我们到中心 Square 的 Eldon Hotel② 去吃饭。时间未到，先喝啤酒，五人有三人不能喝酒。中国人喝酒的是少。谈了不少问题。

出门已二时余。雨仍大。只得不去看 Jesmond Dene Park③。只是去看看横过 Tyne④ 的半圆形大桥。在上走过去，又下坡，在边上一旋转的小桥回来。圆桥是一九二四年才完成。

乘车回。回时，倦极。午睡了一会。

六时到 Union 听广播。听说今天选举职员，被选的大多是华侨或广东来的。会长司徒惠，副会长区锡龄，英文秘书梁文华（女），中文秘书历汝尚，会计陈润元，庶务马家祺。

晚上 Jack Lawson 来吃饭。British Council 的 Press affairs Tudor⑤ 也来了。Lawson 说重庆天气与 Durham 差不多。饭后在 Union 中请他说几句话。他说他十二岁入矿工作，十二年后到牛津二年，后又回矿。他说他深知 machinery become master⑥ 的弊。中国在工业化，他希望不要成为机械的奴隶。他说话并无系统，随口说去，一说便不停。

八时有一辩论。题为 *Western Civilization is degenerating and has rapidly disintergrated*⑦。梁文华女士与区锡龄赞成，叶宝明、马家祺反对。似乎双方都没有举出有力的理由来。叶有些像温源宁，但却好做惊人之论。结果双方都是十四票。再举手时，双方都是十六票。

十时回，补写完日记。

---

① 小餐馆。
② 中心广场的埃尔登饭店。
③ 杰斯蒙德丹恩公园。
④ 泰恩河。
⑤ 英国文化委员会新闻处的都铎。
⑥ 机器变成主人。
⑦ 西方文明正在退化并已快速分裂。

1944 年 9 月 8 日

33:9:8（五）晴后雨

早饭后九时半出乘两个专车，往 I. C. I. （Imperial Chemical Industries） 的 Billingham works①。Billingham 在 Durham 南，在 Tees 河附近。离开 Darlington, Stockton, West Hartlepool 及 Middesbough 都很近。②

这是制造肥田的种种 Ammonia products③ 的最大的工厂。厂的面积有一千 acres，雇佣一万三千工人。它的原料是煤（Durham 一带有的是）、水和空气，及 anhydrite （calcium sulphate）④ ——这在厂的地下矿中取给。

去的时候，天气非常好。青天无片云，旭日光明。我说大约今天是好了吧。一路经过的不是工业区而是田野。很是美丽。

十时半到厂。咖啡点心招待。分八组出发。我与张自存原先没有签名，临时分组，我属第二组，组长李鑫，领导人名 Rodwight⑤。

厂太大，不能都看完。所以只看一部分，而且各组所看并不相同。这也许一半是由于厂方不愿人看到全部。

我们所看是由电力厂看起。最初是煤煮水成水汽。有十六个大的 boilers⑥，一天得用二千吨煤。煤由铁道火车运来，有升降机运煤上升，导入室内。火气一方面运机成电，一方面为他用。电的 control room⑦ 在楼上。全厂电力都由此室支配。如有必要，可立即断去。

以后一路走 Ammonia Avenue 看 Ammonia 厂⑧。一路的厂很多，也非常的

---

① 帝国化工的比林汉姆工厂。

② 比林汉姆在达拉谟南，在蒂斯河附近。离开达灵顿，斯托克顿，西哈特普及米德尔斯堡都很近。

③ 氨类产品。

④ 硬石膏（硫酸钙）。

⑤ 路德怀特。

⑥ 锅炉。

⑦ 控制室。

⑧ 走氨大街看氨厂。

大。我们有些可进去，有些不能进去。只是走马观花。Ammonia 是 Coke①、蒸汽及空气三种所成。Coke 里的 Eu2，水汽里的氧气，和空气里的 Nitrogen②，将这些气和合，一次次的 compress，最后又 purify③。

中午一时回到 Main Office④，由厂方招待吃饭。后四组已吃过。我们前四组由 Joint manager directors A. T. S. Zealley 及 V. St. J. Killesy⑤ 招待。Killesy 曾在中国多年，与范旭东相熟。饭后他致辞欢迎。司徒致谢辞。

午后去参观 workshops。这工厂本来专为厂方工作，现在则兼为厂外工作，如制造 Roll Royce⑥ 引擎的机体。在里面看了一会。一部分的工作很精细，一部分则靠机器，人人不必熟练。

接着去看 Sulphate⑦ 厂。这里做 Ammonium Sulphate⑧。是以 Ammonia，Carbon dioxide 及 anlydrate 粉⑨ 和在水里。先得将 Chalk⑩ 除去，再将 ammonia sulphate situation 弄干成 crystal⑪，都很快。眼看一面是泥水，一面是泥土转出铲去。又眼看水流入一机，立即成粉。粉到一厂装袋，将麻袋包上，重量一到，自然落下，另一工人由机将袋口缝好。袋即落下装车。

这厂一天出产 am sul⑫ 一千吨。有许多 silo⑬，装不装袋的产品。非常的大，不用高。上是半圆形。可容百万吨。

我有时与工人谈话。说现时每周工作七天，五十六小时，三星期休息一天。一天三班，有时得做夜班。住在数里外，厂方有 bus 接送。空袭多次，有

---

① 焦炭。
② 氮。
③ 一次次的压缩，最后又提纯。
④ 总部。
⑤ 总经理齐利及吉尔莱西。
⑥ 劳斯莱斯。
⑦ 硫酸盐。
⑧ 硫酸铵。
⑨ 是以氨，二氧化碳及无水化合物粉。
⑩ 白垩粉。
⑪ 硫酸铵状态弄干成结晶。
⑫ 硫酸铵。
⑬ 筒仓。

一次落燃烧弹数百颗。可是主要部分始终没有受损。女工都是战时方来。一女工说工作有时有趣，有时极单调，战后她不再做工了。

四时半全体受厂方招待茶点。Chairman of the board of directors——Mr. Fleck 及研究部主任 Dr. Appleby① 招待。Fleck 致辞后又是司徒答复。

下午又下起雨来。四时雨相当大。

晚饭后上楼休息，看 *Goodbye to Berlin*②。天很冷。房内生了火。自存来谈了一会。

今晚楼下饭厅开跳舞会。从八时到十二时。请了些 St. Mary 的女生及她们的朋友。也有男生来做客。十时我下去参观了一时。中国同学能跳舞的居然不少。女生全体都会。男生也有二三十人能跳。这与我的时代是不同了。

十时半夜餐。我喝了一杯咖啡。当时没想到结果。十一时余李鑫道谢后上楼看书。觉得一点都不倦，才想到不应喝咖啡。十二时上床，果然睡不着。到了一时半起来，吃了一颗安眠药，方入睡。

我在此住了四五天，房饭钱一文未花。我与李鑫交涉，他说年会本应付我车费。现在两不算罢了。学生在此，房金每天只一先令，饭钱五先令，一天六先令，实在太便宜了。吃的东西还很好。

1944 年 9 月 9 日

33:9:9(六)晴

早醒六时二十分。天冷极，我想再睡一二十分钟吧。似乎只睡了几分钟，看表已过七时。即起穿衣，拾掇东西。洗脸时自存来。因为两人都没有把握能不能按时醒，所以没有定车。自存为我提提包。

天晴了，由小路下山走溪边，经桥时望河水丛林，上面立着古老的教堂与堡垒，非常的依恋。

赶到车站，车正来。上了车即开。自存三等票，我也进三等。居然得到

---

① 董事会主席弗莱克先生，研究部主任阿普比博士。
② 《别了，柏林》。

座位。在 Darlington 停很久，York 只五分钟。自存下去买点心，方上车即开。再停便是 Peterborough①。

我们在此下。在此站下车，但三时去剑桥的车得在东站开。我们先将行李送到车站。这里离城心不远。Cathedral 即在 Market Sq. ② 旁。我们到大街找一家饭店吃饭。都是得排队等候。问同桌的人此地除了 Cathedral 还有什么可看的，他们说没有了。这是一个商业城。

Cathedral 不是很大。先向上看去，似不齐整，因为一面多一塔尖。后来知道原来是建筑未完成中止。礼堂相当长，不太宽。顶上的天花板漆了画。据说是欧洲最有名的画顶。我们走了一圈。侍役邀人结队上去参观。得签名付钱由他引导。直走到顶上，在露天的晒台上眺望市容。这里是平地，普通的房屋，并无可观。在围廊下望堂内，却有些异感。走得很慢，有些老太太又怕又要上。侍役一路等候。后来要赶车，只有先下。赶到车站，三时车已到了。

由 Peterborough 到 Ely 一路停小站，走了一时余。可是车内并不挤。

由 Ely 到 Camb. ③ 车可挤极了。三等车不能上去，头等也极拥挤。我找到一座，是美军人挤出让我的。

晚上与自存到 Blue Barn 吃饭。访周显承，他出来，钱家福也不在。

回寓休息。听广播时睡着了。看报。

收到的信中，有宋子文来电，说回国川资 2018 元即转国库照汇。电五日发。Study Group 十月结束，此事算了了。可是以后在此，生活费从何处来呢？

今天早起后即颈酸肩酸，头不能转动。晚热水浴，吃了一个 aspirins④。

1944 年 9 月 10 日

33:9:10（日）晴

今天天晴朗，太阳普照。可是晨起很冷，房内只五十四度。

---

① 彼得伯勒。
② 大教堂即在市集广场旁。
③ 由伊利到剑桥。
④ 阿司匹林。

早看报。自存来访。后来刘焕东与中央广播电台的刘铭信，董毓秀来访。他们都是东北人，东北大学毕业。

饭后写了一信与赵志廉，附一电致雪艇、立武，询问今后生活费由何方支付问题。

写日记。

五时往访 Russell，看见他房内客很多，没进去。访自存，不在。

在 Blue Barn 吃饭。老板与我谈战事，说美国人帮中国很多，英国没有。现在开始帮了，因为恐战后商业受了影响。又说战后日本应归中国统治。很怪。恐他不是英人。

写完日记。

看完 Christopher Isherwood① 的 *Goodbye to Berlin*。这本名为小说，实在是一种杂碎，包括日记，Character sketch② 等等。如在二十年前，恐怕不能名之为小说。里面的人物的描写，似乎也很简单。

写信与华及莹。

1944 年 9 月 11 日

33:9:11(一)晴

晨起很冷。天晴，又渐暖和。晨接到华及莹八月十五日左右的信。莹已考取高中。校考的七百人，取了百余人，莹考第九，郭玉瑛第一，方克强第三。家中已闹贼数次，尚未失物，但是晚上不敢睡了。

写完致华及莹信。

看报。

张自存来。与他同去 K. P. 吃饭。寄信。

打了一信致 Roxby③，一信致谭葆慎，一信复 George Parker。

---

① 克里斯托弗·伊舍伍德。

② 人物速写。

③ 罗克斯比。

茶点后往 Trinity College 访 Bertrand Russell，他的夫人及儿子 Conrad[1] 在喝茶。谈了一会，夫人、儿子走了，我忘了时间，到六时他说要工作了，方走。我的毛病，是坐久不走。以后当时时留心。可是他很客气，说我哪一天下午四时半去都可。

谈了中日问题，战后问题。他对于我怕苏联的意思，很是同情。他对于将来世界，很是悲观。他看不出永久和平的希望。他说以后英国是第二等强国了。以后是苏美的世界。欧亚大陆都是苏联的势力范围。英国人如聪明，只有跟苏联走。我说英人肯共产化吗？他说 Stalin[2] 只要人跟从他，并不要人共产。Stalin 是一个保守党，并不信共产，他的政见与邱吉尔差不多。

他说在战后日本的自由党也许可抬头。他有些日本学生，是诚意的自由主义者。他说一个民族的黩武主义是可以打消的。法国自 1875 以后便不是好战的民族了。日本与德国受此教训以后也许可以医了好战的毛病。

他说世界和平要在各国人民生活程度差不多以后。中东欧的生活程度得多年才提高。中国的人民生活，要与欧美一样，恐得百年。我说也许不用吧。苏联在三十年来有了多少进步。他说他在 1920 年以后没有去过。可是他认为苏联的生活程度至今很低。Stalin 不愿英美军入境，即是怕苏联兵士看到英美军人生活是如何的。我说如此他亦不愿苏人到英美了。他说，正是的，除了些最可靠的信徒。就是这种人，回去也常常被 liquidate[3] 了的。

他问我对战事结束的意见。我说德国早则十月，迟则十二月可败。他说十月太早，至早十一月。因为军队接济不易。德军死守各港，用意是深的。对于日本，他说美国必不让日本保留海军，宁可多打一年。

访 George Williams，谈了半小时。访蒋硕杰。

晚饭时将我放在一桌上，另有二女子，也彼此不识。她们闲谈起来，谈诗，谈美国人。一位是大学生，一位是太太，知识都不差。

---

① 剑桥大学三一学院访伯特兰·罗素，他的夫人及儿子康拉德。

② 斯大林。

③ 清算。

晚听广播。打信与韩家学。J. E. C. Francis①。写信回周书楷。

1944 年 9 月 12 日
33:9:12(二)晴

晨早饭后 Crwys Williams 来。我出示叔华所著书等等。

马润群来访。邀我去喝咖啡。在路上遇到戴贻汾，也同去。到 Dorothy
Cafe②。这是一间大屋，在楼上。卖票，一先令一客。有乐队，有所谓 cafe
dance③，顾客大多是青年男女。

十二时回，自存在座。与他同时到 K. P. 吃饭。饭后访蒋，少坐。同到河
水去撑船。在学院后身撑了二时半钟。这里河底浅，比较容易。稍有进步。
天气极好，有微风。

六时回。换了衣，到 Downing College，访 Crwys Williams。到 Hall 吃饭。
Senior fellow 是 Mr. Bailey④，化学。特约了 Lewis 同坐。Lewis 有胃病，什么也
不能吃，不能喝。饭后到 Combination Room，今天有 Port⑤。本来星三是待客
日，今天特因我提前。

与 Lewis 谈到九时。他对于十年来的文学，说并没有什么人或什么出品。
他说小说在 Twenties⑥ 是有成绩的。那时有 E. M. Forster, James Joyce, D. H.
Lawrence, Virginia Woolf⑦ 有些东西也写得很好。Thirties⑧ 便没有什么可看的
作品了，不论小说或诗。这时期中的最有才气的人是 W. H. Auden⑨，可是他
的见解，始终是中学五年级，没有长进。这时期的人都是为世界政治经济所

---

① J. E. C. 弗朗西斯。
② 桃乐茜咖啡馆。
③ 咖啡舞曲。
④ 高级研究员是贝利先生。
⑤ 波尔图葡萄酒。
⑥ 20 世纪 20 年代。
⑦ E. M. 福斯特，詹姆斯·乔伊斯，D. H. 劳伦斯，弗吉尼亚·伍尔夫。
⑧ 20 世纪 30 年代。
⑨ W. H. 奥登。

惑，可是大都的见解，没有超出中学。

现代文学中，T. S. Eliot① 是了不得。他不断的在发展。他写了些东西，许多少年都模仿他，可是他已经到上面去了。一个诗人不断有进步的，英国找不到第二人，除了莎翁。

至于戏剧，他说什么人也没有。他说如讲十七世纪以后的英国戏剧一概失去，也并不少了多少。Shaw② 的东西是社会讨论，不是戏剧。他是 1914 年出中学，即加入欧战。他回来时，对于 Shaw，Wells，Bennett，Galsworthy③ 即觉得是两个时代的人。他们对于当代青年没有贡献了。

美国的作家，他说 Dos Passos④ 是有些贡献的。

他对于牛津英文系必读 Anglo-Saxon⑤，深不以为然。他说 Anglo-Saxon 并不是英文，而且里面也没有什么文学巨著。为了 Anglo-Saxon 花去不少时间，他觉得不值。至于 Chaucer，可以说是 Modern Eng. ⑥ 了。（Bailey 问 Chaucer 是不是 Anglo-Saxon。）

他说 Waley 的译诗是很好的英诗，放在任何现在英文诗选中，仍是好诗。他很奇千万年前的中国人，思路与现代英人相应和。他说对于中国艺术，他很钦羡。中国文化他可以了解。印度便不易了解。

他说 Mrs Lewis 是 Jane Austen 的 authority⑦。她有些著作，对 Austen 认识至深。Jane 的书札，世界未观全本。有许多不 respectable 的话，Austen-Leigh⑧ 都不但删去，而且剪去了。他说 *Emma* 是 Austen 最完美的一本书。书中一切都有一个 angle of view⑨，从 Emma 自己看来。*Pride & Prejudice* 仍觉 uneven⑩。

---

① 诗人托马斯·斯特恩斯·艾略特（Thromas Stearns Eliot, 1888—1965），英国诗人、文学评论、剧作家。
② 萧伯纳。
③ 萧伯纳，威尔斯，本内特，高尔斯华绥。
④ 约翰·多斯·帕索斯（John Dos Passos, 1896—1970），代表作《美国》三部曲。
⑤ 盎格鲁撒克逊。
⑥ 至于乔叟，可以说是现代英语了。
⑦ 刘易斯夫人是简·奥斯汀的权威。
⑧ 《简·奥斯汀传》的作者詹姆斯·爱德华·奥斯汀·利删去了许多"不敬之言"。
⑨ 视角。
⑩ 《傲慢与偏见》仍觉不均衡。

他说 Tolstoy 是世界最大小说家，*Anna* 最佳①。

九时与 Williams 听广播。回寓看报。看 *Indigo*②。

1944 年 9 月 13 日

33:9:13（三）晴

早看报。

写了一信与萧乾，一信复右家。

到银行取钱。

Crwys Williams 在 Arts 请吃饭。座中有 Snaper③ 夫妇。Snaper 是历史教员，现在在写历史书及看考卷。他说考卷中笑话很多。他认为青年应多读 Social history④，政治史不能了解。

买戏票。写昨天日记。

茶后往访自存。五时余访 John Hayward，谈了一小时。他对于一切都感兴趣。很好奇。我说起 Skinner⑤ 的诗，他说此诗得奖，其实并没有什么好。十八世纪的风味是一种技巧，不难学到的。我说到 Alexander⑥ 带诗稿到嘉定，他说他不知道这诗真是寄出的。我说字写得很秀丽，他说这可以料到。写这种诗的人一定写秀丽的字。忽然问 Skinner 与 Alexander 是不是有同性爱的关系。我说不知道。他说很可能的，诗中似乎可以看出来。

晚去看戏。是 *Claudia*⑦。另请了自存。这是写 Child wife⑧，我曾看过电影。三个主角还不错。

请自存晚饭后回。

---

① 托尔斯泰是世界最大小说家，《安娜·卡列尼娜》最佳。
② 《靛蓝》。
③ 斯内普。
④ 社会历史。
⑤ 斯金纳。
⑥ 亚历山大。
⑦ 《克劳迪娅的背叛》。
⑧ 老夫少妻。

看杂志。

1944 年 9 月 14 日
33:9:14（四）阴时雨

晨看报。

午饭起看，Marquend's *The Late George Apley*。到晚上看完。中间跳了不少。这是以传记的写法，写一个 Boston① 的世家。里面没有什么情节。只是这一个人的生至死，而且是一个很平常的人。可是作者将一个人的青年及老年，环境与空气，家庭的观念，都写出来了。一个思想很守旧的人，却很可爱。这样一本书，当小说看实在是没有很大的趣味。作者的文笔，他的讥嘲，却极可喜。

晚饭时遇马润群。他带我到他寓所坐谈。他出示他们为王云五所编的杂志。我托他在伦找房，他已找到一所，约了星期一去看。

1944 年 9 月 15 日
33:9:15（五）阴时雨

晨看报。

中午去 Boots 换书。借了 Cole 夫妇所著的 *Toper's End*②。

午后去剪发。买了七八本书，如 Shaw 的 *Everybody's Political What's What*③ 等。

四时余自存来。与他同去访罗素。他的儿子在那里，要拉他去到河水放船。那时天雨，他说要与客人谈话，天晴才去。他太太来了，要他为房子事签字等等。等了一会，他太太说可不可以请他的朋友等一会来谈，因为房子等等的事太多了。我们当然即辞去。回寓喝茶。

---

① 波士顿。
② 科尔夫妇的《托普的尽头》。
③ 萧伯纳《每个人都是政治人物》。

今晚七时约了 Geoffrey Parker① 在 K. P. 吃饭。但 K. P. 因这两天 New Market② 跑马，没有定到座，改在 Arts③，得七时半方有。先与 P 在 Boots 走了一会。饭后他将车送我回寓，又坐了一会，到十时方去。他对艺术很有兴趣。战后想到中国去。他说他不愿在战时去中国。如以空军军人资格去，所看到的恐不是所想看的。他对于 Bernard Shaw 很有兴趣，曾收他的全集。据说 Shaw 的 Collected Plays④ 等等，现在得卖四五镑一本。

我给他看叔华的小幅画。他的鉴赏力很不错。

看 Cole 的书，到近一时。

1944 年 9 月 16 日
33:9:16(六) 晴

早饭后钱家祺来。他今天回伦，月底以前拟再来一次。他说他打算研究 nuclear physics⑤，可是剑桥的这方面专家，都到美国做战时工作去了。所以他打算到 Liverpool 去看看。因为英国对于这方面有研究的只有 Cambridge, Liverpool, Manchester, Birmingham⑥ 四校。他说如是何不到四校都去看一看，并不多走多少路。

自存来。约了同去游 Ely。与钱同走到汽车站，别。

公共汽车并不挤。自剑桥到 E 走一小时。十一时开，十二时到。一路经过，都是平原，田畴。近 E 时有两个大飞机场，场上停轰炸机很多。

Ely 是一个小城，只有一条大街。High St. 也并不热闹。Cathedral⑦ 是十一世纪开始建筑，十三世纪完成。前门一面一大高塔，一面两个小塔，并不

---

① 杰弗里·帕克。
② 新市场。
③ 剑桥大学艺术学院。
④ 萧伯纳的戏剧集。
⑤ 核物理。
⑥ 剑桥，利物浦，曼彻斯特，伯明翰。
⑦ 大教堂。

对称。细看，原来大塔在中，两面都有二小塔。一面是塌了，以后便没有再修复。中间是一八角亭，很是别致。这礼拜堂相当深，却并不大。旁面现在没有 Cloister，只有 cloister garden①，不能进去。这里一带建筑很古，有旧城风味。

有 Choir School② 中的小学生二人来与我们谈话。领我们走到河边。此间城是小山，Cathedral 在山上，河在山下。可是附近是些厂房及贫民住房，没有剑河风景。

到 High St. 一家咖啡午饭。除了 spam③ 外，没有什么吃的。

饭后又到 Cathedral 边的 Lady's Chapel④ 一看。这是英国最大的 Lady's Chapel（据说），但并不美丽。

在 Park 里走了一圈。这很小，而且有一群牛在内，正在挤奶。

三时乘车回。四时到。自存到我寓吃茶。闲谈到六时余。他谈陆德利的反英行动，及种种奇怪的行动，很可笑，似乎是神经有毛病。

晚，看 *Toper's End*，到一时看完。

Double Summer Time⑤ 今天完毕。睡时将钟拨晚一小时。所以一时睡成了十二时睡。

今早六时醒。六时一刻左右有警报，到处都在拉。不十分钟即解除。后来知道今早又有 flying bombs⑥。可是说是自空中放出的。

1944 年 9 月 17 日
33:9:17（日）晴

上午看报。

---

① 回廊花园。
② 唱诗学校。
③ 斯帕姆午餐肉。
④ 女士礼拜堂。
⑤ 英国于第二次世界大战期间使用的"双夏令时"，即每年春季至秋季使用东二区时间，秋季至次年春季使用东一区时间，全年均不使用格林尼治时间。
⑥ 飞弹。

午后三时自存与硕杰、应宾来。约了同去坐船。今天天很好，可是不是夏天了，游人便不太多。船也租到。Barn①那里喝茶的人也不拥挤。坐太阳中也不太热。坐了一时余。回寓已六时余。

饭后回寓，写日记。听广播。联军降落伞队在荷兰降落。据说自有战争以来，这是最大的降落队出攻。

1944 年 9 月 18 日
33:9:18(一)晴

早饭后收拾东西。乘车到城中，取杂志，换书。乘十时二十分车去 King's Cross②。早二十分到，头等车已无空位。但三等很空。因持头等票去三等。半路看到不少飞机滑翔机。

十二时半到伦。到 Mount Royal 住 468 号房。即去新探花楼。

谭葆慎在此请客。原来是请 Lady Seymour，另有 Lady Cunliffe Ower 及 Lady Cornford（？），Cunliffe（Sir James Cunliffe 之子）③ 及钱家祺。

Lady Seymour 回来已有数月。她不回去了，因为 Sir Horace④ 要调回来了。据说仍调回原职（assistant under secretary⑤）。我说他在华两年，与华方人士方才熟悉，换一新人去，又得重来，岂不可惜？Lady Seymour 说她也向 Foreign office⑥ 如此说。可是现在英国懂得中国的人真是少，几乎没有。而中国将更重要。这也许是调回的原因。可是她在中国可以有用，在此什么用也没有。

饭后想去买明天的 *Peer Gynt*⑦，请萧乾，谁知早已卖完了。买了一张今晚的 Priestley⑧。

---

① 蓝谷仓咖啡馆。
② 伦敦国王十字车站。
③ 西摩女士，另有坎利夫·奥厄女士，及康福德女士（？）、坎利夫（詹姆斯·坎利夫爵士之子）。
④ 贺拉斯爵士。
⑤ 部长助理。
⑥ 外交部。
⑦ 《培尔·金特》。
⑧ 普里斯特利写的戏的戏票。

访秉乾。在他那里坐了一时余，看了一会新到的《大公报》。

他说为我在 Bloomsbury① 找到一房。五时后带我去。是在 Guildford St. ② 一家的顶楼上。房主 Evans③ 是 B. B. C. 职员，要去 Ireland④ 一年，可以让到明年六月。他的家具是为住家用，书籍很多，并不带去。而且他是不是能动身，也不定。他说星期三午前通知我。

与秉乾别。秉乾曾劝我暂时仍住剑桥。他示我新闻管理系主任所出通告，说 V2⑤ 已在伦降落数次，但不能刊布。他自己仍住 Bishop's Stortford⑥。

到 Apollo 戏院去看 Priestley 的新戏 *How Are They at Home*，是一个 Comedy。⑦ 里面演美国军官的最有趣。他住到了一个贵族别墅，一切都觉得莫名其妙。'I do not get hang of it.'⑧ 以他来衬出抗战时代英国贵族的突变（Lady⑨ 在兵工厂做女工，请同事吃饭。）

回寓吃饭。遇显承。他今晚到 Devonport⑩ 去，托我为他结束剑桥的房子。

看杂志。

开始看 Cole 的短篇侦探 *Wilson and the Others*⑪。

1944 年 9 月 19 日

33:9:19(二) 阴时雨

早晨起洗浴时，得 Boyd Smith⑫ 电话，说王教授今天下午六时半可到。

---

① 布鲁姆斯伯里。
② 吉尔福德街。
③ 埃文斯。
④ 爱尔兰。
⑤ 纳粹德国的 V2 飞弹。
⑥ 伦敦附近的毕肖普·斯托福德。
⑦ 到阿波罗戏院，看普里斯特利的新戏《他们在家怎么样》，是一个喜剧。
⑧ "我不得要领"。
⑨ 贵夫人。
⑩ 德文波特。
⑪ 科尔的《威尔逊和其他人》。
⑫ 博伊德·史密斯。

早饭后到大使馆，访施德潜，谈了一会。他也因 Quebec 会议①没有请中国及提到中国，很是难过。说到夫人到美，他提到她以前不该让孔令仪主持一次。也提到孔家第二子又到英国来了。

访钱树尧、陶寅。也说了一会话。

归途买了两双袜子。（因为发现脚上的袜有一大孔，而我又没有带袜子来。）在 Selfridges 的 Snack Bar② 吃饭。没有什么可吃的。

下午四时往中宣部访赵志廉。与他谈找房设办事处问题。他说昨天看的 Guildford St. 地点不佳，而且住房做办事处也不适宜。

五时半动身往 Euston 车站。车应六时一刻到，在 Rugby 已迟了六十分。钱、陶二人来了，说不能久等，即走了。我一人到附近一茶店喝茶。到近七时，茶店关门了，只得出来。走到车站，一看牌子写了迟三十五分到。一问已经到了，而且客人纷纷出站。我想也来得太迟了吧。

车边的人已不多。一路走去，愈看愈少。最后居然看见了方重与张资珙。其余范存忠、张汇文、殷宏章还是初次见面。British Council 的人说在 luggage van③ 附近等候，可是行李工人却将他们送往大门去。寒暄了一会。我又去寻找，走回时遇到 Boyd Smith，Salisbury 及 Mr. Lake④ 等三人。我介绍了他们。

British Council 有车二辆送他们到 Kinghtsbridge 的 Basil St. Hotel⑤。到后说了几句话，Boyd-Smith 等即别去。

这是一个英国式的旅馆，比 Welbeck⑥ 稍进步。住的也是老太太一类人。我在那里与他们吃饭。饭后在客厅坐谈至十时半。

他们八月十九在重庆动身，今天到达，在路正一月。开罗以前是乘飞机，以后是乘海船，是一个很大的护航舰队。他们到此后待遇种种，都不知道，

---

① 1944 年 9 月 11—16 日在加拿大魁北克召开的国际会议，此次会议未邀请中国参加。

② 在塞尔福里奇的小吃店。

③ 行李车。

④ 博伊德·史密斯，索尔斯伯里，及莱克先生。

⑤ 骑士桥（奈茨布里奇）的巴兹尔街饭店。

⑥ 维尔贝克。

我将此所闻的一切及牛津、剑桥情形与他们谈了一谈。

回到寓已十一时余。看了一会 Cole 的书，即睡，谁知睡不着。又看书，到二时方再睡。

1944 年 9 月 20 日
33:9:20（三）晴

上午看报。打了不少电话。定了中午，请王教授在上海楼吃饭。找中国银行李德燏陪，半小时方打电。他不能来吃饭，但允饭后来。萧乾今天不舒服，不来伦。大使馆钱、陶二人出门去了。只找到了周厚复及刘圣斌。

周与王人都没有见过。倒很热闹。饭后李德燏来。又谈了一会。

饭后带他们先在 Foyles① 看了一会书。接着陪他们去拜访各机关。

先到大使馆。先由傅，后电施招待。少谈后我带他们上楼，参观"总理蒙难纪念室"。他们都说这太不像样子了。访钱、陶等许多人，一个人也没找到。此时已四时，难道谁都有事出去了？

次到领事馆。谭、何、戴、祝全体同时出来陪坐。请我们喝茶。谭与张资珙是同乡，同一 fraternity② 等等。

次访武官。周、唐二人在那里。少坐即出。

到中宣部。赵志廉及 Whymant 在，刘圣斌也在。谈了一会。赵、刘陪大家到 Regent's Park 去散步。

七时半刘圣斌请吃饭。也有周厚复。

九时余警报。出饭馆不远，即听飞弹在上空飞过。没有听到爆炸声。

在地道遇澳洲访员 Mr. Farmer③。拉了我们谈了一会。

回寓，写信与雪艇、立武。

---

① 福伊尔书店。
② 兄弟会。
③ 法默先生。

浴。

1944 年 9 月 21 日
33:9:21（四）晴

上午看报，打电话。写完致雪艇、立武的信。誊清。

中午吃饭遇郭武官。他说英国方面疑心他们是来侦探军事秘密，所以顾大使告他们不必去办公。三个人现住三个不同的地方。

午后三时去 New Theatre① 买戏票，等候半小时，星期六票已没有，恰巧有两个小包厢可得。

到 School of Oriental Studies。Dr. Edwards 及 Sterling 在招待②教授们茶点。今天只到了方、范、张汇文三人及周厚复。

我陪他们去访王景春。谈话几一小时。王说他在美留下七八年，任留学生监督三年。在英自 1932 来此，已十二年，他在双方住的日子一样长久，所以并无什么偏向。他说英国人在许多地方，真可佩服。如战事发生时期儿童疏散，一点点的小孩子大批到车站，送出去，有条不乱。民众领面罩，都是义务职员在帮忙。英国人说他们是 muddle through③，在他看来，英国一切有组织，决［绝］不是 muddle through。

辞出后走 Westminster Abbey，Parliament，Westminster Bridge，Whitehall，Downing St. 等等。到 Trafalgar Sq.④ 回到他们旅馆。

晚七时同到大使馆赴宴。施德潜做主，傅、钱、陶三人作陪。施请我坐他对面。饭后又少坐方散。

写信与华及莹（47）。

---

① 新剧院。
② 到伦敦大学东方学院，爱德华兹博士及斯特林在招待。
③ 终于应付过去。
④ 走威斯敏斯特教堂，议会，威斯敏斯特桥，白厅，唐宁街等等。到特拉法加尔广场。

1944 年 9 月 22 日

33:9:22(五) 阴

晨写完家信。往大使馆访施德潜。他昨晚请我双十节开会时说几句话。我问问开会的时间及到会是什么人。他说完全是中国人，没有外人。

访赵金镛，托寄信。吴权，及郭则钦，托他们代找办公处房屋。

访陶寅，他说 British Council 送中国 fellowships① 五十名。因为限制学生出国，所以想在此选多少人。教部也赠伦敦研究中文的 scholarship② 五名，牛津五名，每名 375 镑。我问为何无剑桥，他说也不明白。这歧视我觉得很奇怪。教部决定这种事，并不征求别人意见。如我在此，完全不知道，很是可惜。

中午中行李德熵请客。王教授外，有行中的 Gray 及理君，及 Midland Bank 的 Wood③。他们五人今天到中行去访问并开户。他们出来时，一人可以买外汇五百镑，大都尽量的购买了。

饭后到 Foyles 去看书。到四时。方、张（资）回寓。我陪其余三位到 B.B.C. 去访 Empson④。有龙太太与 E 夫妇会谈。看了一看，实在没有很多可看的。喝了些咖啡。

五时半到 British Council。今天是对五人的 reception⑤。请的人很不少，我认识的人，有 John Dugdale, Sir John Pratt, Sir John Cumming, Redman, Bernard Hand, Dodds, 萧乾, 林慰梓, 梁文华, 陆地理, 赵志廉, Richter 等。协会方面有 White, Parkinson, Harvey, Ogilvie, Boyd Smith 等等。记者也到了不少，不止的摄影。White 致欢迎辞。等了一会，方会致答。

七时完毕。Empson 及另外二人请他们五人及我去德国饭馆 Schmidt⑥ 吃

---

① 研究员职位。
② 奖学金。
③ 格雷及理君，及米特兰银行的伍德。
④ 燕卜荪。
⑤ 接待会。
⑥ 施密特。

饭。张汇文与 Empson 谈政治，Emp. 窘极。一路说不知道。我问他近十年有没有文学杰作。他说实不易说。他觉得 Auden，是此时期中最重要作家。近十年虽然没有杰作，也并不显颓唐。

八时半又有警报。九时回。

看报。杂志。Cole。

1944 年 9 月 23 日
33:9:23（六）晴后阴

我住的房间没有灯台，夜间看不清。与 housekeeper① 交涉，请赐一灯台，她不能做主。因下楼与账房交涉，或移灯，或移房。他们让我移房，给我钥匙几个让自挑。有几间也无灯台。448 号有灯台，且有小写字桌。而且虽在门，并不临街，对面有一大片天，所以光线较好。只是椅子最少。即决定迁入此房。自己搬了过去。

看完 Cole 的 *Wilson and the Some Others*② 一书。

一时赵志廉在上海③请客。王教授外又是刘圣斌及周厚复。

三时回。倦极。午睡了一时许。

四时半出门，走 Hyde Park 中，沿 Serpentine 到 Knights Bridge④。

与五人到 New Theatre 看 Shaw 的 *Arms & the Man*。这戏的角色，是 Sybel Thorndike 演母，Nicholas Hannen 演父，Knighton 演 Rainer，Joyce Redman 演 Lurka，Ralph Richardson 演 Bluntschili，Laurence Olivier 演 Sergius。⑤ 真是珠联璧合，没有一个人不是好。Shaw 的 wit⑥ 至今还一点都不陈腐。我满意极了。

---

① 女管家。
② 《威尔逊及其他人》。
③ 据推断为前文所记的"上海楼"菜馆。
④ 走海德公园中，沿蛇形湖到骑士桥。
⑤ 到新剧院看萧伯纳的《武器与人》。西碧尔·索恩迪克演母，尼古拉斯·汉嫩演父，奈顿演雷纳，乔伊斯·雷德曼演露卡，拉尔夫·理查德森演布伦兹齐利，劳伦斯·奥利弗演瑟吉厄斯。
⑥ 萧伯纳的才智。

范原与我同一厢，他们也很满意。

到香港楼吃饭。让他们做东。

晚回寓，遇显承及 Alexander Bellamay①。在楼下谈话。与他们同坐。Bellamay 战前在 Penang②，认识徐悲鸿。他打听如何可以买到他的画。谈到十一时余方散。

看完报已十二时余。

1944 年 9 月 24 日
33:9:24(日)雨

八时醒。起来取报躺床上读，又睡着了。

早饭后又遇显承及 Bellamay 夫妇，及美国的 Commander Wallis③ 谈了一会。显承请我们去他房喝酒。Wallis 幼年时曾在芜湖住了一年。他现在还想去。他说这五十年是苏联的世界，五十年后是中国的世界。

午后补写这一星期的日记。

七时与显承到上海楼，应三位武官之邀。但主人只到周应聪、唐保黄二人。客人王教授外，有施德潜、赵志廉、刘圣斌。说话倒是刘圣斌最多。

晚看杂志。浴。十一时警报。不久即闻飞弹在上过，声很大，但无爆炸声。

1944 年 9 月 25 日
33:9:25(一)阴

晨五时余醒。五时二十分有警报。后来远远闻飞弹声不大，但爆炸声不小。不久即解除。

---

① 亚历山大·贝拉美。
② 马来西亚槟城。
③ 军官沃利斯。

以后一睡，醒已近十时。早饭后会到显承及 Mrs. Bellamay，谈了一会。回房看报。

十二时半与显承动身去新中国楼。他请王教授，有使馆钱树尧、吴权、郭则钦作陪。剩客出来，用 Leica① 照了九张相。

饭后往访萧乾。喝茶，看《大公报》。中央社新闻中载参政会九月底结束，改选时增加五十名，三十五名由省市选，十五名由中央指定。明年一月新会成立。

五时许炳乾与我同回旅馆。等到六时，没有人来（他们说五时半来），他即去。等了一会方重与张资琪来。带他们去访显承。

晚王景春请他们。由显承，我及郭副武官作陪。饭后在 lounge② 坐了一会。谢主人后我们又到显承房中少坐。九时半辞去。

1944 年 9 月 26 日

33:9:26(二)

本打算乘十时半车回剑桥。要 Hall Porter③ 在八时半叫我，故放心睡，谁知叫我时已九时了。想赶车，看时间表。这是慢车，一时方到。不如乘十一时五十分的车，一时二十分亦到。

早饭后看报。十一时余到车站。并不很挤。一时半到剑桥。即去车站的饭厅吃了饭才回寓。

到银行取钱。Arts Theatre 有 T. S. Eliot's *Murder in the Cathedral*④。去买票，居然星六还可买到楼座第一排。取杂志。

到显承寓所，房东不在，不能结束。可是代他将他东西取回。他这房子的原住人，一个医学生没通过，得回来再读，所以不能再租。

---

① 莱卡相机。
② 休息室。
③ 旅馆勤杂工。
④ 艺术剧院有艾略特的戏《大教堂谋杀案》。

我的房东说十八号有空房。六时与自存去看，说没有。十七号房东与自存相熟，她为说项，也无结果。

晚自存请吃饭，在 Arts，另有沈元在座。饭后到自存处谈到十时余。沈元福建人，也是 British Council 派送来英。样子有些像年轻时的曾仲鸣。

回寓看杂志。

1944 年 9 月 27 日
33:9:27（三）晴，阴时雨

晨到显承房东处为他结账。回寓收拾行李。

近一时到 Heffer① 买了一本 Eliot 的 *Murder in the Cathedral*。购车票。

Roxby 夫妇在 Bath Hotel② 请吃饭，座中有张明觉。

出门时雨很大。到书铺买了几本书，雨止天晴起来了。搭三时半车去伦。沈昌与自存来，送我去车站，为我各提一件行李到车站。（昨天去车行雇车，雇不到。）

到 King's Cross 已近五时半。雇车回旅馆。因另搭他处，多走路，到已六时。因将行李交门房。

赶去 New Theatre。方重等买了一个 Royal Box③，请我看 Ibsen 的 *Peer Gynt*。他们只来了方、范、张汇文三人。这戏完全是一个 fantasy④。里面有鬼怪，有疯人，有种神秘，我看了完全莫名其妙。布景也是很 fantastic⑤。演 Peer Gynt 的为 Ralph Richardson⑥，几乎从头到底是他一个人在说话。戏分三幕。很长。完毕已九时余。

到香港楼吃饭。今天的菜特别好。十时半方出。回旅馆已十一时了。

---

① 赫弗书店。
② 罗克斯比夫妇在巴斯饭店。
③ 王室包厢的票。
④ 奇幻剧。
⑤ 奇异。
⑥ 演培尔·金特的为拉尔夫·理查德森。

1944 年 9 月 28 日
33:9:28（四）阴晴

　　早饭后张汇文来。同去众议院。今天邱吉尔报告战况。我们约了去旁听。他去找 McCoquedale，我去找 Dugdale①。到得很早，十二时半即进门②。等到十一时 Dugdale 来了，说他只弄到一张票，还是 McCoquedale 得到的。我起先没说定要来，昨天他接了电报，又不知几个人来。他说如要听邱吉尔说话，得先一星期即通知。我说先一星期，局外人如何知道何时说话呢？

　　我当然让汇文去，即辞出。打电话去使馆，施已去旁听，钱说使馆没有办法。回到旅馆，接到一个电话条子，说有下议院入场券了。此时已过十一时半。即雇 taxi 赶去。进普通旁听席，还得签字写地址等等，进去时，正是艾顿在答问。邱吉尔已在座。

　　十二时余丘起立说话。并没有多少鼓掌叫好。我坐的地方正可看到他的头，和他面前摆在桌上的稿子。稿子很厚一大叠［沓］。上面写的字，很大，只有几行。可是他得说好一会才将一张从右放到左（仍旧有字一面向上），足见这是一个大纲，并不是写好照读。他说得慢慢的，有时亦有些结。听得很清，因为访员席及普通旁听席有好多扩音器。因此反而比特别旁听席好。

　　他一小时说的都是战局。说诺曼底登陆时，二十四小时内即有二十五万人。二十天内即有百万人。现在在法国的有二三百万人。他对于缅甸战局，说美国方面很误解。Imphal③ 战事非常大，是盟国与日本陆上作战规模最大的。牺牲极大，成功极大。他说印度中国间的空运比滇缅路的运输量多了好几倍。他说中国经了七年苦战，最近有几次败绩很使人丧气。他说打败德国

────────────

① 他去找麦克科克戴尔，我去找达格代尔。
② 从后文看，似应为"十时半进门"。
③ 印度英帕尔。

后，英国将全力到东方作战。

对于欧战，他不像过去那样乐观。他说虽然许多专家们说欧战年内可结束，没有人，尤其不是他，能保证明年不再打几个月。

到一时，他停下来，请求午饭休息，再继续。

我与汇文到上海楼。三位武官，唐保黄、郭汝槐、田某等在请客。只有张资珙未到。另有赵志廉。

三时去 Salisbury Sq. Allied Book Centre① 参加开幕典礼。Ernest Barker 主席，教育部长 Butler，某国教育部长 Dr. Summerfelt（？），Prof. Gilbert Murray，Dr. Esdail② 等演说。Murray 八十多岁了，很弱，可是头脑仍很清，说话也很清晰。Allied Book Certre 可容百万本书。由政府及私人、图书馆等在各地收集新书及旧书，将再分配与英国各处及欧洲与其他反战祸的国家。这是盟国教育部长会议所产生的一个结果。说话总共不过一小时。

在这里遇到 Richter，他介绍我见 Butler B，说如有需要，要他帮忙的地方，可以去找他。

四时半到 Durrant's Hotel 去访 Prof. Rennick③。先会到他夫人。喝茶。Rennick 回来了。范雪桥后到。R 与范在中国见过，相当的熟悉。R 到嘉定去住过二星期，见过叔华。叔华还送了他一张山水。可是他对武大的印象似乎不深，或是不佳。他没有说什么。只是大称赞厦门大学，尤其称赞萨本栋④，说他是 'the best man he has met in China'⑤。

回寓休息。

七时半我请 Rennick 夫妇在上海楼吃饭。请方重陪。方重要参加做主人。

---

① 索尔斯伯里广场，联合图书中心。
② 厄内斯特·巴克主席。教育部长巴特勒，某国教育部长萨默费尔特博士，吉尔伯特·默里教授，埃斯戴尔博士。
③ 杜兰特饭店去访雷尼克教授。
④ 萨本栋（1902—1949），现代物理学家、教育家。1922 年赴美留学，1927 年获麻省伍斯特工学院理学博士。1937—1945 年，任厦门大学校长。
⑤ "在中国见过的最好之人"。

回寓看杂志。

33:9:29（五）阴晴

　　早饭后将代周显承带来东西送去。打电话与 Marston①，他说 Richter 完全听错了他的话。他的房子二三个月内不能定呢。

　　到 Hampstead 的 Arkwright Road② 去看房子。即是诗人 Rickword③ 的夫人是老板娘。房子很大，可是有十几个人住在里面。有两间空房。都要三个半金尼。我看完了一间大的。付了定钱。可是归途又后悔。因为人太多，不是所希望住的地方。再则现在 Office④ 没租定，我不能住在郊外。三则战事未了，秘密武器还可有，还是以住 Mount Royal 为比较安全。

　　早吃了饭，即去火车站，搭二时二十分车去剑桥。我到时早四十分，火车已差不多满了。方重定这车走，车上找不到。四时车到剑桥。

　　一身材高大的白发老人问我是不是方教授，他说他是 Master of Trinity⑤。他一人自己来接。我说与方约了同来，可是没找到他。他约我稍等候，同找方。走到车尽头也没见他。我说三时三十一分另有一趟车来。话方说完，车来了。又等了半天，走来去时果然看见他了。方重还以为是二时二十分的车呢。

　　Trevelyan⑥ 有车在外等候。他本说送我回去，又约我同去喝茶。到了 Trinity，就到 Master's Lodge⑦。他的房子真大。Drawing Room⑧ 在楼上，更是

---

① 马斯顿。
② 到汉普斯特德的阿克赖特路。
③ 里克沃德。
④ 办公室。
⑤ 三一学院的院长。
⑥ 乔治·麦考莱·特里维廉（Greorge Macaulay Trevelyan, 1876—1962），旧译屈威廉，英国著名史学家，1940 年起任三一学院院长。
⑦ 院长住宅。
⑧ 起居室。

大。另有 Prof. Broad① 在座。B 是 Trinity Bursar②，管理接洽照料诸事。Prof. B 是 Psychical Research 会③ 的前任会长。方重对此很感兴趣，昨天曾到 Society④ 去访问。所以谈鬼。Trevelyan 问方打算作何研究。他说第一学期拟 general reading⑤，第二学期研究诗，同时拟继续译 Chaucer。⑥

他们送方到他的房。这是 J. R. M. Butler 的房，有书房，饭厅，睡房，澡房等。书很多，多历史及文学。不过 Butler 十一月中须回，方将另找他房。这房即在 Master's Lodge 的间壁，左邻 Russell's 房⑦。

Broad 有信致方，说在校的待遇。住房，饮食，以及 Combination Room 喝的酒，都是学校供给，并不取费。Boyd-Smith 对他们说每三月送百五十镑。这钱完全是做零用的。

六时，方与我同回寓，坐谈至七时。中间张自存与沈元来访。

晚到 K. P. 吃饭。回寓写了一周日记。看报。

十时有警报。不久即解除。

1944 年 9 月 30 日
33:9:30(六)晴阴后雨

晨自存来。

写了一信与 Mrs. Rickword，说暂时不能去住。去邮局寄信，取杂志，买车票。到 Boots 换书。回寓看报。

十二时半去访自存。林慰梓来了。与他们去访方重。中午在 Arts 请吃饭，他们另外邀了蒋硕杰、王英宾。饭后到自存处。周厚复来了，这是他第一次

---

① 布罗德教授。
② 三一学院财务主管。
③ 心理研究学会。
④ （心理研究）学会。
⑤ 一般阅读。
⑥ 乔叟。
⑦ 罗素的住房。

到剑桥。

同去撑船。雇了两个 punt①。大家都轮流的撑。到了九月底，河上已没有多少人了。空船很多。到 Grantchester，Orchard② 也没有几个喝茶的客人。

六时半回。林、沈与蒋、王同去。我们在 King's③ 散步。七时自存请吃饭，去 K. P.。

八时我请方重在 Arts 看 T. S. Eliot's *Murder in the Cathedral*。今天星期六，还没有满座。Cut 了不少。Priest 本有四人④，现只有一人。Chorus⑤ 是五个女人，替换说，或同时合说，还不单调。最后四个 murderer 的 justification⑥，在台上说来，很滑稽，比读时为有味。

天微雨。

回寓写日记。

浴，看画报。

雪艇等有电来，文为"函电均悉外交部同意展期以后薪津由驻英使馆代发请照设办事处杰武"。

1944 年 10 月 1 日
33:10:1（日）晴阴雨

晨看报。写日记。

饭后写日记。收拾东西。看杂志。

四时余往访罗素，未值。访 Haloun，喝咖啡，谈了一时余。他太太又约我去吃饭。

回时 Haloun 送我。走近 King's，下起雨来。过桥，雨大，避到

---

① 平底船。
② 到格兰切斯特，果园。
③ 国王学院。
④ 删了不少，牧师本有四人。
⑤ 合唱队。
⑥ 四个凶手的辩护。

Combination Room。打雷。不久天晴。

晚饭时因为今天是中秋，喝了一杯酒。想去访张自存、钱家祺。看看窗，似乎不在寓，未进去。天上乌云重覆，毫无中秋意味。

听广播。看杂志。窗外天青，有月光。太晚了，没有出去。睡时将窗帘拉开，月光射了几箭进来。可是不久便睡着了。

1944 年 10 月 2 日
33:10:2（一）晴

早饭后到车站，搭十时半去 King's Cross。在车上看完报。修改今天的介绍辞，再勉强记下来。

十二时二十余分到。将提包寄在车站。洗了一脸。乘地道车去 George St.在 Euston 换车，换错了车，所以到 China Inst. 已一时一刻。Richter 拉我到里面去陪朱友渔。

一时半开会。到的人相当多，大约有八九十人，中国人却不多。我致介绍辞，说了近十分钟。朱友渔讲 'Contemporary China'①，可是并没有说多少，只是中国是民主的，国共问题不难解决这一套。完毕后也没有人问问题（除了一会，关于 F. B. I. 送来的学生将来如何）。最后由 Sir Neale Malcolm② 致谢辞。不仅谢朱，并谢主席。

散会后与一在燕京教书的 Miss Wood③ 谈了一会。她 1926 去燕京，所以没有教过叔华。也不知道她的名字。

回到旅馆。喝茶。

王右家来访。坐了少时。

六时到 Globe Theatre 看 Terence Ratligan 的 *While the Sun Shines*④。这是一

---

① 当代中国。
② 尼尔·马尔科姆爵士。
③ 伍德小姐。
④ 到环球剧场看泰伦斯·拉提根的《阳光普照时》。

个喜剧，几乎是趣剧。与 Priestley 的 *How Are They at Home* 颇有相似处。一个贵族 Earl of Harpenden[1] 是一水兵，再也升不上官，他的未婚妻 Lady Elizabeth Randall[2]，是公爵的女儿，是空军的一个 corporal[3]。公爵是穷无所有的赌鬼，也是军官。中间插进了一个美国军官，一个法国军官，发生了许多波折。这一个美国人，一个法国人实在演得好。

到香港楼吃饭。晚看 Agatha Christie's *Five Little Pigs*[4]。

1944 年 10 月 3 日

33:10:3（晴）

早饭后看报。

与显承及 Mrs. Bellamay 少谈。

到银行取钱。访 Dr. Whymant，邀他同去吃饭，他没有时间。

一人去吃饭后到 Academy 去看 *Journal de La Resistance*[5]。这是法国巴黎光复前后的情形。*News Chronicle*[6] 很称赞，我看也没有什么特别可取。为了看这片，得看不少其他片。有一长片名 *Sou les Etoile*（？）Rene Clair[7] 的片子。好像是片名，我觉得不过尔尔。有一片是 *When We See Paris Again*[8]，是法国情报部所制。

在 New Theatre 看 News 片[9]，可是每一新闻片插一短片，大都没有什么可看。

晚看完 *Five Little Pigs*，写得很好。一个大家认为谋杀丈夫的妇人实在是

---

[1] 哈普顿的伯爵。

[2] 伊丽莎白·兰德尔女士。

[3] 下士。

[4] 阿加莎·克里斯蒂的《五只小猪》。

[5] 到学院去看纪录片《法国抵抗组织日记》。

[6] 《新闻纪事》，当时英国全国性的报纸。

[7] 法国导演雷内·克莱尔（1898—1981）1930 年的影片《在巴黎屋檐下》（*Sous les toits de Paris*）。

[8] 《当我们再次见到巴黎》。

[9] 在新剧院看新闻片。

无辜的。她为什么不辩，我很早就猜到。谁杀死她丈夫的，却直到末了都没猜出。而理由很充分。

1944 年 10 月 4 日
33:10:4(晴雨)

今天天气很怪，一会儿晴，一会儿雨。这两天很冷。可是政府不准生火。在室内只穿外套。

晨看报。

中午刘圣斌在上海楼请英国宣传部的 Redman，Floud，Jobson，Read，Miss Muspratt，Conton，Craig① 等等。有赵志廉，及 Mrs. Lee 作陪。听说叶君健尚未到。王云槐也许明年春天可来。

会到中国新派出来的空军中校三人，中少尉七人。他们上月离重庆。与他们谈了一会国内现状。

写信与华及莹。晚饭后写信与雪艇、立武。又抄录一过。

1944 年 10 月 5 日
33:10:5(四)晴有时雨

早饭后到 Selfridges 买了些大信封，将昨天写的信寄去大使馆。

到 Liverpool St. Sta. 乘十一时五十分车。到站时车正开动。一个人赶去跳上已开动的车，我接着也跳上了。到了剑桥，先在车站饭厅吃饭。饭后回寓。

访自存，他没有为我找到房。只有 Park Parade② 十八号，客厅在楼下，向后，睡房在屋顶。要租便得租一学期。我想住此不会舒服，而且冬天天冷

---

① 雷德曼，弗拉德，乔布森，里德，玛斯普拉特小姐，康顿，克雷格。
② 阅兵公园酒店。

多雨，也不会常来。V2 谣言虽多，我想是言过其实。决定整个的迂回伦敦算了。

只是这数月如何住法。去问钱家祺房东，说钱也许星期六回。幸我的房东又宽限一天，可以住到星［期］六。后来自存与学校商量，让我到 St. John's 去住两天。

在三一学院门口，正遇到方重。与他同去访张汇文。汇文住在院外人家。两间房，一切得花钱，如火，洗澡之类，一星期得四镑。即在学校吃饭，也记账，恐也得花钱。

他们要到车站去接殷宏章。我与他们同去。有 St. John's 的 President Charlesworth[①] 去接他。他们二人与自存同车回。张资珙已去伦回来了。我们与他同到 Christ College。他的一间客厅，非常的大，两面有窗，一面向大门，一面向校园，可以看到 Milton[②] 的桑树。可是屋子里面的家具并不多。睡房在旁，非常的小，开出去是浴室与另一人公用。资珙对于这一切似不满意。他说学校很穷，也许一切都得付账。

我们四人到 Copper Kettle 喝茶后往 St. John's 访殷宏章。他的地方太好了。一排三间，在三楼，面对着 Backs[③] 的草地。睡室的侧窗下面即是 Bridge of Sighs。河即在窗外，河水的游船，看得很清楚。房子外面虽古老，里面却很新，一间客房（有煤炉），一间书房（有煤气炉），一间睡房。此外还有一间浴房，一间厨房。实在是太好了。只是他在此是不是得付钱，没有说，不知道。

与张汇文及自存到 Magdalena[④] 去看一辆自行车（方重已买了一辆车）。到我那里去坐了一会。又回到方重处。

六时半与二张同到 Haloun 家去吃饭。Haloun 夫妇听说我找不到地方住，请我到他们家去住。说下星期一以后即可。但天气太冷时，这屋子有火，得

---

① 圣约翰学院的查尔斯沃斯校长。
② 约翰·弥尔顿。
③ 后面。
④ 玛格达莱纳。

给 Twins① 住。

饭后出 Port wine 请客。张资琭近年研究中国科学史，对于中国旧书颇有可知。所以与 Haloun 很谈得来。Haloun 得了知己，不断的显出他的宝物来。

九时半回。到寓已十时。

收拾东西。装箱子。

在 Haloun 家吃饭时，有警报。H 立刻去换上 CD 制服，出去。警报十分钟即解除（H 夫人说有爆炸，因屋子震动，我没有觉得），可是他去了半小时方回。H 夫人说 H 这样出去已数十次，有时在半夜。冬天很冷。可是始终不曾有过什么。

1944 年 10 月 6 日
33:10:6（五）阴晴

晨看报，收拾东西。方重来，谈了一会。到自存处。

与自存去买回伦车票，捆箱子的绳子等等。

一时方在一个希腊饭店 Hollywood② 请吃饭。座中有二张、殷及自存。饭后与汇文、宏章等到警局外民组。他们登记，我报告离剑桥去伦。起先那里没有人。自存即带我们到 Marshall Lib.③ 去参观。

与自存陪宏章去买了些茶杯茶壶之类。我去剪发。后来与方及汇文等在宏章处喝茶。自存带了二位华侨学生，陆及 Chuan 来谈。他们三人是剑桥中国学生会干事。

晚饭时到 Blue Barn 遇到戴贻汾。她到我寓来少坐。

看完 Bentley 的 *Trent's Last Case*④。这书的人物描写并不好，情节却很好。

---

① 双胞胎。
② 好莱坞。
③ 马歇尔图书馆。
④ 本特利的《特仑特的最后一案》。

1944 年 10 月 7 日

33:10:7(六)阴

　　早起早饭后将一切行李收拾完毕。书箱交火车运输去伦。来取箱的车夫说太重了，不能当行李送。我说不论当什么送，他取去再说。他说一个人如何搬得动。这是 indications①。我帮他抬上车。给了他一先令。他 'Thanks you，Sir'。

　　将提箱等存在 Miss Webt② 处。结了账。提了些随身用的东西去自存处。

　　与自存到 Friar's House③ 去吃饭。这里都排队，但并不久。

　　饭后去 Rex. 看 *The Song of Bemadotte*④ 影片。这是写一个天资不高的乡下女郎见到圣母和无结果的故事。完全是在提出神秘。可是看了之后，信的仍信，不信的仍不信。主角 Jennifer Jones⑤ 并不好看，但能表现天真和信念出来。片子太长了。

　　晚一人去吃饭，到 K. P.，Arts 都没有地方。最后在印度饭馆吃了饭。

　　饭后在自存处，遇到 Yap⑥（来剑桥考试）及 Argentina 的 Dr. Webb⑦（也是 British Council 的学生）。南美来的学生，只有十个月的限。如想延长，得申请，填许多表格，常常不得准。自存说，南美小国的人比大国的人差得多。

　　我今晚住在 St. John's 的 Guest Room. ho. ho.⑧ 离宏章处不远，在同一建筑内，是在中间，只是内中不通。有一客厅，一睡房，内有二床。客厅内有煤气炉。自存说茅房要下楼，到另一 staircase⑨ 下。这就很不方便了。不然一切

---

① 提醒。

② 韦伯特小姐。

③ 修士之家。

④ 去雷克斯看《圣女之歌》(*The Song of Bernadette*，1943 年美国电影)。

⑤ 詹妮弗·琼斯。

⑥ 叶。

⑦ 阿根廷的韦伯博士。

⑧ 圣约翰学院的贵宾接待室，哈哈。

⑨ 楼梯。

都很舒适。访宏章，在他房内等了一小时，到十时半他仍未返。到我住屋又谈到十一时半方散。

1944 年 10 月 8 日
33:10:8（日）阴雨

晨校工来，说浴室即在楼上，在客房第一号内。一号并没有客，尽可去用。所以去浴。

在自存处吃了早饭。宏章来。谈中国的情形。自存说在这时候，谁也没有办法可以停止通货膨胀了。

中午我请他们在 Arts Theatre 中饭。

下午二时蒋硕杰及王应宾借自存寓请茶点谈话。他们四人外另到了张明觉、钱家祺。钱已决定在 King's 研究数学。到六时余方散。

晚宏章请我到 St. John's 的 Hall 去吃饭。St. John's 平时每天都有酒喝。现在战时，一星期只有一次 Combination Room，即星期日。（Trinity 每天都有几种酒，还有雪茄！）饭时我坐在 the President Charlesworth 旁。在 Combination Room 坐他及 Guilleband① 之间。Charlesworth 是罗马史专家。对于中西交通的 Silk Route② 曾有研究。谈风极健。

Guilleband 对于 Bretton Wood③ 的决议，认为于英国有益，只是有些地方不分明。英国国内的反对声大可以帮助 Keynes 在美交涉。中国的通货膨胀，他说到了此时，什么人也没有办法能停止。不过在最初的时候，中国政府不能说没有错误。

后来换了一人坐我旁。一客说 Generalismo is very popular president。我说 He is admired everywhere。我旁的 Don 说 He is a dictator。我说 He is a dictator,

---

① 吉尔邦德。

② 丝绸之路。

③ 《布雷顿森林协议》。1944 年 7 月，44 个国家在美国新罕布什尔州的布雷顿森林举行"联合国货币金融会议"，签订《布雷顿森林协议》。

but not Churchill's type.① 他不做［作］声了。

十时余方散。与宏章谈到十一时多。

1944 年 10 月 9 日
33:10:9(一) 阴雨

醒得很早。校役八时前来叫，我已醒多时了。收拾好行李，到自存处早饭。

九时三刻到大门口。芦浪来了，宏章也来送。乘 taxi 到旧房东处，取了行李，再去接了张汇文，同去车站。乘十时二十五分车去 King's Cross。车上有一老人，来与我们谈话，谈中国的文字之类。谈来谈去，谈不出所以然来。

十二时二十分到了 King's Cross，张方去旅馆。我也回 Mount Royal。约了一时一刻在上海楼同餐。饭时遇到唐武官与黄武官。唐新从大陆上去看察了几天回来。他说他是驻英武官，但是与英国方面接洽，英国老是拖延推托。结果还是由美国方面招待。他说美国在法的纪律，非常的好，在前方与英不同。兵士强奸民女处死的布告，在总部看到不少。军人不准到普通饭馆饭店去。一切饮食都是运去。军人不准到巴黎。他到巴黎住二天，陪他去的军官说，他在法三月，这还是第一次进巴黎，而且当夜仍赶回 Versailles②去过夜。他说 Cherbourg③ 的破坏很厉害。可是美国的军工在短期内便恢复，从每天二千吨到每天二万吨了。自 Cherbough 到巴黎的路上，路不宽，两边的车鱼贯前进，不见停顿，不见车坏，像流水的顺利。一比他在滇缅路上看到的情形，真是没有法比较了。到 Bloomsbury House④ 去找房，找不到人。回旅

---

① 一客说："蒋委员长（generalissimo）是一个非常受欢迎的总统。"我说："他到处受赞美。"我旁的先生说："他是一个独裁者。"我说："他是一个独裁者，但不是丘吉尔那种类型。"

② 凡尔赛。

③ 瑟堡，法国西部城市。

④ 布鲁姆斯伯里大厦。

馆已四时。收拾东西，打电话等等。六时听广播，知道邱吉尔以及 Eden 已到了莫斯科。

六时四十五分萧炳乾在香港楼请客。叶君健到了。他是英国宣传部请来，这一年内到各地去演讲中国，明年起由 British Council 送他一个 Scholarship 在英读两年书。他是由 Culcatta 飞来，五天便到 Dorset,[①] 今天方到伦敦。

座中有写 *Letters from Tokyo* 的 John Morris 和从前在 *D. Telegraph* 现在 *D. Express* 的 Whitingham Jones[②]。Morris 现在是 B. B. C. 东方部的主任。Jones 不止的在问君健问题，如委员长是否有外遇之类。Morris 很有见解，说话也不太多。他说他如回日本，也许得被杀。他也许到中国去教书去。

出门已经很迟。在门口遇芦浪、汇文。

回寓已十时。写明天的演讲稿。写到十二时半，得二千字左右。

十二时二十分左右有警报。后来听到一个飞弹飞过，和爆炸声。似乎不很远。近一时解除。

1944 年 10 月 10 日
33:10:10（二）阴晴

晨五时余醒，又有警报。不久即解除。又入睡，九时余方醒。

早饭后遇显承及 Mrs. Bellamay，谈了一会。

上楼，看了一遍讲稿，再加修改。

十一时三刻与显承同去大使馆。今天是在大使馆中庆祝双十节。到的人都是留英的国人，大使馆职员，领事馆职员。陆空军的人员很不少。金问泗夫妇也到了。共有百余人。在楼上客厅行礼。没有多少座位，大家都是站着。

施德潜主席。他说话后，国民党代表说话，是广东华侨，说的广东话。

---

① 由印度加尔各答飞来，五天便到多塞特。
② 写《东京来信》的约翰·莫里斯和从前在《每日电讯报》现在《每日快报》的惠廷厄姆·琼斯。

314

接着是我与张汇文演说。张讲最近的宪法问题。接着是侨民团体代表王景春老先生说话。他是说笑话。最受欢迎。汇文的校长。完毕约一时半。

募金是大家写捐，我还是写了五镑。

接着是茶点，冷餐。很不坏。与金问泗谈了会。与钱家祺夫人也谈了一会。与谭葆慎也谈了一会。为君健介绍了几个人。

三时余回。

看报。补写日记。

六时听了时事广播后，去新中国楼。今天是华商协会开会庆祝国庆。所谓华商协会，会员是中国人，但不限于商人，如律师，教师等等都在内。每一会员可以请一个客。我与周显承、郭汝槐都是王老先生的客。主席是钱树尧，主客是朱友渔。另有 Archbishop of Canterbury 的代表 Canon Campbell 及美国的主教 Hobson①。和客照了不少的相。

主席举杯后，本打算听 7: 30 B. B. C. 的关于中国双十节广播。是 Fitzgerald② 说话，可是人多声杂，没有听见。

主席演讲后，请朱友渔演说。他讲些中国妇女在战时的表现等等，没有说到双十节。他是一个演说家，说话非常的自然。虽然说的材料也许用过不少次。最后王老先生致谢辞，又是很滑稽。

与君健及圣斌同回。他们在我处谈了到十时半方去。君健此次来，月薪有 105 镑，实在是非常的好。一部分让他寄回去养家。这一年中到处说什么话，他现在正在研究。圣斌发表的意见很多。

十时四十分 B. B. C. 又有 From the Chinese③ 广播。是 Waley, Soame Jenyns④ 等的译诗，有人朗诵，或有人歌唱，另有人叙述。颇有意思。

---

① 坎特伯雷大主教的代表加农·坎贝尔及美国的主教霍布森。
② 菲茨杰拉德。
③ 来自中国人。
④ 英国汉学家阿瑟·韦利（Arthur Waley, 1889—1966），英国作家索姆·杰宁斯（Soame Jenyns, 1704—1787）。

1944 年 10 月 11 日

33:10:11(三)阴后雨

上午看报。补写日记。

一时萧炳乾在 Ollivelli① 请客，大都是大使馆、领事馆的人。共到了二十多人。方重，张资珙，殷宏章都到了。

饭后与殷、方到 Selfridges 买东西。殷没有找到旅馆。带他回旅馆，没有办法。留他们喝了茶才去。

补写日记。

六时与显承同去 Swiss Cottage② 祝文露女士处。今晚她请客，请了右家、王景春、陈维城、炳乾、圣斌及郭则钦、傅小峰。菜是东伦敦中华楼的一个厨子来做，所以特别的丰盛。饭后王、陈先走。我们到十时半方散。

吃饭时曾有警报，不久解除。

1944 年 10 月 12 日

33:10:12(四)阴雨

晨往访 Harvey。他打听张其昀③、萨本栋，及汪敬熙等。另有岭南校长，金大陆学院院长等也要打听。郭子杰也要出来。British Council 的政策，不愿意来的人由别人选择。他们自己选择人，由他们的人事先有接洽或接触，例如大使的推荐。对于费孝通，他说各方面都在推荐他。所以他们很想明年再找他出来。

我托 British Council 做两件事。一件是找一所适当的办公处，和找些家具。

---

① 奥利维利。
② 瑞士村舍。
③ 张其昀（1900—1985），中国地理学家、历史学家。

一件是介绍到 Interaction Club 做 Visiting member①。另托他打听他们运来的中国文学书，放在何处，如何可以利用。

出门后到 Hay Market Theatre 买两张戏票。

一时在上海楼请 Bernard Floud，圣斌同座。圣斌要他安排些访问。我说将来想参观些英国战时的各方面的工作。他说随时都可以安排，只要先一月给他通知。叶君健在此，每月约三星期在外，演讲及参观。一星期回伦休息。

Floud 对于事情很坦白。刘要会官员，他说不必多会，他们说话很慎重，会了几人，说来说去都一样。对于他自己的部长，说他的 manner 很 unconventional②，很不客气。邱吉尔也如此，但 Churchill 的声望地位可以 carry it off③。

他很愿意帮忙，从中国运东西来。说如中英文协收集小说戏剧之类，可以叫 Stanley Smith 运来。我要寄东西去，如不太重，可以空运。

下午写信与雪艇、立武。誊写一过。写了一信与范雪桥，代 China Society 请他演讲。

晚饭后写了一信与华，一信与莹。找她们来信，找不到。开了箱子也没有。花了不少时间。

听广播。浴后睡。

十二时余警报。半小时后解除。

五时至六时间警报二次，均不久解除。

1944 年 10 月 13 日

33:10:13（五）晴阴后雨

晨看了一会报。

---

① 到文化交流俱乐部做访问会员。
② 他的行为举止很不按常规。
③ 足以成事。

到中国银行，会李德懋。为中英文协开了一个户口。外部汇来的川资，我本打算另存。他劝不必。

到 Leicester Sq.① 买了两张戏票。

走到 Wardour St.②新中华楼。吴权请汇文及我。汇文最先到。老板李君，是山东人，在招待。另客是傅小峰，汇文说中国情形。说在重庆，买兵役的最贵。保长都是月入数十万。

下午又去买了一张戏票。

到 Warren St. 附近 Paramount 去看 *Double Indemnity*。③ 片子描写一个阴险的女人 Barbara Stanwyck④，引诱保险公司掮客为她丈夫保险后再将他弄死，假装是遇险。MacMurray⑤是掮客，初拒绝，后迷惑，出主意，杀人后恐怖，以至生悔。又发现女子谋死夫的前妻，方与其结合，又另有所恋。表情极好。Stanwyck 做阴险女人，以色相惑人，也不过火。并不是十年前电影中 vampire⑥ 的样子。

出门雨。

晚饭后看报。

1944 年 10 月 14 日
33:10:14（六）晴有雨

早与显承同座早饭。有海军学生二人回来，他们曾参加法国南部及希腊登陆。他们是航空母舰，所以只见飞机出去，没有看到其他战争。

看报。

十二时半张汇文来。与他同到 Grovenor Hotel⑦。Sir Alfred Zimmerman⑧ 夫

---

① 莱斯特广场。
② 沃德街，伦敦电影业集中的一条街。
③ 到沃伦街附近的派拉蒙影业公司看《双重赔偿》。
④ 芭芭拉·斯坦威克。
⑤ 麦克默里。
⑥ 吸血鬼。
⑦ 戈洛文纳饭店。
⑧ 阿尔弗雷德·齐默尔曼爵士。

妇请我们吃饭。Z 老了，秃头外的头发灰白。Lady Z 是法国人，说话非常的多。有时他们二人同说话，有时她说话，他听着。她对于中国非常的有兴趣。他们都有一种对于中国的观念，与事实是大不一样的。如 Z 以为基督教新教适宜于中国，天主教不合适，因为中国人是 retional①，不迷信。我与他说中国平民的迷信，他大为惊奇。Lady Z 再三的说我们在这里，与人谈话，千万要唤起人注意精神方面，他们不要太 practical②。她说中国应当有些 organization，但英国的 organizations 太多了。应折中。她说 organization is the camerfrage of hyprocracy③。她说中国人对于画，知道怎样 select④，对于生活也知道 select。西方人不知道 selection。他们把一切都塞进去，弄得没有轻重，不知道什么是 significant 什么是 insignificant⑤。她的 epigrams⑥ 很多。可是有些她说了又说。有许多听都听熟了也未可知。她不让人走，留我们一路坐下去。若非汇文要赶车回剑桥，恐一下午都得坐下去。

他们邀了一希腊人来与我们相会，可是他没有来。倒是一位美国的 pastor⑦ 来访他们。他名 George Stuart⑧，与质廷、阳初都很熟，是 Yale 同学。后天到中东去。

回寓已四时。看杂志。

五时半君健来。请他去 Hay Market Theatre 看 Somerset Maugham's *Circle*⑨。这是 1912 年戏。comedy⑩ 的结局，太太不怕前车之鉴，还是跟情人走了。在那时一定很惊人。可是当时的 Social contraction⑪ 等，现在已经没有了。

---

① 理性的。
② 实际。
③ 组织是虚伪的伪装（organization is the camonflage of hyprocracy）。
④ 选择。
⑤ 什么是有意义的，什么是没意义的。
⑥ 警句。
⑦ 牧师。
⑧ 乔治·斯图尔特。
⑨ 看萨默赛特·毛姆的《周而复始》。
⑩ 喜剧。
⑪ 社会契约。

Yvonne Arnaud① 做母亲，好极。John Gielgud② 做丈夫，似嫌做作。

请君健去香港楼吃饭。听广播，写日记。看杂志。浴。

1944 年 10 月 15 日
33:10:15(日) 阴

晨看报。

午后看完报。在报上看到 Arts Theatre Club③ 的广告。在电话簿上找了地方。乘车到 Charing Cross，找了半天才找到，原来是 Charing Cross Rd. 的中间。这是俱乐部，只有会员方准买票，可是什么人都可加入，只需纳会费五先令。我便加入了。

一看，Shaw 的 *Fanny's First Play*④ 今天是末一天。我要买票。秘书说，报名后三天方能入会，我不能买票。我便问会员可否代人买票。他说可以请客。我问他是否会员可否代我买票。他说他是秘书，他是最末一人来破坏法律。我说这有什么关系？他说这是法律，英国人是守法的。毫无通融办法。

我便走了。有几个女会员听到。一个人出来说如我一定要看，她可以代买。我请她代买。秘书大怒，说她如代我买，便得取消会员资格。我说奇怪了，为什么她不能代我买。他说我们并不认识，不能随便为路人买。我问会员来买票时是不是一定得声明他的朋友都是老朋友？

几个女子也不高兴，说是 colour bar⑤，秘书说他让我入会，何尚有 colour bar。我对他说，我是外国来的客人，他是秘书，理应他设法通融，代我买票。这是 hospitality⑥，并不犯法。他说不行。

我走出门。里面的电话员也不平，说没有道理。其他三女人劝我四时半

---

① 法国女演员伊冯娜·阿诺（1892—1958）。
② 英国演员约翰·吉尔古德（1904—2000）。
③ 艺术剧院俱乐部。
④ 萧伯纳的《范尼的第一部戏》。
⑤ 种族歧视。
⑥ 待客之道。

去访 director Alex Clune[1]，这时已四时二十分。四时半我去访 Clune。他已听到报告，说他忙得很，要去看病。我说只消一分钟。我说我今天入会，没有资格买票，他说这是法律不许。我说我不是要买票，我问可否让一会员代我买票，因为这是末场，错过便没有了。他说他可以送我一票，但不能收我钱，那是犯法的。我说方才有女会员愿代我买票，他说她明明本不认识我。我说是否每一会员来要买票时都得问与客人的交情久暂？他说英国的法律如此。他送了我一张票。

秘书此时出来，请我去喝咖啡。我谢了。他便送了我一张 performance[2]。

到 Fizjohn Ave.[3] 去访 Wallbridge，只有 Jean，Joyce and David 在家。父母都出外演讲去了。他们现在住在一个 boarding home 内，一屋内住了三十余人。他们租了三间房，一个厨房。客厅内即放了三个床。说与从前住的大房子，价钱相差不多，只是省得花时间收拾整理。

他们在听广播中 Dr. Johnson 的故事写成的 dramatic episode[4]。

六时半离开。赶到 Arts Theatre，已开演，这是小剧院，座不多。布景很简单，后面挂一张画，画了些窗柜之类。演员也不出色。Shaw 的 *Fanny's First Play* 简直是开玩笑。有时也着实可笑。Duke[5] 的兄弟做仆人之类，完全是与观众儿戏。

晚有警报。

1944 年 10 月 16 日

33:10:16(一) 晴雨

晨五时余警报。不久解除。又入睡。八时有电话，厨房问我要不要茶。

---

① 经理艾利克斯·克鲁恩。
② 演出票。
③ 菲兹约翰大街。
④ 由约翰森博士的故事写成的戏剧场景。
⑤ 公爵。

不久又有电话，说八时了。大约都是弄错了号数。再一睡，醒已九时余。

早饭后到警局去报告迁房。警察说我去剑桥前没有去报告。这次又不在四十八小时内去报告。可是也没有再说什么。到 Ford Office① 去换地址。

次到大使馆，访施德潜。他说保君健新任命为秘鲁大使。总领事迁公使，已是高跳，升大使，是前无其例的。这样的破坏常规是很不幸的。

访 Whymant，与他谈了一会。

吃了饭。到 Bumpus 去看书，买了一本莎翁全集及他书。

回寓，看了一会 *Richard III*②，另一本是 Otto Neurath：*Modern Man in the Making*③。都是图、说明种种，很有味。

六时半到 Phenix Theatre 看 *Pink String & Sealing Wax*④。这是一个家庭喜剧，像 *Life with Father*⑤。这一家的父亲是严父，可是很爱子女。子女怕他，一切不敢与他说。中间发生了一个与谋杀亲夫案的牵连，全家的人都牺牲自己来保护长子。很 sentimental⑥，可是很动人。小孩子也演得好。

八时余有警报。谁也不动。

九时完，在一地下食堂吃了饭回。

看 *Richard III*。

1944 年 10 月 17 日
33:10:17（二）阴雨

晨看报。

写信与范存忠、金问泗。

中午赵志廉代表中宣部请 Redman，陪客有 Floud，Leach，Read，Howard，

---

① 福特办事处，一个战时特别部门。
② 莎士比亚历史剧《理查三世》。
③ 奥图·纽拉特：《现代人在成长》。
④ 到凤凰剧院看电影《粉红线与封蜡》。
⑤ 《与父亲生活》。
⑥ 感伤。

Wm. Empson,① 施德潜、傅小峰、炳乾、圣斌、君健及 Richter。

三时去 Regent St. Linguaphone Inst. 的 reception②。今天请各国代表，但各国的教育部长等都没有到，到了比较年轻的人。茶点后由 School of Slavonik Studies 的 MacCarthy③ 演讲新制的教外国学生英文的 Gramaphone records④。十面，有三十课。说话的都是英国孩子，是别开生面之点。许多国的人都说，学英文自中学起，年在十二三岁，而这材料是给七八岁小孩的。可是 MacCarthy 再三说没有关系。Director 名 Roston⑤，他说可以把片子送给我们。

回寓已五时半。很倦。看了一会 *Richard III*。

晚饭后听广播 Brains Trust 和时事，至九时半。

1944 年 10 月 18 日
33:10:18（三）阴雨

晨看报。

打了一信致 Vivienne Chang⑥。

中午为 Redman 饯，在上海⑦，请君健、志廉作陪。Redman 下星期将去远东，十一月底可到中国，预备勾留一个月，再去印转澳。他谈起他的历史。他得到牛津两个 Scholarship，合到近百镑，还是上不起。他在 Lend School of Evening⑧。上夜班，白天做事。以前他有两年余在法国的 Lycee⑨ 与高级生说英文，得到住宿饮食，另叫几点钟，得些需用钱。在伦敦毕业后，他又去法

---

① 里德曼，弗拉德，里奇，里德，威廉·燕卜苏。
② 去摄政街灵格风（语言）学院的接待室。
③ 斯拉夫研究学院的麦卡锡。
④ 留声机唱片。
⑤ 主任名罗斯顿。
⑥ 薇薇安·张。
⑦ 上海楼。
⑧ 兰德夜校。
⑨ 法国国立高等学校。

国在 Lycee 住，得了 Licencee①。

他说 lectures 大都是浪费时间。一个教员如 Laski，学生在听课时可以得到不少在书本上读不到的东西，却有十个教员是毫无用处的。他谈日本人讨论一事，不肯直截了当的反对，谁都是多少同意，转来转去，转到另一方向。我心中想，不仅日本，中国人也是如此。

近三时散。王右家请客在吃饭。我与君健与她们谈了一会。

带君健到 B. B. C. 访 Empson。Emp 正在等他，以为他二时来。他说昨天曾说好，但君健并没有听见。倒是我提议去访问。与 E. Miss Sam②、马、苏、史、韦诸人谈。后来又到饭厅去谈。

Emp 领我们去访 John Morris③。

六时余辞出。Miss Sam 力邀我们到她家去晚饭。她住在 Ealing④，乘车等等近一小时。她丈夫就在车站等候。他们住的是一小小的 flat，连家具只四镑一星期。喝了些 Gin & lime⑤，吃咖喱肉饭。谈到十时方辞出。听她说的话，她与 John Morris 感情很好。J. M. 很是 pushing⑥，是一 climber ⑦。他与 Gufson⑧，也不能合作。Emp 没有 ambition⑨，不大说话，在 B. B. C. 受人不少气。有一次，上面问他与公超的关系。

君健与我谈了一会中大的情形。汇文的来，是非常的强勉。完全是 Eggleston⑩ 出力。后来英方弄好了，教育部不答复，说他与大学无关。又运动了不少方成功。范雪桥在中大很能做事，找的人也不少。他没有党派。但因恋爱事近颇有反感。（他旧式结婚，久不通问。近年与俞大桢极密，可是最近

————————————

① 许可。
② 萨姆小姐。
③ 约翰·莫里斯。
④ 伊灵，位于伦敦西部。
⑤ 酸橙杜松子酒。
⑥ 有进取心。
⑦ 向上爬的人。
⑧ 加夫森。
⑨ 野心。
⑩ 埃格尔斯顿。

与一助教恋爱，已订婚。俞大桢离中大了。）

君健也说重庆很苦，很受英国人的气。他决定辞职，太太不许。他说在东方的英人的气味都不佳，都很笨。

回寓十一时。累极。看一会杂志。听了时事广播，便睡。但又睡不着。

一时后又看杂志一小时。觉得不舒服。还是肚子的毛病，近日胃不佳，不便不痛快。每天不是吃 cascara，便是吃 Fruit salt①。

1944 年 10 月 19 日
33:10:19（四）阴雨

晨看报。

中午请 Harvey 在上海楼吃饭。他问了些东方的战争，苏联对东方的态度等等。他知道的很少。意思很守旧。

到了要分手的时候，我问起托他为寻找办公处的事，他方说已去信 Home Division②，还没有接到回信。我又问介绍为 Athenaeum Club visiting 会员③事。他说这事已问过 Sir Frederick Ogilvie④，F. O. 说张汇文等并不是 B. C. 所介绍。我说张汇文是 Zimmerman 所介绍，但其余四人 Z 并没有介绍。Harvey 说 Club 曾去询问 British Council 关于张。F. O. 说他是来英五教授之一。把五教授的名字都开了。所以 F. O. 听说五人都便邀为会员，也很觉得奇怪。B. C. 定了原则，不介绍推荐什么外国来宾到任何 Club 为会员。所以他们不能为我出力。我说 F. O. 可否以他私人资格为我介绍呢？他说"这做不到"。

我听了很生气，一下午都感觉不痛快。

访问 Boyd-Smith。询问 F. B. F. 的学生可否请求 B. C. 的奖学金。她说可

---

① 不是吃（润肠通便的）药鼠李，便是吃果子盐。
② 房屋署。
③ 雅典娜神庙俱乐部的访问会员。该俱乐部 1824 年在伦敦成立，会员由科学、工程、文学、艺术领域的精英组成。
④ 弗里德里克·奥格维尔爵士。

以，只是需得中国教育部同意。问起君健事，她说一句决定，可以予以 full scholarship①。我问多少，说是三十镑。我说他有妻子，需他抚养，如何能够。她说这应得商量，谢谢我告她。

回寓，写了一信与熊朝钰。告以如请求 B. C. Scholarship 必先得教部同意事。

写一信与 Margery Fry，邀她吃饭。一信与 Arnold Toynbee②。

写信与华及莹。晚写完二信。写信与雪艇、立武。

1944 年 10 月 20 日
33:10:20 (五) 阴雨

晨十一时往访 Miss Parkinson③。她根本不知道 Harvey 为我请她另找办公处事。立即取纸将我所需要的条件写下来。她说她托 Mr. Parkinmore④ 代找，如有消息当通知我与我同去看。看样子比较的可靠。

到大使馆访陶寅。谈 F. B. I. 学生希望转 British Council 事。他说也有人来询问，他劝他们勿转。F. B. I. 方面也不愿意。又访钱树尧。本邀他们去吃饭。结果他们约我在使馆吃包饭。有钱、傅、陶等四人，加上领事馆的何、戴二人。今天有陈尧圣在座。菜很不坏。

陈尧圣昨天方到。他讲了些重庆的情形。如外交部只有四辆汽车，一辆常坏。二位次长乘两辆外，一辆等于公共车。后来又买了四辆洋车，每辆数千元，只是破破烂烂的。也都是公用。只有身体坏的人如张忠绂有一辆。宋的车还是中行的。住的地址，换在红岩新村，也是中行的，一切生活都是中行供给。次长请客，可出公费。司长请客则得先请示批准。司长公费千元，应酬较多，比较艰苦。

---

① 全额奖学金。
② 阿诺德·汤因比（1889—1975），英国历史学家。
③ 帕金森小姐。
④ 帕金莫尔先生。

他说林主席去世后，蒋先生一定要吴稚晖为主席。请去谈一次，无结果。又请去黄山，提出这问题，吴老说"我家里饭锅忘记盖，怕老鼠偷吃，要赶回去"。其他逐鹿者多，蒋先生多不属意。结果是自兼。

二时半出来。仍雨。到 Leis. Sq. 的 Empire 去看 *Dragon Seed*[1]。这是 Pearl Buck 的原书，编成电影。Katharine Hepburn 是片中主角 Jade[2]。Walter Huston[3] 扮她的公公，一个老农夫。这一个片子是写日兵侵入内地。内地小城及农村在日兵未到以前，一无所知，听学生宣传亦不信。日兵到后的兽行，使农夫的三个儿子都去抵抗。农夫自己爱好和平，也最后参加抗日。而以女婿吴廉，城中的商人，依附日人为对照。故事很 crude[4]，并不紧张。Katharine Hepburn 演农村中的新时代女子，似乎大不如 Louise Rainer[5] 演《大地》中的"阿兰"那样好。

回寓。晚饭。熊式一有电话来，邀我去牛津过周末。打电话去谢。他问 flying bomb 如何。我说没有什么了。刚放下电话，听到一个很大的爆炸声。没有警报。也没有听到飞机声。这是所说 V2 了。

看报。看杂志。

今天日方广播美军已在菲律宾登陆。美官方并无消息。这大约是［准］确的。

晚间听广播，已有美方证实。MacArthur 已到 Leyte。[6] 这消息真是可喜。

1944 年 10 月 21 日

33:10:21（六）晴后阴

晨五时又听到爆炸声。后来听人说昨晚一时左右的爆炸声最大，房屋都震动。

---

① 到莱斯特广场的帝国剧院去看《龙种》。
② 凯瑟琳·赫本是片中主角小玉。
③ 沃尔特·休斯顿。
④ 粗糙。
⑤ 路易斯·雷纳。
⑥ 麦克阿瑟已到（菲律宾）莱特岛。

晨看报。

中午金问泗在岭南楼请吃饭。座中有唐、郭、田三武官，使馆的傅、吴、郭，萧乾、赵志廉等。金对于苏联很是怀疑。说波兰的前途可危。三位武官谈了些英国的态度。田等新来，颇多误会。

三时辞出，与萧乾到香港楼看看，张自存等不在。看到钱家祺夫妇及陈尧圣。

回寓。看了一会杂志。那时太阳很好，近五时出去散步，则太阳已没有了。走到 Hyde Park 的 Serpentine①。回来遇雨。

晚刘圣斌在上海楼请君健。请了王景春、钱树尧、郭泽钦、张汇文、赵志廉、陈仲秀等。

空军武官多人也在吃饭。其中一人是无锡人。

十时散。与君健同到汇文住的 Russell Hotel。坐了一会，方重回。十一时出来。汇文来是为吃饭，方重再被拉来陪他。方想明天不回去，张劝他回去。

回寓看杂志。

汇文说孔庸之要来英一行，现正在交涉如何接待中。我不知道他的消息从何而来。

1944 年 10 月 22 日
33:10:22(日) 阴

上午看报。

饭后二时出门，到 Hyde Park 散步二小时。天阴沉沉的，似有雾气。

写了一信与 Miss Fry，约定吃饭地点。一信与 Mrs. Rainer，告她星期六与方重去访问。

写这几天的日记。

晚六时半君健在香港楼请吃饭，座中有圣斌及志廉。圣斌说的话很多。

---

① 海德公园的蛇形湖。

晚饭后与圣斌、志廉又到我旅馆来谈了一会。

1944 年 10 月 23 日

33:10:23(一)雨后阴

早饭后在楼下看报，等候范雪桥。到十一时余未来，看完报回房。自存在等候。他前天来伦，为东方附刊事。王云五寄了千二百镑，为十二期的稿费。每期五万字。

十二时余范雪桥来。

我请他们二人到香港楼吃饭。又约了炳乾。饭后又遇吴权、刘焕东谈话。到近三时方散。

与自存一块走。到几个戏院买票，大多星一停演。最后在 Coliseum 买了两张看 *Merry Widow* 的票①。

四时回寓。看杂志。写了一信与 Crwys Williams，② 一信周书楷。

六时与范雪桥去看 *Merry Widow*。Coliseum 很大，上座不到一半。角色也平常。布景等等不及我在纽约所看的。穿插也不同。可是还相当热闹。

雪桥请我在香港楼吃饭。十一时回。看了一会 *Times Lit. Sup.* ③ 几乎睡着了。

可是上床后又不能入睡。

1944 年 10 月 24 日

33:10:24(二)阴

晨醒得较早。看了一会报才起来。

早饭后看报。看 Maurice Collis 的在中国学会的演讲。

---

① 在大剧场买了两张《风流寡妇》的票。
② 克里怀斯·威廉姆斯。
③ 《泰晤士报文学增刊》。

中午与范雪桥同饭。他说起方重、张资珙都曾商 Council 接济家属，而且打算接家眷出来。

到 Selfbridges 去剪发。在牛津街走路，买了一把旧的雨伞。帽子上有了两个窟窿，所以也买了一顶帽子。鞋也好久便想买，老是拖。今天去买，走了三家也没有合适的。方知店子里存货有限。要买东西，需得常去问。

写信与汪缉斋、张晓峰。

六时去君健处。坐了一会，看了一看他的广播稿。与他同去 Empson 家。

Empson 与范雪桥到附近 Public House① 喝酒去了。E 夫人带我们也去。我在那里喝了一杯 Stout②，Empson 又带了三大瓶啤酒回。

座中还有 Geffrey 谈 *Daily Express* 今天的社论，说中国应分成几个国家。这是 Whitingham Jones 的大作③。谈俄国。谈邱吉尔的演说。Empson 问我他是有意与蒋过不去，还是他不知道事实。我说大约后者近似。Emp 说有人的解释是邱吉尔要说美军在缅甸的只有 7%，可是不能说。转来转去的说，却把中国得罪了。

右家今天去访他，说有许多篇小说可登载，又有许多关于中国戏剧的照片，在昆明，如有法取来，可以开一展览会。Emp 介绍她与 *Picture Post* 的 editor④。

回寓已近十二时。

1944 年 10 月 25 日

33:10:25(三) 阴薄雾

晨看报。十时余汇文、芦浪来。他们要到十二时后方能有房间，所以先来我处。坐谈一会，各有事去。

---

① 酒吧。
② 一种烈性黑啤酒。
③ 杰弗里谈《每日快报》。这是惠廷厄姆·琼斯的大作。
④ 英国《图画邮报》的编辑。

中午一时汇文来香港楼请 Sir Alfred Zimmerman 及 Arnold Toynbee。由方、范及我作陪。Toynbee 人很和蔼，曾到中国去过，再三的提到适之。我本写了一信与他，他没有回。今天便约了我一星期后午饭。Zimmerman 对人很热忱。听我找不到 office，便为想法。后来说有许多国家如 Greece[1] 等等有许多机关在此，现在都将回来，可以设法使他们的。他说可托 Brit. Council 交涉。

饭后我们同走到 Athenaeum Club。不介绍他们三人，我也进去参观。饭厅，（有客及另一间屋，需一星期前预定）阅报室，吸烟室，书报室，等等，到处都是书。里面的人都是五十以上的人。看了一次之后，我觉得已经满足，并不热心要加入了。我看方等也不会常去，也许不会再去。

四时余回。

一路由 Regent St. 走回。想买一双鞋，走了不少家，都没有合适的。有几家今天关门。

晚十时张方回。十一时余他们同到雪桥处，谈到十一时。我先辞出。

1944 年 10 月 26 日
33:10:26(四) 阴薄雾

晨八时余为扣［叩］门声惊醒。开门一看是周书楷从 Manchester 来。他说起庚款董事会已结束，庚款改由教部支配。

洗脸后与他同去早餐。遇王博士。与他同座。未吃完，范、张、方相继来。范张与周是名义师生。所以同谈到十时半。

出门到 Barratt[2] 买了一双鞋。初穿时很合适，走路时仍不舒服。到 Edgeware[3] 路一家鞋店去修旧鞋。买了两本书。

中午书楷在新探花楼请张、方、范及我。恰好施德潜正在请 Redman，有 Floud，Empson，君健，炳乾，林咸让等。饭后范回牛津，书楷送他去车站。

---

① 希腊。
② 巴勒特。
③ 艾奇韦尔。

回寓看报。写信与华及莹。今天接华等月二十九日所发信。华说她从前希望我早回，现在则希望我不回，能在外找到事做最好，战后她决定出国留学。我与她写信，说如要出国，现在比将来好，要是能想到办法，请到出国护照及外汇的话。如请不到，我劝她到南开去教书，如此将时间精力花费在园艺或图画上，而不在做饭洗衣上。小莹也可换一好学校。不过莹今年的教员较好，桂太太教英文，张远达教数学。

与雪艇、立武各写一短信。下午曾去 Selfbridge 买了些小日历，送些与雪艇、立武，寄些与华、莹。

又在 Evans① 童子部买了一条 corduroy② 裤。在 Selfbridge 成人部，都太大，没有合身的。到 Evans 童子部居然买到了。

看了一会 Margery Allingham's *Death of a Ghost*③。

1944 年 10 月 27 日

33:10:27（五）晴

早饭后得炳乾秘书电话，说得到了下议院入门券，有人在门口等候。即乘车去。我想邱吉尔说话，一定在询问之后，十二时左右。我赶到只十一时半，还很早。谁知进 Westminster's gallery④ 时，听着邱吉尔的声音。我初以为答问，一听是在说法国承认问题及希腊问题，是他的演说，已经是末一段了。他说完，有人问苏波问题，他回答说应由苏波双方解决，至于波兰独立，苏美自然担保。

不知是否因时间提早，议员也不知道的原因，议场并没有坐满。即政府席方面的一端，即有不少空座（below gangway⑤）。贵族席，大使席等也没有

---

① 埃文斯。
② 灯芯绒。
③ 马格丽·阿林汉姆的《鬼魂之死》。
④ 威斯敏斯特宫画廊。
⑤ 通道下面。

满。连我们这 member's gallery① 也还有几个空座。

邱吉尔说完，又少坐即去。场中的人也大都纷纷散了。我又坐了一会，听两位议员，一个是政府方面的，一个是对方的，在 front bench②，（我初以为是 Greenwood，原来是 Green③），对于伦敦飞弹所毁的房屋的修理问题，发表意见。虽然没有几个人听，可是预备说话的人，都跃跃欲试，一人坐下，好多人同时跳起来，想 catch speaker's eye④。

在这里遇到 Crwys Williams。约他晚上吃饭，他有他约。

一时在香港楼请 Margery Fry，介绍汇文、芦浪与她相见。汇文先打听了她是 Juvenile Court⑤ 的法官，即问她这些事。她谈了一会，说她应 bring out her hobby horse。我说汇文有 a knack of bringing out the people's hobby horses⑥。她问他们在剑桥生活等等。她说邱吉尔最近的侮辱中国，大不该，不怪中国人生气。她打算将中国反应和言论，寄给他的秘书，使他得见。如在报上批评，也许他反老羞成怒。方没有说什么话。

饭后我回到旅馆，将致雪艇、立武二信（附华、莹信）送到使馆，交与赵金镛。赵说不但厚些的信，即书亦可寄。只是迟二三星期。

到炳乾处，已四时。他不久出门，我坐在那里看《大公报》，到六时。报已到十月十日左右。

六时出门，没有地方去，只有缓步走去 Piccadilly Circus。在路上买了一张戏票。到了那里，还早，又到 Leicester Sq. 绕了一圈。（如乘车回寓，一到又得出来，也不上算。）

晚请林咸让、显承及君健吃饭。林新近从法国回来，显承昨夜方回。可是他只去了一星期，又不懂法文，林说法文，去了六星期，所以他们的

---

① 议员旁听席。
② 前座。
③ 初以为是格林伍德，原来是格林。
④ 引起议长的注意。
⑤ 少年法庭。
⑥ 说她应谈人们爱谈的话题。我说汇文有窍门挑起人们爱谈论的话题。

观察很不一样。不过显承看了不少军港。他看到 Normandie① 的人造港，惊为伟大。Havre② 现在让与美军。已全毁，但现在又可用。

显承说法国商品很多，巴黎很繁华。林说表面如此，实际不然。物品很贵，他们住军人宿舍，每餐只十五至二十五方，在外面则二百五十方③，还没有那样好。车辆很缺乏。法国大使馆的房子，三月前到期，房东不肯再租。外交部交涉后，会仍租。房东便要卖，二百万法郎（一万镑）汽车在西班牙。因中国没有承认弗朗哥，西班牙不准这汽车出境。汽车简直买不到。出门时乘马车，一点钟二百五十方（二十五先令）。钱阶平住旅馆。只两间屋，学生去叩门，他自己开门。

法国人只有 Maquis④ 对于德国受攻击。一般人好像没有战事，说现在的战争是英美对法的战争。他们对于英美人也无好感，说德国的占领，与英美的控制并不两样。反而吃的东西少了，价钱贵了。

谈很久，到九时半方散。遇到张、方二人看过了戏来吃饭。

我与林叶去访 Priestley，起先只他夫妇二人在家，后来女儿 Mary 带了一位年轻军官回，后来 Angelica 也回来了。（她在排演 Peter Pan 中的 Wendy。⑤）

Priestley 说写好了一本戏，中间有英、美、苏、华各一人，代表四国。中国人不易找。他问我能不能找一人来演中国人。后来说让林来演。林说他 nervous，shy⑥ 等等。后来说还是让英人扮中国人，反而中国气息充分些。

他说自缅甸回来的英国军人，都不喜欢 Stilwell⑦，一听他的名字便会跳起来。

他对 Noel Coward⑧ 不恭维。说 This *Happy Breed*⑨ 不能表示英人性格。他

---

① 诺曼底。
② 勒阿弗尔。
③ "方"即法郎。
④ 抗德游击队员。
⑤ 她在排演《彼得·潘》中的温蒂。
⑥ 胆怯，腼腆。
⑦ 史迪威。
⑧ 诺埃尔·考沃德（1899—1973），英国演员、剧作家。
⑨ 《快乐天地》（又译《天伦之乐》）。

说他没有去看。Angelica 说她 Couldn't see it①。Priestley 说英国在法最先演的电影是 Coward 的 *In Which We Serve*。他说真不该。这也许是美国人有意捣乱。我说美国人很称赞这片子。他说他并不说片子不是好片子，只是以英国海军给法人看，法人一定生大气。

他出 Whisky② 请客。

辞出已十一时余了。回寓十二时。

看了一会 *Death of a Ghost*。

1944 年 10 月 28 日
33:10:28(六)晴有时微雨

晨看报。

十二时与方重去 Victoria 车站，乘 12:31 车去 Coulsdon North③。在车上遇一工人，谈了一会。他已六十余岁，退休，因战时又出来，在屋顶上铺瓦。

Allan Saridge④ 到车站来接。他的夫人，Rainer 的长妹 Connie（?）今天在，Elsie⑤ 有约出去了。与 Ranier 父母等六人同饭。Rainer 的父是很守旧，又是一个 nationalist⑥。如说封锁滇缅路，一定有封锁的理由。新加坡不能守，也有理由等等。Saridge 是新派，但不能说没有帝国主义的倾向。Saridge 夫妇说话最多。方重仍不多说话。

近四时，又请我们喝茶。乘四时十分车回。到寓已五时余。

休息片时，即去 New Theatre 看 *Richard III*。Olivier 扮 Richard III⑦，从头到尾重担在他身上。节删处不少，可是还是很长。分两场，自六时一刻演到

---

① 看不透它。
② 威士忌。
③ 库尔斯顿北。
④ 艾伦·萨里奇。
⑤ 艾尔西。
⑥ 民族主义者。
⑦ 劳伦斯·奥利弗演理查三世。

就近九时半。*Richard III* 这戏，我认为并不伟大。太多，太杂，Richard 的性格，也没有加细工磨琢。许多地方很有些像中国戏。我认为 New Theatre 的三个戏，*Arms & the Man*① 最好，也演得最好。炳乾最恭维 *Peer Gynt*。

炳乾急于要回去，说有剑桥友人等他（他下午去看了 *Breadwinner*②）。我一人去一家小饭店吃了饭回。

晚上的月色极佳。

接兰子一信。她希望我帮她运动参政员。她说叔华希望我做公使，如在加拿大（！）、瑞士、澳洲做公使！托端六去向雪艇说。这真所谓"热昏"了。我这人如何可做外交官？雪艇也如何能荐人做公使？岂不是笑话？

兰子说叔华"近来越来越瘦"，也实在可怜。可是有什么方法让她们出来呢？

看 *Death of a Ghost* 到二时。

1944 年 10 月 29 日
33:10:29(日) 晴雨

早饭后看报。

钱家祺夫妇约了于十一时半来。到已近十二时半了。他说有事求我。原来是为了要请求 British Council 的 Scholarship，照章需有二人写信推荐。他有了殷宏章一信，又要我一信。我说我对科学一点都不懂，我的推荐恐不发生效力，不如另请人。他说不妨。便打了一信。他即借我打字机打几个 copy③。因没有 carbon paper④，我向周显章处去借。周即请他夫妇与我去喝酒。

一时余去喝酒。座中有 Bellamay 夫妇。后来到新探花楼去吃饭。本来我说请钱夫妇。钱说请我。结果还是显承抢了去请。他说这机会不易得，让了

---

① 《武器和人》。
② 电影《养家糊口的人》。
③ 副本。
④ 复写纸。

他吧。饭后别去，周说钱太太很和蔼，毫没有贵家小姐的架子。这倒是的。

她说与如松很熟，是同学。Prof. Andrade① 说如松是他的女生中最好的。她也真拼命的与他工作，常到夜间八九时。

今天报载，Stilwell recalled②，原因是他与蒋不睦，at daggers drawn!③ 说中国有一高级长官如此说。我问顾，他说重庆有此传说。有人说蒋宋不和，一部分是为 Stilwell，因蒋要宋对美交涉撤 S，宋不肯。甚至有人说 S 为宋有约为宋训练军队。S 在中国久了，中国习气都懂得，都学会。他将 lend-lease④ 军器，完全在握，由他一手支配，不信中国人。

下午看报。

六时余与张方去 Academy 看 *Kermesse Heroique*⑤。这是一个 Satire⑥，写十七世纪中 Flanders⑦ 某城男子听到 Spanish overlord⑧ 率军过境，惶恐不知所措。市长夫人出来，领妇女迎接。以色相悦将士，秋毫无犯而去。照相好极了，许多小处也很 comical⑨，怪不得英国批评家大赏识。这在中国是决不准上演的。汇文即不以为然。

到 Choy's⑩ 吃饭。不高明。郭耀是汇文小同乡。他们向来认识，他见张到，邀不出。后来去找他，只好出来了。他不让我代他付账。

十时余回。张方明天一早回剑桥。即别。

看完 *Death of a Ghost*，并不佳。

---

① 安德雷德教授。
② 史迪威被召回。
③ 势不两立!
④ 租借的。
⑤ 到皇家戏剧学院（Royal Academy of Dramatic Art）看《佛兰德斯狂欢节》（*Carnival in Flanders*）。此为 1935 年的法国历史浪漫喜剧电影，原名 *La Kermesse Héroïque*，导演雅克·费代（Jacques Feyder）。
⑥ 讽刺剧。
⑦ 佛兰德斯，西欧一历史地名，泛指位于欧洲低地西南部、北海沿岸的古代尼德兰南部地区，包括今比利时及部分法国领土。
⑧ 西班牙领主。
⑨ 滑稽好笑。
⑩ 蔡记。

1944 年 10 月 30 日

33:10:30（一）晴阴

早饭后乘车到 St. John's Wood，走到 Carlton Hill 72 号①访杨志信君。杨君住陈尧圣君所租的 flat，不久要搬，我特来看看这房子。这房子是三间，客厅尚大，睡房很小，浴房也很小，外有一总门。陈设很简单。可是房内装有水汀，相当暖和。另有电炉，可以取暖，也可以煮水。客厅里有一小 divan，如有客来，可以睡。所以比起 Mount Royal 来，好处是多一睡房，客厅也较大。缺点是路比较远，不能随时进出，夜间回去，也较不便。

至于价钱方面，这里每周五又二分之一金尼，合 6 镑 15 便士 6 先令，实在不便宜。只是早饭很公道，共一个六，且常有鸡蛋（因后园中养了不少鸡鸭。所以连早饭，每星期合到六金尼。Mount Royal 连小费合 7 镑 6 便士 8 先令），旅馆扣小费 13 便士 8 先令，早饭小费 3 便士 6 先令，所以便宜了一镑钱。晚饭每餐只 2/9，所以一周也可省一镑钱。总共一月可省八镑左右。

如叔华小莹来的话，这里还勉强可住下。考虑的结果，我还是决定留下这房。

杨志信君是四行总处所派，来此两年，调查银行业务。他嫌这里稍远。

出来到使馆。顾少川前天下午回来了。今天十一时半开会，召集馆员谈话。王景春、萧乾、林咸让、周显承、海军武官及三位陆军武官均到了。

礼堂在一楼饭厅。挂了国父遗像，排了几排椅子。我与陈维城、施德潜坐了第一排椅。

顾少川进来后和我们及王、萧等拉手。行开会礼后他报告这一次 Dumbarton Oaks②的谈判经过。

会议分为两部。之所以分为两部，完全是苏联的主张。说原因是苏日并

---

① 圣约翰伍德公寓，走到卡尔顿山 72 号。

② 1944 年 8 月 21 日至 9 月 28 日在美召开的敦巴顿橡树园会议，此次会议解决了联合国的成立问题。

没有作战。但会议所讨论的，并不是如何作战，而是战后和平问题，如何不能四国共同讨论，理由不易了解。美国的意思原来是两个会议同时举行，尽可两个会场在同一地方，甚至两间相连的房，中间的门打开着。但这亦未成事实。原因可以猜想。

第一部开会时，中国方面即有说贴交与英美二国代表团。他们将一部分包括在讨论范围内。所以第一部的议决案中，已经包含有中国的建议。

第二部开会中国提出的建议，如侵略制裁的解说等等，有些为三国所共同接受。但是并没有发表，因为苏联的同意还没有得到。如单由三国发表，则或者别人疑为苏联不同意，或者苏联因未得它同意先发表而不肯同意。

会议中最困难的一点是关于投票权。英美主张讨论侵略制裁问题时，当事者应放弃投票权。苏联则反对放弃。决议说须四国同意方生效，当事者绝无投票赞同制裁的道理。所以英美对于此点很坚决。

另一点很难解决，为外间所不知道的是，苏联主张将联邦内所有共和国都为大会会员。英国有五票，苏联如参加，票便多得多了。

这两个问题都是要等三个巨头会议方能决定。现在的只是初步方案。巨头会议后四国再会，提出正式方案。然后将方案附请帖分送盟国，开大会。这最早当是一月，或是明年春天了。

这次会议中 Security Council 有 Economic Council① 是中国所提。中国提出应有 economic and social co-operation②，又应有文化教育合作。苏联初不愿有这一切，后来让步有 economic council，别的教育文化，暂时附带在内。

这一次的第二部有意料不到的成功。美国对第二部，形式上与第一部完全相同。如他③到华盛顿时，全体英美代表团到机场来接，阅兵等等。起先以为实际没有多少可讨论。谁知中国方面的方案有许多为英美所赞成的。事实上会议两天即完。可是美国代表提出请中国代表团对于已通过方案，逐条发表意见及批评，并且不是每国五人出席，而是全体代表出席。

---

① 安全理事会中有经济委员会。
② 经济与社会合作。
③ 即顾维钧（少川）。

这种成功，一方面是中国方面的提案自有其价值。另一方面则在对苏会议之后，与中国代表讨论，很是自然坦白。苏联代表对于每一问题，都说不能发表意见，要打电话到莫斯科去请示。

会议之后又开使领会议，南北美的大使公使，总领事等都到了。孔对于使领经费，表示不必担忧。

再有一问题是中英关系，这一年中大恶化。一年半以前，美国报纸提到中国，十九是恭维，现在则十九是批评。报上的新闻、社论、专文，都是一致的批评中国。这种共同的趋势，多少是出于政府授意。

有一美国人说，美国人没有到过英国的，大都批评英国，可是到英国去游历一次之后，回国时大都变得称赞英国了。美人没有到过中国的，大都恭维中国，到中国去了一次，回国时都变为攻击中国了。其故何在？

这原因一部分是由于生活程度太悬殊。美国人到中国去，一切都感到不舒服。

可是另有其他原因。中国成为四强之一，实在是一种 courtesy，是一种 honorable title①。在莫斯科会议时，中国参加签字，实在出于 Hull② 一人尽力主张。他那时这主张如不达到，他预备提了皮包动身。所以有一美国的要人对中国的一位要人说，中国坐着一张四强的椅子，完全是出于罗斯福的主张的一手提拔。中国应当坐牢这椅子，不要时时的滑下去。中美关系万不可恶化，这是大家都应当尽力的。什么人都可以尽一点责任的。（最近，Stilwell 事件也是这恶化的一端。）他希望各人尽力。英国对于中美友好，本怀醋意，所以出去不要说。

散会后他与我谈了几句，如适之问起我，现在到 Harvard 去了，鲠生曾到华盛顿去帮了忙。

到银行取钱，在 Baker St. 吃了饭回寓。

打了一信与 Squadron leader Mackay③，写了一信与熊式一。

---

① 一种客套，一种殊荣。
② 当时的美国国务卿柯德尔·赫尔（Cordell Hull, 1871—1955）。
③ 麦基少校。

写日记。补写日记。

五时曾有很多的爆炸声。七时又一爆炸声，更大，一连响了几秒钟。

与显承同晚饭。

补完这一周的日记。已将到十二时了。

1944 年 10 月 31 日

33:10 月 31 日(二)阴有风

夜中醒了数次。四时左右醒，不久听到爆炸声很大，似乎很近。好像连接二声，也许第二声是回声。

八时有警报。有炸弹声。二十分后解除。但九时又有警报，不久即解除。看来德人到了日暮途穷，反而拼命的来捣乱。

早饭后看报。寻找从前所写的演讲稿，修改。

饭后打字打了一页。

四时半出门，到大使馆。访陈尧圣未值，与翟瑞南谈了一会。他在华盛顿会到适之、鲠生。说廷黻已回，暂时由刘锴代理。说蒋夫人并无大病。孔无去意，全家都在美。来往华纽，许多人都得去接。可是他下车后眼亦不望一下。

取了在修理中的无线电收音机回。听新闻，几乎睡着了。六时余又有巨大的爆炸声。

回殷宏章一信。

打字数行。

近七时出门，乘车到 Cadogan Gardens Lady Goold Adams[①] 家。她 at home[②] 请的是国际的人士。到了二十人左右，有各国的海陆军军官。先喝酒，后吃冷食。

---

① 卡多根花园古尔德·亚当斯夫人家。

② 家中。

我曾谈话的有 Liene Ward，Sir Niell Malcolm①，从前在缅甸领军，现在退休任 *Sunday Chronicle*② 军事记者的某将军和他的夫人。希腊大使。我与希腊大使谈了最久。希腊通货膨胀已百万倍！

1944 年 11 月 1 日
33:11:1（三）晴阴

晨看报。

十二时半动身去 China Institute。立食时遇到 United China Relief & Chairman③，前华中教员某牧师，Muriel Lester，Miss Fry④，廖鸿英等。鸿英说为什么不把叔华接出来。

今天到的人很多，空军军官都到了，所以中国人比平时多。陈占祥讲利物浦唐人街建筑设计，Sir Charles Reilly in the Chair⑤。

与廖鸿英同乘地道车。约了她后天吃饭。

下午打讲稿二页。

晚吃饭时先后与王景春、郭汝槐同座。因为 Stilwell 的召回，美国大哗。今天报载罗斯福的话，意在息事宁人，但 *Times*，*New Chronicle* 的美国通信，都引了英人的言论。如 A. Horrison⑥ 等都攻击中国极厉害。英人前即不甘心中国为四强之一，现在当然称快了。我们都为中英关系发愁。

王说有人看到 V2，这一个落地未炸。直径七尺，高四丈，入地十五尺。去看的人怕它爆，正在设法防止中。

上楼已九时，听了广播。又打讲稿二页。

---

① 雷尼·沃德，尼尔·马尔科姆。
② 《星期日纪事报》。
③ 美国援华联合会主席。
④ 穆里尔·莱斯特，弗莱小姐。
⑤ 查尔斯·莱利爵士主持会议。
⑥ 美国新闻记者戈登 A. 哈里森（Gordon A. Harrison）。

1944 年 11 月 2 日

33:11:2（四）阴晴

晨看报。

十二时半出门，去上海楼。陶寅请吃饭。座中有陈尧圣、戴，及 Brit. Council 管学生的 Monte 及 Miss Stevens，F. B. I. 的 Jenkens[①]。学务事以后由陈办理，今天陶介绍他与这三人相见。散已三时余。

走到 Savoy[②]，今晚的戏票换到下星期。走到炳乾处，E. M. Forster 及 John Hampden[③] 已先在。Forster 丝毫没有架子，很随和。炳乾请吃茶点，有一串葡萄，他不肯吃，只取了一个，最后走时萧又请他吃，说葡萄在中国表示 farewell[④]。他说一定是 rubbish[⑤]，问我是不是。

他听说 Julien[⑥] 是我同事，即问我看到 Quentin[⑦] 没有，看到他的母亲没有，我都答没有。

我问他近年有没有出版了些必读书。他说有，但一时想不起名字来。他问 Hampden 想得起想不起，H 也说想不起。

五时他们辞出。我也回寓。打了近一页讲稿。

六时余又出，到 Majorca[⑧] 吃饭。萧乾请方回来的任玲逊、陈尧圣、杨志信及翟凤阳。任、陈、杨都是萧燕京同学。任最早，1928 毕业。所以大谈其燕京。翟说了些在英见闻。魏伯聪初接电，打得很不好，说"除尊驾外出有某某等"，他以为他是首席代表，即将发表。后闻有顾，他夫妇去电劝阻。可是出席时他始终没有发过言。

---

① 蒙特，斯蒂文森小姐，詹肯斯。
② 萨沃伊剧院。
③ 约翰·汉普登。
④ 告别。
⑤ 瞎说。
⑥ 朱利安·贝尔。
⑦ 昆汀。
⑧ 马路卡餐厅。

今天 Jenkens 说出 F. B. I. 的训练中国学徒，是为了中国学生都到美去学工，回国后购买的都是机器。他问为什么中国学生都到美国去，我与他说种种原因，他说他向来不懂，现在方才明白了。

1944 年 11 月 3 日
33:11:3（五）阴微雨

早晨看报。

十一时半殷宏章自剑桥来。我为他定了房间。

十二时与殷同去香港楼。他请同行 Dr. Allen① 及 Allen 的一位朋友。二人都是科学家。另一位是植物学家，很想将来到中国去（是剑桥 St. John's 的 fellow?）。他们两个人的雨衣都破了许多孔。足证英国学者的清寒及随便，很有些与中国人相同。

二时回。到六时半打了半页讲稿。

六时半殷同去香港楼。我请他及廖鸿英与她的丈夫 Mr. Bryan②，吴桓兴与他的女友 Mrs. Black③。这 Mrs. Black 是一个雕刻师之女，曾写过一本小说，现在正在写一本战后问题的小说。Mr. Bryan 年纪很轻，可是在中国前后已有十二年，相貌也很漂亮。说中国话说得很不差。鸿英有时与他说中国话。说话最多的还是 Dr. Wu。Mrs. Black 说中国人都长语言，她遇到的中国人都说 perfect English④。

近九时散。

在殷房坐少时。九时半回房。又打了讲稿二页。今天共打了七页余，是成绩最佳的一天。不知是否因过劳，或是因伤风，觉得背很酸痛。

---

① 艾伦博士。
② 布莱恩先生。
③ 布莱克夫人。
④ 完美英文。

写日记，浴后吃了一个 aspirin，一时睡不着。看了一会 Grew 的 *Ten Years in Japan*[①]。

1944 年 11 月 4 日
33:11:4（六）晴后阴雨，大风

晨与宏章同早饭，遇到王老先生同座。

收拾行李。买车票。

十一时三刻动身去 King's Cross，十二时二十分到月台。头等车已坐满了人。好容易才找到一座位。如稍迟，恐得站到 York 了。放下行李，到饭食处去喝了一杯茶，吃一点点心。

车十二时三刻开。天气起先很好。阳光。一路的树木，大都已是落木疏林了。起先看报。看完报，同室五人都睡着了。我也想午睡，可是不能入睡。

即将讲稿看一过，修改了些文字。昨天打了七页多，究竟是太快了，文字上也比较差，一时不容易改好。改完已四时。天气已变阴沉沉的，云厚天低。

车迟到，本应五时前到 York，到已五时一刻。立月台不见人接。走到收票处，Squadron Leader Mackay 来接。另有 Sq. Ld. Skelton[②]，他年龄较大。三人同车，有女兵开车。R. C. A. F. 的站台在 Dishforth[③]，离城有二十英里。一路经过的是农田。只过了一个小镇。

这站是战前已有的，所以大部分房屋是砖砌，很坚固。我住的是 C. O. 的宅，Skelton 住二楼一室，我住三楼。

洗脸后到 Mess[④] 去吃饭。这里一切自己动手去取。饭很简单，一菜，一

---

① 美国资深外交官、著名日本问题专家约瑟夫·格鲁（Joseph Grew, 1880—1965）所著的《在日本十年》，该书为格鲁担任驻日大使期间的工作日记。

② 麦基少校来接。另有斯凯尔顿少校。

③ 迪什福斯。

④ 食堂。

甜菜，一茶。牛油不少。

饭后在对面休息室中谈话。在室内的人，大都是打牌，也有看报，看杂志，谈话的。

我与 Skelton 及 Y. M. C. A. 的职员 Chisholm① 谈较久。一路来时与 S 不说话，吃饭也不说什么。坐谈时则问了不少问题。他是 Montreal 生长的。

八时半与 Chisholm 去看电影。每星期有三晚，每晚二场。八时半到第二场。在已不用的健身室中。座椅等很破旧。看的人也不太多。也有女兵。男伴也照样抱了她们的肩。

谁知电影放射器出了毛病，不能映（片子是 Cary Grant 的 *Mr. Lucky*②），即回寓。风很大，天有些冷。室内有暖气，仍不很暖。

写日记。看了些参考资料。

十一时即去睡。谁知再也睡不着。翻来覆去，到三时。没办法，起来吃了安眠药，后来方入睡。

1944 年 11 月 5 日
33:11:5(日) 晨风雨

与 Skelton 同去早饭。饭后与他同去办公室。Skelton 也新从加拿大来，是此处的 senior administrative officer③。

楼上有 Educational Office④，办理军人教育等事，有一个很小的图书馆，有些小册子和课本。司事的一位是 Fl. Lt. Aitkins⑤。有军官进来借书，我与他们谈中国问题，世界问题。

---

① 基督教青年会的奇泽姆。
② 加里·格兰特的《幸运先生》。
③ 高级行政官员。
④ 教育办公室。
⑤ 空军中尉阿特金斯。

Skelton 介绍去见这站的 commanding officer①。这是 Group Captain Woortel②。他让 Aitkins 领我去参观一个 Halifax③ 轰炸机。这许多人中，只有 Woorel 是真正的飞行人员。如 Skelton，Mackay，Aitkins，Chisholm 等，都并不飞（Chis. 没有军衔），可是却大都有军官的头衔。

我们到了一个 Hangar④ 里面有几架轰炸机，由一 mechanic⑤ 领我们爬进一架去参观。Aitkins 虽在此工作，但对于飞机的内容，与我同样的茫然。机工所知道的也有限。他说有好几个不同方面的人来验看飞机是否没有毛病。他只管某一部分，其他的东西他也莫名其妙。至少我们看到 Pilot⑥ 坐在前面，co-pilot⑦ 坐他的侧。里面是 navigator⑧，有一木桌，再里面是无线电员。飞机的最前最后是 head gunner，tail-gunner，中间又有一个 gunner。如出事需降落。Tail gunner 的地点最佳。Pilot 也不坏。中间的 gunner 需爬梯子出去。轰弹在底下。Halifax 不如 Lancaster⑨，不能带六吨的炸弹。看里面的面积，也没有美国的 Liberator⑩ 大。

本来早晨大风雨，此时雨渐止。我们去找到了 Mackay M. 领我到另一 Mess 去吃饭。这里是受训练人员的饭厅。是一个大的 shelter⑪，铅皮顶，半圆形。有的地方漏，不止的滴水。这里的桌椅等都比较简单。

饭后到 Mackay 等所住的地方，也都是半圆形的 shelter，房间小，里面很冷。有一休息室，可坐八九人，中有火炉。与训练主任 Sq. Leader Cox 及 Wing Commander Bleisson（？）⑫ 等谈东方战事。

----

① 指挥官。
② 空军上校乌特尔。
③ 哈里法克斯。
④ 飞机库。
⑤ 机修工。
⑥ 飞行员。
⑦ 副驾驶。
⑧ 领航员。
⑨ 兰开斯特。
⑩ 解放者。
⑪ 隐蔽所。
⑫ 中队长考克斯及中校布勒松（？）。

后来 Mackay 领我去参观兵士的 mess。这里很大。厨房里的大锅有八九口，烤箱如一间小屋。面包，火腿等都由机器切。

又去参观医院。只是一小规模的病院。有医生二人，看护一人，另有牙医。病室四间，手术室一间，dispensary① 一间等等。比较重一些的病都送到十余里外的大医院去。所以住院的人都是轻症。一切都干净也清静。可怜我们大学都没有这样的一所医院。

Mackay 又领我到他的 office，即在 Educational Office 之旁， （门上写 padre②，一般人遇他，也叫他 padre）。E. Off. 中除 Aitkins 外又有另一位 Fl. Officer③。另两间为 intelligence officer④ 的房。Int. Off. 领我看看，里面都是大地图，如德国。大图上如何为 Flak⑤ 区，如何为 Search-light⑥ 区，都标出。训练人员在此上课。

三楼有 meteorological office⑦。桌上每天都有地图，上列各地的气候报告。Fl. Officer 是一英人。他说天气预报，能有四小时至八小时正确，已经很不易了。

回到寓所已近五时。休息。想入睡，又不能。看看关于参政会的 voter⑧ 等。

六时余吃晚饭。晚饭后在休息室看报。

八时去 Y. M. C. A. 楼上一长室，前面是皮的 armchair⑨，中间是皮椅，后面是木椅。可坐二三百人。我们去时已经差不多坐满。只前面一排空着。一会儿 Group Capt. Wurtel 和他的夫人来。夫人年很轻，生在中国。他们坐第一排，Mackay 主席，与我二人坐台上。

台上有 microphone⑩。说话时在口外三寸至六寸。对扩音机说话，我还是

---

① 药房。
② 随军牧师。
③ 飞行官员。
④ 情报官员。
⑤ 高射炮。
⑥ 探照灯。
⑦ 气象办公室。
⑧ 选举人。
⑨ 扶手椅。
⑩ 扩音器。

第一次。

我的讲，还是大部分读讲稿。大约正是一小时模样。完毕后，由听众发问。我事前曾有些恐慌，怕临时答不出来。谁知到了这时候，大约因为比平时兴奋，答复很快，一点都不迟疑。他们问国共问题，问 Stilwell。我说 Stilwell 事，我是预备相信罗斯福总统的说明。如问中国人对于外国的不信任，可以以"洋鬼子"称呼来说明。我说在过去大家都不信任，我们叫他们洋鬼子，他们叫我们 Heathen Chinese①，现在彼此的认识增加了，我希望大家更设法彼此多了解。如问蒋先生死了如何。我说 such men do not easily die。② 众大笑。

问答也花了三四十分钟。散后 Aitkins 说我答复问题像一个 old parliamentarian③。

接着是 Forum 的 Committee④ 在另一房子内招待茶点。有二十人左右。也有二位女职员。Wurtel 夫妇也被邀。Mrs. Wurtel 虽生长在中国，可是一句中国话也不会说。分别谈话了一会，又称为座谈。许多人发问，关于中英商业，如中国工业化后，中国的低廉工资所制的物品将在竞争中占优势等等。如妇女问题。如此又有近一小时。

回到寓所已十一时。

浴。我知道今天太兴奋恐睡不着。上床即服安眠药。果然睡不好。

1944 年 11 月 6 日
33:11:6(一) 晴时雨

晨与 Skelton 同早饭。

九时 Aitkins 陪我乘车去车站。今天天气好，有太阳，虽然一阵阵的雨。我想来 York 不易，此来一半为了要游览这城。不可错过。因将提包挂号。出

---

① 异教徒中国佬。
② 这样的人不容易死。
③ 老议员。
④ 论坛的委员会。

去买了一张地图，即游览。

先到 York Castle,① 现在留下来的只是一土山上的 Clifford's Tower②，这是一个小圆堡，只留了四周的城垣。买了券，可以上去走一圈。下望一面是 Ouse，一面是 Foss 河③。

从前的堡，后来改建了法庭，负债人狱，与女牢。现在女牢改为博物院。这博物院倒很值得参观。里面有几间屋，一切表示十八世纪等等的装潢，陈设。楼下还有一条十八世纪的街道，连两旁的铺面，都照样的有。

在博物院中时，外面大雨。出来已雨止了。

York 的城墙，现在还保存了三段。在这里附近的一段在 Foss 河那面。上去走到，城外沿墙是牛羊市的一个个的栅栏。

走进 Walmgate，Fossgate 到 Parliament④ 是一条最宽的街。附近某一转角上有一酒店，里面有 Roman Bath⑤ 遗迹。我进去喝一杯啤酒，询问故迹，则要到下午三时才开放。

即到附近一家饭店 Whit Rose⑥ 去吃饭。这家建筑，是 Tudor⑦ 时代的。门口说已开了几百年。里面的栋梁，窗户，别有风味。饭价极廉。

本打算二时回。后想回去也已晚了，何不索性在此游一天，五时后方回，即如此决定了。

买了一条围布。伙计看我挑了又挑，先中意这条，后又中意那条，很不耐烦，见于辞色。也许 Yorkshire⑧ 的人是如此生性。

到 Minister，又进去走了一圈。出来上附近的城墙。这一段城墙正下临 Minister 附近的空地即 deans⑨ 等等宅后的花园。又可望到 Minister。很美，很

---

① 约克城堡。
② 克利福德塔。
③ 一面是乌斯河，一面是法斯河。
④ 走进沃姆门，法斯门到议会。
⑤ 罗马浴室。
⑥ 白玫瑰。
⑦ 都铎。
⑧ 约克郡。
⑨ 主持牧师们。

幽静。从 Monkgate 下，走 college St.①，这是一条小街，建筑是 Tudor 时的一个院落。

走过 Public Library，进去看一看。也是借书也可走入书库。有一儿童阅览室。

Yorkshire Philosophical Society 的 ground。② 进去需买票。园地颇廉。里面有罗马城墙一段。

The Yorkshire Museum③ 里面的东西，除鸟类标本可看外，其余都胡乱排列，一点都不能引人入胜。

旁有 St. Mary's Abbey④ 废墟。在里面走了一会。

过了 Ouse 河，又是城墙。这里临河一段城墙可望河上，及临河园林风景，也可取。可是走过去，两面都是车站等等，没有什么可观了。我走完了。沿河走回。这里是货站之类。Ouse 水涨，有些处的河岸没入水中了。

过 Ouse bridge。在一家书铺买了两本书，询问再有何处可游览。女伙计说有 Merchant Adventurer's Hall⑤ 在附近 Piccadilly。这是一所大的古建筑。底下是 Guild Hall,⑥ 上面是 Adventurer's Hall，现在里面都是空空如也。有一女教师带了一群小学生在参观。

出来在附近 Tudor House⑦ 喝茶吃点心。

五时三刻车，六时开。在车上看报看杂志。十时余到伦敦。

1944 年 11 月 7 日
33:11:7（二）阴

早晨接华等十月十三号所发信。莹还写了一封英文信给 Mopsy。华信中说

---

① 从芒克门下，走学院街。
② 约克郡哲学学会的地下。
③ 约克郡博物馆。
④ 圣玛丽修道院。
⑤ 商人冒险厅。
⑥ 市政厅。
⑦ 都铎公馆。

生活日益困难，希望我不必回去，她们可以出来。她打算考留学。这倒是一个办法。只是小莹如何能出来，还是问题。

看报。

十二时二十五分到 British Council，访 Parkin Moose①。他为我找到一间房，在 65 Portland Place②，与大使馆在一排，只差几家。女主人 Mrs. Taylor③。她丈夫是医生，在新加坡被日兵所俘。他回来时房子即需收回。她楼下拟租一 accountant④，楼下可以租给我一间。她自己住在里面。房租一年二百元。这里的地点很好，房子也大，可以有家具，都很满意。只是只有一间房，是缺点。

我请 Parkin Moose 到 Ley-on 去吃饭。他是苏格兰人，思想很守旧。

二时半到 Royal Asiatic Society⑤ 出席 China Society 的年会。只到了十二三个人。Prof. Yetts 主席。

三时演讲会。Fitzgerald 讲 Yunnan。⑥有幻影片。到了四十人左右。影片是 Fitzgerald 自己所摄，尚有味。

四时毕，没有什么问题。即下楼去喝茶。一印度人 Dara⑦ 与我谈，说他有不少中印关系资料，邀我去茶叙。与 Whymant，Sir John Pratt 及 Mrs. Fitzgerald 等谈。Mrs. F 的一句话，意在恭维我，可把我骂苦了。她说我的英语 greatly improved⑧。她第一次遇到我的时候，我 could hardly open the mouth！⑨

回寓看报。

七时到 Arts Theatre 看 Maugham 的 *The Breadwinner*⑩。这里面所写的儿子、太太，都太不近人情。中间一幕最好。末一幕过于近趣剧。这不是 Maugham

---

① 帕金·穆斯。
② 波特兰广场 65 号。
③ 泰勒夫人。
④ 会计师。
⑤ 皇家亚洲学会。
⑥ 菲茨杰拉德讲云南。
⑦ 达拉。
⑧ 大大提高。
⑨ 几乎张不开嘴！
⑩ 看毛姆的《养家糊口的人》。

的精彩之作。主角 Blakelock① 比较好，其余角色很平凡。

散戏后在 Greek bar② 吃了些茶及 Sandwich 之类。

看星期日的报。

十二时听广播睡。

1944 年 11 月 8 日

33:11:8（三）雨阴

晨早饭后看报。

与周显章商租办公房事。他已找海军部去办了。与他及 Mrs. Bellamay 谈了一会。

一时到 Oxford & Cambridge Club③ 与 Arnold Toynbee 吃饭。这也与 Athenaeum④ 一样，会员饭厅很大，有客时在另一间小房。饭后坐图书馆中谈到近三时。谈中英文化合作问题，他很赞成在此设立一个 house，有一gallery⑤。后来谈战后问题，苏联问题。他对于苏联是不是成为帝国主义者，也很无把握。他说世界和平问题，完全在苏美两国手中。他人很和气。说话时不过多。与他谈很有意味。

回寓后写了一信与 Mackay，请他将我落下的手电灯寄我。

将小莹寄 Mopsy 的信打了一份。将来改正，预备寄回与莹。莹的原信只改了几个错字，写了一信与 Mopsy 寄去。

周显章来，少坐。

六时半到 Savoy 看 Frederick Lonsdale 的 *The Last of Mrs. Cheyney*。⑥ 这戏的

---

① 布莱克洛克。
② 希腊酒吧。
③ 牛津剑桥俱乐部。
④ 即雅典娜神庙俱乐部（Athenaeum Club）。
⑤ 设立一个机构，有一画廊。
⑥ 到萨沃伊剧院看弗雷德里克·朗斯代尔的《伦敦交际花》。

情节和情调，很像 Wilde①，可是比较的更远离现实。对话也没有那样的漂亮、机智。演员如女主角 Coral Browne，很有 sex appeal②，但不大有剧中人的身份。Jack Buchanan③ 还不差，但也并不特别的好。

到 Snack bar④ 吃饭。

写日记。

1944 年 11 月 9 日
33:11:9(四) 晴

晨看报。

十二时半走路去大使馆。有太阳，天气很冷。到时已有客到。顾少川夫妇也已出来。今天请的都是文人。五教授到了四人，只有范雪桥未到。此外有赵志廉、任玲逊、萧乾、杨志信。新来的荷兰使馆参事张道行，法国大使馆秘书钱能欣夫妇，和大使馆的大部分馆员。祝小姐和李思国夫人是来陪钱太太的。

雪艇托张道行带来一信，说：

"目前在英推动一切，自较数月前为困难，但似不容因此稍懈。如何设法使英国文化教育界人士重视中英关系为兄之基本任务。至于方法步骤，自应由兄随时并必意为之。"结果是没有说什么具体办法。

吃饭时立食。我倒是坐了，与顾太太说了一会闲话。她坐在那里，等人去找她，自己不大招呼人。顾少川则还转动，与诸教授等应酬。

二时半辞出。我与萧乾、赵志廉去 65 号看房子。房东太太不在寓。女仆让我们看看楼下的房子。他们都说不贵。

与萧乾在 Quality Inn 喝咖啡。他又谈起与树藏离婚事。他说树藏不肯离婚

---

① 王尔德。
② 卡罗尔·布朗，很有性感魅力。
③ 杰克·布坎南。
④ 小吃店。

是为了要报仇。她很高傲。

三时半去 Camden Town 访 Prof. Dara。① 他是印度人，二十多年前曾在印度教某王公。来欧已二十余年了。据他说他在欧收集东方艺术品，为的是要在将来为东方人为 Cartoon industry② 的模范。他说他收的中国古物，仍将归还中国。可是有时又说某人问他要古物，他无论如何也不卖。他看到中国的什么画，他说无论出多少钱，非买不可之类。这些画他说都存在银行保险库。他只取了几件给我看。一件是两幅道士院内的天神天将。他说是唐画。我说如何知道。他说看 texture，看 colouring，etc③。其实这是两张极普通的画。他又出示几张不同的册页，不是宋，便是明。其实都是平常东西。又出示一铜壶。更是极劣的赝品。他说是明代仿造。都是胡说。他墙上挂几幅中国画，更糟了。

他又出示些古物的照片，都很小。

最后读了一章他所写的东西艺术的不同。这还不是乱说。

五时余辞出。乘车去 Marble Arch 又换车去 Hammersmith，到 Lyric 看 Shaw 的 *Too Good to Be True*④。座客寥寥。其实还演得不差。这戏的情节，完全是胡闹，戏中也是不断的有长篇大论。可是听了还是很有趣味。

看完戏，与方重、汇文同到香港楼去吃饭。（今晚是方、张请我。我买的明天的戏票二张，另送了祖文霞。）

汇文书他遇到出现盟国教育会议的某人。此人也说中国不派代表，只派观察员，什么都不表示意思，很使人失望。汇文问有办法没有。

他提议在英的几个人连顾少川在内，应每月会集一次，交换外面所得的情报，决定对外说话的方针。

也谈了一会中国新闻。如蒋夫妇曾对外人辟谣，说他们没有感情破裂。可是不久蒋夫人即出国了。所以又有谣传说这会同出席辟谣是出国的条件。

---

① 去卡姆登镇访达拉教授。
② 卡通行业。
③ 看质地、色彩，等等。
④ 去大理石拱门，换车去哈默史密斯，到利瑞克剧院看萧伯纳的《难以置信》。

至于所谓恋人，是张治中或某要人所介绍云云。

晚与华写信。

1944 年 11 月 10 日
33:11:10（五）阴

昨夜睡不好。醒的时候很多。今早八时有大爆炸声。又是 V2。报上今天开始登载 V2 rocket gun^① 的消息。

早看报。

写完华信。写莹信。

饭后续写莹信。周显承来，要找人代他作诗送 Vice-Admiral Dickens^②，我谢不敏。出示华近作三首。他大称赏"秋日有感"的第一首，尤其是后二句。诗是不差。

　　　　　浩劫余生草木亲，

　　　　　看山终日未忧贫。

　　　　　忽惊雁阵来天外，

　　　　　渐觉秋声入耳频。

他走后写完莹信。时间已不早，不及写长信与雪艇。写了一短信与雪、武二人。

送信到使馆。遇梁鉴立，与他谈了一时半。谈的是他在纽约、华盛顿的见闻。

Dumbarton Oaks，国府派孔^③为指导员。所以名单上他的名字没有，大不高兴。以后将他的名字放在最上面，中间，方高兴。顾少川到华，即去访孔。

---

① V2 火箭炮。
② 狄更斯海军中将。
③ 即孔祥熙。

孔说人事与财政二事都由孔负责。顾当然说最好。以后名单换了多次,人名忽有忽无。最后一次是油印的,以为是定本了,不知后来又收回另印一单,只加了颜雅清一人。

出席代表是顾、魏、胡世泽、高震。以下是代表团请的顾问,有适之、廷黻、张公权、鲠生等。下为专门委员,如李干、夏晋麟、张忠绂、蒲雪风、陈之迈等。另有委员会所聘,如为 Counsellor① 为梁鉴立等。刘锴为秘书长。潘朝英、颜雅清、曹树铭等为 Consultant②。

顾到纽约,曹即去访。顾说请帮忙。托去到华盛顿时,曹已到 Shoreham 占一间房。游建文问梁,梁说顾并没有请他同来。游即通知旅馆,旅馆赶曹出去。他只得带了几箱文件走了。以后仍常去。

鲠生在会前去了一次。开会时即未去。陈之迈也始终未参加。

双十节时孔在 Dumbarton Oaks 说话,只十分钟,说得很不差,梁说比普通一般人说得好。可是,另有一纪念周,他说了一点半钟。从尧舜禹汤说到孔子。谈孔子谈了半小时,再一跳便跳到罗斯福。再下去便是他与蒋如何商定国家大计。他说时,大家都站着,顾少川站不惯,后来只好靠在墙上。

双十节招待外宾。孔的演说不知道说些什么。他要于俊吉、刘锴、夏晋麟等五六人每人写一篇。他在各稿中,东抽一段,西抽一段,临时乱说。人们也不懂。倒是魏道明说得最好。他预备了四天,请人将发言等校正,所以倒大家听得懂。(另一说话的是高震?)

于俊吉带了 Berkley Gage 去访孔。孔对于说 'you go out'③。这是 Gage 说的,谈孔太不客气了。有一次孔请代表等吃早饭。有一空座。游不敢坐。孔指游说 'You sit there'④。

晚饭后听广播的时事与 Daudet's *L'Arleslenne*⑤。

---

① 顾问。
② 咨询顾问。
③ "你出去"。
④ "你坐那儿"。
⑤ 都德的短篇小说《阿尔勒城的姑娘》(*L'Arlésienne*)。

这很长，大部分是 Bizet① 的音乐。故事太 sentimental② 了。

1944 年 11 月 11 日
33:11:11(六)雨后阴

晨睡不醒。

看报。出去取修理的鞋，到 Boots' Lib.③ 还书等等。

一时杨志信君来访，请他在楼下吃饭。他劝我将家眷接出来。说只要在国外有一事，出国护照便不成问题。

三时余杨君去看电影。到 Edgeware Rd. 的 Royal。门口有排队。人不多，可是一等便等了近一小时。两个片子。一个是 *Thunder Rock*，Michael Redglave 是主角，有 Barbara Mullen④ 等在内。这是一个很严重的问题剧。一个新闻记者看到世界的战争不能避免，一般人都醉生梦死，不肯听他的警告。到 Thunder Rock 去做灯塔的守者，与世人不相往来。可是他想象中有九十年前在此沉船的一群人。他想象的是一样。他后来知道他们的历史，也都是像他一样，灰心绝望，不奋斗到底。可是在九十年后他知道他们所争的，如女权运动，如麻醉剂等已是平常事实。所以他的理想，世界和平，也不见得是不能实现。可是这剧本很沉重，几乎使人不能看完。

另一片是 Merle Oberon 的 *Over the Moon*，⑤ 却是很轻松的喜剧，而且是五彩片，里面有瑞士的雪景，Venice⑥ 的河景，都是美得很。

到 Pulman Sq.⑦ 送杨君上车后在附近饭店吃饭。

晚看了一会杂志，补写日记。

---

① 法国作曲家比才（Georges Bizet, 1838—1875）为《阿尔勒城的姑娘》的戏，剧作了管弦乐组曲。
② 伤感。
③ 布茨图书馆。
④ 《雷霆岩石》，迈克尔·雷德格雷夫是主角，有芭芭拉·穆伦在内。
⑤ 梅尔·奥勃朗的《欣喜若狂》。
⑥ 威尼斯。
⑦ 普尔曼广场。

华等来英事，在心中不断的酝酿。她来后对于我的工作，大可帮助，尤其对于中国的画，与中国妇女，可以宣传。应与雪艇等写信一谈。

广播说日本广播，宣传已占领了桂林与柳州。

1944 年 11 月 12 日
33:11:12（日）阴雨

早看报。

二时吃饭。饭后补写日记。

五时想出门散步。走到外面，方知下雨，即绕旅馆转了一圈而回。

六时听广播，听到汪精卫死了。他死在东京。据说今年二月他去日取出九年前打中他的枪弹，以后即没有恢复。为他计，此时死了最好，如战败被捕，有何面目见人。

七时吃饭，与王景春同座。同谈汪精卫。他说巴黎和会后，他们同船回国。他谈起陆征祥。他十多年前曾访他于僧院。他劝他何必做和尚，何不回到中国去教书？那天有一 Cardinal① 到，小和尚都得跪接。陆称病未出。足见尚未忘俗也。王景春也认识王克敏，说他很平常，并不见得有什么才具。

近九时有大声，很长。又是一个流星弹，而且似乎不远。

今晚方补写完在 York 时的日记。

十一时余即浴后睡。

1944 年 11 月 13 日
33:11:13（一）阴

昨夜睡得早，可是今早八时半为闹钟叫醒后还想睡，又睡了半小时。

---

① 红衣主教。

晨看报。

中午到外面去吃饭。剪发。买了几本书。

打信与 Sir William Hornell，Bernard Floud，Major Langden，Nixie O'Conner，Prof. Adams①。

写了一信与悲鸿②。他卖画的款，交在我手。我问他如何处置。

晚郭汝槐请吃饭。为了张道行。张今天搬到此间来住。座中有王老先生和张前几天的家东 Mrs. Ledger（?）③，等她等了半小时。

吃完饭又到客厅去喝茶。散已十时。

写完今甫④信。写信与鲠生。

浴后看 *Reader's Digest*，睡不着。又看了一会 *Ten Years in Japan*，方入睡。

1944 年 11 月 14 日
33:11:14(二)阴

晨看报。

中午在香港楼请君健吃饭。他昨天方回。这次在外面两个多星期，演讲了四十多次，至少每天二次，有时三次。听众少亦二三百人，多的千人以上。每次演讲及讨论至少二小时。有些人跟了他跑，他到某处去讲，他们即去听。许多人心目中的中国人仍是有辫子，抽大烟。看了他以为决不是中国人。但是看书研究中国问题者也不少。尤其是青年大都左倾。与他争辩国共问题等。

近三时与他别。在 Regent St. 看了 *Germany, the Evidence*⑤ 的展览。这是宣传，里面将德国的残行的展品及报纸言论都放大陈设。

到《大公报》。炳乾不在。我看了不少《大公报》。参政会开会时的质问

---

① 威廉·霍内尔爵士，伯纳德·弗拉德，朗登少校，尼克西·奥康纳，亚当斯教授。
② 即徐悲鸿。
③ 莱杰夫人。
④ 今甫，即杨振声。
⑤ 看了"德国，铁证如山"展览。

等记录，登载得相当详细。

六时余出，走到上海楼。萧乾约了吃饭。吃过饭又在间壁酒店喝了些 Kummel①。他劝我将叔华接出来。她可以在此卖文卖画。可以演讲中国画，中国园林。可以用幻灯影片。

他又提议我可以在此召集一种中英座谈会。这倒是值得研究的。

近九时回。听了广播。访张道行。周书楷在那里。十时余周回 Manchester，与张又谈了一会。

写完致鲠生信。

今晚七时余有警报，半小时解除。没有爆炸声。十时半有爆炸声。十二时又一次。V2 比 V1 厉害些。方写完这一句，又有警报，已十二时十分了。十分钟后听到一个飞弹飞来，愈来愈近，爆炸声极大，似离寓不远。

1944 年 11 月 15 日
33:11:15(三) 阴

晨六时左右又有警报。又有飞弹飞来，听他爆炸。唯不如半夜那个那样近。

又入睡。七时半为电话叫醒，说已七时半了。我说没有要叫，可是已醒了。再入睡。八时半闹钟响时，我不想起来。

晨看报。

中午到 Grosvenor Sq. ② Greek House 去吃饭。主人是 Parkin Moose，座中另有 Prideaux-Brune。P. B. 是今年三月回英的。他曾任昆明总领事。

Greek House 是 British Council 与流亡政府合组的 House 之一。③ 此外有荷兰、捷克、挪威、比利时、波兰、南斯拉夫等，共七个。经费各半。是俱乐部性质，会员也各半。会费只一镑。这里很讲究，是主人捐助，只出一镑钱。

---

① 库梅尔，一种用莳萝和葛缕子调味的烈性甜酒。
② 格罗夫纳广场。
③ 希腊餐厅是英国文化委员会与流亡政府合组的餐厅之一。

有一演讲室，此外有饭厅、客厅、阅书室等，是不很大的俱乐部。吃饭的人很多。请客得先定座，因为供不应求。Parkin Moose 说战事完毕时将取消。另到希腊等国去筹设 Greek British Council① 等。

二时半辞出。

下午打字，抄录最近报纸关于中国的文字，寄与雪艇。又把顾少川报告的大要也写了。

晚饭时与王兆熙同座。

晚饭后写完大要。写信与雪艇。

与金纯信、张道行打电话，商量租房事。

下午五时半已有大爆炸声，很近。

1944 年 11 月 16 日
33:11:16(四) 晴

晨遇周显承。他作了两首七绝，送 Admiral Dickens。有两句不满意，要我修改。这首诗在我脑中，看报看不下去了，为他改了下二句。

盛京又见旧门楼，

风雨当年话正长。

虎符重绾横海去，

武经一卷但平章。

十一时半出门。走到大使馆。与张道行会齐，一同去看 65 的房子。等房东等了不少时间。她领我们看了整个房子。三楼四楼都有三间。只是她没有多少家具。张说他们也不能买家具。没有办法。

---

① 希腊英国文化委员会。

到 Rictor Rest. ① 吃饭。倒是比旅馆价廉物美。

写完致雪艇信。重新抄过。在这信中，我提议让叔华来此帮助工作，同时也可以演讲艺术。所以也抄了一份寄与叔华。

晚饭时与郭汝槐同座。与他谈中国的军队和军人。他邀我饭后去喝酒。又到我房来谈英国的政治。对于政党政治讨论了甚久。他走时已十时三刻了。

写华信。

1944 年 11 月 17 日
33:11:17（五）雨

晨看报。

写完华信。

饭后写信与莹。一短信与立武。再抄写两个 copy 关于 Floud 的信寄他们。

四时写完信。自己送到大使馆去寄。

与吴权、翟瑞南、钱树尧等先后谈话。

梁鉴立说起方才周厚复来，因回国手续事与施德潜争吵。以拳击案，将陈维城桌上的大玻璃打破。后来下楼时进去看看。玻璃很厚，与桌面一样大，打破了小半块。施见了我，即与我谈曲直。周要去美，使馆电教部，二个月方有复电，不准，令返国。他希望乘飞机，外部未允。乘船，又未得回复。所以大生气。争论之下，大骂使馆鱼肉侨胞等等。大约周来此后，郁郁不得已，尚不见人，一旦发泄，便如怒潮，

晚在香港楼请 Arthur Waley，炳乾与君健作陪。炳乾说，Waley 有时不大说话，有时终席不发言。可是今晚谈得很有劲。自七时谈到十时一刻方告辞。

他说翻译决不可自本国文字译入异国文字，只可由异国文字译入本国文字。可是他赞成合译。我问他林琴南式的翻译他赞成否？他说诗决不可如此

---

① 里克托餐厅。

译，小说可以，但是小说愈是近诗的愈不可译。他说中国人将一本中国小说译坏了。以后别人不能再译了，因为再译，书铺不肯再印了。

我说这样的书并不多。他提起冰莹的《女兵自传》。他说王际真译《红楼梦》，《红楼梦》便死了。炳乾说 Waley 自己写的序。W 说王从美写信给他，说他如何穷，说得很可怜。他不好不答复。他说《三国》是一英文译，但也 pedestrian①。如译得好，不至像现在这样默默无闻。他说 Pearl Buck 告他，她懂中国话，但不识中国字。所以她译《西游记》时由一中国老先生念给她听。有不懂的地方，再加解说。可是里面有不少错误。

他说《红楼梦》许多诗谜、酒令等等，他想西方读者一定会觉得索然无味。林黛玉的脾气，他恨不得打她一顿。所以他喜欢最初二十回。

他说他不要看郭沫若的文学作品。郭的最大贡献是他花了不少时间，从金甲文研究古代社会。他的理论只是附会马克思到古代中国社会上去，毫无可取。

他说适之在英时，他请他吃饭。他家里不用人，自己做饭。适之到处说此事。他不明白为什么，这有什么可说。我为适之解说。

他说赵敏恒最近出了两本书，一本是《记者十五年》，一本是 *Off the Record*②。重庆新闻记者对此大骚动。路透社因此解赵职。他将此二书看了，并不觉得有多少的攻击处。有些可以不写。但是涉人私事只七八条。（我想起外国人的提倡自由，但是却是非常的 intolerant③。）

情报部中懂中文、日文的只有他一个人。所以他白天的工作，便是看中日文的杂志，有些中日文的与政治有关的书籍。中国报有五份，他从前都看，现在实在忙不过来，不能都看了。他看中国报，与看英文报一样的快。

他说中文结构与英文相似，翻译容易。德文、日文便不同。日文的动词常在末尾。所以译时有时从前页得翻到后页。他译与军官听。这些 Col. 或

---

① 缺乏想象力。
② 《非公开发表》。
③ 不可容忍。

Maj. ①以为他很奇，常说'go on translate. Don't stop'②。（可怜 Waley 这样人，很受 Col. Blimp 们③的气！）

有一次他送了六七页材料到 School of Oriental Studies④，请代译。那里来一账单，要九十五镑！后来说是 Cashier⑤ 弄错了，应是四十五镑。W 说他原以为一镑两镑便够了！

他对于 Stafford Cripps 夫妇很钦佩。他说他不会得志。因为如世上的人都肯听他的话，世界便大同了。

他说 Dr. Whymant 说他曾与文王的鬼谈话。而且做了留声机片。L. Giles 很相信。Yetts 不信。两人因此不和。Yetts 曾找了 Waley 及好几个不同地方的中国人去听。谁也一个字都不懂。Whymant 说周代的话语后世不同，只有他懂得。Waley 说是 Swindle⑥。

1944 年 11 月 18 日
33:11:18（六）阴晚微雨

晨在楼下看报。遇显承。Mrs. Bellamay 来。坐谈了半时余。

接华与莹十月二十一日来信。我还是希望我在美找事，不要回去。莹则对时局发感慨。她说她很爱喝酒，张沛芝称她为"小酒罐"。

饭后看杂志。

打电话与杨志信。约了去访他与他房东见面。我提出要一个书架子。她答应设法。不过说这在这时很不容易。在杨处谈了一会，他煮了茶喝了。

晚到 St. Martin's 看 Drinkwater 的 *Bird in Hand*。这是一个 comedy。⑦ 里面

---

① 这些上校或少校。
② "继续翻译。别停下来。"
③ 无知上校们。
④ 东方研究院。
⑤ 出纳员。
⑥ 骗人。
⑦ 到圣马丁剧院看德林克沃特的《一鸟在手》。这是一个喜剧。

的人物相当的有趣。演老父的特别好。

吃了晚饭回。补写日记。十二时听广播后浴。睡已一时半。

1944 年 11 月 19 日
33:11:19 (日) 雨后阴

八时半为爆炸声所惊醒。又是 V2，相当的响。后来听说七时又有过一次。

早饭时遇周显承。上午看报。

中午刘圣斌在上海楼请吃饭。座中有 Richter 及赵志廉。Richter 说要请人谈谈中国家庭问题，他说最好是对话的形式。我说不如改为 brain trust①。他即请我做 question master②。我说 trust 可以是四个人，二男二女。暂定接洽王景春、张汇文、顾小姐及唐保黄夫人。

J. B. Priestley 带了太太和女儿也在吃饭。我过去招呼。他们邀我去访问。他们说中国饭最好吃。他们尤其喜欢上海③。几乎每星期日都来此。J. B. 特别问君健。说他希望我带他去看他们。

走回寓。

看报。看杂志。

晚饭与王兆熙同坐。谈了一会。

晚写日记。

八时半警报一次，不久解除。

看了一会 Rosamond Lehman's *The Ballad & Source*④。

写信与洪、汲、稚叔及东润⑤。

浴后睡。只十二时半。可是睡不着。一时有大爆炸声。到二时仍未入睡。

---

① 智囊团。
② 主持人。
③ 上海楼。
④ 罗莎蒙德·莱曼的《民谣与源头》。
⑤ 即朱东润。

1944 年 11 月 20 日

33:11:20（一）晴后雨

上午看报。

到 Rector Grill① 去午饭。饭后去 65 Portland Place，Mrs. Taylor 方回家。她倒很愿意将房租给使馆。说她已决计不租与 Accountant。我只要一间房，她说她觉得四间屋如先租去一间，其他三间恐不易出租。如有人只要三间时，她可将第四间租给我。她这话不为无理。我便问三楼可出租否？她说可以。但是问起价钱时，她说要三百五十镑（与一楼相同！）这便没有什么可说的了。

便去找萧乾。他说他对面的房子租下后可以让我。只是文化机关放在 E. C.② 很不相宜。我与他约定如我在别处找不到，便向他转租。

他得到消息，说中国政府改组，陈诚代何应钦，朱家骅代陈立夫，雪艇回中宣部，梁寒操到海外部，陈立夫回组织部。俞鸿钧代孔祥熙。晚报来时，只登财政军政二部更动消息。萧与 Bernard Floud 打电话时，Floud 很高兴，只是陈立夫仍在不好。萧说组织部是党内的部。

看《大公报》。

五时半往访任玲逊。问他消息。他说消息是路透传来，此外只有张万生任内政。

回去时中路下车，到 Vaudeville Theatre 看 Fay Compton in *No Medals*。这是 Esther Cracken 写的戏③，赞扬英国战时的 housewife④。她做的事特别多，许多人都看她无事在家，把事情托她做。她是不会得到奖章的。可是这太没有情节了，又加上了她的女儿与丈夫在海滨作别，丈夫（海军中尉）的船沉了，又被救回家。和母亲的老朋友海军上校发现他对她的爱情不是纯友谊。戏不

---

① 雷克托烤肉餐厅。
② 伦敦东区。
③ 到杂技剧院看《没有奖牌》中的（英国女演员）费伊·康普顿（1894—1978）。这是埃斯特·克拉肯写的戏。
④ 家庭主妇。

够紧。Fay Compton 年轻时我看过。现在中年了。她与 Sybel Thorndike[①] 相同，说话时常不像平常人的说话，而是戏台上的说辞。清楚，有劲，可是不自然。

在一小饭馆吃了饭。回寓。访张道行与他谈政府改组事。

他说改组事谣传已久。有些本有拟议。例如，陈立夫与朱骝先，蒋几个月前即打算让他们对调。朱不愿离组织部，说他不想担任教育。蒋即接受他的话，不叫他去掌教，但调去他的组织，使陈立夫掌组织。过了这一会，仍贯彻初议。骝先没有了地盘，自然也不拒绝了。陈立夫早就有意回到组织部。

张道藩的离组织部，部分是受《中央日报》之累。《中央日报》办不好，蒋不说他自己要陶百川去办的，而怪到张头上。可是他还是喜欢道藩。他不大喜欢程天放。我说如此道藩会不会回政校呢。他说不会。说不定钱阶平发生动摇。因为张出宣传部的时候，蒋要他出使 Algiers[②]，道藩不愿意。所以蒋召刘任职，问他海外部情形。刘说顾愿休息。蒋即接受了。现在道藩下台，说不定愿意到法国。

至于程沧波的下台是为了一文。他本受命为《中央日报》写社论。后来觉得太苦，不肯写了。但忽在《大公报》登了一文，论"传记文学"。一天纪念周，蒋报告毕，令记者退席。问程副部长在不在。程说在，即前立。蒋问《大公报》文是不是他写。他说是。蒋即说有了《中央日报》不写，到《大公报》去写，没有人格等等。会散后即下令免程一切职务。于右任力争方保留了检察院秘书长。此为于生气去蓉养病的原因之一。沧波从此再不写文。许多党员也不敢再在《大公报》写文。

军政部方面何时做不下去了。今年在参政会以前，开整军会议，战区长官等都出席。陈辞修[③]攻击何敬之[④]，攻击得体无完肤。许多司令长官之流，大都是陈所保荐。所以何实在已经指挥不动。换陈辞修是当然的局面。

张万生想掌部，已经多时，谁都知道。

---

① 西贝尔·桑代克。
② 阿尔及尔。
③ 即陈诚。
④ 即何应钦。

孔下了令，将来也许任驻美大使。我说又如何肯屈尊做大使。他是非专使不做的。而且美国舆论对他也太不好。张道行还是说可能。魏道明改驻法。魏本来已经定了换蒋廷黻，经王亮畴陈说的结果，方再出去。还是要换的。

1944 年 11 月 21 日
33:11:21（二）晴

晨看报。

中午都 Rector's 吃饭。天气很好，有太阳光。饭后到 Regent's Park 去散步了一会。

打信。

四时余往大使馆。与翟、钱等少谈。后来又下去与施、傅谈话。

外部月费已汇到，由英大使馆转交。同时美国亦已汇出，故来电要汇还。我复电说收到后即汇还。

1944 年 11 月 22 人
33:11:22（三）阴雨

昨夜睡得早，今早反醒得迟。七时曾醒，起来小便。又睡着。闹钟停了。所以醒已九时半。洗脸看报。穿好衣已经过十时半，没有早饭了。

即在房内看报。张道行来坐谈了一会。

中午到 Rector Grill 去吃饭。饭后到 Royal Academy，参加 Modern Brazilian Painting 开幕典礼[1]。我先半小时到，看了一周。有油画，线画，木刻，及建筑等。油画大都是新派，看不出有什么印象深刻的。建筑有古建筑与现代建筑，比较可看。这画是捐赠 R. A. F. 慈善的。所以本定空军部长 Archibald

---

[1]　到皇家戏剧艺术学院参加巴西现代绘画开幕典礼。

Sinclair① 致辞。他因开政府会议，不能来。由次长 Lord Sherwood② 代。Malcolm Robertson 主席。

四时到 U. C. C.，今天是 Sir William Homell 请 Members of Council 茶会③。到十余人，有 Prof. Dodds，Prof. Haloun，Sir John Pratt，Sir John Cumming，④ 王景春，张道行，赵德洁，Mrs. Seligman⑤ 等。Homell 报告 O. U. C. C. 的工作。和他想与 British Council 共同成立一个 China Centre，附 China Club 等。发言的人 Sir John Pratt，Prof. Dodds 最好。我也不少。Haloun 与德洁也表示有些意见。有些人始终不发一言。六时后方散。

Homell 还不知我是谁，问他做什么工作。回来后写了一信寄他，将立武的介绍信附去。另写了一信与 Jan Mackay。

晚饭时与王兆熙在一桌吃饭。

晚写信与华。写信与兰子。

写日记。

看 *The Ballad & Source* 及 *The Years in Japan*。

1944 年 11 月 23 日

33:11:23（四）晴后雨

昨夜睡得不好。今早七时二十五分又为电话叫醒。电话叫我已是三次，恐非错误，或是 hall porter⑥ 捣乱（因近来没有给小费。）

上午看报。

一时到 China Institute。有一位 Bishop 陈说 Wartime Education in China⑦。

---

① 阿奇博尔德·辛克莱。
② 舍伍德勋爵。
③ 威廉·霍梅尔爵士请委员会成员茶会。
④ 多兹教授，哈隆教授，约翰·普拉特爵士，约翰·卡明爵士。
⑤ 塞利格曼夫人。
⑥ 旅馆勤杂工。
⑦ 一位陈主教说战时中国教育。

他的材料并不新，也不可靠。声音很响。有些笑话，not in good taste①。如提到引孔庸之的‘so far, so good’② 的话以引人发笑。不过他的目的是为中国宣传。

到的人有 Harvey, Hobbard, Leonel Giles, ③廖鸿英夫妇，大使馆只到了钱树尧一人。

三时回。送衣服到 invisible mendy④ 处去补。

写信与雪艇。

张道行约了今天同去看戏。说定五时半相会。我买好了戏票，等到五时三刻仍无人。打电话去他房，没有人。打电话去使馆（他说四时半去会顾少川）也不在。到楼下去等。等到六时五分。不能再等了，也不能另请人了。

到 Hammersmith Lyric，看 Shaw 的 *Candida*。Goothen 演 Morell，Ellen Pollock 演 Candida。⑤ 都与身份不合。实在不算好。

晚抄写与雪艇信。写信与立武，抄写。到十二时。

1944 年 11 月 24 日

33:11:24(五) 晴阴雨

早看报。

午在香港楼请 Major Longden⑥，由 Harvey 及萧乾作陪。Longden 说中国近代画家中，他最爱悲鸿。他觉得中国人画的西画不如中国画。他约我将来同去看几个 Art Gallery，然后选定一处，做一估计。如自建当费多少，改建又当费多少。他说改建不如自建合用。

饭时谈话，说起妇女工作。Harvey 说妇女当律师，没有什么出道的。他

① 品味不佳。
② "目前为止，一切尚好。"
③ 哈维，哈伯德，莱昂内尔·吉尔斯。
④ 织补店。
⑤ 到哈默史密斯利瑞克剧院看萧伯纳的《康蒂姐》。古森演莫雷尔，艾伦·波洛克演康蒂姐。
⑥ 朗登少校。

以为这是因为法律是男子所定。L也说妇女在艺术界中可以挣一碗饭的人很多，杰出的实少。音乐中亦然。只有小说家中妇女不少杰出人物。

与炳乾同走到 Selfbridge 附近，他去取一件皮坎肩。说起从文①来长信。他交给我带回寓来看。里面说到的人很多。

说到小莹时说："能写三千字长信，不多得戴一大近视眼镜，神气大致已完全不是七年前我们在珞珈山看到她和校警作朋友情形了。"

对于冰心、老舍，挖苦特甚。说老舍"写诗过千行，唯给人印象更不如别人三五行小诗动人"。从文说"京油子"，花样多，即此一事也可知国内文坛大略矣。

他说"之琳②最有成就。对四小姐恋爱不成功，保留一股劲儿，一股生命力，转而为译著，成绩超越可以预料"。

他们自己生活还好。"同时都嚷着生活挡不住，我们情形似乎还可支持到战争结束为止，不必借债，不必卖东西和书籍。"

他称赞萧乾说"在此常常与三姐③谈及，生命发展得宽，还数你（不仅脚走的新地方多，心走到什么女孩子心中的机会也多!）之琳虽能向深处思索，但生命窄，经验少，成就也必受限制。他也许能写精致作品，可未必能写真正大作品。巴金不大求深，文章读者多，是否经久还看机会。健吾④易受幽默分心，且工作杂，不集中。在国内聂耳明日成就也必可观。……这里有个小朋友金隄，还只二十三岁……英文很能用，人极可爱……清华有个王佐良，书读得极好，见解也好。北大又出个杨周翰，也特别有希望"。

他的小说有英人白英与金隄同译。他梦想"我这本书若在国外出版成功，有相当销路，还可继续译其他的。我打算让三姐用我应得版税出国读几年书，我也希望有个机会来住两年"。

最后说"生活虽不大像样，连爱整洁的奚若⑤先生，也已经有点衣冠不

① 沈从文。
② 卞之琳。
③ 即三姐，张兆和。
④ 李健吾。
⑤ 张奚若。

整，但一家精神究竟还好，尤其是在学校中尚好，保留书呆子的幻想，以及收到想在课堂里讨论的自由。这是个自由思索，自由谈论的小小空地"。由从文口中说出这话，外国人的攻击足见是丝毫无据了。

将致雪艇、立武信看过。去使馆托寄。到已五时。与翟瑞南谈了一会。与梁鉴立谈了一小时。又谈些美国见闻。他说歆海的蒋传①已出版。他在书店看到，有三四百页。据说批评不佳。林语堂说有一短评，只有一字，说'It is a poor book'② 之类。（我想歆海的书，迟写了两年。如在蒋夫人到美时出版，至少一定可以引起些注意。）

梁说蒋传不易写。一九三二年左右，中国找了一个瑞士记者 Martin 去。他写了一本 *Understanding China*③ 对中国很同情。外交部买了数千本，分各使馆预备送人。可是书中有一句说蒋的 head 是 closely shaven, like a monk。④ 蒋看到了，即来电要求更正。这些书只好不分送了！

七时到岭南。任玲逊请客，座中有王兆熙、陈尧圣、赵志廉、刘圣斌、谭葆慎。近九时散。

今天 King Hall's *News Letter* 中有一文专事攻击中国。大使馆打回中国去了。

听广播。看杂志。

1944 年 11 月 25 日

33:11:25（六）晴晚微雨

晨看报。

中午到外面去吃饭。饭后去看电影。主片 *When Irish Eyes are Smiling*⑤。是五彩片，写一个作曲家逸史，歌曲很多。也还不错。可是附片更好。一个是

---

① 《宋美龄传》。
② "那是一本烂书。"
③ 《了解中国》。
④ 快剃光了，像个和尚。斯蒂芬·金-霍尔爵士（Sir Stephen King-Hall）所编的《新闻通讯》。
⑤ 《当爱尔兰的双眼微笑时》。

Man of Science，是 Faraday 的故事①。也是五彩片。另有一片，又有两个新闻片。为了这后面的一切，一个人应当每星期看一次电影。

五时去访 Lady Zimmerman。这是她的旧居，现在又搬回来了。茶点谈话到六时余。她说二星期余以前 Sir Alfred 与她来这房子，不一会他去办公。不久旅馆来电话，说 Police inspector② 来，说 Sir Alfred 在医院。她以为他是死了，大惊。他不知怎样赶公共汽车跌了，断了腿，脑震荡。幸而不大严重。下星期一便可回来了。

她又是谈西方文明的缺陷，只讲速递，只讲效能，不问目的，不问思想。她很怕俄国，说 Stalin 是 cold cruel intellect③，是世界上最可怕的人。她希望中国不要模仿西方。我说这是无法阻止的。这是像钟摆，现在向西，将来反动一定向东，但最后是在中间。她也承认这话有道理。

出门已在下雨。回到旅馆。没有吃饭。看杂志。听广播。看 Rosamond Lehman④。

1944 年 11 月 26 日
33:11:26(日)晴下午雨

晨看报。

下午看杂志。看 *The Ballad & the Source*。

郭汝槐来谈了一会。

七时到上海⑤。刘圣斌请张道行、陈尧圣、赵志廉。张道行说他星期四回来时我已经走了。他写了一信给我。我说没有收到。

饭后刘与我同回。坐到十时。

———————————

① 《科学人》，是英国科学家法拉第的故事。
② 警务督察。
③ 斯大林是冷酷残忍的高智商之人。
④ 罗莎蒙德·莱曼的《民谣与源头》。
⑤ 上海楼。

汇文、方重来了。住在这里。十一时余与他们谈到十二时半。汇文说中国政府的更动，实在有关系的只是陈辞修代何敬之。俞鸿钧是孔的人，孔仍是行政院副院长及中央银行中国银行等总裁。陈立夫一向要回组织部，不愿干教育部。朱骝先与王雪艇也不愿干教育。因此，蒋曾骂陈说，你弄了几年，弄得正派人都不愿来干教育了。梁寒操也不愿干宣传。张道藩也不能干海外部，因为他不是广东人，都不合作。

又看了一会 The Ballad & the Source。

我问杭立武会不会任教次。汇文说不会。教次一定是北大的人，如孟真、东荪、罗志希①。孟真、东荪如来干，一定有一政策。志希则一定来干，政策更多，却并不坚持。朱的部下，还有辛树帜，蒋复聪。辛最恨陈开口闭口都骂陈为混账、王八蛋。

1944 年 11 月 27 日
33:11:27(一) 晴

晨醒了。睡。

看报。中午出去吃饭。少散步。天气至佳。

补写日记。

近五时遇周显承，同去 Polish Centre②。今天又是中波友谊会请客。有一美国海军 Lieu. Louys 讲 War in the Pacific。③ 附演电影。Polish Centre 又是流亡政府与 British 合办。房子很大，似乎比 Greek Centre④ 更大。中波友谊会原名 Polish Friends of China，所以完全由波兰主持。主人是波兰人。今天又加上 Polish-Australian Society⑤，所以中国人外又有少数澳洲及新西兰人等。中国方面有海军数人，同学数人。张道行等也去了。

---

① 即傅斯年，张东荪，罗家伦。
② 波兰中心。
③ 路易中尉讲《太平洋战争》。
④ 希腊中心。
⑤ 波兰澳大利亚协会。

演讲很简单，只是说过去两年太平洋战争大要。中间有一点很值得注意。他说在 1942 年美军只剩一支航空母舰在澳洲。幸而日本不知道。

电影是映美军在 New Britain 的 Arawa 及 Cape Gloucester 登陆①。完全是事实的报道。看到准备的周到，军火的充斥，海陆空联络的密切，非常的神往。战事的可怕，也活活传出。

显承要请张道行，邀我与柳、夏二位作陪。到上海楼吃饭。

饭后回寓。张方与唐保黄、郭汝槐在谈话。我们也参加。周也谈了一会。有时有海军学生来参加。谈到十二时，空军刘、陈、魏三中校来时，我们方谈了几句话而散。这几天，Mount Royal 住的中国人有十人以上。

唐、郭在谈话中说起他们在年轻时都曾加入共产党。郭说他原来在党内，他因某事不肯受命，被除党籍。他至今并不反对共党的思想。唐说三一八时他在北平。因贫不能进大学，在好几所平民学校教课。曾参加种种活动。

唐起先称孔院长、宋先生，很慕，到后来，却很多批评。尤其是对于他们的态度气焰。宋要参观英国战时努力，外部与各部筹备了日程。Scarpe Howe② 的主任海军大将来电欢迎。（平时主任不打电话欢迎的。）临时宋说他不去参观了。他离英时许多人到站去送。顾、钱、金三位大使都在。宋到后谁也不理。外部代表去送的是 Ashley Clarke③，不过一科长。宋与他在站上来回的走。上车时顾去拉了一拉手，钱、金以下连手都没有拉。

杨杰来时，唐陪他与陆军部来往。一次宴会，陆军次长说他很喜欢林语堂的书，每出一本他都买一本。杨对唐说，"你告诉他，林语堂是出卖祖宗的。他回到中国来，我们要枪毙他"。

1944 年 11 月 28 日

33∶11∶28（二）时阴雨

上午看报。

---

① 在新不列颠的阿拉瓦和格罗斯特角登陆。
② 斯卡尔普·豪，成为一军舰的名字。
③ 阿什利·克拉克。

中午吃饭时遇到空军的三位中校陈、刘、魏三人。即请他们吃饭。他们说中国空军已做到没有地盘的观念。长官调动时,一个人都不动。也许带一个勤务兵走。他们在此先参观,得到的印象极好。他们走了一星期,开的饭食,账只九个先令。军官与兵士在不同的场所用餐,但吃的东西是一样的。而且军官需付钱,兵士不必花钱。

周显章与海军部的一人来。他们一早晨在我办事处。比较满意的两所在这里附近的 Seymour St.①。饭后与他们去看。因无人在内,16 号没有看到,只看到 5 号。这里楼梯很宽大,有电梯。两间房子相当的高大。只是窗户全毁了,墙也涂抹得不成样子,非好好修理不可。前一半那样的刻画细腻。比较的后来有些 melodramatic②。

1944 年 11 月 29 日
33:11:29(三)晴

早九时余方芦浪来。早饭后看报。

中午吴之慕、马润群在香港楼请吃饭,座中有钱存典、陈尧圣及何领事。菜很好。

同时张汇文在请大使馆的 Miss Perkins③(是牛津毕业,俞大纲的同学,现任书记。可以自己学中文,在译诗)。熊式一自牛津来。也就加入他们那里。

饭后我与熊同走到大英博物馆。在 Luzac④ 买了一本《敦煌石碑》送适之生日。

到 Seymour St. 16 号看房。显章与海军部另一人在那里。这房子也是两间,比较的小,但窗户完整。海部人说这里修理二三十镑已很够。5 号则至少

---

① 西摩街。
② 夸张。
③ 珀金斯小姐。
④ 卢扎克。

七十镑。他说 5 号房高大，冬天不易暖。显章决定了要 16 号。

我又打电话与 Parkin moore，与他商量了看可不可修理 5 号。

打了几个电话。

五时三刻与方重同去 Hammersmith Lyric 看 Shaw 的 *Dark Lady of the Sonnets* 和 *Village Wooing*。① 前面一个是打趣，后面一剧很有味。一幕三景，只有两个人。由 Goothen 演作家，Ellen Pollock② 演村店伙计，恰到好处。

到香港楼吃饭。回到旅馆，与汇文、式一在客厅谈话到十一时余。

1944 年 11 月 30 日
33:11:30（四）晴

晨十一时出门。到 Geo. Heed③ 询问有无其他房屋。Clark④ 不在，余人说没有。在 Baker St. 有四五家 agency⑤，一家一家去问，哪一家都没有房子。十二时半访顾少川。谈了半小时。我提起在西方舆论对我注意的时候，最好在牛津剑桥的人，在外演讲的人如君健等，时时有机会与他见面，交换情报，请示方针。这样一个月会一次很有用。他很赞成，说公超在此时，每月本有一两次，由公超及武官等出席。

第二件是 China Centre 的问题。我说起 Greek House，Polish House 等等，是访英人士见面交往的最好的场所。他也很赞成。只要中国负一半的责任，有一半的权，便可以参加。多出些钱不妨。要是他人办了，中国只出名义，便不好。N. C. C. 的人，在英国并无势力，而又把持不放。从前是 Sir Neill Malcolm⑥ 主席，后来设法将他挤出，换了 Prof. Adams。他对中国很好，但年老，不能常来。现在是 Homell。如 N. C. C. 与 British 合作，中国只有三分之

---

① 到哈默史密斯利瑞克剧院看萧伯纳的《十四行诗里的黑夫人》和《乡村求爱》。

② 古森演作家，艾伦·波洛克演村店伙计。

③ 乔治·希德。

④ 克拉克。

⑤ 中介代理。

⑥ 尼尔·马尔科姆爵士。

一的表决权，便不可办。他说 French Institute① 是法国负大部的权。

最后他说有 Crosby② 一文论暹罗，对中国有不少的批评。使馆中人不便正式驳复，他希望张汇文能作一答复。我说汇文现在伦。他即要我约他明天中午吃便饭，请我陪。

中午熊式一在 West St. 的 Ivy Restaurant③ 吃饭。座中有 *Daily Sketch* 的主笔 Sydney Carroll，从前是 Regent Park 内 Open Air Theatre 的主持人。④ *Clive of India* 的作者 Minney，Graham Greene 及画家 Philip Connard⑤，和谭葆慎。

他们大都彼此都不相识。Minney 与 Carroll 谈。中间与 Graham Greene 谈了一会，Minney 方问他姓名。一说后他讲他的书都看过。Greene 有一书名 *Ministry of the Fear*⑥，改编电影。G 没有参加意见，他看到此片时，使人浑身不舒服。他书中的一个坏女人，改为 Levine，而且有一个 happy ending⑦。Greene 说他现在工作太忙，没有时间看电影，今年只看了三次。Minney 似乎看了很多。对于 *Henry V* ⑧很多批评。说不应由舞台改天然，又回到舞台。Princess⑨ 的爱史，回到舞台，是一男童扮演，将所有的 illusion⑩ 都打消了。

Command⑪ 是悲鸿的朋友。说他送悲鸿一画，失去了。悲鸿送他一画，他参加某次展览会毕被送回中国去了。他说中国画家最好画中国画，不要画西洋画。

饭后到 Bloomsbury 附近找房子，问了几个 agents，一所空房也没有。回到 Widmore St. ⑫ 打听，也是没有。

---

① 法国协会。
② 克罗斯比。
③ 西街的常春藤餐馆。
④ 《每日简报》的主笔西德尼·卡罗尔，从前是摄政公园内露天剧场的主持人。
⑤ 《印度的克莱夫》的作者 R. J. 明尼，格雷厄姆·格林及画家菲利普·康纳德。
⑥ 《恐怖内阁》。
⑦ 改为莱文，有一个幸福的结局。
⑧ 莎士比亚历史剧《亨利五世》。
⑨ 公主。
⑩ 幻觉。
⑪ 指挥官。
⑫ 温德模街。

到 New Cavendish St. ①，这里窗中有公租字样，说是办公室出租，进去询问。即去看。是一楼的两间小屋。大的一间与旅馆的房差不多大。房租年一百十镑。也不必怎样修理。离使馆也近，在使馆与宣传处之间。我看了相当满意。回去与显章商。他劝我租，说 Seymore 5 号太大，不易取暖。冬天坐在里面，太受罪了，便不想老坐在里面了。他这话有理由。与其租了大房子去受罪，不如租较小的房子比较舒服。如能稍大，自然更好。可是此时无法求事事如意也。

晚我在香港楼请熊式一，由张方、翟瑞南、杨志信诸人作陪。菜很好。

饭后我们四人回旅馆。在客厅谈话。后来显承、汝槐及唐保黄等来参加。芦浪先上楼。

式一谈剧作家及剧本。他说月前伦敦最好的剧本是 Bunbury Nose②，只因剧批家一致的攻击，所以不能叫座。剧评家的意见，不一定可靠。他们在休息时喝茶，交换一下意见，所以大都一致。

讲起演员，他说男的 John Gilgud 最有名，其次 Laurence Olivier 及 Michael Redgrave。女演员常常在新陈代谢。女子需色相，色相不能持久。如 Sybil Thorndyke，Fay Compton③ 等都已过去。现在以 Vivienne Leigh④ 最出名。

我们散时已十一时余。

浴。看 Grew⑤。

1944 年 12 月 1 日

33:12:1（五）阴

晨八时有 V2 爆炸声，为惊醒。即起来看报。

---

① 新凯文迪士街。
② 《班伯里鼻子》［彼得·乌斯蒂诺夫（Peter Ustinov, 1921—2004）］的四幕话剧。
③ 费伊·康普顿。
④ 费雯丽。
⑤ 格鲁《在日本的十年》。

十时下楼早饭。看报。

十二时访熊式一。他今天下午到 St. Albans① 去。与他作别。

到警察局，报告迁寓。

一时到大使馆。顾少川请张汇文吃饭，我作陪。另有驻法大使馆一等秘书赵君（留法学生，前在中大政治系，是汇文的学生）。梁鉴立与吴衡之同座。（上饭时北方听差似乎称我为"陈参事"。我没有听清。前两天不记得谁也有这样称。要是我没有听错的话，一定是因为我的月费由外部汇来，与参事的薪数相同，使馆中传来传去，有此结果。）顾待客，夹菜很勤。

饭后顾与汇文谈 Crosby 在 *International Affairs*② 中论暹罗一文，处处抑华扬暹，希望张另文答复。其次，他提起我昨天所谈的话，希望大家多会谈，交换情报。

三时余方出。与赵志廉同去看两处房子，他力说 New Cavend.③ 一所省事省钱。我本来也已经决定了。与 Mathew 商。他说月租可每月交付。不必立合同，一切很合适，但有一点却极困难。他说他们这里的规矩，每天下午六时前关门，housekeeper④ 锁门方去。我说下午六时下工，不成问题。但是一个人不能没有应酬。一定要六时出门，在街头徘徊一小时，极不合理。他也认为有理。只是房子是他哥哥的，要等他来与他相商。约了星期二早餐见面。后来又知道楼下还没有人住，夜间有人出入倒是很平常的事了。

到赵处坐了一会。

回寓。

六时半廖鸿英夫妇请张方及我在 Edgeware Rd. 的 Checko-Slovak 饭店吃饭。我们完全说中文。Bryan⑤ 的中国话很够用。饭店的招待很周到。

饭后他们到旅馆来谈了一小时。我们又说话到十时方散。

上楼收拾行李到十二时余。出了一身大汗。浴后睡。

---

① 圣奥尔本斯。
② 克罗斯比在《国际事务》中。
③ 新凯文迪士。
④ 管家。
⑤ 布莱恩。

1944 年 12 月 2 日

33:12:2（六）晴

晨七时即醒。八时余起来。看了一会报。洗脸。收拾行李。

十时半下去吃饭。与张方同桌。今天 *News Chronicles* 有 Stuart Filder[1] 从重庆来的通信。标题做第一页的半页，耸动视听。说日军如到贵阳，渝昆路切断，昆明吃紧，英美打通滇缅路和接油管，都是徒劳的了。后面说周恩来去重庆，与 Filder 会谈。说大家应全力抵抗。

到十二时一切收拾好。算账。乘车去 72 Carlton Hill, St. John's Wood。[2]主人名 Miss Shaw，他们正在收拾屋子。说没有知道我今天来，以为我星期一方来。（因杨付钱到星一也。）我说杨请我今天来的。

这房子大，但也有不少缺点。睡房的暖气并不暖。电灯太少，客厅不亮，也不易搬动。而且一灯有毛病。

出去到附近吃饭。饭后在附近绕一绕。要订报，这里只有一个小铺子，许多报和杂志都订不到。看样子这一带是在破落下去。最近的大街是 Kilburn，这有些像 Balham 和 Clapham。[3]

找到了 Maida Vale 地道车站。到 Baker St.，走到 Food Office。[4] 今天下午关门。因往访 Wallbridge[5] 夫妇，Vera[6] 不在家。Percy[7] 耳很聋，与他说话很费力。与 John [8] 谈了一会。喝了茶。五时许，走回。也得走二十分钟。

晚在寓吃饭。收拾行李。看报。浴。

---

[1]　斯图尔特·菲尔德。
[2]　圣约翰伍德卡尔顿山 72 号。
[3]　最近的大街是基尔伯恩，这有些像巴勒姆和克拉珀姆。
[4]　找到了梅达维尔地道车站。到贝克街，走到食品办事处。
[5]　沃尔布里奇。
[6]　薇拉。
[7]　珀西。
[8]　约翰。

1944 年 12 月 3 日

33:12:3（日）夜月，阴时风雨

今天天阴，有风，有时有雨。屋子里不暖，只有六十五度。可是很清静，房子较大，也比较有回旋的余地。

晨看报。十二时半吃饭。看杂志。补写日记。

六时余动身去 Shepherds Bush①。这路不熟，到处问人。花了七十分钟才找到 Addisland Court②，这是施德潜、傅小峰的寓所。今天他们在此请 Berkeley Gage③。他们有一上海女仆，能做菜，可是没有什么味。Gage 却赞赏不已。

Gage 的夫人是德国人，抗战后去美。他新从美国来，希望将来派到美国去。可是他对美国的一切都满是批评。他说中国学生刚到美国去的，回去都是想发财。中国的学制，受英国的影响少，受德国和美国的影响多。德国的是法西斯式的统制。美国的是无限制的弄钱。这都与中国不大合适。

Gage 说话似乎很直爽，可是对于英国政府和人物都没有批评。梁与施说话却与对中国人一样，提起孔、宋等，都无所不说。

Gage 的酒量很大，一个人几乎喝了半瓶 Whiskey。

散已十时半。

回时走 Oxford Circus④，多绕路，反而快。有月光，在月下走回寓，很清幽。走路得十分钟。如风雨，恐不大舒服。

浴后睡。

---

① 牧羊人灌木丛酒店。
② 阿迪什德兰德公寓大楼。
③ 伯克利·盖治。
④ 牛津广场。

1944 年 12 月 4 日

33:12:4(一)晴

早晨又无报。早饭后去问，说已送来，大约又被人拿走了。（昨天的报由一位 Miss Mayer① 取去，到了近中午方还我。）

到宣传处。打了几个电话。在 Selfridegs 剪发。宣传处说公超有电来，说十二日第一周可回。

往访萧乾。中午他邀我在附近 Temple Bar② 吃饭。饭后在他那里看报。赵耆深去访他。请他喝茶。赵说要为《侨声报》在这里设一办事处。

六时与炳乾到他新迁的寓所去。这在 Balham，是一所大的 Block of Flats③。很新式，房间里有 radio，有电钟，电炉，都在墙上，另有暖气。一间小浴室，一间小厨房。有家具，每周只二镑十五先令。只是房比 Mount Royal 更小，更觉得局促。林咸让即向往此，自己备家具，每月只六镑。实在是便宜得很。

林今天自法回。特来坐一会（他说没有特别去拜访我，到此来会，似乎失礼），炳乾弄了些火腿煮面。

九时与炳乾到 Kingsley Martin 处。今天他们那里请客听音乐。到一二十人，有印度人，缅甸人，南斯拉夫人等。Arthur Waley 也在。奏了些唱片。有中国的笛与箫，人很赞赏。有印度乐。缅甸人唱了两个民歌。

咖啡点心后散。到寓已近十二时。

1944 年 12 月 5 日

33:12:5(二)晴

晨十时一刻到 New Cavendish St. 62 号会 Mathew。这位老兄，每一小点都

---

① 迈耶小姐。
② 神殿酒吧。
③ 公寓大楼。

计较，丝毫不能苟且。他对于六时以后不能继续在办事处的一条，不愿放松，说楼下 Oylers 有 valuables。① 他们是多年的老房客，务求彼此相安。楼上虽住人，但只是两位女客，不大出门。我说工作时间可以定为 9—6 时，6 时后可以不见客，不开门，但是一定要离开公事房，却实在不方便。我说这条街很好，离大使馆近，我可以尽力迁就，但这一点却很困难。磋商了一会，他说如租给我的话，可以写明办公时间，但我如有时不走，只要小心关门，也可通融。他问门口要不要牌子，放在何处。让他老弟去看了，又与我去看。他再三的说他宁可不租，不愿租了不安。他要 reference②，我将使馆与 British Council 写给他了。他说候他回音而散。

到宣传处。打电话与 Kingsley Martin。昨天我约他下星期吃饭，他说下星期也许可以，记得问他秘书是不是有另约。他要我今天十一时去问。谁知秘书说他有客，过十分回话。一等等了一时余。再去问则 Martin 已出去了。要等他回来再回话。一早晨完了。我看了些 *Times* 等。

一时到香港楼。萧乾请 John Lehmann 及 Stephen Spender③。Lehmann 样子很清秀，Spender 也不难看。比较 Spender 有话问人，常常问几个问题。Lehmann 是犹太人，他的一个问题是中国会不会加入版权同盟。我说在短期内不会。萧乾说王云五说中国将来也许加入同盟，不盗印西书，但是保留翻译之权。Lehmann 对此似乎很痛心。他说四强中只有英国加入，其他三国都不是会员。

讲起译书问题。Lehmann 说中国小说戏剧，千万不可由中国人自译。务必要英人来译。我说译者如萧乾呢？他说还是要英国人来译。我说文化协会的译本已寄来，是否可请人润色（re-write），他说此时也许不容易，战后毫无困难。Spender 说如中国政府找他来做此事，他很愿意。他现在在外交部意大利科做事。很忙，无其兴趣。但政府不能让他走。他晚上在写他的长篇小说。所以连看书的时间都没有。

---

① 奥依勒斯有贵重物品。
② 证明信。
③ 约翰·莱曼及斯蒂芬·斯彭德。

Spender 还问可否到中国去，可否带家眷去。他不让去长久。但是很愿意去一年半载。Lehmann 讲 Arthur Wayley 与某在某贵族家过周末。两人在园中沿湖散步，步相反的反向。两人在桥上走过，彼此点头道 'Sorry you are not coming my way'.①

我提出女子为何成大小说家，而不成大画家，大音乐家等等的原因。Lehmann 说因为女子所关心的是人事，不是 abstractions，不是 generalities②。他说就是第一流女作家，也大都有些 eccentric③，有些古怪。例如 Virginia Woolf，如 Brontes④。Jane Austin⑤ 比较是例外。

三时到宣传处。林咸让此来访我，与他及赵志廉谈了一会。董显光来电说雪艇问他何时可回。他问我意见。我劝他等公超回来后才走。公超有电来，说十二月第一周到。并要我找比较大的房子。

四时与 Martin 打电话，仍未回。与 Harvey 打电话。上午我说去看他，他说 Needham 下午去。我说我要约 Needham 谈一谈，请他代约。此次他说 Needham 说忙得很，约很多，忙不过来。又问我与他谈多久。最后又问 'What do you want to talk to him about?'⑥ 这使我生了气。我说 'I am supposed to be Dr. Needham's equivalent in Britain'⑦。他到英来，我是应当与他交谈的。他说明天四时他在 Society of Visiting Scientists⑧，我可以去一下。我说那里许多人，我去拉拉手说 'how do you do' 不是我的意思。他说总得先认识了才谈话。我说我在重庆即见过他。他说 Needham 的约会，都由 Mrs. Bernal⑨ 管。我气急了，最后请 Miss Mote⑩ 电话去。Mrs. Bernal 果然不知道我是谁。说 Needham 很忙，他不知道他何时方有空。无论如何，可以请我到他的 reception

---

① "不好意思，您没挡我的路。"
② 不是抽象，不是概论。
③ 反常。
④ 如勃朗特姐妹。
⑤ 简·奥斯汀。
⑥ "你想跟他谈什么?"
⑦ "在英国，我与李约瑟博士应属对等之人。"
⑧ 访问科学家学会。
⑨ 伯纳尔夫人。
⑩ 莫特小姐。

to the Chinese①。

回寓时一路生气，半天都不能平息。

看报。晚补写日记。今晚到近十二时方将近日的日记写完。

中间听时事及 Brain Trusts 等。

曾有警报，不到一小时即完。

1944 年 12 月 6 日
33:12:6（三）晴后雨

早晨看报。

写信与 Miss Webb，张自存，T. Y. Lee、Millington②。

中午到香港楼。萧乾请张道行，有梁鉴立夫妇、祝文霞、唐保黄及倪道达等。他定的是十先令的菜，误为七先令，实在不好。炳乾很不好意思，很生气。朱文霞与我谈到在剑桥读书的事。

饭后炳乾领我到他的一家旧家具铺。看了一会家具。

又同去 Chatham House③，要借书证。炳乾临时写请求格式，立即得到证，于是还得有一人的介绍信，尚未寄来。

我们曾走过 Green Park④。炳乾说明年春也许他的婚姻问题事可解决，也许树藏来，也许离婚。有一半德半希腊女子是一作家，曾再三提议与他同居。他对她没有她对他那样热。

四时到 Belington House 看 Royal Institute of Water Colours 的展览。⑤ 有四间展室。很少未来派一类的画。可是大都是 competent⑥，很少给人深的印象。标价在二三十镑的很多。也有不到十镑的。偶有几张则百镑。

<hr>

① 中国人会客室。
② 韦伯小姐，T. Y. 李，米林顿。
③ 查姆塔大厦（皇家国际事务研究所在内）。
④ 格林公园。
⑤ 到贝林顿大厦看皇家水彩研究所的展览。
⑥ 胜任的。

近五时出来。去吃了些茶点。到 News Theatre① 去看新闻片。中有一片是解说 B. B. C. 的教育广播的。说话的是炳乾，选材委员中有公超。

到 Apollo 去看 Noel Coward 的 *Private Lives*。② 这戏从前曾念过。像 Coward 的别的戏一样，念起来没有什么意思。可是演起来，很好玩，很好笑。演员只有五人，都不错。据说 Coward 原来自己演 Elyot③，还要好。

回寓，煮茶。喝了些牛奶，吃几块饼干。

写日记。十一时有很长的爆炸声。想一 V2 落不远。

写信与莹及华。

1944 年 12 月 7 日
33:12:7（四）雨

晨看报。

写信与莹及华。今天又接华等十一月十日所发信。华更是坚决的想来英或去美。

中午到 Oxford Circus 会 Mrs. Wallbridge。她请我在 Fleming's④ 吃饭。座中谈中国问题。有许多问题她要问我。她说现在出去演讲，发问特多。如说中国自己不能制造军火，如何怪英美不接济。Vera 答，英国如没有美国的接济，苏联如没有英美的接济，将如何。听众大鼓掌。又如说中国如何与敌人通商。她答英国最近橡皮大增，是苏联由日本购来的。众又大鼓掌。这话她来说，比中国人来说比较方便。她说她很想到中国去半年。

我们谈起叔华、小莹来英事。她说她设法去向东方语言学校交涉，请叔华来教书。这样应当可以出来了。

---

① 新闻剧场。
② 去阿波罗剧院看诺埃尔·考沃德的《私生活》。
③ 埃利奥特。
④ 佛莱明餐馆。

昨夜的 V2 落在 Selfridges 的对面 Duke St.①，据说是美国军士的会〔汇〕集处。在微雨中我在那里走过。Selfridges 及附近的铺子，门窗都毁。许多家都在装玻璃等。可是几乎家家都照常营业。

到 Mount Royal 去取洗衣，未得。访显承未值。访郭汝槐，略谈战局。

三时半到 British Council 访 Parkin Moore，等了近一小时他方回。托他交涉电话、打字机等事。

回寓。写完华、莹信。起致雪艇、立武信稿。

六时三刻动身往 Regency Lodge②，应朱文霞之约。座中另有田席珍及刘君。饭后大谈军事问题。田说中国军人，还是中级干部最好。陆军大学毕业的人是中坚。上面的人大都不行。下级干部也大都不行。对于高级干部，他最佩服白健生③。对陈辞修、胡宗南、汤恩伯也相当的佩服，但是胡、汤太骄，目中无人。

八时一刻又有一大爆炸声。

十时半回。田君叫车，送我到寓。

写致杭、王④信稿。

看 Han Suyin 的 *Destination Chong King*。⑤

1944 年 12 月 8 日
33:12:8(五)阴

晨看报。

重抄王、杭信。又眷过一遍。

午饭后写信与熊式一、蒋仲雅、范雪桥、Dr. Needham 及 Major Longden。

---

① 公爵街。
② 摄政旅舍。
③ 白崇禧，字健生。
④ 杭立武、王雪艇。
⑤ 即韩素音的《目的地重庆》(*Destination Chungking*)。

四时余到 Wallbridge 家。他们请我去喝茶。可是我坐了一小时，他们夫妇没有回。先是 David，后来是 John 陪我说话。Jean 请我吃茶点。（他们自己不吃。）

近六时到使馆。将信交赵金镛。与王及吴权谈了一会。吴说两年前他租得一房，已付定钱，将搬去。房东忽毁约，原因是楼上的老太太说如中国人进来住，她即搬出去。这在 Pearl Harbor[①] 以后了！

与陈尧圣谈了一会。陈说他去参加 British Council 的 Scholarship 会议。请求的有二十余人。已定了五名。钱家祺也在内。为他陈出了很大力。因钱新从国内来，其他二人说应不至无钱也。顾少川事前说国内新来的人应多帮忙（国内并无其他新来的学生）。今天陈去报告，少川说钱同前虽可支持，但恐不够二三年。

与梁鉴立谈。梁说太平洋学会开会，中国出席人名单为梦麟（首席）、公超、袁守和、张君劢、杨雪竹及宁思承。似乎从前代表这次一个都没有。

晚在香港楼请 Sir Humphrey Prideaux-Brune，Berkeley Gage[②] 和他的妹妹，鉴立夫妇、家祺夫妇、施德潜与傅小峰。菜很好。相当成功。

九时余散。

写日记。

看 *Destination Chong King*。

1944 年 12 月 9 日
33:12:9（六）阴

晨看报。接电话打电话，费不少时间。等君健电话不来。

到银行取钱。到已过十二时，关了门了。到宣传处换了几镑钱。又打电话。写了一信与 Lady Zimmerman，一信与 Dorothy Woodman。

一时到上海楼。约了君健。恰好汇文与芦浪来。芦浪说他要请君健。

---

① 珍珠港事件。
② 伯克利·盖治。

饭后到 Arts Theatre 去看 O' Neill 的 *Anna Christie*①。这在 O'Neill 的戏剧中似乎比较的近情，比较的不越常轨，也比较的短。演 Irish stoker② 很好，演 Anna 的似乎还不够将 Anna 的 transformation③ 表现出来。可是也不算坏。

回寓看 *Times* 中的议会报告。昨天邱吉尔在议会中为他的希腊政策作辩，和许多议员的攻击，很紧张。

九时听广播新闻后听了广播剧 *Music for Miss Rogers*④。太平凡了，不够味。因看 Arnold Bennett 的 *The Love Match*。⑤ 可是这剧本也很平凡。可是听完已十一时半了。

1944 年 12 月 10 日
33:12:10(日) 雨

星期日大家都起得迟。我九时二十分醒了，即起。别人还没起呢。

看报。

十一时到上海楼。今天在此请 G. B. Priestley、君健、林咸让及圣斌。Priestley 本说带一女儿来，可是结果一人来，迟到了半小时。他说两个女儿不在家。Mary 伤风，他等医生等到此时方来。

他对于自己的剧本 *They Came a City*⑥ 很得意。林说希望此片能去重庆。他说这剧本可译中文，要林带一本到重庆去。

他说中国应加入版权同盟。我说加入后的结果是不易多介绍西方书籍，所以得考虑。他说倒并不是为了钱。苏联译他的书，常常将他的书一部分与他书相连，他也无法干涉。我说注意钱的作者也不少。

---

① 去艺术剧院看奥尼尔［美国剧作家尤金·奥尼尔（1888—1953）的《安娜·克里斯蒂》]。
② 爱尔兰司炉工。
③ 变化。
④ 《罗杰斯小姐的音乐》。
⑤ 阿诺德·本内特的《爱情比赛》。
⑥ 英国剧作家、小说家普里斯特利的《他们来到一个城市》。

他不喜欢 British Council，说他们是 imperialistic，conservatives①。他不喜欢 F. B. I. 他很称赞美国的 T. V. A.，说美国人也很得意，但是不愿意听说这是 socialist experiment②。我说英国人也不愿意听 social security，改了 national insurance。③ 他大笑。

他说美国妇女比男人厉害。美国男人都很 soft④。

三时散。与周显承等诸人说了一会话。

到 Royal Academy 看 Royal Institute of Portraiture 的展览⑤。有二百多张。大都是 competent 作品，很少有动人心目的。有一犹太人 I. M. Cohen⑥，签名的方式模仿中国的朱印。他的画还 pleasing⑦。最奇怪的是 Taporski⑧，他画的 H. G. Wills⑨ 简直看不出是什么。

走过 Flying Bomb 展览会，进去看了一下。有一个 Flying bomb 的零件等凑起来的不完全的模型。有一大圆。其他是些照片。

到 Empire 看电影。这里有 Flying bomb（V1）的影片。有声。飞弹在空中被打落。爆炸声的情景，等等，都表现出来了。这是我们住在伦敦也看不到的 documentaire⑩。

主片是 *Laura*⑪，一侦探片。相当的好。

七时余在 Milk Bar 吃了一杯 Ice cream。⑫ 这是到英后第一次吃到。即吃了些 sandwich。

有警报，即乘地道回。

---

① 帝国主义的，保守派。
② 社会主义实验。
③ 不愿听社会保障，改了国民保险制度。
④ 温和。
⑤ 皇家艺术学院看皇家肖像学院的展览。
⑥ 科恩。
⑦ 受欢迎。
⑧ 塔博斯基。
⑨ 赫伯特·乔治·威尔斯（H. G. Wells［1866—1946］），英国著名小说家。
⑩ 纪录片。
⑪ 《劳拉》。
⑫ 到牛奶吧吃了一杯冰激凌。

看报。

写日记。听时事广播。今晚有 *Note on China*①，说中国战事的紧张。与 O. M. Green② 在今天 *Observer* 中说的大意相同。

1944 年 12 月 11 日

33:12:11(一) 晴后雨

晨看报。写信。与蒋仲雅、范雪桥，约他们星五午饭。

中午到 Kilburn 大街上去走走，买些东西。这地方似乎相当的穷，与 Calpham 差不多。找了一会没有找到饭店。最后在一酒店内找到了饭厅。

下午整理旧信件。写了一信与仲常，一信与笃生。

晚七时到 Pall Mall, Traveller's Club③。Berkeley Gage 在此请君健。座中有 Prideaux-Brune 及俱乐部干事，Col. 某，临时遇到 Cantlie,④ 也一同在圆桌上吃饭。饭厅中临墙都是方桌，会员一人一张桌，彼此虽相近，并不接谈。中间的圆桌等是为请客用的。饭后到吸烟室喝咖啡，喝 port，说现在一人每餐只可喝一杯。可是啤酒、whiskey 和 sherry 等似无限制。

今天中央社消息教部果然立武常次（经农仍政次），经济部何廉常次（谭伯羽仍政次）。Gage, P. B. 和 Cantlie 都是立武的朋友，听了这消息很满意。说要去电道贺。

Col. 某贵族的弱枝之类。很慨叹英国社会的变迁。说他从前 hunt, fish, yacht⑤ 等等。现在这些有钱朋友都穷了，不知去向了。他从前到 Ritz⑥ 去吃饭，差不多大多客人都认识，现在都是生面孔。

他也很会讲故事。尤其是挖苦美国人。

----

① 《笔记中国》。
② O. M. 格林。
③ 蓓尔美尔街，旅行者俱乐部。
④ 某上校，临时遇到坎特利。
⑤ 狩猎，垂钓，驾游艇。
⑥ 丽兹酒店，伦敦最豪华的酒店。

P. B. 说话少。他住在 Ealing 一家旅馆。每周连早晚饭只四个多金尼。

十时回寓。看杂志。一时许多警报。近十二时完。

Col. 讲的故事中，有一个是一个美国兵到 chemist 去买 'lavatory paper'。店内女职员说，在英国说 'toilet paper'①。后来他又要买 soap，女职员问是不是 'Toilet soap'。他说不是，是洗脸的肥皂。

1944 年 12 月 12 日

33:12:12（二）雨后阴

晨看报。打了一信与 George Rainer，写信复傅小峰。

一时进城。吃饭后到银行取钱。到宣传处。与 Whymant 谈了一会。看了些杂志。在 *Who's Who*② 找出 Prideaux-Brune 是在去年晋封为 K. B. E.，我写信与他总是称他为 Esq. ③。

三时余到 Marble Arch Royal 去看 *Western Approaches*。这是写 merchant navy 的英雄④。片是五彩的，实在在海上摄，不是在 Studio 内假设的。银幕上的人也都是真正的海员，并没有职业演员在内。可是一切很自然。故事也动人，虽然有时觉得太冗长。

七时到香港楼。君健在此请 John Morris 及萧乾。吃完饭炳乾又领我们到 Piccadilly Circus 的 Brasserie⑤ 去喝啤酒。这里很大，立的站的都满是人，声音很杂，像中国的大茶馆。大都是美国兵，也有不少妓女。

十时半回。

十一时开书箱取书。一个大爆炸声。似乎非常的近。后面接着的尾音有好多秒钟。

看 *Destination Chong King*。

---

① 卫生纸。美国英语说 "lavatory paper"，英国英语说 "toilet paper"。英国英语说香皂是 "Toilet soap"。
② 《名人录》。
③ 先生（Esquire），写在信内的尊称。
④ 到皇家大理石拱门剧院去看纪录片《西部任务》，这是写商船队的英雄。
⑤ 啤酒店。

1944 年 12 月 13 日

33:12:13（三）雾

晨看报。

复了 Wintersgill[①] 一信。

中午在附近吃饭。饭后，打 China Society 开会时主席说话的稿子。

写了一信复王抚五[②]。

五时去宣传处。雾很浓。等了一刻钟方有车来。到宣传处，赵不在。Whymant 说了几句话也走了。与赵留一信。看了一会今天的各报。

七时去香港楼。等公共汽车等了十余分钟不见来。走到 Oxford Circus 乘地道。到饭店已迟了一刻钟。今天在此请 Nash，他本在英情报部纽约分处。与夏很熟，所以与他认识。他前几天回来。据说 Redman 过美时与夏相商，要他到公超处来做联络工作。现在在此候公超。若此事不成则仍回纽约去。与他谈了一会美国对华舆论等等。

九时散。乘地道车回。城中雾不如城外深。Maida Vale 大路上不如 Carlton Hill[③] 深。大约高处雾反重。

写日记。写完致华及莹的信。

看 *Destination Chong King*。

1944 年 12 月 14 日

33:12:14（四）阴

晨看报。看了几页 Shaw's *Everybody's Political What's What*[④]。

---

① 温特斯基尔。
② 王星拱（1888—1949），字抚五，安徽怀宁人，早年留英，1910 年加入中国同盟会欧洲支部。1933 年 5 月出任武汉大学校长。1945 年 7 月，调任中山大学校长。
③ 梅达维尔大路上不如卡尔顿山深。
④ 萧伯纳的《每个人都是政治人物》。

一时到 China Institute，今天是 Joseph Needham 演讲。他到得很迟，大家已就坐。进来后先到后面与廖鸿英等拉手。他与我拉手，我说我是陈源。他说已接到我的信，我们要会一会。我说我 hope to hear from you①。他说现在立时决定了好了。即约我星期日晚间去他住的 Society of Visiting Engineers。② 化学工业的周庆祥坐在我前面，即说星期晚③他请 Needham 夜饭，约我参加。

我们说话时 Harvey 离我坐二排。他今天见面时问房子已租定否。可是自己说出来他昨夜才发与 Mathew 的回信！不知道他在信内写些什么。要是写些不负责任的话，说不定事情还功败垂成呢。

Needham 的演讲，对于中国很恭维，而且不是口头恭维，说得很是诚挚。他说中国的大学，如西南联大，如浙大，与英国的剑桥、牛津，美国的哈佛、耶鲁、Princeton 等程度完全相等。对于武大也称赞了物理等工作。他对于中央研究院及北平研究院的工作，都很称赞。

最后他说有两种 misconception④ 应当打破。第一种误解是英国人以为中国只有艺术，只有人文，没有科学，没有工艺。中国的科学家和工艺，都有重大的发明。墨子的科学见解很是高深。中国的罗盘，在宋时即知道指南针并不指正南。中国发明火有时是用来打仗的。中国在宋时即发明治疗软脚病需某种饮食，是富于某种 Vitamin，充实某种 Deficiency⑤ 的。只是中国没有脱离 Empirical stage⑥，中国没有产生 Aristotle⑦。这原因何在，他打算加以研究。他在战后预备写一本 *Science & Civilization in China*。⑧ 说中国没有科学。中国人不近科学，完全是 nonsense⑨。中国人自己也有此错误观念。冯友兰即写了一文《中国人为何不接近科学》。简直是 absurd⑩。他相信在不久以后中国在科

① 希望听到你的信儿。
② 访问工程师协会。
③ 原稿缺漏，未写明是星期几。
④ 误解。
⑤ 富于某种维生素，充实某种缺乏。
⑥ 经验阶段。
⑦ 亚里士多德。
⑧ 《中国的科学与文明》。
⑨ 瞎说胡扯。
⑩ 荒谬。

学方面将有重大的贡献。

第二种 misconception 是中国人，尤其是一种复古的中国人以为西洋只有科学。中学为体，西学为用。不知西洋文化的 humanities^① 的重要。Greek Philosophy 及 Roman Law^② 是西洋文明的基本。可惜 the great Professor Dodds^③ 在中国勾留的时间太短了。

今天到的人很多，屋子里挤得坐不下。Homell 主席，Wallbridge 和 John Nash^④ 等也去了。我介绍 Nash 与 Dorothy Woodman。她说 Kingsley 最近为了希腊问题，忙得不得了。过了 Xmas^⑤ 才约我同叙吧。

与 Haloun 到 Lyons Corner House^⑥ 去喝茶谈话。他说 Needham 带回来敦煌照片五百片。他们都看过了。他说 Needham 父是 Scotch，母是 Norman French^⑦，又曾在美国教书多年，所以他的性格与普通英人不同。相貌也不大像英人。他也觉得 China Inst. 都是些殖民地官吏在包办。

到 Luzac 去买了四本《西游记》送 Vivienne, Crwys Williams, Mrs. Braductt 及 Trevor Mathew^⑧，没有第五本，只好买了两小册唐诗送 Mrs. Hardy^⑨。

又在 Kegan Paul 买了一本 *Donkey*^⑩，预备送 Wallbridge 家孩子。取织补的衣服。回寓。

打了一信与 Sir Archibald Clark Kerr^⑪。听说他回英来了。一信与 Wintersgill 告他《诗经》有 Waley 译本。

晚饭后写信与立武。写日记。听广播音乐。

---

① 人文学科。
② 希腊哲学和罗马法律。
③ 伟大的多兹教授。
④ 霍梅尔主席，沃尔布里奇和约翰·纳什。
⑤ 圣诞节。
⑥ 里昂角屋。
⑦ 父亲是苏格兰人，母亲是诺曼法国人。
⑧ 到卢扎克去买了四本《西游记》送薇薇安，克利怀斯·威廉姆斯，布拉达科特夫人及特雷弗·马修。
⑨ 哈迪夫人。
⑩ 在开根·保罗出版社买了一本《驴》。
⑪ 阿奇博尔德·克拉克·克尔爵士（1882—1951），英国外交官。

1944 年 12 月 15 日

33:12:15（五）阴

昨夜睡不好。常醒。今天觉得很疲乏。

晨看报。

十二时到银行取钱。到使馆，托寄信。与赵金镛谈了一会。与施、傅略谈。

中午在香港楼请 Empson 夫妇、范雪桥、汇文、方重、炳乾。本来有君健。他与林咸让约了，在另座。临时来了熊式一与谢女士。谢女士父亲是中国人，原在英学法律，母是英人。她牛津毕业，正在找事。她不懂中文，可是保留中国籍，也打算到中国去。熊介绍与汇文做朋友。范则推荐给我做书记。我说书记太漂亮了，恐怕常常有人来访问。阻工作进行。不过看样子倒稳重。我请范问她能不能打字及速记。

Empson 今天去参加了 Needham 的新闻记者会议。他说的话与昨天差不多。可是记者们却只管问他时事。

三时散。与君健到 *News Chronicle* 的 Victory at Sea Exhibition① 去参观。看了十六寸口径的炮的模型，巨大可惊。

四时到 China Society。先喝茶。四时半演讲。我主席。范雪桥讲 *Dr. Johnson & Chinese Culture*②。他的材料是搜集来的，很细。所以听众大都似乎想入睡。有些人半途走了——连新任书记的 Miss Lee 也在内。讲完后只有 Sir John Pratt 发言。听众总共不过四十人，里面有 Percy Wallbridge，John Pratt，都是我找来的。式一、方重、汇文、谢女士、显承、炳乾，都是来听雪桥的。所以，会员到的恐不过二十人。这学会是奄奄待毙了。

近六时到宣传处与赵志廉谈了一会话。

_____

① 《新闻纪事报》的"海上胜利展"。
② 《约翰逊博士与中国文化》。

晚看 *Weekly* 杂志及 *Times*①。

听广播。邱吉尔在议会讲波兰问题，他主张支持苏联的要求，反对的大部分是保守党党员。

1944 年 12 月 16 日
33:12:16(六)阴雨

晨看报。

中午在附近吃饭。看 Shaw's *Everybody's Polit.* 和 Han Suyin。②

四时半杨志信带了 Miss Locke 来访。我请他们喝茶。坐谈了一时半。

Miss Locke 是东方语言学校的学生。学中国语只二年，现在已经在教初级班。她很希望将来能到中国去。她似乎也懂得挪威、Sweden③ 等文字。

晚七时到香港楼。范雪桥约我吃饭，座中有汇文及芦浪。饭后他们同我回寓。煮茶坐谈到十时半以后方散。问谢女士来做秘书事，又重提起。便说定了试用一下。

1944 年 12 月 17 日
33:12:17(日)雨或晴

晨看报。

十二时余出门去 Putney Bridge④ 梁鉴立处。路上遇到陈尧圣同行。到门口又遇 Sir Humphey Prideaux-Brune。另有一缪君，梁东吴同学，新由美国来。张道行最后到，等我们吃了一会方到。

三时半辞出。梁等要打牌，可是 Sir Humphey，陈、张都不会打。好在他

---

① 《卫报周刊》及《时代周刊》。
② 萧伯纳的《每个人都是政治人物》和韩素音的《目的地重庆》。
③ 瑞典。
④ 普特尼桥。

们另约了一位太太爱。所以我们走了。

到 Piccadilly。打算去看 *Summer Storm*①，座已满。另走一家也座满。不想再赶回又出来，去看了 *Cassanova Brown*②，故事简直是无聊，也很乏味。

七时余到上海楼，应周庆祥之约。他只请了 Needham 一人。N 到七时半以后方到。他要了一杯酒。他说他见过我，我说我某。后来他问我们从前如何见面的。我说过，他说有些想起来了。

N 有许多消息是我听了很高兴的。他说西林③的物理研究所已迁北碚。仲揆④的地质研究所迁到贵州某处，也预备迁北碚。

他在中国这样久，还不曾听说过吴稚晖这名字。一个不真正懂中文的外国人是没法认识一个民族的。

九时散。我与他同走到 Society of Visiting Scientists，这也是战时新生的机关，与 British Council 有关系。是一种宿舍和俱乐部。很是方便。

我们谈了半小时。N 说中英文化协会在中国有地位，在英国人们不知道。所以做事不易顺利。最好是用大使馆文化参赞的名义，做事便方便了。他说此事可与顾大使一谈。我说我也是学校请假，并不能久留英国。他问顾如何意见。我说不知道，但他曾要任 China Inst. 的 director。N. C. C. 完全在 Colonial official，及 old China hand 的手中⑤，director 一事，实在不好办。这他完全同意。

他说他办的是科学合作，其他文化工作，他并不清楚。我应当与 Roxby 详谈。最好是到乡下去谈一天，住一晚。

他自己正月初即去美，月底即动身回重庆。他说欧战至少半年，以后东方战事又一年。大约他还留中国二年。他仍是剑桥教授，仍需回来。不过以后希望常常过一二年即去东方一次。

十时动身回。

---

① 《夏日风暴》[道格拉斯·瑟克（Douglas Sirk，1897—1987）导演的电影]。
② 《风流债》。
③ 丁西林（1893—1974），中国剧作家、社会活动家。
④ 李四光（1889—1971），字仲拱，地质学家、教育家、音乐家、社会活动家，中国地质力学的创立者、中国现代地球科学和地质工作的主要领导人和奠基人之一。
⑤ 在殖民地官员及中国通手中。

1944 年 12 月 18 日

33:12:18(一)雨后晴

晨看报。

一时到上海楼。杨志信请客，同时请了林咸让、赵志廉、蒋硕杰、马润群。硕杰与润群都打算在明年春元以前回国。他们问我是否此时回国好。我说当然回去好。可以为国家做事，也可以分尝些战时的生活。

谈中英合作事。说起可以在此组织一种 institute 如 French Institute。① 林说他认识它们 director Denis Saurat②。我要他介绍我去与谈谈。据林说，它们的经费大部分并不是法国政府所出，而是由人捐助。

林提议在此出一杂志如 *France Libre.* ③。我说 *France Libre.* 是用法文写，法国著名作家都在内执笔。中国要出，必须用英文。便大不同了。而且我想以后法国有名杂志复刊后，*France Libre.* 恐怕不易维持从前的力量及销路了。

近三时方散。到 Kegan Paul 去买了些中国古画明信片，为 Xmas card④ 用。

近四时到炳乾处会蒋仲雅。陈仲秀也在座。喝了些茶。我与蒋彝商谈在此筹备陈列馆事。他说私人的 gallery 租金非常之贵。小小的一间屋，一周即数十镑。所以展览只有与 British Council 合作。至于自己筹备长久展览室，他认为可用不必。因为如展览物长期不变，即等于博物院。伦敦已有 British Museum 及 Vict. & Albert⑤ 等，我们不必再与争竞。他以为展览物品应常更换。展览物品，应注重生活的方式，民间艺术之类。如中国的绣花，中国的竹器。不仅将艺术品陈列，而且其制造程序，做成模型。他说展览要当代的，不要专是古代的。要人知道中国是一个现代的民族，不是过去的古国。

至于战时画品，他希望国内多寄些照片来，此间可与外国艺术家，会同

---

① 协会，如法国协会。

② 丹尼斯·索拉特主任。

③ 《自由法兰西报》。

④ 圣诞贺卡。

⑤ 大英博物馆及维多利亚和阿尔伯特博物馆。

选择。如中国编好寄出，也许印刷有困难，也许出版后毫无反响。

对于成立一大规模的 China Inst.，他很赞成，但一则怕没有这许多钱，一则怕 N.C.C. 及东方语言学院等设法阻挠。

五时炳乾要出门。我们同行。到 Mount Royal 访范、方、张均不值。在显承处坐谈了长久。显承是当涂人，仲雅在民十八年曾任当涂县县长。他谈做县长经验。如芜湖有所谓王大人者，八十岁左右的老头儿，什么事都得请他到场才有办法。原来是青红帮的祖师。如在九江，唐道元的军队中有兵士携款五万元私逃。唐即说是在九江失去的，责成本地赔偿。交涉无效，呈报主席熊式辉也无办法。显承说这十年中大大进步了。这些事不能发生了。

七时到大世界吃饭。这是香港老板梁所新开，地方不坏，菜的材料也好，如有海参。但采味不佳，很可惜。是张汇文请，为了让我与谢克文①正式说定雇佣。谢说她已得红十字会信，要她明天去 interview。现得我这里的职务，很高兴。

九时半回。听广播中的 Ghosts② 剧本。

今天接到十一月二十三日小莹所发信。信中只有她的信，我拆开吃了一惊。看信知道叔华于十七日去重庆，看看能否出国或有何事可做。我计算起来，她去重庆免不了有二三个星期的耽搁，那么找我商谈出国事的信（十一月十六日发）应在那里可以收到了。政府改组是十一月二十日。也恰好碰到。

莹一人在家，晚上有静远③去陪她睡。早晨自己烧火做点心。中午晚上都到杨家去吃饭。现在甚是大了。

1944 年 12 月 19 日
33:12:19（二）阴

晨看报。

---

① 即后来与萧乾结婚的谢格温（Gwen）。
② 《幽灵》。
③ 杨端六与袁昌英夫妇的女儿杨静远。

一时到 *New Statesman*① 编辑室。这在 Great Turnstile②，附近的房子都炸完了。它这一栋楼居然独存，很特别。等了一会，又有 Philip Jordan③ 来。又有一位是在陆军部做事的，穿军装，但似乎是 *New Statesman* 的编辑——好像叫 Andrew（？）（难道是 Andrade?④）。一同走到 Chancery Lane 的 Clifford Inn⑤ 去吃饭。Kingsley 常到这里来，有包好的桌子，可是今天却满是人。我们得坐客厅中喝酒。

Jordan 离国一二年，新回来。他对于地中海很熟悉。曾会见 Tito⑥ 等人。所以他们谈地中海问题，希腊问题，西线问题。对于希腊、波兰问题，Kingsley 问我作何观感。我说这是 return to the former Politics。⑦ 他说 politics 向来脱离不了 the former⑧，从前如是，将来也如是。我说这里说人类的希望就很少了。至于西线，他们似乎在说美方渐对 Eisenhower⑨ 不满。我问他们对 E 的批评。K 说 E 是能把英美西方人调和合作的人。我问是否他不是一个 strategist⑩，他们说并不能如此说，但也没有反证。

他们说西线的军队弄到一个补充兵都派不出来。成了人力问题。我问如何盟军方面若有人力不足问题，德国的人一定少得多，如何反能反攻？K 说据线坚守也许不需要大量军队。我说在东线如何呢？K 说他不能明白。

Jordan 新近受 *Daily Mail*⑪ 之雇。他说这似乎可异，其实他去并不改变他的政治观念。Rothemere⑫ 是想向自由方面走，只是很 weak⑬，Petticoat

① 《新政治家》杂志。
② 大十字旋转门。
③ 菲利普·乔丹。
④ 好像叫安德鲁（？）（难道是安德雷德?）。
⑤ 赞善里的克里福德酒店。
⑥ 约瑟普·布罗兹·铁托（Josip Broz Tito，1892—1980），前南斯拉夫社会主义联邦共和国总统，不结盟运动的创始人之一。
⑦ 回到从前的政治。
⑧ 他说政治向来脱离不了从前。
⑨ 德怀特·艾森豪威尔（Dwight D. Eisenhower，1890—1969），第 34 任美国总统，五星上将，1944 年任欧洲盟军最高司令。
⑩ 战略家。
⑪ 《每日邮报》。
⑫ 罗瑟米尔。
⑬ 软弱。

influence① 很大。这 Lady 很想向自由民治方面去。他打算 work upon her②。如他不能说他要说的话，他仍不可脱离。至于所说的 Lady 是谁，我没有问。

K 说 Rothemere 很怕 Beaver③。他说 Beaver 是一个非常人。与他谈话之后，什么人也少不了有一很深刻的印象。他与他谈过二三次，每次都如此。许多别人谈的话都不记得了，Beaver 的话现在都个个字都可写出来。邱吉尔也是 charmed by him④。他喜欢与他谈话，因为 stimulating⑤。

邱吉尔每天下午二时半至四时半一定上床睡，而且睡着。Jordan 说也有例外。他在法国看到他时，正是下午，他在外面雨雪中回来，坐在椅中，de Gaulle 与 Gen. Leclerc⑥ 二人（？），一边一个正在与他拉去长筒靴。他说此事可不能向外说。我说可惜 *London Diary*⑦ 中不能用。K 说真可惜！为什么不可用？Jordan 说他是偶然看到，他没有 business to be there at all⑧。K 说如中国将军有此事将认为大失面子了。所以到了晚上一二点钟，他的精神好得很。他或是找 Attlee 等来谈大事。或是找 Beaver B. 去时，袋子里带一瓶 whiskey，他的话说得很有趣，使人忘倦。所以邱尽管不 takes 他的 advice，还是喜欢他的 stimulating 的谈话⑨。

Kingsley 又说许多人愿意为 Beaver 做事，并不是完全为钱多。些时 Beaver 请一个两个去吃饭，同座的有二三位阁员，二三个贵族夫人。一晚的谈话，听到许多幕后的消息。一个青年人觉得他是 somebody⑩ 了。

别已近三时。在书店看了一会，到英情报部。今天请了不少中国人及几个与中国有关的人。演的片子，一个是 *Mulberry Harbour*，这种 documentary⑪

---

① 裙带关系。
② 对她下功夫。
③ 比弗。
④ 被他迷住了。
⑤ 令人兴奋。
⑥ 戴高乐与勒克莱尔将军。
⑦ 《伦敦日记》。
⑧ 根本没事由出现在那儿。
⑨ 尽管不采纳他的建议，还是喜欢他令人兴奋的谈话。
⑩ 觉得他是个什么人物了。
⑪ 《桑树港》这种纪录片。

片子在送到中国去映影的片子之中。一个是 *Chinese in Britain*①，说明的是萧乾，说中国人的种种活动。如大使馆中纪念周，顾少川演说，中宣部公超说话。太太们中有苏太太说话。海员中有人说了两句广东话。此外有王兆熙购料，广播人员开机器，赵志廉教中文，吴桓兴研究 X 光，李鑫教工程等等。萧乾的话很清晰，句句听得清。

看完后茶点。我与 Miss Winser② 说话。Harvey 见她手中没有杯子，说 'You are not looking after Miss Winser, how do you expect British Council to look after you?'③ 大约我的 complaint④ Needham 已经传过去了。

梁鉴立、钱树尧都告我顾少川今天打电话找我，打算自己去访我。我深以为奇。后来梁告我为周厚复事。遇到顾。顾邀我与他夫妇同车去使馆。

他与我谈周厚复交涉回国的经过，将许多文件都给我看了。这事使他很窘。周初要求由美回国，使馆去电教部。久不得复，又去催，过了二月方来复，令周直接回国，不必经美，川资由使馆先填。教授护照等又费时甚久。周因此大怒，与施发生冲突，将陈化城桌上玻璃打破了。

周目的要乘机回国。顾答应设法。可是写信到外部，对方说只有 urgent war effort⑤ 才可乘机，答应弄船位。使馆通知周。周不理会。使馆即为办理出国及乘船种种手续。船后天即开。周全不理。今早陈尧圣去交涉，又发生冲突，周拍桌骂使馆的人都是官僚。

顾要我去劝周，最好后天走，如不走则找出他究竟要如何。再则看看他神经有无异态。

我与陈尧圣谈了一会他们今天会晤的经过后即去访周。六时半以前到。按铃无人来开门。正进退为难时，周吃完饭回来了。即进去与他谈了一小时。

周决计要交涉乘机。似乎成了原则的问题。他说从前 Dodds 与 Needham 去

---

① 《在英国的华人》。

② 温瑟小姐。

③ "你不照顾温瑟小姐，如何指望英国文化委员会照顾你？"

④ 抱怨。

⑤ 紧急战争努力。

华是乘船。但那时机少，后来机多了。Renwick① 去华，全部乘机，Needham 回也是乘机。英教授在华，如要出入，中国都供给机位，毫无为难。现在英要回去的教授只他一人。中英是同等国家，为何拒绝机位。使馆应据理力争。

我说使馆交涉机位，使馆或有困难，且英方如不理或拖延起来，不知何时方有结果。如他急于回国，倒不如后天乘船了。他说如交涉，英方必有答复，看他如何说法。耽误时候，便管不得许多了。如在美走，本是一样。但陈立夫要他直接回国，如经美回去不好说话。

后天是一定不走的了。他对我很客气，看样子神经方面尚无异态。他说 British Council 方面第二年的津贴已开始，故暂住无问题。教部的考察费一年 240 镑已完了。他的行李都收拾好，整装待发的样子。

别后到附近去吃了饭。回寓。

1944 年 12 月 20 日
33:12:20（三）大雾

晨看报。十二时余到使馆，会顾少川复命。他们已在打电话去寻找。我告诉了他周明天决不走，为了原则一定要乘飞机，经济尚无困难，看样子也还不是神经失常。他说他既不急于回去，再慢慢想法，或推身体关系，再交涉飞机罢。

施、梁、陈尧圣等又询问我昨天谈话经过。施说他本不赞成使馆为办种种上船手续。现在临时不去，又失信用，将来别人去时也要为难了。

在门口得到小莹十一月二十八日所写的信。这信三星期即到，可谓快了。华仍在渝。莹近来说话见解都大进步，不像一个小孩了。

晚饭后到 St. Martin's 看 Franco Nero 的 *The Magistrate*，这是趣剧，主角是 Blacklock。② 可是究竟时代已过去，一切关键都使人感觉 artificial③。表演只平

---

① 伦威克。

② 在圣马丁剧院看弗兰克·内罗导演的《地方法官》，这是趣剧，主角是布莱克洛克。

③ 虚假。

常，总说似乎不够劲。

到宣传处。到 Mount Royal 取了洗的衣服。回寓。今天是没有晚饭的一天。可是雾很大，不想出去了，即煮茶吃了留下的点心。

看 Shaw 的 *Every's Polit.* 及 Shakespeare's *King John*① 各数页。九时听广播后，写信与华及莹。

1944 年 12 月 21 日
33:12:21（四）阴雾

晨看报。写完华及莹的信。起一信稿致立武。

一时半到 62 New Cavendish St. 会 George Mathews 兄弟。房子立牌租定。据说他们十二月五号发信出去，到十八日方才收到 British Council 的回信，只是信倒填了日子。因此耽误了不少时候。屋子算是正月一日起租。他即着手粉刷及擦窗。家具即可送进去。老先生倒很诚恳，也很周到。门口铜牌，他以为我做去。煤气电力，他给我地址，让自己去交涉。

饭后到 Bumpus 买了些书。到中宣部办事处。送了一本 *Monkey* 与 Miss Meotti②（另送她一瓶口红。她代我做的事最多），一本与 Whymant，一本蒋彝的 *Dabbitze* 与 Mrs. Booth③（她有儿子）。

打电话与 Parkin Moose，不在。

五时余去看时事片。这有一片是时事，其余都是卡通之类。大部分是低能的东西。只有 Walt Disney④ 果然不同。

七时到上海楼。林咸让宴请 Priestley 夫妇，小女儿 Rachel，儿子 Tom。⑤座中另有 Tass 社的罗果夫及 Maria 郑⑥。她能说俄文。Mrs. Priestley 也可以说

---

① 莎士比亚的《约翰王》。
② 送了一本《猴子》给梅奥蒂小姐。
③ 一本蒋彝的作品《大鼻子》与布斯小姐。
④ 华特·迪士尼。
⑤ 普里斯特利夫妇，小女儿蕾切尔，儿子汤姆。
⑥ 塔斯社的罗果夫及玛利亚·郑。

些俄文，Rachel 也在学。所以大家都讲俄文。罗果夫中国话说得极好。英文不大好，但亦不怕讲。哈哈大笑的时候很多。可是讲的话没有可记的。

Priestley 等九时余去。刘圣斌请王右家（及自存，亦早在。）他们来与我们同座，谈笑到十时半。郑小姐唱了些俄国歌。罗果夫也能唱些中国抗战歌。

1944 年 12 月 22 日
33:12:22(五) 阴雨

晨看报。

写完致雪艇、立武信。

近午张自存来。与他在附近吃饭。饭后进城，买了些礼物后，请他去看 *Summer Storm*。这电影是根据 Chekhov[①] 的小说。写一个 weak person[②]，他自己不能控制自己。虽然诚恳的爱一女子，却不能因此不受另一女子的诱惑，最后以至杀人。片子很好。

五时半到大使馆寄信，与梁鉴立谈了一小时。梁谈郭复初非常的省俭。使馆的报只订一份。梁要求加订些报，不成。刘错不在房中，电炉开着，郭为关了，对他说，人不在，不必开。刘说火炉的用意是在保存屋中的温度。郭说这不是省钱，是为了爱惜物力。所以窗上 blackout curtains[③] 是没有买过。到了冬天，提早下班。请客倒常请。他有一次约了窦去看电影，舍不得雇车，叫自己的车六时来。车夫报告了郭太太。（郭太太本住乡间。）六时出门，郭太太自外来。

回寓吃饭。看 Shakespeare's *Henry V*，读了一半。看了些 Shaw's *Everybody's Polit*。

---

① 契诃夫（俄国作家）。
② 脆弱之人。
③ 遮光布。

1944 年 12 月 23 日

33:12:23(六)阴

晨看报。写信与谢格温，请她早回。打了两信接受请约。写了些拜年片。出门已近二时。今天许多饭馆已经不开门。在 Lyons 吃了些东西。

下午君健来。在伦敦找不到旅馆，而且旅馆过节涨价。他来住我处。

六时到 Winter Garden①。林君夫妇请看 Cinderella②。这故事只是一种架子，中间穿插了很多杂耍。我看了实不感觉很大兴趣。尤其是小丑的打架之类，总不过那一套。客人有陈维城夫妇及两个儿子，及林太太的音乐教员 Mine Greave③。

看后到香港楼吃饭。遇到的人很多。方重、汇文及殷宏章也是看了 Cinderella 来。右家与陈尧圣夫人带了林家孩子则看了另一 version *The Glass Slippers*④。桂永清⑤也在那里。他说他们离开珞珈山时，非但一点都没破坏，而且打扫得很干净。

回寓已十一时半。与君健谈话，喝茶。睡已二时。再也睡不着。到四时，无法，起来吃安眠药。似乎到五时后方模糊入睡。

1944 年 12 月 24 日

33:12:24(日)晴

今天天晴，有太阳。好久没有看见这样天气了。早饭后与君健去访 Wallbridge，他们方在吃早饭。坐谈了一会。

---

① 冬季花园。
② 《灰姑娘》。
③ 米内·格里夫。
④ 《灰姑娘》的另一版本《水晶鞋》。
⑤ 桂永清（1900—1954），国民党将领，参加过第一次东征、第二次东征、北伐战争、抗日战争等。

回寓午饭。三时自存来。四时与他去 Baker St. 换车去 Pinner[1]。钱家祺到车站来接，领我们去他家。他又到车站去接郭汝槐、周显章、吴权，钱太太与 nurse[2] 在厨房工作，他们三岁的儿子 Michael[3] 吃完饭到客厅里来玩。他没有见过我们，但看了生人如熟人似的一点都不认生。

客人又有金问泗及他的女儿。金夫人到美国去了，所以今天出来做客。

今天的饭讲究极了。一个火鸡，大虾，partridges[4]，冻羊肉，红烧肉，后来又有冰淇淋，Xmas pudding 及 cake[5]，喝了些 sherry 及啤酒。张、钱、吴喝了不少威士忌。

还抽签送礼物。我得了一个小日历。

九时听了广播，步行四车站。十时半回寓。

今晚很倦。十二时睡。

1944 年 12 月 25 日
33:12:25(一)晴雾

今天有时晴，但有时地面有雾。霜非常重，房顶白如雪，一天都不化。完全是圣诞节的天气。

早饭后看报。写了一信与蒋仲雅。

君健去某处吃饭。但今天 tube[6] 罢工，他去时有一段车，以后便没有了。所以没有去，又退回来了。

中饭有火鸡。一面吃饭，一面听 *Journey Home*[7] 的广播。这里面有征人家属与征人彼此说话（并不是交谈）的节目。听到小孩子叫父亲，祝他 Merry

---

① 贝克街换车去宾纳。
② 保姆。
③ 迈克尔。
④ 鹧鸪（松鸡）。
⑤ 圣诞节布丁及蛋糕。
⑥ 地铁。
⑦ 《回家之旅》。

Xmas①，希望他早早回来。有时不禁想流泪。有一个女人说到末一句，声音都哑了。

正在此时接到叔华十一月二十八日自重庆所发信。她会到稚叔、雪艇、叔永②等，但出国似毫无把握。她想设法到美去教中文。她说如英美都不能去，又要回北平了。说在重庆找事不难，找住的地方却太难了。

听广播。四时至五时是 *Rose & the Ring*，可是与 Thackeray 的原文大不同了③。

五时与君健到 Wallbridge 家。他们与同住的一部分其他的人在做种种游戏。如 musical chairs，如 charade 等④。有时也乱跳舞。我们有时也参加。喝茶，喝咖啡。到近九时方辞出。

晚饭后听广播。

英国的节气，只有过圣诞最隆重。可是也只有这时候使异客最思乡，最觉无聊。路上没有人，车马都没有，饭馆不开门。一个异乡的客人真不知如何是好。现在有了播音，可以增加不少热闹，解除一部分客中的寂寞。有君健在此，有了伴，又好得多。到华家去与孩子们玩了一会，更是过节了。

晚补写日记。

今天下午有英王的广播。他的说话很慢，有时说了几个字得停几秒钟才继续。这是他口吃的结果。

演说完奏各同盟国国歌。第一美，第二苏。我们等着看第三是不是中国。第三还是中国，'One Great Ally in the Far East⑤'，以后是欧洲，捷克、波兰、法国。法国没有特别提出。欧洲完毕却来 Ethiopia⑥。南中美各国以 Brazil⑦ 为代表，大是可笑。

---

① 圣诞快乐。
② 吴稚晖、王雪艇、任鸿隽（字叔永）。
③ 《玫瑰与戒指》，可是与萨克雷的原文大不同了。
④ 如音乐椅，如猜字谜等。
⑤ "一个位于远东的伟大盟国。"
⑥ 埃塞俄比亚。
⑦ 巴西。

1944 年 12 月 26 日

33:12:26(二) 阴雾

今天阴雾。霜仍很浓，终日不消。

上午补写完日记。

看完 Shakespeare's *Henry V*，是第四五幕。

饭后三时余入城。有雾。人仍很稀少。去买 *Love in Idleness*① 的票。收票处一个人也没有，我以为票必可得。谁知已经定了七星期了。

到 Cambridge Theatre 买了 *A Night in Venice*② 的票，六张。到香港楼去定了座。

到 Mount Royal 访殷宏章、方重均不在。访郭汝槐谈了一会，范中校来。不久辞出。(郭、范、田三人均少将，出国时用中校名义。)

到 Academy③ 看电影。三个片子。一个是 *A Message from Canterbury*④，看到 Canterbury 的风景及建筑，由已故的 Archbishop⑤ 说明。很庄严。一个是 Walt Disney 的 *Dumbo*⑥，是大耳朵小象能飞的故事。很好玩，只是太长了一些。主片是 *Tarakanova*⑦，一个法国的伪历史故事。很动人。

回寓吃点心充饥。打电话请人看戏，一个人都不在家。

听广播。看 Shaw's *Everybody's Politics*。

睡前看 *Destination Chongking*。

君健今天去朋友家过节，晚未回。

---

① 《懒散中的爱》。
② 到剑桥剧院定了《威尼斯之夜》。
③ 皇家艺术学院。
④ 《一则来自坎特伯雷的消息》。
⑤ 坎特伯雷大主教。
⑥ 迪士尼的《小飞象》。
⑦ 《塔拉坎诺瓦女公爵》。

1944 年 12 月 27 日

33:12:27（三）阴雾

晨看报。

君健回。说旅馆房子情报部已代租好，即收拾行李别去。

打几个电话。看 Shaw's *Everybody's Polit.*

一时听了时事广播，到 Kilborn 去吃饭，剪头发买东西。今天天气非常冷，有雾。街上都是白霜，水都冻了冰。铺子有些开门，但顾客寥寥。有些铺子简直不开门。

看完 *Destination Chongking*。此书前一部分并不佳。写战时在国内逃难情形及重庆生活很不坏。

晚没有出门，在寓吃些糕饼，喝些茶，即算晚饭。

七时至十时，广播中有 Handel 的 *Missiah*①。我一面听音乐，一面与莹写一长信。写完莹信，又与华写一长信。

看 Shaw。

做了明年的日记前的日历。所以要自己做，因为可以把家信的号数记在上面。

1944 年 12 月 28 日

33:12:28（四）晴

晨看报。看 *Poli. Quarterly*②。

Vivienne Chang 来信，说今天到伦敦来，有一星期勾留。与她回一信。

进城到银行。吃饭。

---

① 亨德尔的《弥赛亚》（*Messiah*）。
② 《政策季刊》。

二时到 British Council 访 Baker。他与我商量购置家具事。他说单家具一项，即需 170 镑。他介绍我到 Imperial Typewriters[1] 去交涉购买打字机事。在此处办好手续还得填表请求。我带了表到炳乾处，填了表，托 Thomas[2] 打了一信与 Baker（因 Copas[3] 说有了 British Council 的信方生效快也。）

与炳乾谈了一会。喝茶。看了些《大公报》。

五时半到领事馆。接朱文霞及郭汝槐同去 Cambridge Theatre。君健及杨莲心夫妇已先到。今晚我回请林、杨、祝、郭看 *A Night in Venice*，是 Johnanna Strauss 的 Operetta[4]，很可看。相当满意。可是座不满。

戏后请他们到香港楼去吃饭。遇汇文、芦浪。到十时半方散。

汇文劝我在中英文协办公处成立以后，请一茶会。

送祝到家。步行走回。到寓已十一时。今晚月色极皎洁，不像伦敦冬天。路上仍有霜，几乎滑倒。（中午有太阳，霜化了，树枝上滴答的滴下水来。晚又冻结了。）

写日记。浴，看萧红《手》及任玲逊的译文。

1944 年 12 月 29 日
33:12:29(五) 雾

今天又大雾。极冷。据说这是五十余年来最冷的圣诞节。

晨看报。

中午到 Athenaeum，汇文及芦浪在那里约我吃饭。每客只 2/9，还很不错。饭后又在吸烟室坐谈了近一小时。

到中宣部办事处。托 Mrs. Booth 打信。

写了一信与雪艇、立武。起草及誊正。

---

① 帝国打字机商行。
② 托马斯。
③ 科珀斯。
④ 约翰·施特劳斯的轻歌剧。

郭汝槐去，略谈。六时回。

看 Shakespeare's *King John*。

七时三刻到十时四十分（除听广播）B. B. C. 广播 *King John* 剧本。Faulconbridge 是 Ralph Richardson。① 这是全部广播，毫无节删及更动。我对了剧本听着，得益极多。一面听一面看，不但比自己看得快，而且懂得反而比较多。

1944 年 12 月 30 日
33:12:30（六）雾

晨看报。

与怀君写信。

中午到 Kilborn 去吃饭。想买信封，走了三四家百货店，一个信封也没有。

今天接到小莹十二月三日一信，说她与郭玉瑛、杨衍枝于一号报名投军。她的信很长，充满了孩子的浪漫的爱国热忱。说："去，并不一定死，若是死，也是光荣的。"又说："若是我死了，你们将是多么的悲痛。""前夜，我一夜没睡着，也是这个。"

当然军队不会要她们。可是这信使我好久都怅然若失。

四时动身去 Victoria，买戏票请 Crwys Williams。

五时余到 Mount Royal。郭汝槐今晚请去 Stoll 看 *Peter Pan*②。他另请了他的英文教员 Malpas（？），一个德国女郎 Miss Stern，及 Mrs. Ledge 及她儿子 Rupert③。

Stoll 剧院太大。演 *Peter Pan* 这样的戏，实在不大相宜。座也不满，恐正

---

① 福康布里奇是《约翰王》中的角色拉尔夫·理查森。
② 斯托尔剧院，看《彼得·潘》。
③ 马尔帕斯（？），一个德国女郎斯特恩小姐，莱奇夫人及她儿子鲁珀特。

厅只有一半。看的客也还是大人多，小孩少。所以 Francis Day （Peter）[1] 要观众说相信神仙时，要大家鼓掌。Barrie[2] 在这戏内把小孩子所喜欢的东西都放进去了——海盗，野人，鳄鱼，狗，神仙，飞，玩耍，不长大。

现在法律禁止十四岁以下的人演戏，所以孩子们都比较大。都太大些了。

郭请香港楼吃饭，散已十时半。到家十一时余了。

1944 年 12 月 31 日
33:12:31(四) 晴

晨看报。

下午三时蒋硕杰来。请他喝茶。与他谈谈在英国各方面比较出色的学生。五时别去。

到 Wallbridge 家。起先只 Vera 及孩子们在家。经理 Miss Schindler[3] 来谈了好久。她是奥国犹太人。认识的中国人很多，如梁鉴立、郭秉文夫妇等等。常与他们又麻将。

在华家吃饭。十时 Percy 方回。到家已近十一时了。看完报。看杂志。

华家孩子听到小莹报名投军，深为惊奇。Vera 说这种思想英国小孩是没有的。

---

① 弗朗西斯·戴（彼得）。
② 巴里，《彼得·潘》的作者。
③ 辛德勒小姐。

陈西滢
日记书信选集 （下）

1945—1946

傅光明　编注

东方出版中心

The Collection of
Chen Xiying's Diaries
and Letters

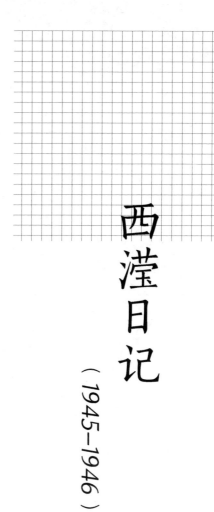

西滢日记

（1945-1946）

1945 年 1 月 1 日

34:1:1（一）晴雾

晨看报。

十二时到使馆。今天是元旦团拜。到的人特别多。牛津的蒋仲雅、式一、雪桥等都来了。剑桥的四位教授，王应宾等也来了。学生会总会正在此开会，又加了一二十人。海军学员也都来了。起先客厅挤得动也动不了。饭厅门一开，里面人站得挤不进去。我等了一会才进去，已经吃的东西没有了。好些人没有吃到东西。大约今天到了二百人，使馆只估计有百人左右来。傅小峰说他的预计有百五十人来。

顾少川说地方太小，访英团来时，请了六百人，挤得动也动不了。巴黎使馆请千五百人，还可以自由转动。

一时半出去。到办事处去量门窗。Material① 为我量了。因为 Baker② 说买家具的知道门窗大小。

到 Quality Inn③ 吃饭。饭后访炳乾。在他那里看了些《大公报》。喝茶。蒋仲雅来。他因魏伯聪（魏是他姨表兄）要找他到美国去。他恐去后第一年无法生活，不能养家。他说在英十一年方挣扎到现在的局面。

---

① 材料。
② 贝克。
③ 特色旅馆。

今天 *Times*① 及晚报等都载的蒋委员长的新年宣言，说在本年年内将政权交与国民大会，只要等战事情形稍住。

七时回。晚饭后听广播时事及 Browning 的 *Pippa Passes*②。

补写日记。

1945 年 1 月 2 日
34:1:2(二)阴时雨

晨看报。

十一时半到宣传处，约了秘书谢女士③每日晨在此会面。今天说了些开始的工作，领她去办事处会房东 Matthews④ 氏兄弟。到银行。

饭后到宣传处与刘圣斌谈了一会。在 Times Book Club⑤ 看书。

三时半到 Society for Visiting Scientists⑥。今天是茶会招待旅英中国科学家及尼德汉⑦。到的人不少，两间房子挤得满满的，不大能转动。顾少川及钱树尧去了，又有剑桥的殷方二张，庚款同学如王应宾、张明觉、朱树屏等，British Council 奖金如沈元、林慰梓等，Dr. George Woo⑧ 和钱家祺夫妇。英方到了 Sir John Anderson, Cripps, A. V. Hill, Andrade⑨。许多人都不知道名字。Haloun, Simon, Empson, Floud, Prideaux-Brune⑩ 等也在那里。

会长 F. G. Downs⑪ 说了些话。Needham⑫ 说了几句话。顾少川代中国科

---

① 《泰晤士报》。
② 《皮帕走过了》（英国诗人罗伯特·布朗宁 1841 年的诗剧）。
③ 谢格温，后与萧乾结婚，是萧乾的第二任妻子。
④ 马修斯。
⑤ 泰晤士图书俱乐部。
⑥ 访问科学家学会。
⑦ 即李约瑟。
⑧ 乔治·吴博士。
⑨ 约翰·安德森爵士，克里普斯，A. V. 希尔，安德雷德。
⑩ 哈隆，西蒙，燕卜荪，弗拉德，普里道克斯·布鲁内。
⑪ 唐斯博士。
⑫ 李约瑟。

学家致谢。会长又提到年轻的中国科学家彭恒武被任为 Dublin Uni. 的 Professor of Theoretical Physics[1]。据说有两位物理学教授都说彭是他们认识人中最了不得的算学天才。后来 Geo. Woo 说美国洛氏基金想托他请到美国去。

我与 Andrade 谈了一会周如松。他很关心她的学业和身体。

五时半出来。吴恒兴请我到他家去吃饭。他在车站打电话请 Miss Muspratt[2] 与其母，结果改为今天我们到 Muspratt 处去吃饭。Miss Muspratt 在情报部，是 Floud 的帮办。同时她正在 Seven oak[3] 选举区预备竞选为自由党的议员。她今天与本区一位有力的人谈话去了，到八时方回。我们到 New Theatre 看了一小时新闻片，到她家还很早。又来了一位波兰空军军官 Dobroshinsky[4]。他是 Miss M 学法律的同 Chamber[5] 的学友。他在英长久，英国话说得很好。我们喝了些 gin & vermouth[6]，到 Coles[7] 去吃饭，回去又吃 ice cream 与 Cider。Mrs. M 也很爱说话，喜欢辩论，她说她比她女儿读书的时间多，所以见解比她成熟。她很不赞成 Lloyd George[8] 接受伯爵。她说是他新太太怂恿的结果。Miss M 对于邱吉尔主持战后和平，很是怀疑。她说为了他自己，为了世界，如他去飞行时出了事，倒是最完美的结果。

回寓已近十二时了。

1945 年 1 月 3 日

34:1:3（三）阴时雨

看报。这两天 *News Chronicle* 有 Gunther Stein[9] 长文。

---

[1] 都柏林大学的理论物理学教授。
[2] 玛斯普拉特小姐。
[3] 七橡树。
[4] 杜布罗辛斯基。
[5] 寝室。
[6] 杜松子酒和味美思酒。
[7] 科尔斯。
[8] 劳埃德·乔治。
[9] 《新闻纪事》有冈瑟·斯坦因的长文。

今天上午没有进城。写信与莹，写信与华。

下午六时到 Victoria 附近的 Westminster Theatre①，在这里请 Crwys Williams 及刘圣斌。演的是 James Bridie 的 *It Depends What You Mean*②。Bridie 的戏我以前没有看过。这戏的对话非常的 witty③，时时使人发笑。环境也极现实。第二幕开始开 Brains Trust④ 的玩笑，极好玩。可是在这极入情入理的背景中来了很 fantastic⑤ 的一套，两个主角在千百观众前表现他们初恋时的经过来。这是一个 Eternal triangle⑥ 的一种方式，却又以 Brains Trust 做背景。两者都不是非有第二者不可的。不但如此，两者合起来，弄得非常的勉强。可是演得很不差。看的时候很觉得好玩。

九时完。到香港楼，人满得没有空座。因到大世界。饭后遇殷宏章。他与我们同座谈话到十时半以后。

回寓已十一时许。

1945 年 1 月 4 日

34:1:4（四）晴晚雪

晨看报。

十一时余到宣传处。口述了些应打的信。起信稿致雪艇。

中午请 Whymant 到附近去吃饭。

二时半前到了 Carlton，张自存请我看 *Henry V*⑦ 影片。这片子是五彩的。Lawrence Olivier⑧ 演主角。背景风景常很美。但宫殿居室等看起来都可以知道是假的，一点都不结实。打仗的场面极好。其他场面有些平常。莎氏历史剧，

---

① 维多利亚附近的威斯敏斯特剧院。
② 詹姆斯·布里狄的《这取决于你的意思》。
③ 诙谐，富于机智。
④ 智囊团。
⑤ 奇异的。
⑥ 三角恋。
⑦ 到卡尔顿剧院，张自存请我看《亨利五世》。
⑧ 劳伦斯·奥利弗。

我觉得剧情并不紧张。

电影以 Globe Theatre 戏园起，戏园止。从舞台上到舞台外。似新奇。极可，不可再。

与自存在 Slater① 喝了些茶。六时余到宣传处看报，与赵志廉谈话。

近七时到牛津街等 25 号车，等了一刻钟仍无车来。幸有 taxi 过，乘去 Park Lane Hotel②。今晚 Vivienne 和 Beatrice③ 住此，请我去喝饮。座中有一位 Miss Mayne（?）④ 是苏格兰人，在英国当小学教师。与 V 同来伦敦，在 *Christian Science* 的 Hawthone House⑤ 休息一星期。她们今天对我并没有提 *Christian Science*。V 与 Miss Mayne 都是保守党，Bea 说她没有党。

Park Lane 的饭很不差，最后有 ice cream。在那里遇到海军学员张君及 Miss Chang（她也是英国母亲，生长英国），所以介绍他们一见。

十时半辞回。地上有雪。

1945 年 1 月 5 日
34:1:5（五）晴

晨看报。十一时余到宣传处。写雪艇信。

十二时四十分与 George 及 Mrs. Barth 去 China Institute，Vivienne & Bee 也去了⑥。今天到的人不很多，没有坐满。E. R. Hughes 讲 *Sino-British Cultural Relations*⑦。他说中国最初不懂英国。后来许多学者研究英国。他有许多朋友，有些极熟的，极佩服的是在英国留学，认识英国人。他举了些例。他所说的最熟的一人听来似乎是仲揆。次他说英国对中国不关心。不及美国。他说此

---

① 斯莱特。
② 帕克街酒店。
③ 薇薇安和比阿特丽斯。
④ 梅恩小姐（?）。
⑤ 《基督教科学箴言报》的霍索恩大厦。
⑥ 与乔治及巴思夫人去中国学会，薇薇安和比阿特丽斯也去了。
⑦ 休斯讲"中英文化关系"。

时如有四万镑，即可送二十个技术专家及十个 humanists① 去中国，可以帮中国许多忙，也可以使中国人对英有好感，造成合作局面。但英国政府却无意于此。他的话不会发生任何作用。

完毕后与萧乾，Bailey 等谈话。与 Hughes 夫妇约了明天才相见。

Vera & Percy 约我去喝咖啡，谈 Gunther Stein 的文章。

四时回宣传处。抄完致雪艇信。写信与立武。

看报。

七时到大世界。请 V & B 吃饭。杨莲心夫妇及黄大利、李鹗鼎也去那里。我带小莹的照片与 V 等看，也示杨等。说起莹从军的话，出示莹来信。黄等看后请求摘录登《中华周报》。

回寓。看 *Life*。

1945 年 1 月 6 日

34:1:6(六)阴

晨看报。

十一时半到宣传处。

十二时余 Hughes 夫妇来访。谈到一时。他昨天所提其一是仲揆，另一是张奚若。谈了一会仲揆近况。他说仲揆迁到岳阳时曾有信与他。这是七月。以后即没有再接信。

同去"上海"②。炳乾在此请 Hughes③ 及 Needham。请的人很多，有 Waley, Dr. Edwards, Boyd-Smith④, Hughes 的儿子及媳妇, Bottrell⑤ 和圣斌、志廉、咸让、钱家祺夫妇。O. M. Green, 翟凤阳, Mrs. Bennett, Bernard

---

① 人文学者。
② 上海楼。
③ 休斯。
④ 阿瑟·魏礼，爱德华兹博士，博伊德-史密斯。
⑤ 博特莱尔。

Hand[①] 等。

我与 Waley 坐一处。他说他对于中国近代小说看了不喜欢，所以也不想翻译。中国现代小说都有 propaganda 或 sentimentalism[②]，他都不喜欢。与过去小说大不同。他说不久拟出一本译诗全集。诗经不拟多放进去。他说诗经不会有大销路。他的译本方印好，遇轰炸，全部烧了。恐只有一二百本留在外面。他说他开始译白香山，too perfect, spoiled the others for him[③]。

谈起剧本，他说他看元剧等似乎没有什么可译。我说起熊译西厢[④]。他说熊的英文 not enough for the work[⑤]。

与 Boyd-Smith 谈了一会学生来英等事。

散后与 Liem 说了一会话。他说二十日左右回重庆去。

与刘圣斌到 Mount Royal 找张汇文，少谈。

四时余回寓。看 *Times* 等。

六时余到吴桓兴处。他请了 Mrs. Muspratte, Dr. & Mrs. Tai 及一位女友 Mary[⑥]，有 Turkey[⑦] 等。喝酒谈话。Mrs. M 的话最多，可是第二次听她谈话，许多话已经是听过的了。

1945 年 1 月 7 日

34:1:7（日）晴中午雨

看报。

三时进城，去看了一个电影。*Thirty Seconds over Tokyo*[⑧]。这里的表演飞行员受训，练习，上船，炸东京，及中国海岸降落都很逼真。在中国遇见的中

---

① O. M. 格林，翟凤阳，本内特夫人，伯纳德·汉德。
② 宣传或多愁善感。
③ 他说开始翻译白居易，简直完美，为他而弄糟了别人。
④ 熊式一翻译的《西厢记》。
⑤ 熊的英文不足以搞翻译。
⑥ 玛斯普拉特，泰博士夫妇及一位女友玛丽。
⑦ 火鸡。
⑧ 《东京上空三十秒》（再现 1942 年 4 月 18 日，杜立特尔率美空军 16 架 B25 轰炸机轰炸东京）。

国人，也是由美国华侨所演。他们说的话是广东人学说官话。里面有主角 Ted Lawson[1] 和他妻的恋恋不舍及相思等等。批评者都以为这是多余的。我并不以为然。这也是事实的一部分，而且本子加上 human interest[2]。

回寓看杂志。

补写这几天的日记。听广播音乐。

1945 年 1 月 8 日
34:1:8(一)阴午雪

晨看报。*News Chronicle* 有 Shinwell[3] 一信，认为中国共产党系别人所称。到宣传处后即草一短信答之。Whymant 也起了一信，答复 Gunther Stein，但似乎不着边际。他的信是顾少川所提议。

午饭时下雪。

饭后回宣传处。看杂志。

刘圣斌来。五时半请他同去 Conway Hall，听 London Institute of World Affairs 关于远东问题的演讲[4]。今天第一讲是 Hubbard 讲 *The Future of the Pacific*[5]。

听的人到了四十人，大都是英国海军方面的军官。中国人除我们外还有梁鉴立及翟瑞南。

Hubbard 讲得很扼要，虽然有许多问题只提到，没有讨论进去。后来讨论一小时，军官们的问题，对美对苏多少都有顾忌。另一人是 *Daily Worker*[6] 的记者，则处处为苏联张目。有两个女人的话很不得要领。

---

① 特德·劳森。
② 人情味。
③ 欣维尔。
④ 去康威会堂，听伦敦世界事务研究所的演讲。
⑤ 哈伯德讲《太平洋的未来》。
⑥ 伦敦《每日工人报》。

翟瑞南否认有黄白之战。我对于新疆问题及满洲问题①也说了几句。H 说也许满洲②人们要一种 autonomy③，我说决不至于，并提到刘圣斌反证。刘也得说话了。

八时散。圣斌请我与瑞南在上海楼吃饭。

这数天 V2 很多很厉害。每天都有好些次。今天十二时左右有两次很近。下午四时左右又一次。晚听广播时，约六时许，一声非常大。十时半又有一次听音。报纸说英机常攻 V2 sites④，可是 V2 却一天比一天多。听说 Manchester 与 Liverpool 都被袭（不知 V1 或 V2）。真是有些可厌。

1945 年 1 月 9 日
34:1:9（二）雪

晨大雪，后止。中午又大雪。住的地方，雪有一二寸深，城里则街上有人扫雪。

看报。到宣传处。Baker 已将一部分家具送到，十二时去看了一下。

到大使馆，与陈尧圣、翟瑞南少谈。

一时顾少川请客。主客是 J. Needham, Roxby 及 Dodds⑤。可是有 Sir Malcolm Robertson, Royal Sot. 的会长 Sir Henry Dale, Lord Tredegar 及 Lord Teviot 等,⑥ 摆座发生问题。翟特别去把 British Council 的 J. G. Crowther⑦ 找来磋商。结果还是 Roberson 首席，Sir Henry Dale 对座。只有 Needham 坐顾左，其余两位则坐六七位了。此外有 Prof. Keeton, Sir W. Hornell, Sir H. Prideaux-Brune, May, Longden, Haney⑧，张资珙，殷宏章，任玲逊，钱家祺等。

---

① 即伪满洲国问题。
② 伪满洲国。
③ 自治。
④ 纳粹 V2 飞弹基地。
⑤ 罗克斯比及多兹。
⑥ 马尔科姆·罗布森爵士，皇家学会的会长亨利·戴尔爵士，特里迪加勋爵及蒂维厄特勋爵等。
⑦ 克洛泽。
⑧ 基顿教授，霍内尔爵士，普鲁道克斯-布鲁内爵士，梅伊，朗登，哈尼。

我坐 Prideaux-Brune 及 Haney 之间。P. B. 与我谈了几句话后与 Teviot 谈话去了。英国人与贵族谈话，当然不好转向。Haney 与我说话时，说他接到我的信，还没有时间看。我不免挖苦他的事忙，他从此转过脸去与翟谈到完场。

顾少川演说，说合作。Sir Malcolm 致答，希望中国人以现代中国的作品到英国来。Sir Henry Dale 也说了些科学合作。Needham 说中国哲学可以对世界有贡献。其次是他在中国二年，与中国人合作，乞生活，他说住了愈久，愈觉得中英人的 mentality① 并无不同。最后他以中国话致谢。他的中国话可并不算高明。

辞出已近三时。家祺约我去看 Wilson②。我们先到 British Council 访 Baker，他说家具各项将到二百八十镑左右（比他先前所估计，多了百镑）。他说家具都是很好的，如三个 armchair③ 是不容易买到的。将来不用时仍可出卖。即可卖与 British Council。

在 British Council 遇到梁文华等。又有三位新来的 Scholars④。一位是女的王姓，是在中航公司任秘书的（在 Patricia Koo⑤ 之后），一位姓黄，是 Needham 的助手。

请家祺看电影。Wilson 片子的背景好极了。服装等也颜色华丽。情节当然是些 bright spots⑥ 或是他生活中最突出的诸点。这当然不是传记。但是戏剧电影，如何能完全是传记呢？一个长片，演二时以上，看了使人不厌倦，且使人感觉到 Wilson 是一伟大人物，不能说不可取。

七时半回。

听 Brains Trust 及 Serenade⑦。

七时半又有一大声轰炸。昨天下午一个极响的，原来即在 West Hampstead

---

① 心态。
② 《威尔逊传》，美国电影，讲述美国第 28 任总统伍德罗·威尔逊（Woodrow Wilson）的故事。
③ 扶手椅。
④ 学者。
⑤ 帕特丽夏·顾。
⑥ 闪光点。
⑦ "智囊团"及"小夜曲"。

与 Kilburn 二站之间，离寓所不到一英里。

打讲演记录二页。

1945 年 1 月 10 日
34:1:10（三）雪有时晴

晨看报。

十一时余到宣传处。

十二时半与 Whymant 同去大世界。刘圣斌请客，有援华会的 Dixon 及 Slater① 与赵志廉。Dixon 在武昌博文十年，华中三年。Slater 则向在厦门。

下午到办事处，地毯并没有换，也没有新的家具送去。

林咸让到宣传处，谈改进计划等。

五时半与他同坐。我到 Conway Hall。演讲人 Gull 因病未到，由 Keeton 代读他的 *British Interests is the Far East*②。读后讨论一小时。发言人都是海军军官及那一个社会党。

八时出，到 Piccadilly 的 Auberge de France③ 吃饭，吃了十多个先令。

写日记。写致莹信。

1945 年 1 月 11 日
34:1:11（四）雪

晨看报。到宣传处。

我致 *News Chronicle* 的信，今天登出来了，未改只字。

一时到 Savoy Hotel④。别人大都已早到。到时他们已在走进楼下一间大

---

① 迪克逊及斯莱特。
② 格尔因病未到，由基顿代读他的《英国的利益是远东》。
③ 皮卡迪里的奥伯格·德·法兰西餐厅。
④ 萨沃伊饭店。

厅。今天的人很多，大都是英国的实业家。桌子排得像一个钉耙，有八九条腿子。上面有顾少川、王兆熙、陈维城、翟凤阳（可是施德潜却坐在下面）及两位军官。据说有几位公使大使。主席是 Lord Bennett B，右是顾，左是 Lord Portal。①

我坐在中间一条腿上，对面是任玲逊，左旁是 Sir Patrick Hennessey②，右面的人未来。

最奇怪的是没有萧乾。今天的宴会，原意是为了《大公报》在伦敦成立办事处。'In honour of the arrival in This country of The Takongpao'③。可是后来另发一请帖却是 'In Honour of This Excellency The Chinese Ambassador'④，没有再提《大公报》了。当时说是同时有两个祝辞。不知后来又如何变卦。

今天只有各报访员，没有什么重要的新闻记者。任玲逊说英国的大记者、大主笔，请客是最不容易请到的。Times 的 Barington Ward⑤，林咸让请了三次都请不到，其实并不一定有事。这与美国大不同。向英国报纸探取新闻，也是不欢迎的。美国相反，你问了他几次，他以后有了新闻便会通知你。

饭后 Lord Bennett 说了几句，说他因要送朋友丧，不能不早退。Lord Portal 做主席。Thomas de la Rue 公司的代表 Westall⑥ 致辞，代表英实业家表示将来的希望，并祝顾少川寿。口口声声称他为 the great ambassador⑦，说他有两特点，elegance & perfect command of English⑧。顾少川致辞。Portal 最后致谢。

每人说话前有一 major domo⑨，穿了红色的制服，将木槌击桌，大声宣布 'My lord & gentlemen, pray be silent for... 's speech'⑩。

---

① 主席是本涅特勋爵。左是波特尔勋爵。
② 帕特里克·亨尼西爵士。
③ "庆祝《大公报》办事处安家。"
④ "向中国驻英大使阁下致敬。"
⑤ 巴林顿·沃德。
⑥ 托马斯·德·拉·鲁公司的代表韦斯特尔。
⑦ 伟大的大使。
⑧ 优雅，英语纯熟。
⑨ 司仪总管。
⑩ "贵宾先生们，请安静，请某某发言。"

有一种白酒很好。Sir Patrick Hennessey 与我谈酒。我以为他是 Hennessy Brandy① 的。他最后邀请我去参观他的工厂，是 'Ford Motor Company'②。他说这白酒在英国不易得。所以特别叫侍役多倒一杯。我喝了三杯。

熊式一今天特从牛津来。我留他晚上到我处去住。与他走了一段。

到 Piccadilly 去定 Love in Idleness 的戏票。

回到宣传处，与炳乾通电话。他说种种花样都是 Westall 所出的。他要 Lord Kemsley③ 致辞祝《大公报》。他反对，要 Kingsley Martin。Westall 说 Fleet St.④ 左派记者是如何如何。炳乾即拒绝赴宴。Millington⑤ 发起此事，为了生意经（他是广告的 agent⑥）又恐乾取消他的合同，竭力的奔走，竭力的劝他去。他说如他再麻烦，他将取消合同，便不敢再说了。写信与华。

六时到 Conway Hall。今天是 Dr. Friters 讲 The settlement with Japan⑦。F 是瑞士人，英文说得很快，但是还有外国人的口音和语气。他所说的并没有什么新的见解。

讨论时一位英国海军少将说日本将来如何，可以不用管。将他们赶回三岛后，让他们 Stew in their own juice⑧，有饭吃没有饭吃可以不管。他问饥饿与轰炸有什么分别?!

散已八时余。今天有陈尧圣与吴衡之在座。我送他们到大世界后到香港楼。

式一在此请客，另有周显承与怡和公司的许君。吃完饭，张汇文与桂永清来。桂又不认识我。介绍后他要什么时候与我谈谈。他与式一是中学同学，比式一高一班。他说对英问题并不困难，只要大家通力合作。

---

① 轩尼诗白兰地公司。"轩尼诗"（Hennessy）比"亨尼西"（Hennessey）拼写少一个字母"e"，发音相同。
② 福特汽车公司。
③ 凯姆斯利勋爵。
④ 舰队街。
⑤ 米林顿。
⑥ 代理人。
⑦ 弗里特斯博士讲"与日本和解"。
⑧ 自作自受。

出饭馆已过十时半。与式一回寓。与他喝茶闲谈到一时。

他说蒋彝初来时英文不大会说，也不大会写。十年之间写了十五本书。他很勤，有时夜间写到二三时，手不能举，以左手扶右手写书。他的书最初只销二三千本。Silent Traveller in Lakeland① 销路渐多。但也不过六千本至八千本。他的第一本书是 Innes Jackson② 所修改。后来有别人改。他听说 Han Suyin 的 Destination 是 Nova Walu③ 所修改。英文太好了。Publisher 说 ' the correctors '④ 足见不只一人也。

式一与 Peter Davies⑤ 的合同，出一书可预支千镑。版税自 20% 起到 25%。可是还没有戏剧的上演税好。

1945 年 1 月 12 日
34:1:12(五)微雨

晨与式一同早饭，谈话。十时半与他同进城。他到 Colchester⑥ 去。

林咸让来，领他去看看我的办事处。

中午汇文在香请吃饭，座中另有范雪桥。

汇文今天与我谈他听到关于我的消息。他不肯说何人告他。他说只有暗示等等。大致是我来后，British Council 即写信到重庆去问——不知是问使馆或哪里——也许没有回信，也许是回信很不 Satisfactory⑦。Needham 回来，他们问及我。Needham 说他 never heard of me⑧。汇文听了很生气，说只此即可见 Mr. N⑨ 对于中国的智识极肤浅，又说他在中国时也没有听过 N。汇文等说我

---

① 《湖区画记》。
② 英尼斯·杰克逊。
③ 韩素音的《目的地重庆》是诺瓦·瓦鲁所修改。
④ 校正者。
⑤ 彼得·戴维斯。
⑥ 科尔切斯特，英格兰东南部城市。
⑦ 令人满意。
⑧ 从未听说过我。
⑨ 尼先生，即尼德汉（李约瑟）。

应当有一个办法，他们都愿赞助我。他说我在此必须有中国教育部的赞助，也必须有使馆的赞助，方能进行文化合作的事。

三时回到宣传处。即与雪艇、立武写一长信。告以此消息，说如何尼氏不知我在此。提议中英文协应正式声明我在此的话。英使馆及科学合作机关亦应正式通知此间机关。并提议教部应正式承认我在此接洽文化合作。我说否则事业无从推进，我并不愿在此尸位素餐。

五时半去 Conway Hall。今晚 Prof. Keeton 讲 Soviet Russia & the Pacific[1]。他的演讲对于历史太详，所以当今问题不去详谈。可是他的见解很 balanced[2]，说得很好。他相信苏联必参加对日战事。

他说远东问题的最后关键，全在中国是否能成为 strong, united country[3]。一海军军官说中国是不是会 strong & united，他说他相信是会的。

今天有翟及梁在座。他们先走。炳乾与 Miss Bennett 也在座。炳乾发言。完毕后我请他们到大世界吃饭。Miss B 学中文，学了二三年，识字仍不多。对于国语罗马字很熟。

1945 年 1 月 13 日
34:1:13(六) 阴

晨看报。

到银行取钱后到宣传处。

中午赵志廉在大世界请林咸让，有王兆熙、秦君、郭汝槐、唐保黄及 Col. 陈、吴权等。陈新自中国来，他说这半年物价很稳定。最近不但米价跌，牙膏其他等也跌价。

右家另座吃饭。与我谈话。说公超在中国说她如何阔绰、如何胡闹，如何大摆首饰，并说到我。她说许多朋友写信来通知她。所以她只好避免与我

---

① 基顿教授讲"苏维埃与太平洋"。
② 均衡。
③ 强大、统一的国家。

来往了。

饭后到 Tivoli 去看 Jean Arthur 的 *The Impatient Years*①。我看固然不差，也没有什么特别好。另一片简直看不下去。Silly② 透了。

七时回。

晚看杂志。*Reader's Digest* 中有 William White 的 *Report on Russia*③。

赵志廉等说昨夜有 V2 爆炸声四个，今早又有四个。我只有在六时听到一个。

今天称了一称，居然有 14 stone④，是长胖了。

1945 年 1 月 14 日

34:1:14(日) 晴

晨看报。

下午看了些杂志。

听广播，今天听了 Reb. West 的 *The Salt of the Earth*，*The Younger Pitt*，*American Commentary*。Seton Merriman 的 *Barlasch of the Guard*⑤，新闻及音乐。

晚写日记。补写日记。

1934 年 1 月 15 日

34:1:15(一) 阴

晨看报。到宣传处。

一时前访 Baker。请他到大世界吃饭。他没有出过国。原来在空军，希望将来有机会出国去。

---

① 到帝沃利去看简·阿瑟的《不安分的岁月》。
② 愚蠢。
③ 《读者文摘》中有威廉·怀特的《关于俄国的报告》。
④ 14 斯通。斯通为重量单位，一斯通等于 14 磅，14 斯通为 196 磅，约等于 89 公斤。
⑤ 韦斯特先生的《地球之盐》《年轻的皮特》《美国评论》，西顿·梅里曼的《卫兵的芭拉施》。

二时去《大公报》社看中国报。有十二月六号到二十余号的报。炳乾回来一会，不久又与林慰梓走了。他在《大公报》晚报上看到学府消息中有小莹从军的一小段。这一张送给我了。五时半回到宣传处，六时半回。

晚上广播中有 Maugham 的 *The Gentleman in the Palour*①。此外听时事及 *Europe and Ourselves*②。

十时半君健来。与他谈话到一时。

1945 年 1 月 16 日

34:1:16 (二) 阴雨

晨与君健谈话。看报。

十一时半到宣传处。

十二时与格温③到办事处。装电话的女工人已来，告诉她电话机装在什么地方。煤炉也已送到，虽然没有见工人。格温打电话去问。公司经理 Darson④ 说他看见我在 *News Chronicle* 的一封信，看后立即下条子派工人来装炉子。想不到一封短短的信间接发生这么大的效力。

饭后去剪发。买了两本书。

看报。等。

六时回。

晚饭后听广播中的 *Brains Trust* 和 *Yellow Fever*⑤。

看了 Michael Lindsay 的小册 *North China Front*，看了一会 *Impression of English Literature*⑥。

君健十一时回。又与他谈到十二时余。浴后睡。

---

① 毛姆的《客厅里的绅士》。
② 《欧洲和我们自己》。
③ 即前文所提谢格温。
④ 达尔松。
⑤ "智囊团"和"黄热病"。
⑥ 迈克尔·林德塞的《华北前线》。看了一会《英国文学之印象》。

1945 年 1 月 17 日
34:1:17（三）晴

早饭后看报。

十一时去宣传处。

十二时半与格温，Mrs. Booth[1]等去 China Institute。君健今天讲"今日中国"，讲的是中国抗战时的人民生活。到了四五十人。William Hornell 主席，致谢辞时再三的误称他为 Prof. Chen[2]。Beatrice Chang[3] 去了，使馆去了陈尧圣、陶寅。

三时到 Courtauld Inst. 听 Perceval Yetts 讲"中国铜器"[4]。听的人只十余人。他讲的只是靠"幻灯影片"。

四时余回到宣传处。

六时四十分到 Wyndham Theatre 看 Daphne du Maurier 的戏 *The Years Between*[5]。这戏是丈夫出去秘密工作，故意传死了。三年回来，妻子已不是从前的家庭主妇，而是国会议员，而且预备结婚了。两个人都变了。他得在两者中选一个人。最后的结果，很不能使人满意，因为并不是一个好的解决。

到 Piccadilly 的 Brasserie[6] 吃饭，没有什么可吃的。

十时半回。君健亦不久回。

记日记。

浴后睡。

---

① 布斯夫人。
② 陈教授。
③ 比阿特丽斯·张。
④ 到科陶德艺术学院听珀西瓦尔·耶茨讲"中国铜器"。
⑤ 到温德姆剧院，看达芙妮·杜穆里埃（1907—1989）的《之间的岁月》。
⑥ 到皮卡迪里的啤酒店吃饭。

1945 年 1 月 18 日

34:1:18(四)雨后风

早饭后看报。写了一信与崔少汉，谢他送我《中国文化史纲》。

十一时半到宣传处。口述了几封信。

饭后写了一信与立武。另起一信稿致雪艇、立武。未完。

六时回。

写信与华及莹（61）。读词。

今天下午有急雨。以后刮风。晚风很大，又有急雨。君健十一时回，说外面下雪，已深寸余。

1945 年 1 月 19 日

34:1:19(五)晴

十一时余进城。

草完致雪艇、立武信稿。誊写清楚。写信与朱树屏。

四时余张明觉来。林咸让来。张明觉不久去美，The Worcester 有一年的 fellowship①。到此办理出国手续。与他到茶店喝茶谈话。

五时半动身去 Hammersmith 到 Lyric 看 Shaw 的 *Pygmalion*②。我想 Ellen Pollock 演此中 Eliza③ 一定相宜。可是看了还是觉得失望。尤其是最后一段，似乎觉得不是那回事。

1945 年 1 月 20 日

34:1:20(六)晴晚大雪

早饭后看报。十一时余到宣传处。

---

① 伍斯特理工学院有一年的奖学金。

② 去哈默史密斯，到利瑞克剧院看萧伯纳的《皮格马利翁》。

③ 爱伦·波洛克演伊莉莎。

办事处的煤气炉已装好。所以即将东西搬去。

近一时翟瑞南来。他说房子、家具都好。

一时余到上海楼。君健请 Waley，Berkeley Gage，Empson 及 Floud，林咸让、赵志廉。说话还是 Gage 最多。

Waley 说 Soames Jenyns 的翻译，缺少的是诗。Amy Lovell① 的创作的诗他也不喜欢。不过，英国人的程度不一，嗜好不同。有的人只知道 *Hymns*，*Psalms*②。所以希望所有的诗像这些。Hetcher③ 的译诗便是如此的。他说译诗不仅要有英人合作，此人还得是诗人才行。

散已近三时。吃饭时外面下大雨，此时太阳又出来了。想去看一电影。每家门外都站了不少人。因此直到 Studio 2④ 去看了新闻片。

五时余回。又下起雪来，愈下愈大，君健回来时（十一时）说雪深二三寸。

看杂志。

九时半听广播的一个剧本 *Love on the Dole*⑤，写失业之苦楚。

1945 年 1 月 21 日

34:1:21（日）晴

今天醒很晚。天气很好，可是太阳光白雪皑皑。

晨看报。十二时余有一炸裂声极大极近。昨天我也听到一次，但不像今天这样大。

中午到 Choy⑥ 去吃饭。翟瑞南请赵金镛、李思阔、李孟平夫妇及谢志云及秦君。赵、李思阔都是东北人，又都是中政校外交系毕业。李思阔的夫人

---

① 艾米·洛威尔（1874—1925），美国女诗人。
② 赞美诗和《圣经·诗篇》。
③ 赫奇尔。
④ 第二演播室。
⑤ 《救济中的爱情》。
⑥ 蔡记。

是川大毕业，章蕴初的好友。

讲身体的营养。说中国人没有持久力。如打球，足球，先半小时成绩很好，后半小时大都不成了。一过五十，都很快的颓唐。谢志云说最大的缺点是出生到四五岁时的养育太坏。

三时散。到 Baker St. 的小电影院看 *Adam Has 4 Sons*，主角是 Ingrid Begrmann，做剧中的 governess。① 她演端庄可爱的女子，实在是适当。

晚即吃面包。

写信与 *New Statesman* 写了一半。

君健回，谈了一会。看 *China at War*②。

1945 年 1 月 22 日
34:1:22(一)阴雪

晨下雪，以后仍阴。天很冷。

十一时到办事处。写信与 *New Statesman*。

中午在大世界请林咸让及萧乾吃饭。林说大约星期六可走。炳乾也许明天去法。谈起写信与 *New Statesman* 事，炳乾说此时不必与英人辩中国事，还是劝国人联合起来。另一点是我在此说话，人们疑心我是来为政府宣传，不是为文化合作。这一点很有理。

可是回去后还是将信写完。已四时半，要 Gwen 打出。到六时未打完。

写信复朱树屏。短信致炳乾。

六时半回寓。听广播短剧等。看完报。

晚饭后走路时不留心，脚绊了电线，将电炉牵翻。地摊上烧了一痕。可是电没有了。不知毛病何在。天气很冷，没有了电炉，不大舒服。

君健近十一时回。他今天六时余出去演讲。七时请我喝一杯 sherry③，演

---

① 《亚当有四个儿子》，主角是英格丽·褒曼，做剧中的女家庭教师。
② 《战时中国》。
③ 雪莉酒（西班牙产的一种烈性白葡萄酒）。

讲到九时。完毕后自己到香港楼去吃饭。英国人请演讲,大都不请吃饭,时间很不方便。

看 Shaw:*Everybode's Polit*。

1945 年 1 月 23 日
34:1:23(二)雪阴

十时半到办事处。Gwen 为我将信打好。但文字有些可斟酌处。讨论修改。十二时赶到 Baker St. 车站。乘火车去 Amersham①。车行约一小时,在到 Moor Park② 前,看到的大都是一排排的小房子,在白雪中极难看。Moor Park 以前则有四野森林,白雪在自然中,风趣盎然。

Mrs. Yetts 到车站来接。她家离此一哩③,经过 Common④,地方很出静。春夏极好。冬天似太萧索。Yetts 说是心脏不健,在家等候。他的室内虽生火,仍很冷。一切家务,都是 Mrs. Yetts 亲自动手。

Yetts 1908 年去中国,留了一二年。1912 年又去,又留了一二年。总共不到四年。以后没有去过,所以他对中国的现状,毫无所知。他的中文也一知半解。我未来时,炳乾即打电话告我,他是会设法利用机会来要人帮忙认字等等,他与蒋彝都怕死了他。他果然也取出些东西来询问。可是还并不多。如一书题跋中一句"余亡弟……之妻弟张君……备影以遗"便完全不懂了。

他说 China Society⑤ 要与我合作。可是也说不出如何合作来。说下月底有一茶会,顾大使已允到会,希望我也来。他说 China Society 重古物,与 China Inst. 不同。现时政治等等,他们不预备讨论。他们与 Sir Malcolm Roberson 所说恰相反。

近三时四十分辞出。Mrs. Yetts 送我上公共汽车。

---

① 阿默舍姆。
② 穆尔帕克。
③ 哩为旧里程单位,指英里。
④ 公共广场。
⑤ 中国协会。

回时车过 Kilburn 站，看到前些时一次 V2 落下所炸毁的房屋等等。部分被毁的恐有百余家，相当的可怕。

五时余回办事处。将信看过，发出。信请 Whymant 看过。他力劝发出。

晚上房东将电气修好。原来只是一保险丝。Shaw① 说这些等事不能找电工匠。如他们来了，将大发怒。所以她学会了修理这些小东西。也学会了自己修理收音机。

听 *Brains Trust*。

打清 Keeton 演讲笔记。看 Shaw②。

读词选。

君健到 Eastbourne。

1945 年 1 月 24 日
34:1:24(三)阴

早饭后看报。

十一时到银行取钱。到办事处。买了几信封。看报。

午饭后三时到 Courtauld Inst. 去听 Yetts 讲 Bronze③ 的分期和各期特点。讲得并不好。

六时去使馆。是 Cocktail party④。顾少川请各国的军人武官等等会见桂永清。中国人，大使馆的人及军人外，有谭葆慎、王兆熙、赵志廉、刘圣斌、李德燝等。

我说话的有 Sir Humphrey Prideaux-Brune, Col. Cantille, Benard Fland，与 Donald（情报部）、美国的 Assistant Naval Attache Capt. Wendell Kline⑤ 谈甚久。

---

① 肖（房东太太）。
② 萧伯纳。
③ 到科陶德艺术学院听耶茨讲青铜器。
④ 鸡尾酒会。
⑤ 我说话的有汉弗莱·普里道克斯-布鲁内爵士，坎特尔上校，贝纳德·弗兰德，与唐纳德（情报部）、美国海军助理武官上尉温德尔·克莱恩谈甚久。

最后看见王兆熙等一群人与一美国三个星的将军谈话。一问是 Doolittle①。我说我看了 Spencer Tracy② 后看了他并不认识。他笑道他儿子看了 *30 Seconds over Tokyo*③ 写信来，说从没看见他有这许多头发。原来他几乎是秃顶，Spencer Tracy 的头发却很多。此外，他很矮小，S. T. 很高。他圆脸，S. T. 长脸。

问他降落时情形。他落在离衢州四十哩的地方。落在田里。是九时许。有风雨。他看了一家有灯火。他去扣门，用中国话说"我是美国人"。他说他的言语也许太不行了，人家关了门，灭了灯。他又走到一个可以避风雨的地方，等到天明。

最后我希望他再去东方。他说他并不如此希望。

与王兆熙、谭葆慎同出。与王同到 Mount Royal。他请我吃饭。九时听了广播方回。

今天在使馆喝了三杯 Sherry，两杯 Gin & Orange。有些醺然了。

1945 年 1 月 25 日
34:1:25（四）阴

今早八时二十分左右有一爆炸声，非常响，我以为极近。但后听好些人都说这声特别响。大约是在城内什么地方。

早饭后看报。

十一时半到处。钱树尧来访。出示国际教育会议草案。以后教部与使馆往来电文，和钱所拟的提案草案。他走后我细看了两篇。教部的修正案，实在是表面文章。提案部像是中学生的论文。草案我都要 Gwen 打下一份。

下午口述了一两封信。起致雪艇原稿。

杨志信来，少坐。看了些杂志。写了信与莹。

四时余张汇文来，坐了一会。五时邀他与 Gwen 去喝茶。

---

① 杜立特尔。
② 斯宾塞·特雷西，美国演员，在纪录片《东京上空 30 秒》中扮演杜立特尔。
③ 《东京上空 30 秒》。

汇文请我去看 Rattigan 的 *Love in Idleness*。这戏前二幕的 situation[①] 很好，对话也不断使人发笑。可是末一幕的收场太简单了，而且成了 farce[②]。剧中人直是有关系只有母子与母之情人，政府里的坦克大臣。Alfred Lunt，Lynne Fontaine 与这孩子 Nissen[③] 都演得非常之好。汇文说自来看的戏以此为第一。

完场后到香港楼去吃饭。遇到李平衡与翟瑞南。李说我到英来，反而比在美国胖了。

也遇见 Angela Wyndham，Lewis 及其妹 Sylvia[④] 等。

十时余出。到寓已十一时。君健已回。

写了一信与华。

1945 年 1 月 26 日
34:1:26(五)阴

早饭送上很迟。看了些报。

十一时余去处。写信与雪艇。

一时到大世界。杨志信请客，座中有任玲逊、陈尧圣、利荣生、吴权、王涌源。利荣生大称赞小莹的信。任说林咸让还没有动身的消息。他到处通知人辞行，人都托他带东西，愈带愈多，不知如何办法。

回处。口述了两封信。*New Statesman* 没有登我的信。Gwen 很失望。

到宣传处去发信。Mrs. Booth 也因 *New Statesman* 未登我信很失望。她说她曾去信，未登，寄了夏晋麟文去，也未登。Whymant 则认为信去太迟，稿已上版，所以未登。他想下星期一定会登出。他要我为宣传处写一本"参政会"的小册子。

---

① 剧情。
② 闹剧。
③ 阿尔弗雷德·伦特，林妮·方丹与这孩子尼森。
④ 安吉拉·温德姆，刘易斯，西尔维娅。

到 Classic 去看 *Mr. Deed Goes to Town*，主角是 Gary Cooper 及 Jean Arthur。①
是 comedy，可是太 sentimental 一点。②

七时出，在街上徘徊了半小时，方到 Allied Circle③ 去吃饭。张道行请有桂永清处的汪孝熙及钟君，新来金问泗处的高君。高是清华学生，在外部十年。汪是汪兖父之子，在谢次彭处有几年，现派驻比参事，暂由桂借用。座中另有翟瑞南。

十时回。看报等。

君健回后与他谈至一时半以后。

1945 年 1 月 27 日
34:1:27（六）阴

晨到处。朱树屏来访。他在此曾请多少位科学家，挑选重要报告，设法收集后寄去重庆。他现在不久回国，说希望我这里能继续担任他这工作。我答应下来了。据他说，如充分发展的时候，恐怕一个秘书还不够。

周书楷来访。他来后我才想到醉翁之意不在酒。他说前曾追求过 Gwen 的。

芦浪请我与 Gwen 去吃饭。我说我已约了钱树尧，可是都在大世界，可同去。书楷自去做不速之客。到了那里，芦浪拉了我们与他同餐。座中另有熊式一与汇文。另一桌是陈尧圣夫妇请右家和她房东，一桌是施德潜等请新派去法的秘书江君一家。

陈尧圣说周厚复有时发神经。开窗叫飞机来了等等。房东不让他住，打电话到使馆，陈尧圣去把他送医院。现在使馆已决定与美方接洽飞机。

饭后与芦浪、汇文去 Royal Academy 看"剧院展览"。没有什么可看，只有几个模型，其余是建筑图案之类。

对面是苏联战时画展，都是刻本。有木刻、水彩、线条等等。很奇怪的

---

① 到古典剧院去看《迪德先生进城去了》，主角是加里·库珀及琼·亚瑟。
② 是喜剧，可是太感伤了。
③ 同盟广场。

是里面没有一张是未来派、立体派等类的。

与汇文到 Claridge① 去访桂永清。他的客厅即是办公室。里面坐了六七个人。我们去后，留下汪陪我们坐谈。郑有时来打电话。

桂很爱谈话。谈他在黄埔时的事，在龙潭打仗的事，在上海作战的事等等。大都是讲他自己。他说黄埔初开时，陈辞修是校长室的一个职员。请我们喝茶等等，到五时余。

周书楷请 Gwen 去看了电影，陪她来了即去。桂即说这是汇文的劲敌。汇文与 Gwen 及汪看戏去。我即回寓。

晚听广播中 *The Corn is Green*② 一剧。此剧在纽约看 Ethel Barrymore 演过。③ 当时不很了解。今天听广播，反而听得清楚。

看杂志。

1945 年 1 月 28 日
34:1:28(日)晴

今天晴，有日光。已经好久没有看见过阳光了。

上午看报。

下午二时许进城。到 Arts Theatre 买今晚票，早已没有了。

去看电影 *Mrs. Parkington*。主角是 Greer Garson 和 Walter Pidgeon。④ 片中的角色，不大合 Garson 的身份，可是片子还有味。批评家对于此片都没有好评，我认为太苛了些。

六时半出，又到 Arts，希望有人退票。等了一会，居然买到了三张票，等芦浪、汇文，不至。七时余戏开场了，他们仍未到。我即将票留下，自己进去。他们今天与桂永清到牛津去熊式一家吃饭，过了二十分方来。

---

① 克拉里奇。
② 《锦绣前程》。
③ 埃塞尔·巴里摩尔。
④ 《帕金顿夫人》，主角是葛丽亚·嘉逊和沃尔特·皮金。

今天的剧是 Sheridan 的 *The Critic*①。完全是开玩笑。可是实在没有什么余味。

又请他们到大世界吃饭。看到唐保黄的夫人。个儿高高的，不像四川人。

1945 年 1 月 29 日
34:1:29(一)阴晚雪

晨看了一会报。十一时余到处。天阴有雾。十时又有大爆炸声。

近来天非常冷。有些像纽约。报上说是五十年来未有的奇寒。我带了一个寒暑表到处。点了煤气炉，仍只有五十度。

钱树尧来，与他讨论国际文化教育建设的中国提案。

饭后到 Times Book Club 去买了些书。想加入为会员，可是暂时停收，便到 Boots 去加入为会员。只一镑钱。

回已三时半。接到 Kingsley Martin 一信，将我的信退回来，说太长。他只能登四五百字之间的信。我的信有千二百字，要占他的报二行。可是他的信很长，非常的生气，最生气的是我说他 'once again unfair'②，他说这是他再也没有想到的。他自己说他的信写得 'tartly'③。

我到中宣部，访 Whymant，将信给他看了。他说机不可错过。劝我删短再寄。我回去即将原信删了一半以上。

又写信复 Martin。

五时半到大使馆。会见施、傅、陈等。与梁鉴立同去访李平衡。他住在 Claridge，没有客厅，睡房有二床，只有一小屋，张天翼住。二人连早饭一星期四十四镑，合一百七十六元，每天二十五元。实在比 Shoreham④ 都贵了。

到梁家去吃饭。并无别人。李与梁都善唱须生，饭后听了许多京剧唱片。

---

① 英国作家谢里丹的《批评家》。

② 又一次不公。

③ 辛辣。

④ 肖勒姆。

余叔岩片很不少。其他的人，他们都听不进耳。他们自己各唱了一二折。

出门时已近十一时。外面下起大雪来。李平衡留我到他旅馆去住。送他到 Band St.①。回寓不过十二时，还听了时事广播。

即写信与 Kingsley Martin。写到一时半，写完了。

今天非常的冷。

李平衡讲郭长录与厉昭互攻。结果郭调回，厉申诉。以馆长受申诉，大失面子。（厉昭告郭偷酒等，外部派刘师舜往调查，并无证据。故部中如此结束。）郭并未回国，到纽约去了。

吕怀君与馆长冯也不睦。冯调回国。华侨都是广东人，大起公愤，说是吕将冯攻走，要赶吕。派代表到美见孔庸之等等。

这里领事馆中何思可奉派回国。同时祝、戴二人均受申诉，祝的考语有"行为乖张，办事不力"之语。他们去质问谭。谭说他不知道。他们去见顾少川，顾也没有办法。

鉴立说周厚复与施冲突，不自今始。他初到一年，顾请一部分没有家眷的人吃年饭。周早到，门者不知道，去问施，施也说不知道。顾有时候什么从不敢去问。请他在外等。周推门进去，施生气，说请在外等。后来公超到了领周进去。施又不理他。周说他到外去等，即走了。顾后知道，即派郭乘车到各饭店去找，找不到。顾修书道歉。

施常说要辞职。顾说辞了职回去也不易找事做。

1945 年 1 月 30 日
34:1:30（二）雪后阴

晨去处。将致 Kingsley Martin 信修改，后部重写。要 Gwen 打出。

中午在大世界请林咸让、任玲逊、陈尧圣、杨志信、赵金镛。林说本周末他一定可以走了。今天的饭非常好。

---

① 邦德街。

午后回去。发了些信。

四时余到 Plaza 去看 Daphne du Maurier 的 *Frenchman's Creek*①。这是写十七八世纪一位贵族妇人与海盗恋爱的故事。五彩片，风景极美。故事也很 exciting②。主角是 Joan Fontaine③，似乎在这片中过于风骚。

回家吃面包，因为今晚没有饭。听 *Brains Trust* 等。

看 Marquand 的 *Thank You，Mr. Moto*。

1945 年 1 月 31 日

34:1:31(三)雨

今天下雨，天忽转暖。

到处看报，写信。

中午到上海楼。陈维城请客。主客是汪孝熙。座中另有傅小峰、陶寅及郭泽钦。汪谈了些罗马被围时的情形。他说美国人不肯牺牲，否则意大利的战事早了了。据他说英美军队与德军是五与一之比。

三时到 Cautauld Inst. 听 Yetts 讲铜器的 Inscription④。

晚看 Marquand 的 *Thank You，Mr. Moto*，听广播。

1945 年 2 月 1 日

34:2:1(四)晴晚微雨

晨放晴，有太阳。

接雪艇来信，说他与稚叔都劝叔华来英，但叔华要去美，已在准备出国中。不知怎样发生此种误会。

---

① 达芙妮·杜穆里埃的《法国人的河湾》。
② 令人兴奋。
③ 琼·芳登（1917—2013）。
④ 青铜器的铭文。

先去打电与范雪桥。

到处。接朱树屏的信及许多托寄中国的东西。

看报。

午后买了些 vitamin 等，预备托桂永清带交稚叔分给各人。

与雪艇、立武写一长信，将许多事如交换科学情报等都提出了。

六时回。看完 *Thank you*，*Mr. Moto*。此书以日本人为书中 hero[①]，中国人又是土匪，与土匪沟通的古玩商，及毫无情义的仆人。书中的女主角也没有什么可爱。二三流的作品。

看了 Duranty 的 *U. S. S. R.*[②]。

写信与华、莹。起一信稿致雪艇。

1945 年 2 月 2 日
34:2:2（五）

晨去买了些生命素等。

誊写完致雪艇信。预备送信去使馆。在路上遇到蒋彝、范雪桥来访。又退回。他们约我去吃饭，我已有另约。他们约 Gwen 同到大世界。

我是应陈尧圣之约，座中另有林咸让、任玲逊、杨志信、汇文、芦浪及王右家。赵志廉在另席请郭汝槐等。原来郭与桂同行，明天便走了。林也明天动身。

芦浪说他接太太信，过年时学校收到美国一笔大款，每一人送了八万元。只有我们两家没有。叔华与方太太即去质问王抚五。叔华说我在武大，虽无功，也无过。王说我们两人不在校，而且两位太太都很能干，生财有道。方太太她没有做烟土生意，如何生财有道？方说他太太的信是十二月七日所写。我收到的信，最后一封还是十二月二十四。后来遇见周显章，他已接到一月

---

① 书中以日本人为英雄。
② 杜兰蒂（《纽约时报》莫斯科分部总编辑沃尔特·杜兰蒂）所写的《苏维埃社会主义共和国联盟》。

半的家信。

陈尧圣说周厚复的飞机已经商好，只是还没有定期。林咸让带了不少瓶维他命等回国。一部分是代雪艇买的。我即付了两瓶的钱，算我送的礼。

饭后蒋、范、张、方同我回处。张为我将一包生命素带去交桂带稚叔。中间有送稚叔的，也有送洪及叔华等的。

我到使馆去送信。与吴权、翟及梁谈了半小时。

请范、蒋、方喝茶后，请他们去看 *Goodbye, Mr. Chips*①。这是五六年前的名片。那时 Greer Garson 方才初出名。演 Chips 的是 Robert Donat。② 很好。这片子写一个教书先生的一生，除了中年遇到一个可爱的女子，结婚一年即丧偶外，一切都很平常，而且很动人。实在是一个好片子。

同到新中国楼。桂永清今晚在此大请客。分八桌，每桌八人，几乎都坐满了。坐席用抽签方法。我与汇文、显章、右家，等右席。主客本来是李平衡等。李有了飞机，今天飞法国去了。朱学范到了。他来时谁都不认识他。桂演讲提起他，他起立方知道。大使馆职员几乎全到了。领事馆全到。各武官处的人也来了。名教授也居然都到了（除了周厚复）。中国银行的人却没有。女子只有祝文霞与右家二人。

祝文霞请求剑桥入学，已交涉了几个月。最近研究所会议开会通过，准她入学。刘圣斌带来消息。桂便与他开玩笑，说有了金榜题名，不可不赶着有洞房花烛。

祝要询问方关于此事详情，邀他去寓，并约我与蒋彝同去。因为今夜本来说范雪桥来我寓住，汇文已为范找了一房，故蒋来。在祝处喝茶谈到十一时半。

回寓听时事广播后，与蒋仲雅谈了一时余。他说今天熊式一未来，很奇。因为熊近来几乎天天进城，在桂处帮忙，甚至为他接电话。所以不知自己为何反不来，而且邀蒋、范去喝茶（说有 Sir William Homell）。

---

① 《再见，奇普斯先生》。

② 演奇普斯的是罗伯特·多纳特。

熊来帮忙原因，不得而知。蒋说也许熊及张想在军事代表团弄一名义。也许熊的蒋传，想得到重庆的同意。（熊曾表示过外交官可免交所得税。）

他请 Homell 及 Adams 等也许与 China Institute 的 director 有关①。可是顾少川不喜欢他，此事不见得有望。顾不喜熊的原因，却由于熊的恳勤。顾来此时，熊大请英国的文士学者如 Wells 等。一方面对顾表示他有许多英国朋友，一方面对英人表示他是大使的朋友。顾对礼节性注重。照例应介绍诸人与大使。熊却领了顾一路的走着介绍与诸人。顾很不高兴。从此即不喜欢熊。熊对 China Inst. 事曾进行二次，均失败。顾不能说真正原因，只说"其貌不扬"。

今天不知因谈话多，还不知是因为在祝文霞处喝了很浓的清茶，睡后睡不着。三时起吃了二粒安神药。仍不能入睡。到五时后方才睡着了。

1945 年 2 月 3 日
34:2:3(六)晴

晨早饭后，九时余蒋仲雅即赶车回牛津。

到处。今天送来书架两个，在里面装玻璃门等等。

发了几封信。一信致朱树屏。他托打听法国方炳文消息。炳乾来信说方为人所杀，不知原因何在。

午饭后去看 *When You Went Away*② 电影。这片子名角特多。是写一个美国家庭，丈夫从军去后，妻子与二女的想念和生活。妻是 Claudette Colbert，女儿是 Jennifer Jones 和 Shirley Temple，房客是 Monty Wooley。很是 sentimental③。可是实在是太冗长。Shirley 长得很大了，她小时的可爱处显不出来了。将来能不能成名角，大是问题。

---

① 他请霍梅尔及亚当斯等也许与中英文化交流协会的主任有关。

② 即《自君别后》（*Since You Went Away*）。

③ 妻是克劳黛·考尔白，女儿是珍妮弗·琼斯和秀兰·邓波儿，房客是蒙蒂·伍利。很是伤感。

六时半回。晚饭后听广播剧 Lennox Robinson 的 *Lost Leader*①。觉得毫无意味。

看 Gardner 的侦探小说 *The Case of Careless Kitten*②。一开始便无法停止。十二时洗浴后睡床上看到三时方看完。（只二百二十余页。）

1945 年 2 月 4 日
34:2:4(日)晴阴

晨看报。

下午四时余出门散步走到华家。Vera 与孩子们在家。Percy 出去说教去了。留我吃完饭。Vera 最近答应为 Oxford Extension③ 演讲中国。六次，每次三镑。得花不少工夫预备。她很愿。M. O. I. 的演讲，每次只一金尼。房饭钱等每天 23/6，所以一天如只演讲一次，很不值得。常常每天讲二三次。

Jean 在兽医处帮忙，一星期收入十个先令。David 在演电影，一天有十金尼。可是不常有。Percy 没有固定收入。所以他们觉得经济压迫相当严重。

九时回寓，听时事。记日记。

1945 年 2 月 5 日
34:2:5(一)阴

晨接叔华来信，是一月九日所发。为了美国援华会赠款，没有得到，生了很大的气。端六与抚五及孙学悟同为委员，叔华很怪端六不帮忙，说他有"恐王"病。

到处时范雪桥在等候。他说 St. Alban④ 来，今天回牛津去。他带了蒋仲

---

① 伦诺克斯·罗宾逊的《失去的领袖》。
② 《粗心的猫咪事件》［美国侦探小说家厄尔·加德纳（Erle Gardner, 1889—1970）1942 年出版的小说］。
③ 薇拉答应为牛津分部。
④ 圣阿尔班。

雅一信与我，劝我组织些学术演讲。可以请五教授参加。

口述了几封信。工人来换地毯，漆书架。漆工与我谈话。说他的家被炸过二次，儿子在意大利。

一时余到香港楼。范雪桥请梁鉴立。梁说周厚复昨天乘美国飞机走了。

三时与范别。去买了些戏票。

到炳乾处。他星期五便回来了。看了些他在法国发的长电。外交部的远东司长，对他很好，对中国表示极好感。

崔骥来访我，也来此相见。我们谈了一会，又去喝茶。崔说 Richter 托他转达，要他介绍，愿与我合作。我不懂他说这话是什么意思。

炳乾谈法国人民生活甚苦。大使馆的人一月只能得多少支烟，没有火，穿了大衣做事。可是英美军部都非常舒服。新闻记者的旅馆有 central heating①。酒极便宜，一切食物都是美国运来。随时有 ice-cream，面包也比英国好。饭一餐二十方，合二先令，若到外面去得二千方。一人一星期可请两个客。所以新闻记者没有人没有外遇的。

看了一会《大公报》。七时回寓。

听广播中的 *The Golden Ass*②。

补写日记。

1945 年 2 月 6 日
34:2:6(二)雨

晨去处。发了几封信。

中午去访郭汝槐。请他到 Portman Restaurant③ 去吃饭。买了一瓶鱼肝油精送陈辞修，请他带去。郭说何敬文对蒋，奉命性谨，外人攻击，完全是错误。只是何无改革，为少壮军人所不满。他听了刘戡代刘峙为重庆卫戍司令，也

---

① 集中供暖。
② 《金驴记》，即罗马诗人阿普列乌斯（Apuleius）的《变形记》。
③ 波特曼餐厅。

说是好得多。他似乎很佩服翁咏霓，说他将来也许有任行政院长之望。

下午到 Time Book Club 买了些书。

看报，看杂志。发了两封信。

晚听 *Brains Trust* 等。补完日记。

看 Duranty's *U. S. S. R.* 浴后睡。初睡不着。

1945 年 2 月 7 日

34:2:7（三）晴

晨到处。

Baker 来。家具的账，Baker 说他看了也吃了一惊。合到三百七十余镑。可是他又说并不算贵。

口述了几封信。

中午在 Verrey① 请萧乾吃饭。与他商谈组织演讲事。他提议以伦敦为主，讲演的人不限于中国人。如找 Arthur Waley, Tawney, Lionel Giles 诸人。他又主张组织座谈会。

午后他到我办事处来看了一下。他说家具木料很好，样子也好，只是太贵。但既托 British Council，不好过。显得中国不做面子。只有接受算了。

三时余去听 Yetts 讲"铜器之制造"。

看报。

六时余到 Haymarket 看 *Midsummer Night's Dream*，John Gilgud 与 Ashford②演仙王、仙后。其实剧里没有什么人是主角。这戏真是一个梦。第二幕，梦醒好合，已经完事了。最后一幕，村汉演戏，实在并没有什么趣味。

九时散。回家。吃面包。

看完报。

---

① 韦睿餐厅。
② 到干草市场（剧院）看《仲夏夜之梦》，约翰·吉尔古德与阿什福德。

1945 年 2 月 8 日

34:2:8(四) 晚雨

晨到处。接 Vera 电话。为她写信致 British Museum。

午后 Gwen 的令兄 Ronald[①] 来。他为我们找到所得税的章程。一个外国政府的机关，如不以营利为目的，则所中的外籍人员，并不需交纳所得税。我与 Gwen 二人如释重负。因为前天所得税的职员曾到炳乾所去吵闹。所以 Gwen 害怕起来了。

Vera 要我将莹的信译出。下午即口头译出，由 Gwen 笔记。

写信与雪艇、立武。

五时半 Selfridges 的人来装窗帘。如等铺子自己派人来，也许得等上一二个月。今天是职员与朋友完工，后私人来帮忙。所以得另送钱。从好的方面说，可以说是善意帮忙，从坏的方面说，则等于敲竹杠了。

回时车上遇 Slater，与他谈了一会。

到 Swiss Cottage 的 Embassy[②] 买了三张票预备请华家小孩。

在 Odeon 看 *Waterloo Road*。[③] 这片子英国批评家称赞得很。情节很平常，动作及背景很逼真。可是太太的外遇，只是仅仅喝喝酒，跳跳舞而已，还是没有逼真也。另一片是一小女孩与军狗的故事。是美国的 sentimental 东西。可是倒是很好的 pastime。[④]

写信与华与莹。(64)

1945 年 2 月 9 日

34:2:9(五) 晴

我致 *New Statesman* 的信，今天方才登出来。除漏了两个字外，并未删去。

---

① 格温的令兄罗纳德。
② 在瑞士小屋的使馆影院。(瑞士小屋，原为一家老字号啤酒屋。)
③ 在音乐厅看《滑铁卢大道》。
④ 美国的感伤东西，倒是好的消遣。

可是后面又加了一段披语，仍是表示怀疑。尤其是说小党首领时时被捕。我立即写一信致 Martin①，请他举出些被捕人的名字来。

十二时半到 British Council 访 Roxby，请他去吃饭。同到 Universal②，东北人在聚餐，居然有七八人，与杨志信、刘焕东等谈了一会。

与 Roxby 谈如何合作事。他谈到华后工作。一种为英语教授，一种为运送书报。说将来他手下得有五个人，担任五部分。

到 Selfridges 买了一个镜框。

写完致华及莹的信。写一信与雪艇。将信送到宣传处。与赵及 Whymant 等少谈。Mrs. Booth③ 说她写了四封信致各报，一封都不登。她与 Miss Meotti④ 都说 Kingsley Martin 在我信后的披语是多余的。

晚七时半起听广播 Julius Caesar⑤。我看了片子听着。节删得很少。

看 *Leader*⑥。

1945 年 2 月 10 日
34:2:10(六) 晴雪

晨看报。到处。

周钟祥君来访。坐谈一会。

中午钱家祺夫人请吃饭，约了会唐笙女士。唐是 British Council 奖学金学生，出来时立武给她我这里 honorary secretary⑦ 名义。可是没有通知我，也并没有托她带信。她带了老金一信来。原来她小时是 Lilian 的学生。常来史家胡同，我是看过的。

---

① 即《新政治家》杂志主编金斯莱·马丁。
② 环球。
③ 布思夫人。
④ 梅奥蒂小姐。
⑤ 《尤里乌斯·恺撒》。
⑥ 《领导者》。
⑦ 荣誉秘书。

座中另有张道行。

饭后约张（她们不能去）去 Empire 看 *March of Time* 的 *Inside China Today*①。

正片是 *Thin Man Goes Home*②。是侦探片，但是很 absent mind③ 的侦探。Powell 与 Myrna Loy④ 演夫妇二人，很有趣。

出门大雪。乘地道车回，中间坐倒了车。到时雪已止。

晚饭后听广播 Galsworthy's *Strife*⑤，很是动人。

看杂志。

1945 年 2 月 11 日
34:2:11(日) 下午雨

晨起浴。看报。中午下午均听广播及看报。

三时半出门，乘车去 Victoria。上了一车，我取出二先令。女卖票员说她刚出来，没有钱找，要我下车乘后一趟车。我说途中少不了有人会上来。她说那说不准，仍要我下去。见我不走，她说，如你不下去，'I will call the driver to put you down'⑥，没有办法，只好让步。

在车站与炳乾会了面，带他到 Grosvenor Hotel 见了 Sir Alfred & Lady Zimmerman⑦。喝茶谈话到六时余。Lady Z 照例是只有她的话。可是开头便一路问我问题，如何解决和战问题。他们夫妇二人都不喜欢俄国。他们说如中美英三国能立在一起，将来是不怕的。只是只有英美而没有中国，则也有可怕。中国必须'save them from themselves'⑧。

---

① 到帝国剧院看《时代进行曲》的《今日中国见闻》。

② 《疑云风波》。

③ 缺乏头脑。

④ 鲍威尔和米尔纳·洛伊。

⑤ 高尔斯华绥的《冲突》。

⑥ "我就叫司机把你推下去。"

⑦ 到格罗夫纳饭店见阿尔弗雷德·齐泽尔曼爵士夫妇。

⑧ "自我拯救"。

Sir A 说英国政治是世上最有名的。英国却至今没有一本好的讲 political theory① 的书。德国有不少讲政治理论的书，可是德国的政治就是如此。英国的政治见解，都在 Barke 的集中。英国的 Commonwealth② 是自然产生出来。一向的理论是主张 federalism。他自己一向也是 a federalist③，可是一到 Canada④，第二天即改变主张了。

他说欧洲这二百年来的一切，祸根都是在 Rousseau⑤。如没有 Rousseau，便没有法国革命，没有 Napoleon。如是便没有 Hegel。没有 Hegel 便没有 Marx,⑥ 便没有俄国革命。

他说中国将来是没有困难的，因为向来有 Council Service⑦。英国的 Council Service 是百年来的产物。大陆上许多国家，至今还是没有。官吏都是各党各派分赃。如捷克有考试，即不至有 Sudeten 事件⑧。因为如年轻德人有机会到政府做事，他们便不至要加入德国。在战前他到 Sudeten，连警察都是捷克人，而且不懂德文。

七时到一 Pub⑨ 喝了些酒。七时半与炳乾到 Corner House 会 Migs Bennett⑩。那里人太多，即到上海楼吃饭。

十时回。

补写日记。

---

① 政治理论。
② 联邦政体。
③ 一名联邦党人。
④ 加拿大。
⑤ 让-雅克·卢梭（Jean - Jacques Rousseau, 1712—1778），法国 18 世纪启蒙思想家、哲学家、教育家、文学家，浪漫主义文学流派的开创者，启蒙运动代表人物之一。
⑥ 这句话意即：没有卢梭，便没有法国革命，没有拿破仑。如果这样，便没有黑格尔。没有黑格尔，便没有马克思。
⑦ 服务委员会。
⑧ 苏台德事件。
⑨ 酒吧。
⑩ 到角屋会米格斯·本内特。

1945 年 2 月 12 日

34:2:12（一）雨后阴

晨看报。

到处。写信与蒋仲雅、右家。口述信复 Green 及司徒惠。

一时到大世界。萧炳乾请我会 Stanley Unwin①。他年龄不小了，可是仍很健。常打网球，对手是 Joad②。他听说文协在编三本中国的现代文学。他说很希望早日给他看看。他说希望译的人是英人。他是相信译者译入他的本国文字的。我问林语堂、熊式一、蒋彝等如何？他说每原则都有 exception③。这些是例外。而且大都是写自己的东西，与译别人的东西不同。我问崔骥译的《女兵自传》如何。他说这也是例外。他说英国人来译也不一定是好的。不仅是英人，还得是作家。有人说坏的翻译比没有好。他认为坏的译品不如没有。因为坏的译品使人得错误印象，使人不敢问津。

另一问题是版权问题。他希望中国加入版权同盟，至少在翻印原版书这一点。至于译书，不妨稍缓。他说从前在上海，什么书也在翻。炳乾说这是从前在上海，租界上的事政府管不到。Unwin 说以后没有租界了。

他说美国对于版权问题有临时协定，在战时不准盗版。至于苏联，则愈少说愈好。

他说日本在这方面很好。尤其是说丸善④非常的可靠。他与丸善有许多年的来往。一年丸善的账，比哪一国都大。他在 1913 年曾在日本 walking tour⑤，与他的妻弟二人。

他说话很多，也很有味。

---

① 斯坦利·昂温。
② 乔德。
③ 例外。
④ 日本丸善书店。
⑤ 徒步旅行。

到 Stoneham① 去买书，买了近九镑。

四时回处。Gwen 今天不舒服。我要她回去。

看报。

六时半回。听广播。补写完日记。

1945 年 2 月 13 日
34:2:13（二）阴后晴

今天 Gwen 病了。来一电话，不能到处。

十一时到处。

十二时半唐笙女士来。请她在附近吃饭。她出国时护照上写是我的秘书。因为他们同来六人，四人是香港人，是英籍。另二人一人算为英国新闻处所派。所以立武让她用此名义。因为他们都是 British Council 所给奖金。可是英方又不愿违反教育部的章程，不愿他们用学生名义出国。

唐是圣约翰毕业。所以没有资格考出洋。英方自己给与［予］一部分这样的人。

下午看报，杂志。写信与熊式一。

六时二十分到 Player Theatre②。这是一种俱乐部剧院。在一个房子的地窖子里，并不大。戏台很旧，观众可坐数十人到百余人。多少像 Night Club，可是有一种 intimate③ 的感觉。主席与观众说话对答。唱歌时要观众都加入唱 chorus④。演员不多，唱三四歌，即休息。分三段，共不过一时半。中间休息在一半。是一种 Music Hall 与 Night Club⑤ 之间的玩意。

到附近 Dover St.⑥ 的一家饭店吃饭。

---

① 斯托纳姆。
② 玩家剧院。
③ 亲近感。
④ 齐唱。
⑤ 音乐厅与夜总会。
⑥ 多佛街。

晚炳乾到我处来睡。他近来失眠，所以天天到各处去睡。

与他谈叔华来英问题。他说 Blofeld① 恐不能做什么主。后来提起东方语言学校的事。他说也许那里可以说话。但英方不能尽授名义。有名义得去看书。只是这学校又没有钱。要多请一个教员，恐经济上无法办到。也许可去商，不领年薪，教几点钟算几点钟的钱。

他劝我先请 Edward 吃饭，他再去与她谈。

睡后不能入睡。到一时半起来，吃了两丸安神药，再去睡，又半小时方睡着。

1945 年 2 月 14 日
34:2:14(三) 晴

今天很早便醒，听炳乾不到八时即起。我也起较早。

早去处。我在 *New Statesman* 一信，虽然触怒了 Kingsley Martin，可是也有反响。有 *Zurich* 报的特派员 A 来信，请我吃饭，谈中国事。另有 Richmond② 的某会，请我去参加 China Today & Tomorrow 的 Brain Trust③。也有人来信，询问如何学习中文等等。这些信都得回。

午饭后去剪发。下午看报看杂志。

六时半到 Wallbridge 家。带 Jean & Joyce 到 Embassy 去看 Barrie 的 *Quality Street*。④ 这戏是被放在 Napoleon⑤ 战争时期，可是 Barrie 的戏，还是他的戏，很是 sweet，很是 sentimental。演老处女 Susan 的是 Jean Forbes-Robertson,⑥ 很好。其他角色也可以。不断的大笑。

送她们回家。Percy & Vera 回家了。少谈即回。

没有吃饭。只吃了些饼干之类。

---

① 布罗菲尔德。
② 里奇蒙。
③ "中国的今天与明天"的智囊团。
④ 带简和乔伊斯到使馆影院去看 J. M. 巴里的《特色街道》。
⑤ 拿破仑。
⑥ 巴里的戏很甜美，很感伤。演老处女苏珊的是简·福布斯-罗伯逊。

与炳乾谈到十二时余。他约我 week-end 到 Robert Trevelyan 家去住。与我谈 Robert 及 Betty 的性情。[①]

今天下午五时，晚近十时，都有大声爆炸。声均极响，一定是相当的近。

1945 年 2 月 15 日
34:2:15(四)薄雾

早饭时与炳乾争论国共合作事。他主张此时得有一致的局面，对付外国，所以应无限制让步。我则说让步应有限度。二人愈说愈远，毫无结果。

到处。口述了几封信。

与雪艇、立武去信。

午后方写完。又与华写信（65）。

六时余到 Winter Garden 看 Donald Wolfit 的 *Merchant of Venice*[②]。Wolfit 的扮相还是太过火。他的表演也是有时太做作。也许莎翁戏不得不如此演？女主角 Rosalind Iden[③] 实在不好看。

九时半回。写完华及莹信。补写三天日记。

浴后睡。

1945 年 2 月 16 日
34:2:16(五)阴

晨收拾行李。

到处。口述几封信。与雪艇写一信。

一时与格温到新中国楼。Industrial Development Society[④] 在那里为工合[⑤]去

---

① 约我周末到罗伯特·屈威廉家去住。与我谈罗伯特及贝蒂的性情。
② 到冬日花园剧院看唐纳德·沃尔菲特的《威尼斯商人》。
③ 罗莎琳德·艾登。
④ 工业发展协会。
⑤ 即国际工合委员会。

462

中国的代表饯行。一为 Reverend Woods. M. P., 一为 Froggett。① 到了百余人。有 Lord Teviot, John Dugdale, Lady Strabolgi②, Floud, Empson, 谭葆慎、唐保黄等。每人出五先令。饭还不太坏。

我坐在 Lady Strabolgi 与 Mrs. Violet Miller③ 之间。都谈了些话。Commander Kenworthy④ 年轻时,曾驻扎中国三四年,所以对中国极有好感。Lady S 说她只想到苏联及中国去。

Miss Fry⑤ 伤风失音。她说话后,顾少川短短演说,很精干。Mr. Wood 说他也许到中国去后,不想回来了。——这话不能让太太听见。Froggett 是工程师,不大会说话,说了便不知如何打止。他的太太女儿(我猜想如此)坐在前面桌上,很是着急。

廖鸿英与我同到办事处看看,坐了一会。

写完致雪艇的信。

四时半动身去 Victoria。与炳乾同乘车去 Ockley。⑥ 车的时间弄错了。我们中途换了两次,几乎坐原车退回 Victoria。

六时余到 Ockley。有车来接。来时路上经过 Box Hill 及 Dorking。Box Hill 是 Emma 去 picnic 的地方。也是 Meredith 的窝⑦,风景甚佳。Dorking 是 E. M. Forster 所住。⑧ Ockley 则有 Robert Legard, Max Berrbohn⑨ 等住此。

我们到 R. C. Trevelyan 家。Robert 是 Otto Trevelyan 之次子,(Sir Charles 居长, G. M. 第三)⑩,太太是荷兰人。只有一子,Julian,媳妇 Ursula 是 Darwin

---

① 一为伍兹牧师,一为弗罗格特。
② 斯特拉博尔基夫人。
③ 维奥莱特·米勒女士。
④ 肯沃西海军中校。
⑤ 特里小姐。
⑥ 去维多利亚车站。与炳乾同乘车去坐车去奥克利。
⑦ 博克斯希尔是爱玛去野餐的地方。也是梅瑞狄斯〔乔治·梅瑞狄斯, George Meredith (1828—1909), 诗人、小说家〕的寓所。
⑧ 多尔金是福斯特所住。
⑨ 罗伯特·莱加德, 麦克斯·贝尔伯恩。
⑩ 罗伯特是奥托·屈威廉之次子, 查理爵士居长, G. M. 第三。

之孙女，孙一岁，名 Philip。① 这两天也在此。

他们住的地方在山林之间，很是清幽旷敞。房子也很大。

晚饭后到 Robert 的书房。很大。四壁三面是书架。临窗的桌子很大。他是 Lewis Dickinson，Waley，Forster② 等的朋友。与 Waley 很熟。Waley 的书一切都全有。志摩也曾来过。Waley 也带程锡庚来过数次。他新近选了一本中国诗选。现在在译 Montaigne③。可是他只选译，每篇中也有时不全译。

晚饭后他照例读书与太太听。今天读 Sei Shonagon 的《枕草子》（Waley 译 *The Pillow Book*）④ 和 Y. Y. 本星期的 essay⑤。

十时半上楼。写日记。

1945 年 2 月 17 日
34:2:17:(六) 雾

早八时半仆人来叫，我已起来了。

九时早饭。Mrs. T 在房中吃。余人在饭厅。仆人不服侍。故主人自己到厨房去取。早饭只有 porridge⑥，咖啡和面包。各人有各人的牛油及糖及糖酱，不能错用。幸而炳乾带了来，我可以用他的。我吃了三片面包。他们大都吃一二片。炳乾也吃了一片，不久即叫饿。

早饭后 Mrs. T 照例与秘书处理往来信札等事。在她自己的书房内。R. C. 与我们到他书房。看了一会 *Times*。谈了一会话。他将一本书交我，说此书很可观，即坐下去做事。他天天早晨都做事，即星期日也如此。对友人交一本书，即不管了。可是有时我们谈话，他也插一二句。他的桌子很大。一面是校对 Montaigne 译文，一面是另写一本书。

---

① 只有一子朱利安，媳妇厄休拉，是达尔文之孙女，孙一岁，名菲利普。
② 路易斯·狄金森，魏理，福斯特。
③ 蒙田。
④ 今天读日本清少纳言的《枕草子》，魏理译为《枕边书》。
⑤ 散文随笔。
⑥ 粥。

我在他书斋中看了一会书。他所收藏的人如 Jane Austin，如 Dickinson，Russell，Virginia Woolf，Forster① 等，都是我所喜欢的。

与炳乾出门去散步。我们向山上走了一会，又退了向山下走。他饿得很，跑到一间小铺（原来是一车房），什么也买不到，只买了几镑苹果。我们一路走，一路吃苹果，一路谈话。大有当年做学生的风味。

午饭后休息了一会。Rob 示我他所写选《中国诗选》的序文。很有见得。他说 Waley 的译文最好，但出版者每本书只让他选四首。其次是 Witter Bynner② 与江亢虎的译本。Soame Jenyns③ 的简直要不得。

三时余出去散步。Rob 要让炳乾与 Mrs. T 同行。她耳聋，说话得高声。他与我同行，他的媳妇也同行。我们走到附近的邻居 Vaughan Williams 家（音乐家 V. W. 的 cousin④），这是一位 K. C. 。⑤ Ursula 要请他在一证明书上签字（因为她的 ration book⑥ 在飞弹落下时失去了。）她走后，我们又少谈。他这里有几个高台，漆柜，上有中国字，我为他解释了一番。他们是邻居，但一年到底，难得往来一次。

回寓喝茶。看书。晚饭后又读《枕草子》。今天的没有什么味。太太去后，儿子媳妇来谈了一会。

1945 年 2 月 18 日
34:2:18(日) 阴后晴

九时下楼，听广播。早饭后到 Rob 书房。看了一会书。

十一时余炳乾出外散步。走上山，没有到山顶，走了一小时。一路谈《大公报》的人事。如张季鸾有六七个姨太太，王芸生好赌等等。据说现在重

---

① 简·奥斯汀，狄金森，罗素，弗吉尼亚·伍尔夫，福斯特。
② 威特·拜纳，1929 年在纽约出版英译本《中国诗选》，是美国最早的英译《唐诗三百首》。
③ 索姆·杰尼斯，1940 年在伦敦出版英译《唐诗三百首选译》。
④ 沃恩·威廉姆斯家（音乐家拉尔夫·沃恩·威廉姆斯的亲戚）。
⑤ 即"英国特许人事和发展学会"成员。
⑥ 供应证。

要职员，每人欠报馆至数百万。胡政之希望王芸生出国，不为别的，只因他太高傲，没有法子压他。希望他来看看国外的新闻记者是何等样子。

十二时三刻吃饭。饭后我们下山到车站搭车。Rob，Julian，Ursula 同去。天晴了，热起来了。与 Ju. 谈国共问题，战后苏联问题。

车只走一刻钟左右。一路经过的地方，都是在小山丘之间，山坡或山顶处常有树林，风景很美。

到小村名 Abinger Hammer① 下车。在街角一家的墙角，上面挂一小钟，一人持锤在打。这便是 Hammer。

转上山径。有一小小的木梯，阶梯有的已动摇。走上两重小梯，便到坡上。进小门是一片田。进过田，再进一小门是一小园，向上走，一所房子在前，这便是 E. M. Forster 的家。

远远的看见中间窗内有白头伏在桌上。走近看见是 F 的母，老太太正在桌上找东西。我们到了门口，她方抬起头来，过来开门。她已九十多岁了，不高大，也显得衰老，走路很慢。可是耳朵眼睛仍很灵敏。Forster 不久自内走出。很客气。身上一身衣服，袖口及脚管都破了。袜子也有破洞。房子并不大。四壁都挂了些画的像，男男女女，大都是上二代的亲戚。这屋内的书并不多。

他们方吃过饭，预备吃咖啡。我们来了，又加煮，加咖啡。老女仆 Alice②，炳乾认识。即让他进去打招呼。又领他进去。出来说他们两人同在做咖啡。后来 Alice 出来，我也与她握手。

有两只猫，都是狸猫，一名 Tinker③，F 也很是注意。进来时便说"谁来了""谁到你身边来了"等等。

喝咖啡时他们问炳乾他在巴黎会见他们的法国朋友某夫人近况。问她的生活如何，不太穷否，房内如何，等等。F 向我抱歉，说他们谈的话我不感兴趣。

---

① 阿宾杰锤。
② 爱丽斯。
③ "廷克"，"补锅匠"之意。

他让他母亲写完信，即去寄信。要我同他去让炳乾与老母谈话。走到林中，到小邮局寄信。他说村中有一小学，有一 nurse①，可没有医生。路上走过一意大利俘虏，他与他招呼，用意文。他说这些人很可怜。他们并不愿在此，可是又不能回去。他们相当自由，可以外出，可是因此本地人又厌恶他们。这里有一两家招待他们，他也有时去与他们谈话。

他领我去又一路回，这是在山后上去，走过一树林。这便是他写的文章名 My Wood② 的树林。林木不过百十枝，可是有些也有数十年了，很是高。此树大都无树叶。可是已有不少鸟。从此下望山谷，有铁道经过，对面都是小山。其实他的屋是在小山顶上，四顾都可以看到高岗。

我只提了有几个年轻作家在译他的 Passage to India③，可是还没有出版。他说 'I suppose not'④。后来又说起房子，问起 Howard End⑤ 那房子。他说这在某处，现在有他的朋友住在里面。他有时去。他有照片，可示我。可是后来忘记了。

他这房子已住了二十余年了。他说这房子是他父亲为 Aunt⑥ 所盖。他从小便常来的。门口有一牌。写房子是 1877 所盖。建筑家 Edward Morgan Llewellyn Forster Born 1845, died 1880。⑦ 他父亲今年正是百岁。死时只三十五岁。所以他即是父死时才生，也已经六十四五岁了。

他园中 crocus⑧ 开了花，也有些 primroses⑨。太阳很好。我们在屋前一小片草地上往来散步。Mrs. Forster 要出来看看。她已经有好久没有出门了。F 小心翼翼地扶她慢慢的走，到草地一角，看一丛 sweet drops⑩，看了一会便回去了。

---

① 护士。
② 《我的树林》。
③ 《印度之旅》。
④ "我想不会吧。"
⑤ 霍华德庄园。
⑥ 姑姑。
⑦ 爱德华·摩根·卢埃林·福斯特，生于 1845 年，卒于 1880 年。
⑧ 番红花。
⑨ 樱草花。
⑩ 甜叶菊。

F 带我们上楼去洗手。他睡房很小。倒水在瓷盆内洗手。我洗了手要倒去。他说没有人提水，炳乾可否即洗这水。

他的书房也很窄。书桌也很小。他示我一本 Isherwood 送他的书，里面写了 'With love'①。书房中不能多放书。所以间间屋，过道内都有些书。

喝茶时炳乾谈法国情形。

要赶五时余车回。道辞。F 与炳乾说到厨房中与 Alice 辞别。对我说不用进去。他自己送我们下山。带了一个 cap②，在停车处等车，立谈。村中有人与他打招呼，也有人似并不相识（也许是过客）。

车到后我们慢慢的走回。夕阳中慢慢的走上山，风景非常的可留恋。炳乾一路谈他的家庭生活等等。

晚饭后 Robert 说今天读 Jane Austin 的一本未完的小说，没有名的小说。炳乾说伤风，早去睡。我听他读了一章。他们夫妇也去了。

上楼。看了一会杂志。

1945 年 2 月 19 日
34:2:19(一)阴

今天很热。早洗脸后即出门走了一会，又是有些雾。可是没有穿外衣，并不冷。后来换了薄外套，走路时还出汗。

早饭后九时半车来。即与全家辞别。到车站，乘九时五十分车。这车比较快。不用换，不到一小时即到伦敦。在车上看了一份 News Chronicle。

先将提包送回家。再去处。

中午到上海楼。刘圣斌请 Benard Floud、君健、右家及一英国女子（是右家朋友，一个在宁波的 missionary③ 的女儿）吃饭。

下午钱树尧来访。外部有一训令，是关于中英文化合作的方案，是教部

---

① 伊舍伍德送的书，里面写了"爱你的伊舍伍德"。

② 帽子。

③ 传教士。

所拟。其中办法八条，如设文化讲座，交换教授，交换学生等等。是八月所拟。训令是十二月到此。现在方提出。顾少川批了要钱与我合同与 British Council 交涉，劝听他们的意见，再复部。

我即将训令抄了一过。

张汇文来电话。约了去 May Fair Hotel①。他住在这里。我五时余去，与他谈了一会。他请我在 St. Martin's Theatre 看 *Laura*。这戏不及电影有趣，也没有那紧张。演 Laura 的是 Sonia Dresdel②，似乎也不及电影中女角。演 art critic 更不如了③。

我请汇文在大世界吃饭。

他谈与 Ernest Barker④ 谈。B 说在教育部长会议中，大家都觉得中国是船上的乘客，不是海员。这是于中国不利的。不久大家会把中国忘了。

1945 年 2 月 20 日
34:2:20(二)晴

晨看了一会报。

到处。十二时去访 Major Longden⑤。他正在搬家，他们这一部分及科学部分都搬到 Portland Place⑥ 去。

他陪我去参观几个 gallery。第一个是 Royal Society of Water Colours⑦。这地方的建筑装潢都很精雅。两层楼。又看了一个 private gallery，这里有 Heath Robinson⑧ 的画展。那时画很有趣。gallery 是长方的。比较旧（在 Bond St.⑨）

---

① 梅费尔酒店。
② 去圣马丁剧院看《劳拉》。演劳拉的是索尼娅·德雷斯戴尔。
③ 演艺术评论家就更不如了。
④ 厄内斯特·巴克。
⑤ 去访朗登少校。
⑥ 都搬到波特兰广场去。
⑦ 参观几个画廊。第一个是皇家水彩学会。
⑧ 希斯·罗宾逊（1872—1944），英国画家。
⑨ 邦德街。

他请我到 Arts Club① 吃饭。一半已被炸，仍留下一部分。在艺术方面有关的人方能做会员。酒很多，存在酒窖边，故损失很大。被炸时，窖中的 whiskey，都为救火人等喝完。

下午又带我去看了一个 Society of English Painters 的 Gallery，一个 Leicester Gallery of English Paintings②。在楼上，有间房，还亮。Leicester Gallery 很平常。

Longden 说画展大多得在九个月前交涉。临时交涉，房子都没有了。如 Society of Eng. Painters 这一年都已租完了。租金一间屋大约十余镑。如私人的 Gal. 则不收租金而收 Commission③，大约有百分之 25 到 33 左右。

四时方重来。Clas Ford④ 要我讲诗。我说讲小说，他不愿意。我即辞了，推与方重。方答应了。

六时请方、汇文、Gwen 及其兄 Romney 去看 *King Lear*。Donald Wolfit 演此戏，⑤ 最相宜。居然很动人。配角不够好。完毕后请他们在大世界吃饭。汇文对 Gwen 似乎很冷淡。

1945 年 2 月 21 日
34:2:21(三)阴后晴

晨十时到 British Council 与钱树尧访及 Sir Frederick Ogilvie 及 Roxby⑥。与他们商谈教育部所拟的中英文化合作办法。Ogilvie 因 Malcolm Robertson 邀去谈话，到近十一时方回。所以谈了不久。他们对于原则都赞同。但是有些与大学有关的事，得先商诸各大学。

---

① 艺术学会。
② 一个英国画家协会的画廊，一个莱斯特英国绘画画廊。
③ 佣金。
④ 克拉斯·福特。
⑤ 请格温及其兄罗姆尼去看《李尔王》。唐纳德·沃尔菲特演此戏。
⑥ 弗里德里克·奥格维尔爵士及罗克斯比。

中午瑞士两个报的访员 F. R. Allernarm 在 Dorchester① 请我吃饭，谈中国问题。我答复了些问题。他说德国的新闻检查也并没有事先检查稿件，只是发表后如有触犯，受惩罚而已。

他说在二年前他即发表一个理论，说苏联决不让他国境附近的有重要资源的地带落入不亲近它的政府的手中。他这意见，现在都不幸而言中。

回处。陈尧圣来访。

六时去 Lyric。② 今天请熊式一及右家看 Love in Idleness。另请了张道行。他不能去，却把票子送了谭葆慎，谭又不能去，把票退了回来！所以我请了陈尧圣太太。陈太太是华中毕业，英文程度很浅。我先说了大意。可是这戏好处在对白，恐不易欣赏。我今天是第二次看这戏。也还是很有意味。

饭后到香港楼请他们吃饭，同时请了尧圣。式一说他不喜欢 Shakespeare，右家说与他是同志。式一说他也不喜欢 Ibsen。右家便不同意了。式一最崇拜的当然是 Barrie③。

1945 年 2 月 22 日
34:2:22（四）

晨十一时有一位法国女子 Mlle Cassett④ 来访。她穿军服，说常为法国杂志写文。她要为某报写一文报道中国。特来请我说一说。她要知道是关于宪政的事。谈了半小时。

十二时到使馆。会顾少川。他说重庆来电召他回国是在 Crimea Conference⑤ 发表以前，所以不全为了报告。我问他是否直接去美。他说不见得。这次开会，各国都由内外长出席，中国也必如此。我说中国方面是一定

---

① 阿列尔纳姆在多彻斯特请我吃饭。
② 利瑞克剧院。
③ 熊式一不喜欢莎士比亚，也不喜欢易卜生，最崇拜英国小说家、剧作家詹姆斯·巴里（1860—1937）。
④ 珂赛特小姐。
⑤ 1945 年 2 月美英苏三国首脑罗斯福、丘吉尔、斯大林在克里米亚半岛召开雅尔塔会议，签署《雅尔塔协定》。

不能少他的。

与他谈昨天与 British Council 的谈话。又提出中国拟在英美设 Cultural Relation Office① 事。我说如设的是这样一职，恐在英美丝毫不能活动。英派去美的更不是如此，而是 Sir George Sansom②。他说是 Minister Counsellor③。又提崔骥的话，我说建立 Gallery 不如建立一种 institute④。他说展览最好三五年送一批东西出来。

他现在对于 China Inst. 也灰心，他说他对 N. C. C. 以前还有一点希望，现在看来毫无办法。主持人在英并无地位，而又把持得紧。

谈了半小时。上楼去与翟瑞南等少谈。托翟带些东西回去。

午饭后写信与雪艇、立武。写信与华。

晚听广播。写完各信。写信与莹。

1945 年 2 月 23 日
34:2:23（五）阴雨夜晴

醒得很早。肚子仍不好。起来后又睡。

早饭后君健即辞去。他这一次是到 Wales⑤ 去。

到处。电话未修好。外面有电话来，铃子响，可是听不到人声。今天打电话来的人特别多。弄得心神不宁。

将两封信送到使馆，连同两瓶维他命托翟瑞南带渝。他居然慷慨答应。听他说因顾回，多加了二百磅。林咸让走时，留下一箱，重九十磅，要为他带去。我问可否再带些小东西与立武。他应了。我即去买了六瓶鱼肝油精

---

① 文化关系办事处。
② 乔治·桑塞姆爵士。
③ 公使级参赞。
④ 建画廊不如建一种协会。
⑤ 威尔士。

（现有纸包的，很轻）分送骝先、立武、乙藜①三人。

中午到 Charles St. 的 Netherland House 应 Richter② 之约。走错了一个 Charles St. 所以到得很远。这荷兰会馆也是战时会所之一，也是 British Council 所合办的事业之一。这里房子很大，很讲究，又不是 Greek House 可比。饭厅很大，另有小间是吃冷餐的。有客厅。楼上有演讲室，比 China Inst. 的大了不止一倍。里面陈列了些 Bati.③ 土人的画。这一种画很是 primitive，但有 decorative 的风趣④。

下午周书楷来。写信与汪绲斋。

五时到使馆。看到翟瑞南与王涌源。他们随顾同行。送行的人很不少。大使馆的人，荷比的使馆的人，领事馆的人（却没有谭葆慎），各武官、军事代表团的人。李平衡、朱学范也到了。

施德潜与傅小峰特别的忙，没有工夫搭理人。施口中还喃喃着官僚等不满意字句。大家坐在外面客厅等候。李平衡进到里面去了。听说公超已到，现在里面。可是又不大好意思闯进去。

六时过了，顾自内出，与送的人一一握手。有时说几句话。他对我说两次都是"太客气了"。握手完毕，只说了一句谢谢大家的话。又走进去。我过去说公超已来了吗？他说他在里面，请我进去坐。我走进去。朱学范也跟了进来。公超外只有顾太太在内。坐下谈话。只是公超说，我们问话。傅与吴权进来两次，很着急。最后吴权说"时间已过"，顾看表说再坐五分钟。我们送出去。外面的人一半已去车站，一些送到门口。顾太太也送到车站去。

我与公超同走回宣传处。等了半天才叫了顶上的邻居来开门。

与他谈了一会。他仍满口不得意。说经费很紧。他自己的用费，只增加

---

① 钱昌照（1899—1988），字乙藜，抗战胜利后任中华民国资源委员会委员长，中华人民共和国成立后任政务院财经委员会委员兼计划局副局长、民革中央副主席、全国人大常委会委员、全国政协副主席。

② 到查理大街的尼德兰之家（荷兰会馆）应里克特之约。

③ （阿拉伯）巴提。

④ 很原始，但有装饰风趣。

了房屋费二十五镑。可是美国方面谁都在挥金如土。Pearl Buck 写了一本戏，不能上演。孔即送她二万元上演费。孔少爷儿子的秘书的妹妹可以出国，请准外汇万元。他的妻子出国，蒋批准了，可是不准请外汇。好容易经外部交涉，才得三千美元，勉够旅费。

他说顾少川回去，大约将任外交部部长。宋对外交并不很感兴趣。现代理行政院长，可以不兼外交。我问如顾任外长，谁来做大使。他说也许俞鸿钧。我说不能起用郭复初吗？复初与宋还有交情。他说这倒不是不可能。

他曾力劝雪艇不干，雪艇还是干了。他这干，于他自己没有好处。

黄、潘、杨与志廉来。他们到站，看车误点，守了很久，车到无人。赶去车站送顾行。公超今晚住黄家去。顾太太请他去吃饭。八时去。

我与志廉到附近吃饭。

饭后在 Classic 看了一个电影，名 *When Ladies Meet*。Greer Garson 演片中的出版家的太太，出版家 Hebert Marshall 爱拈花惹草，爱上了女作家 Joan Crawford。Robert Taylor 也爱作家，见她入迷，玩花样使她与 Greer 会面。[①] 大者平平，小处有时可观。

1945 年 2 月 24 日
34:2:24(六)晴

晨到处。发了几封信。

一时到大世界，为唐保黄饯行。请了田席珍、范、周庆祥及赵志廉作陪。讲了些战局等等。几位军官所见并不比我多。范与陆军部中高级军官某谈话，有些惊人的话。如说苏联要讨回北满，是应当的。等等。

二时半散。到 Foyles[②] 去看了一会书。买了两本。

三时余到《大公报》社。看《大公报》。萧乾说唐保黄不甘为军人，开

---

① 在经典剧院看电影，名《淑女相遇时》。葛丽亚·嘉逊演出版家太太。出版家赫伯特·马歇尔爱上了女作家琼·克劳福德，罗伯特·泰勒饰演的吉米也爱作家，玩花样使女作家与葛丽亚饰演的克莱尔见面。

② 福伊尔斯书店。

口老骂军人，战局奥组织学社，做首领。可是见解很幼稚。他很恨顾少川。又说顾与桂 C① 冲突过。

《时事新报》派了记者陈洪来英。已到利物浦。陈是炳乾老友。为他找旅馆。打了很多地方，都说没有。最后方定了一房。

四时半我们同到 Sir Alfred Zimmerman 家茶会。坐谈了两小时。还是 Lady Z 说话最多。她的话，太多了，有时不让别人插口。其实有些话很有见解。如说 Nationalism to a nation is selfishness to an individual & nationality to a nation is personality to an individual②。

炳乾主张没有什么 national character③。英国的同年［龄］人与他的思想接近，比老年人为多。Z 夫妇都反驳。争论了好久。如职业相同，有相似处，年龄相同有相似处。同种族的当然也有相似处。可是他们没有得此结论。

Sir A 说九一八时，大家都以为日本币原④等会使军部就范，Lord Cecil⑤ 以是信。如此他与 Cecil 曾大争。到次年一·二八，Cecil 方知错误。他又说 Stimson 的政策，上不得 Hoover 支持，下又不得 under secretory 赞助⑥。所以是决不能实行的。

七时在上海楼请 Roxby 夫妇。请了 Bryan 夫妇，蒋仲雅、炳乾及公超作陪。结果是公超一人讲话。到后来 Roxby 与仲雅及炳乾背过去说话。饭菜极好。

九时半散。炳乾又邀我及公超到间壁 Pub⑦ 去喝酒，又坐谈了一小时。

与公超同路回。到寓已十一时许了。

---

① 桂永清。
② 民族主义之于一个民族是对个人的自私，而国家之于民族乃个人之人格。
③ 民族性。
④ 币原喜重郎（1872—1951），日本政治家、外交家，担任外相期间，其外交政策是安抚英美，不干涉中国内政。二战结束后出任日本第 44 任首相。
⑤ 塞西尔勋爵。
⑥ 陆军部长史汀生（1867—1950）的政策，上不得胡佛（时任美国联邦调查局局长）的支持，下又不得次长的赞助。
⑦ 酒馆。

1945 年 2 月 25 日

34:2:25（日）阴

上午看报。午后看上星期未看的报。到四时看完。

崔少溪来。他与 Waley 同午饭。来坐了二小时。我请他喝茶。他开始谈话，居然滔滔不绝。大都是谈自己的作品。他预备写十二本 Short History①。现在写中国诗、中国小说、中国戏剧。继续写中国散文。另写一本现代中国文学。以后写中国宗教、中国哲学。

我的思想很分明，他最佩服的是式一。式一的文章好，能力强，毫无微词。对于蒋仲雅、炳乾便有誉有毁。什么人批评攻击他，什么人文中称道他，他都记得很清楚。

六时后出门散步。到 Wallbridge 家。与 Vera 及一位 Mrs. Heniz② 同出去吃饭。在 Swiss Cottage 一小饭店。

华家新近看到一屋。Household 还有十年。价六百余镑。他们很是满意。只是没有钱。Vera 开玩笑问我借。我问了问情形。又一同到门口去看了一看，这在 Farifax Road③ 十二号。离 Swiss Cottage 站及 Finchley Road④ 站都很近。Bus 更方便。我陪她回去。Percy 回来了。我说我可以出一半钱。我或自去住。如自己不去住，则可将这房出租。如叔华等来，我可有四间房。房租不成问题，我即回国，他们也可住下去了。

我算算现在住的地方，房租一年便三百镑钱。我如买此房，只花了三百余镑，以后只消花 rates⑤，水电等费了。当然家具也得费一笔钱。service⑥ 也得花些钱。可是所省一定是不少。所以差不多便说定了。

---

① 简史。
② 薇拉及一位亨兹夫人。
③ 费尔法克斯路。
④ 芬奇利路。
⑤ 利率。
⑥ 维修。

走回近十一时。很是兴趣，做不了事。十二时听广播后写日记。

睡已一时半。

1945 年 2 月 26 日
34:2:26(一)阴

晨看报。十一时到处。与 Richter 通话，说好了借用 China Inst. 请 Roxby 茶会。口述了几封信。

中午一时半圣斌请公超，他们与志廉乘车来，同到上海楼。

我起草的请柬，请公超看了。他费了一刻钟来研究，加增了些字。他很不赞成 London Representative 字样，说不如去 London，或改为 Representative in Great Britain①。

他讲起内政与人物来，都是不满意。他说 T. V. 一天花费得十万元，由中国银行支付。T. V. 对于国际常识很缺乏。国共的不解决，他认为不重要。他劝公超到美去不要随口发言。他说他自己已经得了教训。他的每一句话都有秘密报告。孔的报告也很多。

饭后圣斌到我处去坐。他说张资珙不想回去，Needham 在此时已为他说好延期一年。汇文则大约在桂处谋相当事。他相信顾少川会做外长。桂②也许不会回来。汇文目的，在使馆参事之类，将来到小国去做公使。

正说时，汇文来访。坐谈到五时。二人同去。

拟请客名单到六时半。

回寓。看报。听广播。听了 *Europe & Churches*，*Mr. Cinders* 等。*Mr. Cinders* 是一个 musical comedy，将 *Cinderella* 故事翻了一过。③ Beethoven④ 的音乐。

补写日记。

---

① 不赞成伦敦代表字样，说不如去伦敦，或改为大不列颠代表。
② 桂永清。
③ 听了《欧洲与教堂》《辛德斯先生》等。《辛德斯先生》是个音乐喜剧，将《灰姑娘》的故事翻了一遍。
④ 贝多芬。

1945 年 2 月 27 日

34:2:27(二)

晨到处。十一时三刻去公超处。与他商请客名单。他说这种请客不妨多些，不认识也不妨。又与他谈展览会等问题。

一时到大世界。陈尧圣在此请客，座中有右家、熊式一及崔少溪。尧圣大谈祖文霞。说她的英文也不行，经济更不必说。她与另一位外交部的女职员（派往美国）在中央训练团受训。恰好 Irene Ward① 去参观，演讲。王东原说有中国女外交官要去英国。请她吃饭时招祝等二人来陪。Ward 问了好些话，她们一句也答不出来。王很不好意思，后来去报告。蒋下手谕不准派女职员出国。可是她们二人已赶快走了。尧圣也说了张自存在追她，代他执笔。将来预备靠他。我说张自存在此已一年半，明年夏即需回国。他说祝有的是钱。

下午拟完请客名单。

补看了不少杂志。

八时与 Gwen 到 Crio Club②。今晚是联合援华会在此聚餐募捐。每一客定价二金尼。我不好不敷衍两张募③。

Crio Club 原来是 Night Club，而且是伦敦数一数二的 Night Club。据说原来是第二，第一被炸去了，所以现在是首屈一指了。饭厅二层，楼上是 balcony④，可以下望。地窖子是酒排。地方并不很大。Sir Stafford 与 Lady Cripps⑤ 在我们后来。与我握手。Attlee⑥ 也来了，也自动与我握手（当然不知道我是谁）。中国人到的并不多。顾太太有一桌，请了唐保黄、孔少爷和九个外国人。Mme. Phang⑦

---

① 艾琳·沃德。

② 与格温到科里奥会所。

③ 即募捐券。

④ 阳台。

⑤ 斯塔福德爵士与克里普斯夫人。

⑥ 艾德礼，英国工党领袖，1945—1951 年出任首相。

⑦ 庞小姐。

有一桌，请了陈平阶夫妇、李孟平夫妇及几个外人。谭葆慎坐在 Lady Cripps 一桌上（他告我是自己买了一张票，并非被请）。吴桓兴是 Mrs. Miller 所请。我们与海军副武官俞、空军副武官黄及岑小姐、李鄂鼎诸人又排在一桌上，坐在门口。中国饭，菜异常的少，谁吃不饱，只吃面包。跳舞，起先我们桌上没有人起舞。后来黄与李鄂鼎与 Gwen 及岑去跳了二次。顾太太一桌的人谁也不跳舞。

十时左右有 Cabaret[①]。一男一女唱了些歌曲。一个人奏了一种不知叫什么的音乐，接着是有些东西是捐助来的，当众拍卖。一个洋娃娃，拍了五十多镑。一件寝衣拍了百余镑。蒋仲雅的一幅画（programme[②] 的封面）拍了三十余镑。一件中国女人从前的礼服（旗袍）拍了五十余镑。后来又送回再拍，倒又拍了七十余镑。另有两大瓶酒。总共拍到了五百五十五镑。

十一时余动身。末一趟车回寓。

1945 年 2 月 28 日

34:2:28(三)

上午打电话询问有些人的地址等等。

一时 Giles 来。谈了一会。请他在 Portman Rest.[③]。他说公超提出 Dr Whymant 来为 China Society 为会员。Yetts 反对。其理由为 Whymant 在纽约一个 seance[④]，曾与孔子谈话。Yetts 说是 fraud。Giles 也不信 Whymant 与孔子会谈，但是他自己相信如此，是一种 illusion，不能说是 fraud[⑤]。第二说 Whymant 的博士是假的。Giles 曾问过 Whymant，W 说是日本大学所赠。他觉得日本大学的博士，如何不能请为 doctor[⑥]？他因此很是为难。

饭后陪他到 Selfridges 去买东西。我买了些 fibre[⑦] 及挂衣钩。

---

① 卡巴莱歌舞表演，由餐馆或夜总会于晚间提供的歌舞表演。
② 节目单。
③ 波特曼饭店。
④ 怀曼特在纽约一个降神会。
⑤ 是一种幻觉，不能说是骗子。
⑥ 博士。
⑦ 纤维制品。

四时到 Royal Asiatic Society，这是 China Society 的 At Home。① 本来顾少川说来，他回去了，太太也不来，大使馆只派了傅小峰去代表。英人 Snobbish②，都愿意去与他谈话。他又不大懂话。很可笑。Yetts 做主人，立门口接送。中国人只到了范雪桥、方重、张资珙、赵志廉，及陈占祥。我与 Empson、Roxby 夫妇、Capt. Lucas、Lindsay③ 等说了些话。

五时半与傅同回。七时到上海楼。今天我在此请公超及范、方、张三人及谭葆慎。公超说话最多。余人几乎不大做声。公超说宋子文幕内画策的是钱乙藜④。乙藜是当今政治上最有力量的人物。他说乙藜是我的朋友。他又说杭立武⑤如何，又说杭立武是我的朋友。又提到彭浩徐⑥，又说浩徐是我的朋友。果然许多朋友都得发了。"同学少年皆不贱，五陵衣马自轻肥。"

1945 年 3 月 1 日

34:3:1（四）

请帖今早即好。我到处时，Gwen 已去取回。我帮她装封，十二时即发出。

十二时半崔少溪来。一会 Hughes 来。我请他们到香港楼吃饭。与他谈寅恪⑦翻译唐书计划。他说这计划要成功，他们两人外需有助手四人。牛津中文教授，年俸只七百镑，当然太少，得增加到千二百镑，与其他教授一样。助手四人，每人年俸七百五十镑。此外得有书记。种种一切，需有四千镑。

牛津大学对原则并不反对，但是学校没有款。此款得由 Hughes 去筹。他希望 British Council 出一份。Rockefeller Foundation⑧ 出一份，助手一人用美国

---

① 到皇家亚洲协会。这是中国协会做东请客。
② 势利眼。
③ 燕卜荪、罗克斯比夫妇、卢卡斯海军上校、林赛。
④ 钱昌照。
⑤ 1944 年任教育部常务次长。
⑥ 时任国民党中宣部部长。
⑦ 陈寅恪。
⑧ 洛克菲勒基金会。

学者。孙科也说可出一份（中山文化教育基金），他又希望 N. C. C. 出一份。他说他并未对人说寅恪有如计划不成即不来英的表示。

他今天下午到 House of Common① 与中国委员会谈中英文化合作事。

范、方、张资琪、殷宏章等四人亦在此请 Roxby 夫妇。饭后范、方、殷移坐来与我们谈话。谈了一会方散。

下午与雪艇写信。

梁鉴立来，坐谈了一时余。请他吃茶。

晚七时在上海楼请 Prof. Edwards，Dr. Simon②，赵志廉及于道泉，请了雪桥与芦浪作陪。Edwards 很愿意我组织一套讲演到他那里去讲。他那里中国文、日本文的学生即有百余人。学日文的学生也愿学中文。将来此中不少有希望进修的。

Edwards 等走后，我们五人又坐谈了一会方散。

回寓。写信与华及莹。

1945 年 3 月 2 日
34:3:2(五) 晴

晨到处。口述了多少封信。

十二时半动身去 Euston 车站，为李平衡送行。到了施德潜、金纯儒、赵王二秘书、梁鉴立及朱学范。一时车开。朱学范说他不久回国。旧金山不一定去。看来他自己做不得主。

请梁鉴立在 Prada 吃饭。施德潜要搬家，得租家具。租价很贵，我问为何不买。鉴立说他们恐顾改任外长，则他们非回去不可。

回去，抄写致雪艇信。又写了一信与雪艇、立武。

五时余喝茶吃了些 sandwich。六时一刻动身去 Richmond。到 Cadena Cafe③

已经是七时二十分了。今晚这里的 United Nations Rendevue 组织了一个 Brains Trust，名为 China Today and Tomorrow①。七时半起。开始时只有三四十人。到后来有六十人左右，居然坐满了。

Questions Master 名 Pelkman 是一年轻人。其余几位 Brains 是 Arthur Clegg, St. John Philby, Ayana Deva, Van de Laan。② Deva 是印度人，Laan 是荷兰人。他们这些人中只有 Van de Laan 去过中国。Van de Laan 的态度很不错，坐我侧。Arthur Clegg 坐最左，意见也最左。所以演讲时他与我常常立于相对的地位。对于女权问题，一夫一妻问题，缠脚问题，鸦片问题，中国文化停顿问题等等，我都有答复，而且有时引起哄堂大笑。只有国共问题，说完后座中没有一鼓掌。总而言之是相当的成功。

问题没有都答复。休息几分钟，进茶点。茶点后由听众发表意见。一人二分钟。可是没有什么特别的意见。有的对中国好，有的提出问题，有的所说与中国不相干。最后我们五人每人说五分钟答复一切。

完毕已近十时。我们五人同路乘火车到 Waterloo，又同换车。除了 Van de Laan 外其他之人都住在 St. John's Wood 一带，所以我们同车到 Baker St.③。

回寓很累。看报。浴。吃了安眠药方睡。

回寓后与 Vera 通电话。原来租房事不成了。借钱的人不肯借，因为十年的 freehold④ 他认为不值得投资。而房东也改计，要再住一年后方出卖。

1945 年 3 月 3 日
34:3:3(六)晴

晨到处。发信看报。

---

① 这里的"联合国之约"（United Nations Rendezvous）组织了一个专家顾问团，名为"中国的今天和明天"。
② 问答主持人名佩尔曼。其余几位智囊是阿瑟·克莱格、圣约翰·费尔比、艾安娜·德瓦、凡·德·拉恩。
③ 到滑铁卢站换车。都住圣约翰伍德一带。同车到贝克街。
④ 自由持有。

午饭后到 Royal Academy 看 New English Art Club① 的展览。New English Club 向来与 Royal Academy 处于对立的地位。现在在这里面展览，足见双方的演变。里面的画，也大致与 Royal Academy 的没有很大分别。只是细工画像没有而已。对于 Dame Ethel Walker② 的作品，却不能够欣赏。

到 Dominion Cinema 去看 *Together Again*。这片中的 Irene Dunne 与 Charles Boyer 演 comedy 很轻松。另一侦探片 *End of the Road*③ 没有意思。

七时到大世界。军事代表团的汪孝熙、陈振熙、钟前功、郑斌冠等五人请客。请四桌，每桌八人，但都只坐了六人。前晚他们请的是外交官。今天请的是海陆空军官。加上一部分不做官的文人。五教授一个都没有来。文人到的有熊式一、蒋仲雅及王兆熙，所以一桌坐了一人。

八时半即辞出。

九时半听广播戏剧 *Young Woodley*④，很动人。

看了一本 *Leader*。

今天下午又开始有警报。正在电影院中。据说有二三次之多。

十一时回寓，到门口听到大声爆炸。

1945 年 3 月 4 日

34:3:4(日) 阴后雨

晨看报。

十二时半进城。蒋仲雅在香港楼请客。座中有苏格兰的 Mrs. Claireson Gordon⑤ 和她的丈夫。丈夫是瑞典人，说话很多，也很熟，只是还是带外国人的口音。Dr. Morrison⑥ 也是苏格兰人，是三十岁左右的女子，菌类专家。另

---

① 到皇家艺术学院看新英国艺术俱乐部的展览。
② 埃塞尔·沃克（1861—1951），英国画家，皇家艺术学院院士。
③ 到多明尼翁电影院看《再相聚》。这片中的艾琳·邓恩与查尔斯·博耶演喜剧很轻松。另一侦探片《路的尽头》。
④ 《年轻的伍德利》。
⑤ 克莱尔松·戈登夫人。
⑥ 莫里森博士。

一位名 Mone Etches①，是戏剧电影的服装专家。Mrs. Gordon 有一所很古老的 castle，*Country Life*② 中有照片多帧。只是太老，太冷，没有设备，不能住。外观很 romantic③。Mrs. G 认识中国人不少，如 Lai Pao Kan，Mrs. Stirling④，萧乾，唐保黄太太等等。也为中国募捐等等。

三时余方散。

想去看一个关于中国的影片，名 *Keys of the Kingdom*⑤，没有地方。即去 Plaza 看了 *Practically Yours*，是 Claudette Colbert 及 Mac Murray 的 comedy，很不坏。另一小片 *Double Exposure* 也还可观。⑥

回寓吃了三个小面包当饭。听了一会广播。补写日记。

今早六时、八时都有很大的爆炸声。十一时左右又有警报。

1945 年 3 月 5 日
34:3:5(一)晴

晨去处。Crwys Williams 来访，谈了一会。

一时到 China Inst.，一位印度人 Parrikkar 讲 Cultural Relations between China & India。⑦ 听的人很少，只三十人左右，中国人更少。他的英文说得很好。内容也很充实。最有趣一点是如何中国译了许多印度书，印度没有译什么中国书。后来谈论时，一个英人说他想到了答案。这是印度人长于语言，所以不必等翻译，中国人不长语言，所以要有翻译。开会后我问此人，是否英人比俄人、德人长于语言，如何俄、德人译英书比英人译的俄、德书为多？

买了一张戏票。

---

① 莫奈·艾奇丝。
② 戈登夫人有一所城堡，在《乡村生活》中。
③ 浪漫。
④ 斯特林夫人。
⑤ 《王国的钥匙》。
⑥ 去广场，看电影《相爱恨晚》，克劳黛·考尔白及麦克·默里的喜剧。另一小片《双重曝光》也还可观。
⑦ 印度人帕里卡尔讲 "中印间的文化关系"。

下午口述了几封信。看报。

熊照钰来访。请他喝茶。谈了近一小时。

七时到上海楼。君健回来了。在此请 Crwys Williams，和他的一位女友。这一位是 Y. M. C. A. ① 的职员。

近九时散。

君健来住我处。

星期六警报，来袭的不仅有飞弹，还有飞机。

1945 年 3 月 6 日

34:3:6(二) 阴曾雨

晨看报，去处，茶会回信已有五十余，三分之二答应来，三分之一不来。如其余也是如此，则恐有百人以上来，可没法容纳了。

接叔华二月二日信。李托梁对她出国，答应帮忙。所以她自己不成问题，可是小莹没有办法。（其实还不知道。）所以她要炳乾与东方语言学校商，请小莹教中国语。这未免太儿戏了。这是中国心理，以为什么都可敷衍，不知英国人是不能说这一套的。

我与炳乾电话，他说不但这万万不可说，而且不劝叔华进行东方语言学校事，因一答应则需有二三年束缚也。

中午与 Gwen 在上海楼。炳乾在此请 Roxby 夫妇，请了 Margery Fry, Arthur Waley, Empson 夫妇, Bryan 夫妇, Floud, 公超, Miss Byes Smith, Miss Bennett, Hand, 梁鉴立夫妇, John Morris, Miss Sam, Miss Rankin, Miss Murphy, C. C. Wang。② 炳乾请客动机，原来为了陈洪，可是陈洪并没有来。他以记者名义出国，却实在是为了求学。所怕出来遇见 Hand 等人。炳乾对假借名义，也很不赞成。

---

① 基督教青年会。

② 在此请罗克斯比夫妇，请了马杰里·弗莱、阿瑟·韦利、布莱恩夫妇、弗拉德、公超、布利斯·史密斯小姐、本内特小姐、汉德、梁鉴立夫妇、约翰·莫里斯、萨姆小姐、兰金小姐、墨菲小姐、C. C. 王。

我与 Waley 坐在一处。他问元稹的为人如何。他说他似乎很阴险。他与白乐天友好，一定由于两人太不相同了。

Waley 说他并不是隐士。他不出来，是他没有被邀。许多故事都是不可靠的。萧乾说他在某处过 weekend①，早起下来一个年轻人请他谈一谈中国诗。他说'no'便走了。W 说这不是事实。并没有人如此问过他。我说听说他在某家过周末时，早晨在园中走路，遇见一客对面来，两人点首说'Good morning, sorry you are not going my way'②。W 说这故事也不是事实，倒比较的有意思些。W 笑 B. B. C. 说他们要他在五分钟以内讲"中国文化"。他说他没有这本领。

饭后与公超及显承同步行回。到我处他们进来坐了一会到近四时方去。

看杂志等。

七时半到 Cadogen Gardens。将到 Lady George Adams 门，③ 忽见前面红光一闪。我想这也许是 V2 吧。不久之后大声震耳。光比声走得快。

今晚客不多，仍是她女儿及 Metcalfe④ 任招待。认识的只有 Sir Neill Malcolm⑤ 及希腊大使。我与他们说了一会话，又与 Archdeacon of Middlesex, Mr. Philinore⑥ 说了一会。他很反对苏联的态度。他很赞成公教 Archbishop Griffin⑦ 昨天所说的话。他希望国教中也有人有胆子如此说。他是 St. George of Hammer Sq.⑧ 的教士。又与 Cap. Lloyd⑨ 夫妇说了一会。一位波斯的海军武官。一位 Yogoslavia⑩ 的外交官与我讲了半天他国内的情形。他说 Tito⑪ 的部下只是百分之二。将来异常悲观。

---

① 周末。
② "早安，不好意思，你没挡我的路。"
③ 卡多根花园。将到乔治·亚当斯夫人的家门。
④ 梅特卡夫。
⑤ 尼尔·马尔科姆爵士。
⑥ 米德尔塞克斯的领班神父，菲利诺尔先生。
⑦ 格里芬大主教。
⑧ 哈默广场圣乔治教堂。
⑨ 劳埃德上校。
⑩ 南斯拉夫（Yugoslavia）外交官。
⑪ 说铁托的部下。

十一时回。与君健谈了一会。浴后睡。

1945 年 3 月 7 日

34:3:7（三）阴曾雨

晨去处。看报等。会 Ralph Glasser①午后去剪发。访周显承未值。
复信两封。

四时余 Roxby 来。我留他喝茶谈话。他说方重、张资珙请求再留一年，
会方大约可以答应。他们想结队出去演讲。他说此事似乎可以由我这机关出
去接洽。他说 Harvey 要到德国去做战时政治管理的事。也许由 E. M. Grill②
来接他的手。他说希望一天约他与我同饭。

六时余到 Carlton 去看电影。一个名 *Escape to Happiness*（在美似名
Intermezzo），是 Leslie Howard 及 Ingrid Bergman 的主角。③故事表演均佳。看后
在脑中萦回不去。另一法国片名 *Lac aux Dames*④，风景摄影很好，故事太单薄。

吃饭后回。十时半听音乐。写日记。十一时半又大声的爆炸。

今晨 Ralph Glasser 来访，为了寄杂志事。他在 British Council 管杂志事。
他每星期有多少杂志寄往中英文化协会。但据说重庆方面只收到过二份。
Harvey 告他我有办法可寄。我说飞机轮船中国都没有，我如何有办法？可是
一星期寄二三本则当然不成问题。

1945 年 3 月 8 日

34:3:8（四）阴

晨去访周显承。他的地方比我大得多。客厅陈设像中国的会议室。海军

---

① 拉尔夫·格拉瑟。
② E. M. 格里尔。
③ 《逃往幸福》［在美似名《间奏曲》（*Intermezzon*）］，是莱斯利·霍华德及英格丽·褒曼的主角。
④ 《女人湖》。

学生星期日常有好多人来会聚。

十二时半到使馆。访施德潜。请使馆派一人在下星期一代表大使说几句话，梁鉴立说当然他自说。他答应了。我自然不好提公超。

一时余与钱树尧同去 Romilly St. 的 Kettner 饭店。他请 Sir Frederick Ogilvie，Roxby 及 Harvey① 三人，商讨教育部所提文化合作方案。他们今天下午开会即为讨论此事。有些地方要我们多加说明。

我当面问 Harvey 才知道他们已决定请汪缉高、萨本栋、郭子杰、章之汶等四人。我问他今甫事，他初记得，后来说他不觉得他来此能遇到几个学中国文学的中国学生。我说他来并不是为了会学生，他如是来看英国方面的中文研究。而且中英合作方案的第一项，即是为这样的人。他是研究中国文化，可以演讲中国文化的人。关于质廷，他说要去查才行。又说他不信有所谓 Sinosphere②。此人是很可厌，他走得好。

下午回寓。

Noel Carrington 来。他是 John Murray 的 library adviser。③ 蒋彝的朋友。他说如中国有什么出版品，他可以看看。英国人对于中国很有兴趣，书可以有销路。

他又提议一种书报展览。他说中国画，一般英国人看不懂。书报展览则不同。

写信与雪艇、立武。

六时去 New Theatre 看 *Uncle Vanya*④。这剧本和剧员都好。一个老教授和他的年轻貌美的夫人回到乡间，住了些时。原来在那里几个人的 peace & happiness 都打破了⑤。似乎是喜剧，实在是悲剧。Joyce Redman⑥ 在此剧中演相貌不扬的女儿，最动人。

---

① 到罗姆利大街凯特纳饭店，请弗里德里克·奥格维尔爵士、罗克斯比及哈维三人。

② "汉文化圈"。

③ 诺埃尔·卡林顿来。他是约翰·默里的图书馆顾问。

④ 到新剧院去看《万尼亚舅舅》。

⑤ 和平与幸福都打破了。

⑥ 乔伊斯·雷德曼演女儿。

回寓吃面包。写信与华及莹。

十一时余君健回。十二时后与他谈了一会。

1945 年 3 月 9 日
34:3:9(五)晴

晨到处。抄写与雪艇、立武信等。

一时半到香港楼。崔少溪请我与炳乾及陈尧圣。陈尧圣谈张道行急于要回国的原因。张与董霖，一为外交部参事，一为秘书，资格相等。同是美国博士，也是相等。两人都是二陈跟前的人，张反资格较老。现张是参事，董来做大使，他觉得非回去不可了。他想借国民党代表资格回国出席。但利物浦七票举他，伦敦七票却举了翟凤阳。（本来伦敦有一人谋选举。但如投他，则伦敦只有六票，他仍落选，故改投翟，以使张不能当选。现在已去电要英国加派一人。）

二时半与炳乾去 Gray's Inn Road① 的合作社去看一个"工合"影片。在楼下小屋中映演。第一个片子是黑白片，演英国合作社的初期的历史，Rochedale 的故事②。还不坏。第二个片子是五彩片，写中国"工合"的历史。是在英国演的，又没有背景，又没有人，又没有中国的认识。大多是在 Hampstead Heath③。演中国人的是 Ley-on④ 及一部分饭店茶房。服装很奇怪，有时莫名其妙。故事也毫无可取。颜色也不像那样。完毕后要人批评。我即走了。仍为一人截住。我对他批评了几句，他又不乐意了。

五时余到宣传处。与公超及 Whymant 等说了一会话。

六时余到 Dorchester。唐保黄夫妇在此请 Cocktail Party。⑤ 在楼上开了两间房。房并不大，可是客到时有人叫名通报。客人是使馆的全部职员（可是军

---

① 格雷客栈路。
② 罗奇代尔的故事。
③ 大多是汉普斯特德西斯公园。
④ 演中国人的是雷昂。
⑤ 唐保黄夫妇请鸡尾酒会。

事代表团方面的人只有汪一人到了），顾太太与金纯儒也到了。各国的军人等到的倒不少。我都不认识。

七时半出。到 Baker St. 一家吃晚饭后，去 Classic 看 Ginger Rogers 的 *Major & Minor*。① 这是一个很好玩的故事。Ginger Rogers 得装十二岁的小姑娘，又得装她自己的母亲，在表现方面大可以显出技术来。

十一时回。与君健谈了一会。

1945 年 3 月 10 日
34:3:10（六）阴后晴

晨到处。将请客茶会事弄一清楚。答应来的已有八十余人。

午饭后回寓。换衣，收拾东西等等。三时半到 Waterloo，炳乾邀我与他同到 Staines② 去过周末。车不到一时即到。

Staines 在泰晤士上游，在 Richmond 之上，Windsor 之下。到了车站，乘车去 Avenue Hotel③。到此车停了。这里是泰晤士河边上。泰晤士在此，只有三四丈宽。对面是一排临河的小 bungalow④。因都临河，大都系着一条小船。我们到一个小屋的对面，炳乾高叫 Nelson。这屋子名 Thorpe side⑤，叫了几声，一个白发的人出来，打了招呼，划船过来。这是 Nelson Illinsworth，与他同居的是 Kay Marphy，是 Linguaphone⑥ 的经理。I 是 Yorkshire⑦ 人，年少时到澳大利亚去。名为一个有名的歌者。在美国卖歌七八年，其名与 Chaliapin⑧ 相等。积了不少钱，即退休了。他与 Kay 已同居二十余年。在此称为 Mr. & Mrs. I，

---

① 去经典剧院看金格尔·罗杰斯演的喜剧片《大人与小孩》（*The Major and the Minor*）。

② 斯泰恩斯。

③ 大道酒店。

④ 平房。

⑤ 屋子名河畔村庄。

⑥ 这是尼尔森·伊林斯沃斯，与他同居的是凯·玛尔菲，是灵格风唱片公司的经理。

⑦ 约克郡。

⑧ 即俄国男低音歌唱家菲奥多尔·夏里亚宾（1873—1938）。夏里亚宾是俄罗斯声乐学派最具代表性的一位音乐家，有"世界歌王"之美誉，曾获苏联"人民艺术家"称号。

但实在未结婚，因为原来的太太拒绝离婚。

Kay 也五十岁左右了。她在厨房做事。她每天到伦敦去办公，每天下午回家，得理家做饭等等。因为没有法子找到仆人。她在 Oxford Circus 有一所很好的 flat①，但不住在那里。

我们到后即请吃茶。他们的态度很随便，并没有什么客套。客人到此，好像在家中一样，并无拘束。

与炳乾出去走到小铺。Kay 托他带些青菜回来。居然买到了些 ice cream。回后到河上去划了一回船。晚饭后听时事广播。以后即谈话。Nelson 很好谈，他对于许多事物的意见，很是 strong②。中国书似乎看过不少。谈到了一本新的，Kay 即在小册子上记下。

晚上他们睡在屋后的一个小小的地下屋中。据说 1940 年小轰炸时，他们并无地屋。去夏飞弹来时方造地屋。此后每夜即住此中。有时想回住屋内了，又有警报之类。睡房二间，让我与炳乾各住一间。

每屋内有电炉，但木板墙，都不暖。床上放了热水袋。厨房有电锅，有冰箱。只是水是自己的洋井。茅房的桶还是与中国相同。睡房的洗脸水，也即倒在园子里。这生活有些与中国相似。

1945 年 3 月 11 日

34:3:11(日) 晴

早起。炳乾煮热水洗脸。Kay 来为做早饭。他们养鸡，昨天，即有十余蛋。故蛋不少。Nelson 有胃病，有时只能吃蛋。

Nelson 给我看一本说 Shakespeare 为 Lord Oxford③ 所写的大书。看了一会。炳乾在校对他的 *A Harp with Thousand Strings*④。我看了他的序文。序文中及

---

① 在牛津广场有一所很好的公寓。

② 强烈。

③ 纳尔逊给我看一本说莎士比亚戏剧是牛津勋爵所写的大书。

④ 《千弦琴》。

dedication① 中都有 Kay Illinsworth 字样，Nelson 说还是用 Kay Marphy 好。对外是 Kay Marphy。他为炳乾看序文时，许多字句都提议删改。炳乾说大都已太迟了。从前他即为他校看过。改了不少文句。一路改下去，将 Roger Fry② 的一文也大加改削。（因为上面没有名字。后来知道是 Fry 的，才用橡皮擦去。今天提到，他说他没有改 Fry 文的责任。论理是应当改的，如他请他改，他当然为他改。）

近十二时，我们都出门，走了二英里，到一 Red Lion③ 酒店去喝酒。我只喝啤酒，他们喝 Gin 及 Whiskey④ 等。天气很好。一路桃花盛开。Nelson 说不是桃，是杏。

吃饭时已三时余了。

看了些侦探小说。茶点后又出去划船。与炳乾划到下游的水闸。舍船登陆，在河中的小岛上走了一圈。Nelson 称为 Virgin island⑤，其实走的人常有，而且还有一二间堆屋。

晚饭后与他们谈话。也看侦探小说。

1945 年 3 月 12 日
34:3:12（一）阴后晴

九时左右吃早饭。Kay 做了早饭与我们，九时一刻动身进城。过了九时半，炳乾去将 helms⑥ 叫醒。他划我们过河。

定了车十时到 Avenue Hotel 来接。车未来，我们即一路走一路迎上去。中途方见车来。赶去正赶上十时一刻的车。

近十一时到 Waterloo，乘地道回家。换全身衣服等等。十二时到处。

---

① 献词。
② 罗杰·弗莱，即傅来义（1866—1934），英国画家、艺术史学家、艺术评价家，与诗人徐志摩是好友。
③ 红狮。
④ 杜松子酒及威士忌。
⑤ 处女岛。
⑥ 划船的舵手。

接华一电，说'Petition government parents work abroad wish daughter join June can come'，不大明白。大约父母在国外，女儿可出来。但华还没有出国。再则所谓 Petition Government① 不知是谁去请求！

我改写讲演辞。一位 A. S. Alexander② 来。他要于役③前途的人的文字，编一部 Anthology④，他要中国的。说话中对于国民政府表示不满，说不应封锁共军。他坐了不走，最后我只好催他走了。

赶到 Luzac，去会 Lionel Giles（改了十二点半），迟了二十分钟。

他请我去探花楼去吃饭。今天完全是英国吃法。探花楼好像还是从前的样子。只是从前二层，现在只开一层。侍役是英人，只有掌柜华人。生意很忙。

Giles 说美国的中国学者从前都是二流人才。但美国的设备等等真肯花钱。美国图书馆等等都是中国助手。这是英国从来不曾有过的。

二时半回。又修改讲辞等。（打错很多。）

三时余与 Gwen 去 China Inst.，今天是我在此请茶会，欢送 Roxby 夫妇。Mrs. Wallbridge 来最早。她来帮我。梁鉴立与施德潜也到得早。不到四时，人便逐渐来。总共到了有七十人左右。楼上满满的。可是还可以移动。有些人并没有回信，却来了，如 Sir Charles Reilly，O. M. Green，Berkeley Gage⑤ 等。有些人回信来的，却没有来，如 Sir Malcolm Roberson，Richard Seymour⑥ 等。Prof. Renwick 从 New Castle 来。⑦ 牛津来了熊式一，范雪桥等。剑桥来了 Haloun，汇文、资琪、芦浪、王应宾、硕杰、自存、钱家祺。

帮忙的有 Miss Meotti，Miss Shun，鸿英，Miss Jones，Mrs. Carterisgut⑧ 等等。

---

① 政府请愿书。

② 亚历山大。

③ 于役：因兵役、劳役及公务奔走在外。

④ 选集。

⑤ 格林，伯克利·盖治。

⑥ 马尔科姆·罗伯森爵士，理查·西摩。

⑦ 伦威克教授从纽卡斯尔来。

⑧ 梅奥蒂小姐，孙小姐，鸿英，琼斯小姐，卡特里斯古特夫人。

四时三刻我说话，大约有六七分钟。似乎觉得很长。接着施德潜短短的几句。Roxby 的演辞比较长，说他去华三次的回忆等等。最后我请 Mrs. Roxby 说几句话。R 在演辞中恭维他的夫人，夫人在演辞中恭维先生。

演说完毕后，有些人走了。但留在那里谈话的仍不少。到六时方走尽。R 夫妇最后走。

与雪桥、芦浪、资琪三人谈了半小时。商量将来出去演讲问题。

十时雪桥在香港楼请 Renwick。芦浪、资琪、我与鉴立作陪。张、方二人七时三刻即匆匆去赶车回剑桥。我们坐谈到九时。

与朱学范、刘等少谈。

九时半到寓。听广播。*Cyrano de Bergerac*[①] 还是很动人。听了使我回忆到二十多年前看此剧的印象。

今天的茶会许多人都说非常的成功。我自己也觉得很满意。事先有些怕开张第一炮不响。现在觉得有了些把握了。

炳乾打电话来。他今晚请 Dr. Edwards 吃饭。谈话中提起叔华，说她又是画家，又是小说家，能白话又能文章，说北平话，又说广东话。说她打算来做游行演讲工作，未免可惜。Dr. Edwards 即自己提议请她教书。她已十分满意，只候校务会议通过了。

1945 年 3 月 13 日
34:3:13(二)晴

晨醒得很早。这几天每天如此。

去处。有一位美国人 Sergt. Hugh Nevins[②] 在我房内等候。他询问中英关系的问题。他说他原来是新闻记者。他预备写一篇中英关系的文章。他问了些问题，如中英民族性是否相同等等。

---

① 《大鼻子情圣》。
② 休·内文斯中士。

Nash 来访。他下星期回美，不久去中国到 UNRRA① 做事。他的目的是要回到上海。他们家在中国遇见三代了。

一时到使馆。施德潜请 Roxby 夫妇。请 Brit. Council 几个陪客，都不能来。只到了外交部管 Brit. Council 等 Guney②。G 后来在日本英大使馆有三年。也曾游中国几次。陪客有公超、钱树尧、梁鉴立、陈尧圣夫妇。说话当然是公超最多，谈 Basic English③ 等等。Guney 说邱吉尔一篇演讲，增加了他们很多工作。可是邱吉尔后来又再不提了。我们又讨论世界语问题。公超反对主张西方用英语，东方用华语。

三时与公超同走回。

三时半任玲逊来访。昨天炳乾已将茶会事打电回《大公报》。电文相当长，他寄了我一份。我对公超说中央社似乎也可发一电。任昨天未到。所以约了来访，探听客人名单、演辞等等。他说他以为只是茶会，他已会过 R 氏几次，正事忙，所以没有到。这两电一发。中国方面也许至少在熟人方面留下些印象。

五时炳乾带了 Mrs. Gower④ 来。他不久在法国前线。在行前要将诸事料理清楚。有中国信来，要 Mrs. Gower 带给我看。留他们吃茶。

看报到七时。

周庆祥在大世界请 Roxby 夫妇。只有我一人是陪客。Roxby 说他与仲揆、孟和都熟悉。藕舫他也认识。

十时余回。

补写日记等。浴后睡。

1945 年 3 月 14 日
34:3:14（三）晴

晨早饭后有警报。有飞弹声在上空过。萧乾正与我打电话。

---

① 即联合国善后救济总署（United Nations Relief Rehabilitation Administration），1943 年由罗斯福总统发起成立。
② 居内伊。
③ 基础英语。
④ 高尔夫人。

听炳乾说 E. M. Forster 的母亲死了。写了一信去慰问。Forster 与其母形影不离，以后不知如何度日。

口述些信。

中午出去吃饭后，下午去访炳乾。他说东方语言学院不久开校委会，劝我将叔华的画借一两张去看看。我即送去两张画，一本《小哥俩儿》，一本 *Contemporary Chinese Stories*① 与炳乾略谈。他写了一张遗嘱交我。四时他去。我看《大公报》至五时余。看到二月十九。参政会的人选似乎还没有定。

回处。找出一首卞之琳的诗和译文，打出写出，寄与王兆熙。看杂志。

七时半到 Allied Circle②，我昨天起算是会员。今晚有演讲。去吃饭。在桌上遇到一个 Harley St. 的专家 Corsi③ 及一法国人。此人在中国有二十年。

八时余 Lord Horder 讲 Hot Spring 的英国的 Committees。他的所谓 Hot Spring，是粮食会议。主席是 Rebecca West。④ 他们说了许多说的话不可外传，off the record⑤ 等等。其实并没有什么惊人之言，除了开始说了起先中国及苏联代表对于会很怀疑。英国提出了一个 Positive plan⑥，又请苏代表一个 Cocktail party，遂很融洽。又一点是有某代表团没有什么建议，借用了英国的一部分建议，方才没有丢脸。谈论也常不中肯。

十时半回。补写日记。

1945 年 3 月 15 日
34:3:15（四）阴后晴

晨十时半到 London School of Hygiene & Tropical Medicine⑦。这几天是

---

① 《当代中国短篇小说》。
② "同盟圈"。
③ 哈利街的专家科尔西。哈利街是名医一条街。
④ 霍德尔爵士讲"温泉"的英国的委员会。主席是瑞贝卡·韦斯特。
⑤ 非正式，非官方。
⑥ 积极的计划。
⑦ 伦敦卫生与热带医学院。

United Nation Course on China① 在此举行。听的人大都是军人，男女均有，非军人也有些。总数约百余人。

十时半到十二时半是张汇文请"中国的政治"，Miss Fry 主席。Clow Ford② 也陪坐。汇文讲了七十分钟。起先有准备，有稿子，讲得不错。到后来则恐稿未写好，便比较的乱。说话也不大流畅了。许多人问的问题，大都很 intelligent③。

一时半到大世界。任玲逊请唐保黄及梁鉴立。谈使馆的各人的职务，旧金山出席代表人选等等。梁不信顾将任外长，既任外长，亦不信郭复初能再来。至于代表人选则认多与上次华府会议大致相同。他说实在做事的只有顾一人。其余的代表，都得教，还不一定懂。

三时余又去卫生学校。下午 Hubbard 主席。谢志云讲 China's Future International Position④。讲了七八十分钟。Prof. Keeton 的 Brit. Commentary⑤ 也半小时。谢说话很小心，可是他说话居然很流利，用字造句均要得。

Gwen 也来了。说没有信件，可不回。只公超有电，与他通了一电话。

与 Vera 去喝茶。谈看房、购房等事。他们全家出来，看电影。排队看最廉价的座——说是因为 Percy 耳聋，坐远了听不见。我因要写信，谢不参加。

六时三刻回。写信与华及莹。写信致雪艇、立武。到近十二时方完毕。中间只听了些时事广播等。

早十时前有大声爆炸，似很近。晚十一时又有大声爆炸，似乎更近。

不懂英国的第二军为何按兵不动？为什么不攻荷兰？

1945 年 3 月 16 日

34:3:16(五) 晴

晨三四时有大声爆炸，似乎非常近。我恰好醒在那里。

---

① 联合国中国课程。
② 弗莱小姐主席。克洛·福特也陪坐。
③ 聪明。
④ "中国未来的国际地位"。
⑤ 基顿教授的《英国评论》。

十时半到热带病学院。今早是张资珙与殷宏章讲科学。张讲民国以前三百年中国与西方接触后的科学。殷讲民国以来的科学。主席 Winifred Collis① 教授，即 1940 年说要去乐山，后来没有来的。原因是她在香港预备乘机去重庆。恰巧有飞机二架为敌人所打落，英大使馆劝她不去。

中午大学请吃午饭。大学副校长未出席。英文教授 Wrenn② 代作主人。张、殷外又有方重，Hughes，Collis 及今天下午任主席之哲学教授。我坐在 Collis 与 Hughes 之间。Wrenn 在牛津时曾教过袁家骅。我说是我早年的学生。Hughes 也认识他。

下午 Hughes 讲演，我道歉不能听讲。回处。看信一遍。又要 Gwen 写几封信。

四时到炳乾处。与他同到 Clifford Inn.，今天 China Campaign Con.③ 在此招待记者，会见了 I. Epstein④ 夫妇。公超前天在 C. C. C. 会议席上与他争辩激烈。所以他今天特约我来。记者到的不知有多少人。O. M. Green 到了。又有 Bernard Floud, Arthur Clegg 等。中国方面，公超外有任玲逊、刘圣斌、陈浩及海军学生三四人。Epstein 讲了半点钟。接着是问题，他说他与记者数人在西北区住了几个月，说那面的军事行动及政治经济组织。大约因为有许多中国人在座，并没有攻击中央政府。可是公超问他许多问题，反而引起他对于中央的攻击。如公超问他中央军如何。他说中央军很杂，有好的，有很坏的。贵州之役，中央军守道路，日军反从山野攻来，完全没有情报，足见军队与民众的隔离。Bernard Floud 说他 Concentration Camp 的话。⑤ 他说在西安看到一个。是 second degree⑥ 的。在他们去以前，一半人先送走了。在有些 Camps 中 torture⑦ 是用的。我问他看到几个主要的 Camp，他说只看到一个，但别人在

---

① 维尼弗莱德·科利斯。
② 雷恩。
③ 中国竞选大会。
④ 伊斯雷尔·爱泼斯坦（Israel Epstein, 1915—2005），外国裔中国共产党优秀党员，杰出的国际主义战士。
⑤ 伯纳德·弗拉德说他集中营的话。
⑥ 二级的。
⑦ 刑讯拷问。

别处看到，如太和及汉中。我问他们是否能说中国话，他说五人中有二人不能说。他自己是懂中国话的。

　　与公超到炳乾处，喝了两杯白兰地。七时与乾到 Mayivce①，炳乾在此请资琪、宏章、芦浪，另请了 Waley 及 Stephen Spender②。Spender 新近生了儿子。以前他的太太到 Park Lane③ 某女医生处，她说他太太不能生育，必须行一手术，方能生育。她画了一图，说手术如何，价百镑。他们不放心，要另请一医生看看。她介绍了另一医生，那人完全同意。可是 Spender 有一朋友是医生，看了便说这不可能。再找别人，方才知道这是 racketeer④。Waley 问是否 Park Lane 某号。原来他也知道。我说既大家知道为什么不揭破这黑幕？Spender 说没有人肯出庭作证。我说为什么不写信与 B. M. A.。他说如此则他以后一世不要想做别〔（的）〕事了。

　　近九时散。Spender 与 Waley 及我倒附近 Cafe Royal⑤ 去喝一杯啤酒。此处也可吃饭。据说 Gerald Heard⑥ 常在此处午饭。Stephen 先走。我与 Waley 又坐了一会。他说《红楼梦》被王际真一译，几乎没法再译。我劝他译，说如他译，书铺一定可以印。他说是的。但他只喜欢前三十回。对于收束极不喜欢。如灯谜、听句、作诗等等，都非删去不可。他说熊式一的《西厢》极坏。不但英文不佳，而且对于原文不大懂得。他说元曲是一专门学问。他不大爱蒋彝作品，尤其不爱他的画。

　　晚看了杂志。

1945 年 3 月 17 日
34:3:17(晴)

　　晨五时又有大爆炸。

---

① 马伊维斯餐厅。
② 斯蒂芬·斯彭德。
③ 公园巷。
④ 敲诈勒索者。
⑤ 皇家咖啡馆。
⑥ 杰拉德·赫德。

七时半到热带病学校。方重讲陶渊明及中国诗。他有把一部分译出（不知其中几首是他译的）印发。他讲英文，当然比二张及殷为佳。

Miss Bennett 每次都去听讲，而且常常发问。今天请方读中国原文。他写了一首出来，念了一遍。

中午请 Miss Bennett 在 Olivelli 吃饭。遇到 Waley，送了他一份方重所用的诗。

到 Dominion 看 *Meet me in St. Louis*[1]，是一个五彩片。故事很平凡。里面的童角 Margaret O' Brien。与 Shirley Temple[2] 片不同处是并不以她为里面的主角。

六时半回。晚听广播剧。*General John Regan*[3] 并不太好。看杂志。看了 *Reader's Digest* 中的 *Verdict on India*[4] 等。

1945 年 3 月 18 日
34:3:18(日)晴

晨九时半又有大的轰炸声。似乎很近。后来听 Miss Shaw 说落在 Marble Arch 附近。

晨看报。君健从北爱回。他说那里的日品比英国为多。但人民的生活程度却英国低很多。

午后三时余见太阳很好，出门散步。走出大门，看见间壁 Nettlefred Studio[5] 着了火，火从一个门内烧出来。大惊，即拉铃，叫起 Miss Shaw，Erica[6] 来。她们打电话。邻人也惊起。大家都出门来看。很快，大约五分钟的模样，救火队来了。一队从西来，另一队从东来。共有车七八辆。他们爬上去，先用小皮管注射，大约是灭火药水。接着用大水管浇水。有些救火人进去到一个个的房去开窗放出烟来。有一人弄破了手。到我们寓来包扎。不

---

[1]　在多明尼翁影院看《相逢圣路易》。
[2]　童角玛格丽特·奥布莱恩。与秀兰·邓波儿不同处。
[3]　《约翰·雷根将军》。
[4]　《读者文摘》中的《对印度之判决》。
[5]　奈特尔弗雷德工作室。
[6]　肖小姐，艾丽卡。

到半小时，第一辆来的车已经走了。

我散步到 Finchley Road 向 Golders Green①。听说前天清早一个 V2 落在 Finchley Road。果然，看到。房子炸了几栋。但幸落在后园中。一个大 crater②，其上的土弄得很高。可是 crater 不是太大。园中树木的梢子大都炸去了。四围房屋的窗户也没有了。人们都搬走了。许多人走上坡去看 crater，我也去看了一下。

走到 Golders Green 车站，乘车回。Golders Green 一带的房子比较新，比较小，也比较好看。

到 Wallbridge 家。起先只 Percy 在。后来孩子们回来了。Percy 耳聋，与他说话很困难。

吃了饭回寓。补写日记。听广播。

君健十二时余方回。说一会话。睡已一时余了。

1945 年 3 月 19 日
34:3:19（一）阴晚雨

晨八时一刻警报。不到几分钟便解除。

十一时到处。何思可带了一位黄德馨女士来。黄女士是严太太。她是金大毕业，研究心理学。以某外交官的孩子的保姆名义出国。但又准她买外汇。都是很奇怪。

她要到剑桥去学实用心理。已介绍见了心理主任。现在要进学院。要我介绍。她坐了很久。

十二时蒋仲雅来。一时与他到公超处。我们与谢志云同去 Stratford Court③ 吃饭。谈艺术展览问题。公超的计划，是以现代艺术作品五百幅来此展览。仲雅的计划是文物展览。模型此时没有办法，公超提议由伦敦、巴黎做。仲

---

① 从芬奇利路到戈尔德斯格林。
② 弹坑。
③ 斯特拉福德庭院酒店。

雅则说可以在此画些画形，如舟车服装之类。公超说钱不成问题。三五十万镑在蒋眼中，不算什么。蒋对他说，"你去做，钱由我负责"。

二时半出来。我与仲雅走到 Marble Arch，去看昨天早晨的一个 V2 所落处。这正落在 Hyde Park 的角上，正是演讲人最多的一角。如是下午，恐死伤不少人，幸是清早。现在有工人在平地等。对面 Cumberland① 的窗户都打破了。Royal 电影新改为 Odeon②，尚未开张，也打得窗门都没有。Mount Royal 的窗户还好。可是牛津街一带的店铺，窗子震破很多。

与仲雅乘车到 Piccadilly 去 Athenaeum 访 Prof. Wheatley（是 Sheffield 的艺术院主任）③ 未值。我们在 Royal Society of British Painters 去看 Exhibition of Contemporary American Paintings④。看不出什么精品来。Etching⑤ 木刻等最好。新派作品完全不懂。仲雅也不懂，也不喜欢。他说中国画家在技术上的工夫太浅了。

四时余回处。发几封信。看报。

近六时再到 Piccadilly，约了仲雅去看 *Keys of the Kingdom*⑥。可是票要六时五十分起。来太早。出去走一走。他说去访 Prof. Wheatley，居然找到。他说他约了画家 Rushby⑦ 夫妇来同去晚饭，约我们同去。即改变计划。Rushby 先来，他是 R. A.，是挂画委员会委员。我们喝了两杯 Sherry。Wheatley 从前是 Slade School⑧ 的教员，张道藩曾跟他学画。他带了三张新画的画来，预备出品 Royal Acad.。示我们。画是人像。用中国纸，中国笔画，但是西洋的技术。所以另成一种作风。他夫人也是画家、雕刻家种种。今天她被推为 R. W. S.（大约是 Royal Water-colour Society⑨ 吧），所以很是高兴。

---

① 坎伯兰。
② 皇家影院改为皇家音乐厅。
③ 到皮卡迪里雅典娜神庙俱乐部访惠特利教授（谢菲尔德艺术院主任。）
④ 皇家英国画家学会看"美国当代绘画展"。
⑤ 蚀刻。
⑥ 《天国的钥匙》。
⑦ 拉什比。
⑧ 斯莱德学校（The Slade School of Fine Art）。
⑨ 皇家水彩学会。

七时 Rushby 夫人来。Wheatley 请大家到 Cafe Royal 去吃饭。这里文士之类很多。看到了 Mincey（他是 Rushby 乡间的邻居）及 James Agate① 等。

晚饭时喝了好几种酒。Wheatley 与 Rushby 都对于中国人画西洋画很不恭维。说他们所见的，简直不能入眼。甚至说他们一学西洋画，中国画也不成了。他们的意见，大都很旧。对于中国，希望不要工业化。说西洋人的生活，并不比中国人幸福。Wheatley 很不喜欢美国人。说美国人不能打仗，美国逃兵在巴黎有十五万人等等。

Rushby 有一十四岁的女儿，自己做了一本诗选，中有 John Dunne，Yeats，Sitwells，Belloc②。此外有中国诗多首。每一页都画了些画，很有些幻想。我说希望她与莹通信。他们也很愿意。

别已近十时。

回寓，补写完日记。

1945 年 3 月 20 日

34:3:20(二)晴

晨到处。口述了些信。看报。

午饭后到 Bumpus③ 买了些关于中国的书。三时余回处，又发了几封信。

看报看杂志。

六时余到 St. James Theatre，Roxby 夫妇请我看 *Emma*④。一本书的压缩到二小时三幕中，一切都不免有 distortion⑤。Jane 的 great irony 到此成了 caricature。⑥

---

① 明塞及詹姆斯·阿加特。
② 约翰·邓恩（英国 17 世纪诗人 John Dunne，1572—1631），威廉·叶芝（爱尔兰诗人 William Yeats，1865—1939），西特维尔三兄妹——英国作家伊迪斯（Edith Sitwell，1887—1964）、奥斯伯特（Osbert Sitwell，1892—1969）、萨谢弗雷尔（Sacheverell Sitwell，1897—1988），西莱尔·贝洛克（英国作家 Hilaire Belloc，1870—1953）。
③ 邦珀斯书店。
④ 到圣詹姆斯剧院，罗克斯比夫妇请我看简·奥斯汀的《艾玛》。
⑤ 扭曲变形。
⑥ 简的伟大反讽到此成了人物漫画。

可是要是不想着书，单当它一个喜剧看，也还是有趣。Anna Neagle[①] 演得很好，只是有时过火一点。

出剧院后到 Heymarket 旁 A La Booche[②] 吃饭。价很公道。R 夫妇本说星期四动身，现在又改到下星期一二。

1945 年 3 月 21 日
34:3:21（三）晴

晨九时半正吃早饭，有大爆炸声很近。十二时在办事处，大声更近，似在一里以内。午饭时又有一次。所谓困兽犹斗是矣。

上午口述了几封信。也自己写了几封信。

天气很好。午饭后到 Regent Park 去散步了半小时左右。樱花开了。只是单叶，并不美。也有些别的花。

下午看报看杂志。

五时余熊照钰来访。请他去看 *Keys of the Kingdom*。这是 A. J. Cronin[③] 的小说。写一个天主教教士到中国去传教，在中国过了一世。里面有不少真正的中国人，或说普通话，或说广东话。服装也有时很奇怪。可是大致对于中国人还是有同情。演 Father Chrisholm 的是新出的人名 Peck[④]，也很不差，只是苏格兰人说美国话，有些不顺耳。

九时半散。请熊去香港楼吃饭方别。

1945 年 3 月 22 日
34:3:22（四）晴

晨与君健同去处。为他出一个证明文件。杨志信来，坐谈了一会。

---

① 安娜·尼格尔。
② 干草广场旁的（法国餐厅）"入口香"。
③ 阿·约·克罗宁。
④ 演克里斯霍姆神父的是佩克。

看报。

一时与 Gwen 到 China Inst.。今天有 Air Vice Marshall Sir John Baldwin 讲 I. P. R. Conference①。到的人只三十人左右。他讲得很斯文，声音很低，有时听不到。在 China Inst. 讲演，有靠近是个中国人在座，而对太平洋题只说"三强"，也不是太 arrogant，便是太 stupid。Sir John Pratt② 主席。公超也起来说了些话。

四时路过木器铺，买了一套茶几。

回家，看杂志。

五时半去 Royal Empire Society。今天是 Society British Cultural Group 所主持的 Brains Trust on English。③ 到的人很多。我去时东西已差不多吃完。喝了一杯咖啡，吃了两块糕。坐座也几乎没有了。遇到 Linguaphone 的 Deakin④，他为我在楼上找了一座。

Priestley 是主人，接受各人后即走。Compton Mackenzie 是 Questions Master。Brains 有 Rove Macaulay，Phyllis Bentley，Strong，Stephen Spender，Lex Wener，Laurie Lee。⑤ 说话以 Stephen 为比较的流畅，意见也中肯的多。Strong 的话也不少。Rove Macaulay 不大说话，说时也倚老卖老并不用心。Bentley 有时还有意见。

问题也有的有意义，有的无意义。第一问为"你愿意与哪一位小说中的角色结婚?" Strong，Laurie 等都不肯发表意见。Spender 说要娶的是俄国小说中的角色，如 Turgenev 的? 和 Tolstoy 的 Natasha⑥。（他的太太是俄国人，正叫 Natasha。）Rove Macaulay 说她愿嫁 Darcy，Bentley 则嫁 Rochester。⑦ Mackenzie

---

① 空军副元帅约翰·鲍德温爵士讲国际会议。
② 不是太傲慢，便是太愚蠢。约翰·普拉特爵士主席。
③ 去皇家帝国学会。今天是英国文化团体学会所主持的"智囊团论英语"。
④ "灵格风"的迪肯。
⑤ 普里斯特利是主人。康普顿·麦肯齐是问答主持人。智囊有罗夫·麦考利，菲利斯·本特利，斯特朗，斯蒂芬·斯彭德，莱克斯·韦纳，劳里·李。
⑥ 如屠格涅夫的某个角色和托尔斯泰的娜塔莎。
⑦ 罗夫·麦考利说愿嫁达西。本特利说愿嫁罗彻斯特。（达西与罗彻斯特分别为《傲慢与偏见》及《简爱》中的角色。）

505

说他在小说中要娶的只有 *Chartreuse de Parme*① 中的两个女角。除此以外便没有了。Lex Wener 也同意。

问题有散文诗与诗意的散文有何别。为什么 Keats 的诗比 Byron 的好（Spender 并不赞同，他说 Byron & Goethe 都有时有些 worldly。② Keats 则完全在想象的世界中过生活，他觉得不够）。为什么 Austen 是如此的 popular。③ 别人那儿给了些理由，Spender 说他不明白为什么如此，他不喜欢 Austen。Mackenzie 说他不能让人批评 Austen。她的 popular 是她 created a world。④ 为什么 Galsworthy⑤ 不能成为第一流作家？

一个比较有趣味的问题是小说家在开始写作时先是否立好意。Bentley 的答复以旅行作比。她说她住 York，如要乘车到伦，当然先看一看地图，将几个大城弄清楚了。可是决不把一个个的小村，一路的树木花草都先记好。如此方一路走时，随时有发现，很有意味。可是她决不绕道或不到目的地。大都赞成此话。Spender 说 Julian Green⑥ 说他写小说时写第一页时，毫不知道后来如何。Mackenzie 说 Green 的第一部书如是，第二部便不如是了。

八时余回。没有吃饭。吃了些饼干。

写信与华及莹。写日记。

与君健谈话。他说在 Birmingham⑦ 有中国人娶一英人，子女有六人。Leeds⑧ 有一中国学生，又胖又麻，娶一太太很有钱，有花园汽车。他国内有妻有子。Glasgow⑨ 有水手也预备结婚了。接家信，想起家中妻子生活，一间屋，床头马桶，觉得不是办法，即打消结婚的意见。

---

① 麦肯齐要娶的只有《帕尔玛修道院》中的两个女角。
② 为什么济慈的诗比拜伦的好。（斯彭德并不赞同，他说拜伦和歌德都有时有些世俗。）
③ 为什么奥斯汀如此流行。
④ 她的流行是她创造了一个世界。
⑤ 高尔斯华绥。
⑥ 朱利安·格林。
⑦ 伯明翰。
⑧ 利兹。
⑨ 格拉斯哥。

1945 年 3 月 23 日

34:3:23(五) 晴

晨去处。

黄德馨女士与王承绪来。

写信与雪艇与立武。

午饭后到 Selfbridges 买了两张贺生日卡，寄给华与莹。买了六七本关于中国的书。

下午到处。口述了两封信。

看报看杂志。

周书楷来坐了一会。公超来电话，说了一半，电话忽然又坏了。周到公超处。他劝我去信雪艇，告他国民代表大会的代表，如即用八九年前选出的人，全世界将视为笑话。我说我已寄了剪报回去。此信可写，但恐未必有丝毫效力。

公超邀我去吃饭。同走到 Soho 的一家中国人开的意大利饭馆。居然价廉而物美。公超对于中国的前途，非常的悲观。说打完仗决回去不得。预备在外国做事。让儿子学些技术，做美国人。他对于孔宋①，都是反对。

饭后又同走到 Baker St. 方散。

看杂志。与君健谈话。

1945 年 3 月 24 日

34:3:24(六) 晴

晨八时左右有警报两次。一次方完，又来一次。在第二次警报中有大的爆炸声。

---

① 孔祥熙、宋子文。

晨去处。发信。看报。

一时到 Abermarle St. 的 Brown Hotel①。波兰的教育总长 Falkierski② 请盟国教授联合会。客人到了十人，有法国的 Genissieux（会长），挪威的 Somerfelt，美国的 Connolly，英国的 de Pronto③。大部分人都讲法文比英文好。可是 Genissieux 的英文说得没有法人的口音。Falkierski 说我们会了面，希望有机会多谈等等。De Pronto 是 Byron 专家，说他与 Spender 完全同意，他喜欢 Byron 过于 Keats。

二时半走去 Polish Hearth④。我与一挪威人同行。他是 Ibsen 专家，与他谈 Ibsen，Strindberg⑤ 等问题。

三时在 Polish Hearth 的图书室中，围了圆桌开会。Genissieux 主席。他做了介绍。可是 Connolly 还是站起来念他的 paper，是 *On Early Dickinson*，*Life & Poetry*⑥。也还有趣。叙述 Dickinson 与三个男人的关系。读完少有讨论。

茶点后散。

到 Leicest Sq. Theatre 去看 *The Fighting Lady*⑦。这是一个五彩片，完全是根据事实摄制的片子。把一个航空母舰自出发到在 Marcus，Kwajalein，及 Tinian⑧ 等作战等等表现出来。照相镜大都是与枪口同一机位⑨。所以比人摄的更为精确。海空作战的情形历历如绘。没有制空权的人，作战是太可怜了。看了这些片子，知道日本人的命运是铁定的了。

另一片名 *Something for the Boy*，是五彩的 musical comedy⑩。当戏看，当故事看，当然太荒唐。当歌舞消遣看，则比 night club 似乎有味得多。

回寓。

---

① 阿贝马尔街的布朗酒店。
② 波兰教育总长法尔克基尔斯基。
③ 有法国的加尼涅（会长），挪威的萨默费尔特，美国的康诺利，英国的德·普隆托。
④ 波兰之家。
⑤ 与他谈易卜生、斯特林堡等问题。
⑥ 念他的文章《论早期狄金森：生活与诗》。
⑦ 莱斯特（Leicester）广场剧院看《女斗士》。
⑧ 马库斯岛、夸贾林环礁、提尼安岛。
⑨ 指摄影机的镜头与枪口所指方向相同。
⑩ 《给孩子的东西》，音乐喜剧。

看杂志。听广播剧 *Love from a Stranger*①。

Montgomery②的军队昨晚已过莱茵河。下午晚饭已发表。听广播，进展很快，使人兴奋。欧战二个月内大约可完了。

1945 年 3 月 25 日
34:3:25(日)阴

晨看报。

午后听了一会广播。Hardy 的 *Three Stranger*③，很精粹。

访 Wallbridge，只有 John 及 David 在家。坐了一会。

今天是华生日。初想访华家。结果一人进城。要去看 Shaw 的 *The Simpleton*④，没有票。去看了 Deanna Durbin 的 *Can't Help Singing*，这是 musical comedy⑤，却不当歌剧演。不十分满意。

晚饭后回。

补写日记。看杂志。

十时有大爆炸声。半一时又有一声。看来德人在最后五分钟还要干一干。

1945 年 3 月 26 日
34:3:26(一)雨

夜中不仅有爆炸声，且有警报。

晨去处。

午后去剪发。

---

① 《陌生人的爱》。
② 二战期间英国陆军元帅蒙哥马利。
③ 哈代的短篇小说《三个陌生人》。
④ 即萧伯纳的《出人意料的岛上傻瓜》(*The Simpleton of the Unexpected Isles*)。
⑤ 狄安娜·窦萍的《情不自禁歌唱》。这是音乐喜剧。

三时与 Gwen 去 China Society。赵志廉讲 The Development of Chinese Local Democracy①。他念得太快，文中数字与条文太多。听的人只有二十人左右。Margery Fry 主席。

喝茶时会到 Margery, Empson 等四五人。

回处。看报，看杂志。

晚看杂志。

今天广播说 Lloyd George② 死了。

接华信，说如父亲去信请求，说母亲在国外做事，则子女可以带出。她要我去电或信。她不想她还没有事，我如何能去信？

不知怎样，表停了。一时以为是十二时。要听时事广播，没有声音，还以为收音机坏了呢。

看 Duranty on Russia③。

夜中又有警报，又有不少声爆炸，可是都不太近。

1945 年 3 月 27 日
34:3:27（二）晴

晨去处。

接雪艇、立武一信，说出国的条件，为必须国外邀请，所以叔华出国事尚在商量中。他们说英使馆如加设文化参事，我如担任，也许与推进工作，比较容易。不过要知道公超是否愿意合作。又要知道顾少川是否赞成。

公超来。与我谈 China Society 事。他新近在接洽一张 James I 的国书，致中国皇帝者④。他约了大英博物院的 Dr. Miller⑤ 相见，请他检查真伪。他约我

---

① "中国地方民主之发展"。
② 英国政治家劳埃德·乔治（1863—1965），1916 年出任首相，1919 年参加巴黎和会，签署《凡尔赛和约》。
③ 杜兰蒂论俄国。
④ 詹姆斯一世国王致中国皇帝的国书。
⑤ 米勒博士。

同去。这一张国书，在羊皮上，上面有金银花样及花字。是 1613 年所写。那时正是明万历晚年。Dr. Miller 与其副主任 Collins① 都说这手签名手迹是真的。只是史中万历年似并没有与英国使节往来。且如何又在英国？也许写了未发。计价百数十镑，也未免太贵了。

一时在 Cafe Royal 请 Dodds② 及君健吃饭。Dodds 不久去美，据说是 Rockefeller Foundation 请他去调查 For Eastern Studies③。问我去美会些什么人，我提出今甫、适之及元任④。我也提了一下 British Council 邀请今甫的事。他又问我香港大学的将来。我不客气的说这大学从不能代表英国文化，又不能代表中国文化。他说如以它为英国的汉学者的训练的地方。我说不如利用北平的英大使馆。因香港既没有文化，又不能学中国话。他也以为然。他又问此时设 British Inst. 如何。我说此举我们很欢迎。

下午回处。口述了几封信。看报，看杂志。

六时半到 Astoria 去看 *Rebecca* 电影⑤。这片子由 Laurence Olivier 及 Joan Fontaine⑥ 主演。Joan Fontaine 演一个 unsophisticated girl⑦，天真文雅，非常的好。Olivier 似乎没有能把 Maxim 心中的冲突⑧完全表达出来。书中的一切在片中都 exaggerate⑨ 了一点，所以只取了书中的可爱处。

1945 年 3 月 28 日
34:3:28（三）雨后止

晨去处。

---

① 柯林斯。
② 多兹。
③ 洛克菲勒基金会请他去调查关于东方研究。
④ 杨振声、胡适、赵元任。
⑤ 到阿斯托利亚剧院看电影《蝴蝶梦》。
⑥ 劳伦斯·奥利弗及琼·芳登。
⑦ 单纯得不懂世故的女孩。
⑧ 奥利弗没能表达出马克西姆的内心冲突。
⑨ 夸大。

刘圣斌来。送了我一本他所著关于印度的书。

口述了一封长信致卓敏。

一时 Redman 在 Dorchester 请吃饭。在楼上一间 private room，①一种圆桌。这样请客很像样。座中有施德潜、陈尧圣、赵德洁、君健、Prideaux-Brune，Leach，Empson，Bryan，及 Floud②。施首座，我次席。

Redman 在中国约五星期，在重庆二周，成都一周，昆明一周。在成都某次席上干了七十余杯。对于中国大学生的生活，似乎相当的佩服。他与张岳军用日文谈话，约了在东京相见。他说会到过朱骝先，朱的法文说得还不错，穿中国长袍。我说恐怕他弄错人了。

他说云槐夫妇都非常的能干。中英关系史中，云槐有重要的地位。他全家不久将来英，他可在英住半年。他来后，重庆方面的事由吴代理。

Prideaux-Brune 新近从瑞士回。他说瑞士生活与战前相差不多。只是大旅馆大都关门，所以居停很不容易找。

Leach 曾在 Burma③ 二十年。

与施、陈同走到 Marble Arch。

买了些内衣及睡衣。

看报看杂志。写信与莹。

六时去吃饭后到 Arts Theatre 看 Shaw 的 *The Simpleton of the Unexpected Island*。④ 这戏不知究竟是说什么。听对白时也觉可笑，可是并无深意。大部分是随便开开玩笑。要不是 Shaw 的作品，恐怕不会有上演的机会。

Percy 打电话要我晚上去。十时到那里。Vera 说他们在 Kilburn 的 Brondesbury Road⑤ 87 号看了一房，相当中意。房价 1950 镑。Building Society⑥

---

① 雷德曼在多彻斯特请饭。楼上一个单间。
② 普里道克斯-布鲁内，里奇，燕卜荪，布莱恩及弗拉德。
③ 缅甸。
④ 到艺术剧院看萧伯纳话剧《出人意料的岛上傻瓜》。
⑤ 基尔伯恩布朗德斯贝里路。
⑥ 房屋互助协会。

可以担任 1 400 镑。余数 Mr. Neat① 可以担任。可是他们进去，需得买家具。所以问我借三百镑。说一年后可还。据说房子有三层。上两层有房客住在里面，一层只租 27 先令。他们自己住地层。所以我去住的机会是不很多。

十一时半回。

1945 年 3 月 29 日
34:3:29（四）阴

晨去处。

写信与华。写一信与张自存，一与朱树屏。

一时前到 Brit. Council 会 Roxby 及 Gull②。本是我说请吃饭。Roxby 说他请，即在他们那里的 Wiley。Gull 在中国有二三十年，大都在税关做事。1908 年左右他即在北平税务学校教书。末一次在中国是 1935 年。现在须发已白，大约在六十岁以上。谈了些国语罗马字等问题。

Roxby 等本来是明天走。现在又延期到下星期四。他说他的文件笔记都已检查过封起，所以什么事也不能做。我约了他们下星期三便饭。

回处。写完致华信。写了一信与洪。

Mrs Gower 来。李子宽有信与炳乾，请我译。有树藏致政之的信。可是对于离合的问题，仍不谈，说私了，她自己与炳乾写信好了。

七时在上海楼请林咸让吃饭。他前天回到伦敦。中宣部派他做驻法办公处主任，并不受伦敦统制。他已在大使馆有名义，与公超同样。我看了他的护照，原来上面写的是 expert in the Embassy③。林说公超也是如此，参事云这是大使馆给予的称呼。无怪公超满腹牢骚也。

林在渝四十天，没有离开过重庆，连中大都没有去过。成天都是见人，看的人倒真不少。

---

① 尼特先生。

② 到英国文化委员会会罗克斯比及格尔。

③ 大使馆专家。

他的印象是中国的一切比他所期望的为可乐观。对于共党也不大满意。说政府中的人，廉洁、诚恳，想做事的比他所想象的为多。

在饭店遇到杨莲心等，又有空军军官五六人，有李上校是与林同来，及历汝尚等。

看杂志，日报等到一时半。

1945 年 3 月 30 日
34:3:30（五）晴，时有急雨

今天是 Good Friday①，办公处停止四天。

晨看杂志等。今天连报也没有。

一时出门。走 Carlton Vale 到 Queens Park Station②。这一段是贫民区，过了站，房屋较好。Wallbridge 所买房即在此处。房子外观尚好，只是不好看。走六分钟到 Kilburn High St. ③。这里的饭店都不开门。同乘车到 Swiss Cottage。这里一家 Cosmo Rest. ④ 客人排队。外有急雨，只好等候。挤极了。花了一小时以上方吃了饭。

听广播音乐。补写日记。

写信与立武、雪艇，谈文化参事事。另一信致雪艇，谈国民大会应重新选举事。

1945 年 3 月 31 日
34:3:31（六）阴晚雨

晨十时到大使馆，将信送去。初说外交邮报星期二才发，后来还是今天

---

① 耶稣受难日（复活节前的星期五）。
② 走卡尔顿谷到王后公园车站。
③ 基尔伯恩高街。
④ 科斯莫饭店。

发了。大使馆今天，没有什么人去。

接到两封信。一信是雪艇的，没有说什么。一信是刘笃生的。他还是想来英。说费鉴照于旧历年底死了。

到处。看报看杂志。

十二时半到公超处。

一时到大世界，请 Gwen 与其母 Mrs. Hudson①。其母与父离婚后再嫁，样子与女有些像。G 的教育费是其父担任，在牛津时，一年用百镑，还并不宽裕。她们原住 Swiss Cottage 附近，战事开始便搬去 Cornwall②。

今天在此吃饭的人很多，如施德潜、汪孝熙等，公超、林咸让等，徐元贵、历汝尚等。饭后分别与他们略谈。徐元贵与公超商，要向国内请求《中华周报》津贴，每年三千镑。

下午去看电话。可是想看的大都今天换走了。到 Academy 看了 Sacha Guitry 的 *The Cheat*③。与 Laurence Olivier 的 *Demi Paradise*④。Sacha Guitry 的表演技术实在是好，故事极平凡，但叙述得不单调。此片改了英文对白，居然能将声调口气与原片配合得极和谐。*Demi Paradise* 是写一俄国人在英国。是宣传片。中间取笑英人态度习惯尚可笑，但片中的俄人却可以是其他大陆上的人，决不是俄人。

七时半回。

晚饭后听广播剧 Ian Hay 的 *The House Master*⑤。

看杂志。

1945 年 4 月 1 日
34:4:1（日）阴雨

上午看报。

---

① 请格温与其母哈德逊夫人。
② 康沃尔。
③ 萨卡·圭特瑞的《欺骗》。
④ 劳伦斯·奥利弗的《半天堂》。
⑤ 伊恩·海伊的《一家之主》。

下午写了一信与鲠生，一信与今甫，一信与适之。附了五十元支票与鲠生，请他寄存书店，以便将来可以通信买书。

七时前到大世界。今晚在此请鉴立、公超、志廉，及新来的朱抚松。朱来得特迟。

公超与鉴立谈话都很多，到十时半方散。公超与鉴立对于林咸让都有批评，虽然都承认他是好人。大约此次林到法，不受公超节制，与他同等地位，他有些不快。他说林某次用法文演说，Miss Meotti 只听懂了百分之十。说他法文也不能写。梁说林去见施德潜，问道他现已有外交地位，牛奶是如何办法。施说，他并没有听说过有外交牛奶。

梁说施极厌恶林，因为林常去麻烦。施最不喜麻烦。他称赞我几次，便是说陈通伯没有事不去。

他们形容施，有时也可笑。可是说他有骨气。公超说顾少川有一次说施，某事太旧式了，可以改一改，施说他太老了，改不了了。林主席逝世后，国府有令停止宴会。宋在伦，坚持要赴外交部之宴。公超、鉴立都认为不可。且是施走进去力争。

梁老间来招呼公超。请我们喝 Whiskey。

1945 年 4 月 2 日
34:4:2:(一)晴阴

今天是 Easter Monday，也是 double summer① 开始的日子。昨夜半夜时又将表拨早一小时。

早到处。一切铺子都关门，报也看不到。

接蒋仲雅一信，中有一首诗。

> 近日狂游苏格兰，
>
> 欢心如火胜春寒。

---

① 复活节后的星期一，也是双夏令时开始的日子。

临风寄语陈通伯，

此处山光实耐看。

我花了近一小时工夫和了一首：

书到恰逢复活节，

急风细雨怀春寒。

湖山苏北登临遍，

异日画图笔下看。

中午在大世界请 Wallbridge 全家吃饭。Vera 说一故事。有一牛津印度学生出外演讲，有英国太太请他喝茶。她问牛津的 nature students[①] 有多少。印度学生说有二千人左右。她惊异道："有这么多吗？"他说"native[②]学生有二千人，印度学生有百余人"。她大怒，写信去 M. O. I. （或其他机关）攻击这学生。

下午我们去动物园。已二十好多年没有来过了。今天的人非常多。收票处有两个 queue[③]，等了一刻钟才走进去。满园都是人。进水族馆又得买票（1 pence[④]，入门二先令，似乎比二十年前贵得多了）。进去后走都走不动。淡水鱼并没有多少种类，只有中国的火山瑞（Giant Salamander[⑤]）是比较特殊。后来去看了虎狮（都在睡觉），后来一母狮吼了几声，豹，熊，野羊（有一小羊，很小，似是初生，跟了母羊上山下山，引起所有游人的爱怜），Seal[⑥]，鳄等。

五时余出。对面一教堂已炸毁。在门外草地上设茶座卖茶，教士卖券

---

① 自然系学生。

② 本地学生。

③ 排了两个队。

④ 一便士。

⑤ 大鲵，即娃娃鱼。

⑥ 海豹。

（一先令一人），信女卖茶点。据说自 1931 年起，每是 bank holiday① 都如此。只是去秋正值 flying bomb②，没有游客，没有举行。

到 Oxford Circus News Theatre③ 看了时事片。

近八时到大世界。梁老闆今晚请汪慈明及公超，我们作陪。有志廉及朱抚松，另找了周显承及许许，与公超是小时同学。老闆请客，但并不入席。据说这是规矩如此。

一时半回。看 Lattimore's *On China*④。

1945 年 4 月 3 日
34:4:3(二) 晴晚雨

十一时前到大使馆。与大使夫人及梁鉴立送行。先见到梁。上车时与顾夫人说了几句话。她说二月后可回。送的人有公超及翟，此外都是使馆的人（也只有施、傅、吴、郭四人）及梁太太。

不到五分钟便完了。施与我谈了几句话（陈立夫来信，要 Shaw，Wells 等为 *Current History*⑤ 写文章），施的意见是不必认真理会。

与公超同走回。他说华侨对于张道行竞选事，还是不满意，曾电吴铁城，吴来电调查。张事是陈果夫通电顾少川，顾写信与罗明铣，罗写信与国民党。

口述一信与 Prof. L. C. Martin。写了一信与 *Times*⑥，论中国代表团（出席旧金山的）。

午饭后将打好的信去示公超。他说很好，但他的地位不能写这样的信。有学生等来访公超，即回。

---

① 公共假日。
② 飞弹。
③ 牛津广场新闻剧院。
④ 拉铁摩尔的《中国》［欧文·拉铁摩尔（1900—1989），美国汉学家、蒙古学家，著有《中国的亚洲内陆边疆》一书。20 世纪 30 年代初为北平哈佛燕京学社研究员］。
⑤ 要萧伯纳、威尔斯为《当代史》写文章。
⑥ 《泰晤士报》。

回处不久，公超又来。商量关于"盟国教员联合会"的会费事。我答应将来函转去教育部。

公超又与我谈 Club 事，说中国在此人士，应将各 Club 都分别参加。他已介绍陈尧圣去 Athenaeum①。他说可设法运动我为 University Club 的 honorary member 及 Savage Club② 为会员。如 Savage 有问题则 Travellers 与 Reform③ 应当可以设法。他说大使馆职员都不肯入 Club，顾少川允由使馆出会费，亦无效。

看报。

七时到大世界。林恩光夫妇请吃饭。林要我为 *China Today*④ 写文。八时饭毕。林太太提议去看 *Tonight & Every Night*⑤。找不到车，走去已开演了一刻钟。又去了 Windmill⑥，开演更久了。即别。

补写昨天日记。

看 *China*⑦。

炳乾很晚打电话给我。他今天回到伦敦，后天又得赶着去美国，所以忙得不得了。

1945 年 4 月 4 日
34:4:4（三）阴

晨到处。

中午在 Cafe Royal 请 Roxby 夫妇，Gull，Miss Winsor，钱树尧。Gwen 也去了。本也邀了 Miss Rankin，她另有约，不能来。

Roxby 等明天决定走了。但不能以时间车站告人。她们对于中国学生的姓

---

① 雅典娜神庙俱乐部。
② "大学俱乐部"荣誉会员和"野人俱乐部"。
③ "旅行家俱乐部"与"革新俱乐部"。
④ 《今日中国》。
⑤ 《今宵多珍重》。
⑥ 风车剧院。
⑦ 拉铁摩尔的《中国》。

名学科，非常的着急要知道。中国机关做事的迟慢不负责，于此可见。

二时余散。到博物院前几家书铺购了几本关于中国的书，也买了一本《好逑传》，一部《今古奇观》。

回处。有昆明新回来的 Mrs. Pearson 及 Miss Harris[①] 来访。Harris 曾在英大使馆任职。回来数月后，还得回中国，所以要继续练习中文。

四时半领事馆的胡令德来访。请他喝茶，谈了一会。他谈起梁龙已被放为瑞士公使。也谈了一会外部内的人事组织等等。他说在徐谟时，中政校外交系学生毕业后，调外部实习，十余人到后留二三人。徐为外交系主任，故可如此。以后则人人皆留。现在因每部人员粮食有定额，故实习则可，留不留则无保证。

看报。

七时到 Allied Club[②]。今晚挪威教育部长 Hjeintveit 请 Folk High School[③]。晚饭前遇他略谈。吃饭时本一人坐。Col. Crosby[④] 找我去讲演人桌上。与 Mrs. Elliot Ware 及 Prof. Sommerfelt[⑤] 等说了些话。

Folk School 是一种 Combination School[⑥]，十七岁学毕初中后可入此种校。住堂，半年毕业。教做人不教新业。有七十余校，六千人。合到每五百人中有一人。因小学毕业年有五万人。所以是百分之十二。

十时回。

1945 年 4 月 5 日

34:4:5（四）晴

晨去处。

---

① 皮尔森夫人及哈里斯小姐。
② 盟军俱乐部。
③ 哈吉恩特威特请民众高等学校。
④ 克罗斯比上校。
⑤ 与艾略特·韦尔夫人及萨默费尔特教授。
⑥ 组合学校。

午后起稿写信与骝先。

接华三月九日信。满纸都是牢骚。小莹则要学政治。

四时往访炳乾。他今天离伦动身去美，故去看他。我欢送 Roxby 茶会消息，已登三月十四日《大公报》，占很显著的地位。炳乾说各报派去旧金山的人不少，但大主笔如 Kingsley Martin 等初本说去，现在不去了。

Times 国际部打电话与我，说接到我的信，问我代表团名单等等。大约明天信可以见报了。

与炳乾及他的助手三人同喝茶，并喝了 Rheinish wine①。这是从德国带来的。并不是买的，即是取的。据说德国，美国军人以至新闻记者等到处取东西，称为 liberate②。炳乾说他的鞋破了，导行的军官说，去 liberate 一双吧。新闻记者常常腰挂手枪多支，作为战利品。

五时送炳乾上汽车去 Addison Road③。

回处。写完致骝先信。

六时半回。天气好，即步行。穿 Regent Park，樱花盛开。走五十五分钟方到寓。

晚饭后听广播。写信与华及莹（72）。

苏联莫洛托夫已宣布日苏中立条约。参战的前奏来了。

日本小矶国昭④内阁已辞职，由七十五岁的重臣 Suzuki（铃木?）组阁。铃为少壮军人暗杀目标之一，看来是要准备放出和平空气了。

1945 年 4 月 6 日
34：4：6（五）晴阴晚雨

晨极佳。外面绿树红花，极是佳丽。

---

① 莱茵白葡萄酒。
② 解放。
③ 艾迪生路。
④ 小矶国昭（1880—1950），日本第 41 任首相，被远东军事法庭判为甲级战犯。

Times 中不见我的信，再一翻，原来外交访员有一短文关于中国代表，我文中的各点大都列入，又加了些东西，却加错了。

到公超处。他正在口述一信与中宣部。他一面说，Miss Meotti 一面打。信中关于代表名单事说了很多。与他说了一会话。

十二时余 Prof. Denis Saurat① 来，他谈他所提议 Cultural Union② 的目标，是先在英有一房子，会员一二千人，大都是英人，但委员会二三十人，则欧、中、印、苏等人都有。每半年有一某种文化之展览及讲演。如请胡适来二三个月之类。我说在原则上很赞同。

Denis 本为法大学的英文学教授，1926 年来英，任伦敦大学法文学教授。

中午在 Cafe Royal 请林恩夫妇，及周显承。

下午张自存从 Bristol③ 来，回剑桥。谈了一会。

写了一信与雪艇、立武。

另写一信致雪艇，谈会议代表，及法国设办事处事。到近六时方写完。

今天连报都看完。

六时半去 Ayana Deva④ 处茶会。客人各国人都有，英人只有一二人。有德人，瑞士人等等。印度人也只有二人。有一位画家 Oppenheimer⑤ 对于中国很有兴趣。他认识熊式一。又与二三人谈。到八时半犹未散。我即辞出。

到 Wallbridge 家，吃了些晚饭。他们近来与房东打架，今天闹得更凶。房东要他们下星期搬出去。他们决定不搬。

1945 年 4 月 7 日

34:4:7 (六) 阴

晨去处。

---

① 丹尼斯·索拉特教授。
② 文化联盟。
③ 布里斯托。
④ 阿雅娜·德瓦。
⑤ 奥本海默。

中午林咸让邀吃饭，座中有 Redman 夫妇，Miss Peggy Cripps（Stafford 之女）①，公超，朱抚松，史，志廉及杨志信、陈尧圣。Redman 说日本议和是可能的，但得先看内阁的人选。R 等先去。后来公超谈甚久至四时。

到 Victoria 去 Metroprole 看 Margaret O'Brien 的 *Music for the Millions*，故事太简单，也太 sentimental。② 可是 Margaret 表情很好，音乐也很好。

回寓已八时余。晚饭后听广播 Quinteros 的 *Don Abel Wrote a Tragedy*。在这里 pathos，humor，creative urge，及 humorous foible 等等③都形容得很好。

看杂志。

1945 年 4 月 8 日

34:4:8（日）晴

看报，看杂志，听广播。

六时出门。到 Westbourne Terrace 的 Austrian Youth Centre。今晚有一个 Brains Trust，关于 For Eastern Life。④ 我之外另请了一个暹罗人，一个缅甸人，一个印度女子。一位 Lappe⑤ 招待我们。这里房子不少，可是陈设极简陋。在它那地下饭厅中吃饭。

到了八时，没有听众！又等了几分钟，只有取消。这足见大陆上的人对于东方的毫无兴趣，与英美人大不相同。

九时余回。看完杂志。

看 *Reader's Digest* 及炳乾打回去的通信。

浴。听广播。

---

① 佩吉·克里普斯小姐（斯塔福德之女）。

② 到维多利亚，去大都会剧院看玛格丽特·奥布莱恩的《百万音乐》。故事太简单，也太感伤。

③ 西班牙剧作家阿尔瓦雷斯·金特罗兄弟的《唐·亚伯写了一部悲剧》。在这里，感染力、幽默、创作激动及幽默的癖好等等。

④ 到韦斯特伯恩·特勒斯奥地利青年中心。今晚有一个"智囊团"。关于东方生活。

⑤ 拉佩。

1945 年 4 月 9 日

34:4:9（一）阴后晴

晨去处。

十二时去 Time Art Society①。蒋仲雅约我，以为是此处，谁知不是。这里有 Society of British Painters② 的展览。看到 Roger Fry③ 一盆花，相当喜欢。有一位 Haywood④ 的花卉，有两三张可嘉。

走到 Conduit St. 看见 Royal Water-coulour Society⑤ 有展览，方知蒋约的在此。可是进去时蒋已不在了。看见的画似乎大多平平。

一时到大世界。赵志廉请客，座中有汪、翟、曾及张汇文。曾是燕大毕业，后到清华，现任捷克使馆一等秘书。翟资格很老，1925 年即在英使馆，现为此馆一等秘书。他们说张道行本星期内即要回去，董霖本星期内可以来。张事说已解决，他代表利物浦。

走回处。唐笙及与她同来的黄君来访。黄曾任 Needham 助手，与他同到乐山。说一晚曾到我家去过。现在牛津 Oriel⑥。唐笙说她在 Newham⑦，一学期约交五十镑费。假期不能住校。英国女子有家庭的，家中大都给她们一年三百镑，一切衣服书籍零用都在内，只是假期回去吃家中的饭。

六时半走 Regent park，天很好。有一条街上都是樱树。从动物园那里走出去，走远了。到 St. John Wood Road 等了半小时方等到车。

晚听广播，*Lost Horizon*。看了四本 *Listeners*。⑧

---

① 时代艺术协会。
② 英国画家协会的展览。
③ 罗杰·弗莱（傅来义）。
④ 海伍德。
⑤ 走到康迪街看见皇家水彩学会有展览。
⑥ 牛津大学奥里尔学院。
⑦ 纽汉姆学院。
⑧ 英国作家詹姆斯·希尔顿《消失的地平线》。看了四本《收听者》新闻周刊。

1945 年 4 月 10 日

34:4:10（二）晴

晨去处。

午饭后到 Regent Park 散步半小时。天气很好，树花怒发。草地上小孩很多。

四时半到 South Kensington 访 Prof. Saurat①。他领我看 Institute Francais②，这建筑是自己造的，1930 年造起，到 1939 年方完成。Inst. 本身楼下有一个 hall③，大石阶上去，有一个小小的剧院。同时做演讲厅。后高前低。戏台不大。我们进去时正在排演一戏。每月演戏一次。对面是图书馆，有二层书架。书大部分是法文。另一个是 reception room④。有时开会请客，有时即用为展览室。

旁面的另一建筑为学校。有三四层，教室很多。现在为军队占用，我们到屋顶上去看看这整个的建筑，和对面一排房子，与一排花园。和一排 Mews⑤。Mews 是仆人所住，和车房之类。

Saurat 的房子本在对面。去年六月为飞弹所中，（落在前面马路上），门窗等等都毁，天花板等也落下，所以暂时借住在学校的一角。

这地点很好，即在博物院对面。花钱十万镑。建筑费等等，因法郎贬价，英镑改价，所以不太容易说有多少，约略是三十万镑左右。

他请我到他家去喝了一杯茶。看到了他的次女及三女。次女已嫁，有女孩已近三岁。

---

① 到南肯辛顿访索拉特教授。
② 法语学院。
③ 大厅。
④ 会客室。
⑤ 马厩。

Saurat 是 Milton[①] 专家，最近的一本书是关于 Milton。

与他及他三女同走出去，到 Vict. Mus. [②] 前，有他的一个法国朋友，一个画家，正在画樱花。

别已六时。

回家。晚看完了一本 *Reader's Digest*。

听广播 Brains Trust 等。

1945 年 4 月 11 日
34:4:11（三）晴晚雨

晨去处。看报。

一时与公超及 Gwen 去 China Inst.。到了四十人左右。Gull，Giles，和 Cramal Byng[③] 的儿子，一位军官，将来继续他父做 *Wisdom of the East*[④] 的编辑。Bava 的讲演是 Oxford and Chinese Students。[⑤] 他的话是对中国学生说的。说得很有趣，可是都没有中国学生在座。

三时到驻荷大使馆，访曾克。询问他关于黄德馨的能否守秘密。（因 Prof. Bartlet[⑥] 有信来问。）与曾谈妇女出国事，他说似乎方法很多。因公务员的妻必须蒋批准，故较为困难。但蒋派者无非是侍从室第二处而已。只是他有时要亲自看一看，不知何时看到。王芃生的以某种名义领普通护照出国，如发觉，管护照的记过二次。

金纯儒与其夫人恰好先后去会。与他们谈了一会，喝茶。

张道行自牛津回。他这几天便要动身回去了。

---

① 约翰·弥尔顿（1608—1674），英国诗人、政论家，代表作品有长诗《失乐园》《复乐园》和《力士参孙》。
② 维多利亚博物馆。
③ 克拉马尔·宾。
④ 《东方智慧》。
⑤ 巴瓦的演讲"牛津与中国学生"。
⑥ 巴特利特教授。

回处。看杂志。

七时在 Allied Circle。回到钱树尧、胡令德，请他们喝酒。钱也请我们。与 Lady Goold Adams[①] 同桌吃饭。

演讲人是 Laski，他还是很 Brilliant。[②] 可是他说的攻击英国的阶级，主张社会主义。听众大多是中流阶级。尤其是他提到苏联。听众有不少波兰人，及波兰同情者。讨论时许多人攻击他，质问他。他说话有时大不客气，有时令人难堪。所以座中反鼓掌之于发问者或批评者。

他们结论是战后美国是最大、最强、最富的国家。它有三条路可走。一条是 Autarchy[③]，结果是第三次世界大战。一条是 economic imperialism[④]，结果也是第三次之战。一条是 investment and help the backward areas[⑤]，结果是世界和平。美国的工会也许可以使美国走第三条路。

他的数字真熟，如数家珍。他说 1913 年的外交部中，91% 是 Eton[⑥] 出身。现在是百分之六十多。

会后我介绍张道行与他（张饭后来）。他以手托我胸道 'You blackguard, you never come to see me'[⑦]。

写昨今二日日记。

1945 年 4 月 12 日
34:4:12(四) 晴

晨去处。

口述了五六封信。

---

① 古尔德·亚当斯夫人。
② 拉斯基，他还是有才华。
③ 专制独裁。
④ 经济帝国主义。
⑤ 投资帮助落后地区。
⑥ 伊顿公学。
⑦ "你这个无赖，你从不来看我。"

午饭后看报。

四时与 Gwen 去 Curzon Theatre，看 United Nations Films。① 共有六章，有波兰、荷兰、南太平洋、法国、比国等等。大部分是打仗，大部分大同小异。没有什么特别精彩。两小时太长了。

想去看 *Pride & Prejudice*②。六时半即有很长的队等八时半的一场，当然不去了。

在 Goose & Gander③ 吃饭。这是一个俱乐部，当场交会费，花十先令，即入座吃饭。饭很不坏。只有乐队及跳舞。

走 Regent Park 回。写信与华及莹（73）。

半夜听广播，惊悉罗斯福今天下午死了。这是人类的大不幸。这个消息使我不能好好的睡。

1945 年 4 月 13 日

34∶4∶13(五)晴

昨夜一夜睡得不安，今天感觉不舒服，尤其是毫无胃口。这几天的情形，似乎胃病将发，今天是 danger signal④ 了。

晨去处。看了些关于罗斯福的记载，各报都毫无准备。我寓中的一份 *News Chronicle* 与处中的大不相同。*Manchester Guardian*⑤ 就没有来得及登载此项消息。

写了一信与雪艇、立武。另一短信致雪艇。

午饭时简直不想吃东西。遇 Gwen，与她同桌。她劝我非常小心。

饭后到 Classic 去看 *Pride & Prejudice*。Lawrence Olivier 演 Darcy，Greer

---

① 与格温去科尔松剧院，看联合国影片。
② 《傲慢与偏见》。
③ "雌鹅与雄鹅"俱乐部。
④ 危险信号。
⑤ 《曼彻斯特卫报》。

Garson 演 Elizabeth。① 身份都很相称。把 Catherine de Burgh② 的性格，结束时一变，似乎不当。

四时半回。四时半钱家祺来。请他喝茶，谈了一小时。五时半，梁文华与 Bentley③ 来。坐了一刻钟。

近六时出门，往 Victoria。上了一车，中途抛锚。便不易再上车。到了 Vic. 还是上了 Taxi 方到 Air way house。④ 张道行今天回去。在送的，有大使馆的施、傅、吴、陶、李，荷比馆的高、王，领馆的何思可。看张上车方回。施问我是否国民党。他说看 *Times* 中的信，他相信我不是的。我说的话是对的。

七时半回。吃了两个 cascara⑤，不想吃饭。只吃了一点面汤。听广播，大部分是追悼罗氏。

有一 Radio Play 名 *Friday the Thirteenth*。⑥ 很有意味！结果似乎是大多因祸得福。这是 Radio Play，因为只有在广播中或电影中可做，舞台上是不能演的。

十一时半即睡。可是夜中有时肚子胀，不舒服。时时醒。

1945 年 4 月 14 日

34:4:14(六) 晴

今早仍无胃口。可是并无体温。

去处。

中午胡令德在大世界请吃饭。座中有 Mr. & Mrs. Stirling⑦、钱树尧及陈平阶夫妇。我只是应对，简直没有吃什么。Mr. Stirling 在马来二十余年。Mrs.

---

① 去经典剧院看《傲慢与偏见》。劳伦斯·奥利弗演达西，葛丽亚嘉逊演伊丽莎白。
② 凯瑟琳·德·伯格。
③ 本特利。
④ 航路之家酒店。
⑤ 药鼠李，润肠通便的药。
⑥ 广播剧名《十三号星期五》。
⑦ 斯特林夫妇。

529

Stirling 是广东人，现在在东方语文学校教书。

陈平阶谈军事代表团在英，并没有真正任务。英代表在华也无任务。因美有代表团，所以也要有代表团。美团长是将军，英团长也得是将军。后来是武官兼。英要求中国团也派一代表团在英。我方目的也是以武官兼，只是二三个人，以便观战。找人找不到，找到桂。桂来了便大大的扩张。其实欧战将完，他回来观战都观不到了。而是机构愈大，结束愈快。

近三时到 Odeon 去看 *The Blithe Spirit*① 电影。这是五彩片。鬼可以有青色，虽然嘴唇与手指甲还是鲜红的。大致都与舞台上差不多。可是有 trick photography②，如在鬼身上过去，鬼开汽车等等（在别人看不见）。

六时回。头痛。有一度热度。

晚上只吃面汤。听广播剧本。*Deferred Payment*，是一个 Criminal Play③。

1945 年 4 月 15 日
34:4:15（日）晴

夜中出汗很多。晨起体温已退烧。浴。

一天没有出门。只是看报，看杂志。听广播。下午有 Blue Stocking④。

中午吃粥汤。晚上吃 bovril⑤ 及面包。八时半吃了一盘。十时半又吃了一盘。十一时喝了一杯牛奶。

今天上茅房有二十次以上，只是拉些黄水。前天吃了两个 cascara，昨天下午一个，今天又一个。

晚十一时去睡。十二时许又起。腹痛很厉害。拉了一次，又睡。又起。更痛。到后又吐了，也只是黄汁。以后腹痛旋愈。二时余睡着了。晚只有一二分热度。

---

① 到音乐厅剧院看《快乐的灵魂》。
② 特技摄影。
③ 《延期付款》，是一部犯罪戏。
④ "蓝袜社"（18 世纪由伦敦只是女性组成的社团）。
⑤ 肉汁。

1945 年 4 月 16 日

34:4:16(一)晴

今天不敢出门。可是肚子又没有再大痛。下午痛了几分钟。没有热度，也没有难过。上茅房不到十次。

托房东请她的医生，一位 Dr. Jacobs①，他说下午来。谁知来时，房东等没有人在家，无人去开门。房东打电话才知道。他要我吃 aspirin 及 diet②。

今天还是 on diet，只是吃了些米汤。

前面房没有人住，房东让我去坐在太阳中。看了 Robert Payne's *The Chinese Soldier*③，里面所写的没有一点像中国人。完全似在做梦。因改看 *Century of Human*④。

晚听广播，*She Stoops to Conquer*。也听了 Truman⑤ 的演说。好像是一中学教员在演说。

1945 年 4 月 17 日

34:4:17(二)晴

今天似乎好了，只是没有力气。十二时去处。

一时余到上海楼。方重、殷宏章在此请客，请了 British Council 的 Monte 及 Leach（?）⑥，另二位美国医生 Dr. Pratt 及某。我还是不吃东西，只喝了些汤，吃一点炒面。

---

① 雅各布斯博士。
② 阿司匹林及流食。
③ 罗伯特·佩恩的《中国士兵》。
④ 《人类世纪》。
⑤ 《屈身求爱》。也听了杜鲁门的演说。
⑥ 蒙特及里奇（?）。

饭后散了。或回牛津，或回剑桥。我与方、芦、张同到 Clifton Hotel[①] 访瞿君。瞿是方的表兄。旅馆不贵，每天连饭一镑。可是瞿家三人，说一同得花一个半月薪水。

五时余去请 Dr. Jacobs 诊病。他听了病情之后，说这不像是胃痛，而是 'gastric flu'[②]。据说这是流行病，患的人很多。

走回寓。看了一本《好逑传》。这是一个外人编了为西人学中文之用，可有 footnote[③]。故事极可笑，尤其是许多奏章公文之类，舞文弄墨，似通非通，酸气极重。

1945 年 4 月 18 日
34:4:18（三）晴

白天到处。医生要我不吃肉，不吃蔬菜。故中午也不出门。Jean 为我留两块沙丁 Sandwich，煮些茶便行了。

下午四时到公超处。他驾车去 Denis Saurat 的 office，开会讨论 Cultural Union 事。到了十人左右，有 Punch 的主笔 Hugh Kingsmill，Pen Club 的秘书 Hermann Ould，Richter，一个印度人，一位 Miss Button[④] 和几位法国人。回教的人却没有来。交换意见。Saurat 说这是一种 international Club 加上一种 international institute。[⑤] 会员为英国人为主体，而讲演者则大都由其他各国来。原则大都赞同，只是经费缺得很大。S 说此事由一罗马尼亚朋友另外找一委员会来募捐。

六时余散。公超送我到 St. John's Wood Road。

晚看 *Century of Human*。可是大部分的故事并不怎样的幽默。平常得很。

---

① 克里夫顿酒店。
② 胃肠型感冒。
③ 脚注。
④ 有《庞奇》（或译为《笨拙》，漫画杂志）的主笔休·金斯米尔，笔会的秘书赫尔曼·乌尔德，里克特，一个印度人，巴顿小姐。
⑤ 索拉特说这是一种国际俱乐部加上一种国际协会。

1945 年 4 月 19 日

34:4:19（四）晴

晨去处。

午饭后三时左右去 Ken. Gardens①，换车等等，共花一小时方到。

在 ken. 中走了近二小时。天气非常好，极暖。满园都是春色。我没有进暖室，可是在外面，已经美不胜收了。

最多的是杜鹃。有一处都是中国的杜鹃，各种颜色都有。高的有两个人长。转过去，一条山径两面都是西洋杜鹃。花大如芙蓉，高的上三丈，颜色无所不有。可爱极了。

走到长湖的对面。穿林到宝塔。这个塔黄砖，檐向下，实在难看。

园中其他的花有丁香、藤萝、Tulip②，等等。

四时乘 27 号到 Paddington③，再换二次车。到寓已七时。

晚听广播 *How to Blow Your Own Trumpet*④。

写信与华及莹。

1945 年 4 月 20 日

34:4:20（五）晴

晨到公超处。他拉了谈话，有一时半。

到处。写了一信致骝先。一信致雪艇。一信致雪艇、立武。

四时半送信到使馆。与施德潜、陈尧圣分别谈话。

五时余去 Carrie 看 *It Happened one Night*。⑤ 这片子我在美国看过。实在是

---

① 肯辛顿花园。
② 郁金香。
③ 帕丁顿。
④ 《如何自吹自播》。
⑤ 去嘉利剧院看《一夜风流》。

好，所以再看仍有趣味。

晚听广播，*Hemlock for Eight*①。

看杂志。

睡后睡着了一刻钟，忽醒，便不能再入睡。又看了一会杂志，到二时方入睡。

1945 年 4 月 21 日

34:4:21(六)阴后晴

晨阴，似将变天下雨。下午居然又转晴。只是今天比昨天冷得多了。

午饭后去看一个电影 *A Tree Grows In Brooklyn*②。这是写一个十一二岁的小女孩与她父亲母亲的故事。这人家很穷，父亲是一酒鬼，可是极爱其女，不醉时谁都喜欢他。这女儿爱这一个潦倒的父亲，不爱她早夜工作，省钱养家的母亲。这故事很动人。我今天特来看此片，为的是小莹生日。另一片是 Princess Elizabeth 的短片，名 *Heir to the Throne*③。

今天接到莹与华四月初的信。这信来得特别快。

五时到 Wallbridge 家。与 Vera 坐谈两小时。

晚听 *Nothing But the Truth*④。此戏在二十余年前我曾看过。其实一个人说真话并不这样的困难。也许在 Stock Broker⑤ 中间，尤其是有暧昧的关系，就麻烦了。

1945 年 4 月 22 日

34:4:22(日)晴

冷。有风。可是天仍晴。

---

① 《给八个人的毒芹》［英国诗人、剧作家、新闻记者克利福德·巴克斯（1886—1962）的广播剧］。
② 《布鲁克林有棵树》。
③ 伊丽莎白公主的短片，名《王位继承人》。
④ 《绝对真实》。
⑤ 股票经纪人。

晨看报。

午后近三时出门。到 West Hampstead 去散步了一时余。那是 Golders Green① 附近。那里一带的房屋，比较新，都有小园。可是说话的声音，似乎很多是外国人。West Hampstead 地势较高，也有林木。老树不多。

五时余回。

看杂志。

听广播。*This is the Law*，*Wheels of the Chance*② 等等。

补写本周日记。

1945 年 4 月 23 日

34:4:23(一)晴

天很冷。

到处。听 E. M. Grill 说他已去电邀今甫。缉高与本栋③都已答应来。

晚看《今古奇观》。文字等等比《好逑传》强得多了。

1945 年 4 月 24 日

34:4:24(二)阴后晴

晨去处。接鲠生电，说接雪艇、立武密电，骝先要他回去，主持武大。适之、梦麟等劝他接应。本定四月回去。金山会议事发生。骝先要他不出席，即回。别人又劝他出席云云。写了回信。也写了一信致今甫。

口述了几封信。

午饭后到 China Society，出席 Council meeting。④

---

① 那在戈尔德格林附近。
② 《这就是法律》《命运之轮》。
③ 杨振声、汪缉高、萨本栋。杨振声（1890—1956），字今甫，亦作金甫，现代著名教育家、作家，曾任国立青岛大学（今山东大学前身）校长。
④ 到中国学会出席理事会会议。

三时是 Carron Selpin① 演讲中国音乐。他八十多岁了。医生不让来。由 Lionel Giles 代读。Giles 不懂音乐。

到 Plaza 看 Bing Crosby 的 *Going my Way*。此片得了去年的 Academy Award。② 片子比平常的好些，为什么得奖，却也不明白。

回寓。听广播 *Brains Trust* 及时事。

看《今古奇观》。

1945 年 4 月 25 日
34:4:25（三）阴时晴

晨到处。口述了几封信。

午饭后到 Bond St. 去买了戏票。在 Fine Art Society 看 Early English Water Colour 及 Etching③ 的展览。Etching 有几张特别好。

回处，手写几封信。

六时去 Bond St. 等公共汽车。等了二十分钟也不得上。幸有一汽车过，已有客，再兜生意。抢上去了。到 Westminister Theatre④，不一分钟即开演。

这是 Eden Phillpotts 的 *Yellow Sand*⑤，是二十年的老戏。剧情很平常，可是主角 Cedric Hardwicke⑥ 演得非常好。很多地方引人哄堂。

九时一刻完场。

回寓后吃了些东西。看《今古奇观》。

---

① 卡伦·赛尔平。
② 到广场剧院看宾·克罗斯比的《与我同行》。此片去年得"学院奖"（奥斯卡金像奖）。
③ 在美术协会看英国早期水彩及蚀刻的展览。
④ 威斯敏斯特剧院。
⑤ 伊登·菲尔波茨的《黄沙》。
⑥ 主角塞德里克·哈德威克。

1945 年 4 月 26 日

34:4:26（四）阴后雨

到处。

十二时余熊式一来。一时公超邀我们去 Soho 一家法国饭店去吃饭。饭后式一又到我处谈了一会。式一说他到 New Castle 去讲演。回时曾往访 Jones Jackson。① 她的丈夫只能勉强维持生活，不得不靠她帮忙。她现在在翻译中国小说，中间有叔华的一篇。

口述了几封信。自己也写了三四封。回了罗书肆及俞明传。

六时余回。天大雨。

看完了《今古奇观》。中国小说中几乎离不了做官。《今古奇观》已是较好的了。这倒可写一篇文章。

写华及莹的信。

1945 年 4 月 27 日

34:4:27（五）雨后阴晴

晨到处。

公超来访。他说他已写信与董显光，请求辞职，并且于九月底解除职务。他求我写信报告雪艇，声明不是与他不合作。他说自雪艇就职后，工作比较容易进行。我说既如此，为何反在此时辞职。他说干了六年，实在再不能忍受了。例如他的报告，到了重庆，只是一个科员看，所有建议，都无反响。又如，他至今没有一个地位。

又谈了一会现代画展览事。近一时方去。

---

① 到纽卡斯尔。回来往访琼斯·杰克逊。

一时与 Gwen 去 China Inst.。今天是 Dr. Friters① 讲"苏日关系"。没有什么新贡献。遇到 Sir Francis Rose 及 Redman 等。

写信与雪艇。另信与洪、笃生、端六、兰子、仲常等。

晚听广播，看杂志。广播中有 *A Layman Looks at Science*②，相当有味。

1945 年 4 月 28 日
34:4:28（六）晴时雪

晨去处。

中午林咸让约了吃饭。他说他的薪水在法国不能生活。已电请救济去了。他来此购买 duplicating machine③ 及汽车。

上海楼吃饭的人很多。有许多海军学生。另一桌是荷比使馆等全体，请董霖及其随员二人。董是前几天到此。金纯儒也在座中。

我约了林去看电影。

雪纷飞。想看 *Fifth Chair*④，排的队长极了。等了一会，我说去试一试 Haymarket 吧。果然有票。这是 Webster's *Duchess of Malfi*，又是 George Rylands 所导演的。⑤ 这戏演得很好，背景也好。Ashford's Duchess 很 noble, beautiful & pathetic。Trouncer 的 Bosda⑥ 也极好。Bosda 是此剧的主角。Gielgud⑦ 在此剧中，并不怎样。许多景很动人，许多语言很富诗意。可是情节常常是 childish⑧。

出来后我说一次得看的，第二次再也不想看了。

晚看杂志。听广播。听了 *Mrs. Dane's Defence*⑨。

---

① 弗里特斯博士。
② 《一个门外汉看科学》。
③ 复印机。
④ 《第五把椅子》。
⑤ 试一试干草广场。这是约翰·韦伯斯特的《马尔菲公爵夫人》。又是乔治·里兰兹导演的。
⑥ 阿什福德的公爵夫人很高贵、美丽而感伤。特里安瑟的博索拉（Bosola）。
⑦ 吉尔古德。
⑧ 幼稚。
⑨ 《丹恩夫人的辩护》。

广播说 Hirohito[1] 答应无条件投降，但只是向英美，不向苏联。英美答复是得向英美苏。

1945 年 4 月 29 日
34:4:29（日）阴晴

今天一天在寓，看报，看杂志，听广播。

只五时出门，访 Wallbridge。按铃甚久，没有人开门。即回。

补写三天日记。

开始看 Standish 写中国的小说 *The Small General*[2]，许多地方非常的可笑。

1945 年 4 月 30 日
34:4:30（一）晴

天气很冷。前几天只有六十度。这两天屋内几乎只五十度了。生了电炉，仍不暖。据说晚下雪，有些地方深三四寸。

晨去公超处。他们今天搬家，从九号搬去三号。公超自己在动手用锤子等。这屋子有五层，每层三间，所以很是宽敞了。

刘圣斌来访。与他同去上海楼吃饭。他在写一本《英国与英国人》。

下午印度的 Prof. Gangulee 来访。他是 Tagore[3] 的女婿。与顾少川、公超都认识。他在选一本英译的中国诗。也在写一本关于中山的书，或是选中山的文字。

君健来坐，谈了一会。请他喝茶。

近六时往访公超。与他及赵、谢、朱抚松等谈了一时余。公超谈了不少如何可以在中国发财的事。甚至说数年前他在中央党部理发处入股千元，现

---

① 日本裕仁天皇。
② 斯坦迪什写中国的小说《小将军》。
③ 甘古利教授，他是泰戈尔的女婿。

在即可有七百万。他虽讲种种道理，我还是不能明白如何能如此。

回寓。听广播。有一个 radio play 叫 *A Fine Day*①，还好玩。

看 *The Small General*。

1945 年 5 月 1 日
34:5:1（二）晴

晨去处。公超为我买到了些挂画的钩子，我与 Gwen 挂起了几幅画。

午饭后去 London Pavilion②。居然下午二时半已有很长的队，里面已经满座。等了半小时方能进去。这 *Fifth Chair* 固然相当的滑稽，但是也并不是什么了不得的出色。不懂为什么这样的负盛名。有一小片名 *Alibi*③，到颇可看。

六时回。听广播中 *The English Language*④，有许多方言，简直听不懂。

晚电路坏了，修理了一小时。修好时十一时二十分，正听见广播。德国广播 Hitler is dead⑤，说是昨天下午打仗战死的。我很是怀疑。我想他是病死的，而且也许不一定昨天死。他的不离柏林，便是病不能行。死不举丧，是怕人们沮丧。可是 Himmler⑥ 的投降，使得主战派不得不弄出一个继任人来。很奇怪的是弄出来的是 Admiral Doenitz⑦。

1945 年 5 月 2 日
34:5:2（三）晴

晨去处。看报。

---

① 广播剧叫《一个好天儿》。
② 伦敦馆。
③ 《非在场证据》。
④ 《英语语言》。
⑤ 希特勒死了。
⑥ 希姆莱。
⑦ 纳粹德国海军元帅邓尼茨。

十二时半熊式一来。他请我去上海楼吃饭，座中有施德潜、傅筱峰。又有不少武官及军事代表团的人。H. D. Lewis 请 Wilfred Roberts。[1] 我去打了招呼。Roberts 说大选恐在六月中，因为保守党认为那是老邱最红的时候。

施与我同意，以为老希已死，但不一定昨天死。施说南京傀儡政府的外长改李圣五，褚民谊改为广东省政府主席。

二时半熊请我去 St. James 看 Emlyn Williams 的 *Winds of Heaven*[2]。E. W. 自己演主角。这戏是写宗教的 Conversion，里面有 miracles。[3] 我们看了，毫无所动。熊说以戏剧而言，也是很 fable[4]。E. W. 的演剧也很 theatrical[5]。Diana Wynyard 比较好。最好是 Herbert Lomas,[6] 演一乡下佬。

陪式一走到 Piccadilly Circus。回处。

六时半走 Regent Park，有太阳。May flower 还未谢尽，其余的花不多见了。

吃了晚饭后访 Wallbridge，Percy 在家。他们新买了一张小的 Billiards table。[7] 大卫等要我与他们玩。玩了一会。有一位 Cornwall 的 Stanley Opie[8]，住在他家。约我与 Percy 去 public house 喝一杯 cider,[9] 另约了一位同乡女子名 Betty Sara（？）[10]。

回时 Vera 已回。Sara 是看护，讲了些战时医院的情形。她在东伦敦有几年，她说来伦敦的人很亲热，谁都认识谁。她在 Hamp。[11] 住了两年，只认识一个人。她不久仍回东伦去了。

---

① 路易斯请威尔弗雷德·罗伯茨。
② 圣詹姆斯剧院，看埃姆林·威廉姆斯的《天风》。
③ 宗教的皈依，里面有奇迹。
④ 虚构。
⑤ 戏剧化。
⑥ 戴安娜·温亚德比较好，最好是赫伯特·洛马斯。
⑦ 台球桌。
⑧ 康沃尔的斯坦利·奥佩。
⑨ 约我与珀西去酒吧喝一杯苹果酒。
⑩ 女子名贝蒂·萨拉。
⑪ 汉普斯特德。

Opie 是共产主义者。我与他驳论了一会。他倒不是 fanatic①。Vera 很高兴。

回已十一时半。听广播。意大利的德军百万人投降了。柏林被克了。欧战快完了。

1945 年 5 月 3 日
34:5:3(四)阴后雨

晨去等车,等了一会没有。有老太太告我 53 号路的公共汽车罢工没有了。可是 2 号、13 号等仍有,走过去仍可进城。

接王应宾等信,说为我找了一个住的地方,所以决定于明天去康桥。可是天阴冷,恐去了没多大意思。写了信回他们。也写信与 Russell, Haloun 等。

接华信。说郭斌佳说以后即有护照也不能请到外汇了。这未免太奇怪。华又说接凌宴池信,汉口大陆被焚,保险箱抢出,但不知去向。叔华的收藏,都没有了!

十二时余君健来。十二时半公超来。我本请君健吃饭。公超请我们去 Allied Club。公超介绍我为会员,先邀我去吃饭。这 Allied Club 在 Hyde Park Corner,是 Rothschild② 的府邸。上面炸坏了,只有地层及 basement③。可是已是不小。人很多,比 Allied Circle 多得多。

喝酒,吃饭,遇到 Julien④ 谈了一会。公超谈中国现状及国共情况。有时说现在是中国二三十年来最好的时候,有时又痛诋现在的 nepotism⑤ 等。

二时半到公超处。谈了一会展览会的事。

三时余回。看报等。

---

① 狂热。
② 盟军俱乐部在海德公园角,是罗斯柴尔德的府邸。
③ 地下室。
④ 朱利安。
⑤ 任人唯亲。

天下起雨来了。如连下几天，我去康桥可糟了。

晚去 Hammersmith 的 King's Theatre 看 Shaw 的 *Saint Joan*。演 Joan 的是 Ann Casson。① 她的表演不是我想象的 Joan。最刺耳的是她十足的牛津口音。一位乡下女孩似乎只可说普通的英国语，方不刺耳。Shaw 的这戏，也似乎不知究竟他是什么意思。不知道他信不信 miracles。

戏很长。从六时半起，到近十时方完，中间只有十分钟休息。大部分时间剧情并不紧张，只是辩难争论。可是居然使人不倦。完毕时可累得很了。在附近吃了饭回，已十一时余了。

1945 年 5 月 4 日
34:5:4(五) 晴

晨去处。

写了一信与华，一信与莹。算账。

中午吃饭时看报。

回处，写了一信与雪艇。又誊稿。寄了白皮书各一本致乙藜与浩徐。

三时半动身去 Liverpool Stat.② 乘四时半车去剑桥。六时到。

硕杰为我找到 Trinity St. 二十六号 Roberts 的公寓③。到时房东不在。等了半天，才上顶楼。

六时半到蒋④寓。自存、陈洪在座。后来圣斌也来了。谈到八时。我请自存、圣斌、应宾、硕杰在 Arts Theatre 吃饭（陈洪不能去）。

饭后到 Emmanuel⑤ 访蓝梦九，未值。

同到芦浪处，宏章在座。芦浪住的是 Bertrand Russell 的房子。很宽敞。外面满是藤萝。

---

① 去哈默史密斯的国王剧院看萧伯纳的《圣女贞德》。演贞德的是安·卡松。
② 利物浦火车站。
③ 三一街 26 号罗伯茨的公寓。
④ 蒋硕杰。
⑤ 剑桥伊曼纽尔学院。

喝茶谈话到十一时。听广播。荷兰、丹麦及北德的德军已投降。现在所存的只挪威及捷克两处的德军。看来是旦夕间的事了。

1945 年 5 月 5 日
34:5:5(六)阴后雨

夜没睡好。只是似睡非睡状态。早六时前已醒。等到八时才起。

洗脸后买了报,到自存处吃早饭。看报。他告我他与祝文霞已订婚。预备年底结婚。他说他的论文写不快,明年恐不能结束。

他今天要去伦。我与他在河边走了一会别。

到芦浪处。张资珙在那里,将讲稿读与方听,请他校正。芦浪有时改字,有时校正读音。完毕后张将上星期所讲的第一稿给我看。

打电话与 Russell, Hayward 及 Haloun。

十二时前与芦浪等同去讲堂。宏章与圣斌也去了。另有一中国同学姓吴,英人来的只有教员三人,学生五人。Christ[①] 的院长致介绍辞。他道歉说大学都去等候 V. Day[②],所以无心听讲。(听说第一次有三十余人。)足见英人对于中国的不关心了。(民众反较好。)

一时方请我及张、芦、刘到 Bull's Hotel 吃饭。饭后与芦同到张处。张已搬过,比从前所住房间较小,反而舒服些。他买的书很不少。煮茶谈话。芦去刘圣斌来。

四时往访 John Hayward。请我茶点。Hayward 的问题很多,如中国版本、字型[形],何时开始有印刷,等等。他的兴味很浓厚。五时一刻方出。

此时雨不大。等了一刻钟方等到 106 号车。坐到终点,已在郊外,再冒雨向前走,方到罗素家。

与他谈了近一小时。中间听时事广播。儿子来报告,我们都听了。到了

---

① 剑桥基督学院。
② 胜利日。

Police News①，我不听了。罗往关机，小儿子不许。他关了。儿子不答应。他拉他出房门，说要与客人说话，儿子取一木块，开门进来，向父掷去。未打到。罗拉他到前方门告其母。

罗素说 B. B. C. 要他在欧战完毕后对华广播。他想不出什么来。可说的是欧战一完，英美可全力对日，但这话太平常了。我说中国人极愿知道的是，苏联对东方战事的态度。各报纸的种种谣传。他说苏联在对日战事终止前，一定参加。条件是满洲②。他恐怕英美会答应。我说他这话证实我们的恐惧了。

可是他不知道 Cairo 会议③的宣言。我告了他。他说他恐怕英美将 go back upon their roads④。

谈第三次大战的恐惧。他说如对苏作战，美国一定对苏。但不知英国在哪一方。我说英大约对苏，因英美生活方式相同。他说现在英国兵士决不肯对苏作战。他们都佩服苏。我说战事的人不在此时发生。他说战事发生时，一定又是太迟了。一定等苏扩张得极大后方如此。我说无论如何，中国将成为战场。

又谈了一会以后对日作战问题。他说恐直攻日本，不先在中国登陆，我说此举太不易，非先有许多根据地，不易在日登陆。还是先在华有根据地，一方面可炸日，一方面可接华军作战。

我问他中英文化合作问题。他说他没有多少提议。第一是交换教授。他说美国退还庚款，是有眼光，英国人不行。我告他今天上午无人听讲情形。他说如此说来，有讲无人听，学术交换无大用。不如通俗讲演。在军队及民众间讲讲中国。

他问 Waley 有何意见。

我提起译书。他说如 Waley 的译本大可使人敬崇中国的文化，英交涉出

---

① 公安新闻。
② 伪满洲国。
③ 开罗会议。
④ 走回头路。

廉价本，多印多销。

对于展览也赞成。

他抱歉他没有什么意见可贡献。

他说邱吉尔是 a lad①，最好是此时死了。

时已六时三刻。辞出赶车回城。到蒋家已七时许，他们已出门。回寓。陈洪已来过。（他昨天约了请我吃饭。）我以为他在印度饭店。去看不在。即一人吃饭。

饭后访蒋，未回。休息了半小时，访刘圣斌。听广播。谈到十时余。走回。仍大雨。

1945 年 5 月 6 日
34:5:6(日)阴后晴

晨到芦浪处吃早饭。看报。张资琪亦去。谈话。

十二时往访陈洪。他是岱孙的堂弟。

到蒋家。回到《商务日报》的王烈望及孟君。王是绍兴人，据说是《商务日报》编辑主任。可是现在在伦敦 School 上课。

午饭时王、蒋请我及陈洪。陈谈中国考自费留学的波折，和各报派人出国的风起云涌。现在中宣部对此已有限制。

二时余刘圣斌与杨志信及蓝梦九来。我记得蓝。蓝并不记得我。

我与刘圣斌到 Newnham② 访唐森。到她房中谈话。她们都是一人一室。但是床白天改为座椅。校章白天可在房内招待男客，但晚八时后则必须先得 Tutor③ 许可。女生不能请男客吃饭。可以茶点待客。唐森请我们喝茶。四时宏章、芦浪亦来。茶点后唐引我们参观学校。图书馆很小。饭厅也不大。有

---

① 一个少年人。

② 纽纳姆学院。

③ 导师。

少数小教室，教授法德文及 Tutorial class① 之用。

我介绍唐、刘去访 Haloun 夫妇。与他们孩子等在后园中玩了一会。

H 送我们到 Trinity。一路与我谈他在此提倡要有助乎教授中国近代文。学校方面尚同情。经费得与 N. C. C. 交涉。

晚殷、张（资琪）请吃饭。座中有刘、唐及蓝梦九、朱海帆。蓝、朱均农林部派来，是 I. C. I. 所请。

我们走得很远，到 Oriental Rest.② 吃饭。又走回到方寓。谈到十时半方散。

1945 年 5 月 7 日

34:5:7（一）晴夜雷雨

晨六时即醒。七时即起。

八时出门。乘公共汽车去车站。在站喝了一杯茶，吃一片糕。看报。

八时四十余分刘圣斌来，搭了八时五十五分车。同一房间内有座位。分坐二室。看报。今天的消息是停战可于数点钟内宣布。

将行李存在 Oxford Circus，到处。发了几封信。

午后四时蒋仲雅来。请他喝茶。他本来预备回牛津，见 V. E. Day③ 将到，故停留。五时我与他出去看看。有好些铺子已挂出旗子来。大多是英国旗。有时加上美国，再加上苏联。也有时有中国，可是比较的很少。我们看了一个便说这里有一个了。

车子到 Trafalgar Sq.，我们走回 Leicester Sq.。④ 街上有很多人，在等候什么。买了一份晚报，看到德国的代表已经向 Eisenhower 签了无条件投降。邱吉尔将宣布 VE Day 了。大家都在等候。我们想去街头等候，不是方法。照原定计划去看电影。如有宣言，电影院自会播送。

---

① 辅导班。
② 东方饭店。
③ 欧洲胜利日。
④ 从特拉法加广场走回莱斯特广场。

看的是 *The Picture of Dorian Gray*。这片子还不差。George Sanders 演 Lord Henry Wotton。① 恰到好处，完全是王尔德书中人物。演 Dorian Gray 是一新角。他的面貌很有些像杭立武。他是片中的主角，可是脸上没有多少表情，是一大弱点。那一张像在黑白片中有时加上五彩，极显著，是想得好。

近八时出来。Piccadilly 的人比五时余为少。可是还有人等着。晚报中说因为未得苏联同意，所以还没有宣布，恐今晚不能宣布了。

到香港楼。客满。我们在里面一间吃卤面。卖酒的上海人说欧战完得太早了，应当好好多打些时候。他说东方还得打六七年。日本本不要打中国，都是英国挑拨出来的！他认为英国人最坏。不知他这意见是不是可以代表一般水手茶房？

九时出门。遇经理张孟然走回，说已有宣布，明天是 V. E. Day。V. E. 者 Victory in Europe。

我们走到 Piccadilly Circus，人愈来愈多。马路中都满是人。London Pavilion 楼上有人在照电影。民众都是很 self-conscious②，想被照进去。

有二汽车过来，人群让出一条小路来，可是未到我们跟前，不让了。有兵爬上车顶，不一忽［会儿］男男女女爬上了好几个人，站满了，开走了。有几辆公共汽车来，一个兵居然爬上顶，又有几个人上去。挤得很厉害。一个人对我们说，站在此将挤倒，让我们走出去。我们慢慢的移动，走到了 Haymarket，那里松了。有学生一队推车游行。我们计划走过去看几个重要地点。先到 Traf. Sq. 人不很多。走 Mall 向 Buckingham Palace，③ 许多人走去，也有许多人走开。

Buckingham Palace 前面，铁栅栏外立了不少人，Victoria Monument④ 前坐满了人。可是二者中间马路上还可行车。有几辆车不止的转来又去。人们嚷

---

① 《道连·格雷的画像》，乔治·桑德斯演亨利·沃顿勋爵。
② 自觉。
③ 走林荫路（The Mall）向白金汉宫。
④ 维多利亚女王纪念像。

We Want King 或唱 *For He Is A Good Fellow*① 和别的歌。可是宫内静悄悄的。所有的窗都钉上板子，好像没有居人似的。到后来有两个小孩立在房顶上凭栏看热闹。后来有排队的民众来。车不能行。

我们在后面的草地上坐了半小时。人民不自的叫喊，宫中毫无反响。云黑起来了。宫中有一两个窗有灯光射出来。也有人在张望。这样黑，英王既出来也看不清了。

到十时我们离开，走 St. James Park 到 Whitehall。Big Ben② 现在亮了，很是好看。（我告仲雅 Speaker③ 的三个志愿，大钟上灯，引导议员谢上帝，及新下议院开幕。）

Whitehall 的人并不多。Downing St.④ 有障碍物在街口。有两个兵，二三个警察。（上次大战并没有。）外面立了几十个人。

走到 Traf. Sq. Mall 的人散出来的多。此时已十时半左右了。

到 Oxford Circus 取行李。回寓浴。听十二时广播后睡。

半夜闪电打雷下雨。

地道车站贴的庆祝 poster⑤ 最令人满意。中间是中美苏英，中国旗列成一长条，上面是蓝地的一个白星。左右是其他全体盟国的国旗。颜色极好看。

1945 年 5 月 8 日

34:5:8(二) 阴雨后晴

十一时到 Traf. Sq. 会蒋彝。

今天旗子挂得更多了。向城内去，愈近城心，旗子愈多。比较大的公司，

---

① 嚷"我们要国王"或唱"因为他是个好伙伴"。后者是一首英语儿歌，全名为 *For He Is A Jolly Good Fellow*。

② 走圣詹姆斯花园到白厅。大本钟。

③ 下议院议长。

④ 唐宁街。

⑤ 海报。

旗子愈大，也有时有四强的大旗。Carlton Hotel 便是如此。Strand Palace Hotel 也如此。Savoy① 却没有。有小孩子告其母"中国旗"，一中年人语女伴"是土耳其旗吧"。

National Gallery② 这两天关门。许多展览会都关门。电影院这两天完全关门，戏院却并不关。电影院怕秩序不能维持。许多大饭店也都关门，这却是茶房要休息。便宜了小饭馆。

我们走 Strand Fleet St.，往 St. Paul，Strand③ 的旗子很多。Fleet St. 反少。*Manchester Guardian*④ 只挂一个英国旗加一个美国旗。*Telegraph*⑤ 反而英美中苏法都挂了。Reuter⑥ 的旗子很多。

十二时 St. Paul 有 Thanksgiving Service⑦。门口已满是观光客。连街对面都立了不少。还有二十多分。我们绕教堂走了一转。人来得愈多。十一时三刻钟声便响了。等到十二时。只有一个汽车到，走出中年的一男一女。上去走入正门，门便关了。

欢乐也散了。有些人在两侧走进去。我们也进去看了一看。中间坐得满满的。许多人在两面走道站着。我们走到不能走，听奏号，唱诗一曲，便出来。摄电影汽车二三辆还在外等候着。

到大世界去吃饭。蒋对老闆一说，菜特别好。吃饭时有一位广东刘君来谈话，他说得很多，都是他回国去想做的事，从开汽车厂到造自行车，从自己开车与为 Ford⑧ 做经理。

遇到公超等多人。

与蒋同到 Belsize Park⑨ 他的寓所。他与郭泽钦同租的一个小 flat，有屋三

---

① 卡尔顿酒店。斯特兰德宫酒店。萨沃伊酒店。

② 国家美术馆。

③ 走斯特兰德（伦敦报业云集的）舰队街往圣保罗。

④ 《曼彻斯特卫报》。

⑤ 《每日电讯报》。

⑥ 路透社。

⑦ 圣保罗大教堂有感恩节礼拜。

⑧ 福特公司。

⑨ 贝尔丝琦公园。

间，加浴室及厨房。有无线电收音机。

三时有邱吉尔广播。很短。他提到对日作战，说受日本损害的英国美国及其他同盟国。并不提中国来。仲雅很生气，说为什么不肯加一个字？这是邱吉尔看不起中国的最明显的表示。

式一说 Innes Jackson 有二层楼在 Fitzjohns Ave。① 离 Belsize Park 只五分钟。仲雅领我走去。一走走了十五分钟，下 Belsize Ave. 及 Belsize Park Rd. 仍到了 College Crescent②。这样说来，应当由 Swiss Cottage 出来了。此屋 Jackson 拟出让，式一问我要否。

回去，睡着了十多分钟。仲雅热了些饭，煮了些菜汤，我们吃饭后再乘车进城。24 号车原来是到 Charing X 的。可是今天过了 Tottenham Court Rd. ③ 即转牛津街。Charing X Rd. 是禁止车辆通行了。

我们到 Marble Arch. 看到 Selfridges 上面的各国旗很多，可是 Mount Royal④ 有美苏等旗，却没有中国。中国人在这里住的如此多！

Hyde Park 中游人很多。可是并没有人在演说。围了一大堆人，原来是几个美国人在打 Baseball⑤。其余的人或走动，或坐着。晒太阳，过节。

Green Park 中也如此。愈是近宫⑥，人愈多。车辆不准到这里来了。宫前完全是人。人山人海。Vict. Monument 上的包厢中是电影机。宫顶上扬着英王的旗，没有其他的旗。Balcony 上挂了彩绸。铁栅上装了播音机。人满了。到处是人。马路中间也满是人。草地上也坐满了人。他们还是不断的叫 We Want King 或唱 *He Is A Good Fellow*，听说今天下午皇室已出来过两次。但民众还是很有耐心的等候。都很愉快。

我们好容易在人丛中挤了过去。到 St. James Park，坐在长池两边的草地上。这里的人也不少。从这里看着对面的青草和绿树，和池边的游人都倒影

---

① 英尼斯·杰克逊有二层楼在菲兹约翰斯大街。
② 新月学院。
③ 原来到查令十字路。今天过了托特纳姆法院路。
④ 到大理石拱门，看到塞尔福里奇有各国旗，可是皇家山酒店。
⑤ 棒球。
⑥ 白金汉宫。

在池中，很是好看。英女子的衣服颜色很鲜明，此时春季，红色的衣服很多。

Mall 上来往的人不绝，好像是一个不断的行列。离开的人也有，大多数的还是向皇宫走去。不知拥挤到什么程度。

我们坐了半小时。走向 Whitehall。① 在池中看见了两个 Pelican②，形状真丑。Tulips 极少。去岁到处都是，今天不知为何未移植。

Parl. Sq. ③ 那里人很多。有一个军乐队在奏乐。Whitehall 的角上是公共卫生部（仲雅说是外交部，有人说是内政部）。上面挂了各国旗。中间高出的地方，上面是英苏美旗，英在中。两面低一点的屋檐上是十多个其他各国及 Dominion④ 的旗。中国曾在此出面。排在右面的第三。其他政府机关上只有一个英旗。

Whitehall 中马路上都是人在走动，并没有车辆。Downing St. 口上站了不少人。财政部的 Scaffold⑤ 上坐满了人。Trafalgar. Sq. 也满是人众。还有大批的人向 Mall 走去。

我们即乘地道车回。

九时余回寓。听广播的时事，和庆祝 VE 日的报道。有各军事首领的播讲。各地的报道。皇宫前的情形。到近十一时。浴后睡。

1945 年 5 月 9 日
34:5:9（三）晴阴时雨

晨看报。写了些日记。十二时到办事处。看到 Gull 电说病了不能来城吃饭。原来是他请我今天中午在他 Club 吃饭。我怕他不能来，果然。幸而没有直接到他 club 去等。

在 Quality Inn 吃了饭。走牛津街转 Charling X Rd. 街上人仍不少。只有小

---

① 走向白厅。
② 两个鹈鹕。
③ 唐宁街附近的议会广场。
④ 自制领（英联邦部分成员国过去的一种称谓）。
⑤ 脚手架。

饭店开门。电影院仍关。买 Frederick Lonsdale 的 *Another Love Story*① 的票，并不难。足见热闹集中在街上。

乘车到 Whitehall。议会前广场的街上站满了人，警察维持秩序。我问人等候为什么。都说不知道。一人说也许英王会在此过（王曾去东伦）。我说议会仍开会，或可看到邱及阁员。

回到戏院，看 *Another Love Story*，并不精彩。照例有 bedroom scene②。两个人都同时与两个女子有关系。看众寥寥。这是末一周了。

出来走到 Piccadilly Circus，人仍很多。车辆已可行动。

回寓后大雨。

看完 *The Small General*。

七时余在附近吃饭。

晚听广播时事，没有 Stalin, Mackenzie King 及 Smith③ 等的谈话。英王在东伦，邱访美，苏、法大使的一路欢迎情形（也许中国与欧战无关，也许顾不在。无论如何，邱不见中国使馆）。后又有 Robert Donald's *The Making of a Reputation*（《邱氏小史》），由 Ralph Richardson④ 读邱氏的自传及演说。到近十一时。

写了一会日记。

1945 年 5 月 10 日
34:5:10(四)阴

晨无报。

补写完日记。

晨到处。接今甫信，与他回信。

---

① 弗里德里克·朗斯代尔的《另一个爱情故事》。
② 床上戏。
③ 斯大林、（加拿大总理）麦肯齐·金及史密斯将军等的谈话。沃尔特·史密斯将军 1945 年代表艾森豪威尔接受德国投降。
④ 后又有罗伯特·唐纳德《丘氏小史》，由拉尔夫·理查森读。

中午到 Portman Rest.① 吃饭。对面坐一美国海军军官。他是 Indiana 人，是一个 forester。② 我们谈了好久。

四时半出门。近五时到 Ritz. 电影院看 *Farewell*, *my Lovely*。这是侦探片，有些像 *Laura*，③ 很得好评，我却看不出它的特点来。新闻片有德军官向 Monty④ 投降一幕。

八时回寓晚饭。便算过了四十九岁的生辰。（中国算法，我是五十岁生辰了。）

写信与华及莹。

1945 年 5 月 11 日
34:5:11（五）晴，七时余急雨

晨看报。收拾行李。将出门，君健来。

送行李到 Paddington 存寄，方去处。

午饭后写信与雪艇。

周书楷来。与他少谈。请他喝茶。

近四时去 Paddington 乘 4:45 车去牛津。

天极热，在车中似盛暑。浑身出汗。看了些杂志。六时二十余分到站。式一来接。与他乘汽车到他家。

雪桥、仲雅及汇文也到车站。去稍迟，我们已走了。他们说平常车都是迟到，今天反早到。汇文是昨天来到牛津的。右家也来。右家本来说定也进 Somerville⑤。论文定为中国宪法。会了宪法教授，又去会 Hughes。Hughes 的

---

① 波特曼餐馆。
② 他是印第安纳人，是一个护林人。
③ 利兹电影院看《再见，吾爱》。这是侦探片，有些像《劳拉》。
④ 蒙蒂，即蒙哥马利［Bernard Law Montgomery（1887—1976），英国陆军元帅、战略家，第二次世界大战中盟军杰出指挥官之一］。
⑤ 牛津大学萨默维尔学院。

一封信，使 Miss Darbyshire① 变了卦。右家很难过，又是一件使人听了是大笑话。要我明天见 Hughes 时提一提。Hughes 会雪桥时已说可在其他学院为她设法。

今晚又有赵讳谟带了七岁的儿子 George 到熊家来。蒋仲雅很喜欢小孩，与他及德懿玩得很高兴。

我们饭后坐园中聊很久。范、张、王十时余方乘［骑］自行车去。

赵讳谟大谈苏联问题。他是驻捷克使馆秘书，但是不能去。今天的 *Evening Standard* 上有说 *New York Times* 的伦敦访员消息②，苏在英磋商远东问题。苏要求占领台湾，in addition to the former two demands——her protection over Korea and dominating influence in Manchuria③。

赵讳谟相信日本会把东三省及朝鲜送与苏联，请苏联出来调停。但是在中国不退兵。

1945 年 5 月 12 日

34:5:12(六)晴夜急雨

晨五时余即醒。以后苍蝇不止的在脸上飞过，不能再入睡。

早饭后与式一同到 Oriel College, British Council 的书籍杂志部访 Ralph Glasser④。谈了近一小时。他每月寄多少 microfilm⑤ 的杂志去中国（各六份），又寄六份杂志去中国。他们寄各国的杂志都不少。书籍部分的 Price⑥ 不在，未见到。

十一时往访 E. R. Hughes。他病了一月，方愈。现在被任为 acting

---

① 休斯的一封信使达比希尔小姐变了卦。
② 伦敦《标准晚报》上有说《纽约时报》伦敦访员消息。
③ 除了从前的两个要求——其对于朝鲜的保护和在伪满洲国的支配性影响。
④ 到牛津奥里尔学院，英国文化委员会的书籍杂志部访拉尔夫·格拉瑟。
⑤ 缩微胶卷。
⑥ 价格。

professor①。见到他和 Mrs. Hughes。雪桥、汇文也去了。他收藏的中国书很不少。

他自己提起右家问题，说有误会。牛津做研究，都得经过 probation period②。除了很少的专家。Miss Darbyshire 以为右家是专家，但她学的是政治，不是法律，实有困难。但 Darbyshire 下半年即退休，不愿留下未了之事，所以弄得很困难。

Hughes 说他可与 Adams 同向其他的学院去商量。他不保证可进去，但不见得无望。但右家对 Miss D 表示 ' Somerville or nothing'③，那就难了。我说她并不坚持此意，可让她来当面一谈。张汇文说他与右家同时在美，是非常的 brilliant④（后来知道他们那时并不认识），又说她知道的中国东西比余铭为多！

一时雪桥在 Mitre⑤ 请吃饭。我们从 Hughes 家出来，访了右家。（她住在一家成衣铺的楼上，是一个很小的 flat），与她同去。座中另有仲雅。汇文说他善观气色，在剑桥很有名，刘圣斌特别相信他。他说 Hughes 的气色不佳。式一近日也不佳。我正在转告。

雪桥说他听 Hughes 说下年 British Council 所请的除了章之汶外，有韦卓民、沈有鼎、孙毓棠及邵循正。后四位都是 Hughes 所推荐。Hughes 要他们来，大约为了可以帮助他。卓民及有鼎是哲学，孙、邵是历史。Hughes 很活动。已与几个学院商量定了容留他们去住。

翻译唐书事，原则已通过，但得设法筹钱。Vice-chancellor⑥ 已允出名向外募捐。大约想打 Lord Nuffied⑦ 的主意。

饭后到雪桥处喝茶。四时与范、熊、张三人到 Prof. Adams 处喝茶。熊德兰⑧小姐也去了。坐园中大树下。Adams 照例的说宋子文出席世界经济会议后

---

① 代理教授。
② 试用期。
③ "萨默维尔，要不哪儿也不去。"
④ 有才华。
⑤ 主教冠餐厅。
⑥ 大学副校长。
⑦ 纳菲尔德勋爵。
⑧ 熊式一之女。

来牛津。在他与园中茶会（那时他还住此）同来的有郭复初、颜骏人，及当时的驻法公使，驻美公使。他请了 Lindsay 等同坐，是大盛会。

Adams 老了，她问的中国问题，大都是从前问过我的。谈话间 Lionel Curtis① 来。他是 All Souls 的 fellow。② 听我们提起昨天报载苏联的要求，他问确否，我说不知道。他说苏联是大祸，世界和平的危险很大。现在的苏联与十年前的德国相同。可是谁都不敢发表批评。他自己是 enfant terrible③，也不敢在报上发表文字。他说苏联的作风是使近邻共党化，都做它的 satelite④，它对于德国、日本，将来的作风也必如是。等到他们完全成了它的 satelite，羽翼已成，英美与苏如开裂，不容易抵抗此强敌了。

L. C. 说昨晚七时，他住的地方（离牛津七英里）大冰雹。有些 Green house⑤ 打破了。捡了一冰雹一量，比 golf ball⑥ 还大些。可是牛津却没有冰雹。

六时出。在雪桥处坐了一会。到他们学院的 High Table 吃饭。今天来的客很多。所以 High Table 上有十余人。Lindsay 未来，由 senior fellow Ridley⑦ 主席。Ridley 也是英文教员。我与教梵文的一位教授，及教印度史的 Mr. Davies 谈了一会。喝了些 Port⑧（吃饭时也有酒喝）。

九时余回熊家。与熊、赵等谈到十二时方睡。

1945 年 5 月 13 日
34:5:13(日) 晴下午雨

早看了一会报。与赵讳谟等谈从前北平师大时事。

---

① 莱昂内尔·柯蒂斯。
② 牛津万灵学院的董事。
③ 难搞的顽童。
④ 卫星国。
⑤ 温室。
⑥ 高尔夫球。
⑦ 林赛没来，由高级研究员里德利主席。
⑧ 戴维斯先生谈了一会儿。喝了些波尔图葡萄酒。

十二时许随他车进城。到雪桥处。一时雪桥在 George Hotel① 请中国同学。我与汇文外，有陆地利、黄欣中、黄理松、徐承斌、右家及德兰。两桌系两个茶房招呼，所以不能合并。徐承斌宁波人，St. John's② 后，在英新闻处做事，与雪槐等很熟。很老到。陆地利的言论仍奇特。说波兰问题都是英国弄出来的。让它自己去便没有事了。我说此话可不可说，将来东三省出了临时政府，是不是也不要英美干涉？

饭后汇文、右家与访 Hughes。我在雪桥处听广播 St. Paul's 的 Thanksgiving Service③。

四时一刻冒雨与雪桥到 Lindsay 处。坐在桌上喝茶，另有 Major Scott 及 Nelson④。先谈中日问题。我问今天报载日本求和，条件为日本放弃一切占领的土地，只是联军不能在日本本土登陆。此条件英国是否可接受？他们都没有答复。Lindsay 问日本是否能讲和。我说日本人是 realists⑤，他不信。他说余铭说日本必与英美作战，为了它的面子问题。其灵验了。我说日本与英美作战，是中国人谁都预言的，理由却与余铭不同。日本人以为 Pearl Harbor⑥ 一役可以将美国海军消灭。Nelson 说那一下是消灭了美国海军 80%，我说日本估计低了美国的恢复力量。

后来谈到了国共问题。Lindsay 夫妇都攻击政府。说政府不让步，我所说的话他都不信。并说 inflation⑦ 是政府有意造出来的。

访蒋仲雅，不值。晚右家在 Randolph⑧ 请吃饭。范、张、熊夫妇，及陆、黄、黄、徐，及蒋仲雅。九时回。

---

① 乔治饭店。
② 牛津圣约翰学院。
③ 圣保罗大教堂的感恩节礼拜。
④ 梅杰·司各特及尼尔森。
⑤ 现实主义者。
⑥ 珍珠港。
⑦ 通货膨胀。
⑧ 伦道夫饭馆。

1945 年 5 月 14 日

34:5:14(一)晴

　　早饭后与式一夫妇看了一会女学校等问题。

　　近十时与式一同车去站。他也去伦。汇文、右家也去伦。十时二十分车，十二时前到。又快了几分钟。

　　我请他们在上海楼吃饭。谈起孙毓棠来。右家与凤子很熟。说家宝①与毓棠是好友。原来与凤子彼此都无好感。毓棠娶凤子，竭力联络。凤子热情，便与家宝相爱。凤子去重庆时，家宝在人前极冷淡，在人后则热，却又说等候他女儿长大出嫁后方与她结合。同时又函毓棠，要他催她回去。右家并谈从文最初为凤子、家宝转信，后来又是他报告毓棠。都太离奇。但她说从文始终追青子②，并没有追凤子。

　　饭后汇文与右家到我处少坐。后来刘圣斌来。

　　Time Magazine 来电话问周厚复，说他得了 Nobel③ 的化学奖金。太奇怪了。但他从前在此有贡献也未可知。他们要 confirmations④，我不知道。我去问周庆祥。他大不信。他因为周厚复得神经病，去请此奖。他说他在化学方面也没有什么贡献。

　　晚听广播，看杂志。

　　今天比前天冷了近二十度。

　　接到四月十六日华与莹的信。我的十六箱书也无下落。华又常常有 blackout⑤ 的毛病。真是愁人。

---

① 曹禺（1910—1996），中国现代剧作家，话剧代表作有《雷雨》《日出》《原野》等。

② 高青子。

③ 诺贝尔。

④ 证明。

⑤ 暂时的意识丧失。

1945 年 5 月 15 日

34:5:15(二)晴

晨看报。去处。

有 Nelson 的 Ratchiff[①] 来访。谈在中国销课本问题。

Vera 来电话，说她与 Percy 都想请中国政府设在伦大的奖金，已与 Edwards 谈过。Percy 研究哲学，她想研究中国史，但又不愿研究专题。与我商量研究什么好。我提议可研究近三四十年的历史。

午后回复了七八封信。

崔骥来谈了一会。

六时余到公超处，与他谈了一时余。

晚补写日记。

1945 年 5 月 16 日

34:5:16(三)晴

晨看报。去处。

中午周显承约了同去 Le Bel Mennie[②] 吃饭。这是法国饭店，味颇佳，饭价不贵，招待极周到。显承说海军军官学生将有三千人来英训练。他的经费不加，所以很想拂袖而去。

饭后剪发。

口述了几封信。看杂志等。

六时半去 Academy 看电影。有一匈利亚［牙利］的片子名 *Hortobagy*[③]（地名），里面是写一天的田野乡村风景及活动。大部分是马、牛、羊的活动。

---

① 尼尔森学院的拉齐夫。

② 勒贝尔门尼酒店。

③ 到皇家学院看电影《霍尔托巴吉》。

有禽兽与人的恋爱。有新旧的冲突。摄影取景极佳，但似乎太长了。

另一片是法国 Rene Clair 的 *Le Dernier Milliardaire*。这完全是一个讽刺片，讥讽 dictator 国王及大臣的仪节与举止等等。只可当 Farce 看。①

到一家小饭店吃饭后回。

1945 年 5 月 17 日
34:5:17（四）晴

晨到处。

十二时余范雪桥自牛津来。中午请他在 Portman Restaurant 吃饭。二时半同到 Belgrave Sq. 六号出席 International Association of University Professors② 的执行委员会议。只到了七八个人。荷兰人 Veraat③ 主席。苏联的是一个女书记，只是记录笔记，一句话也不说。主席特别提出苏联与中国的 subscription④，有两年未交。讨论年会节目时，主席与英国 Lane⑤ 争论甚久。节目之一，为被占领各国之大学，可是只有欧洲的大学，没有中国。我指出后，大家争说明并无歧视，中国当然要有，雪桥即提出我来为报告人。

四时即完。雪桥与我同回寓，喝茶。写了一两封信。适之寄了几本关于戴东原的小册来，托我分发。附写些便条之类。

六时余到公超处。北大教法文的邵可侣 Reclus⑥ 来了（他说他的族祖大地理家，中国译为郝可侣，郝家误印邵氏，所以他到中国，也便成了邵氏。）我请他们及雪桥到"上海"吃饭。饭后到公超处喝酒、喝茶。邵的中国话说得极好。他今天起即住公超处。谈苏联问题等等。邵说苏联人的态度，使第三次大战不可避免。我相信联军即可在福州登陆，公超则说一定要占领台湾后

---

① 法国导演雷内·克莱尔《最后的亿万富豪》。讥讽独裁者国王。只当闹剧看。

② 贝尔格雷夫广场六号，出席"国际大学教授协会"。

③ 沃拉特。

④ 会费。

⑤ 莱恩。

⑥ 即雅克·勒克吕（Jacques Reclus, 1894—1984），法国人，1930 年到昆明，在中法大学执教。

方到福州。

十一时后公超送我与雪桥回。雪桥住我处。谈到一时半方睡。

1945 年 5 月 18 日
34:5:18 (五) 晴

晚睡得不好。晨早醒。早饭后与雪桥进城。

今天接参政会秘书处来信，说参会改选，我当选为四届参政员。七月初开会，请我去出席。七月初开会，当然是赶不回去了。

写信与华。

中午一时，在"上海"请雪桥及仲雅吃饭。却好式一太太及德懿也在那里。同桌吃。式一与汇文有寇君请，在楼下。饭后也上来坐。

回处，写信与莹。写信与雪艇、立武。到近五时方完。五时余式一来，坐谈了些时。

六时半到 Mount Royal，与显承同去 Baker St. 乘火车到 Moor Park[①] 金纯儒处。今晚他请张公权。座中有公权同来之周君（St. John's，在美国五六年）、李德燏夫妇、王兆熙、郑君及徐君，和胡政之夫人。

公权在伦敦筹备中国银行时曾来住过几月，那是 1929，已十多年了。他此次拟住英二月，或到欧洲看看，仍回美。他说他与鲠生初拟同回，后鲠生颇悔，可是非去不可了。他的行动还自由。君劢[②]十月可来。幼仪在沪，阿欢[③]娶妻，生了一个女儿，可是太太不可再生育，幼仪没有孙子，有些失望。

十时余，我与张、周、周、郑同火车回。到寓已十一时许。

---

① 摩尔帕克。

② 张君劢。

③ 张幼仪，徐志摩前妻；阿欢为徐志摩与张幼仪所生长子徐积锴。

1945 年 5 月 19 日

34:5:19（六）阴

晨到处。Gwen 去牛津了。看了些报。

一时到 Brown Hotel。挪威的 Winsner[①] 请客，到了共十人。我坐在法国 J. Desseignet[②]的旁。他 1911 年到 Aberdeen[③]，与行严夫妇认识。行严等革命[④]时离英，他买了他们的一部分家具。在英教书已三十年了。现在 Uni. of Reading[⑤]。临时主席本拟 Genissent，是 Inst. Francais[⑥] 的法文教授。现在 Inst. F. 的 director Prof. Emile Audra[⑦] 到了让他当正式主席，Audra 是 Lille[⑧] 大学的文学院院长，英文学教授。Winsner 是 British Norway Inst.[⑨] 的主任。Willard Connelly 是 American Uni. Union 的 director。[⑩] 他在英已有二十多年。他的工作正是我们要想做的。

三时余到 Norwegian Inst.，这在 Rutland Gardens[⑪]。房子是西班牙建筑。空落落没有多少人。Winsner 说此处地点不适宜。战后来英的多是学生，所以拟移到 Bloomsbury[⑫] 一带。

Winsner 讲 Ibsen。[⑬] 以后略有讨论。茶点。

我与波兰的女教员（Birmingham Uni.[⑭]）同行，送她上车。她上次大战在

---

① 布朗饭店。温斯纳。
② 德赛涅特。
③ 阿伯丁。
④ 指 1911 年辛亥革命。
⑤ 雷丁大学。
⑥ 詹尼森特是法语学会的教授。
⑦ 现在法语学会的主任是埃米尔·奥德拉教授。
⑧ 法国里尔大学。
⑨ 英国挪威协会。
⑩ 威拉德·康纳利是美国大学联盟的主任。
⑪ 挪威的学会，在拉特兰花园。
⑫ 布鲁姆斯伯里。
⑬ 温斯纳讲易卜生。
⑭ 伯明翰大学。

德国教书，Nazi 当政后她转 Switzerland① 来英。她说宣传一国的文化，甚至使人知道一国的存在，莫如在大学设立讲座。她的波兰文讲座原系波兰政府出钱，现在则英波合设。

到 News Theatre 去看了几个时事片。出来已近七时。误了一班车，到 Moor Park 已经七时三刻。这是钱家生了女儿住了两月。他们借用顾少川的房子和厨子。我是末一个到。有金纯儒夫妇及李德燏夫妇。胡政之夫人，吴权，航空委员会的 Maj. 顾② 及蒋君。蒋是硕杰的三兄，一星期前自美国来。

饭后与胡政之夫人谈了一会。她病已年余。政之动身时还未决定出国。后来宋子文说她应出国就医，为向蒋进言，不到一星期一切都办好了。宋与胡家是近邻。她说最近二三月在印度等船的人很多，但没有载客的船。董霖的家眷三月底到印度，现在尚未走。仆人不能带。梁雪松全家到印，要去马赛，也不能走动。中国代表团共七十余人，有四十多人自国内去。美机每机只准五人。董必武要多一随员，发生了不少波折。他初以为政府为难，后来方明白。

1945 年 5 月 20 日
34:5:20（日）雨晚晴

今天是 Whit Sunday③。昨晚一时睡，三时醒，到五时半再入睡。所以今天精神不佳。

看报。午后仍懒懒的。到四时半方开始打演讲稿。到六时半打了一页半。

听广播，说法律对于重婚的解释。

七时出门。雨已止，有时有些太阳。到 Swiss Cottage 吃饭。回家八时半。听广播 *Dr. Thone* 及新闻。

九时半到十一时半又打演讲稿一页半。只差一点便完了。

十二时浴后睡。

---

① 纳粹当政后转瑞士来英。
② 顾少校。
③ 圣灵降临节。

1945 年 5 月 21 日

34:5:21（一）晴，阵雨

晨看报后，补写日记，到下午三时方写完。

打字。打完演讲稿。全部只千余字。

近五时出门。到处。看了几［（封）］信。报纸等都没有。

五时半到宣传处。只有朱抚松一个人在那里。我上去看了四月底十天的《大公报》。二十四号有参政会四届的名单。朋友落选的有皓白，当选的有仲揆与适之。此外当选的有周恩来，落选的有王立明。新参政员大都是各省选出的不大著名的人。

与朱抚松到一个小饭馆吃饭。时大雨。饭后与他同到 Oxford Circus 的 News Theatre 看时事片。里面有一张是缅甸作战的情形。抚松没有看到过 News Theatre，因此是一新发现。

出来仍雨。回寓。听广播，又是缅甸战纪。

与华及莹各写一信，写完已十二时了。

1945 年 5 月 22 日

34:5:22（二）晴偶有阵雨

晨收拾东西。看报。

十一时到处。到银行。

写了一信与雪艇。一短信与骝先、立武。

在处吃了些 Sandwich。

二时乘车去 Euston。搭 2:40 车去利物浦。我到时正坐了座位。车沿途不多停。只停 Rugby, Stafford, Crewe[①] 等几站。在 Rugby 上来人很多，只有在外

---

① 拉格比、斯塔福德、克鲁。

面站。我们房间的一位海军，一位陆军军官都让两位老太太坐了。

一路经过的不是牧地，便是工厂之类。有时下些雨。我看 Burke 的 *My Father in China*。①

近利物浦是车过 Mersey②。近城区有些绿野。

车迟到半小时。七时半过了方到。有罗孝建君在接。罗君福建人，罗忠诒、忠翙（即与我船自马赛回国，到了 Port Said③，又回英者）之侄。陈岱孙之表弟。剑桥读文学。现在在领事馆做一点事。

同到 Adelphi Hotel④。这是利物浦的大旅馆，在车站附近。房间很高，却并不大。

八时余与罗君去远东楼。那里是唐人街。街上看到很多中国人。这是我在其他唐人街所没有见过的。原因是这里有二三千海员，他们没有事做，所以在街上站着走着。许多家门口，贴了"牌九"等的牌子。据说因赌或抽大烟被捕的人常常有。提去罚几镑钱。他们并不在乎。

在远东楼的有罗明铣（领事），曾钊（副领）及陈桐，罗为均任之侄。在英十余年，初在大使馆，到此二年。曾为燕京民国三十年毕业生。曾的样子又有些像俞平伯，是金甫的学生。说话很多。

饭后到领事馆去坐了一小时。领事馆在住宅区，是一所三楼公寓。年租只八十镑，可谓廉矣。

十时半罗领事送我回旅馆。他住的地方，离城有十五哩，得乘火车去。

1945 年 5 月 23 日

34:5:23（三）阴

早饭后与 Miss Oldham 打电话。方知 Martim⑤ 约我今早十一时一刻去。看

---

① 詹姆斯·伯克（步雅各）的《我父亲在中国》。
② 墨西河。
③ 埃及塞得港。
④ 艾德菲酒店。
⑤ 与奥尔德姆小姐打电话，方知马蒂姆约我。

报。邱吉尔已决定辞职——晚报他已辞职。

十时到中国银行访顾宪成。与他少谈。在他室内看了 Liverpool 地图，知道大势。到《中华周报》社访徐允贵未值。社在国民党分部内。左右邻居都是牌九场。

十一时一刻到大学。Martim 在门口等。他们每天十一时一刻有咖啡。借此各教员可在此会晤。Vice-chancellor 也在内。M 介绍我与他谈话。谈起中国教授来英。我说将来如有空，可否到大学来给几个公开演讲。Vice-c. 说这大学的学生都忙考试，对功课以外的演讲都不感兴趣。也许在校外民众，可以有些兴趣。我说英人到中国，中国大学都欢迎演讲，听的学生很多。他说他们是要练习英文。没有什么可说的。他也回 office 去了。

Martim 很瘦，很干瘪，谈了一会鉴照。他介绍我与一 assistant librarian①便辞去。

这 assistant librarian 是英文系的教员，教 Anglo-Saxon②的。他领我去看图书馆。这是 1935 年造，一切很新式。阅览室分了好几间。书库分八层，现在的书有四层。英国文学的书还不少。杂志，英国外各国的也不少。看书的人以女生为多。建造费是十万镑。购书费每年三四千镑，但有许多书系捐赠。

十二时 Allied Centre③派的车来接我，即去。路很近，要我六先令。

在 Allied Centre 会到 Ketherleen Oldham，她是 Organizing Secretary④。她带我去会了 Pearson，是 director。又会到 Tudor，即是英国这一带的 Press Officer⑤。我已会他第三次了。(Wales & Durham⑥)

十二时半到附近的 Blue coat Chamber⑦。现代画展在此举行。这原来是一

——————————————

① 助理馆员。
② 盎格鲁撒克逊语。
③ 盟军中心。
④ 凯特琳·奥尔德姆，她是组织秘书。
⑤ 皮尔森，是主任。又会到都铎，即是这一带的新闻处官员。
⑥ 威尔士和达拉漠。
⑦ "蓝衣室"。

学校。学校后停，Lord Leverhulme① 维持它为文化建筑。现大部分已炸毁，只留了一侧。展览室不大，正可放下五十多张画。一间室几乎隔成三间。

主席是 Col. Cotton，是 Liverpool Corporation 的 arts and music② 的主席。我讲稿本以为只有十余分钟。恐怕讲了近半小时。幸而大部分的人都有座位。后来的散立在两侧，罗明铣也在内。

一时余 Pearson 在 Adelphi 请吃饭。座中有 Lord Leverhulme，中英友谊会的主席 Farquharson，Liverpool Gallery 的 Curator Mr. Lambert，Port-Sunlight Gallery 的 Curator Davidson③ 及罗明铣。Leverhulme 耳朵不聪，用耳机。他父亲收藏的中国瓷器很多，此外为英国瓷器。现在都存储，所以看不到。约了将来来看。

我说 Lux④ 在重庆卖到八百元一块。他说他可半价卖一批货与我。别人问居然还有人买吗？我说，还是有。普通的人只可 content with sunlight and water⑤ 了。

Farquharson 说为什么中国海员出门一定要坐汽车。现在利物浦的汽车都得到 Norton St.⑥ 去了，简直坐不到。我说这里汽车太贵。大学到 Allied Centre 六先。他们说这只需一先令。怪不得汽车要兜中国人的生意了。

席散到 Allied Centre。Tudor 领我参观。这是一所为九层楼的房子，相当大。楼下有一演讲室。上面又有一可做跳舞用的会场。一层为 Game 室，有两张 Billiards 桌，二三张 table tennis 桌。最上为 canteen。⑦ canteen 招呼人及厨房的人都是义务。又有好些房子是为某一国国人专用。Czech⑧ 的墙上特由本国画家作壁画。此外有法、波、挪威、荷兰、美国、比等。

---

① 利弗休姆勋爵。
② 科顿上校是利物浦社团的艺术与音乐学会的主席。
③ 中英友谊会主席法夸尔森。利物浦画廊的馆长兰伯特，港口阳光画廊的馆长戴维森。
④ 力士肥皂。
⑤ 满足于阳光和水。
⑥ 诺顿街。
⑦ 一层游戏室，两张台球桌，二三张乒乓球桌，最上为食堂。
⑧ 捷克。

一问为咖啡室。里面有教室，教授英文。我与教师 Miss Bront[①]（？）谈了一会。她教的学生各国人都有。有两个中国学生很好。Tudor 说另一教师说印度人学英语最快。这位老小姐不承认。她说她没有教过各国的人，如何能比较？她示我中国学生的 dictation[②]，这是不坏。她说可惜的是他们上了些时候，需得上船去，好几个月方回。

Tudor 又陪我出去看看街道。最大的街为 Church St. 及 Lord St.[③] 即去 Allied Centre 旁，很短，被炸毁的不少。我们乘电车沿此街到 Waterfront，这是 Mersey[④]，有些些黄浦，但似乎大没有外滩的堂皇。这里有几个渡船码头。我们坐一个船到对岸又回来。可惜天阴，不能看到远处。

四时半 Oldham 请我们喝茶。她曾请徐允贵及袁君夫妇，都没有来。Miss Bront 来同坐。

五时半回。

七时顾宪成君来，同去"远东楼"。座中又有招商局派来英国的郭君（广东人，但在上海生长），领事馆的罗罗曾及新到的贺君（江西人，中政校毕业），及银行的刘、吴二君。

九时半回。

看 Burke's *My Father in China*。

1945 年 5 月 24 日
34:5:24(四)晴

晨乘十时半车去 Manchester，十一时到 Central 车站。周书楷来接。同去 Midland Hotel[⑤]，即在车站附近。

---

① 布朗特小姐。
② 听写。
③ 教堂街及勋爵街。
④ 沿此街到水边。
⑤ 十一时到中央车站。同去米德兰饭店。

一时书楷在旅馆的 private room 请吃饭。座中有 *Manchester Guardian* 的总编辑 Wadsworth①，大学的英文学教授 H. B. Charlton，化学系主任 Dr. C. Camphell，Aid to China 的主席 Alderman Wright Robinson，会计 Behrens，美国领事 Armstrong，British Council Phillips② 等。

Wadsworth 讲报馆不能派记者去中国的原因是生活费用太高，无法担任。我说外侨在华，汇价比官价高二十倍。他说还是太贵。又一原因为检查。我说检查近九月已大放松。我反问中国的检查比苏联如何？他说苏联是不在话下。他又问苏联在远东如何。我说人们有说如何如何，他自己的报的记者亦说如何如何。他说苏联的态度大是可怕。大家都同此意。

Robinson 问中国的语言、人种的问题。他问能不能拉丁化。

饭后与书楷同到领事馆。书楷邀了一位中国同学刘君（广东人，暨南大学毕业，曾在牛津五年，学经济）来，请他带我参观。

我们先看了 Central Library③，这即在 Midland Hotel 的对面。很新，建造未久，完全是圆形。地层一面为 Commercial Lib.，一面为 Music Lib.，楼上中间是 Reference Lib.，形式像 Brit. Museum，④ 只是规模较小。后面圆形壁上都是书架。参考室外面的一圈是借书室。借书人可以自由进去阅览。书架一个个的 U 字形，凭圆墙向窗。分类也新颖。如 Books for Parents，Translations⑤ 等等。如一般读书很是方便。职员在两头口上。

地窖子为一大厅，可开演讲会、音乐会等。今天锁了。

我们乘车去大学。大学很旧。我们绕了一转，会到经济系主任 Hicks⑥。设备等极简陋。旧图书馆不大，现改为理工科图书馆。

文科图书馆为新厦，1938 年方完成。分五层。上面两层为阅览室，里面

---

① 在饭店单间请饭。座中有《曼彻斯特卫报》总编辑沃兹沃斯。
② 英文学教授查尔顿，化学系主任坎贝尔博士，援华会主席赖特·罗宾逊市议员，会计贝伦斯，美国领事阿姆斯特朗，英国文化委员会菲利普斯。
③ 中央图书馆。
④ 一面为商业图书馆，一面为音乐图书馆，楼上中间是参考室阅览室，形式像大英博物馆。
⑤ 父母读物，翻译。
⑥ 希克斯。

布置为两面一排的书架，二架中为书桌。楼下三层为藏书库。研究生，毕业一年生可在内工作。

学生会有一特殊的建筑。学生的饭厅即在此处。我们在此喝茶。饭很便宜。只是此间构造不好，回声大，人声嘈杂，不能说话。有大小演讲厅。大的为全体办论之用，小的今天在内正有一 Jewish Brains Trust① （人很少）。有 common room，顶上有 silent room② 可工作，但需自己带书去。

男女分开，只是一处相连，为男女会客室。我们进去，只有两对男女，一对在谈话，一对在调情。食堂也是共同的。

体育室很大。也有很好的游泳池。更衣室及 shower bath③ 下面。男女在两端。上池可同泳。

大学有牙科及医院，最近完成，很新式，外观是极摩登。我们去已过五时，关门了。据说设备极好。

六时到 China Inst. 会到中国同学十余人，如李鑫夫妇等。书楷去接了董霖、魏更生、骆传华来。他们由 M. O. I. 招待，参观了 New Castle, York，今天下午到此。M. O. I. 与本地代表 Mauld 同来。董霖是初次见面，很客气。即约了月底吃饭。我站起来立着与学生谈话。董也站起与学生谈话。

七时到旅馆。书楷今晚又招待。本来说张公权也来，所以邀的大都是实业界的人，如商界远东组主席 Sir Kenneth Stuart, Alexander Ross Co. 的 D. M. Ross, Renold Co. 的董事长 C. G. Renold, Beyer Peacock Co. 的 Williams 及 Dawes, Metroplitan Vickers Co. 的 Tearle 及 Young,④ 美领事及副领事。

董霖是主宾。我坐在 Ross 与 Yong 之间。Ross 在上海多年。Young 去过中国二次，1942 年曾在重庆。

饭后演说很多。书楷演说，Sir Kenneth，董霖，Armstrong，骆传华等各有演说。以后又请各商家演说。董霖英文口音不很佳，读音常错，可是居然也

① "犹太智囊团"。
② 公共休息室，静默休息室。
③ 淋浴室。
④ 肯尼斯·斯图尔特爵士，亚历山大罗斯公司的罗斯，雷纳德公司的董事长雷纳德，拜尔皮科克公司的威廉姆斯及道斯，维克斯大都会公司的特尔和杨格。

说了，并不格格不吐。

九时半方散。

十时我们去参观 *Manchester Guardian*。我中午与 Wadsworth 已讲好，Mould 后又打电话去。Wadsworth 及副编辑 Pringle① 同来招待。他先陪我们说话。魏更生说要看。他们自己领我们去看各部门。

伦敦版要十时半方上版。我们等候了一会。在楼上看排字。董霖等看了大略。Wadsworth 听我说中国的排字方法也摇头。排了字看压纸版。接着浇铅版。快极了。一下子一块，是半圆的。再下去便是卷筒机印刷。印得很快。一头是一大卷筒纸，到另一头出来时已经将报纸折好了。

十一时余回。即睡。

1945 年 5 月 25 日
34:5:25（五）阴

晨早饭与董、骆等在一处。早饭后 Brit. Council 的 Hunter 来②。他领我们去参观工厂。看 Peacock 厂。可是这是 Whitsun Week，Lancashire③ 的工人都放假。工厂里不会有工人。我辞不去。

与书楷去参观 College of Technology④。这是二十多年前来的，虽然毫无印象了。我们访 Brit. Council 的研究生陈君。他在做一种毛丝的试验。做好后有什么用处，谁也不知道。他领我们看了学校一周。这是一栋大四合房。回形地方相当的挤。一层工业工学，一层纺织等等。学生会只有一二间屋。饭厅也很小，只一间并不很大的屋。只有一间可算相当的讲究。最大的是中间的礼堂，也做考场。下一层算是博物院。只有些仿制的石像。

最下一层是工厂。对于制棉织布的机器都完备。可以看到从棉花一步一

---

① 普林格尔。
② 文化委员会的亨特来。
③ 看皮科克厂。可是这是圣灵降临节周末，兰开夏的工人都放假。
④ 技术学院。

步的织成花布。

十二时余乘一辆特备的长途汽车，到附近一小城。这里有为 United Aid to China 的 Cricket match①，所以请了书楷，他约我同去。车行进一小时到。我们以为有饭吃。谁知只预备了咖啡饼干飨客。也没有人招待。书楷很不高兴。即问回去火车时间。有一位 Methodist② 的牧师陪我们谈了一会话，送我们到车站。我们连 cricket match 的场子也没有看见。天阴有雨意，不去也好。

车行很慢，走了一时半方到 Manchester，就去 Victoria Station 吃饭。书楷与 waiter 很熟，所以特别得了 Wiener Schnitzel。③

回到旅馆。与书楷看了一会报。

七时，Hunter 代表 Brit. Council 请吃饭。我们四人外另有一位 alderman，是工人出身，一位是商会的秘书。饭后又有演说。幸而只 Hunter 等二人。（骆下午即回伦敦了。）

席散后我们又到董房去谈话。

董说外交习惯很重要，得有训练。中国有许多人不知道，闹笑话。他在外部做参事二年，一切公文都经目，所以情形相当熟悉。

（其实昨天书楷即说他不懂外交习惯。昨晚书楷 toast an distinguished guests④ 时，他也站起来，手持杯。旁一英人要他坐下，他不坐。英国习惯，Toast 时是被 Toast⑤ 的人坐着不动的。）

1945 年 5 月 26 日
34:5:26（六）雨有时晴

早饭后九时余 Hunter 来。他的车送我们到车站。特别找了站长，为留座位。可是车并不挤，有不少空位。

---

① 联合援华会的板球比赛。
② 卫理公会派。
③ 去维多利亚车站吃饭。书楷与侍者很熟，特别得了维也纳炸小牛排。
④ 为贵宾祝酒。
⑤ 祝酒时被祝之人坐着不动。

九时四十五分开，一路不停。不到二时已到伦。可是进车站前，等候几次，费了半小时。所以到 Euston 时已经二时一刻左右了。

在车上看报。看了一本 *Leader*，又看了些 *My Father in China*。

乘地道到 Maida Vale，在附近吃了饭方回。

晨上车前雨。车上有时有太阳。到伦时阴。到家不久，又大雨。

五时出门，去买糖果。到 News Theatre 看时事片。

七时半到 Kingsley Theatre[①] 访 Hughes 夫妇。在旅馆吃饭。

饭后在客厅与他谈话。对于寅恪来英问题讨论甚久。他说翻译唐书计划正在进行中。如寅恪不能来则计划取消。我说寅恪来不来，当由他回已来信。我的消息，不能作为正式通知。他说寅恪如不来，则牛津大学将很失望，对于中国教授的计划，是一大打击。所以最好是寅恪至少来二年，将计划大纲弄好，便可让别人继续进行了。可是如来二年，则来回川资数目极大（如全家来，来时至少千镑），学校不易担任。（学校过去请教授，向不供给旅费。）来后租房购买家具等等，所费也不资。如仅住二年，也极不上算。可是牛津当局现在相信寅恪，如他不来，则唐书计划必不愿实行。

1945 年 5 月 27 日
34:5:27(日)阴晴

一天未出门，除了傍晚到外吃饭。

看报。听广播（下午 *I had three sons*，*This is Law*，晚 *Dr. Thome*，*This was an American*[②] 等）。

看 Burke's *My Father in China*。

七时出门，到 Odeon 吃饭。走回已八时半。

补写日记等。

---

① 金斯莱剧院。
② 下午《我有三个儿子》《这就是法律》，晚《托姆医生》《这是个美国人》。

1945 年 5 月 28 日

34:5:28（一）阴晴雨

晨看报。

去处。接华莹五月九号所发信。此信来得很快。华对于借钱与华家很不高兴，把他们比 Micawbers①，说将来如何能还。

立武有电来，要我与 E. M. Gull 商请英外部通知，洽领事馆让庚款学生来英。我打电话与 Gull，他还在生病，未到会。与 Winser 及 Monte 说话。M 说他与剑桥接洽，因辞员关系至为困难。入学难，或可设法入工厂。我说此办法必须先得渝方同意。Monte 与 Sir Homell 及 Richter② 同去剑桥。我电问 Richter，他则说一切已商量好。但所谓一切，不过是原则上同意！又与陈尧圣通话，请使馆与英外部交涉。

一时与公超去 Allied Circle 出席 Council 会议。到了十余人。饭后推举各委员人选等等。

到 Clairdge③ 访张公权、梁雪松，均未值。

回处拟复立武电。

四时余 Gwen 告我她下月中要辞职。原因是对于工作不感兴趣。她说如有三千镑，可以办不少展览之类。

四时半去公超处。与他讨论教部来电事。他劝我电文不妨长，愈详愈好。他说在英做事，要设法 impress④ 有关各方。如使 British Council 知道一切材料都在我处，不必向他方接洽。又如使使馆方知道各事我都接头，一切都少不得我。

梁雪松来访公超。与他谈了近一小时。会到林咸让。

---

① 《大卫·科波菲尔》中的米考伯夫妇。
② 霍梅尔爵士与里克特。
③ 克拉里奇。
④ 给人印象。

公超邀我到 Fava 去吃饭。谈 Butler 与 Bracken① 都很傲，极不易接近。

八时半到 Swiss Cottage。到 Odeon 看了 *A Place of One's Own*。这是根据 Sir Osbert Sitwell 的小说，② 写一个凶宅。鬼并不出现，但有时使人觉得毛骨悚然。内容大似中国的鬼谈。冤鬼附在一青年女子身上不散，等到她四十年前的情人来了方飘然同去。

今天感觉很不宁静。家信，Gwen 的辞职原因等等使我觉得 frustrated③。

1945 年 5 月 29 日
34:5:29（二）晴

晨到处。重草复立武电稿。另口述两封信。

到大使馆访施德潜，与他商谈学生签字事，也请他发电。又上楼访陈尧圣等。看了一下陈维城，他问我是不是住在牛津。此公头脑还是糊糊涂涂。现在坐在 P. W. Kuo 室中，什么事也没有了。

饭后剪发。

三时到 China Society。有一位 Mr. Hervey 讲 Goldfish 的来源④及种类。他举的中国书名很多，但不能听懂。因为他不懂中文，请 Monte 及 Haloun 代他收集材料。后一半有些幻灯影片。Giles 主席说苏东坡以馒头喂鱼，恐不懂养金鱼。我说明中国庙中的金鱼为金鲤鱼。

茶时与 Giles、Yetts、Monte 等谈了一会。与资琪、少溪也谈话。

回处。

六时半在上海楼请资琪、少溪及志廉吃饭。少溪说 Yetts 的脾气，是不懂便问人，事后又说他自己已找到材料。如问崔的祖先。崔将材料交他时，问他曾找到什么没有，他说没有。可是交他未久，他即来信说他本已找到同种

---

① 去法瓦吃饭。谈巴特勒与布雷肯。

② 到音乐厅影院看《一席之地》，奥斯伯特·斯特威尔爵士的小说。

③ 沮丧。

④ 中国学会。赫维先生讲金鱼的来源。

的材料了。他说此人人品太低，Monte 与 Giles 人都很好。

饭后到八时半还不想走。一问崔要到十时半方有车。即请他去看了一个 News① 电影。没有什么特别新闻。

1945 年 5 月 30 日
34:5:30（三）晴阴

晨去处。口述了几封信等。

中午在上海楼请客，请梁雪松、林咸让、任玲逊、钱树尧及陶寅等。

二时半与云松去几个书铺买英汉字典，没有中意的。他要看看伦敦轰炸情形。我领他坐 bus 由 Holborn 到 Bank，又由那里到 Strand，St. Paul. 四面② 都是废墟。云松要看戏，我邀了他今晚看戏。

他与我同到处。请他喝茶。Gwen 来同坐。云松与 Gwen 父亲永生很熟。他在上海地方法院当推事时，谢是庭长。以后在 Geneva③ 又同在一处。他说谢立志很早便退休，说五十后即不做事。四十五即退休了。他人很精明。在银价最高的时候他都换了 gilt edge securities④。

看报。

邵可侣说六时来，等到 6:20 未来，出门，他方来，与他在路上谈了一会。

六时三刻到 Aldwych 看 *Tomorrow the World*⑤。布景与纽约完全相同。演 Emile 的 David O'Brian 很不错，⑥ 可是似乎比起美国的那孩子来还远不如。演 Pat. 的女孩没有美国的可爱，可是演艺并不弱。演 Michael Frane 的 Robert Harris 及其姊的 Jean Cadell⑦ 似乎比较好。

---

① 新闻电影。
② 坐公共汽车由霍尔本到银行街，由那里到河滨大道。圣保罗大教堂四面。
③ 日内瓦。
④ 金边证券。指四方金融市场上由政府或大公司发行的一种高级证券。
⑤ 到阿尔德维奇看《明日世界》。
⑥ 演埃米尔的大卫·奥布莱恩。演帕特的女孩很不错。
⑦ 演迈克尔·弗兰的罗伯特·哈里斯及其姊的基恩·卡德尔。

出来后云松在香港楼请我吃饭。谈苏联问题。他说国内有许多人希望英美与苏作战。以为不久即可开火。我说此战虽不免，恐非数年内所能开始。民治国家作战是不易的。云松与我同意。也与我同意将来恐苏联将德共产化，德国从此又得复兴与机会。

云松说他出国的时候，离德国投降只一月，有一部分崇拜德国的中国军官还在说德国还有秘密武器，还有胜利的希望。

他说顾少川有做外长的可能。他回国时即有传说。但宋要自己出席金山会议，所以搁下了。会后或可实现。宋自己想担任财政。英大使或复初，或俞鸿钧。复初与蒋已和解，但蒋恐不肯以此位给他。

雪松在德五年，在捷克六年，罗马尼亚二年。捷完全是用德文，罗用法文。

1945 年 5 月 31 日
34:5:31(四)晴

十时到银行后，往 Claridges 访张公权。与他谈了一时余。他新近到牛津去会了 Adams, Lindsay 诸人。他说看了许多人几十年治学的精神，他深感到自己学识的不足。他自己十六岁与君劢去日本。很穷。君劢勉可卖文自给。在庆应①读了几年。教授告他如去 Harvard② 可入四年级。他即回国谋公费，除参清华外毫无办法。即做事，直至今日。他很希望能有一年两年读书，把部分知识融会贯通。将来回去，即没有事，也可办杂志写文章，或教书。不知道蒋先生是不是能容许他如此，不叫他回去否。又说他在此看了地方，便不能多看人，看了人便不能看书。所以白天谈话看地方，晚上看书，忙得不得了。

他说他在英国觉得英国的特点，是议会，英伦银行，牛津剑桥，及工业。所以每一种他都要看一下。有人告诉他此外有地方自治及司法。他问我此外

---

① 日本庆应大学。
② 哈佛大学。

还有什么，我忘了告他报纸及 Public School①。

我们又谈了一会中国的局面。他说今天路透社消息，蒋辞行政院院长，宋继。孔亦辞副院长及中央银行总裁（后看报未看辞总裁事。继副院长的是翁咏霓）。他说只要蒋先生诚意实行民治，国共问题容易解决。

回到处。接到华及莹四月三十日所写信。中有莹致 Elizabeth 一信，很长，用中文写的。我即将此信译为英文。

中午想为 Miss Meotti 钱行，她已走了。与 Gwen 到 Portman Rest. 吃饭。

二时回。看报。

三时半写信复雪艇、立武。写完抄完，已六时半了。只不过千余字。

七时到大世界。董霖在此请客。请了张公权、梁云松、金问泗夫人及女儿（金自己到 War Crime Commission② 之宴去了）叶秋原、施德潜、李德燏，及周君。另有魏更生。

近九时散。云松今天到 House of Lords③ 去听讲。听了英政府宣布 military intervention in Syria④。这事很严重了。

九时半到家。听了广播 *Henry IV*⑤ 第一段。浴。写日记。

1945 年 6 月 1 日
34:6:1（五）晴雨

上午写信致华。

中午林咸让在上海楼请吃饭。座中有 Bernard Floud 及朱抚松。Floud 对于去任的部长 Brendan Bracken⑥ 的意见极坏。他说从来没有一个部长像 B. B. 这样被全体职员所讨厌的。他没有一点礼貌。他老是说不该说的话。F 说雪艇等

① 公学。
② 战争犯罪委员会，1943 年 10 月 20 日在英国外交部举行的 17 国外交会议上成立。
③ 上议院。
④ 英政府宣布军事干预叙利亚。
⑤ 《亨利四世》。
⑥ 布伦丹·布雷肯，英国政治家，1941—1945 年任新闻部部长。

去访他。等了四十分钟。他一见面便几乎是拍背。问了好些问题，像是过考。五分钟后便走了。

我问为什么他很有些声名。F 说他哪有声名，只是永远与邱吉尔在一处，人们不敢得罪他罢了。邱看见他什么好处，不明白。只是他与 Beaverbrook^① 随时可见邱，也能陪邱喝酒。

F 说如他觉能合作，不自相争，大选时一定可以胜利。自由党的候选人最滥。只要肯去，便可被接受。

在上海楼遇到熊式一夫妇，是金纯儒夫妇的客。

午后写信与莹。

近五时到 Classic 看 *Lady Hamilton* 电影。Vivienne Leigh 演 Emma, Laurence Olivier 演 Nelson。^② 我只看了最后及头段，中间有一段没有时间看。

七时到 Dean St. 的 Hungarian Garden^③。梁雪松在请金纯儒、董霖、王化成、杨云竹，及曾、王二人。王、杨二人从旧金山飞来，出席 War Crime Commission Conference，说不久即回国。代表团没有什么人来英，除了陈绍宽。鲠生已回国。宗武仍在华盛顿。

我与曾、王谈出国旅费及置装费。以前每人发千五百美金，近减为七百五十元。置装费只三百元，孩子百元。

与金、梁同走到 Piccadilly。

看了些 *Illustrated London News*^④, *Leader* 等。

1945 年 6 月 2 日

34:6:2(六)晴雨

十时半出门。乘地道车往 Liverpool St. 搭 11:50 分车去 Cambridge^⑤。在车

---

① 英国报业大亨、政治家比弗布鲁克勋爵。
② 到经典剧院看《汉密尔顿夫人》，费雯丽演爱玛，劳伦斯·奥利弗演尼尔森。
③ 迪恩街的匈牙利花园。
④ 《伦敦新闻画报》。
⑤ 从利物浦站去剑桥。

上看杂志。

一时二十多分到。即在车站吃饭。

到 8 St. Peter St. Mrs. Lofts① 处。这是钱家祺以前所租房，现由张自存继承。张还得住堂，所以空着。

先往访自存，他不在，后来知道他到伦敦去了。

到芦浪处。他们说他们以为我昨晚可到。昨晚中国学生在此请 Laski 演讲。

宏章在车站接了蒋仲雅与范雪桥来。汇文来了。同喝茶。崔少溪也来了。他是上午便到。五时许汇文去接式一父女。（他们是由牛津直来，蒋、范转伦来。车钱一样，只十三先令。牛伦来回即几需此数。）

宏章说有伦敦 Imperial College 与剑桥 Lady Margaret Club② 赛船。蒋、范与我同他去到河边，沿河而下。一路不见看众。不懂何故。以为也许已赛过了。走了些路。见河岸有自行车迎面来。后有数十辆。原来赛船来了。两条船很快的过去，一会儿便不见了。看这样的赛船是要有自行车跟了走才好。

回时遇雨。在树下等了一会。我往访王应宾、蒋硕杰。先仅王在。与他谈了一会，蒋与陈甲孙来。坐谈到近八时。

八时到 Arts Theatre。今晚是方重及资琎二人请。外来六人来，又有汇文、宏章及圣斌。饭后同到方处。谈话。到十一时。

回寓看见有 Maugham 的戏 *For Service Rendered*③，拿起一看，看到一时半方完。此剧我曾读过，但记忆中的完全不一样。这题材似乎不是战争的结果，而是 surplus women④ 的问题。当然战争中打死了不少男子，剩余的女子更多了。

1945 年 6 月 3 日

34:6:3（日）阴有时雨

早饭后往 Blue Boar⑤ 访蒋、范。与蒋同往访汇文。后来少溪、式一父女

---

① 圣彼得街 8 号罗福特夫人处。
② 伦敦帝国学院与剑桥玛格丽特夫人划船俱乐部。
③ 毛姆的三幕戏剧《因为效了劳》。
④ 妇女过剩。
⑤ "蓝野猪"酒店。

及圣斌都来了。

汇文收买的书籍很多，房内两个架子都满了。他还收藏画及瓷器。他出示的画，四张大的都是齐白石。其中只有一张葡萄是真的白石无疑。有一张上有猫，连圣斌都说太不行了。一张为白石与吴昌硕合作，少溪说白石与昌硕的字一样，蒋说上题昌硕添鸟，而明明鸟先添，栏杆后画。有两张周文车的工笔侍女小画，一张尚佳。至于许多花瓶之类，都品质很粗，色泽不佳。只有式一称赞。

出门后式一说除了一个汇文自己不重视的乾隆花瓶外，没有一样是真的。他说他少童时与其岳丈去某家观古董。其岳每见一件即称赏。主人大喜，款以酒菜。出门后说没有一样是真的。式一说如何当时说真的。岳说何必扫人的兴，而且吃了人家的酒食。

崔少溪到一处，看了书，便不走，专心赏玩，亦不与人交谈。昨天下午在方重处如此，方留下陪他。今天去张处又如是，张又留了陪他。我们回到方处。

中午圣斌在 Arts 请客，只定〔订〕到六座。昨晚我为他说话，多了两座。所以只请外客。

饭后我们一群人去访唐笙。她患疟疾，住医院。今天特出来回房请喝茶。约了一位女同学来参观。她读了式一书，所以将要见他。最后德兰与方、张留下谈话。雪桥另有他约。我与式一、仲雅、少溪、圣斌往访 Haloun。

Haloun 送我们到钱家祺家。钱夫妇下午请我们喝茶。宏章等也去了。外面下雨。我们到六时余方辞出。家祺对于戏剧及电影很有兴趣。他把 James Agate① 的剧评都剪贴。少溪能以纸折飞机、船只之类，所以与钱家三岁的孩子交了朋友。

晚宏章及汇文在 K. P. 三楼请吃饭，又加请了应宾、硕杰。晚饭后到方处。殷、王、蒋硕杰、熊打 bridge②，少溪坐地上看书。方读诗。仲雅一人溜出到河边徘徊。十一时回。

---

① 詹姆斯·阿加特（1877—1947），英国日记作者、批评家。

② 桥牌。

1945 年 6 月 4 日

34:6:4(一)晴

早饭后看报到十时二十分。乘车到 Market Hill，在 Heffer① 买了几卷日记纸。

到车站已十一时。车已在站。仲雅看到我。找到了两个座位。与他一路谈到伦敦，他谈海粟、悲鸿、语堂、式一②。他对于式一极不满意。说欧战初起，李亚夫、陈（真如子）Tan 等合资演《王宝钏》。式一是导演，一切由他调度。结果大失败。如一二周即收束，亏累当不太大。不意他们维持了二个月，每人亏累一二千镑。他们三人是年轻人，没有经验，而且陈是熊的 ward③，以为式一自己也是一股。谁知式一非但没有担任损失，而且向他讨上演税。

十二时半到伦。到大世界吃饭。遇到倪道喜。他与仲雅极熟。一块谈话。

午后回处。张自存来。坐了一会，请他喝茶。朱树屏来。也谈了一会。

五时余往访 Mrs. Booth④，请她设法物色一位有过训练的秘书。

与公超谈话。他说顾少川决不回来了。他被任为外长，但他迟疑是否接受。他说他还懂得一点文化，如吴国桢、俞鸿钧来，就什么也不懂得了。他与我谈论在英设 China House⑤ 一事。说英外交部希望中国方面有一表示。公超要我与雪艇、骝先先商量。

七时约了朱树屏在"上海"吃饭。与他谈经美回国事。

九时回寓。听时事广播后有邱吉尔的大选演讲。攻击"社会党"，劝自由党的人投他的票。他是代表 'National' Great⑥。

写日记。

---

① 到市集山，在赫弗。
② 刘海粟、徐悲鸿、林语堂、熊式一。
③ 受监护人。
④ 布思夫人。
⑤ "中国之家"。
⑥ "民族之"伟大。

1945 年 6 月 5 日

34:6:5 (二) 阴有时雨

晨去处。口述了些信。

下午又口述了几封信。算账。与雪艇、立武写了一信。

蒋仲雅来。坐了一会。接炳乾电话，知道他已经回来了。约了明天中午吃饭。

晚写信与华及莹。听广播选举演说。Attlee 的演辞，内容很好，比邱吉尔的高明多了。他的口音完全是 Public School 的英文。似乎做工党首领，过于 intellectual① 一点。

炳乾接 Edward 回信，说他们现在教的学生大都是军人，教员由军部方面供给。所以学校不必请人。叔华事无法提出。将来如有机会，当先推荐云云。这又没有希望了。

1945 年 6 月 6 日

34:6:6 (三) 雨后止

晨去处。抄致雪艇等信。报告开办费账目。另一信询问下年度我是否留此及如何领费等问题。

十二时半炳乾来。与他到 Portman Rest. 去吃饭。他在美走的地方很多，从旧金山到 T. V. A.，New Orleans，华府及纽约。在纽约与金甫、鲠生聚会多次。在他动身以前，鲠生已去加拿大转回中国了。鲠生、金甫常喝酒，而且喝醉了几次。甚至说他恋爱的故事。

炳乾在旧金山时，中国恰好有各报派美实习的新闻记者二十余人到。各

---

① 1945 年当选英国首相的克莱门特·艾德礼（Clement Attlee, 1883—1967），口音是英国公学的英文，做工党领袖，过于知识化了一点。

代表团对于记者，都很接近。中国代表团却是毫不理会记者。炳乾一电去《大公报》。国内即电宋。顾第二天即招待记者。炳乾又因有特约不能去。他说顾少川因此一定更厌恶他的了。

与炳乾同访公超未值。

回处。将诸事结束。

四时往 Liverpool St. 乘车去剑桥。买票时丢了一把伞。到英后丢伞已是第二次了。

六时余到。到 Lofts 家①。洗了脸等等，已经近七时。即赶去 King's College。② Haloun 在教员休息室外等候。

今天 fellow 来得很多，又有不少军人的客，所以一个长椅坐不下，又坐了一桌。我坐在一位军官与 Haloun 之间。与军官讨论对日作战。

饭后到 Combination Room。Pratt 要我坐他的右手，我旁为一少将。这位少将是剑桥 Trinity College 出身，③ 才去当军官。在军官中是少数的例外。他是职业军人，却没有到过印度。现在是这一军区 District 的 Army Command Officer④。他曾住埃及，结识中国军事代表团的胡少将。他对于东方战事，没有什么意见。Shepherd⑤ 今晚兴致极佳，谈笑风生。又照例的提到两个海军学生在他本子上画的竹及东坡诗。

九时散。与 Haloun 同去校后。今晚有所谓"河上歌唱"，是 May Week⑥ 中最重要的节目。我今天来的最主要目的即为此。今天一天下雨，我以为也许要失望了。不意居然雨止有晴意。

唱歌的人共四十余人，男女都有。Haloun 的太太也在内。他们分坐在六条 punts⑦ 上。船以木条系在一处。两个学生站在船尾撑船。指挥的是 King's

---

① 到罗夫特家。
② 赶去国王学院。
③ 少将是三一学院出身。
④ 陆军指挥官。
⑤ 谢泼德。
⑥ 五月周。
⑦ 平底船。

College 的 organist Darla①，坐在船头。这六条船有时停在 King's 的石桥下。有时在石桥前。有时在河中。唱的是 Madrigals，也有几首 folk songs。② 虽然有四十余人，在空旷的地方，声音也并不觉得很响。

最后的一个 madrigal 是 *Draw on, Sweet Night*③。在唱前，取出多少日本灯笼，点着了。唱时船慢慢的顺流而下，驶向 Clair 桥④去。在黄昏中颇有诗意。

听众坐在河两岸的草地上，后面站立的也不少。河的两旁，也停了不少船。

我问 Shepherd，知道这一个 tradition，只不过有了二十年的历史。是 King's 的一位 Organist 想出来的花样,⑤ 以后即年年举行。怪不得梁云松不知道有这个。

自九时一刻起，约一小时方完毕。我与 Haloun 别后到门口遇到钱家祺，方知中国人来了不少。从伦敦来的有王化成、杨云竹、祝文霞、田席珍及荷使馆的郑君。他们八时余方到。范雪桥、方重、张汇文、宏章圣斌、自存、硕杰、陈甲孙都在。大部分人都到方处坐谈。到十一时许方散。

文霞是临时拉来的（田开车来），所以旅馆没有房间。田将房间让她，郑君住到陈甲孙处去。文霞要去看看那地方，所以田开车去，祝又开回。田不放心，又送回。我到半途方回，已十二时了。

1945 年 6 月 7 日
34:6:7（四）晴有风

早饭后到自存处。余人也来了。文霞一早已走，可是又来了范颂尧。一群人参观了 St. John's 的 Hall，学生休息室等。又去参观了学生会（方、殷、

———————————

① 国王学院的风琴演奏者达拉。
② 唱的是牧歌。也有几首民歌。
③ 《降临吧，甜美的夜晚》［由英国情歌作曲家约翰·威尔比（John Wilbye, 1574—1638）作曲］。
④ 克莱尔桥。
⑤ 这一传统只有二十年历史。是国王学院的一位风琴演奏家想的花样。

圣斌、雪桥今天一早到湖区去。)

坐船。分了两个 punt，没有蒿子，只有划桨。我与自存同划，不止的东斜西歪，甚至打转。后来硕杰来换了自存，便好了。余人轮流的划。

十二时半王、杨与汇文同去。我们到 Peacock 去吃饭。饭后乘田的车到 Barn 去看 Bumping race[①]，今天卖门票，每人二先令半。其实看赛船河上那里都可以。我们以为三时半开始，二时余即到。到得太早。谁知四时半方开始。今天风大，Barn 正对风，反不如对岸有小树挡风。王、杨、张等不久来，后来又来了利物浦学习领事贺君夫妇。(贺夫人来到 L. S. E. 报名。)

赛船分四组。第四组开始。第四组是最不行的，有些船上奇装异服，完全是开玩笑。先划下去。比赛时又划上来。途中如后船碰了前船，即算赢了。两个船都退出。第四组到我们跟前时，大部分已碰了。只有两条船过去。其余的已碰的在后划回去。赢船插了树枝。等了一会第三组的近二十条船又划下去。五时半方比赛。较为可观，但是没有看到碰，大约应去起点附近看。

与田、范、郑、自存回到剑桥。又去 Peacock 吃饭。田决定开车回去，我们三人同行。一路风景极佳。中间时上山岗，也看到不少古旧的树屋。七时一刻动身。十时到 Regent Park[②]。换地道车回。炳乾来住我处。与他谈到十二时半方散。

1945 年 6 月 8 日

34:6:8(五)晴时雨

今天起得很早。八时一刻即洗完脸，穿好衣。等早饭。八时三刻完。炳乾方醒。

十时一刻赶到 Waterloo[③]，买票问讯等等，上了火车便开了。车很挤，勉强得一座位。天气晴，但时有淡雾。有时下小阵子的雨。

---

① 到巴恩去看（船与船之间的）追撞比赛。
② 伦敦摄政公园。
③ 滑铁卢车站。

十一时余到 Winchester。走路去 College。这在 Cathedral 的附近①，要在那里走过。十一时半到。

先到校长 Canon Leeson② 家。他在上课，Mrs. Leeson 出来招待。与她谈了一会学校情形。这里有学生四百多人。有 Scholars 七十余人，commoners 近四百人。③ 学校原来为 scholars 所设。后来有人以子弟附读，自己出费，越加越多。Scholars 住原来的 College，commoners 住十个 home④。commoners 每年缴费二百余镑，scholars 只四十余镑。Scholars 穿 gowns⑤，commoners 衣服并无限制。学生十二三岁来校，不能半途插班。

十二时 Canon Leeson 自己来。带我去看他上一堂。这是最高级的英文班。他让每一个学生去读熟一段英文诗或散文，到课堂里来背诵。材料由他们挑，所以种种色色不同，大都是挑诗，自 Spenser，Marlowe，Keats，到 Flecker。有一个学生挑了 Max Beerbohn 的 *Xmas Garland*。⑥ 背诵在一大教室，每人上一端的台上去背。室中只有 Leeson 及我及背诵的学生。背完即出去，另一人进来。

这一教室相当的高大，据说有数百年。学生只有这一教室，各班学生同在这室中上课。三个教员同时教课。在此以前，七十个 scholars 在更小的一间屋内上课。此室在 College 中，现在是学生自修室之一。一室有学生十余人，每人占靠墙一桌一椅，前后隔开，有些像中国旧时考试的考貌。黑漆漆的。好在现在有电灯，每桌上有一盏。

Chapel⑦ 相当的大。虽原为七十人用，现在几乎将四百人都容纳进去。

图书馆不很大。原来是做酒的酿坊，改进。也还合用。

在 Canon 家吃饭。他们夫妇外还有 Mrs. Leeson 的母亲。这老太太至今还反对女子上大学等等。谈了些关于中国的问题。Montgomery 的儿子在此校，

---

① 十一时余到温彻斯特。走路去学院。这在大教堂附近。

② 卡农·利森。

③ 学者七十余人。自费生近四百人。

④ 屋子。

⑤ 学者们穿长袍。

⑥ 自斯宾塞、马洛、济慈，到弗莱克［即詹姆斯·埃尔罗伊·弗莱克（James Elroy Flecker, 1884—1915）］。有一学生挑了麦克斯·比尔博姆（Max Beerbohnm）的《圣诞花环》。

⑦ 小教堂。

所以他有时来此。

饭后学生的 Dean① 来。与他说了一会中国人对于英国文学的好尚等。他们下午要开会。

Mrs. Leeson 领我去看一看学校。十个 Homes 不在此。这里的地很大，连一座小山都在内。里面有些小溪流。学生可在此钓鱼。也算运动之一种。下午到三四时是运动时间。必须到露天去，虽然可选择自己喜欢的运动，连钓鱼也在内。游泳即在这小溪中。

校长自己的花园不在家附近。从来有花匠三人，现在只有一位女子。这是 China Inst. Morkill② 的女儿。只准她种菜，不准种花剪草。政府有时派人来查。如种了花，便得把她调走。所以草地的草长得很高。Mrs. L 说一句无可挽救。战后得锄起重新铺草了。

三时辞出。天下雨了。往参观 Winchester Cathedral。这寺很老，原来建筑于 Norman 朝。现在两个 Transept 还是 Norman 式建筑，可是寺身已改为 Gothic 了。③ 寺身很长，据说是在英国最长。有女校的学生在内练习唱歌。一位女教员及一位白发的 organist 在教她们，不断的令重唱。一部分学生立台上，是 chorus④，大部分坐台上。我看完了寺即坐在堂后，鉴赏建筑，听她们唱歌。到近四时方出。雨已止了。

在一 Old English Tea shop⑤（在 W. H. Smith⑥ 楼上，建筑相当旧）喝了茶。到车站，车已早到。上车即开。比时间表快了五六分钟。车又很挤，有些人站着。我又幸得一座位。车一路不停，到伦敦，换地道到 Oxford Circus 又值大雨。

七时前到使馆。施德潜今晚请客。有中国回的军事代表团团长

---

① 教务长。

② 这是中国协会莫尔基尔之女。

③ 温彻斯特大教堂。建筑于诺曼朝。教堂的两个十字形翼部还是诺曼式，寺身已改为哥特式。

④ 合唱队。

⑤ "旧茶馆"。

⑥ 史密斯书店。

Grinsdale①，R. A. T. 在成都的 Air Marshall Sir Lawrence，外交部 Bennett 等七人，情报 Redman 及 Floud，② Miss Margery Fry。中国客是金、董二大使，王化成、杨云竹、公超、傅及吴权。

我坐在 Pollock 与 Dugdale 之间。③ Pollock 新自瑞典回，在外部接了 Gurney 管 British Council④ 事务。他对于音乐极有嗜好。Dugdale 是外部管舟车座位的。他的嗜好是戏剧，而且曾上过台。

Humphrey Prideaux-Brune⑤ 坐我对面。他说在某处店中看到一幅中国画，似乎不是假的。

饭后与 Margery Fry 谈了一会。我询问她女子学校问题。她自己似乎没有进过女子中学。

九时半散。与王、杨、公超走了一阵，到 Baker⑥ 分手。

1945 年 6 月 9 日
34:6:9（六）阴时雨

晨去处。

十一时半 Gwen 介绍的 Mrs. King⑦ 来见。她过去曾做小学教师，不曾学过做书记。现在在学打字，说一天六小时的在打。极愿来做事。

公超来谈。

看报。

午饭后往 Classic 看 Jeanette MacDonald 的 *Marie Rose*⑧。这 *Marie Rose* 的名

---

① 格林斯戴尔。
② 英国皇家空军在成都的空军中将劳伦斯爵士。外交部的本内特等七人。情报部的雷德曼及弗拉德。
③ 坐在波洛克和达格代尔之间。
④ 英国文化委员会。
⑤ 汉弗莱·普里道克斯-布鲁内。
⑥ 贝克街。
⑦ 金夫人。
⑧ 往经典剧院看詹妮特·麦克唐纳的《玛丽·罗斯》。

字常见到，所以特别要一看。是一个 romantic 的歌剧，① 爱人与爱弟的冲夺。可是情节并不如何动人。

往华家新居去访问。又遇雨。他们房子有三层。自己住地层，有两大间，只留一小间做饭厅及客室。现在没有什么家具，床也未来，都睡在地上。

David 上星期去演电影，一天八镑。去了五天，得了四十镑。取四镑支与 Mrs. Run 为 commission②，六镑交父母为生活费，三十镑存银行。Vera 说他们辛辛苦苦演讲一二小时，挣不到一二镑钱，D 只说两个字，便是八镑。Jane 学这一套没有机会，D 全不在乎，确实不断的有戏演。可是 David 还很天真，并没有自大或 Self conscious③。他还是对于化学有兴趣。园中的 Garden Shed④ 是他的试验室，拉我去看他做实验。

我将小莹致 Jane 的信带去。他们很高兴。起先想找字典。

七时与他们同出。

回寓，晚饭，听广播。今晚 Fay Compton 演 *My Lady's Dress* 中的 Anna⑤ 等角色。一件新衣，牵连多少女子的心血，悲剧或喜剧。主意极巧。

看杂志。

1945 年 6 月 10 日

34:6:10（日）雨

晨看报。

中午到上海楼应谭葆慎之约。

遇到君健在请 Harold Acton⑥，与他们谈了很久，到三时许方散。Acton 新从法国回。说不久仍回法去德。我们谈了不少中国及英国的文人。他对于公

---

① 是一个浪漫歌剧。
② 四镑给鲁恩夫人为佣金。
③ 自我意识。
④ 花园棚屋。
⑤ 费伊·康普顿《我夫人的裙子》的安娜。
⑥ 哈罗德·阿克顿。

超很不满。说他说话太多。从前还谈诗，现在离诗远了。又说如杨宗翰来做公超的事，一定比他有效力。杨的中国式的礼貌，态度，及 perfect English[1] 可与英人比较相投。

到 Tatler 看 Maxim Gorky 的 *Childhood* 及 *My University*。[2] 这受许多批评家所捧，但我看了觉得太冗长，没有什么趣味。

晚看报，杂志，Books。

1945 年 6 月 11 日
34:6:11(一) 阴

晨往访公超。与他商谈中国艺展问题。他写了办法二十条，要我去整理加减。

十二时半 Mrs. Booth 带了一位 Mrs. Franklin 来[3]。她是寡妇。曾工作多年，亦有秘书经验。现在的是战时工作，所以想改长久工作。

午后访 Mrs. Booth 询问详情。又与 Gwen 讨论。我很难决定雇佣哪一位。

晚看几个杂志报告，关于中国大学教育问题。

补写日记。

今天下午打电话与陈维城，请他吃饭，他不知道我是谁。说来说去不懂。他让一外国女书记来接。不知他究竟明白没有。回答是另有约会。

1945 年 6 月 12 日
34:6:12(二) 阴

今天醒极早，不到七时。起较早。亦许是睡得不好的原因，早餐几不能下咽。

---

① 完美的英语。
② 到泰特勒剧院看马克西姆·高尔基的《童年》和《我的大学》。
③ 布思夫人带了一位富兰克林夫人来。

到处。决定了还是雇佣 Mrs. King。因 Mrs. Franklin 现有事，她希望有一永久的事，似乎不便找她来。我的心太软，不是做事的人。

接金甫信。与他回信。口述一信致质廷。

中午在上海楼请 Harold Acton 及君健吃饭。他劝我们多介绍中国东西，可是他又不赞成中国人自己翻译。他说王际真的太不成。他说 Edgar Snow^① 的小说选，选择既不凭文学，译文也毫无文学气息。《金瓶梅》的译本也太糟。我问中国人译文有没有要得的呢。他说梁宗岱的法译陶渊明诗极好。孙大雨译的孙过庭书谱也要得。温源宁的小文，用字用句颇佳，只不知他能否翻译。后来他说公超译的之琳一篇小说，也要得。

他不喜欢 surrealist^② 的文学与艺术。他不喜欢新闻访员，尤其是美国的。

二时半散。我到 Liverpool Street 车站的 Lost Property Office^③ 询问，我上星期失去的伞并无下落。回处。看关于中国高教的材料。

有一澳洲的中国人，现在在澳空军中，在伦敦很寂寞，遇见君健。君健介绍他给我。他打电话来，要我介绍他认识一个中国的女孩子！他说他是可靠的人。学生太忙，不敢请。

六时回。听 Brains Trust 及 Archibald Sinclair^④ 演说。都并不怎么好。

补写完剑桥几天的日记。

今天 Acton 劝君健 keep a journal。他说如 Gour count 的 journal 至今还是文人的 inspiration。可是那样记载一时感想，需十分的 concentrate 才成^⑤。我这样的日记，只是备忘录而已。

1945 年 6 月 13 日

34:6:13(三) 晴

今天是第一次天晴。天气也暖和了些。

---

① 埃德加·斯诺（1905—1972），美国记者，代表作《红星照耀中国》（亦名《西行漫记》）。
② 超现实主义。
③ 失物招领处。
④ 阿奇博尔德·辛克莱。
⑤ 阿克顿劝叶君健写日记。说吉尔伯爵的日记至今还是文人的灵感。需十分集中才成。

上午去处。改写了展览会计划。未完。

接施德潜电话，知道学生出国护照签字事交涉已成功。十二时半去使馆。王化成、杨云竹去办理回国手续。签字事外部方面还没有正式的下命令，所以还不能打电报。

到 China Inst. 去。有一 Squadron Leader Gaudier① 讲缅甸之战。讲得很清楚。我问他日军人数，他说有十一个师。战死的有十余万人。现还有五万人未解决。

Sir Win Homell 今天方与我打招呼，说他要约我共餐。他说周末到 Glasgow Edinburgh 去，② 商中国学生入学事。

后来我问 Richter，他说已大多位置好了。都是他与 Homell 到各校去接洽。写信是没有什么用的。（Richter 也正好借此去过 weekend。）我要看看各生入某校的名单，R 说"这并没有什么秘密"。大奇！最后他又答应寄我一份。

Sir John Pratt 问我篆书。是他兄弟在某处抄来的。原来是招牌说的二个字。很可笑。

回处，写完计划书。

开始写关于"中国大学"的讲辞。

五时半到公超处。与他商计划书。

六时半他送我与朱抚松到 Rudolf Steiner Hall。我与抚松想听今晚 Laski 的演讲，③ 买门票。遇二人说 reserved seats④ 上星期便卖完了。只有等七时半开门再来。

我请抚松在 Goose & Gander 吃饭。自入会后这还是第一次来。饭后七时二十分再去 R. S. Hall，很长的队。组织人来说，没有票的进不去了。

我们去 Allied Circle 听一位从前的议员讲"英国议会中生活"。还相当有趣，但问他问题便有时 out of his depth⑤，如他说英王可以拒绝首相解散议会

---

① 到中国协会去。一位皇家空军中队长戈迪埃讲缅甸之战。
② 温·霍梅尔爵士。到格拉斯哥、爱丁堡去。
③ 到鲁道夫·施泰纳大厅听拉斯基演讲。
④ 预订座位。
⑤ 超出他能力范围。

的提议。我问他近年有无此类事。他说"如有，外面也不会知道！"

九时二十分赶回宣传处。听到邱吉尔的选举演播的大部分。起先似没有精神，内容也不精彩。

回寓。看了一本 *Eurasia*（May 4）① 对于中国出席太平洋会议的代表团从代表以至专员，都有履历及分析。攻击得很厉害。有时歪曲事实，但大致不是没有来历。

1945 年 6 月 14 日

34:6:14（四）晴

上午抄"展览会计划书"。与立武写信，报告学生出国签字问题，已圆满解决。

午饭后到 Times Book Club 买了几本书。

与立武、雪艇写信，关于"展览会"等事。又与雪艇写一短信。

得施德潜电话。知道英外交部已电渝领事签字，又草一电稿。六时半送到使馆发出。施说英方瑞典使馆已发声明，说 Nobel Prize② 还未开会。周厚复一事真是笑话。吴权说他在《大公报》上看到得奖消息。登了周小传，就只对于为了什么贡献方得奖，却没有说明白。

到上海楼。王兆熙在请王化成、杨云竹。请了陈维城、陈尧圣、钱存典、汪孝熙、郑俊（？）、谭葆慎、陶寅、秦作陪。王、杨昨晚与式一到牛津去了。今天赶回，所以来得最迟。

九时前散。与王、杨同走到 Oxford Circus。

回寓听到 Ellen Wilkinson③ 的广播后半部。

与华及莹写信。写完信已十二时了。

---

① 《欧亚大陆》（5 月 4 日）。

② 诺贝尔奖。

③ 艾伦·威尔金森。

1945 年 6 月 15 日

34:6:15（五）阴微雨后晴

晨到处。写了一信与洪。将各信看过发出。

蒋仲雅寄来在伦敦设立一展览会场的计划书。用英文写的。

午后到 Allied Book Centre 访 Headicar。① 据云他们现在搜集的书已有三十五本，希望收书三百万册。分派中没有打算入中国。因为中国没有参加，做 contributing member②。所谓 contributing member，是出几个钱收书，一年不过百镑左右。但大部分的书是赠送的，大部分的钱是英国政府的。中国在教育部长会议中只有一个 observer③。为什么在书报委员会中不参加，大是奇怪。他劝我现在设法加入，将来分配时不至落空。

三时访炳乾。看了从文的又一信。他的《边城》译在英美出版后，他梦想可以携家来英二三年，他到大英博物馆看看，太太到那里念些书！我说从文的书，那会有 popular appeal④！

炳乾示我他的版税通知。*Spinner of Silk*⑤ 印了五千本，卖了近三千本，版税只 75 镑。五千本都销完也不过百余镑。五千本在英国已不算少了。

看了些《大公报》。有中央执监委员的名单，几乎所有的部次长，大学校长，军长等等都列入了。潘文华都在里面。志希是执委，他的太太是监委。端六、梅月涵是执委，梦麟、王抚五是监委。

与炳乾喝茶谈话。

回处已五时。继续草演说稿。

七时半到大世界。杨莲心在请她学校的三位教员，Mme Grepe，Miss Gale，

---

① 到联合图书中心访海迪卡尔。

② 贡献成员。

③ 观察员身份。

④ 通俗流行之魅力！

⑤ 萧乾的英文著作《吐丝者》。

Mr. Anson①。谈的大都是他们学校内的事。我与周显承陪客。我对于音乐还懂二三分，显承则毫无兴趣。

十时回。写日记。

1945 年 6 月 16 日
34:6:16(六)阴晴

晨去处。

写演讲稿。

十二时周广祥来。十二时半请到 Wikby② 吃饭。谈了些英美大学的不同等等。他说美国大学，对研究生都常常得考试，欧洲大学完全让学生自己工作，英国介于两者之间。到英国研究 Ph. D.③ 的，如根茎差，便无办法。

他说周厚复在英时即对曹本熹说他得了 Noble Prize，要分一点钱与他。

二时余回。看报到三时。

下午很静。三时到六时写了千字以上的讲稿。

六时余到 Claridges 访公权。与他谈了一会。他说月底到巴黎去。

七时与他及周君到上海楼。另请了金纯儒、施德潜、李德燏。十五先令一客。所以用了特别的瓷器。菜也很不错，有竹笋，却并不很多。

公权讲他曾从袁观澜、唐慰芝学中文。他现在被选为中央委员。其实他原来并非党员。他们做了部长之后，蒋先生派告他及翁咏霓、吴达诠入党。他们都签了名。他说他对党并无兴趣。

九时二十分散。我们同走到 Oxford Circus。等 53 车等了近半小时，没有。改乘地道车回。

听了广播 *Royalties*④ 末几段。

---

① 格莱佩夫人，盖尔小姐，安森先生。
② 维克比餐厅。
③ 博士学位。
④ 《王室成员》。

今天才把日记补写完毕。

1945 年 6 月 17 日
34:6:17（日）晴

晨看报。

一时到香港楼，会炳乾。现在中国饭店都没有饭，所做的炒饭，大部分是 barley①。所以我们吃面。

饭后乘地道到 Waterloo，换乘电气火车去 Hampton Court②。炳乾到英这么久，还没有去过。Simon 约他去，他不愿与他同去，推了。Simon 说将来有空去时，一定与他同去。因此他从不曾去。Hampton C. 并不很远，火车只半小时即到。出站过泰晤士河，即到。

看正殿并不需门票。看酒窖却得花三便士。而酒窖只是空屋，没有东西可看。正殿在一楼（楼下地层都有人住，门口都写 'private'③ 或有人名）。其格式很像 Versailles④。从一间走进另一间，没有走廊。一定很不方便，毫无 privacy⑤。皇后的浴室（马子房?⑥）也是如此。里面挂的画，大都并不佳，有些还很俗气。像的女像，几乎都很相似。从窗子望出去，都是树林园地，是最可取处。这也像 Versailles，只是具体而微。

正面的园子很整齐，中间有一池子。右面的一园子，草树丛生，右为 wilderness⑦。这里有 Maze⑧。花一便士进去，曲曲折折走不少路，有几条路是走不通的。又得退回。如弄昏了，便不知走到什么时候方走完了。

喝茶谈话。谈了一小时。炳乾计划一年后回国，也许秋天回国，去解决

---

① 大麦。
② 到滑铁卢站，坐火车去汉普顿宫。
③ "私宅"。
④ 凡尔赛宫。
⑤ 隐私。
⑥ 马桶房，即厕所。
⑦ 荒地。
⑧ 用树丛造的迷宫。

婚姻问题。

六时半动身回。

七时半他去大世界请 Leicester 的 Groves[1] 夫妇。这二位有五十多岁，是英国中产阶级的代表。他们开袜厂。是 Rectory Club[2] 的地方分会会长。城内乡下都有房。平常每年到大陆上去过夏。居所 G 先生说话尚有趣。今天也许因有生人在座，他没有说多少话。

饭后 G 夫妇邀我们到他们住的 Waldorf Hotel[3] 去坐一会，喝了一杯咖啡。

十时动身回。炳乾预定了今晚来住我处。谈话到近一时方睡。

1945 年 6 月 18 日

34:6:18（一）晴

天气突然的热起来了，昨天带了外套不用穿。今天带了，更没有用了。

炳乾与我同去处。Gwen 还没有来。原来她今早从牛津回，又赶脱了车。

我早饭将"中国大学"的讲稿写完。要 G 做一节要。

中午到上海楼。刘圣斌请王化成、杨云竹，另有志廉、炳乾、玲逊。玲逊又带了一位中央社的记者俞君。这位一九二九清华毕业（与志廉同年，不过他是旧制，赵是新制），本在印度，最近派到欧洲，昨天与孙立人同来英。

杨云竹说四十八小时内也许有很多的消息。不知道是什么。

另桌谭葆慎在请梁龙太太。我见了她也没有认识。另有王家鸿夫妇。王见了我不认识，说"我们在哪里见过的！"

下午回处。写信看报。

七时到上海楼。请鸿英夫妇。鸿英现在 British Council 做事，补了 Mrs. Bernal[4] 的缺，很忙。每天自九时一刻到六时半。吃饭有一时一刻。我与他们

---

① 请莱斯特的格罗夫斯夫妇。

② 教区牧师俱乐部。

③ 华尔道夫饭店。

④ 伯纳尔夫人。

谈了一会 Brit. Council 的问题。

恰好王化成在此请孙立人，有十一个人。鸿英等九时去，我过去与他们谈话。他们到 Clairdges 孙房间去续谈，我们也同去。孙与王化成在清华同班毕业。即是有名的 1923 班（景超、浦薛风、吴国桢、顾毓琇、方重都是）。可是头发已花白了。听口音是安徽，也许是合肥人。

他新从德国来。所以问他在德的印象。他称赞美国，怀疑英国。说美国将德国俘虏放走，英国都将俘虏集中北部。最奇怪的是他说英国把德国做殖民地，美国则想早早的回去。

我问他远东战事何时可完。他说再有一年可完。他说看了德国的前车，日本如何能不降。但说下去却又说此时决不投降。

我问盟军是否可在中国海岸登陆。他说当然可以。云竹说美国方面的人分两派，一派主张先在中国登陆，一派却主张直捣日本。

今晚在座的有公超、云竹、化成、尧圣、董霖、志廉，捷馆曾、比馆高等。公超的话最多。十一时散。公超送我及尧圣到 Baker St. 。

晚炳乾仍来睡。可是他回已十二时余，酒酣思睡了。

据孙立人所说，中国军队，平均一师只三千人，有时少则五百人。

公超说中国过去何应钦报告，我死伤五百万人。二三年都不改变。去年宋在英，说是三百万人，反而少了。

1945 年 6 月 19 日

34:6:19（二）阴晴

晨去处。

中午与公超到上海楼。是 W. Empson 请他及 B. B. C. 国内部的 Bruet（？）[1]。他将我邀去。提到七七庆祝，要找 个人。公超说如找不到人，他可

---

[1] 威廉·燕卜荪请叶公超及 BBC 国内部的布吕埃（？）。

自荐。B 说最好是找一英人。公超便想起了 Bishop Hall①。他也推荐孙立人演讲。但是 B 说恐找不到合适的时间。（孙三天即走。）

下午到公超处。与他谈 Allied Book Centre 没有分配中国的经过。他说他打电与雪艇。当天下午即发电，说盟国部长会议，我国过去仅派使馆职员为观察员，因与文化向无关系，问题均不能答复，请商朱、杭改派通伯出席！我说我的用意，并不是为了要取而代之。

下午草音乐会讲稿。

六时余到 Dominion 看电影。新闻片有 Eisenhower 在 Mansion House 的情形。② 演辞中他提了中国。主片为 Spencer Tracy 与 Katharine Hepburn 合演的 *Without Love*③，名义夫妇结果成为恋爱夫妇。不过 Hepburn 似乎一开头即非槁木死灰。

到大世界吃面。为华家定明晚的座。

天热了。

1945 年 6 月 20 日
34:6:20（三）阴晴有雨

晨十一时到 Brit. Council 开会，原来取消了。Miss Winser 说她打电话去通知，没有人接。

因去访 Monte。他说他那里人手太少，忙不过来。研究生除工医各生外（工科送铁路工厂实习，医科去医院），大部分尚无着落。他说国内寄来的科目太广泛，没有 detail④。所以各校回信，都说无从决定容纳与否。

访鸿英。Monte 在三楼，她在二楼。可是我到了楼下才又上来。请鸿英今

---

① 毕肖普·霍尔。
② 多明尼翁剧院看电影。新闻片有艾森豪威尔在府邸的情形。
③ 斯宾塞·屈塞与凯瑟琳·赫本合演的《一无所爱》。
④ 细节。

晚去参加华家的 party。（二十个 Y. M. C. A.① 女郎自己请自己。）

中午在 Cafe Royal 吃饭。Sir John Pratt 请。与他谈 Brit. Council 及 U. C. C. 提议成立一 China House 事。他说此事外交部留中未发。已半年以上。他们不知道中国方面的意见如何。对此中国政府有何意见。是否愿办。如办则自办或合办？活动为社交的或文化的？

晚华商协会在新中国楼与清华同学会联合宴请孙立人将军。（结果是利安不收钱，所以实际是利安请客。）到了四五十人。客人除孙及衣上校外，有中国新来的陈纪彝、黄翠峰二女士。连瀛洲及李光前。汇文、芦浪、资琪、宏章也到了。熊式一也在座。董霖等也在。

菜有鱼翅。酒也不少。汪孝熙喝醉了，不断的呼"hear, hear"，有时在不应呼的地方。

王兆熙主席。致欢迎辞。孙立人答辞，谈华侨在缅甸的情况及受虐待的情形。他并不长于说话。后来说话的有连瀛洲、陈纪彝。方重说则很短。中国银行的尹（？）君则说得很长，不知所云。

席散后我与炳乾同行。他今晚住在我附近的 Bernard Lewis② 家。此君是炳乾东方学校同事，是土耳其文专家。政治思想很左侧。人的趣味极佳。

十一时回。他们陪我走到寓。

1945 年 6 月 21 日
34:6:21（四）

中午到 Allied Circle 出席会议。

晚七时在大世界请客，有董霖、王化成、杨云竹、魏、王家鸿、公超、汇文、芦浪、炳乾及刘圣斌、陈尧圣。

饭后与公超、尧圣、圣斌、汇文、芦浪坐谈至近十时方散。

---

① 华家聚会。二十个基督教青年会女郎。
② 伯纳德·路易斯。

写信与华及莹。

1945 年 6 月 22 日
34:6:22（五）晴

晨去处。接华与莹来信（五月十九日）。又有失意事。与人合伙卖东西，失去了一件哗叽料子，标价十五万元。洪要华在大姊箱中找找，有没有为询订婚用的戒指。华问我是否带去重庆的大姊的首饰包，没有交下来。所以写信与莹声明。还得抄一份寄华。母亲的首饰，向来放在一包中。这包已交洪了。

午饭看报。

午后与雪艇及立武写了三封信。每信都得抄过。从二时半写到六时方完。

（上午王承绪陪王学政来。原来王学政是云五的三儿子，来英研究体育教育。算是我的 assistant secretary，又是 Blofeld 想出来的名义。① 英国体育教育，大不如美国。可是他不能去美，因一则没有名义，一则王云五有钱在英，却无法寄美。）

七时到 Ebony St. 的 Goring Hotel② 访陈纪彝、黄翠峰。请她们到香港楼吃饭。她们都说应设法接叔华出国。谈了些英国的情形。

九时回。听 Ernest Bevin 广播。③ 他说话的声调与内容，都胜似从前的 J. H. Thomas。④ 工党是进步了。

1945 年 6 月 23 日
34:6:23（六）晴

晨去处，写了几封信。

---

① 算是我的秘书助理。又是贝洛菲尔德想的主意。
② 到乌木街哥陵酒店。
③ 听工党领袖欧内斯特·贝文的广播。
④ 都胜似从前的 J. H. 托马斯。

得骝先、立武等信，和寄来的抗战画底片等等，和小说选译文。《小说选》系袁佳骅及 Robert Payne① 合译。

十二时余吃了些三明治。

Gwen 今天是末一天在此。她来了半年。所以多送她一星期的钱，算一星期的假期。

到 Maylebone 乘车去 Beaconsfield②。车行约一时余。这里已经是乡下了。有山坡、草地丛了。又好几个 golf course③ 在这一带。

到站后，与几个人乘汽车到 Tylers Green 的 Village Hall④。今天这里有一 Allied Thanksgiving Concert⑤。我们被约了来参加。到时二时余，还一个人也没有。我想乘机出去看一看附近村景，主持人 Miss Florence Montgomery⑥ 来了。

三时开幕。人还不太少。大约厅可容三百人，几乎坐满了。奏唱的艺员有波兰的夫妇二位 Felix Vandyl，比国的 Ardencis，法国的女子唱歌。俄国的女郎跳 ballet。英国的 Henry Cumming 唱歌。⑦

美国的 Professor Nevell⑧ 演讲。

我的节目也与 Newill⑨ 相同，可是在第二部的倒数第二个。到时时间已晚饭。Montgomery 自己的弹琴取消了。我预备的演讲，也取消。只说了一段。把带去的唱片唱了一段。本打算唱两段，M 说恐太晚便也取消。

完毕后倒有二三个人走来说"箫"很 simple⑩ 可听，可惜没有唱到第二段。

喝了些茶。乘车回站，搭火车回。与 Vandyl 夫妇及 Ardencis 同车，Vandyl 是波兰犹太人，家属都被杀，所以不想回去了。Ardencis 谈比国政治，

---

① 罗伯特·佩恩。
② 到马里·波恩站，去比斯肯菲尔德。
③ 高尔夫球场。
④ 泰勒格林的村务大厅。
⑤ 盟军感恩节音乐会。
⑥ 弗洛伦斯·蒙哥马利小姐。
⑦ 波兰的菲利克斯·凡迪尔，比国的阿登斯。俄国的女郎跳芭蕾。英国的亨利·卡明唱歌。
⑧ 内维尔教授。
⑨ 应与上文 Newill 为同一人。
⑩ 简单。

攻击 Leopold①。

七时余到 Maida Vale②。吃了饭回寓。

听广播时事。Lady Bonham Carter 的 Election speech③ 很好。她非常的会说话。又听了广播剧。是 Dodie Smith 的 *Dear Octopus*④，是描写"家庭"的连［联］系力量。

1945 年 6 月 24 日
34:6:24(日) 晴

晨看报。

二时半入城。

到 Arts Theatre 买了一张票。

到 Dominion 看电影。主片是 *They Were Sisters*。⑤ 写三姊妹的婚姻及遭遇。一个小的 Dulcie Gray 嫁了 James Mason⑥。遇人不淑，可是百依百顺，对外毫无怨言。完全像旧日中国的太太，不嫁英国人。Mason 虐待妻及子女，也常无理由。Phyllis Calvert⑦ 演一个很直觉的长姊。另一姊姊是只顾自己的人。

六时余完。到大世界吃面。

七时到 Arts Theatre 看 Gogol's *The Government Inspector*⑧。今天是末一场。戏的写法很 amateurish⑨。［（表）］演也很 amateurish。大有学校演剧的情形。不说是伟大的剧本。

往访 Wallbridges。Percy 不在家——他做礼拜去了。到现在他们还是没有

---

① 利奥波德。
② 梅达维尔车站。
③ 伯纳姆·卡特女士的竞选演讲。
④ 道迪·史密斯的《亲爱的章鱼》。
⑤ 到多明尼翁剧院看电影。主片是《梨花压海棠》（《她们是姐妹》）。
⑥ 达尔西·格雷（演的夏洛特·李）嫁给了詹姆斯·梅森（演的杰弗里·李）。
⑦ 菲利丝·卡尔弗特。
⑧ 到艺术剧院看俄国作家果戈理的《钦差大臣》。
⑨ 业余。

家具。看见 John 很不得意的样子。Vera 告我他的 season ticket① 已到期，一天身上无钱，用了回家，为人查到。说新屋地址，又说错了门牌，人以为故意。不巧他在学校图书馆，取了超过应取的本数，也为人查到。这两种事孩子们都常做，却不大被发现。现在两个同时发现。有了 summons②，要他于下月底出庭，所以很是丧气。Vera 说她家教养孩子，不应如此。Percy 是难过极了。

1945 年 6 月 25 日
34:6:25(一)晴

晨去处。

今天 Mrs. King 开始来做事。看样子她很想做好。

十二时三刻王学政、王承绪来。我约了他们吃饭。领他们到 Portman R.③。学政说重庆的物价，今年来加了二倍。到饭店一菜一汤，便得千元。王云五近年身体大差。

饭后与他们到 Selfridge 后面参观 Aluminum House④。这屋子规模极小，但小巧合用。有两间卧室，一间浴室，一间厨房，一间客厅兼饭堂。厨房最好，有电气灯、冰箱、洗衣器具等等。每间室都有些放东西的柜子。

后来我们又上 Selfridge 的三楼去看一看 Aluminum Exhibition⑤。墙上的说明，称是用铝做的字和画，很好看。说是，从石器、铜器、铁器时代，进到铝器时代了。也实在是不错。什么东西都可用铝做。有铜的坚，但没有铜的重。从前铝产量少，价钱贵，现在则一磅只六便士。一磅铝的容量比一磅铜多得多了。

六时到 Baker St. 与陈尧圣、王化成、杨云竹同去 Northwood⑥。陈与林智

---

① 月票。
② 传票。
③ 波特曼饭店。
④ 到塞尔福里奇后面参观铝做的房子。
⑤ 铝器展览。
⑥ 同去诺斯伍德（伦敦北部城市）。

猷（？）同寓，是原来龙武官租的房子。现在龙太太仍住在内。屋子很大，园子更大。比顾少川在 Moor Park 的房大得多。林太太与陈太太开始来，有两个小孩，现在第三个又快生了。有一个宁波老妈，是原来在李德爝家的。太太们自己包饺子。王、杨二人也到厨下去帮着包。

饭后坐客堂谈话唱戏。王化成能唱几句。杨以口拉胡琴，很好，唱也胜王。林能唱青衣。林太太也能唱。陈太太则什么都没有靠先生学，可是什么都能唱，老生、小生、青衣、四平调、南梆子等等。

十时半提起麻雀来。王大约很爱打。林家有牌。他们即说打。杨说不大会，可与我谈话。我说不早了。他们留住。王、杨答应了。我即辞别。陈、杨送我到车站。十一时左右，家家已无灯火，已睡了。

我到 Finchley Rd. 换车，也没有 tube 了[1]。走到家。已十二时一刻。

1945 年 6 月 26 日
34:6:26（二）阴

晨去处。

下午四时半去访公超，谈话。

五时与他们到 British Council。他们今天招待陈纪彝、黄翠峰二位。到的人 United Aid to China 的好几位。Lady Lewis Mountbatten[2] 也到了。介绍了与她谈了几句话。外交部远东司长 Kilson[3] 夫妇一月前方从重庆回。也与谈了些话。

与 Seymour 谈盟国教育部长会议一事。他说 Sir Ernest Barker[4] 也提到中国分配图书一事。但是中国不是会员国，所以困难。

六时出来。有一小时的余暇。即去看附近。John Lewis[5] 废址的飞机展览。

---

[1] 到芬奇利路换车，没有地铁了。

[2] 联合援华会好几位，路易·蒙巴顿夫人也到了。

[3] 基尔森。

[4] 欧内斯特·巴克爵士。

[5] 约翰·路易百货商店。

走了进去，曲曲折折，时上时下，一小时只看了一半。飞机有好几架。战斗机以至轰炸机，小飞机、救生橡皮船，三种出名的发动机，都有陈列。炸弹从五百磅到十吨的也都有。图案说明极多。进去看一次，真是一种教育。

七时到上海楼。君健请公超、志廉、抚松、圣斌等。说话是公超最多。他提到了杜月笙等，谈了很多的故事，而且都是与他自己有关的。到十时半方散。圣斌也说特务在重庆的势力大。他在重庆六个月，什么话也不敢说。圣斌也说赵老太太的故事。他在北碚做校长。赵老太太即住校长室。他将床让她，自己睡一小床。赵老太太说她的秘诀。到一处，船未泊岸，她即跳上去。到了不坐车、不坐轿，走路。如此，人觉得她是真能打游击。请她演讲，十个地方她答应六七个，不全应。

回家已十一时余。

听广播后睡。

1945 年 6 月 27 日
34:6:27（三）晴，有时雨

今天晴，但更阴。

十一时到 Brit. Council Fine Arts Dept.①。这里壁上陈列各种刻本画七十余幅，预备送到中国去展览。Longden 与 Miss Harvey② 陪我们。L 很忙，时有客来。画选择得很好。

十二时与公超到我处。我示以重庆寄来的抗战画。他说出书恐得自己花钱。他说画还不错。

接大使馆转来骝先一函。大意是盟国教育会议事关国际文化合作极为重要，请我与顾少川大使及盟国代表维持联系。他没有请我做代表出席，也没有请我做 observer，但是又要与盟国代表维持联系。不知道从何做起。大约是

---

① 英国文化委员会美术部。
② 朗登与哈维小姐。

要顾少川看了，让我去做观察员吧。

一时 Majorca①，炳乾请王化成、杨云竹、叶秋原、陶寅、何思可及 Mr 吴。这是西班牙饭店。有鱼虾蒸饭，有些中国味。

四时半去领事馆。谭葆慎召集开会，讨论写一本关于中国的教本。蒋仲雅不来，因为谭"毫无常识"。炳乾也不来，因为不喜谭，也不喜 Mrs. Miler。所以 Mrs. Miller 外，只到了崔少溪与式一。另外 L. C. C. 介绍了一位中学教员，他又带了一位剑桥的女生来。

这位教员说在中学中所用书应如何。这本书本定了崔写。可是他不知真的假的好像在睡。讨论了好久。谭再要讨论如何写法。我说这问题可以让熊、崔二人去讨论决定。或合作或一个人写。

七时到 Swiss Cottage。到 Odeon 去看 *Tomorrow the World*②。这与剧本稍不同处是取消了座间谍的门房，加上了在学校中情形。似是进步。但最后的突然转变，更不可信。

回已十时余。

1945 年 6 月 28 日
34:6:28(四)雨

晨去 Mount Royal 访王、杨。请杨云竹带了六盒鱼肝油精回去。他们决计下星一动身，乘美机，一路去巴黎、罗马、开罗等停顿三四天。

与他们同出门，大雨。他们去使馆，同车，我中途下。

写信致立武。

晚回寓吃饭。听广播时事及 Berveridge③ 的选举演说。说得不错，似乎学者气太重些。提 'Berveridge' 方案也太多些。

与华及莹各写一信。到十二时。

---

① 马略卡餐厅。
② 到瑞士小屋。到音乐厅剧场看《明日世界》。
③ 威廉·贝弗里奇（William Beveridge, 1879—1963），英国经济学家。

1945 年 6 月 29 日

34:6:29 (五) 阴

晨十时余到处。

十一时 Robert Payne 的父亲来。他从前在新加坡，现在在 Dockyard 做 manager。^① 他对于他儿子的著作，很是称赞，尤其是《重庆日记》。他说他又写了一本《孙中山传》，问我可否代为介绍出版。又有一本剧本，写的是中国大学教员学生在战时的生活。他也留下来请我介绍。

写信与骝先。也再写一信致立武。又将各信誊写清楚。写一信与洪。完毕已三时许。看了些报，喝茶。

四时余到 Paddington。乘 4:45 车去牛津。在车上看 Robert Payne 的剧本 *Snow White Mountain*^②。看了一幕半，似乎太长太杂。

六时二十分到。出车站找不到车。遇到汇文及右家。他们也在这趟车来一路站。右家找到了一汽车。先送我到 Christ Church^③。我住的房子很老很旧。像旧式的 boarding house^④。

访雪桥。未值。

到右家处。她请我及汇文吃面。

九时听广播。Herbert Morrison 的演说。并不很 impressive^⑤。

十时即出。等了一会无公共汽车。即走路。走二十五分钟方到 Balliol^⑥。正遇雪桥与芦浪出门。我们共到 Christ Church。张、方也住此。他们二人的房比我们的好。张的更新些。洗脸室有煤气。楼下有浴室。我的浴室及厕所得走到外面去走几十步路。

---

① 在造船厂当经理。
② 到帕丁顿车站去牛津。看剧本《白雪山》。
③ 送我到基督教堂学院。
④ 像旧式的提供膳宿的私宅。
⑤ 赫伯特·莫里森（1888—1965，英国工党活动家）的演说，并不很使人印象深刻。
⑥ 牛津大学贝利奥尔学院。

谈了一会，门房来说十一时锁门，已过十一时了。送雪桥出。张、方二人到我房坐谈到十二时。

写近三天日记。

睡后好久睡不着。

1945 年 6 月 30 日
34:6:30（六）晴后雨

晨六时即醒，以后又入睡。七时又醒。七时三刻，servant① 来叫。送了一小罐热水。

八时一刻与张、方去吃早饭。在 Hall 内的下面桌子。另有一桌专为我们所设。本定有十个人来。但我们三人外另只有三人。一为加拿大人，现在伦敦大学的 W. G. Rose② ，另两位为波兰人。

我们今天一天都在这桌上吃饭。早饭是 porridge 及 kipper, coffee③ 。中午只有汤，及切碎的 sausage 及 beans④ 。没有布丁也没有咖啡。晚上是汤，mince meat roll，trifle，⑤ 也没有咖啡。

High Table 晨中午都没人。晚有几人，也有客。他们没有人来与我们一打招呼。这与中国真是两样。如在中国大学有这会，全校都来招呼，饮宴不断。在这里则完全不理会。我以为一个太过，一个也不及。

早饭后到雪桥处去看报。十时半开会，我们去迟了十分钟。开会在 New College⑥ 的一间屋子。不很大，到会四五十人（上午还不到此数），坐得满满了。

我们进去时，牛津的副校长 Sir Richard Livingstone 在演讲。说欧洲大战是

---

① 服务员。
② 罗斯。
③ 粥、腌鱼、咖啡。
④ 香肠和豆类。
⑤ 肉末卷，甜食。
⑥ 新学院。

Tragedy with a happy end，希望以后找到长久的和平，找到 a way of life。①

会务报告。组织 Executive Council②。会长指定，英美苏法华波兰荷兰各一人。他说了五个重要国家，二小国代表，有十人，大约是希腊的人表示不满意。Veraart③ 说小国可每年轮流当选。有人不赞成小国的名称，V 说荷兰即是小国。

波兰 group 提出一 resolution④，贬斥德国的科学家。经修正通过。

十二时毕。我们与人谈话半小时。在 New College 的花园中散了一会步。回去午饭。

饭后回房休息一会，看了一会蒋彝的《牛津画记》。

二时半又开会。是 Veraart 的 address，Reestablishment of the Rule of law。⑤他演讲是学理的探讨。不承认 Rousseau 的 natural law。⑥

后来预定参加讨论的有牛津的 Prof. Brierley（不大会说话）及 Goodheart. , Prof. Adams 也来了，也参见。（本定 Zimmerman 不能来。）⑦

以后参加讨论的有好几位波兰人。说西欧与东欧的 rule of law 不同。说在苏联治下全没有 rule of law。最后有一俄人（已是入英籍的俄人）起来辩护。说不同国家的观念不同。本会的用意在互相了解，不是在互相 communicate⑧。

四时半散。Goodheart 请同人在 Rhodes House（Rhodes Scholars）⑨ 喝茶。我们谢了。因为早已约了去访 Hughes，在 Hughes 坐了一时许。他再三说对于寅恪的病，请不要提，不要使此间人 discouraged。⑩ Scheme⑪ 开始后便不同了。

---

① 理查德·利文斯顿爵士演讲。说欧战是以幸福结尾的悲剧。希望以后找到长久的和平，找到一种生活方式。
② 执行委员会。
③ 威莱特。
④ 波兰团提出一决议。
⑤ 威莱特的演讲"法治之重建"。
⑥ 不承认卢梭的自然法则。
⑦ 布莱利教授及古德哈特。亚当斯教授也来了。也参见。（本定齐泽尔曼不能来）。
⑧ 沟通。
⑨ 古德哈特请同人在罗德学院（罗德学者）喝茶。
⑩ 使此间人灰心失望。
⑪ 计划。

吃饭时波兰人二位都是说波兰人的危险。他们说只有少数个人拥护新成立的华沙政府。Rose 也说原来的总统并非地主。

到雪桥处去喝咖啡，喝茶。看报。听广播。宋子文已到莫斯科。莫洛托夫到车站去接。

邱吉尔选举演讲末一次。播音机不好，时时听不清。

后来播 Ginsbury 的剧本 *Viceroy Sarah*①，也有时听不清。

十一时前回。看了一会蒋彝的《牛津画记》。写日记。

1945 年 7 月 1 日
34:7:1（日）晴雨

星期日的早饭自八时三刻起，所以 servant 等八时一刻才来叫。

吃了早饭，不久即十时。我于十时前到 New College。今天提早在十时开会。起先人不多，十时过了，方陆续的来。后来似乎比昨天的人尚多些。Sir Richard Livingstone 也来了。

仍是 Veraart 主席。报告各国大学教育情形。中国排在最前。我报告了不到二十分钟。接着是 Andra 报告法国。但因下午另有人报告，所以只报告了 Lille 大学的情形。似乎在德国占领下，他们照常工作，德方及 Vichy② 也没有怎样干涉。Helczuski 报告波兰。说到有几个大学，有数百年的历史，现在不开了（在苏占领域）。又说 Lublin③ 广播，大都非常的好，似乎不可能，如从前大学最多有八科，现在方开，即有十五六科。他说得很好。可是一坐下来，俄国的 Minoski 立即起来驳辩，说他侧面攻击苏联。他说到会的人有一半是波兰人，可是没有一人从波兰来的。Helcz. 答谓，波兰没有人来是没有人能来。

接着是一位比国人代 Declamps④ 报告。比国的大学有一部分损失不少。

---

① 英国作家诺曼·金斯伯利 1935 年的历史剧《萨拉总督》。
② 二战期间在纳粹德国统治下的法国维希政府。
③ 卢布林（波兰城市）。
④ 德康。

末了是 Veraart 报告荷兰。荷兰的几个大学，也似乎没有什么大损失。他回荷去了，前天方回。

十二时散。我与范、方同去看 Worcester College①。可是在假中不开放。雪桥去交涉无效。（后闻陆迪利带人去，不问，也就进去了。）

到 Randolph Hotel② 的客厅中坐了一会，喝了些啤酒。

回 Christ Church 午饭。

下午二时开会。一部分是报告如何应付大学当前的局面。如 Henderson 报告 World Students' Relief③ 的工作。

Dr. Kefauver④ 报告旧金山会议对于教育文化的决定。报纸对此没有充分注意。在 Econ. & Social Council 下，另设一 International of Education & Cultural Organization。⑤ 他称它为 E. C. O. 这机关的组织办法，八月内可公布。今秋将在英开一全会。每国可派代表五人出席。

后来有一英人提议本会应通过一议决案，提议代表五人，不可尽由政府指派，而应如 I. L. O. 似的，有政府代表，也有劳资代表，所以此会应有教育文化团体的代表。K 答此事各国都有讨论。有人主张政府商文化团体后指派，另有人主张政府派二人，团体推三人。

另一英人非常生气的反对这种机关。他说许多教育机关有数百年历史。现在旧金山开会几天，造出一机关来干涉这些团体的自由，实在很是危险等等。他气极了。

四时余散会。

我与方到 Magdalen 去参观。特意的要看看 Ardison Walk。⑥ 这是一片牧场，三面临小溪，——一面临河。沿边有一小路。河边树很密，所以没有剑

---

① 牛津伍斯特学院。
② 鲁道夫酒店。
③ 世界学生的救济。
④ 基福弗博士。
⑤ 在"经济与社会委员会"下设一个"国际教育与文化组织"。
⑥ 到牛津大学莫得林学院，特意去看看花园迷宫和河滨布道。

桥 Backs① 的风景。

一面连到 Deer Park②，这在校后。有大树绿草，一群鹿在散立。很入画。

访陆迪利未值。

乘车去熊家。汇文（上午开完会即走了，我猜他是到右家处去了）与右家到七时方来。雪桥另有他约，饭后方来。在此吃了不少 gooseberry，也吃了一碟 strawberry③，说这是今年最后的几个了。饭极丰盛。饭后方等下五子棋。后来让右家喝了两段戏。

雇汽车。新车行答应来，却未来。旧行要十一时四十分方有车。Christ Church 的大门，十一时开。打电话方知有 Canterbury Gate④，是通夜可打开的。不料汽车夫不知门在哪里。把我们送到一门。我们好容易抵门进去了，有汽车停在那里。可是走进去仍在校外，而且似在田间，有林木草地。半个人也没有。我说一定是错了。我住的地方，旁有门，外有马路，有车马，必不是此处。退回去。到另一面一个一个的有门处，都去探视。最后果然找到了，在 Oriel College 旁。打门，有人来开。其实此处在 New College 近一半路。我到此时方知道。

1945 年 7 月 2 日
34:7:2(一)

晨七时四十分起，八时余梳洗完毕。收拾好东西，到方重处。他说张汇文未来。等了一会。赶八时四十分的车已来不及了。去看一看张的家，他的东西已取走了。

与方同去早饭。早饭后到雪桥处少坐。近十时同去车站，方去剑桥，在另一站，亦在附近。上车，头等满座。在三等又得座。看报。

---

① 后边。
② 鹿苑。
③ 吃了不少鹅莓，也吃了一碟草莓。
④ 坎特伯雷门。

十二时到伦敦。到 Mount Royal，访王、杨。他们今天一时一刻去法。乘美机，可以一路到重庆，沿途停巴黎等地。价亦较廉。

大使馆的人来送的很多。王兆熙也到了。公超与连瀛洲同来。出门时我们不再送，与公超及连在上海楼吃饭。公超示我托杨带回去的致董显光的辞职信。他最大理由是要到上海去料理家产，清理欠债。

下午朱树屏来。说他与 Richter 交涉已说好可由美回国。R 不再留难。

六时余到 Royal 看电影。是 Ingrid Bergman 和 Charles Boyer 演的 *Murder in Thornton Sq.*，这是舞台剧 *Angel Street* 所改编。[①] 此剧英国批评家攻击至力，我却认为极满意。Bergman 在美因此得奖。另一滑稽侦探片 *Murder, He Says*[②] 也尚看得。

到 Paddington 取行李。到 Maida Vale 吃饭回。已十一时了。

1945 年 7 月 3 日

34:7:3（二）

下午四时蒋仲雅来。我与他讨论《抗战画》出版的问题。他看了些画片后说这些画大都是 second-rate[③] 的作品，恐不能以画册出版。如作插画，则需不少文字。而且画所表现的，有些与抗战无关，而且只有少数几个方面，并不是抗战的各方面具备。所以很不容易。

最后与他商定，我先将这九十九幅一律放大为明信片，然后再与出版家商量。他主张严格的选择。

晚回寓吃饭，听广播。写日记。

十时半接电话。炳乾说他今晚可不可以到我这里睡。我说可以。告房东。房东说你知道什么时候了。他来时已近十二时。谈了一小时。他不久即去大陆。晚上又恐独宿。今明晚预备住朋友家，星〔（期）〕四陈甲孙来陪他。

---

① 英格丽·褒曼和查尔斯·博耶演的《桑顿街谋杀》，由舞台剧《天使街》改编。
② 《"谋杀"，他说》。
③ 二流作品。

1945 年 7 月 4 日

34:7:4（三）阴

早饭时与炳乾谈了一会。他说今晚住到 Lewis 处去。

到处。十二时熊朝钰来。他来接洽一下，看下半年能不能读书。说他们来的一部分人，有十余人打算回国，有些人则希望读书，或继续实习。我告他在英国找公费的希望是极少的。

我请熊到 Allied Club 去吃饭。我入会到今还不曾去过。饭实在不高明，地方却相当的舒服。与他谈了二时许。

到 Times Book Club 买了些书方回。

三时《中华周报》刘福康来。他为了报纸的纸张问题，说与 *Daily Express* 的 Capt. Bohin① 交涉。C 答应帮忙，只要有中国机关的文件证明此报有用。我不懂为什么 *Daily Exp.* 的人能够来管这种事。我似乎不好写信与 B，不如写信与刘。刘也说可。他又说公超不肯帮忙。起先一切答应下来，后来什么也没有办。问他时也无下文。我说这恐是误会，最好当面一谈便说明白了。

刘去后即写了一封他所要的信与他。

四时三刻黄德馨来，也是要我证明她在读书没有做事。以便请求外汇。

五时半访桂永清。他是星期日到此。星〔（期）〕一到牛津去了。周显承及郑来他室内。现在桂永清的态度与前不同了。他坐在那里看信，他们二人远远的立着，不做〔作〕声，也不坐。我们去也没有抬起头来。

见了客还不怎样。说稚叔近来身体极好。常写字。他看了他多次。开会时常见面。雪艇对于外交很有力量。关于英国的事，委员会都问他。

他问我到这里来过没有。听说没有，即领我们上去参观这办公处。房子很大。他的办公室在二层，上面又有二层，都是办公室。五楼是睡房，有三

---

① 《每日快报》的博辛上校。

四个人住在里面。一层里面也是客厅。

他说委员长有手谕，一切军人的家属都不准出国，即商启予的家属也是如此。年轻人没有太太，有损无益。要禁止与女人来往是不可能的。所以他回国以前告他们，玩女人可，但不可丧失身份，不可染毒病，更不可泄露秘密。

到近七时我约他去吃饭。他反邀我到他寓所去。他住在 Albert Hall① 的对面。一栋房子，三层楼，连家具等等，月租三十六镑。他说已付了四个月没有住过。又带我看屋子。一层饭厅，厨房等。小小的庭园。二楼客厅小书房，及一客室（汇文昨天住此）里面有三间下人住的房。三楼三间睡房，又有三间住下人。他预备留与孩子们住。

他的厨子是从前在金纯儒家做的。（金预备带去比国。为代表团的人挖来了。）做的菜很好。吃到狮子头、鸡、蚕豆等。也喝了三杯红葡萄酒。饭后又吃了樱桃与葡萄（一镑多钱一斤！）。

他说中国人的反英空气很厚。他在国内到处游说说不要得罪英国。美国人也到处排斥英国，邱吉尔代表 Carton de Wiart② 对他说美人说英国不希望中国强大，是绝对不确。

他说中国预备训练一百师新军。现在已练了三十余师。在广西、湖南作战便是。美国还是预备去中国登陆。

他说关于宋美龄的谣言完全不确。蒋先生绝无侧室一事。

他说中央委员本来圈定了三百六十名。毫无问题，后来临时增加了一百名。反而引起许多人的不平与不满。

九时半辞出。

桂与公超至今没有见过面。他再三的说听说他很能干。

他在重庆时住在戴公馆，所以一切都不缺乏，而且有一辆汽车，无限的汽油。

---

① 皇家阿尔伯特音乐厅（Royal Albert Hall）。
② 陆军中将卡尔顿·德·维阿特爵士（1880—1963）。

1945 年 7 月 5 日

34:7:5（四）阴后晴

晨去处。

有 Joly① 兄弟来访。这二人在中国三十余年，在海关工作。其弟做过汉口税务，最后在重庆仍代理税务司。他们现在在伦敦创办一个新的 Anglo-Chinese Chamber of Commerce。Lord Teriot② 是主席。他们的目的不完全在商业及实业，希望有一个中英人士常常可以交换意见的场所。

下午与雪艇、立武写信。

四时到炳乾处。本说蒋仲雅去喝茶。谁知他又请了陈纮、沈元、Miss Gordon，Ronald Ziar 诸人。加上 Mrs. Gower 及 Miss Holt。③ 唱了中国乐片。Miss Holt 说话很直爽。她最赏识的倒是七弦琴。最不喜欢二胡。

沈元到此二年，已得博士位。林慰梓得了 M. Se.④ 学位。

近六时与蒋同到 Trafalgar Sq. 会 Michaelis，他是蒋的 art agent。⑤

我请他们去看 Walt Disney 的 *The Three Cabelleros*。⑥ 这片子是五彩的卡通，但加上真的人。有时是以画为背景，真的人在里面唱歌跳舞，同时也有 Donald Duck⑦ 穿插在里面。有时以风景片为背景，有许多的人，如海滩上的浴女，又将卡通人物插进去，目的在写 Brazil 及 Mexico。⑧ 这方法很新颖，很有趣。Walt Disney 是一等的天才，毫无问题。只是这片子似乎还太长了些。另有一短的 Disney 片，名 *Ugly Duckling*⑨，也极好。一个写 Sea Shore⑩ 生物的

---

① 乔利。

② "英中商会"，主席泰利奥特爵士。

③ 戈登小姐，罗纳德·奇亚诸人。加上高尔夫人及霍尔特小姐。

④ 理学硕士。

⑤ 到特拉法加广场会迈克尔斯，他是蒋的艺术经纪人。

⑥ 沃尔特·迪士尼的《三骑士》（*The Three Caballeros*）。

⑦ 唐老鸭。

⑧ 巴西与墨西哥。

⑨ 《丑小鸭》。

⑩ 海岸。

自然片，也极佳。

仲雅请我们在 Cafe Royal 吃饭。

近十一时回。与华及莹写信。

今天是英国大选。可是在街头，什么也看不出来。一切都与平时无异。只经过了一个 Polling booth，在 Abbey Road①。也没有几个人在走进去。有一辆汽车上有 loudspeaker②，告人自觉投票，投自由党的票。也有几辆贴了标语的汽车在街上来往。如是而已。

1945 年 7 月 6 日
34:7:6(五)晴

晨去处。

蒋仲雅来少坐。说谭葆慎曾写过一本论鸦片战争的书，托式一介绍与 Unwin③ 出版。Unwin 向公超请纸。公超不准，说此时出书论鸦片战争，不合时宜。外面谣传公超不准，因为式一介绍。

中午在 Cafe Royal 请叶秋原、沈元、陈甲孙三人吃饭。

写完华与莹的信。写一短信与洪。抄写致雪艇、立武信。另一信与立武，谈出席大学教员会的事，及关于 Inter. Educ. & Cult. Org. 的报告。

刘圣斌与朱抚松来了一会。

六时熊朝钰来，报告他在伦敦接洽读书事的经过。他约我到 Fava 去吃饭。吃了鸡。

带他到 Regent's Park。在那里 Queen Mary's Garden④ 中坐谈盘桓。到十时。

---

① 一个投票站，在修道院路。
② 扩音器。
③ 英国昂温出版社。
④ 到摄政公园。在玛丽王后公园坐谈。

1945 年 7 月 7 日

34:7:7(六)晴

今天七七。大使馆举行纪念仪式。我到已迟了十分钟。施德潜主席正在演说。接着是桂永清演说。党部代表是 Choy's① 的经理文君。来宾是连瀛洲。最后王兆熙代表侨民协会。

完毕已经快十二时了。献金时我献了五镑。与施、桂、蒋彝、熊朝钰等说了一会话。钱树尧说教部有信来，要我参加教育部长会议。他说会议中 commissions② 等很多。他与施读过，施说等大使回来再提出。

回处。

一时到一个很小的中国饭店，叫 Chopstick③。炳乾在此请客，楼上并无别人。他请的是 Susana Williams Ellis 和她的丈夫 Yale Cooper-Willis，另一女郎名 Sarah，一少年名 Robin。④

饭后我到 Royal Academy 去看画展。太多了。我看了一点半钟，只走了三四间屋。已经走得很累了。

到 London Pavilion 去看 *The Way to the Stars*⑤。这是写空军人员的英雄，又是写英国人、美国人的大同小异。一个旅馆的女经理 Rosamund john 嫁了一个英空军军官 Michael Redgrave⑥。他战死了。她后来又认识了一位美空军军官。他又战死了。另以 John Mills⑦ 为陪衬。他也是空军军官。他看见朋友战死，决心不结婚，可是最后 Rosamund 告他，她如回到五年多前，她还是愿意经过同样的经验。

---

① 蔡记餐厅。
② 手续费。
③ 查普斯迪克，"筷子"之意。
④ 苏珊娜·威廉姆斯·埃利斯和她的丈夫耶鲁·库珀-威利斯，女郎萨拉，少年罗宾。
⑤ 到伦敦馆去看电影《战火云天》。
⑥ 罗莎蒙德·约翰嫁给了迈克尔·雷德格雷夫。
⑦ 约翰·米尔斯。

七时到 Tottenham Court Road①，会炳乾及陈甲孙同在 Lyon's Corner House②吃饭。有所谓 Salad Bowl,③ 只 2/9，可以吃到不少东西。又喝了些酒。

炳乾星一早去巴黎转德。他今天穿了战地访员的军装。

饭后走到 Trafalgar 后的一个 Mews，到 Cooper Wills 家。④ 想不到在城中心有什么清静的地方。而且可以坐在门外喝茶。有中午的二人及另二位客在座。请我们吃田螺。做得很不好吃。Robin 玩一个小孩子的玩意儿，闹了一小时。

回寓已近十一时了。看杂志。

1945 年 7 月 8 日
34:7:8（日）晴

上午看报。

饭后找了一篇过去所写关于中国的讲演稿。看了一两遍。

四时动身去东伦敦 Bow Road。出站又走了些路方找到 Powis Road 的 Kingsley Hall。⑤ 这是在贫民区中，不大的街道，附近炸掉的废址很多。所以很有些荒凉。

Kingsley Hall 也不大。地层是一个会场。一个人也没有。我走上楼去，也不见人。回处寻找。最后有一人来了，领我上楼。有一间大的是 recreation room⑥，有两张弹子台。里面是一间很小的图书室。有十人左右在此吃茶点。他们招呼了我一下，请我参加吃茶。便继续的谈他们的话。只有我旁一人，我问他，他回答几句。

茶后有一位 Hugh⑦ 来。说 Denis 伤风，不能出门。我如愿意，可以去看她。

---

① 托特纳姆法院路。
② 里昂角屋。
③ 有所谓沙拉盘。
④ 特拉法加尔后一个由马厩改成的住房，到库珀·威利斯的家。
⑤ 东伦敦的堡路。找到波伊斯路的金斯莱大厅。
⑥ 娱乐室。
⑦ 一位休来，说丹尼斯伤风。

她住在儿童部。儿童部离此数百步。楼下是一个 nursery school①，楼上是职员所住。

与 Denis Lester 谈了几分钟。这 Kingsley Hall 是 Muriel Lester 及 Denis 所办。② M 常在外旅行演讲、活动。Denis 则常住此间。她非常崇拜她的姊姊，开口闭口，不离 Muriel。

他们这组织，比 Toynbee③ 小得多，而且情形也不同。Toynbee 以教育为主，此间以宗教为主。

六时半做礼拜。只到了二十人。有一少年领导。唱歌之外，也有说教。完全是八股，令人欲睡。七时半方完。

与 Hugh 到屋便看看。这里有几个很小的房子，也住人。Gandhi④ 在伦敦处，即住此处。不肯他去。说教的少年来。我问他是不是将来传教，他说他打算当小学教员。此间职员，大半是有住有食，极少数的零用钱。所以结婚之后，不得不他就。

我们到客厅去喝了一杯茶。

八时余请我演讲中国。只有十人左右。我随便谈一谈，没有看稿子，说了四十多分钟。又走了二三人。完毕后又讨论了三四十分钟。他们的问题很 intelligent⑤。有一电气匠开口闭口都是挖苦本国的政府。

九时半动身。有母女二人送我到车站。这母亲是工人，说我们外国说话说得比她们好，读音中 H 都准确！她在这参加一切已二十余年了。

1945 年 7 月 9 日

34:7:9(一)阴时小雨

晨去处。

---

① 幼儿园。
② 这金斯莱大厅是穆里尔·莱斯特与丹尼斯所办。
③ 伦敦的汤因比馆（Toynbee Hall），该馆始建于 19 世纪末的定居运动，源于维多利亚时代对城市贫苦的深切关注。
④ 甘地。
⑤ 睿智。

午饭后去剪发。

接骝先信，要我与大使馆共同选择学生出席 World Youth Council①。

五时左右到使馆，与傅、施、尧圣、述尧等谈了一会话。顾少川明天可到。是乘 Queen Elizabeth② 来。金甫等三人也是乘此船来。与尧圣说 World Youth Council 事。与述尧谈教育部长会议事。他说中国自今年起已经出了会费。

晚饭后看杂志。

1945 年 7 月 10 日
34:7:10(二)雨

晨到处。

中午到新探花楼吃饭。本以为是李光前请，谁知是谭葆慎请他，另有公超、李德熴，及华侨四人。李又带了一英人 Hayes③ 来。李说话很多，声音很大，四座都不断的望我们。他在纽约时似并不如是。他与公超彼此谈新加坡时事。

我与公超同回。公超说李捐钱五千镑在东伦敦办华侨学校。此款需由重庆汇出。谭不肯发电，以致公超为他发电与吴钺城。今天请客即为小学事。

下午历汝尚来坐谈了一会。

看了不少杂志。

晚补写日记。

1945 年 7 月 11 日
34:7:11(三)晴

十时余到 Piccadilly 的 Athenaeum Court④ 访金甫等。他们今早七时余到。

---

① 世界青年理事会。
② 伊丽莎白女王号。
③ 海耶斯。
④ 皮卡迪里的雅典娜酒店。

我不能去接。到时他们人已到 Brit. Council 去了。

回到处。与他们通电话。说在会议。十一时余去 B. C. 会到金甫及 Salisbury①。缉高到科学部去了。我们到科学部去看缉高。找来找去都不知道他在哪里。最后才找到。大衙门内一切都不接头。

B. C. Wie 他们订了十二时去使馆会陈维城。他们以为陈是代办。只好先去看陈。郭秉文在内。陈早晨在车站已见过。

原来今天早晨大使馆的人大都去接顾。顾的车早到，没有接到。接到了金甫等。公超去接金甫。他们初见许多人来接吃了一惊。

去下访施德潜。会了陈尧圣及钱存典等。

出来访谭葆慎。谭约了我们到上海楼去吃饭。饭后我陪他们到 Athenaeum Court，他们一夜未睡。我与金甫少谈即回处。

七时又去约他们到 Allied Club 去吃饭。这里晚上的饭倒不坏。有鸡。可以喝酒。饭后坐园中喝咖啡。九时又到 Hyde Park 绕 Serpentine② 走了一小时。

缉高比我小一岁，可是头发花白得比我厉害。金甫倒没有改变。金甫说为叔华事，适之、元任等都曾想方法，但是没有法可想。适之下学期到 Columbia 教书，春天到 Harvard，夏到 Cornell,③ 各地一月可有千元收入。去所得税只有六百余元了。缉高劝他回去。大教授内梦麟去做官，也电适之要他回国。他们似乎不赞成梦麟去做官。金甫说他劝鲠生勿做校长。此时做校长，无法振顿。只能维持残局。

十时半分手。

写日记。

1945 年 7 月 12 日
34:7:12(四)晴

中午到 Allied Circle 去出席执行委员会。今天只到了五六人，很不景气。

---

① 索尔斯伯里。
② 到海德公园绕蛇形湖。
③ 下学期到哥伦比亚大学，春天到哈佛大学，夏到康奈尔大学。

写信与雪艇、立武。下午四时余近五时，金甫、缉高来。坐谈了一会。去看公超。公超领他们参观，我与朱抚松、谢志云谈话。

六时半公超送他们到寓。Salisbury 接了萨本栋来了。

八时我请金甫等三人到上海楼去吃饭。本栋我从前听说是运动员，身体以为一定好。谁知很瘦弱，弯背，也似乎很疲乏。说话不很多。

饭后领他们去 Regent's Park。在里面走了一阵，又在 Queen Mary Garden 中坐谈到十时许。在 Baker St. 车站分手。

写信与华。

1945 年 7 月 13 日
34:7:13（五）晴或雨

晨到处。

十二时约了去见顾少川。等了二十分钟方见到。我知道他十二时半另有约，所以只谈了十分钟。我只提了金甫等三人的费用问题。他听了每周五镑零用钱，也说领了"不大冠冕"。他说可致电教部，如部分同意，可以在学生救济金中垫拨。他要我起一稿。我说要不要由我去电。结果是说各发一电。

未去以前十时半。周书楷来。骝先来电，邀他回去任国联同志会总干事。他来伦见顾请示，也来与我商量。他说正在写论文，要冬天方完成。他正预备一月回。对于国联同志会总干事，也并不十分认为有意思。我说既如是，即电复说要到一月方能回国好了。如另派他人，也没有什么要紧。

他说在英办文化合作，一定得有官方名义。他曾给立武去信，说如要我在此工作顺利，应任为 Cultural Attache[①]。

书楷去后，唐笙来，卢广绵夫妇来。卢是北大学生，民［（国）］十七年

---

① 文化参赞。

毕业，学化学。他说曾听过我的课。他的夫人是燕大的学生。他们办合作社已有多年了。这一次是英国的合作运动找他们来的。

与顾少川谈话后上去与翟瑞南谈了半小时。他说顾任外长的谣言，在国内也有。有一天外部的人说当天下午即可发表了。（据书楷说顾愿意去任外长。但党方等反对，说他还是宜做大使。蒋、宋也没有要他到坚持的程度。）

中午到上海楼。式一邀去吃饭，说只有崔少溪一人。可是另有李亚夫及汪孝熙在座。在门口又遇到汇文。式一弄了有六人。李亚夫写剧本，对于戏剧很有经验。式一见了面，方说 Robert Payne 文字很好，但不懂写剧本，他的结构，等等，是向来没有的。

下午回处。写信与莹。写信与雪艇。抄致雪艇、立武信。到五时半。

看报。

六时半到新中国楼。李光前在此请客，请了近三十人，大多是英国银行家之流，也有侨务部的人。我只认识 Sir John Pratt。中国人只有公权、公超、谭葆慎、李德燏及中国银行的尹（?），周显承。

公权新自法国回，他在巴黎数日后又去 Frankfurt① 一天。星一即飞回法国去了。看他样子，似乎很疲乏。

公超肚痛，来得很迟，也不吃东西。

八时半散。公超送公权回旅馆后，与我及显承访金甫等，不值。我们到显承处喝酒，谈话到近十二时。公超送我回。

显承很不满意陈绍宽，说他是中国海军的罪人。他生怕有人来代他，所以资格相等的，或令退休，或排黜，有许多因此投到南京方面去了。他又早不肯派人出国。现在一切没有人。英国要送我们船，中国没有来用。（陈是 Admiral of the Fleet。我说如有人问他的 Fleet② 在何处，将如何？周说他可以泰然的受下来。）

---

① 法兰克福。
② 陈是海军元帅。我说如有人问他的舰队在何处。

1945 年 7 月 14 日

34:7:14(六)时急雨

晨到处。蒋硕杰来。不久金甫来。与金甫磋商致骝先的电。

一时余到上海楼。赵志廉在请《中央日报》及《世界日报》新派出来的乐君。另有朱抚松及任玲逊。乐说沧波现在《世界日报》任总主笔，赵敏恒任总编辑。成舍我自兼总经理及发行主任。乐又说中国军队在缅甸回国后，许多受机械化训练的兵逃了，因为他们回去，都带了些东西，一卖便是二三十万，所以不当兵了。可是许多个月训练出来的人便没有了。

二时半到金甫处。与金甫同去 National Gallery 看了一会。现在陈列的画，只几十幅。所以看下来正好。这几十幅中，各体具备。有好些是名画。古代的宗教画，金甫与我一样不感觉兴趣。

在画院遇到唐保黄夫人。她一个人在参观。

出来后喝了一点茶。金甫回。我去访公权。未值。回处看报。

七时在上海楼正式请金甫、缉高、本栋、李光前、连瀛洲、郭秉文。请王兆熙、公超、谭葆慎、式一、圣斌等作陪。王兆熙到得很早。我排他坐在连、李间。他一看连、李二人名字，连忙逃走。他说连、李请他吃饭，他都推辞因病不出。今天遇见了不好看。李光前来，带了一位刘如心来。要不然便成了十三个人。

饭后散后只存了几个人。我说到公超处去吧。公超说他的地方小，只能容四五个人。圣斌忙说他不去。葆慎说他的车可送。我看公超不赞成，即请他送连回去。可是连想去公超处。公超把他推了。后来说连去到不容，连去则谭便也约去了。

在公超处坐到十一时方散。

回寓后不久即大雨。

1945 年 7 月 15 日

34:7:15（日）晴雨

睡后为大雷雨所惊醒。一时半左右，雨很大，雷也很大，不能入睡。去了关窗，后又开窗。在英国很少听到这样的雷雨。虽然在中国是平常的。后来听说果然英国数年来未有如此大的雷雨。睡不着，便看杂志。到四时。

Double Summer Time① 今天起取消了。钟拨回一小时。九时起，实在已十时了。

看 *Observer* 中有 *Liberator*② 一文，说宋在莫斯科讨论东三省问题。宋、自由主义者、美国，都赞成放弃满洲③。可是军人，以陈辞修为代表，表示反对。真是胡说、霸道。

十一时到金甫处。十一时半谭葆慎来。他开车请我们四人去 Kew Gardens④。

今天极热。据说是今年最热的一天。虽然风不小。幸有风，所以在户外还可走路。在园中散步了一会。去 Tea Room 喝茶、吃饭。Tea Room 在 Pagoda⑤ 附近。看了这塔，谁都觉得难看。我们说将来中国可以捐一座塔给英国。

Hot House⑥ 都下午才开，我们去看了一个有海菜花之类的大玻璃房。也有 water lily⑦ 之类。Palm House⑧ 太热，穿进去便算了。好容易找到 Orchid House⑨，里面也极热。中间有一大池，有池边的荷叶大如圆桌面。Orchids 盛

---

① 双夏令时。
② 《观察者》中有《解放者》一文。
③ 伪满洲国。
④ 邱园，英国皇家植物园。
⑤ 茶室在塔附近。
⑥ 温室。
⑦ 睡莲。
⑧ 棕榈室。
⑨ 兰花屋。

开时是三月至五月。现在不是时候，但居然也有一部分是开的。

对面是 Rock Garden①。有许多小花。我们无事，走 rock 上小憩。园丁来说，石上是不准坐人的。

出了园去 Richmond，要去 Richmond Park②，走错了路。路窄，不易回头。有骑自行车女郎骂我们，说'hold up the traffic'③。Park 很大，但不准车子进去。里面有军营及军车，很空旷，大草地上有些树木。大约秋天来走走很好。今天太热了。

下午去了 Richmond Bridge④ 停了车。到小茶店喝了些茶。在江边散步。游人多极了。划船、游泳，及坐在岸坡上的都是满满的。我们走的一边，上有树荫，还有风味。

回城。到 Mount Royal 访王兆熙，谈了半小时。又到周显承屋内少坐。喝了些酒。

到金甫等寓所吃饭。谈到十时半。

今天缉高谈起王毅侯，身后非常的萧条。他到重庆时银行有数千元，死时仍此数。要是他要做一点生意的话，大大的可以发些财。

毅侯死后，孟真与洪常吵嘴。一件是孟真强不知以为知，说经济在法国不属于法科。他不知道中国抄日本，日本却抄的是法国，不是德国。因为日本教育，西园寺的影响很大。孟真便下令说非研究院人不准在院包饭。洪窘极了。国防会没有饭吃。

谭葆慎一定要送我回去。今晚路灯亮了，大放光明。

1945 年 7 月 16 日

34:7:16(一)阴

晨十时半到处。十时到大使馆。今晨有纪念周，顾报告金山会议经过。

---

① 岩石庭院。
② 里士满森林公园。
③ "阻塞交通"。
④ 里士满桥。

我到时人已坐满。与王兆熙坐了第一排。后来又来了桂永清、公超及连瀛洲。

顾报告有一小时。对于会议波折及苦难，报纸上也有记载。中国因为算是大国，所以每一委员会中都有一席。所以一人往往兼好几会的委员。开会时间很长，有时晚上自九时开到晨四时。

英法俄中等文字（他说五国文字，不知第五是什么）都是正式文字。吴德生主中文稿。他们非常的忙。最后日夜的赶，方在签字前草就。

中国虽是大国，但是常常得看别人如何。如他国不和，中国如无意见，可以折中调和，做不少事。如三国一致，中国有不同的意见，则他们有时假做听不见。有时则说可提出大会。到了大会，小国都察言观色。如南美跟美国，南斯拉夫等跟苏，英自治领导跟英。中国没有与国。有一修正案，反对澳大利亚所提修正文字，限制过严。事前许多小国劝中国坚持。到投票时只有两国投中国的票。中国有时提菲律宾，菲却一切跟美国。

十二时半接公超电话。说于野声在他那里，要来访我。我即挡驾，说自己去访。于与潘朝英在那里。他此次在英有十余日勾留。他们住在 Claridges，而且租了一辆 Limersine。① 他一定要请我们到上海楼去便饭。在那里遇到刘圣斌和杨志信，也请参加。

于送我们回到公超处。公超说起雪艇与宋商谈，要将他放在使馆。顾少川回去，与宋商，要派他去金山帮忙。宋不说别的，只说他听说公超在外面常常骂他。公超说他自己在重庆时，宋当面即说他听说他骂他，公超说他不会歌功颂德。不欢而散，后来又派江季平去找他。公超不去。董显光又来劝他，说宋要请他吃饭。吃饭很客气。可是现在又仍念念不放公超骂他。足见气量之小。公超对顾说他以后也不敢常去找他，以免被累。顾说他并不在乎。所以公超要在秋天请假回去的心更切。

回处做了会事，看报。

五时半往访张公权。他本定今早走，延期到明天。来访即算送行。他今

① 租了一辆豪华车（limousine）。

晚无事，要去看戏。李德燏的秘书 Mrs. Phillians① （？）来陪他去。我们三人坐在楼下喝茶。

公权说他听于斌说宋在金山，同去的人很不喜欢他。因为他什么人也不理。我说不知为何宋有此脾气。他说他是公子哥儿。我说他的父亲只是一个传教士。公权说这也很奇怪，为什么一个教士的子女，个个都非常的气焰很大。他又说，中国一心向民主，可是上面蒋，底下宋，都是很专断的人，不知从何民主得起。他说宋谈得上的，不是外国人，便是白相朋友。

他说宋在莫斯科，目的在与苏妥协，不干涉中国内政。会面是中国提议，已经好久了。苏方一路的推，所以到此时才举行。

他去看戏。于斌与潘也去会一英国天主教主教。我去访问。与潘谈了一会。

七时到 Allied Circle。我请了朱抚松、谢志云、胡全德等三人吃饭。饭后参加 discussion group。Grodzike 说 group② 中各国人都有，独少中国人。要我找人参加。说从今起一路讨论东方问题。

今天是讨论 Moslem League，大都是谈 Levante 问题。有一位 Lebanon 人 Dr. Atare（？）③ 说英文极好，答辩也极中肯。另有 Qatar④ 人多人。吴桓兴带了一个法国海军军官来，为法辩护。他不大会说英文，所以说法文，由吴翻译，吴自己也说话，是英国自己有印度问题，为什么干涉法国。（Atare 的问题是对于 Levante 的独立，英国曾同法国担保。当然如英不担保，Levant 人也不肯相信。）

谢志云也起来说了一篇话。不知为什么，他表示中国 ' has just achieved her Nationhood '⑤。

后来吴说话时否认此点，谢大摇头。

---

① 菲利安斯夫人。
② 讨论组。格罗奇兹克说组中。
③ 讨论穆斯林联盟问题，大多谈黎凡特（Levant）地区问题。有一位黎巴嫩人阿塔尔博士（？）。
④ 卡塔尔。
⑤ "中国刚赢得了她的独立国家地位"。

1945 年 7 月 17 日

34:7:17(二)晴

晨打了不少电话之类。下午写了几封信。

近六时金甫来。与商谈他的在此办见人访问等问题。七时余绪高、本栋来。

七时半到大使馆。顾少川请客。另请了区锡龄（学生会会长）与黄大能（工程学会会长）二人，还有钱树尧、陈尧圣，及翟瑞南等三人。（顾星期六中午曾请公权，星期日晚请于斌，都有公超在座，今天却没有。）

谈了些医药卫生等问题。后来我说起金甫是"中国大艺展"的筹备人，顾谈了些瓷器等。后来吃完饭，即找出了一本 Percival Davis① 的瓷器谱。印得糟极了。翻看了一遍，花了半小时以上。

九时半散。写了些日记。

1945 年 7 月 18 日

34:7:18(三)晴

晨去处。又打了不少电话。看报。

十二时半在 Cafe Royal 的二楼 Restaurant② 请于斌、潘朝英，约了 Sir John Pratt，外交部的 Kitson（他替 Humphrey Prideaux-Brune，退休了），③ Bryan 及金甫作陪。于斌说他在英不预备演说，只是想多看多听（他说教皇极近，说话不便。）我本约了吴桓兴，他临时来说他原有约会，弄错了。所以只有七人。

下午写了几封信。看了杂志。

七时到 Mount Royal④。王兆熙请金甫等三人，电我与谭葆慎作陪。谈起

---

① 珀西瓦尔·戴维斯。
② 在皇家咖啡二楼饭店请客。
③ 约了约翰·普拉特爵士，外交部的基特森（代替汉弗莱·普里道克斯-布鲁内）。
④ 皇家山酒店。

China Inst.①，王说 Richter 只会玩些小花样。Morkill 才诡计多端。Neil Malcohm 做了主席，便把 Silcock 升为 director②，Morkill 近来做秘书。S 是 gentleman③，自然说两个人一定两存。过了两年，果然非辞职不可了。张士历也是 Morkill 弄走的。我说现在 Universities China Council 中的人，既不代表 Uni. 也不代表 China，只是代表 Committee。④

不到九时即散。王自己送到大门口。

谭行车去看了看 St. James Court⑤。外交人员的 Levy⑥ 一年两次在此举行，可是房子小极了。到 Buckingham，转 St. James Park。下车在池畔散步。到 Downing St. 看了一看。⑦ 仍有警察，不准人进去。到 Parliament，转 Embankment。⑧ 九时半送他们回旅馆。谭送我到 Baker St.。

晚浴后写日记。

1945 年 7 月 19 日
34:7:19(四)阴后晴

晨去处。写了些信。

中午在 Cafe Royal 请卢广绵夫妇。他夫人名姜漱寰，是燕京 1933 年毕业。卢自己是北大学生，正是我在北大的时候。他们是工合代表，来此后对于英国左派方面的宣传可以发生些对面作用。如 Epstein⑨ 夫人在此说中国工合，除延安外都被迫关门，他们说 Woods⑩ 在华，没有到共区，即看了工合的三十

---

① 中国协会。
② 里克特只会小花样。莫尔基尔诡计多端。内尔·马尔科姆做了主席，把希尔库克升为主任。
③ 绅士。
④ 我说现在"中国大学理事会"中的人，既不代表大学，也不代表中国，只代表委员会。
⑤ 圣詹姆斯法院。
⑥ 每年外交人员的征收。
⑦ 到白金汉宫，转圣詹姆斯公园。下车在池畔散步。到唐宁街看了一看。
⑧ 到议会大厦，转防潮堤坝。
⑨ 伊斯雷尔·爱泼斯坦（Israel Epstein，1915—2000），美国记者，1939 年在香港参加宋庆龄发起组织的保卫中国同盟。
⑩ 伍兹。

余处。

午后与华写信。

四时金甫来。与他喝茶谈话。

五时去大使馆。顾少川约了去谈话。他本约了卢广绵夫妇四时半来。他们近五时方到。所以与他们一同喝茶。五时半卢离去。

顾说有件事与我谈一谈。他说接了教育部来文，及他们的复文，请我看一看。来文一看，使我吃了一惊。上面写接"旅英某君"报告，盟国教育部长委员会，我国只派有观察员出席，又不发言，以至为人遗忘，分配图书，亦没有份等等，最后说陈源教授现在英国，请就近请其与该会维持联系。

我一看便不由得面红耳赤去了，愈想镇定，愈觉面热。复文极长，是钱树棠手笔。我看得糊里糊涂，全不清楚。大旨是叙此会前后经过，如何我是观察员等等。后来辩护并未不说话，及亚非中国没有分配。最后说今后要筹备改组为国际文化教育机关。各国应派代表一人参加筹备。顾在此加了一句，可否即就近请陈源教授为代表。

他与我说的话，也是说此中经过，外间也许不大明白。又说使馆职员本来各自有事，这种工作是加增的。如大家在外面听到什么，最好共合商量等等。

我既然觉得不便否认。我不会说假话，更不会假装，不能说完全不知道。我说这话我听说过。不过我一向避免与 Sir Ernest Barker 等去询问这种问题。所以至今还不曾认识他。知道上月接袁守和信，方去 Allied Book Centre① 访问。Headicar② 所言中国无份。月初在 Brit. Council 遇 Seymour，所言也如此。

后来顾又说此事应大家帮忙。希望我参加什么委员会。他要我参加 Educate in Liberated Europe③。我自己提议与钱同加入书报委员会，并且袁守和在此时，也请他参加。我说英国方面常有人来参加。顾问科学委员会请萨参加如何？我说萨留英期不如汪长，且汪的方面极广。

---

① 联合图书中心。
② 即国际图书中心主任 B. M. 海迪卡尔。
③ "解放欧洲的教育"。

出来已六时。到领事馆找金甫。金甫要约了去吃饭。我说先去看戏吧。最后决定到 Winter Garden 看 Ballet *Goose*。① 去正好，方开演。在英国看 Ballet，这还是第一次。这种艺术，真是雅俗共赏。故事很简单，很 primitive②。

　　接着到香港楼吃饭。会到与金甫等同船来的网球选手蔡君。远远的看见一个半中国的舞女 Stella Moya③（Moy 梅）很美。蔡在英有十多年，在美仅二年。他说以后不想在英住了——一切都是 too slow④。

1945 年 7 月 20 日

34:7:20（五）阴后晴

　　晨去处。写了几封信。写信与莹。

　　一时余到使馆。顾少川请于斌及 Archbishop of Westminster Griffin⑤。另外有另二位主教之流，及外交部的 Stemdale Bennett，宣传部的 Bamford 及 Redman，B. B. C. John Morris，British Council 的 White 及 Seymour。又有 Homell 及 E. R. Hughes。⑥ 中国有萨、汪（金甫不能来）、潘朝英、公超、施及尧圣。Griffin 很年轻，而且很矮小，言谈态度也不庄重，常放声大笑。于斌穿长袍马褂，挂金十字，头戴红帽，很是神气。只是穿了中国衣，更觉得肚子凸出。

　　我坐在一头与陈尧圣并坐。我旁是 Woodruff⑦，是公教的一位作家。他说 Belloc⑧ 现在已不大头脑清明了。此君的看法与普通人大不同。他新近去访问了西班牙及意大利。他说意大利的苏联势力很大。英美军如一退，便大有问题。外交部与陆军部等等次长都每天把消息报告苏方（！）西班牙的情形相当

---

① 去冬日花园剧院看芭蕾舞《鹅》。
② 原始。
③ 斯特拉·莫亚。
④ 太慢。
⑤ 威斯敏斯特大主教格里芬。
⑥ 外交部的斯特姆代尔·贝内特，宣传部的巴姆福德及雷德曼，BBC 的约翰·莫里斯，文化委员会的怀特及西摩。
⑦ 伍德拉夫。
⑧ 英国作家希莱尔·贝洛克（Hilaire Belloc，1870—1953）。

安定。一般人攻击政府，可是一想到若 Negrini 来代 Franco①，便还是愿意维持现状了。

Richard Seymour 坐尧圣旁。他说上次所说中国没有分配书籍是错误的。中国与苏联都有 token share②。我问为什么呢？他说因为中国太大了，如平均分配，中国一份太大了。我说 token 决不能比他国为少，否则在理论上说不过去了。他对此也只有默认。

回处。与立武及雪艇各写一信，报告昨天与顾少川的谈话。

看报等。

七时到上海楼。于斌在此请客，是刘圣斌为他组织，所请的都是记者或相关的人。公超及叶秋原外，有任玲逊、陈仲秀，新来的毛树清、陆铿、乐恕人，中宣部的赵志廉、朱抚松、谢志云，此外有翟瑞南、吴衡之及胡全德。

陆铿讲一故事极可笑。曾琦见人，开口闭口不离大人物，如"岳军来信，要我到成都去玩玩"等。一客听得不耐烦了，问"吉尔"近来来信没有。曾一时不知所答，问哪一位吉尔。此人曰"邱吉尔"。曾怒。此人说再会即去。

于斌说，曾琦还不机警。他可说，吉尔没有信来，可是斯福曾邀我去美一游，不幸还未动身，他便过去了。

1945 年 7 月 21 日
34:7:21（六）阴晴

晨到处。

中午到金甫处，与他及本栋同吃饭。饭后缉高来，谈英国医学设备等等。他说英国薪水大不如美。美国教授，有年俸二万的。在工业界做研究的人，尚不止此。克恢年俸有三万元。克恢与公司大约有条件，将来回国，不能从事同样工作。其兴趣似在行政，大约到卫生署之类。缉高又说克恢对于药学

---

① 若内格里尼来代佛朗哥。
② 代币份额。

外很少兴趣，不但小说不看，各种书籍都不看。

四时与金甫去看 Wallace Collection①。前天方重新开幕，只有一部分东西陈列出来。五时即关门，我们只看了二三间的油画。以十八世纪为主。

到中宣部与朱抚松、赵志廉少谈。

六时去 Leicester Sq. 看一个新的英国片 *I live in Grosvenor Sq.*②。这又是写美英接触的戏。又是英美空军军官及军佐。可是女主角却是公爵之女。有时写美国人到英，极可笑，但大部分是极力的讨美人的好，希望在美国得到市场。这片比起 *The Way to the Stars*③ 是差得多了。

到大世界去吃面。谈起将来在此开文化教育会议，最理想的代表团是哪几个人。我推适之为团长。金甫却说适之不如月涵④。此外想到的有吴贻芳、本栋、朱经农、端升。金甫又提到吴正之及段书贻。他说书贻在国内考绩第一，他竭力物色天下人才。我说书贻如肯做大学校长，是一等。当代表来国外，或用非所长。

1945 年 7 月 22 日
34:7:22（日）阴晴

上午看报。

下午听广播，补写日记。

五时去访 Wallbridges。夫妇及 Eliz. 与 David 在家。吃茶点后与 David 及 Eliz.⑤ 打 Billiards⑥ 各一盘。九时半回。

补写完日记。

看了些过去所写的演说稿。

----

① 华莱士收藏馆。
② 到莱斯特广场，看电影《我住在格罗夫纳广场》。
③ 《战火云天》。
④ 月涵，即梅贻琦。
⑤ 去访华家（沃尔布里奇家）。伊丽莎白和大卫在家。
⑥ 弹子球。

1945 年 7 月 23 日

34:7:23(一)晴

早饭后方接袁守和来电。原来他到爱丁堡去了,要明天才到伦敦。Brit. Council 的人在车站白等了一早晨。

晨看报,看了些关于中国的资料。

中午在 Cafe Royal 请仲雅、Haloun 及金甫。仲雅及金甫谈艺术很谈得来。金甫与 Haloun 反没有许多话说。仲雅告我他今年收入有千镑,所得税便得抽去四百余镑。他说式一的收入比他多得多,但是会填种种的 claim①,不必出所得税。

金甫与我同回。今早他接了儿子、女儿三封信,由我转。我已三星期未接家信了。下午居然也接到了一封信。小莹这孩子真是可爱。她现在真有志气。

三时崔少溪来访金甫。谈了近一小时。金甫去后我又请少溪喝茶,又谈了一会。下午接了不少电话。

五时半到公超处。有志廉、抚松谈了一会。六时与公超同去 Royal Empire Society。今天是 China Society 的 Chinese Brains Trust②。Brains 是公超,顾,Patricia, Sir John Pratt & Harward。Question master 是 Col. Cantlie。五时半到六时半茶点。唐保黄太太及 Mrs. Dixon③ 做主人。

事前在各种 Periodical④ 登广告。最近这几天还在各地道车站登了很大的广告。可是今天到的只不过百五十人,还不到二百人,里面还有十来人是大使馆、中宣部的女职员来当招待的,有十至二十人是中国人,再有一部分是赠券。足见英国人对于中国的兴趣是如何淡薄了。

---

① 权利要求。
② 到皇家帝国学会。今天是中国学会的"中国智囊团"。
③ "智囊"是公超,顾,帕特丽夏,约翰·普拉特爵士和海沃德。问答主持人是坎特利上校。迪克森夫人。
④ 期刊杂志。

答问自六时半到八时半，中间休息十分钟。收到的问题，只答了很少一部分。公超答得最详。他的话说得好。Sir John Pratt 答的问题不多，但也答得好。Patricia 答得少，也不差。Harward 最差。我答的问题大都是很短。有时也引人笑。如问中国文化在欧西影响最大的是哪一方面。我答一"茶"字。Cantlie 说不能再加话了。又如一人问中国女人将来是不是要离家庭出来做事。Patricia 说现在已出来做事了，各种职业都容纳女人。我加说不但容纳女人，而且男女的报酬相等。

完毕后，与公超、Cantlie、家祺夫妇等到 Ley-on 去吃饭。公超请吃饭。家祺等先走，赶车回剑桥。我们谈到近十时半方散。Cantlie 谈印度人的阶级制度、种族及宗教歧视。有一藩王是 Hindu①，坐火车出巡，在路上发现司机是 Muslem②，大怒，非换了不走。厨人在备饭，打了水，一人提水就上车顶，此人为 Christian③。他的影子落在饭食上，王又大怒，令将食品弃去。部上打电与 Cantlie。幸附近有一老车头，换上。到已迟了数小时，王饿得很了。我说为什么不让他等上二十四小时。

1945 年 7 月 24 日
34:7:24(二)晴

昨夜睡得不好。时时醒。

晨到处。缉高在等候。他昨天在 Brit. Council 的 Reception 遇到海军部的心理部主任 Rogers，说中国派来海员，行者对于心理趋向，并无检查，到此检查分配，常不适当，而且又言语不通。问中国有无此种人才。缉高说人是有的。他说最好与陈绍宽一谈。陈昨天已到。我说此事不如与周显承一谈，因打电话与周。周说来我处。来后他们谈了一会。

缉高去后。周说陈来后对他特别客气。昨晚在大使馆吃饭后，陈一定叫

---

① 印度教徒。
② 穆斯林。
③ 基督徒。

车子先送他回旅馆。这是与他向来行事不同的。陈辞修有意思挂海军部，将在军政部中成立海军处，自兼处长。他一定不用福建人。在英国资格最老的轮到周。这也许是陈忌视他而对他客气的原因。

他又说桂的气焰太大，恐怕不会有大成就。他打电话找周去，去后等了两小时方与说话，而等的时候，他也只是看了账目之类。（我上次去看他时，也如此。我走进去，周正在，与郑振都立在那里不动，他在看一封并不重要的信——只是他部下一个逃兵到了英国写给他的。我进去他也不抬起头来。他便坐下了。过了三四分钟方说话。）

周又说中国派来的海军士兵，有许多人是借此出国。例，一个是冯玉祥之孙，一个金问泗之侄，一个是程天放之亲戚。程戚去见大使，携程信。施要周带了进见。周拒绝。他说英国方面是决不让通融的。

一时 Sir William Homell 在 Russell Hotel 请缉高等。本栋因事未到。另有 Richter,① 大家都谈不上来。Homell 只谈他个人私事。吃完饭即走。

二时半到 Allied Book Centre 上面出席 Commission for Education in Liberated Europe。到的人不多。主席 Lavery。说话最多的是波兰的代表 Mone Grabinska。② 没有什么事，开了二时半。

开完会，到 Lavery 的房内喝茶。Mone Grabinska 与我谈，说她在 Geneva③ 做代表十年。非常的佩服胡世泽。他不单是第一流言语学家，而且说话非常的慷慨有正义感。

回到处已五时半。炳乾来电，他已回来了。看报。

七时到 Chopstick 去应吴桓兴之约。我代约了缉高。另有 Mr. Reed, Mr. King④ 及他的女友某。King 原来是金叔初之子，六岁来英，所以已不会说中国话。可是他知道他父曾在南洋公学中学教英文。我从前疑心金叔初即教我们英文的金先生，果然不错。女友新近嫁了美国人。她说我的英语大进步，

---

① 威廉·霍梅尔爵士在罗素饭店请缉高。另有里克特。
② 到联合图书中心，出席"解放欧洲教育委员会"。主席莱弗里。波兰代表莫内·格拉宾斯卡。
③ 日内瓦。
④ 到"筷子"餐厅去应约。有里德先生和金先生。

大约是恭维话，可是不知道使我很不舒服，不知道去年的英文是怎样糟法。

八时三刻辞出。与缉高到 Majorca 找炳乾及金甫。在那里喝了些 Cyder。周走到 Athenauem Club。① 坐谈到十时半方辞出。炳乾送了我一个从德国 Hitler 的 Chancellery② 捡的铁十字章。

炳乾说柏林城中到处都是死尸，臭气熏人。到处是苍蝇。他们住在城外数里。有一 Jeep③ 天天可用。出门时各人领一份食粮，早饭，午饭晚饭不用。中有 Chocolate④，香烟，各种食品及 Dehydrated⑤ 饮料。为了这食品盒，德国女子可以失身。黑市很多。Potsdam⑥ 他偷偷的去了一次。新闻记者是不准去的。所以他每天都到 Hitler 的 Chancellery 找纪念品。到日本大使馆找了不少东西，如《辞源》等。藏书极多。有一间屋子都是字典之类。另一间都是地方 Guide⑦ 之类。

1945 年 7 月 25 日

34:7:25(三)阴

晨往访守和，未到。到处。接来电，说今晚到。为他打电话致各处。

中午在 Cafe Royal 请 Maj. Longden，Brit. Museum 的 Basil Gray⑧ 及金甫。Basil Gray 说大英博物院的展览室，毁了十余间，所以不易恢复。秋间拟开一大展览室。金甫要看顾恺之。他说什么时候到 Bath⑨ 去，他可以请他去看。

饭后我与金甫到 Leicester Gallery 去看 Artists of Fame & Promise 展览。有些

---

① 到马略卡餐厅。喝了些苹果酒。走到雅典娜神庙俱乐部。
② 从希特勒的总理府。
③ 吉普车。
④ 巧克力。
⑤ 脱水的。
⑥ 波茨坦。
⑦ 指南。
⑧ 大英博物馆的巴兹尔·格雷。
⑨ 巴斯。

画很好。有少数如 Henry Moore 等仍不懂。此间有两张 Ethel Walker，一张 Harrison① 都与其平时作品大不同。

四时回处。写信看报。

五时半钱树尧来。谈 International Education & Cultural Organization，拟于十一月一日开会，讨论组织问题。由英外交部代表 Allied Minister-Conference② 邀请各国政府派代表参加。此会代表不必五人。九月中先开此会的筹备会。即顾去信，最后所述的请教部或派代表来英，或派我去出席。

钱又示我些"书报委员会"文件。他曾与 Sir E. Barker。去信。也有复信。他似乎提出牛津的赠书来，及明年年底 Centre 要结束二事。其实都不成理由。

我们说定了明早与袁同礼③同往书报会出席。

六时半到 Classic 去看 Paul Muni 及 Bette Davis 的 *Juarez*，其实片子主角不是 Juarez，而是 Maximilian。④ Muni 演 Juarez，并不动人。Davis 也没有能尽其所长。

找了半天才得一小饭店吃饭。其实并不饿。

九时半去守和寓。还没有到。不知今天能到不能到。

回寓。浴后写昨今两天日记。

听广播后睡。

1945 年 7 月 26 日
34:7:26(四)阴时雨

晨十时往访守和。房东说他今晨七时余到，现已出门。到处，守和已在。他比从前又胖了。他也说我胖了。他在苏格兰三天，已将爱丁堡、Glasgow、

---

① 到莱斯特画廊，去看"有名的与有希望的艺术家"展览。亨利·摩尔等仍不懂。有两张埃塞尔·沃克，一张哈里森。
② 由英外交部代表"盟国部长会议"。
③ 即袁守和。
④ 到经典剧院去看保罗·茂尼和贝蒂·戴维斯演的《锦绣山河》（1939），片子主角不是华瑞兹，而是墨西哥皇帝马克西米利安一世。

Aberdeen，及 St. Andrew① 跑完。在此留一年，中间还预备到法国去走一趟。他以为叔华已来了。

十时半钱树尧来。十一时同到 Brit. Council 的 Books & Periodicals Commission② 开会。这会是 Sir Ernest Barker 主席，Richard Seymour 秘书。有 Alfred Zimmerman，Sommerfeld，White，Photiades③ 等人。请了 Stanley Unwin④ 来谈翻译问题。他所谈相当的有味。如有时以有名的译者署名，而作品实是他人。有时译者错误，不肯改动。有时译者极佳，而原著者以为不佳，坚持己见，改译成不通之文字。最主要之点即译者必须是译文的 master⑤。

其余并无什么要事。钱树尧去信，说他请袁守和同往，报告中国图书馆的消息，后面说中英文化协会代表陈……should like to the present⑥……措辞极不适当。

Barker 请守和报告，他没有报告多少。Barker 问我要加些话否，我也没有多少可加了。

十二时半与守和到使馆访问，只会到傅、陈、梁、翟、吴、郭诸人。

一时在 Cafe Royal 请 Waley，金甫、炳乾、守和及钱树尧。Waley 与金甫似谈得来。他不信《离骚》是真的，金甫反对。

饭后雨，我与 Waley 和金甫同到炳乾处小坐。四时喝茶，听了中国乐唱片而别。

选举结果今天宣布。二时前在大使馆，即听到不少部长落选。三时在炳乾处听广播，工党得胜，已无问题。多数之大，打破多年纪录。这是谁也没有料到的。即工党自己也未料如此转变。

Waley 说工党组阁，与中国有利。因为邱在位，香港决不会还中国。我说邱氏对中国的态度，极轻视，也是中英外交上的大阻碍。Waley 又说工党对苏

---

① 圣安德鲁。

② 英国文化委员会的"书刊委员会"。

③ 理查德·西摩秘书。有阿尔弗雷德·齐泽尔曼、佐默费尔德、怀特、佛彻德斯。

④ 斯坦利·安文。

⑤ 主人。

⑥ "希望出席……"

态度有些地方反可较保守党为强硬。

　　谈诗。Waley 说中年以上的诗人，当推 Edith Sitwell 及 Eliot。中年以下的 Auden 较 Spender 为佳。①

　　四时余出。回到处。

　　六时前到公超处。听六时广播。与公超及赵、朱、圣斌等谈话。梁鉴立来。公超谈在清华时反对王文显，及打击 1923 班景超、化成、一樵等的故事。

　　七时回。

　　晚饭后写日记。写信致华与莹。

1945 年 7 月 27 日
34:7:27（五）阴

　　今天又阴冷。

　　十时到金甫处。与他同去东方语言学校。会了 Dr. Edwards②。今天是末一天上课。十一时半有演讲。我们由 Dr. Simon③ 领导，在听他们上课。由高班到低班。先到最高班。已经上课了一年半。由于道泉教，学生六七人。他们即读《中华周报》。一个学生（他从前曾在天津）念了一段，译为英文。大约懂得十之六。很不差。不知其余的人如何。

　　其次到一班是去年十月开始的。有一 Sergeant④ 教。此人很年轻，从前到过中国。用平民千字课。学生也是念了译。

　　第三堂是今年正月开始的，也是一 Sergeant 教（Kingsley?）。他在黑板上弄一游戏。写了些 radicals⑤，如莫、土等，让学生想起字来。学生居然想出了好些。

----

① 伊迪斯·西特维尔及艾略特。奥登较斯彭德为佳。
② 会了爱德华兹博士。
③ 由西蒙博士领导。
④ 军士。
⑤ 原型字。

最后是一班学生只上了六星期。他们只念罗马字。由 Mrs. Wright① 教。Mrs. Wright 没有到过中国，可是口音很准确。她教他们造句。如"差不多""差一点儿"。

成绩都不坏。

Simon 领我们到他处，看所用的书籍。金甫说他们很好，又说元任的学生学了一年，写了一封中文信，很清顺。

十一时半辞出。

我回处。金甫去公超处。

一时金甫又来，约了谭葆慎同去 Majorca 吃饭。炳乾也在请翟瑞南。饭后炳乾与我同乘谭车送金甫回寓，又到我处少坐。

他说他与金甫说我比十年前年轻十岁。也许与衣服、胡子有关。可是我不大相信。他又说翟说公超近来大变，极消极，而且不去使馆。（公超所说宋子文说公超骂他，不让他进外部，也不让他去旧金山，当然是原因。）

写信与立武。也写了一信与雪艇。

看报。

七时到新探花楼。施德潜请客。是金纯儒夫妇及女儿，董为公夫妇，金甫、缉高、本栋、守和、傅小峰及郭泽钦。我与金与金甫同坐。谈荷兰汉学家，及到比国开展览会事。

董太太是民二十年在燕京毕业。华在成府住的时候，她在燕大教课。她说她小的时候，常读我及金甫的文章。（问我是不是陈西滢，问金甫是不是写了《玉君》。）

1945 年 7 月 28 日
34:7:28（六）阴晴

晨去处。与 Stanley Unwin 去信商量出版物事。

---

① 赖特夫人。

中午在路上遇见守和，即约他去吃饭。谈到国际教育文化机构一事，他说李石曾、于斌等都想查这机关。又说于在美声名极不佳，因为潘朝英的追女人，以至为了买表与司法次长太太吵架。于去华盛顿买了房子，创设 Chinese Culture Society①，在金山、纽约、波士顿都设立分会。

守和又很奇怪为什么顾少川这样的老外交家，他部下的人这样的不行。

饭后我去访金甫等。在那里看了些《大公报》。缉高说他接信知道中大有风潮，教员、学生都反对顾一樵。但蒋一定要顾回校，不让他辞职。朝阳也闹风潮。

四时余与金甫去看 Royal Academy 的夏展。看了二小时，匆匆的看了一周。似乎没有了不得的精品，可是在技术上都是在水准以上。回顾国内的许多画家，技术还是够不上水准。尤其是人像差得太多了。

七时到上海楼。东北同乡十一人公宴于斌及卢广绵夫妇。请了二十多位陪客。宾主共到了三十二人。如使馆施、陈、傅、梁，领事馆谭、何、胡、王兆熙、郭秉文、桂永清、汪孝熙、周显承等。公超很晚到，不吃东西，也不大说话。我坐在桂、郭之间。刘圣斌致欢迎辞。桂也致辞，说他在意大利如何如何，主张收回教权。于回辞。

九时半回。听广播剧 *This land of ours*②。看杂志。浴。

1945 年 7 月 29 日

34:7:29(日)阴晴

晨饭后十一时到金甫处。十一时半与他们三人乘谭葆慎车同去 St. Albans，转 Whipsnade 游 Open Air Zoo③。

十二时半到 St. Albans。这里有一个 Cathedral，进去参观。这教堂异常的长。中间一部分是诺曼建筑，两头是后代所加。完全不同。外面居高临下，

---

① 中国文化学会。
② 《我们这片土地》。
③ 去圣奥尔本斯，转惠普斯奈德，游露天动物园。

可以远眺。

在路上到一个 public house 喝些 cyder。① 老闫很爱说笑。他听说我们去游动物园，说 'Are you going to stay there?'② 后来又说"今天是妇女日"。而且去把他太太找来证明。

我们到 Whipsnade 动物园，已经二时了。先到饭店去吃饭。饭店即对鹿圈，开窗即可喂鹿。

三时出去走，转了两小时。看到小孩骑象，骑骆驼及小马。看到了熊，Dingo③，狐，北极熊，虎，狮等。园子很大，狮子等过的多少是近于自然的生活。它们也不理人。只有熊不断的讨东西吃，一熊能作揖请求。最有味是长臂猿（Gibbon）长毛，比猴好看，上树很快，可是有时很安定。

此公园亦在高处，在一面山坡上可以远眺，也可去草地上休息。有许多人来此野餐。汽车可开进来，可以野餐，极方便。小孩子连车都可带来。

回时到 St. Albans 去访问崔少溪。找了好一会方找到。可是没有一个人在家。

七时回到伦敦。经过我寓所，进来坐了一会。

七时半到上海楼。应傅筱峰之约。我们这几人外，另有守和及郭秉文。谈到学生在国外，都不肯回去。郭说美国的中国学生大多如此。教育部来一公文，发与大家，大家也就算了。当然也有原因，第一出国手续，第二回国旅费，第三回国后工作。中国对此三者都没有准备。郭又说学生到美，即请求救济。其实许多都有外汇。所以非常的浪费。

谈到十时半方别。

1945 年 7 月 30 日

34:7:30（一）雨后晴

晨起极早。九时到处。与 M. O. I. 的 Redman 打电话。本来定了与于斌同

---

① 在一个酒馆喝些苹果酒。

② "你们打算住在那儿吗?"

③ 澳洲野狗。

去牛津。M. O. I. 备汽车送他来回。可是他昨天到 Birmingham 去了，住在 Cardinal Newman 的 Oratorican。① 今天由 B 直去牛津。所以我与 Religious Division 的 Mr. Hope② 同乘车去。

十时 Mr. Hope 来。他在 M. O. I. 今天是末一天，因为明天他这一司便取消了。他是天主教徒。牛津 Chris Church 毕业。

车向西走，走了半小时，还没有出伦敦境。这一路不经过什么大镇，除了 High Wycombe 及 Beaconsfield③ 村。Beaconsfield 附近风景极佳。G. K. Chesterton④ 住在这里很久。High Wycombe 有居民数万人。附近有山，上有树林。可以制椅子，所以此间以椅出名。

此在 Chiltern Hill⑤ 之中。山不高，但有树木。可惜天阴，时有小雨。

十二时余到牛津。早了些。到 Balliol 访雪桥。他已由苏格兰回，但不在寓。

我打电话致式一。到车站，接了于及潘朝英。同去熊家。式一另请了 Hughes 及蒋仲雅。今天的菜并不丰盛（听说昨天董霖全家来了，也许东西不够了）。

三时我们与式一同去 Campion Hall⑥。（牛津的 Hall，是不够称为 Colleges。Campion 是 Martyr Edward Campion, Jesuit⑦ 派。）这地方很小。Bursar 名 Gordon⑧，出迎。和尚见主教，得跪一膝，吻手。领我们看了一看。有一教堂，一小图书馆。一小饭堂。楼上有些宿舍。于见了和尚，架子极大，不假辞色。他说没有时候看。他们出示一件中国绣的法衣。有些瓷器，没有敢拿出来。

---

① 昨天去伯明翰，住在纽曼红衣主教的奥拉托利会。[英国 19 世纪的红衣主教约翰·亨利·纽曼（John Henry Newman, 1801—1890）为基督教圣公会内部"牛津运动"领袖，后改奉天主教，1845 年在伦敦成立奥拉托利会。]

② 宗教分会的霍普先生。

③ 海威康及比斯肯费尔德。

④ G. K. 切斯特顿（1874—1936），英国作家。

⑤ 奇尔特恩山。

⑥ 坎皮恩堂。

⑦ 坎皮恩是殉教者爱德华·坎皮恩，耶稣会教士。

⑧ 财务主管名戈登。

出去到 Chris College①。这是 Newman 的旧校。今年是 Newman 百五十年的寿辰，英国有大庆祝。于也打算在中国庆祝一下。所以昨天到 Birmingham，住在 Newman 的 Oratorican。今天又来看此校。校不大，但有一花园，恰巧式一住的 Iffley Town House② 正是 Newman 母亲的旧寓。Newman 改信天主教时，由此走出，在村路上彷徨甚久。

接着看了看 Radcliffe Sq③. ，Balliol 的外面。于要去 Black Friar④，是一更小的 Hall。主持人出迎。于从前见过他，此来只看他一下，不停即走。

回到 Campion Hall 喝茶。同座有一 Austrian 的和尚，一个印度人 Dr. Thomas 等。本院主持人名 Father D' Arcy⑤。今天正是 retreat⑥，所以一个人远远的坐在另一桌上吃茶点。他过来，向于跪下吻手，说表示欢迎，不能说别的话了。天主教的 retreat 是避静，要七八天不与人说话。于斌说他事情太多，做不到。只好分多少次，每次一两天。

茶后五时。辞出。我们又到 Magdalen⑦ 去看一看。

归途我与于、潘坐车内。于要 Hope 坐司机旁，说他年长，应舒服些，可是对我们说懒得说洋话。一路谈政治，英国。

七时回到伦敦。今晚他们住在 Archbishop of Westminister⑧ 的官邸。可是 Griffin 自己避静去了。进去没有看见什么人。洗脸休息。

七时三刻到大使馆。顾少川今晚为于设宴送行。同时请袁守和及自重庆开了国民党大会回加拿大经此的党代表三人。公超与钱树尧陪。

今晚于说的话倒不多。顾少川最初说了几句广东话与党代表敷衍。后来谈书籍、收藏、中山文献，他自己的会晤录等。说都在天津寓所的楼上，不知还在否。

---

① 基督教堂学院。
② 伊福利联栋别墅。
③ 牛津雷德克里夫广场。
④ 黑衣修士修道院。
⑤ 一奥地利和尚。印度的托马斯博士。主持人达西神父。
⑥ 避静。
⑦ 牛津大学莫得林学院。
⑧ 威斯敏斯特教堂大主教。

十时于、潘及党代表等辞去。公超说再谈一谈。一谈到十二时。又喝了些酒之类。

顾向我说雪艇已发表为外长，听到否。我说不知道，也没有料到。他说是路透社今天的消息。

守和对于英国历任大使的名字等很熟。他说使馆是曾纪泽时所买。顾说原来是Talleyrand①的旧宅。很有些历史。

谈到相面。顾说此事与中国药相同。有时很有灵效。但一般的相面的与医生都不行。他说他某年在沪，去看一宁波相士。并不知道他是谁。说他当时不得志，某月某日（阳历五月八日）一定大发。顾亦不信道。宁波人说此事不必付相费，等验后再要。以后顾去为吴佩孚祝寿，回到南京，孙促他入京。任命他为财政部部长，正是五月八日。

公超也说我与罗均任去相面。罗穿蓝布大衫，假为仆人。相面说他曾大贵，等等，都灵验。

顾说他多少年来的会晤录，都是亲自记下，非常的全详。将来是一样文献。

十二时出来。已无车。钱树尧得驾车回去，他送我回寓。今晚说话仍以公超为最多。顾次之，守和又次之，我也说了一些。钱则几点钟几乎没有开过口。

1945 年 7 月 31 日

34:7:31（二）

早十时到Victoria车站，送于斌的行。他也许一时糊涂了，向我说"好好的努力工作。"后来也许觉到了，便说了些别的话。送行的人大使馆到的不少，施、梁、傅、陈、吴权等。外国人到了三人，一是Archbishop的代表，此外为Redman及Hope。赵志廉、刘圣斌也到了。

---

① 塔列朗。

与吴权、梁等到 Air Way House① 打听卓敏等到的时间。

回寓。十二时半即去吃饭。二时到 Waterloo。卓敏等自 Poole 来，应 2:19 到，可是迟到了二十分钟以上。与廷黻、卓敏同来的有刘瑞恒、陈锡（经济）、陈良辅（工程）及郑宝南。去接的有施、梁、吴权、翟、郭秉文、公超、任玲逊等。卓敏见了面很高兴。他似乎又胖了。出站后，我与梁及宝南乘公超车回处。宝南从前在英国读书，可是有多年没有来了。

金甫四时来。与他同去访 Arthur Waley。Waley 住在 Gordon Sq. 五十号，即 China Inst. 的对面②。他住最上二层。请我们吃茶，茶外又几块饼干，另有三个桃子。吃桃子今年还是第一次。（我自己舍不得花几个先令买桃。）

他在译《子夜歌》。有一首《兄弟行》的末二句是"……水清不自见。石见何累累，远行不如归"。W 问"石见何累累"是不是有 Obscene③ 的意义。金甫说没有。他自然问此二语何意。我说了一义，以为河清不易。后来觉得不甚好，又说了一义，说事已大白，可以归矣。他说为什么事后言归。事既得，可以不归了。我说事不得而归则不免使人妻发怒。他说 very ingenious④，仍不信也。

上楼去看他的书。中日文的也不少。英文的更多。他自己的 *Book of Songs*⑤ 有三本。我前曾问他，他说去看看，如有，可送我一本。可是后来便无下文。我今天当然不好再提。

六时辞出。我到 Claridge，应周应充的 Cocktail Party。他谈会陈绍宽。到的军官极多。多不认识。顾、金、施、董都到了。式一、仲雅等也都来了。

一会儿我领王兆熙及谭葆慎去见廷黻。式一、仲雅等已先在了。郭秉文亦来。

七时半郭在上海楼请吃饭。廷黻等七人外有金甫、本栋、缉高、守和、

---

① 空乘休息室。
② 阿瑟·魏礼住戈登广场 50 号，中国协会对面。
③ 淫秽下流。
④ 非常有创意。
⑤ 魏礼翻译的《诗经》。

筱峰及谭葆慎。仲雅、圣斌等在另座。谈话到九时余方散。

1945 年 8 月 1 日
34:8:1（三）

晨十一时到 Universities China Committee① 出席大会。公超辞成，并没有慰留。我询问，说他事忙，常离开，以为搪塞。Homell 提我代时，说我是 head of a Propaganda Organization②。我说我与 P 毫无关系。对于财务方面，质问的人很多。大会毕即接开 Council Meeting③。

午饭后剪发。买了几本书。

六时金甫来。与他同去 Academy 看法国电影 *La Grande Illusion*④。写上次大战的法国俘虏二人自德军监狱出逃。处处很近情，但又寓于诗意。是一佳片。同时有英片 *The Hatter's Castle*⑤。相形之下，显得过于做作，显然是在做戏了。二片很长。看完已十时半。到一店吃了饭已十一时半了。

1945 年 8 月 2 日
34:8:2（四）晴

晨去处。

午请 Sir John Pratt 及袁守和。本来定 Cafe Royal。昨天下午即定［订］不到 Balcony。⑥ 今早打电话，什么地方也没有了。定 Majorca，只有 12:45 方有，可是又找不到他们两人。只得定上海楼。守和来，与他说了。到 Cafe Royal 去接 Pratt。到上海，守和又迟到。Pratt 又有事，二时便去。甚矣吃饭之难也。

---

① "中国大学委员会"。
② 一个宣传部门的头儿。
③ 理事会。
④ 去皇家艺术学院看法国电影《大幻影》（1937）。
⑤ 《帽商的城堡》（1943）。
⑥ 本来订皇家咖啡馆。订不到阳台。

守和打算写曾纪泽传，所以对于当时的外国材料，极为注意。

Pratt 去后，我们又谈了半小时。

下午写信与骝先与雪艇。寄他们 Inst. Education & Cultural Organization 的白皮书，并提议在遴选代表时，骝先或立武如自己不能来，则适之、月涵中选一人，并说本栋等四人在此，如就近借用，则需早日来电通知。（守和说，骝先自己表示过，有意自己出来。从前报上发表的名单，不可信。大都是官吏。守和也谈到吴俊升、蒋志澄在美，每人带有一万五千美金，不知怎样用才好。一切可买的东西，应有尽有的都买了。两人彼此攻讦说因为要玩女人，不肯与另一人同住。他们两人英文都不行，所以不能与人来往，也不能如何参观。）

晚七时到上海楼吃饭。蒋仲雅请陈锡襄、翟瑞南及刘圣斌。同时陈尧圣在请叶秋原。陈锡襄从前在英学经济。但是我到北大，他是国学门的研究生。他极爱作诗。带了一卷最近在美国所写的诗。大部分是律诗，仲雅说是明诗。字亦不假。

晚十时回寓。听广播。十时半有 Potsdam① 会议的宣言。里面说要设立外交部长会议于伦敦，邀法国及中国参加，第一次会议至迟不得过十一月一日。我听了想第一次会议，雪艇非亲来不可。伦敦更要热闹了。

写信与华及莹。

1945 年 8 月 3 日
34:8:3（五）晴

晨守和来电话。也是在报上看到了五国外交部长会，说雪艇必来。告我在报上剪些资料以备来时应用。我说我本也剪报。炳乾及公超处都有剪报。

晨写完致华信。

午一时炳乾在 Chopstick 请吃饭。他原来邀了金甫等三人及蒋仲雅、刘圣

---

① 波茨坦。

斌、翟瑞南，我为他邀了廷黻及卓敏，又有郭秉文。廷黻问我这一年来英国出版的有什么必读书。我说英国出版的名著大都美国都有，而且有些如 Trevelyan 的 *Social History*① 先在美国出版。

下午重写致雪艇信。因为有五国外交部长会议，所以要加话。把他的信及骝先的信都抄过。Mrs. King 为我去买到了三张戏票。约了金甫于六时同到卓敏处。三个人同去 Playhouse 看 Sophie Stewart 的 *Lady from Edinburgh*。这是一个 comedy。② 主角是一位近中年的，爱管闲事的苏格兰女人。情节及对话相当好玩。我们三个人都相当满意。剧中人除女主角说苏格兰话，女仆说 cockney③，其他说 B. B. C. 英文。金甫等都听不出来，只觉得女主角的话反好懂（也许较近美国话）。

到 Majorca 去吃饭。金甫请。谈到十时半。卓敏说此次顾少川非常的不得意。宋初答应他会毕同去渝，让他为外长，再同去苏。结果没这会了。顾在金山，代表团对他都不满意。他不理人，不敷衍人。如王亮畴不愿任第二代表。但他的地位，顾有事自应与他商量，可是顾什么也不告他。因此王气极了。君劢④一天出现茶会，宣读他的演辞。主席说此事昨晚已决定了。君劢极不好意思。回去质问顾。顾说梁鉴立去出席，他也不知道结果。梁说他也不知道他又报告他人的责任。最重要的委员会为 Steering Committee（？）⑤。顾自己不能出席时，即派梁鉴立去，梁不能去时，即让顾的儿子去。其他代表都很生气。连吴贻芳都不满意他。

卓敏说魏伯聪倒是很有些才干。他的方面相当广。中国人在华盛顿的他大约很敷衍。有时卓敏去打 bridge，也打得不坏。Turman 为副总统时一天在 Town Oak 大打 Bridge，⑥ 赢了四百元，很高兴。这便是魏的聪明处。

出饭馆已十时半。等 bus 等了一刻钟没有，便去乘地道。不幸今晚

① 屈威廉的《英国社会史》（*English Social History*）。
② 金夫人买了三张票。三人同去剧场，看苏菲·斯图尔特的《从爱丁堡来的女士》。这是个喜剧。
③ 伦敦腔。
④ 张君劢。
⑤ "指导委员会"（？）。
⑥ 杜鲁门当副总统时一天在橡树镇大打桥牌。

Bakerloo Line 在 Piccadilly 有车出轨,① 所以中间一段车不开。得乘车去 King's Cross 转 Baker St. , 再转火车到 Finchley Road。坐车上等了近半小时车方开。走回寓已十二时余了。

1945 年 8 月 4 日
34:8:4（晴）

晨到处，写两封信。金甫来。他出席 National Eisteddford，要说几句话。他先写一段英文。我为他改写过，要秘书打好两份。君健来。他要请求外汇，要我为他出一下半年在剑桥研究的证明书。

蒋硕杰来。十二时半领他去 Claridges 访卓敏，为他们介绍。我们三人与廷黻同饭。廷黻问我对于 Potsdam 宣言的意见，我转问他。硕杰说有人说是等于 'kill the goose that lays the golden egg'②。廷黻说 Keynes 上次写了 *Economic Consequence of the Peace*③，这一次不知要写什么了。他昨晚与英美人同饭。席间有人说，这次的条件如此严厉，都是苏联所提出。

廷黻到英后看 Hayek 的 *Road to Serfdom*④，昨晚看完。他说他近年自己倾向于社会主义，但是觉得 Hayek 的话有许多地方也不是无道理。如说战争不都是资本主义的产物。中国一般人都说资本主义领上战争⑤。其实劳工阶级不是无冲突，工人并不愿牺牲本身利益，为全世界劳工阶级谋福利。硕杰说此意 Robbin 在 Hayek 来时⑥已经驳过。

廷黻说这一次我们应当在德国找些第一流的学者去中国。我说此事现在决不可说。廷黻说此事可做，且不可说。他说 Hitler 上台后，他到德想为清华请一史学者，但早已被美国请去了。

---

① 今晚地铁贝克鲁线在皮卡迪里出轨。
② 等于"杀鸡取卵"。
③ 肯尼斯上次写了《和平的经济后果》。
④ 哈耶克《通往奴役之路》。
⑤ 意即：战争都是由资本主义引出来的。
⑥ 罗宾在哈耶克来时。

二时到 Haymarket Theatre，我请他们二位看 *Hamlet*①。我们在二时后到，已开场。演到五时半方完。卓敏没有看过这戏。廷黻看 John Barrymore 演此剧。他说 Gidlgud 比较的 intellectual, philosophical。②

回到 Claridges，恰好自存去找卓敏。同到廷黻房内喝茶。桂永清与汪孝熙去访问。廷黻谈 UNRRA 请求物资，需看对方的利害冲突处。如对英国人说要改良棉种，便不热心。在中国要设洋灰厂，便大赞成。他提出要设炼油厂，美国赞成，荷兰反对。他便在 UNRRA 请求中取消，而由中国向美 Lend lease③中去租借。都类此。

桂说英美是不是会反对中国工业化。廷黻说不会。因为中国工业化，人民生活程度高，英美的贸易价值也较大。如加拿大工业化程度远过南美各国。美国与加的贸易量超过南美多得多。美国的最大的主顾，还是英国。

七时半与廷黻等去上海楼。志廉、圣斌在请客。到了廷黻、卓敏、金甫、本栋、缉高、锡襄、良辅、谢家声。（公超近来似乎很消极，不大出席宴会。）

廷黻说 Chenault④ 与美军部向不合。美方对他向不满意。因此他对中国方面愈好。本栋说日军向来只占福州及漳州，没有到他处。今日报载收复建瓯等地，只是日军由福州北退，与温州军联合北撤。所以一路并不烧毁，以便老百姓阻挠。

九时散。

1945 年 8 月 5 日

34:8:5(日) 晴

晨看报。

一时一刻到上海楼。翟瑞南请吃饭。座中有仲雅、郭秉文、圣斌及 Maj.

---

① 看《哈姆雷特》。
② 蒋廷黻看约翰·巴里摩尔演此剧，说吉尔古德（Gielgnd）更富于知性和哲学性。
③ 租赁交换。
④ 陈纳德。

顾。谈 U. C. C. 等。秉文说一致拥护我去担任 Chinese Inst. 的 director①。我说这事谁也不能办。秉文说 Richter 找他，说要欢迎他，请他讲演等等。他说不如等廷黻等来后，同时举行。而且为他致电雪艇。后来才知道是要他去填空的。

两时半散。到办公处去写了一个短的演稿。四时半到 Percy St. 的 Swaraj House②。在地窨子里两间破旧的房子，也没有什么陈设。Prof. Gangulee 及秘书 Mayahud Din③ 见后，介绍我与印度作家同 Anard④ 同坐。人慢慢的来，到半小时后仍有人来。大约共有四十多人。坐不下了，立的也有。开会时请我与主席同坐台后。唱歌后，Gangulee 主席，致词［辞］。第一个请我说话。幸而我写了一短稿。以后 Anard 等一个一个的说话。似乎是看什么人应当敷衍。有一位带了一首很长的诗去念，说是当天早晨作的。有一位 Lady 什么，背诵 Tagore 的英译诗。⑤ 有一位英人，说他学了 Bengali⑥ 只六个月，朗诵一首 Bengali 原文。散会六时，Gangulee 说年轻人都爱说话，请原谅。主席与秘书都谢我。

到 Wallbridge 家。吃茶点。他们还了我二百镑钱。说余数百镑再过一二月可还清。

回寓听广播，便睡着了。写了些日记。

1945 年 8 月 6 日
34:8:6(一) 晴时雨

今天是八月的银行假。天时晴时雨，比昨天凉了近十度。

晨看报。十一时半到办公处，看了些以前未看的报。

---

① 中英文化交流协会主任。
② 在珀西街的斯瓦拉吉之家（斯瓦拉吉是早斯梵语中"自治"的意思）。
③ 印度诗人冈果利教授，秘书马约胡德·丁。
④ 阿纳德。
⑤ 有一位女士背诵泰戈尔的英译诗。
⑥ 孟加拉语。

一时前到公超处，有连瀛洲、黄延凯在他那里。同车去上海楼。我请君健、瑞南、志廉、圣斌。本约公超，他说起先答应，后来又加连等。最后他又去电饭店，改为两桌，他请他们二人及抚松。公超说他近来声明不陪大人物的宴会。他曾电话廷黻，约一谈。廷黻说没有时候。

我的雨衣忘公超处。下午三时去。公超、抚松、志廉在。一谈便到五时。公超发了不少牢骚。说宋子文骂夏晋麟 Damn fool[1] 有三次之多。一次，what the hell are you doing, you damn fool[2]。一次是，get out, you damn fool[3]。夏辞职，顾少川去挽留。一次的原因是宋的演讲稿，是施思明及几个外国人所写。示顾，顾未细看。宋即令夏立即发出二千份。王亮畴看到，以红笔点出不妥处三十余处。招梁鉴立去，令梁告顾，顾告宋。宋即令夏 recall[4]。夏说不好办。后一天问夏已 recall 未，夏说 machine[5] 一动，便退不回来。宋即说 what the hell are you doing?

宋自己以为一切看做主，所以约顾去任外长，同去莫斯科，且让顾约人同去。顾在华盛顿约了些人，且点杨云竹。幸人未来，杨亦未留。所以上星期一顾很不乐。饭前与公超在 Regent Park 走了一时半。他说，他有会晤录，将来想写一书。所以公超要守和在饭后留谈。

周应充陪陈绍宽去访问。我即辞出。到 Strand, Norfolk St. 的 Howard Hotel[6] 回访曾宗鉴（镕浦）。他前天在办公处留了片子。

曾是老英国，1902 年来，1907 年回去，在 King's College 一年，London School of Economics 一年，剑桥 Pembroke 三年[7]。以后 1916，1926，1937 年又来过。这一次来，是为财〔（政）〕部代表，接从前郭秉文的事。也是大使馆参事名义。与他同来的有他的女儿及助手陈君（Yale[8] 学经济，与质廷同

---

① 蠢蛋傻瓜。
② "你到底在做什么？你这个傻瓜！"
③ "滚出去，你这个傻瓜！"
④ 召回。
⑤ 机器。
⑥ 到斯特兰德诺福克街的霍华德饭店。
⑦ 国王学院一年，伦敦经济学院一年，剑桥彭布罗克学院三年。
⑧ 美国耶鲁大学。

时）。他的女儿在金陵附中毕业后，即没有进大学。曾在仰光，考有 Trinity College① 的证书，预备学钢琴。

我请他们去吃饭，反是他请我到 Simpsons②。他说他在 King's College 时常在这里吃中饭，那时顾客都是学生，及店伙，定价每个 1/1。现在是 a la Carte③，要六七先令才吃得够了。

回寓九时。听广播。写日记。

1945 年 8 月 7 日
34:8:7（二）阴后雨

晨去处。

本栋来电话，嘱向使馆接洽垫款。到使馆。骝先有电来，由部补助每人二百镑，已请汇。所以与尧圣商，由教部救济款中先垫付一部分。

与尧圣商了一会。教部有电来，提出一大串名单，要 World Youth Conference④ 请为赞助人（supporters）。如咏霓、梦麟、邵力子、雪艇、张伯苓、一樵、藕舫、鲠生、于斌、志希、张治中、立武、顾少川等人。我的名字在里面。尧圣说他不知道有没有所谓 supporters，至于 patron⑤ 则每国只有一二人，只有墨西哥有四人。顾要他去打听。我说请区锡龄去打听一下好了。

另一件是中国留德学生二百人，政府要接送回国。要几个大使馆分别向所在国交涉。尧圣说此事困难很多。他们复电，请政府筹的款，派专员去办理。

出门时遇到叶秋原、连瀛洲等，说了一会话。本栋、缉高来了。他们领了中国银行支票，不知怎样好。我说可转与我，我取现款给他们好了。回到

---

① 三一学院。
② 辛普森餐馆。
③ "à la carte"，法语"按菜单点菜"。
④ 世界青年大会。
⑤ 保护人。

了处，我们又同去银行取钱。

本栋约了去东方楼（Chopstick Rest.）吃饭。谈 Atomic Bomb①。今天报上几乎都是谈这 atomic bomb。第一个 a. b. 昨天炸了广岛。据说其力量比平常炸弹大数万倍。一个四五百镑的 a. t. 抵得上 20 000 吨的炸弹。可以将四方哩炸平。伦敦 1940—41 所受炸弹的总吨数，不到一个 a. b. Cologne② 所投的弹，只抵得一个半 a. b. 真是可怕极了。日本如不投降，大城市可全部炸平。战争结束之期不远了。

下午在处回信等。袁守和来，说公超攻击熊式一，式一也攻击公超，说宣传办得不好。守和说公超为 *Times* 写文章，式一说并无此事，是公超吹。公超说为顾少川写演讲稿，为顾申斥。等等。

看报至七时。

晚听广播。十时新闻中，雪艇已与宋到莫斯科。守和说他听使馆中人说，傅秉常③与雪艇要同到伦敦来。

1945 年 8 月 8 日
34:8:8(三) 阴后雨

晨去处。接到洪电，为一 Brit. Council 说项。此为工程学生，B. C. 都派往工厂实习。此人不愿，要我接洽学校。我打电话与 Monte，他说入厂事 Roxby 在重庆征得各生同意，不便变更。即学生自己设法，亦不能任其擅自改变。至少这一年在此，第二年也许可以让自己设法。我即拟一电致立武，自己送到使馆。交傅。

遇见梁鉴立。邀他到 Majorca 去吃饭。他说宋并没有许愿以外长。但是要他去莫斯科。如金山的会完得早，则望他到重庆，如晚得晚，则直去，在中

---

① 原子弹。
② 二战中遭轰炸极为严重的德国科隆。
③ 傅秉常（1896—1965），民国时期著名外交官。1942 年任驻苏联大使。1946 年 1 月，出席联合国在伦敦召开的第一届会议。同年 7 月，出席巴黎和平会议。

途与宋会聚。顾已商 Stirling 预备一机，打算与梁、王涌源、胡世泽同去。后来没有成行。足见宋不是主人。顾太太并不想他去渝。但要他去又不去，自己不高兴。

又谈金山的代表。李璜、董必武、胡政之都不说话。魏时来时去，不大出席，也不表示意见。君劢英文不佳，但常说话，时时弄错，将议定之事投反对票。Webster 因此说不是他头脑不清，便是故意脑乱，劝顾派儿子做他的 adviser。① 吴贻芳最得力。

回处写信。

三时半到美国大使馆为 Kefauver 与他谈了一小时。对于国际文化教育组织的一切弄清楚了。听钱树垚谈话，简直是糊里糊涂。他并告我他自己也是代表之一，MacLeish② 领队。会期大约三星期。各国教育部长亲自出席的大约不少。

到 Bumpus 看了一会时事。（因为有半小时工夫。）

五时到 Grosvenor House。Brit. United Aid to China 请 'distinguished Chinese Ladies'③。陈纪彝、黄翠峰、高、周美玉四人。Lady Cripps 自己招呼，未终席即去。客人到了不很多。中国人到了顾太太、施、陈维城夫妇、谭葆慎、陈占祥、医生李君，及 NURRA 的四人（蒋、李、谢不能来）。Dixon 及陈、周说话。我与 Bryan 夫妇谈。

六时余出来，又无事干。到 New Theatre 看了电影一小时。

八时到 Savoy。访连瀛洲。他与黄延凯同住。今晚请我及谭葆慎八时半吃Cocktail。九时方吃饭。大饭厅中有音乐、跳舞。十时半仍有人进去。饭很好。我们谈侨民的生活，Atomic bomb，中国人对政治太重视，政治情形等等。黄从前做 Penay④ 领事。他们俩对马来情形很熟，对中国情形也比谭清楚。

到寓已近十一时半。

---

① 韦伯斯特劝顾维钧让儿子给自己做顾问。
② 麦克利什。
③ 到格罗夫纳酒店。英国联合援华会请"尊贵的中国女士们"。
④ 位于菲律宾中部的班乃岛（Panay）。

写日记。听广播。苏俄已对日宣战。日本的末日到了。又有 atomic bomb，又有苏联。大约不出一个月，一定投降了。

1945 年 8 月 9 日
34:8:9（四）阴后雨

晨去处。

上午林咸让来。谈了一会。他说雪艇的任命发表后，法国中国使馆的人对他的态度大改变。他问我大使馆对我如何。我说倒没有看出显著的分别来。他说钱泰完全是部下的奴隶。他看什么人有什么背景，谁也不敢得罪。他看不起他。

一时在 Cafe Royal 请曾镕浦父女，陈俊涛陪、本栋及陈维城。定好了座，去时说没有。跑上跑下，head porter① 说他记得写下。最后方发现 Chen Yuan 的 Chen 写成 Cohen，而茶房头把 Yuan 看成 Jack，② 幸而我去得早，客来时已经弄清楚了。

下午写了一信与骝先，报告昨天与 Kefauver 的谈话，以备参考。

晚回寓吃饭。晚雨，相当大，很冷。

听广播。写信与华及莹（90）。已有半个月没有接信了。

1945 年 8 月 10 日
34:8:10（五）晴

晨到处。接到洪来信。可是还是没有华等的信。回洪信。

中午到上海楼请林咸让。恰好遇到公超在请 Gerald Samson，便合并了前来，由我请。Samson 曾去过中国，做蒋夫人的 publicity agent。③ 此次大选举

---

① 领班。
② 把"陈源"的"陈"写成"科恩"，把"源"写成"杰克"。
③ 杰拉德·萨姆森曾去过中国，做蒋夫人的宣传员。

时，他是自由党的竞选人，落了选。他曾到我们的 Brains Trust。他说问题是过去太多，将来太少。

我们吃饭时，许多空军海军的人也来吃饭。说"日本已投降了"。晚报已载。只是有条件，那是天皇必须保留他的特权。公超说此事尚待证实，而且条件也不便接受。

到公超处。他的 James I^① 致中国皇帝的国书，已裱好。出示。裱得很好，可是他花了十多镑。

回到处。云槐在那里等候。他是昨天到的，住在 Redman 家中。与他谈了一会。他去大使馆及公超处。

我写了一信与立武，等等。

五时半云槐又来。我与他走到 Hyde Park，在 Serpentine 旁少坐。到 Allied Circle 吃饭。饭后在园中喝咖啡谈话。

云槐走时叔华、小莹托他带信来，他恐检查麻烦，所以放情报部邮袋内寄，所以至今未到。叔华与小莹，还是一心一意要出来。不过下半年想让小莹入学校。所以顾到乐山去时，打算把儿子带渝，有托他将莹带去之说。不知究竟如何了。鲠生已回乐山。重庆也有我将会去任教务长的传说。

九时乘车去 Russell Sq. 。可是公共汽车不走向 Piccadilly Circus，而是 Bond St. 转弯。我说一定有庆祝胜利的举动。我们即下了车，走去 Piccadilly Circus。那里果然是有不少人，男男女女在拥挤，在笑，在唱。也有人爬上电灯杆。可是最特殊的是到处都有人在放流星爆竹。一个放出去，如火焰似的落到人群中，人们便惊跑走避，一面又笑又叫。到地又向前射，最后是一声爆炸。如落在衣上，也许可以烧一窟窿。从 Piccadilly 到 Leicester Sq. ，满是人，在后处放爆竹的更多。

乘地道到 Russell Sq. ，送云槐到 Great Ormond St.。^② Redman 住四楼。他与夫人都在家。他的夫人明天一早便得到法国去。

---

① 国王詹姆士一世。
② 乘地道到罗素广场，送云槐到大奥蒙德街。

我与 Redman 坐谈了一小时。他说潘朝英真是不好对付。潘说法国招待于斌，不招待他。R 花了不少工夫为他打电话到巴黎数次，才办好交涉。方才从法使馆知道，他们很愿意招待潘，潘自己说不去。潘又说教皇招待于斌住，但不招待他。他去打听，又发现教皇也没有招待于斌住。

我提起 Brit. Council 学生部的许多 inefficient① 的地方。他说他去设法催促去。（殷宏章事及吴保安事。）

回到寓已十一时半了。

Redman 说英国政府可以接受日本的条件。但日人太笨了。只要他们不提天皇，决没有什么事，一提后，倒发生问题了。

1945 年 8 月 11 日
34:8:11(六)阴

上午去处。周广祥来。十二时半云槐来。

一时与云槐到公超处。听广播，还是没有什么特别的发展。

邀了志廉、抚松同到 Portman House 去吃饭。饭后到 Wallace Collection 参观。② 走了一时半点，总算完全看完了。有人走来与我说话，问是不是 Prof. Yuan.，原来是 Susana & Jenises③。

与云槐二人到 London Pavilion 看 *Blood on the Sun*④。是写一个美国新闻记者如何取得田中奏折的故事。主角是 James Cagney⑤。他一个人与一个半中国半美国的女子胜过了日本的全部军警。田中因之自杀。张歆海在片中，是 Major … Oka⑥，东条⑦（那时是上校）的部下。他在片中并不重要，也是可

---

① 无效率的。
② 到波特曼饭馆吃饭。饭后去华莱士收藏馆。
③ 原来是苏珊娜和詹尼斯。
④ 到伦敦馆看电影《太阳之血》。
⑤ 詹姆斯·卡格尼。
⑥ 冈少校。
⑦ 即东条英机。

有可无，可是从头到尾都有他在内。说话不多，可并不是日本人的英文。他的样子也一点不像日本人。

六时半出来。打电话，知道金甫已回。即去那里。本栋也在。他们留我们吃饭。饭后谈到九时半方散。金甫在 Wales，很感兴趣。住在 Chick Castle，① 是十三世纪所筑。主人 Lord de Howarden② 及女儿招待他们很好。只是远在十英里以外，所以早出晚归，弄得睡眠不足。

十二时听广播。四国已于八小时前答复日本。天皇必须接受 Supreme Commander 的命令，行使职权。S. C. 将为美国人③。这答得极妙。

1945 年 8 月 12 日
34:8:12（日）雨后晴

十一时到金甫处。

本栋今天去 Manchester。谭葆慎驾车与我们及云槐去 Hampton Court。雨后阴，渐渐的晴起来。一路空气清新。十二时半到。

我们先在园中走了一会。宫的右侧是 King's Privy Garden④。里面有一棵大藤（big vine），根干大如茶几。上面是暖房玻璃，满是绿荫。一串串的紫葡萄挂在下面，有几百串。我好玩的问守者，这葡萄出卖否。他说，明天起即出卖。我们如来迟了两天，便看不到了。

宫后公园中有圆池，但园外有长湖，两面有大树。有人在 picnic⑤。那里的景物，倒是像 Constable⑥ 的画。

我们到 Wilderness，到 Maze⑦ 中走了一圈。到对面酒店喝了两杯啤酒。回

---

① 对威尔士很感兴趣。住在齐克城堡。
② 德·霍沃登勋爵。
③ 天皇必须接受最高司令官的命令。最高司令官将为美国人。
④ 国王的私人花园。
⑤ 野餐。
⑥ 康斯特布尔。
⑦ 到荒野，到迷宫。

到园中茶室去买了些冷食，坐露天吃饭谈天。

进到宫内去参观。金甫说它太单调，古板，挂的画又无精品，匆匆的走了一圈即出。归途经陈维城家，去访问。没有人在家，投片。回到金甫旅馆喝茶。

五时云槐别去，我也去访卓敏。先在楼下遇见谢家声等。资源委员会的访问团有三人在。一为吴半农，一为薛次莘。他们是昨天到的。全国十人，本说有孙公度，但他未同来。

卓敏在廷黻室内。有高士铭在谈话。我去与他们谈了一小时。廷黻说 UNRRA 这两天开会，都是关于政治，与经济无关。我提起今早 *Observer* 上一文，说罗斯福与 Stalin 有约，让满洲①独立，内外蒙成一共和国等等。廷黻说是作者猜测。为必无之事。可注意的倒是后面一段。表示英国愿意苏联向东方发展。如此在西欧便不得不与英国拉拢。这又是英国从前对日本的故伎。以前日本只要向中国发展，不向它的殖民地，他们也不干涉。对德原来也是如此。只要向东不向西，英国便不做声。可是到波兰时态度忽然一变。这是希氏所不料的。战争于是起了。如英国自始即态度强硬，德国也许不至得寸进尺。

廷黻说 *Observer* 中论 Atomic Bomb 一文，说自从发明了原子炸弹，世界的均势大不同了。说英美在一边，可以支配全世界。这又依美排苏了。

廷黻这人有很快的 Grasp②，能够一下子便看出要点。他桌上摊开一本大笔记本，上面写的是英文。大约是他的日记或记录。他爱说英文，谈话常常全用英文。英文说得很流利，可是完全是白废［费］腔调。

我问他雪艇会不会来。他说不知道。他对于重庆的政治已经不接头了。他与雪艇，大约彼此很冷漠。中国的这一班学者政客，几乎没有两个人如同道的。

七时他们去桂永清处吃饭。我回到金甫处，与他同吃饭。饭后谈到八时

---

① 伪满洲国。

② 把握能力。

半方别。

晚听广播。还没有投降消息。写日记。

1945 年 8 月 13 日
34:8:13(一) 阴

晨去处。

金甫来。他今天下午到牛津去。陈尧圣来。世界青年会议决定在英国开会，只是延期到十月底。四位中国妇女代表都等不到那时便得走了。与他商名单事。至于中国提出的 Patron 或 Supporter 一事，该会表示多多益善。

十二时半守和来。与他同去 China Inst. 。今天到的人极多。Giles 来了。有一位 Lord，是在中国做过领事的。① 守和演讲，并没有题目，也没有稿子。从战争说到文化合作。说到英美的东方学。他说英国的汉学，继起无人，希望多造就些青年学者。

二时一刻完。我与云槐到 M. O. I. 去少坐。

三时到 Carlton Garden 去访法大使馆的 Varin。② 有好几所房子都与法国有关。这里指我到那里。走了三个地方方找到。约了三时，我到已三时二十分，可是 Varin 还没有到。等到三时三十五分方来。与他谈法外交部邀请我们去法事。他完全不接头。交换了一下意见。他打电话去打听。我回去，将名单打出送他，与他去信。

今天连报都没看完。

七时到上海楼。志廉请守和、云槐、朱抚松。（另约公超，未到。）

谈起国内情形，大家很是忧愁。日本战事完毕，中国前途的问题愈来愈多了。

写日记。补写完日记。

---

① 去中国学会。今天到的人极多。吉尔斯来了。一位勋爵在中国做过领事。
② 去卡尔顿花园，访法大使馆瓦兰。

1945 年 8 月 14 日

34:8:14(二)阴

晨去处。口述了一信与 Noel Carrington，把 *Contemporary Chinese Short Stories* 寄给他。这本稿子 Stanley Newman 退了回来。两个 reader 都觉得不值得印。① 第二阅者并说英国读者读了此书，对于中国将得错误印象。

十二时到 Royal Water-Colour Society 参观 UNIO（United nations information office）的 Water Posters 展览。② 美国、苏联、英国的都很多而且很好。中国只有几张，而且以标语为主。

一时在 Cafe Royal 请 Sir Alfred Zimmerman 及 Kefauver 及守和。那时传来消息，说日本已接受条件。我们说我们这一餐饭是 historical③。可是后来知道尚未宣布。

Zimmerman 对于英国报纸对于苏联的态度，极不满意。他说既为报道，应说我们的盟友苏联不至出此。现在却表示苏联是我盟友，他要求什么，我们即应同意。太不成［像］话了。Kef. 说罗斯福决不会答应将中国土地与苏俄。即使他答应，口头说的话，他人已死了，也不生效了。美国决不肯承认苏的要求。

守和说起金山会议时，美国代表不赞成用"教育"一字，只有"文化"一字。又由中国代表特别提出。Kef. 说美国议会的代表，自以为懂得议员心理。他们认为教育在美是私人事业为主，必不愿受政府指导。Col. Bloom④ 特别反对。谁知参众二院都全体一致通过要设一世界教育机关。代表们什么话没有了，大是笑话。

---

① 口述一信与诺埃尔·卡林顿，把《当代中国短篇小说》寄给他。这本稿子斯坦利·纽曼退了回来。两个读者都觉得不值得印。
② 到皇家水彩学会参观"联合国新闻办公处"的"水彩海报"展。
③ 历史性的。
④ 布鲁姆上校。

我说从前的 international cooperation① 没有做什么事。Z 说此话太不公平。它们曾做了不少书目，翻译的等等工作。守和说那机关大缺点是秘书处都是法国人。Z 说原因是经费除国联所出少数外，其余由法国担任。一切事业不能办，也因无钱。而且为了找钱，常常做出不很光明的事。如一次请 Z 任主席，一人讲日本艺术，谈东方的艺术以日本为主。事后方知原因是这演讲的目的是为了向日本政府要津贴。所以新的教育文化机构，非有可靠的经费不可。

Z 说英国代表人选尚未定。大约 Miss Wilkinson 将任代表团主席。

三时回。四时到 Brompton 的 Holy Trinity 去参加 Cassell 嫁女儿②。礼节很简单。礼成后新娘等进去签字，有一点 organ music③，没有歌唱。

不到二十分钟便完。去 Grosvenor House 的 reception,④ 有酒有茶。房间不大，人很挤。我与连瀛洲、曾镕浦父女、Mrs. Kilson 等少溪，即辞出。

在楼下遇到吴权请郑宝南、陈锡襄及 Mrs. Ledger⑤ 等跳舞。

回到处。致信 Mons Guibant⑥。

看了些报。

七时到上海楼。圣斌在请云槐。

九时半回。写信与施、雪桥。写日记。

十二点 Attlee 广播，日本已经投降。明天后天两天是 V.J. 休假。战事完了。

在此以前，广播中说中苏谈判已结束，签字。宋子文将来伦敦。

睡后如我所料，睡不着。有一时正将懵懂，房东来大声打门，说有电话。原来是 Percy 打电道喜。这一下更是睡不着了。到两点钟，服了一个安眠药。

---

① 国际合作。
② 到布朗普顿的圣三一教堂，参加卡塞尔嫁女儿。
③ 风琴音乐。
④ 格罗夫纳饭店接待处。
⑤ 莱杰夫人。
⑥ 蒙斯·古伊班特。

1945 年 8 月 15 日
34:8:15(三)阴雨后晴

晨七时即起。八时半出门。可是久等没有公共汽车。也没有 taxi 过。等公共汽车来时，已经早就满了，停也不停。近九时方走到 St. John Wood 换地道车到 Brit. Council。所有其他的人都是此经验。

Brit. C. 今天招待贵宾去看 State Opening of Parl.①。我知道金甫等不能来，早与交涉，所以也有份。中国人有陈、黄、高、周四女士，守和及陈占祥。此外有 Iran② 的外交部部长（？）及南美洲的来客。

动身以前，在门口与 Miss Parkinson 照了相。Salisbury 陪客回去。我们十余人分坐了三辆车。有三个门可进。我们进第三个门。上了许多台阶，进了 Royal Gallery③。

进去以后，才知道这是议场以外的一间长形房子。两面都有四层台阶，一层比一层高。两端两个门，一侧另一门即通下面来的台阶。我们占的位置，即对此门。有入场券来的约有数百人，大都是坐在台阶上。人来得渐多，一层台阶便得立两排三排人了。

十时半客人不能进来了。有许多 Beefeaters④ 执钺列队进来。分立在两面。一个武官捧皇冕进来，正放在我们前面的小几上。每人都去看一看。在一枚红宝石之下，即是世界有名的大钻石，平平的，扁扁的，有一个男子的长方手表大小。

近十一时，一个行列从下面上来，走进 Royal Gallery。Herald⑤ 为首，许多人都是古装。只有两人穿平常的黑衣，一位是 Greenwood，一是 Morrison⑥，

---

① 议会开幕大典。
② 伊朗。
③ 皇家画廊。
④ 伦敦塔守卫。
⑤ 先导。
⑥ 一位是格林伍德，一是莫里森。

一高一矮。M 的头发蓬蓬的。Lord Chancellor Jowitt① 前一段在后，走在 G，M 二人后面。走到 Royal Gallery 中间，他们转过身来，向另一门。Jowitt 走在前。

十一时左右，门开了，英皇②抚后手走出。两个高级军官执剑，面向皇，并排反走。英皇穿了极简单的军服。皇穿湖色的衣和帽子。他一路走，一路向左右点首。左右的妇女都屈膝打顿。后面是一位 Duchess③，再后是二位贵夫人。走过去后，立在门口的第二段。大都是穿军服的人接着上来。中间有 Duke of Hamilton④，穿空军服，年很轻。

进去后门都关上。等了有二十分钟。行列又从里面出来。皇后又一路的向左右点首。皇后等进左端门。行列出台阶门，可是没有下去。Jowitt，G 及 Morrison 三人到了门口，不知出去不出去，彼此商量。结果是三人退回来，仍由原来出来的门去。

又等了一会。皇后等都走了。我们方能出去。下了台阶，外面下雨。大使们的汽车，上有"A"字，排队的开向另一门，有人叫"某某国大使阁下"。我看到中国大使的车。问顾夫人来没有，说也来了。

找到我们的车在街对面，上有"G"字。我与三位中国女士同车。车走 Parl. Sq.，St. James Park，The Mall，由 St. James Court 出去。⑤ 夹道都是人，立在街中，只容车辆通过。车慢慢过时，他们都从窗口内张。见我们，有些人便嚷"中国人"，有些叫"Hurrah"⑥。我们也摇手招呼。

到 Brown's Hotel。Brit. Council 请吃饭。Miss Parkinson 主席。坐我一侧的是一位 Paraguay 的作家，⑦ 年很轻。饭后彼此在 Programme⑧ 上签字。Parkinson 祝中国客人寿，说我们抗战最久，今天是我们最幸福的一天。有一人起谢 Brit. Council。

---

① 上院大法官乔伊特。
② 当时的国王乔治六世。
③ 公爵夫人。
④ 汉密尔顿公爵。
⑤ 走议会广场，圣詹姆斯公园，林荫道，由圣詹姆斯法院出去。
⑥ "万岁。"
⑦ 到布朗饭店。文化委员会请饭，帕金森小姐主席。坐我一侧的是位巴拉圭作家。
⑧ 程序单。

与守和同走回。到处看报等。

五时仲雅来。六时守和来。我们同去 Claridges。廷黻等今天在此举行 Reception。正遇到 V. J. day，① 所以大家特别高兴。见了面外国将说 "This is your great day"②。客人大都是 UNRRA 各国代表团的人，英人并不多。中国人很不少。式一与陆晶清同由牛津来。陆到英已一周了。陈甲孙、杨志信由剑桥来。差不多自始至终廷黻、卓敏、刘瑞恒三人一直在外室接客送客。我有时去与他们说一会话。

顾少川来时已过七时半，大部分群众已散了。听说 Attlee 请美苏华三国大使夫妇六时半在首相官邸茶会。后来又听说下午顾去机场与宋子文谈话。宋即飞美去了。（后来又听说宋未到，顾白等了三四小时。宋回重庆去了。最后又听说宋到时，天气不佳，降落于另一车场。故与顾未见到。）

今天大饭馆都关门。中国饭店一致关门两天。Fava 中午开门，有华侨去阻止干涉。所以晚上找地方吃饭，很不易。我与守和、云槐三人到 Piccadilly Circle，转入 Soho，在牛津出来，在一家小饭店吃了饭。

饭后走 Charing X 路到 Trafalgar Sq.。这一路都没有公共汽车。Traf. Sq. 人山人海，走路都不容易。到处有人放花爆，流星爆。National Gallery 是 flood lit，远远的 Big Ben 也是 flood lit，③ 很像大理石的钟。

好容易走上 Mall。皇宫在远处，flood lit④，显得很小。在此徐徐而行的人，一队向前，一队向后，彼此的挤过去。有时两股迎面来，彼此走不动了。好容易走近皇宫广场的大门。简直走不动了。我与云槐在一处，又与守和相失。只有退回去，居然找到守和。向边挤出，到了 Green Park。出去到 Green Park 站，门口挤了一长串人。因走到 Bond St.，在这里分手。车很挤。但自 Oxford Circle 回去还可以。⑤ 听说许多人狂欢彻夜，有许多人半夜后才走回去。

---

① 蒋廷黻在此举行招待会。正遇到对日本胜利日。

② "今天是你们的大日子。"

③ 国家美术馆，远远的大本钟，都用泛光照亮了。

④ 走上步行道。皇宫在远处，被泛光照亮。

⑤ 从格林公园出去到格林公园站。走到邦德街。从牛津广场回去还可以。

1945 年 8 月 16 日

34:8:16(四)

今天仍是 V. J. Day 休假。到处不开门。上午到 Westminister Theatre 买了两张戏票。

到处。收拾东西，看报。在附近 A. B. C. 吃饭。

饭后写信与华及莹。看杂志等。

六时到 Claridge。与卓敏去看 *The Cure of Love*。此剧是 Walter Greenwood 所写。剧中人物是 Lancashire 的人，[①] 说那里的土话，男主角是 Robert Dona 是一个土头土脑的军人，可是却是英雄。女主角 Renee Acheson 说的 Cockney。[②] 所以台上说的话，起先我们大都听不懂。卓敏说他只懂得十之二三。第二幕较好些。可是许多笑话，我们一直到完毕都不大清楚。

Robert Dona，他的母亲，酒店老闆[③]等的做功都好。可是有些配角却差了。

九时半到 Claridges 吃饭。卓敏说他们差不多每晚都打 Bridge。他与 T. F.、刘、郑四人。常常打二小时左右。T. F. 的能力真是惊人。

上楼去与刘、郑、陈良辅谈了一会。近十一时 T. F. 回。他们又要打牌了。T. F. 说我去看战，不用出费。我说看战便没有车回家了。辞回已近十二时。

1945 年 8 月 17 日

34:8:17(五)阴

晨去公超处，找朱抚松，寻找沦陷区教育的资料。

---

① 《治愈爱情》(*The Cure for Love*)。沃尔特·格林伍德所写。剧中人物是兰开夏郡人。

② 男主角罗伯特·多纳。女主角雷尼·艾奇逊 (Renee Achesson) 说的伦敦腔。

③ 即酒店老板，老闆是老板的旧称。

本栋来。他说少一日也许即可回去。与他谈论了一会。

一时与本栋到上海楼。本为了云槐请范雪桥及方重。方、范两人都来了，但是自己来的，并没有收到我的信。汇文、宏章同来。他们另请一客。都由我请了。另有刘圣斌。在另一桌上，陈尧圣在请徐淑希。他是昨天才到的。

我们谈种种问题。最后谈到 Atomic Bomb 及 Radar[①] 等。本栋很简单的为我们说明。虽然我们仍旧不大懂，可是科学的神奇却充分感觉到了。

三时回。写完致莹信。写了一信与洪。

方、范、殷三人到 Brit. Council 去接洽了去法等问题，又来坐谈了一小时。商量去法的问题。雪桥本来又想不回国，现在又决定回去，不想去法了。

写信与雪艇、立武，报告与 Stanley Unwin 交涉结果。

守和来。

到六时方有时候看了一会报。

近七时到 Claridges，是英国政府给资源委员会访问团的一个 reception[②]。Sir Stafford & Lady Cripps 接客。他们不记得我了。与谈起来。Sir Stafford 听说中英文化合作。他说现在 United Aid to China 有许多分机关，遍于各地。将来如将此组织整个改为中英文化协会，则一下子便有了一个大大的组织了，我说他提议很妙。他要我与 Lady Cripps 商。她可不懂这话的意义。只是说救济在此时是重要的。

资源委员会的人大都不认识。此外有谭葆慎、施德潜等数人。英人大都是工业界的人，我也不认得。与一位电气工程师谈了好一会。

出门遇到访问团的团员刘君，留法学生，与他同路走了一段。

Sir John Pratt 请咖啡（coffee party）。八时起。我不认识路，又弄错了号码，好容易才找到。守和与王兆熙也来了。Pratt 住在五楼。兆熙患气喘，好容易才走上去。一路停了好多次。

客人慢慢的来了，分坐两间屋中。我遇到了 Prof. Edward Dent。谈了一

---

① 原子弹及雷达。

② 招待会。

会。他是剑桥音乐教授，现在 B 退休了。他说 Sadler Wells Opera 的艺员因为不满意他们 director 的 dictatorial control，跑了。[1] 到大陆去为军队歌唱。谁知为 Ensa[2] 所管，dictatorial control 比原来更厉害。

近九时我们三人辞出。乘兆熙的车到大使馆。今晚有庆祝胜利的 service[3]。到了百余人。有顾、廷黻、桂永清、恽震、连瀛洲等的演说。我们九时余进去，已是桂说了一半了。演说完，唱国歌。以唱片的音乐配合。谁知唱的慢，奏的快，完全脱了节。

今天到的人很多。廷黻等的团体，资源会访问团的团员，与徐淑希同到的有杨永清、吴秀峰，军事代表团的人。王志华。清华同学会今天开会，欢迎廷黻、本栋等，所以有二三十人来。桂永清的太太及儿子也来了。

十时出来。李孟平夫妇的车带我回来。

1945 年 8 月 18 日
34:8:18 (六) 阴

晨到处。

十一时 Leeds 大学的讲师 Dr. Deine[4] 来。他原是匈牙利人，生长在英国，现在教数学。他愿意到中国去服务。年纪不过三十岁，可是已有三个孩子。他愿意久居中国，也愿意学中文。

本栋与缉高来。金甫仍在牛津，预备下星期一直接去剑桥。

中午祝文霞在大世界请吃饭，有 Mrs. Stirling、卓敏、宝南及自存。宝南曾在纽约任副领事。他说于俊吉曾得六个学位，他写作连看报都没有时间了。他请客不是一次两次，而是遇到便请。人数常不断的增加。欠的账也到处都是。他自己不管馆事，反将交与二个人，一管对内（罗），一管对外（从前是

---

[1] 萨德勒威尔斯歌剧院的艺员因不满他们主任独裁控制，跑了。
[2] 英国全国劳军演出协会（Entertainment National Service Association，ENSA）。
[3] 仪式。
[4] 利兹大学的戴恩博士。

宝南，现在是 George Wu）。宝南说他如年老，当做 Chicago 的总领事，或 Tahiti 的领事，① 如地方好，没有事做。

二时半出门。三时到 Classic，想看 *Grapes of Wrath*。② 可是等到三时四十分，仍未能进去。即不看。

到处看报。

五时余到领事馆。五时半本栋、缉高、云槐来。同去 U. C. C. 的茶会。在 Wimbledon 的 Park Side Road Mrs. Seligman 家。③ 我坐在前面指路。走 Chelsea Bridge，Battersea Park，Queen's Road，B. Park Road。④ 从前我们住过的房子，似乎改造过了，但也还是很破旧。Battersea Polytec.⑤ 显得屋子很小，而且也破落不堪。附近的房屋街道，都显出是贫民区。街道只有电车。极不好开车。经过 Wandsworth⑥ 如此，而且常嗅到煤气。到近 Wimbledon 方才不同。

Mrs. Seligman 的园子很大。有草地，不少果树，养鸡种菜。到的人不少。Mrs. Seligman 与 Wimbledon 的市长夫妇同接客。Mrs. Seligman 是一个不大说话的人，等到出门时方才看见。客人到了不少。顾太太来了，在园子点了一盏挂在树上的灯（挂灯不少，可没有点。）陈维城夫妇，Cassell 夫妇，学生到了十余人。

七时茶点。Homell 介绍黄翠峰、陈纪彝讲了几句话。

回时走 Putney Bridge 及 Fuhlam，遇到一个叫 Stadham⑦ 的人看完赛狗出来，至少有数千人。

到大世界吃面。

十时回寓。听广播，看《大公报》。

---

① 当做芝加哥的总领事，或南太平洋上塔希提岛的领事。
② 到经典剧院，想看《愤怒的葡萄》。
③ 温布尔顿的公园侧路，塞利格曼夫人家。
④ 走切尔西桥，巴特西公园。王后路。巴特西公园路。
⑤ 巴特西理工学院。
⑥ 旺兹沃斯。
⑦ 走普特尼桥及富勒姆（Fulham），遇到斯塔汉姆。

1945 年 8 月 19 日

34:8:19(日)阴

晨看报。

午后有时听广播，有时补写日记。将日记补写完。

六时出门，走路，吃饭。

八时半又听广播，*Vice Versa*①，第二段。只是题中应有之义，并不太好玩。

看了三本 *Amerasia*②。

1945 年 8 月 20 日

34:8:20(一)阴有时雨

晨收拾行李等。

到处。接 Jobson③ 电话，说书记把日期写错。出去访问还是今晚开始。

料理了些事。写了两封信。Miss Patricia Ledman④ 来询问中国诗。

本栋来。我与他谈教育部长会议及教育文化会议等等，请他转达骝先。

与他到银行取钱。英国的 Traveller's Cheque⑤ 也有限制，为期只六个月，而且不能带出英镑区域。

到上海楼。尧圣约我们两人吃饭。谈了些学生回国等问题。

走回处。又口述了两封信。料理了些事。

托本栋带了两盒鱼肝油精与骝先，二盒与立武。六时往访卓敏。他们的房让胡世泽了。

卓敏与淑希、自存、陈仲秀在喝茶。与他们少谈。我托卓敏带了四包鱼

---

① 《反之亦然》。

② 《亚美》杂志。

③ 乔布森。

④ 帕特丽夏·莱德曼小姐。

⑤ 旅行支票。

肝油精与叔华。

七时辞出。回寓。吃饭。听广播。看了一本 *Amerasia*。都是为共产党宣传，攻击中央政府的文字。

十时动身去 King's X, ① 乘睡车去 Newcastle。桂永清因军部请他看降落伞部队学校，不能同来。这也是 Jobson 弄错日子所得的后果。

有 Col. 杨及王志华同行。杨云南人，中央军校第十期生，在英国 Sandhurst 及美国 Kansas Staff College② 读过书。

十一时一刻车开。少谈即各回房。

我写日记后看了些 Holbrook Jackson's *Bookman's Holiday*③。

晚睡不着。车子停的站很多。停时震动得太厉害。

1945 年 8 月 21 日
34:8:21(二)阴后雨

六时半起。七时车到 Newcastle。到 Royal Station Hotel④ 休息，吃早饭。

十时情报部代表 J. White Shand 来。他领导我们去看 Tyne 河⑤ 上的船坞、船厂。先乘车过转桥（此桥在高桥及圆桥之间），在桥上下船。船是 Tyne Improvement Commission⑥ 的。由此到河口，约十二英里。两岸都不断的有船厂、船坞。许多大船是此间所造。很奇怪的，是敌机来轰炸时并不多，而且损失更少。

河的右手一处，是 Jonow。⑦ 即 Ellen Wilkinson⑧ 领了许多失业人去走去伦

---

① 去国王十字车站。
② 杨上校，在英国桑德赫斯特皇家军官学校（Royal Military Academy Sandhurst）和位于美国堪萨斯州的"美军陆军指挥和总参谋部学院"（U. S. Army Command and General Staff College）。
③ 霍尔布鲁克·杰克逊的《书人的假日》。
④ 在皇家车站饭店。
⑤ 怀特·尚德领我们去看泰恩河。
⑥ 泰恩改善委员会。
⑦ 约诺。
⑧ 艾伦·威尔金森。

敦的。（她现在还是北区的议员）。河口是 North & South Shields。北面有 Collingswood 的铜像。① 河口有护港堤，上有灯塔。到此波浪较大，船上下摇晃。即转身回。却起了雨。我们即坐舱内谈话。

十二时余到城。又驾车去城内外绕了一圈，看到了 Park，Freemen's land（现在在开地面上的土层），King's College 是红砖墙，并不好看。Newcastle 是 Garrison town，② 所以有军营。

十二时三刻到 Tilley's Restaurant。情报部本区主任 Prof. Searle 请吃饭，座中有商会的 Mr. Buckingham。③

饭后 Searle 陪我们同去参观 Vickers Armstrong 军火厂。由经理 Munihead 招待。他领我们看 Elswick 部分的厂（此处即有二十余 acre），④ 又乘车去看另一厂。这里造的有坦克、高射炮、炮甲车、十六口径大炮、十吨炸弹，等等。十六口径炮，长有好几丈。有一间大室，高几丈，地面有孔，深几丈，专为使此炮直立之用。巨型炸弹极大，即钢已有近尺厚。我们一点不懂，跟在后面一路跑，走马看花而已。

此厂原来是 Armstrong，一个 solicitor 所创办。百年前即成立。前二十余年与 Vickers⑤ 合并。现在在英国各城有分厂，最大的在 Barrow⑥，下游有造船厂。

他请我们喝茶吃点心。五时回。

休息。似乎睡着了一会儿。

七时 Searle 在此间十六号请吃饭。座中有本城市上挂了金链的⑦。Northern command 的 General Nayler，海军的 Captain Swan，商界的 Crisp 与 Shand。⑧ 市

---

① 北、南希尔兹。北面是科林伍德（Collingwood）铜像。
② 看到了公园，自由民的土地。国王学院是红砖墙。纽卡斯尔是驻军城市。
③ 瑟尔教授在蒂利饭店请饭。座中有白金汉先生。
④ 威克斯阿姆斯特朗军火厂。穆尼海德领我们参观埃尔斯维克部分的厂。有二十英亩。
⑤ 此厂原来是阿姆斯特朗，一个律师（William George Armstrong, 1810—1900）所创办。前二十余年与威克斯合并。乔治·阿姆斯特朗，是英国发明家。
⑥ 巴罗港。
⑦ 挂金链的，即市长。
⑧ 北方司令官内勒将军。海军斯旺上校。商界的克里斯普和尚德。

长年纪不小了，可是很可亲。他记得许多中国的来客，如雪艇、源宁等。尤其不忘的是君健（没有到过英国而英国话说得那样好）及赖保健女士。

他祝福中国客人，杨子余回答。

Searle 希望中国提倡电影，做些 documentary film① 给他们看看。可千万不要模仿美国。

九时散。

记日记。看 Ngaio Marsh's *Death in a White Tie*②。

1945 年 8 月 22 日
34:8:22(三)晴

六时四十分即醒。起梳洗。七时二十分下楼吃饭。王、杨二人已先在。

乘八时五十分车去 York。九时五十四到。Brit. Council 的 Mr. Doherty 来接。③ 他们在 Royal Station Hotel④ 为我们定了一间大客室，让我们休息。

此时十时，定了十一时拜访市长。有一小时工夫。我们请 D 君领导我们看一看这城。他领我们上车站对面的城墙，今天天气甚佳，看大教堂很是美丽堂皇。下城墙，过 Ouse 河⑤上的桥。走进博物馆的公园。看了罗马城墙及 Abbey 废址。出来到间壁 Central Public Lib. 参观了一下。⑥ Doherty 是本馆的主任。他对于地方掌故，极为熟悉。

十一时到 Mansion House。Mayor 与 Sheriff⑦ 在等候。我们进去，他们在侧室对了镜子挂金链。Brit. Council 的正代表 Bacon 自 Leeds⑧ 来，也在等候。领

---

① 电影纪录片。
② 奈欧·马什（1895—1982）的《戴着白领带死了》。
③ 英国文化委员会的多尔蒂先生接站。
④ 在皇家车站饭店定了一间大客室。
⑤ 过乌斯河。
⑥ 罗马城墙及修道院废址。参观中央公共图书馆。
⑦ 到市长官邸。市长和郡治安官在等候。
⑧ 委员会的正代表培根，从利兹来。

我们上去到楼上客厅。有两个新闻记者为我们照相。坐下后喝 sherry① 谈话。有一男新闻记者及女新闻记者也参加。大部分都是我回答。Bacon 及市长等特别对于 Diana Wang② 表示钦佩。市长说 Diana Wang 的英文比他自己的好，使他自惭。他的英文是大有土腔。谈完了话，市长领我们参观市政厅的几间房子。

辞出去参观 Minister，有 Canon Harrison 在接待。③ 他的掌故极熟。不断的演说历史，实际没有看到多少。他不止的说此教堂历史很短，在我们这古国的人的面前很是惭愧。所以一定要带我们看了地窖子中的罗马石柱的基础。从前没有看过的是 Chapter House④。一个多角形的建筑，中有大圆桌，是集会之所（二三个月一次），陈列了些古写本圣经等。

一时回到旅馆。Bacon 及 Doherty 做主人请我们吃午饭，座中有市长，Sheriff 及 Harrison。

饭后二时四十五分钟车去 Manchester，很空。一路经过的地方有时是工业区，有时是山谷中，常常看到紫色的 heather⑤。

五时十余分钟到 Manchester。书楷及 M. O. I. 的 Mr. Hunt 来接。乘车到 Midland Hotel。⑥

桂永清来了。他也因为日期的错误，昨天去参观英国陆军部所约定的降落伞学校，所以没有去 Newcastle。今天下午到此。书楷等陪，他出去游街。我们在旅馆休息。我看 *Death in a White Tie*。

近七时有一 Press Conference⑦，只问了桂几句话便完了。

七时书楷请吃饭。座中有 Alderman Cox（代理市长）& Alderman Robinson，Sir Kenneth Stewart，Behrens 及大学物理系的代理主任 Tolanski Mould 及 Hunt。⑧

---

① 雪莉酒。
② 戴安娜·王。
③ 参观约克大教堂，坎农·哈里森接待。
④ 牧师会礼堂。
⑤ 紫色的石楠。
⑥ 亨特来接。乘车到米德兰饭店。
⑦ 新闻发布会。
⑧ 座中有议员考克斯（代理市长）和议员罗宾逊、肯尼斯·斯图尔特、贝伦斯、托兰斯基·莫尔德及亨特。

我坐在 Cox 之旁。他是工党。与昨天 Newcastle 大不同，昨天的人大都是保守党。

桂的英文不大能说。德文较好。与 Behrens 及 Tolanski 用德文谈话。九时客散。

我们都到桂的客厅中去谈话。一谈到十一时。很奇怪的，一个军人，而且是蓝衣社，一个银行家。他们所说的话，都是说中国平民之苦，土地制度之不良，官吏之贪污营商，种种切切，都是共产党所批评中央的话。

1945 年 8 月 23 日
34:8:23 (四) 阴晴

晨十时 Mould 陪我们到市政厅去拜访代理市长 Cox。照例的在贵宾簿上签名及照相。

Cox 陪我们去 Art Gallery 参观 Manchester & District Planning Exhibition。这是市建设计划的展览，主其事的人是 R. Nicholas，本市的测量师。[①] 他自己领导我们参观，加以说明。他说如细细的看，得花三四小时。我们只有一小时，只能走马看花。一路上还有摄影者为我们照了不少相。

这展览有许多相片、图案设计、图表等等。也有不少模型。看了便可以看到现在的种种不合理、不卫生、不美观。将来的市区、街道放宽，而且过路的车不必到城心。到处都有 green[②]，有一个文化区，以大学为中心。

接着乘车去 Wythenshawe Housing Estate[③]。这是曼城附近疏散区之一。十年前即已开始。有一部房子是公家盖，则，一部分是建筑公司盖的。现在又有一个更大规模的计划。将这地方建成一个模范镇。且有轻工业厂。居民不必进城去工作。这里有一老人区。一个单层的建筑。中间是大天井，有小水莲湖。每个老人有一间屋。我们进去看了一间老太太的。一切家具都是她自

---

① 去美术馆，参观"曼彻斯特及区域设计展览"。尼古拉斯是测量师。

② 绿地。

③ 韦恩肖住宅区。

己的。床在一凹进处，并不显著。有一小厨房，木长桌下即浴盆。里面放了许多东西，足见洗澡是不常的事。另有两间是公共起坐室。门是锁的，要问 caretaker 要 key①，足见是备而不用的。我问半夜老人有病如何。Caretaker 说只有起来叫人。如不能叫人呢？恐怕只有一病即入医院的一法。

中午在 Midland Hotel 请吃饭。M. O. I. 做主人。客人为代理市长 Cox 等。有一位 Faulkner② 是麦加利银行经理，在中国多年，至今还是想回中国去。看的关于中国的书，似乎很不少。

饭后到 Manchester Uni. 去看物理试验室。由 Tolanski 招待。而且有许多研究生，助教等参加。看了 Lord Rutherland 的试验室，很是简单。和一位帮 Rutherland 的工人。看了些关于 Atomic theory 的小试验。③ 我们还是不懂。楼下有美国的一架计算机，可以算微积分，比人算快得多了。最后请我们喝了茶方别。

四时半离曼城去利物浦，近五时半到。Hunter 陪我们去。住在 Adelphi Hotel④。在这里每人的房间都一样，都是一间，附有澡室。

七时 M. O. I. 请客。客人有 Blue Funnel 的董事 Sir Jones，一个 Brigadier，又大又胖，罗明铣，和友华会会长 Farquharson⑤。

晚看完 *Death in a White Tie*。贺副领事来访桂。误进我房，坐谈了一会。

1945 年 8 月 24 日
34:8:24(五) 阴后雨

早饭后会了一下新闻记者。

九时三刻去船码头。到 Mersey Docks & Harbour Board 访问 General Manager⑥。他要一位职员做我们的向导。在出去以前，我们先看了许多关于

---

① 问看管人要钥匙。
② 福克纳。
③ 罗瑟兰勋爵试验室。看了关于原子理论的小试验。
④ 阿德尔菲饭店。
⑤ "蓝漏斗"公司董事琼森爵士。一个陆军准将。友华会会长法夸尔森。
⑥ 到墨西码头和海港委员会访问总经理。

船坞的照片，在敌机轰炸后的情形等等。

Mersey 河沿岸都是船坞。都是由 Docks & Harbour Board 所管理。而这 Board 是各船公司及商业公司所组织。每船到坞都得经过收费等等手续。有些公司长期租用一坞，但仍得付同样的费。好多坞有一总闸。船过了坞，潮涨潮退便无关系。我们看了些船坞。有一坞炸毁了，便暂时填满，上面建立了些临时仓库。

在 Mersey 河下有一地道。只有车辆可通，不准行人来往。可同时平行四辆车。中间快车，两边慢车。有许多安全设备。进口得买票。

到国民党茶会。与桂说了些话。

回来后到市政厅应市长之宴。市长为 Earl of Sefton①，是本地的大地主，年很轻，很高大。他的太太个子很小，原来是美国人。座中有副市长，即首任市长。Sir Daniel Jones，昨夜的 Brigadier，Harbour General Manager。② 美国总领事，罗明铣等。

市政府很是宏大。极富丽堂皇。据说是英国第一。饭厅极大。桌上放了许多银器，但只是为看的。我坐在美领事及罗明铣之间。美领事到的地方很多。欧洲之初，他在中欧，赶上了战争，珍珠港时他经过菲律宾，为日人所俘。到英又有一年多了。

饭后市长致欢迎辞。桂临时请我致答辞。幸而前两天我曾想了一下，所以还可加上些本地风光，敷衍了一下。美领事及我对面的一位海军上校 Captain Swan 大称赏。饭后副市长也来恭维说我能 think in English③。他说外国人都说 Mayor，英人则读为 Mayer。

下午到大学去。正值下雨。时间尚早，我们先到在建筑中的 Cathedral④ 去看一看。这已早了四十年了。还有一段未完成。建筑师 Scott⑤，开始时只二十余岁，现在近七十了。规模很大，也很庄严。却又是近代建筑，与其他 Cathedral 不同。

---

① 塞夫顿伯爵。
② 丹尼尔·琼斯爵士，昨夜的陆军准将，港口总经理。
③ 用英文思维。
④ 大教堂。
⑤ 设计师是司各特。

到大学。有一位职员招待。徐允贵、袁随善夫妇也去了。也是看物理试验室等。比昨天看的少。只有徐允贵自己做的试验，看空中的原子破裂。据说有一部分试验室在做关于原子的试验，但不让人进去。这里以 Sir Chadwick① 出名。

回到旅馆尚早。请大家喝茶。我们两辆车的驾车者是尽义务的。所以请他们喝茶。不能给钱。

五时半上车回伦。十时余方到。一路桂谈他的历史等等。如说西安事变，是他及一部分军人力主讨伐。何敬之最初并不赞成。可惜语多不尽记忆了。

1945 年 8 月 25 日

34:8:25(六) 阴

晨去处。料理诸事。知今甫未回，本栋未走。找云槐找不到。

午饭后到 Paramount 去看 Joan Fontaine 的 *Affairs of Susan*。这是一个女子与四个男子恋爱的 comedy②。情节有时很好玩。Joan Fontaine 在此片子又显出她的多方面来。我进去时恰好片子演了一半，所以得看完全部。另一片是英国片子，名 *I Walk Beside You*③。拉得太长了。所以先后看了三时半以上。出来已六时。只好回寓了。

晚饭后听广播，时广及一剧本 *The Schoolmaster*④。

看了些报。

1945 年 8 月 26 日

34:8:26(日) 晴

天气预报说今天会下雨。谁知一天天晴，常有太阳。

---

① 查德维克爵士。
② 去派拉蒙影院，看琼·芳登演的《苏珊艳史》。恋爱喜剧。
③ 《我将与你同行》（ *I'll Walk Beside You* ）。
④ 《校长》。

上午看报。

三时听了广播。去访本栋，为他送行。到了那里方才想起了应当写两封信，托他带去。已经太迟了。

本栋打了电话与今甫。今甫没有来，恐电未到（托殷宏章转，殷或不在）。我买了两张戏票，要请今甫。他不在，找云槐，他又不在寓。找到了谭葆慎。他来后，我们三人同喝茶。

近六时 Salisbury 及 L' Estrange 来送本栋行。同去 Air Way House。① 他们先走。我们六时四十分与本栋送别（车七时方开）。

七时前到 Arts Theatre，演的是 *A Circle of Chalk*，Klabund 改译成德文，又由 James Laver 译为英文。原来是元曲的《会兰记》（？）② 可是改变得很多了。

分为三幕五景，布景及服装一部分受了日本的影响，可是大部分既不是中国，亦不是日本。举止也多少受了日本戏的影响。戏内情节自奸夫淫妇、谋杀亲夫、贪官污吏、受贿枉法、暴吏苛行，无所不有。完全是 caricature③，对话有时很好。

九时完。到大世界吃面后回。写日记。

1945 年 8 月 27 日
34:8:27(一)晴

晨去处。

写了几封信。

午后剪发。

四时余云槐来，六时方去。往访公超未值，正遇到赵志廉。

回寓吃饭。看了十几天的《大公报》。

---

① 索尔斯伯里及莱斯特兰奇来送本栋行。同去客运休息室。
② 到艺术剧院看《一圈粉笔》（即元曲《灰阑记》）。克拉邦德改译成德文。詹姆斯·拉弗尔译为英文。陈西滢打下问号大抵是因为不确定戏名正确与否。
③ 人物漫画，滑稽可笑。

听广播 *Jonathan Wilde*①。

今天报载重庆及莫斯科所发表的中苏协定。内容相当的合理，与一般人所害怕的大不同。与英国人所希望中国让步的也大不同。因此 *Manchester Guardian* 认为苏联如此克己，或者要在朝鲜取偿。

1945 年 8 月 28 日
34:8:28(二) 阴晴

晨去处。

十二时今甫与宏章来。今甫在牛津、剑桥二处，对于雪桥及宏章的印象极好。对汇文、资珙、方重等，似乎很不佳。

一时与今甫到东方楼。炳乾请我们及 Hadley。Hadley 是由 Brit. Council 派去中国，做 Roxby 的助手。他并不是大学出身，在 Sparks② 古玩店十余年，对于中国艺术品很有兴趣。他原是剑桥区主任。所以今甫与他相识。

下午回处。四时余云槐来，坐到六时。

与公超通电话。听说斌佳在他处。即去访。他是星期六到的。样子比较的瘦，也似乎憔悴。他此来是预备做国际官。国际组织将来有十个 commission，每一个有一组秘书处对之负责。中国设了一个组长，两个副组长。斌佳将任一组长（section head），吴秀峰任一副组长（associate head）。胡世泽不愿居重庆，所以宋答应他做驻苏大使。雪艇上台后，对傅秉常感情尚佳，认为妥当稳健，所以落了空。现在拟推为国际组织的副秘书长之一。如不当选则任中国代表团的办事处处长。现在外部常务次长已发表刘锴。P. C. 说刘为宋、复初、适之、鲠生等所赏识，但华府使馆中人，及金山会议的人对他都无好感。他的性格恐与雪艇不能长久合得来。我说刘的毛病是坐不定，恐非常次之材。

---

① 《乔纳森·王尔德》。
② 斯帕克斯。

P. C. 又说宋、王想调动大使。宋致电雪艇、伯聪，说拟请他去法，少川使美。魏即致电蒋，请求辞职回国，蒋复电嘱他万勿离美。他这一试探即知道此事尚未得蒋同意也。不过魏确拟回国，他与郑毓秀及王亮畴有许多财产在上海，要去料理。我说他回到中国去，在政治上大可活动部长、省主席之类。

我问顾如去美，谁来英国。P. C. 说雪艇心目中当然是复初。但复初，决不能来。蒋对他仍无好感。如宋、王同意，或可提出。但宋本与复初极友好，最近方知道复初将美金数万元汇与太太的一件事，很生气。所以事情极不好办。

P. C. 说顾少川办外交二三十年，可是手下没有得力的人。用的梁，还是复初的人。在金山遇到了 P. C. ，很有借重之意。王亮畴也没有人，所以抬出浦迭生。

P. C. 七时去。我又与公超谈了一会。他说吴国桢任情报部长。董显光已提出辞任。公超昨天也已电辞。他说准他辞最好。即不然，也是以退为进之意。因为换了新部长，也许对于经费等等有麻烦，如留他便不好太麻烦。不过他还是要回国去。他问我可否代他几个月。我说我一天也代不了。

有 Gerald Samson 请他在 R. Automobile Club 吃饭，他要我同去。Samson 要到 UNRRA 去，到中国去做事，所以竭力联络公超。公超说此人极聪明，是 typical 犹太人，[①] 可是不爱与他多说话，所以拉了我去。R. A. C. 这地方极大，也极舒服。可以请女客。

九时出来。与公超找了今甫，同到公超处喝酒谈话。谈北大的将来等等。今甫希望公超或我回去北大，重造外文系。公超说不能定，我说今年恐不能去。我说朱孟实如离武大，可拉他回去。公超大赞成。今甫说孟实答应一定回北大的。

公超说要北大光大一定得添工学院。今甫则主张打通中外文，设文学系，

---

① 杰拉德·萨姆森在皇家汽车俱乐部请饭。萨姆森要到联合国善后救济总署做事。公超说他是典型犹太人。

另添东方语文系。

谈到十二时后方散。公超送我们回寓。

公超说李石曾在此三四天即去法回重庆。他在此时要见 Noel Baker① 及 Cripps 等。Cripps 打电与公超打听此为何人。吴秀峰为李大宣传，说他来出席教育文化会议，有许多大计划，带回重庆去接头。他与宋极密。骝先又不敢得罪他，恐结果是非他去不可了。

1945 年 8 月 29 日
34:8:29（三）雨后晴

晨去处。

钱树尧来电话。说教育部来电，派我出席文化教育会议的筹备会议。先通知我，电文再补送。我从昨天听了李石曾团长的消息后，对此事并不觉得热心了。

同时接到骝先一信，说："吾国在英留学生事务由大使馆办理近似国际文化合作方面事务日繁拟请吾兄随时提供意见并协助大使馆办理为荷。"这"协助大使馆办理"一语，大是不好办。因为我并不是教部所任专员或代表，如何去协助？

一时在 Cafe Royal 请 Ivor Evans② 及今甫吃饭。大谈中国国共情形等等。

三时余回。看报。看沦陷区教育资料。

五时半到公超处。拟与他同去连瀛洲鸡尾酒会。赵志廉、谢志云同行。可是到已六时半了。公超说外部政次已发表甘乃光——真是没有料到（昨天我说也许是端升，P. C. 说端升通不过，且端升气盛，易与人吵架，大不如徐叔模）。薛光前任驻意大使，陈仪为台湾省省长。

连瀛洲在 Savoy 请客。我们去已六时半，大约许多客已走了。客人似乎中

① 诺埃尔·贝克。
② 艾弗·埃文斯。

国人比外国人多。大使馆、领事馆、军事代表团、武官处，各机关的人都到了。公超的机关全体，连许多女职员也在内。荷兰使馆也是全体。

我遇到了斌佳、吴秀峰、董霖、杨永清、吴桓兴（顾少川问我教育部来信收到没有）、Empson，等等。

七时与今甫、Empson 及谭葆慎去东方楼吃饭。今甫请。Empson 说他母亲逝世，有些遗产，在 Hampstead 买了一个房子，预备租人。我说租给我吧。他说 waitinglist 已经很长。他自己还是要回中国。今甫问他写诗没有，他说没有。今甫说到北平有 stimulation。E 说这四年中 stimulation 很多，只是没有 peace 写。①

十时回。写昨今两天日记。到十二时半。

1945 年 8 月 30 日
34:8:30（四）阴

晨去处。将到时在路上遇一中年女子，很面熟，她也停下，问我是不是 Mr. Chen。原来是二十多年前的房东的侄女 Miss S. Prieur。（她的名字我可完全忘记。）她说从前的女房东还活着，现住在 Brighton，她自己在 Times Book Club 做事，② 已经二十年了。

到处。虞宏正君来访，在等候。他是北大毕业，北平农学院的教授。

午约了仲雅、今甫、云槐在 Majorca 吃饭。可是今甫争了做主人。讨论了一会如何处置抗战画片的这一个问题。他们都认为此时战争已完毕，无法可以利用。画本身并不佳，不能出画集（而且今甫认为即有书铺老阎愿意出书，亦使人发生错误印象）。如印为边疆风俗画，则需以文字为主，且画的方面亦不够。而且此类书，不能 appeal to③ 大众。为少数学者，又过不好写。

---

① 他说等租的人很多。今甫说到北平会有刺激。燕卜荪说四年中刺激很多。只是没静心来写。

② 普里厄小姐。女房东住在布莱顿。她自己在泰晤士报图书俱乐部工作。

③ 吸引。

饭后与云槐去他做衣的裁缝处。我也想做一身衣，可是没有适当的衣料。

三时半回处。四时范雪桥来。Bee Sparling 来。Bee 带来 Peter Pan 的一封信。他开口闭口都是'Lord''Bless his name'之类①。请他们喝茶。

雪桥坐到六时半。

他请我去上海楼吃饭，座中另有仲雅、梁鉴立及 Mac Nair②。他们大谈复初的先生 Collins 的笑话。③ 今天同时陈尧圣在大请客，客人都是重庆回来的英国使领馆的人。

十时回。与华及莹写信。

1945 年 8 月 31 日
34:8:31(五)阴

晨去处。写了一信与洪。与骝先写了一信。

饭后写完骝先信。抄过一遍。

蒋仲雅与海军学生王君来。今甫来。仲雅导我们去 Sparks 看画。Sparks 是中国古玩商之一。为人神情是很 effeminate④。他开始即说他这里并没有好画。从前的好画卖去了，现时收不到。出示几张，实在也是平常。而且标价也很怪。一张极平凡的神像，标三十镑，可是一张比较最像样的花卉，而且很大，只三十六镑。（今甫认为是明画。）今甫说在中国纸本比绢本值钱，他大惊奇，说是未之前闻。

他有两张刻丝的花鸟图，说是 Mrs. Eumon⑤。今年死了，东西出卖，他收来的。上写是宋本，今甫认为是明本。一张破的较少，画也较好，只二十镑，今甫劝我买。还是以十八镑买了。仲雅说我如不买，他要买了。今甫说如没

---

① 比·斯帕林带来潘彼得一封信。开口闭口"主啊""祝福他的名字"之类。
② 麦克奈尔。
③ 他们大谈柯林斯的笑话。
④ 有女人的柔弱之气。
⑤ 欧曼夫人。

有人买，他也得买。

这里的古董瓷器陈列极雅致。今甫大称赏。Sparks 说他可否使中国大使馆的陈设雅致一点。许多英人第一次去后，都异常的失望。今甫说请使馆的人到这里来看看便行了。他说顾夫人常常来，可是没有半点分别。

回处。抄完致骝先信。写信致立武，又抄写。到近六时。

出门吃了些茶点。

六时半到 Savoy，炳乾请今甫及我看 Norman Ginsbury 的 *The First Gentleman*①。写的是 George IV 摄政时他与 Princess Charlotte 父女间的事②，Robert Morley 饰 George，Wendy Hiller 饰女儿。都极好。对话有些很 witty，③ 可是角色似太多，剧情也不始终紧张。

九时余出来。到对门 Strand Palace Hotel④ 吃了饭。八时后不招待外来的客。特别通融方让我们进去。

十时半回。

写昨今两天的日记。

1945 年 9 月 1 日
34:9:1（六）阴微雨

晨去处。

十一时徐兆镛君来访。徐是中央社派驻法专员。他来访问战后教育问题，英国如何帮忙中国的问题。我说英国此次战后，自顾不暇，恐不能帮中国很大的忙。无论人才、书籍、仪器，英国自己也感缺乏。

缉高来。他与我完全同意。他谈英国一切都缺乏，人才特别缺少。

等斌佳等到一时后。同去 Athenaeum Court。今甫及谭在等候。我们同去

---

① 诺曼·金斯伯里编剧的《第一先生》。
② 写未来的乔治四世摄政时与威尔士的夏洛特公主父女间的故事。
③ 罗伯特·莫利演乔治，温蒂·希勒演女儿。对话有些很诙谐。
④ 斯特兰德宫饭店。

Fava 吃饭。人挤得很，说二十分钟后才有座。我们到 Foyles 去看了一会。回去仍无座，又等了一会。可是等还值得。五人吃了五个牛排，这是全伦敦不易吃到的。斌佳说到伦后今天吃得最满意。

三时余与斌佳到他住的 Mount Royal 坐谈。

他说这一次中苏协定的方案，与外部所定的命运多少大出入。他们在三月中即已定好了，斌佳是起草人之一。原来铁路只有中东，没有南满。原来也没有提旅顺。本来去冬即有与苏商谈的意思，迁延不遇。宋到金山，第一天即与 Molotov① 吃饭，他祝委员长康健，于是遂决定访苏。

他说雪②与宋的密切合作，是去年访英回去后才开始。以前觉得既反孔，便得有一人抬他。宋对外交没有多大兴趣，也不甚了解，所以许多事征求雪的意见。

雪对吴国桢，一向不器重。Yalta 会议后，美国对于 Veto 问题来电③征求中国同意。电文星期六晚送到。此时蒋、宋均已上山。吴第二天回文表示同意，中间曾电话报告蒋、宋。他们二人不明此中原委。下午雪艇接斌佳电话方知道。他看了详文，大不满意吴。后来法外长表示反对意见，雪说，这意见是对的，中国也应如此说。

四时余董霖来访斌佳。我又坐了半小时。董所谈不外是官吏升调等事。他说他佩服雪，因为雪到中宣部，不带什么人去，连总务都不调动。

到小影院去看 *The Time Glory*，是盟军从 D. Day 到 V. E. Day④ 的历史。有一时二十分。看见战事的全貌了。

晚听广播中的戏剧 *Outward Bound*⑤。看杂志。

---

① 维亚切斯拉夫·莫洛托夫（Vyacheslav Molotov, 1890—1986），苏联政治家、外交家，第二次世界大战期间任苏联人民委员会第一副主席。
② 王世杰，字雪艇，1945 年出任民国外交部部长。
③ 雅尔塔会议后，美国对于否决权问题来电。
④ 《时光的荣耀》，从诺曼底登陆日到欧洲胜利日的历史。
⑤ 《向外航行》。

1945 年 9 月 2 日

34:9:2（日）晴后阴

上午看报。

Wallbridges 从 Folkstone① 回。因为今早二时许日本签字投降，美国宣布今天为 V. J. Day，Vera 约我今晚同去吃饭庆祝。② 我答应了。后又接今甫电话，说华侨的 Social Club 今晚聚餐大庆祝。谭葆慎约我们同去。且可以带两个人。与 Vera 一提，她说我当然要去。她与 Jean 也来。

她们五时来。等云槐等到七时未到。只好留了条子。我们访了今甫，与他及谭、汪、炳乾同去 New Maxim③。这里三层楼都关了。许多饭店的经理等都在招待。据说有三百人来。中英人都有。分批的开流水席。我们到时，二三楼都已在吃饭。有公超、陈尧圣、翟凤阳等。

我们先在楼下坐。我们第二批入席。我们一桌同去七人外，另加了赵志廉。别桌有桂永清夫妇、曾宗鉴父女等。菜有肉翅汤等。每桌放上一瓶 whisky，一瓶红酒。我今天喝了两杯 whisky soda④，两杯红酒，所以大有酒意。饭后楼下有人跳舞，我为人介绍舞伴。我说我不会，曾小姐、陈小姐（W. C. 的女儿）都说可以教我。

九时余回。云槐方到不久。他说武大停了方重的薪，方很着急，恐怕停职。王说停薪是很应当的。方来英后要求 Brit. Council 接济家用。因此有家眷的人，每人每月送三十镑。最初不过数千元，后来多的时候有二十余万，现在也有九万。李如勉的薪水还不到此数。

---

① 华家从福克斯通回。
② 对日胜利日。薇拉约我吃饭庆祝。
③ 新马克西姆饭店。
④ 威士忌苏打。

1945 年 9 月 3 日

34:9:3(一)阴午雨

晨七时余起。云槐七时半动身去。送他走后,又睡。

上午去处。口述了两封信,写了两信。

一时虞宏正来。约他到 Fava 去吃饭。他是北大化学系毕业,后任农学院教授。他是教育部所派出国进修十人中之一。教部只派了那一次,以后又不派了。这是两年前的事。他因学校不放,所以今年才出来。部给每人美金八千八百元,包括一切。有了这笔钱,所以有些人可以过两年了。两年前出国的人,如饶裕泰等至今没有回去。

虞说中国的粮食可以自足自给,但是非进口粮食不可者因运费太贵。两湖的米运到上海,价比安南去的贵。北方的麦运去比美国去的贵。所贵者不是真的运费而是种种勒索及陋规。亦讲到煤,每担出公司时只二元,到北平得卖十二元。所以中国的舞弊不根绝,一切无法整顿。

冒雨回。刘圣斌来谈了一会,他现在在公超处借了一房。

看报。

六时半往访周显承。喝了两杯酒后,与他同到 Curzon St. 的 Mirabelle 吃饭。① 这里菜很不坏,可是价也贵,五先令外加 cover charge ②。4 人,又跳舞、音乐,2/6。跳舞的地位很小,跳的人去里面挤。

十时回。听了广播 *Wild Duck* 后半部。Milton Rosmer 演 Hjalmar Ekdal,声音是一老人,不大合适。Cyril Gardiner 演 Gregers Werle,声音更不像一个 rash idealist。③

---

① 到寇松街米拉贝尔饭店吃饭。
② 服务费。
③ 广播易卜生的《野鸭子》后半部。米尔顿·罗斯莫演哈尔玛·埃克达尔,西里尔·加德纳演格瑞格斯·维尔。声音更不像一个鲁莽的理想主义者。

1945 年 9 月 4 日

34:9:4(二)雨后阴

晨去处。缉高已先在。谈了一会。他去使馆。写了几封信。

接到华与莹来信。她们是十日晚接到日本投降的消息后所写。小莹兴奋得又哭又笑，脸也烧了，脚也跌破了。华又希望我回去。她一时要我回去，一时又要我不回，已经变了很多次了。

近一时与缉高去银行取钱后同吃饭。他说吴政之爱玩政治，仲揆说他的目的是做第二个翁文灏。他到中大去，如好好的干，数年之后可以将中大整顿起来。研究院也曾找过政之做总干事，政之不接受。孟真如不做官，谁也干不了总干事。我说孟真即做了官，也少不了要干涉研究院。他说除非派他做大使。我说孟真决不做大使。大约教育部长他可以做。

本栋的总干事是孟真所提出。孟和来信，要缉高反对。他觉得不便再说话。如再说话，人们也许说，你反对一切的人，你自己来干罢。本栋教书是最好，也有行政才。不适宜做研究，人的气量不大。

缉高说英国学者们架子非常的大。年轻人比较的好些。年老的人，有成绩的只有少数人，可是多数人都摆大架子。他说英国在科学方面，大部分不及美国。可是英人看不起美国，说到时不是批评即带讥嘲口气。缉高有时有意提出一二件美国在哪一行的成绩来，英国便不说话了。

下午写信，看信。

写一篇关于沦陷区教育情形的短文。

六时余到使馆。听说雪艇今天动身来英，同行的有董显光、杨云竹、薛光前及魏学智（不知何人，据说是教育部的）。宋不久可到，但不知何人同来。吴尚鹰也要来。施说真是冠盖云集。使馆内也相当紧张，梁、翟、陶等出出进进大使的房，连招呼的时间也没有。

九时半听了一个广播的短剧。Ursula Bloom 的 *Window*①。这是写想象的远远看到的与实际是如何的不同，很有意思。

晚雨很大。天气预报今天应当是晴的！

看了叔华的《小哥俩儿》中的小说几篇。写枝儿的两篇特别好。

1945 年 9 月 5 日
34:9:5(三)阴

晨去处。

缉高来。中国银行汇款把名字都弄错了。我代他们打电话与李德燏及写信。

杨永清来访。

一时到东方楼。炳乾请 E. M. Forster。Forster 十月要到印度去。这一次是受印度文艺团体的邀请。炳乾说希望他顺带着到中国去一行。我说此时去一切都没有安宁，不大相宜。希望他过一两年去。他仍住在 Dorking②，一星期来伦一次。今天下午有人结婚，他去说话，十月特来，可是加上一句"也是要会会乾及你"。我约他本星期会今甫，他先答应了，又想到了他还要打两次针，怕反应，又谢辞了。他对于教育文化组织完全一无所知。他说最有用的还是各国的文人会晤交谈。他提一个小纸箱，说在战前只值一先令。他又拿了一大罐 Jam③，二磅重。他说到礼堂去不好，即藏在大衣内的口袋里。他说他与炳乾第一次见面即在泰戈尔的纪念会。

回处。写完《沦陷区教育情形》的报告。

看报。

五时去公超处。许多记者正在打听关于雪艇的材料。Whymant④ 在写，我

---

① 厄休拉·布鲁姆的《窗户》。
② 多尔金小镇。
③ 果酱。
④ 怀曼特。

贡献了几点。

林咸让来了。公超说他已辞职三次。吴国桢留了他三次。他今天打了一长电去，报告这几年来的工作。

公超说雪艇今晨从 Calcutta① 动身。他来后要住在使馆内，弄得顾太太大窘。顾是副代表。派定了胡世泽、梁鉴立、公超及斌佳为顾问。斌佳现到国际组织秘书处，所以也许由淑希补。秘书派了陈尧圣、钱存典二人。

六时半到 Claridges。桂永清请鸡尾酒会。人到了很多，以军官为多。苏联大使到了，所以俄军官也来了一二十人。我喝了三四杯 gin & orange。谈话的有 Fitzgerald 夫妇、Kitson 夫妇、Hughes 夫妇、Sir Alfred Zimmerman 夫妇、Sir Charles Reilly, Pratt 夫妇、Empson、Silcock②、式一、淑希、杨永清、祝文霞、崔少溪、梁鉴立夫妇、董霖夫妇、郭泽钦、杨志信、马润群、陈仲秀等。很奇怪的汇文未来。

Kitson 说他最近为筹备宋子文来英，特别的忙。最困难的是宋的行期并不确定。大约是七号到，八号至十号在此。他们定了首相八号请吃饭。但如八号不到，以后便没有时间了。而且在英三天，时间也太短促了。

陈仲秀约了公超与我到上海楼吃饭。仲秀现在为国际组织代表团的经济组做一点工作。上海楼今晚人特多。我们最后走。

公超谈王涌源事甚多。说王有时间去公超处谈话，批评诸人。说梁鉴立英文有时不妥。说顾少川的会晤录，有时是为自己吹。他与人答话有时说得很漂亮，将别人驳倒。王说他走来走去，想了工整才说，足见是临时编的。又说顾文章做不出时便放屁，屁愈多，王便知道文章愈糟。我说英谚云 'No one is a hero to his Valet'③。

---

① 加尔各答。
② 喝了橙汁杜松子酒。谈话的有菲茨杰拉德夫妇、凯特森夫妇、休斯夫妇、阿里弗雷德·齐泽曼爵士夫妇、查尔斯·莱利夫妇、普拉特夫妇、燕卜荪、希尔库克。
③ "仆从眼里没英雄"。

1945 年 9 月 6 日

34:9:6(四)阴

这几天咳嗽。今天咳得反凶。

晨接守和电话,说他自巴黎回来了。去访他。他满房都堆满了旧书。他这一次在巴黎七天也大买其书。他说伦敦的旧书又好又便宜。

守和与我同到处。他说他在此买了七八百镑钱的书。要教部汇款三千镑来。钱如不到,他便走不成。本已定了十号走,现在只有延期。他要我出名打一电与立武催款。

十一时今甫与缉高来。今甫前几天到 Bristol, Bath, 及 Bradford-on-Avon① 看大英博物馆藏画。今天与缉高到中国银行换支票,(因名字都弄错了)没有换到。

十二时余我请他们到 Fava 吃饭。饭后到 Probsthian② 看画。这都是 Probsthian 伯父生时所收买。现在主人完全不懂。东西都是赝品,大都很糟。只有黄承霈的小手册,画花卉还可看,也是真品。可是要价十二镑却太贵了。

二时半到 B. B. C. 。Empson 陪我们去听广播。苏君在播时事,谢志云也在替代。他们外,我们会到 Eleen Sam,③ 马润群等。缉高在中国听过他们的广播,这是了不得的奇迹。所以把 John Morris 找来谈了一会。

四时到 Spinks④。他们预备了许多中国画,经理及助手两人侍候我们看。所有的画都写着宋元大家,如贯休、东坡、马远、赵子昂等等。甚至有一幅是小李将军⑤。仇十洲⑥有两个大手卷。没有一个不假,没有一个不糟。经理说这都是一个英人在中国数十年收来的。大约此人什么都不懂,单买名气。

---

① 前几天到布里斯托、巴斯、埃文河畔的布拉德福德。
② 到普罗波斯蒂安看画。
③ 我们会到爱琳·萨姆。
④ 斯平克斯古玩店。
⑤ 唐代山水画家、右武卫大将军李思训之子李昭道。
⑥ 明代画家仇英。

到今甫处喝茶。谈北大问题。昨天重庆发表适之掌北大，未到前由孟真代理。今甫等认为适之大不如孟邻。孟邻近年来非常进步，适之则反而退步。文伯写了一个设计的长文示适之，适之复二语曰，"何必高谈设计，预力行何如耳"。文伯大生气。对于孟真代理，不是枚荪①，更不满意。他们认为易掌问题一定是枚荪、端升、孟真等吵出来的。

晚饭时缉高有他约，请了守和来。谈到十时方散。守和说法国生活非常的贵。旅馆每天二三镑，吃饭每餐也二镑以上。可是中国学生大都过得很好。他们很多人做黑市生意，发了大财。各国大使馆也做黑市。只有阶平奉公守法，谁都知道。

听广播，Elizabeth Bowen on Anthony Trollope②。

1945 年 9 月 7 日
34:9:7(五) 阴

上午写了一信与莹，一信与洪。

饭后写信与立武，并誊写。

缉高来。林咸让来。谈了一会。

五时半约了往访斌佳。他示我德芳来信，要做贩卖图书生意。斌佳说他在纽约曾与 Macmillan③ 等商量过，都没有十分结果。因为他们对于中国不加入版权同盟，觉得无论如何廉价，无法与盗印版争竞。我说英国问题更困难，因为纸张缺失，每版的书太少，不能有多少运出国外。再则如要经营书业，还得自己专心的去干。交别人去干是不行的。如有人办一书店，采取"丸善"的办法，自然可以成大事业。这倒不必做 sale agent④ 的。

今甫来。喝了些威士忌。到 Majorca，另约了炳乾。

---

① 周炳琳，字枚荪。
② 伊丽莎白·鲍温论安东尼·特罗洛浦。
③ 麦克米伦出版社。
④ 销售代理。

饭后我与杨、郭又到 Cafe Royal 去坐谈。斌佳说端升有美金二千元，托他带回去。到此他不能走了。如何办法？可否托雪艇带。我说雪艇不大肯做此等事。虽然不妨问一问。上次雪经美回，端升拖带的东西，只带了一部分。今甫说端升因此很恨雪。我说如雪不肯带，不必告端升好了。

1945 年 9 月 8 日
34:9:8（六）雨后阴

晨到处。

十一时半后往教育部访 Sir Alfred Zimmerman，询问"文化教育会议"的详情。教育部长会议秘书所本由 Brit. Council 担任。但 Brit. Council 性质近宣传，故暂时交由教部办理，由 Z 主持其事。他与我谈这会议的略史。

他说 ECO 的组织本来由美国 Fulbright 代表团①所提议。当初法国并不热心。今春法方突然感到此团体之重要性，立即在金山会议提出组织此机会之议。英美当然很赞成。此次召集，加入法方为召集人。法方自己单独提出一组织大纲，其最大问题为法国要保留 Institute of International Intellectual Cooperation②。

他又示我 working committee③ 开会日程。讨论事项虽不多，但争取或极烈，所以也许一天开不完。他要我保留这两天，不要有他事。

我问他关于英国代表团人选问题。他说代表一人，意思只有一权，并不限于一人。

但因宿舍问题，希望每一代表团不超过十人（顾问专家在内）。

英国代表团人选尚无拟议，据 Z 推测将由教育部长任主席，苏格兰部大臣，Wales，North Ireland，及 Colony④ 的教育文化方面为辅。完全是官方，也

---

① 富布莱特代表团。
② 国际知识分子合作研究所。
③ 工作委员会。
④ 威尔士、北爱尔兰及殖民地。

完全以地域为主。

他希望中国教育部长亲来出席。他与顾谈，顾说他可以来。我说我们希望他来，只是恐语言有些问题。他说可带翻译。说中国话，由他翻译。只是会方不能将各种语言译为中文或俄文。他说希望顾大使任副代表。我说恐顾太忙了，他已任外长会议副代表及联合国筹备会议主任代表。他说这当然是不可能的，他希望中国对此 take a deep interest①，派些重要代表出席。Executive Council② 中有十五席，希望中国能有一席。如小国不愿尽入五国之手，挤落了就糟了。

十二时半辞出。在 Cafe Royal 请吴秀峰、杨永清及守和吃饭。杨说他所司是 relation with international agencies③。他对于文化教育事特感兴趣，希望能与我维持密切联系。

饭后到处去看了一会报。

四时余去祝文霞处。自存在。他们约我去喝茶。后来又留我吃饭。中间有中国银行的周君及陆君不同时候来坐了一会。

祝谈有了外长会议及筹备委员会二事，大使馆中人此争彼夺，都要兼一职务。结果除了施、傅二人外，所有的人都有秘书或副秘书名义。津贴为薪水半数。如顾问六百，则津贴三百。至少有百五十镑。

她又说去年来的王教授，范、尹二人读书、工作，人所共知，其余三人并不读书。方、张现同住，自己做饭。他们还表示不愿回去。他们的专家费，在此出卖外汇。他们对钱斤斤较量，Brit. Council 也说他们计较太甚。

九时四十分回。听广播 J. M. Barrie's *Little Minister*。很是 romantic & sentimental④。

浴后睡。今天咳更甚。

---

① 深感兴趣。
② 执行委员会。
③ 与国际机构的关系。
④ 詹姆斯·巴里的《小牧师》。很是浪漫、感伤。

1945 年 9 月 9 日

34:9:9(日)晴阴

今天雪艇从中国来。我昨天听说斌佳与董霖同使馆的钱、郭二人去机场接，我决定了同去。公超说他不能去，因为一去恐人说话。今早周书楷从 Manchester 来，也不敢去飞机场，打了一电话给我。钱树尧又于九时余来。公超又来电。房东为吵起，问我今天是不是我的生日。

十时余君健来。他来取行李，预备月底去剑桥。他说他近来关门写小说，已经又五六篇 accepted。稿费却并不高，最高的 *Geographical Magazine*[①] 的一篇，十镑。他不想向 Brit. Council 交涉安家费等等。

十时半余他同去乘地道车。我去 Waterloo 搭车去 Christ Church。这在英西南海岸 Southampton 的西面。[②] 车十一时半开，二时半方到。同去的有董霖、斌佳、钱树尧、郭熙明及英外部的 Brewis[③]。（他曾在中国十年，新近才回来。）

车到时迟了二十分钟。有飞机场派的车在接。到了那里，有职员和蔼的招待。请我们吃饭，不必花费钱。可是饭没有吃得一半，说飞机到了。又得乘车去机旁。机已降落，雪艇等已坐在大车中。雪艇比去年瘦了，精神还是很好。杨云竹还是从前的样子。董显光很憔悴，有病容。薛光前也很憔悴。另一人是雪的秘书，魏学智，是胖胖的。

到了办事处。有检查体格、填表格、看护照等手续。很是简单，也很客气。时间也不久。接着茶点。四时一刻乘车去车站。乘四时半的车。乘的是特别的 Pullman[④]，所以每人另买票（二镑，方才来回只一镑六先）。将一辆客车完全让我们了。

我坐在魏的对面，与他谈了一会。知道他是燕大 1929 年毕业，雪艇掌教

---

① 五六篇被接受。《地理杂志》稿费最高。
② 搭车去克莱斯特彻奇。在南安普顿西面。
③ 布鲁伊斯。
④ 普尔曼客车。

部时原来在秘书处做事，后来在谢济生铜矿管理处，最近一年又到雪处。

与云竹谈最久。他说和平来到，谁也没有料到，一切没有整备。日本人催我们去受降，可是交通运输太困难，我们的军队无法去。政府下迁，简直是毫无办法。水路非但没有船，而且宜昌以上水中有防御工事，还不好去，因为是峡中，不好炸毁。公路车又没有。新车只重庆市加上二十辆，上面还写了"租借法案车"。

他说陈公博并没有自杀。那是烟幕弹。实在已逃到日本去了。伪军大部收编。最奇怪的是周佛海已成为游击军司令。

雪艇本来早就不预备来。他要云竹来一趟。云竹也预备荐他人。可是第二天雪忽说自己来，要他也同来。为何一天内变了卦，不知道。人说是蒋的意思。他觉得中国第一次被邀，不好不来一行。

国内物价大跌。黄金也跌价。以前官价十五万，黑市一两到三十万，现在官价仍旧，黑市跌到九万。美金一元也是三千元跌到千元左右。药品跌价。衣服简直没有人要。

我与雪艇谈了一会。他说他预备来十天即回去。我问他外传中央准日军向共军投降事。他说绝无此事。只是为面子关系，在某些地方，共军可受降，但军械仍须交军政部。

车七时到伦敦。车站上接的黑压压一片人。英外部有 Cadogan，[①] 情报部有 Redman & Floud。顾少川在前。有新闻记者要照相等。所以大部分的人没有机会见到面。董显光立在远处，也无人理。后来公超、朱抚松等方找到他。

我也远远立了一会，即自走。遇到书楷，邀他到 Fava 去吃饭。饭时遇到翟凤阳。又有一海军学员吴君也坐在我桌上。我即都请了。

1945 年 9 月 10 日
34:9:10(一)阴

晨去处。

---

① 外交部卡多根。

电话坏了。许多事不能做。缉高来说了一会话。

中午马润群约了在 Santi Romano① 吃饭。这饭馆每餐都可以吃到鸡鸭，而且价并不贵。座中有炳乾、何思可、李思国。炳乾说他明天到 Guy's Hospital② 去住院，检查身体。饭后他与我同处，少坐方去。

下午蒋仲雅来了一下。熊朝钰来。他为了转学来伦事，希望我对陈尧圣一提。Jenkins③ 似乎一切事得陈同意方能行。不知是否推脱。

接了骝先、立武等信。

晚仲雅在上海楼约了吃饭。座中有周显承、袁守和、刘圣斌。式一等在另一座。饭后同说话。忽然八时后周书楷与郭熙明来。原来书楷昨夜夜车已回去。今天雪艇下条子要见他。又打电话去，七时赶到。说今晚让坐夜车回去。为此一连坐三夜的车。没有睡位，也亏了他。

看了曹禺的《家》。里面的角色太多了，线索也太多了。又是旧式婚姻，又是三角恋爱，又是死人后不可在家生产的风俗，又是假道学人的禽兽行为，又是革命宣传，又是大家庭制度。所以并不成为好剧本。不过曹禺写的人物，有些很不差，对话也常很好。

1945 年 9 月 11 日
34:9:11(二)阴有时雨

早饭后九时半访 Dr. Isaacs 处看病。颊上长的，他说是 boil，并非 Carbuncle。④ 贴了一块橡皮胶，说不必管它，自会消灭。至于咳嗽，也说不要紧。只是天气不正常，要小心。

到处只十时。雪艇住在使馆。即去看看。他在楼上讨论什么问题。我在底下与云竹、学智谈了一会话。云竹说看雪最后是傍晚来，即可一同吃饭。

---

① 圣罗曼诺餐馆。
② 盖伊医院。
③ 詹金斯。
④ 访伊萨克斯医生。颊上的是疖，不是痈。

回去。守和来，示我一篇关于图书馆损失情形的报告，我看后交 Mrs. King 打。她打得很慢，所以中午不吃饭，方于三时打完。

中午与书楷、瑞南、郭熙明同到一土耳其饭店 Istanbul① 吃饭。饭后到使馆间壁 51 号去看看。正在大施工，打通门、装电话等等。楼下两间房已布置好，为二次长及诸顾问用。

到银行后回处。写了两封信。接到些重庆教部及协会各信。守和来。五时余缉高来。六时余与他同出门。

到使馆。雪艇等三时半起出席外长会议，此时仍未回。到上楼与书楷、郭、傅、陶诸人谈了一会。

书楷昨晚本打算回去，又留下。大约有人劝他暂留，帮帮忙，但又不敢去说。书楷说没有一定的事，不如回去。

七时余雪艇回。我劝他留下书楷。说魏一人在此，不能不出门。没有人留下接电话等，极不方便。雪艇答应了。

我又提议找云松来。我说懂得中南欧问题的，只有他。雪艇说讨论到这些问题时，他已走了。中国对这些问题，也不必发表什么意见。而且苏联许多主张，并不合理，可是中国又正在与苏交好的时候，也不便多说话。

他说今天讨论到语言问题时，会场中用英法苏三种文字。中国说全场中国并不要求一切都译成中文，但重要文件却必须译为中文。Millton 立即说苏联愿意 meet half way。Bynes 说美国可以 go 3/4 of the way。② Bevin 便完全同意。

雪艇即提出画的问题，希望我与看看几个古玩铺。我说已与今甫去看过，都是劣品。

雪艇说他昨天到我住的地方去过。我昨天回家看到一字条，说某人 Called at 6:30③，看不清楚，不知是谁。

留下吃饭。顾少川夫妇外，有胡世泽、梁鉴立、钱树尧及书楷。说了些

---

① 伊斯坦布尔。
② 米尔顿说苏联愿意妥协。拜恩斯说美国赞同四分之三。
③ 六点半叫门。

开会时的情形。提到教育文化会议。雪艇初以为只要一人出席。他问是不是要当是重要会议。他说去一电请教部派适之来好了。我说英国方面希望骝先来。顾说他正去电催促。雪艇说骝先来发生语言问题，来了麻烦。

我们吃完了一会，公超来。我谈会后他们开会讨论 communique 问题。美代表 Brown 是二十余岁人，反对用 communique 字样，主张用 News Release。英方又反对，提出 statement，说又不正确。提出 News Statement。[1] 英方说这不是英文，结果什么都不用。讨论各国排列前后问题。中国与法国都反对永远英美苏在前。结果是哪一国主席，哪一国列最前。

公超吃饭时，我与梁、周等与他一块谈话。说起施德潜。顾方才要钱打电话去找他来。他说是否必须来，钱说有公事待商。施问什么事，钱说不便去问。梁说施一天骂了魏更生。魏来要见顾。问是不是答应递一名片。施说如是熟人，自己开口进去，用不着片子。要递片子，他不是门房。又说陈维城怕光，关了一旁窗。施说 He who does not work has no right to interfere with those who work[2]。公超说他一天来，陈正在看数年前的公事。公超说"忙吧？"施抬头说"好做古人"。

雪等又开会。我与公超去外谈了一会，即走了。

晚时看袁浚的《万世师表》剧本。睡后再也睡不着。咳又厉害。二时余又看书，将袁浚的剧本看完。这剧本写一位大学教授忠于他的职业。可是写得坏极了。这样幼稚的作品在国内居然可以出版、行销，而且上演。

1945 年 9 月 12 日
34:9:12(三)阴

晨缉高来。陈甲孙来，要我介绍他到 Queen's College[3]。

---

[1] 开会讨论公报问题。美代表反对用"公报"字样，主张用新闻通稿。英方又反对，提出声明，说不正确。提出"新闻声明"。

[2] 不工作之人无权干涉工作之人。

[3] 牛津大学王后学院。

王承绪陪郑晓沧来。晓沧真是苍老得很了。他说在中大被炸的晚上一别，已是八年了。他不知道叔华是谁，说这名字好熟。

我请他们去 Portman House 吃饭。他说藕舫屡次想辞职未准。松儿常病。浙大杭州的校舍，大部分已不可住，所以迁回大成问题。

他没有到过英国，但因对英文学有兴趣，所以来了一切觉得很有意味。他近来作诗很多。

午后口述了两封信。写了几封信。

三时余 Gwen 来，留她与 Mrs. King 喝了茶才去。

看到近七时。

到 Astoria 去看 Bette Davis 的 *Mr. Skeffington*。这是写一个自私、没有 soul[1]，爱被人追求的女子。除了美貌，毫无可取之处。年老色衰，又害了一场大病，美人成了媞母。装成了妖怪。追求的人绝了迹。可是她的离了婚的丈夫还是爱她。Bette 做一个矫揉造作的女子，淋漓尽致。但是这样的女人，似乎不会保持她丈夫的爱。

1945 年 9 月 13 日
34:9:13(四) 阴

十一时与守和同去 Books & Periodicals Commission。钱树尧不能出席，由我替代。Ernest Barker 主席。今天又是研究翻译问题，由 Publishers Association 的主席 Fagin 及 Brit. Council 医药部的 Dr. Howard Jones[2] 担任报告。Jones 的都是些技术性问题。中间特别提出各国科学名字互译问题。

恰好今天我们提出了两个备忘录。一个是钱的，关于国立编译馆，一个是守和的，关于图书馆在战时所受损失。编译馆工作我特要钱加入科学名词订定一点。所以，今天提出，会中极感兴趣。希望我们带几本来以供参考。

---

① 到阿斯托利亚剧院看贝蒂·戴维斯主演的《斯凯芬顿先生》。写一个自私、没有灵魂的女子。

② 由出版家协会主席费京及文化委员会医药部的霍华德·琼斯博士。

他们又问中国以外有没有国立编译馆的组织。我们说不知道。他们说恐中国于此开了先河。Zimmerman 提出几点，颇重要。

一时到 Brown's Hotel。今甫、缉高、守和三人在此宴请 Brit. Council 的 White，Parkinson，Salisbury，Mrs. More 及 Mrs. Day。另有 Bryan 夫妇。Parkinson 提到 Working Committee 事。① 我即问英方代表人选。她说已内定，教育部长外，有次长，殖民部次长，及北爱教育部长共五人。

饭后有人要听中国话，今甫诵了一首诗。我要守和用中文演说。他英文比中文说得多。我开玩笑说，可以证明用中文说话，不消英文一半时间。缉高在另一头，对 Mrs. Day 说 Prof. Chen 一向是 a naughty boy。他们在 private room 请客，喝了些 sherry② 及啤酒。十一人花了十五镑。

我与今甫等同到 Bluett③ 去看画。店主说他这里没有什么东西。已六年没有进货了。取出看的，果然不成。他说有人寄售的一幅，比较的好。原来是"黄鹤山樵"④ 的小中堂。有张绅鉴定。笔画颇佳，大概是真的。在伦敦看到的只数这一幅了。

今甫与缉高来我处。蒋硕杰与王烈望在座。蓝梦九已来过。请他们喝茶。

他们去后，A. P. 的 Correspondent 来电话，询问对于 reeducation of Japanese⑤ 的意见。他说我是中英文协代表，又是 ECO. Working Committee 的中国代表。伦敦的中国人没有更适宜于对此问题发表意见的了。我一时说不出什么来。只好约他明早再谈。

Mrs. King 恰好有一本陆军部关于"日本人性格的报告"。看了一会。又看报，到七时。

访汪、杨。同去 Empson 家吃饭。缉高说一定是我这 naughty boy 弄出来的事。原来是骝先来电，说文教会议，他将亲来出席，要缉高留下任顾问，会

---

① 布朗饭店。宴请英国文化委员会的怀特、帕克森、索尔斯伯里、莫尔夫人及戴伊夫人。另有布莱恩夫妇。帕克森提出工作委员会事。
② 陈教授一向是一个顽皮的孩子。在单间请客。喝了雪莉酒。
③ 布鲁特古玩店。
④ 即元代画家王蒙（1308 或 1301—1385），字叔明，自号黄鹤山樵、香光居士。
⑤ A. P. 的通讯记者询问关于日本人的再教育问题。

后同返国。

Empson 处并无他客。他自己今天不喝酒。大约戒酒了。我们喝酒谈话。十一时动身回，到家已十二时余了。

又看了一会日本民族性报告。

1946 年 2 月 25 日
35:2:25(一) 阴晚雨

晨醒很早。醒后不能再入睡。起来梳洗吃早饭看报。

九时余出门。到 Selfridge 去剪发，买了一件套头衣。

到处。葛毓桂偕周家炽君来访周是重大农学院副教授。我为介绍与 Brit. Council。也为许心武、黄龙先等介绍。都与葛于下午三时去访。

十一时半与子杰同往 UNESCO 秘书处。先见到 Kotsching 及 Prof. Howard Wilson. Wilson 与孟和认识。子杰十余年前即读过 Kotsching 的文章。近十二时 Julian Huxley 来了。① 也参加谈话。他听说子杰在三国读书，先学政治商业，后来做教育，认为非常理想。起先还是说如决定聘任，如何如何，后来便算是聘定了。

Kotsching 说名义是 counsellor②，年俸 1 750 镑加生活津贴共到 2 250 镑左右。子杰说他对于金钱并不介绍，只是不知道在工作方面能不能有什么贡献。

第一件事是与 Howard Wilson 一同到日内瓦出席 International Conference on Public Education③。今天在 Kotsching 处看到 Agenda④，方才知道这是什么。小学之外也有中学的问题。第一件是各国战后建设计划。

本来，Huxley 说他三月二日出信与子杰，后来听说四月要出席，即说提前写信。

---

① 先见到考茨钦及霍华德·威尔森教授。近十二时朱利安·赫胥黎来了。
② 顾问。
③ 公共教育国际会议。
④ 会议议程。

我提出杨永清、蒋彝来。Huxley 也说每一国的人恐不能多。我又提了中国不仅是一国，是一大洲。但说永清的学校恐未必解放他，所以我不催促他的任命。Huxley 说这要看他专长的是什么。我说他在 UNO 的工作是与 special agencies 的关系①。

因说蒋彝。他说就是 silent traveller②。他读过他的书，尤其是喜欢他的 *Lakeland*，他是一个 strong candidate。③ 问大约何时可回英等等。

他说他打算提 Needham 做科学组主任，也可以代表中国。我说"代表"我不知道，但是他知道中国的科学，比其他科学家为多。他的任命，我们欢迎。他问可否由中国方面去一信赞助？我说我可以写一信。

辞出已十二时半。到处写了一信。与子杰到 Mason Barque④，请了斌佳及缪培基夫妇。斌不久去美。UNO 的 director⑤，年俸在一万二千元左右。每月千元。他说做一公使，月薪不过六百元，可是一切公费等等在内有每月二千元，必要开支并不多。缪培基不久到德国去，任军事团参事。

回到处。知道银行已得英伦银行通知，准我请求的外汇。到银行取钱。

晚回寓，在寓晚饭。收拾行李。

1946 年 3 月 1 日

35:3:1:(五) 阴后雨

早饭前九时半出门。在大街上走了一回，到车站，沿电车道走到使馆附近。约十余分钟。坐电车回。看铺子。

买了一双很结实的走乡下路的皮鞋。买了一个小皮箱。店中的女伙计极是和气，也懂得些英文。

---

① 在联合国组织的工作是与特别机关的关系。
② 沉默的旅者。
③ 《湖区画记》。他是一个强势候选人。
④ 梅森酒吧。
⑤ 在联合国的一个组织机构当主任。

十二时半动身乘电车去使馆。在门口遇到炳乾与 Dr. Scheidler①。一时了，只有梁鉴立太太在家。云松到旅馆去了。过了一时半方同商、孙诸人来。黄中杨夫妇及云松都吃了饭才来。另有四位团员，今早方到。与别人吃饭去了。开饭已二时。座中只要十三人，所以临时又去找了王家鸿夫人来。她也已吃过饭了。

我坐在 Scheidler 旁，与他谈德国名胜之区。他说一人如对 winter sports 无兴趣，St. Moritz 可不去。他认为应游 Jurgfrau 及 Montara 与 Zermatt。②

座中讲瑞士的平等。总统做街车到衙门办公。梁太太说一天一美国兵在火车中与另一人交谈，说美国的平等。什么人都可与总统谈话。此人说在瑞士，什么人都可与总统谈话，美兵不服，说你与总统谈过话吗。此人说我便是总统。

炳乾与 Scheidler 要去见外交部部长，先走。新任驻华大使 Toronto（？）来访。商与他谈话。余人坐另室，又是谈跳舞、买东西等等。等到三时半后方走。

五时到车站，会到炳乾即 Scheidler，乘车去南部近意大利之 Lugano③。

瑞士本国的车只有二三等，国际用车方有头等。三等是木板椅。二等很舒服。

我们到 Lucerne④ 换车。上车时已下雨。雨后来更大，所以不见窗外风物。天不久也黑了。车长来与我们谈话。我们邀他坐。他说我们是不准坐的。他说的英文完全美国音。他说是美国兵多的缘故。他也读了些关于中国的书，如 Sven Hedin⑤ 等。

换车后的车长便不可亲近了。在饭车吃饭，喝了两个半瓶酒。与炳乾谈他的恋爱史。

---

① 沙伊德勒博士。
② 若对冬季运动无兴趣，圣莫里茨可以不去。应游少女峰，及蒙塔纳（Montana）与策马特峰。（后者均为瑞士的滑雪胜地。）
③ 卢加诺，瑞士南部一城市。
④ 卢塞恩。
⑤ 斯文·赫定（1865—1952），瑞士地理学家、探险家、摄影家、旅行作家。曾来华旅行探险。

十时五十余到 Lugano，这里的站上都是意大利文。住在车站附近的 Hotel Cortinental①。接车的人即开电梯，领进房子等等。

这旅馆是三等的，一层楼只有一间浴室。十二时余即睡。

1946 年 3 月 4 日
35:3:4(一)阴

晨七时半起，因为听说商启于等今天八时半动身。外面有雾。八时半胡天不来，说改了九时半启程，他还要陪商再买东西。他带了一本普通电码来。但骝先来电是用洋文字母，所以还是不能译。

九时到雪松室。郑佛庭在他那里。他见面寒暄，可是口气中问我是不是方从中国来，则我们在伦遇见三四次，而且有一次谈了很久，他已完全忘记了。

九时半商未回。大家都到楼下去等。遇见了两位女学生，一位齐小姐，是齐如山的女儿，一位张小姐是江苏人，在此学教育。

商九时三刻方回。大家赶到 Swiss air，他们立即动身去机场。我与胡天石同去 International Bureau of Education 出席 The 9th International Conference of Public Education。②

子杰来了。他是二号到 Zurich 的，昨天在此，可是不知道有许多人在此。Wilson 与子杰同来。英国来了 Lavery，埃及 Hashem，Iran 的代表都是熟人。③

Pieges④ 见了面，问我是不是首席，要推我与美国及捷克代表为副主席。我接受了。

开会即近十时半。推了比国的代表 Kuypers 为主席。美国的 Kabat⑤、我及

---

① 大陆饭店。
② 赶到瑞士航空公司。我与胡天石同去国际教育署出席"第九届公共教育国际会议"。
③ 二号到苏黎世。威尔森与子杰同来。英国来了莱弗里，埃及哈希姆，伊朗代表都是熟人。
④ 佩吉斯。
⑤ 比利时的库佩斯，美国的卡巴特。

714

捷克的公使为副主席。

各国报告战后教育改革的方案。Argentine 及 Austria① 的代表说政府报告尚未接到。接着是比国报告。Kuypers 说他报告时请我上去当主席。所以我当了一回主席。K 的报告很长，大约有半小时以上。讨论又去了半小时。他说法文，我，不懂。但也不想翻译。问会众，都不要翻译。后来知道大都懂法文，有些人却不懂英文。

十二时半散席。

胡天石请我们吃饭，子杰因 Pieges 约他，不能去。与天石到他家。他太太在比法已二十余年。子杰在 Zurich 养病时她即在此。齐小姐还在那里。他们的老妈子学会了做中国菜。今天是没有肉的（一三五无肉），可是胡家有肉，有大锅鸡汤。齐小姐是崇拜鲁迅的，发现我是谁，大有趣。胡夫妇实在并不知道。

二时半辞出。我请胡陪我去买一身衣服。试了两家方才找到一身勉强穿得合适的。材料很粗，花了九镑模样。

到会已迟到了些时。下午不是报告，而是讨论中等教育机会均等的问题。报告人是 Lavery，争论很多。法国 Grand Jouan②，及罗马尼亚代表及主席的话最多。关于 secondary③ 这字的定义不同，争论最多。

五时半散会。天石陪我们及 Wilson 到大街。Wilson 要买 shirts④，袜子。我也买了两件 shirts，一双黑皮鞋。

与子杰在 Place Circus⑤ 一家饭店吃饭（天石带去，但他不能同餐）同到他旅馆。与他谈近年中国的教育改进问题。谈了些新县制。他供给了我些材料。我九时回去。十时起写报告。写到一时，大约写了千余字。因教育部的报告未到，我问 Pieges 可否后来补报告，或先作简短报告。他劝我采后来的办法。明天一早即轮到我，所以只有今晚赶着写一个。

---

① 阿根廷及奥地利。
② 格朗·茹昂。
③ 次要的。
④ 衬衫。
⑤ 圆形广场。

今天下午的办法是英文译法文，法文不译英文。只有 Wilson 与我不懂法文。所以两位女译员来坐在外面侧面，为我们译。为我译的是 Mlle Kenfer①，她零零碎碎的译一点，也因此可以懂一点法文。只是还是不明大意。因此只是想睡。一直到晚上。

1946 年 3 月 5 日
35:3:5(二)晴

晨到会。十时二十分开始。Canada 报告由 Lavery 代读。次即我。席众能听懂英文的似乎并不太多。我演辞中说了些中国地名，及新县制的保甲等等。译的人记不得，所以译得一塌糊涂。

以后又是许多国家没有报告。埃及也学我的办法。法国代表有印好的报告。他的演辞很长，很能说话。说完后主席说报告得于下次开会再讨论了。

中央社的王冷憔今天来旁听，会后回来说话。我即邀他与子杰同吃饭。子杰提议到一家 Bavaria② 吃饭。王在此极久，对情形极熟悉。好谈国际政治问题。他是东北人，娶了一位荷兰太太。

1946 年 3 月 7 日
35:3:7(四)阴

今天起得特早，因为约了 Dr. Doctren③ 去看他的学校，他说晨六时来接我们。

他六时果来了。带了我与子杰及 Dr. Kabat 同乘电车去他的学校。学校似名 Ecole du Maille（？），听说是本城最新式的学校。Doctren 为这里的校长已有二十余年。校舍是一座大楼，建造于 1914 年。地址说是在贫民区。可是即

---

① 康费尔小姐。
② 巴伐利亚餐厅。
③ 多克特恩博士。

在我们吃晚饭的 La Bonne Auberge①。

1946 年 3 月 9 日
35:3:9(六)阴冷

晨早饭后到瑞士航空公司 Swiss air，办理飞机票的交涉。

1946 年 3 月 10 日
35:3:10(日)晴

今天第一天无事。可是仍六时余醒。可是我还是不起。有些像要伤风，打嚏很多。洗热水澡，吃了一个 aspirin。

早饭后拾掇箱子。所有的东西都装进去了。我起先怕箱子装不了，这一层顾虑可没有了。可是飞机上只准带二十 Kilo②，我还是怕过重。

十一时左右郑佛庭来访，坐谈了半小时左右。

十二时半去子杰处。郑在。与郑别后，我们到胡天石家。他请我们吃饭，座中有学教育的张女士，与学建筑的陆馥君女士。陆是陆仲安的孙女，九岁来瑞士，现已十一年。现在 Beaux Arts③ 学建筑，已好久没接家中接济。她仍能说国语，可以写白话信，没有失去孩子的天真，很是可爱。

等蒋君夫妇到三时。蒋夫妇都是兰溪人。新从德国来，大轰炸的时候，他们在柏林及 Dresden④，可是没有过险，而且中国学生都没有死伤。这也很奇。他们今天带了七岁的女儿及二岁的儿子回来。还有一女五岁，还在柏林乡间，寄养在人家。因是苏军占区，故出来时不能接到。

---

① 卓越旅馆。
② 公斤。
③ 巴黎高等艺术学院。
④ 德累斯顿。

我们同走到附近的 Parc de la Grange 及 Parc 和间壁的 Parc des Eaux-Vives①。这本是私人产业。因地税太重，索性捐给了公家。

从这里乘电车到一处，下来走到 Bellerive②。这是湖边的宽阔处，已离法境不远。本来有咖啡馆。可是不开门。只得在园中自己拿椅子坐了一会。

今天天晴起来了，有太阳，可是仍多云，还不是晴天。

从湖里走向内，到 Bellerive 电车站附近，在一咖啡馆内休息，喝茶。

六时余搭车回（一小时方有车一次）。与子杰在街上看了一会窗子。遇到了郑佛庭。他指点我们一家在中国饭店的附近去吃饭。

九时回。收拾文件书籍。打了几个包，预备先寄回英。

今天上午写了一信与云松，将旧护照寄去。云松昨晚来信，说如没有旧护照，则瑞士及英国都得到英国去调查，不知要多少时候才能弄清楚。

1946 年 3 月 14 日

35:3:14（四）雨晚止

晨起一看窗外，下了很大的雨。不胜扫兴。

早六时即醒，但再睡。八时方起。早饭后收拾行李。到 Cook③ 换钱，买车票。

与骝先一电，报告开会经过。

十二时到使馆。云松派车来接。将行李带去。

十二时半开饭。只有 Mabel④ 及长子在座。云松要把长子送美，幼子送英，但又怕费用太大。说他的薪水只几百美金。

一时余他送我到车站。车开方去。车一时二十分开。二时五十七分到

---

① 农庄公园，及公园间壁的活水公园。

② 贝勒里夫。

③ 库克旅行社。

④ 梅布尔。

Lucerne。罗大刚来接。他领我到对湖的 Schucifshof① 旅馆。开十号房，亦对湖。只是外面下雨，看不见对湖的山。

罗君领我去游 Lucerne 城。先到了一个 Panorama②。只是在一间圆房子中绕壁的一幅大画，描写普法战争中法军退败进瑞士境缴械的情形。画极大。里面有千百人。近处的人形极逼真，而且，在画前放了些实物，如火车前一辆车，枪堆前几支枪等等。

附近本有象征瑞士卫兵保护法国路易十六皇及后的受创之狮像。现在关了门。

在临河的一家茶馆喝茶谈话。

五时余出去。雨止了。走过那一顶古色古香的 Kapell Bunde③ 木桥。上面有数十幅三角形的画。

在桥对面沿湖走到湖尽处。附近的雪山已经慢慢的出现了。回过来又过桥在旅馆前走到 National quai④。一路走到尽头。此时湖的山已经毕露。大都是满山是雪。湖上的风景非常的幽美。回头的时候，对岸云破处已经看到些青天，后来又加了些红霞。我下午初到时，很感到失望。散步二小时，深为满意，觉得不虚此行了。

再过木桥，已经有了灯，另有意味。到一家 Wildman⑤ 饭店吃饭。这饭店里面，一切都是很古雅的木器等，没有人。饭堂也不大。招待很勤恳。头盘非常的多而精。后来是一样本店特有的菜，一块很嫩的牛排，上面是一个鸡蛋，下面是一块烤面包。味极佳。今天吃得比平时多得多。

罗君是绍兴人。杭州第一中学后到震旦一年，进中法。曾在北大旁听，与之琳很熟。与罗尔纲没有关系。他在法九年，到瑞士也已五年了。现在助 Klein⑥ 任文书。Klein 为中国名誉领事，其实是代蒋购买军火等等，与蒋直接通电。

九时送罗上车站。他在附近一乡村。又走木桥回。

---

① 瑞士卢塞恩。舒奇福寿芙旅馆。
② 全景画。
③ 卡佩尔廊桥（Kapellbrücke）。
④ 国民码头。
⑤ 怀德曼。
⑥ 克莱恩。

1946 年 3 月 15 日

35:3:15（五）晴后阴

晨六时即醒。太早又睡了一忽，再醒已过七时。天气很好。在窗外看到对湖诸山。

早饭后缓步至车站，乘车往 Zurich。这一路经过几个湖。最后沿了 Zurichsee 走了半小时。太阳很好。看了 Lugano 及 Lucerne[①]，这湖可见得平淡了。可是当初来时第一次见此湖，是何等的美！

到车站将行李交 Eden[②] 旅馆接车的人，步行去旅馆。看了窗中的什物，什么都不敢买了。昨天称了一称，行李已经二十六公斤余，已超过了六七公斤。所以到了旅馆，又重新整理了一下。

十二时吃饭。饭后出门，观览本地风景。沿河岸上溯，到 Zwingli[③] 像。后面的博物院不开。旁有 Fraumunster[④]，需拾阶而上。样子好像很新。里面很简单的教堂。这一带都是小巷，石砌的地，很是干净。下去到河岸，过桥，是所谓 Fraumunster。又在小巷中上山坡，有 St. Peter's，并不开。St. Augustine 在附近，门大开，却也没有人。从此沿河岸到车站后的 Stadt 博物院[⑤]。

这博物院的建筑是一个方形，有的地方是二层，有的四层。外看极好，在里面不容易按一定的路线走，看了一部分便漏了一部分，有时得退回头。中间陈列的有许多间房子的内容是三四百年前 Zurich 的寺院或人家的屋子，完全照原样布置。也有些本地的古装及瓷器、锡器、木器等出品。有一部分是古代的棺椁器皿及武器。有古代人居屋室的模型等。

出了博物院，到后面小公园，是两条溪流会合处。这里过小桥，走了一

---

① 沿苏黎世湖。看了卢加诺湖和卢塞恩湖。
② 伊甸园。
③ 茨温利。乌尔里希·茨温利（Ulirich Zwingli, 1484—1531），瑞士宗教改革领袖。
④ 圣母大教堂（Fraumünster）。
⑤ 圣彼得大教堂不开。圣奥古斯丁教堂门大开。施塔特博物院。

会，走到了 Pestalozzi① 像，是 P 的纪念博物院。这里有一学校，却不能进去。纪念室中有 P 氏家人朋友的像，他的用具，他的著作等等。此外有一点陈列是新式的学校的工作之类。却并不多。

退回循街走，走到了中央图书馆。坐上电车到大学附近。到大学街，看了看十二号，这是蔡先生及寅恪②前后住的地方，还存在，可是已经不是公寓了。这里一带，加了不少新建筑，都是大学或工艺学校的新增加部分，都是地图中所没有的。

沿了街缓步下去，到一茶室喝茶休息。今天走了四五小时，足痛腿酸。坐了半小时后仍慢慢走回旅馆。

七时余汤德全君来。我约他来同去吃饭。到附近一饭店，很华贵。可是今天是没有肉的一天，也没有特别的菜可吃。许多人不吃鱼，一人吃三个蛋。看了这一盘盘的蛋，想到在英国的人如看了不知如何感慨。

附近 Palais Theatre③ 有大腿戏。汤请我去看。这是法国来的班子，比起 Folie Bergere④ 来是差得太远了。德国舞女协会又反对裸体。所以只偶然有一个两个女子不穿多少衣服。

回到旅馆又已十一时许了。

1946 年 3 月 16 日

35:3:16(六) 阴

六时起。七时半到车站前。汤君来此送。上了飞机公司的汽车，到机场。到此称行李等等。我生怕行李过重，所以将许多零星东西放在大衣袋内。谁知过磅时什么也不说。有人带的东西比我多得多，也不过付钱而已。因此又后悔昨天没有再买些东西。过关时，只问有没有货物，说没有，便算了，并

---

① 裴斯泰洛齐（Johan Pestalozzi，1746—1827），19 世纪瑞士著名的民主主义教育家。
② 蔡元培及陈寅恪。
③ 王宫剧院。
④ 裸体舞蹈。

没有打开箱子。

八时三刻开机。今天天气又是阴天。所以又到云上去飞。不过在起先一半，下面只是云雾，并不成云海，只是白茫茫的一片。后一半云凝结起来，像一团团的棉花铺在地上，方是云海。到近十二点，（英国十一点）落入云中，等到云下时，已经在机场附近了。

过关时问有多少钱。问打防疫针没有。到了检查行李处，关员以一牌子示旅客，说一切在国外购买的东西，不论什物，都须报告。看我是外交护照，没有示我这牌子，只问有烟酒之类没有。我说没有，只有本人用物。他问有礼物没有，我说没有，便完事。没有开箱。

我看见他人开了箱，去取表及丝袜之类。一个人上车时，面红耳赤，很是不干，大约付了不少税。我们在车中等了好一会，另一人来向此人借钱，又下去了。车即开行。

到了 Victoria。自己找了一 Taxi 回寓。

寓中正在刷墙壁等。我的房间在我出行时刷完了。客厅中，书架等也换了地方。

我到附近一小饭馆吃饭。遇到一位德国犹太人，是律师，可是是一 book lover①，与我谈起来，谈了甚久。

今天不打算出门，只是在寓休息。懒洋洋的看了一会报。看了一会 Leica② 书。晚饭后听广播戏本。

早睡。

1946 年 3 月 17 日

35:3:17（日）阴

今天白天不出门，只有子杰来了一电话。看报。

---

① 爱书人。
② 德国相机莱卡。

下午四时去陈寅恪。遇到邵心恒、汪君等在那里。后来子杰也来了。炳乾的船已经定了在二十二三号，寅恪不能同行。另有一船是于下月六号从 Glasgow 出发经过纽约，Panama① 去上海。同船有任起莘、赵惠谟等。寅恪说他不要英镑，教部的千元，他希望得到美金外汇。他要带回去做接家眷到上海的路费。

六时与子杰往访王兆熙。他还是在等船去美。他请我们吃饭。

饭后辞出，到 Wallbridges 家少坐。Vera 伤风，躺在床上。少谈即辞出。

1946 年 3 月 18 日

35:3:18(一)

晨到处。接到好些信。后来接到华等一信。说骊先补助她们旅费美金二千元。这一来，川资的问题可以解决了。不必请求外汇了。

午饭后去剪发。

晚七时到 Kay Murphy 家。今天他们有一个 reception，为炳乾饯行。有 Leon Underwood, Julien Trevelyan, John Pulenny 等。一部分是炳乾的朋友，所以有 Nancy, Gwen 的老兄及朋友等。子杰也去了。有酒，有饭。最后有一个 cake，让炳乾切。②

我早辞出，亦已十一时了。

1946 年 3 月 19 日

35:3:19(二)

晨去处。

---

① 经纽约、巴拿马去上海。
② 到凯·墨菲家，今天有一个招待会。有利昂·安德伍德、朱利安·屈威廉、约翰·普列尼等。有南希、格温的老兄。最后一个蛋糕，让炳乾切。

中午公超约了去吃饭。到他的 International Automobile Club①。与他商谈寅恪取款事。他说最好是打电去教部，另汇钱去美。他可要美国银行出一汇票给他。这些办法，寅恪都不赞成。尤其是不愿闹得满城风雨。

四时到 Church House②，出席会议。今天重要的事务还是介绍执行秘书 Huxley③ 与大家见面。同时他报告秘书处新近找了些什么人。似乎各组的 Counsellor 或 Senior Counsellor④ 都已经决定了。大部分并非知名之士。其次是报告以后开会等等的日程。似乎五月底到七月中开会很多。但其实各委员会开会只两天。

六时会毕。我回处。

八时余到 Empson 家。今夜有一个 House-warming Party。他们已搬到 Studio House⑤ 去住。E 母故后，收到了些遗产，即买了这一所房子。上面租给他人，自己仍住地窖子。很宽大，可是也很空洞，没有什么家具。

今天请的人很多。预备了不少酒与啤酒。酒是一种混合物，不知是什么。我喝了两杯，便不敢再尝试了。人虽多，认识的人极少。起先只有 Fitzgerald 夫妇。韦君、方君等。

介绍了与一印度人 Caby（？）说话。后来与 Louis Maclese⑥ 谈了一会。他也愿意短期到中国去。公超介绍与一有名的女子 Wing Henderson⑦ 认识。她认识的文人、艺术家特别多。

有些人喝醉了。B. B. C. 的龙⑧不止的搂着 Empson 的女秘书，一个非常高的女子，跳舞。后来 Andie Julien⑨ 坐在厨房中吐了。韦、方等在招呼他。Mrs. E 看到了，大怒。她也半醉了。说这是他们的厨房，不能容他吐。可以到茅房

---

① 国际汽车俱乐部。
② 教会大楼。
③ 赫胥黎。
④ 顾问或高级顾问。
⑤ 今夜有一个乔迁聚会。他们已搬到工作室。
⑥ 印度人卡比。路易斯·麦克利斯。
⑦ 温·亨德森。
⑧ 一个姓龙的客人。
⑨ 安迪·朱利安。

去。有人说这是她的客人。她说她并没有请他，是不知谁找来的。她向来不喜欢这 little Fascist① 等等。后来又转过来说，这有中国朋友在帮忙。

我与公超溜了。他送我与方、韦回家。已十一时了。

1946 年 3 月 20 日
35:3:20（三）

下午二时半到 Berkeley Gallery。今天是 Cave Buddhist Sculpture 展览开幕。公超是主席。另有 prof. Cohn 讲演。这里展出有百余件，一部分是龙门石窟的东西。有 Mrs. Seligman 的一个佛头②很好。

看了一会出门。到 Bond St. 去找照相铺，找到了两家，买了一本讲 Leica 的书。

四时半到 Athenaeum Court 访 Mrs. Brunauer。她是美国派来出席 UNESCO 的代表。她是 California 人，③ 住在华盛顿。与田世英、斌佳都相熟。她今天请我及子杰来喝茶。她明天到巴黎，即由法回美。人很大方。谈了一会中国问题及教育问题。

五时半出来。六时余回处。取了些托 Nancy 买的东西。回到寓，又取了些东西，到 Wallbridge 家去。

今天是 John 的生日。但我送的东西，送他的只一磅 Chocolate，他与大家分吃。女孩子们我都送了袜子等。

他们没有请外客，只有 Carmel④。后来有 Vera 的表兄来。他们唱了些歌等等。十时余散。

---

① 小法西斯。
② 下午到伯克利画廊，石窟佛像展览开幕；科恩教授演讲；有塞利格曼夫人的佛头。
③ 访布鲁诺尔夫人。她是美国派驻联合国教科文组织的代表，加利福尼亚人。
④ 卡梅尔。

1946 年 3 月 21 日

35:3:21(四)雨

上午蓝梦九来谈了多时。

中午与子杰二人在上海楼为 Kotching 饯行，同时请了 Julien Huxley，Howard Wilson，K 的秘书 Miss Bill，Dr. Lawerys① 及钱树尧。Huxley 很能说话，所以大部分是他说话。

有一次他乘 taxi。车夫问他似乎他的声音很熟，也许是 B. B. C. 上听到的。他说也许的。车夫说大约是 Brains Trust 吧。他觉得更有意见了。问你以为是谁呢？车夫说 ‘Can it be Prof. Joad, Sir?’② 其实他们二人的声音很不同也。

下午写信与骝先。

晚七时子杰在 Mason Basque③ 请炳乾。

晚上炳乾到我处来住。我们出门时大雨。找到了一辆汽车。

与炳乾谈话到十二时。他后天动身，大约下月底以前希望到上海。他以后将长在上海工作。

1946 年 3 月 22 日

35:3:22(五)

晨与炳乾道别。

有一位 Mr. Walker 来。他是 Quaker，曾在四川传教十余年。现在回去，拟带一 16mm projector，④ 一辆巡回车到处放映影片。问我有无意见。我说我

---

① 为考茨青饯行。请了朱利安·赫胥黎、霍华德·威尔森，考茨青的秘书比尔小姐、劳尔斯博士。

② “是乔德教授，先生?”乔德是 B. B. C. “智囊团”节目中最有名的教授。

③ 梅森·巴斯克。

④ 沃克先生。他是贵格会信徒。拟带一 16 毫米投影仪。

希望这些事愈多愈好。最好他们多找几个这种放映器到中国去。

中午在 Majorca 请 Fitzgerald，子杰作陪。

1946 年 3 月 23 日
35:3:23(六)晴

晨到处。

近午陈畸来。与她及 Nancy 去吃饭。饭后她们去买东西，我回处写信与华及莹。到四时半写完。她们回来了。

喝了茶。Nancy 去学钢琴。我们到 Regent Park 去散步半小时。天气很好。有些桃花及迎春已开放。大有春意。

五时余到 Leicester Sq. 去看了一看。电影院都是人。Plaza 门口不排队。这是去年的 Academy 奖的 *The Last Weekend*。[1] 这片子写一醉鬼最近几天内沉醉的生活，很是可怕。Ray Milland[2] 的表演非常好。虽然这样的酒癖，中国人大多不能够了解。另一片名 *When Hearts are Growing up*（？）又是写 Junior Muses 的故事，[3] 冗长无大趣味。

出来已近九时。在 Majorca 吃了饭，送她回寓。已十时余。她与 Nancy 同寓。她们留我少坐，煮茶。Nancy 住房顶，房子墙壁都得修理。放了一架很旧的钢琴。她最近要花二十余镑叫人修理（这价钱在战前已可买一架旧钢琴了）。

十一时三刻辞出。她们送我走了一段，到 Fitzjohn Av.[4] 的路底。已十二时。

走了二十分钟方到寓。

---

① 到莱斯特广场。电影院广场门口不排队。去年得奥斯卡奖的《最后的周末》。

② 雷伊·米兰德。

③ 《当心灵在成长》。写少年缪斯的故事。

④ 菲茨约翰大道。

1946 年 3 月 24 日

35:3:24（日）阴

晨九时三刻到 Victoria，买票去 Brighton。① 子杰先到。车很快，十时开，十一时即到。

乘 bus 到海边。Dudley Hotel 在附近。② 二十多年不来，一切都不大记得了。似乎海滨的散步处比以前宽阔得多。

Sir Alfred Zimmerman 及 Lady Zimmerman 住在 Dudley 病后修养。Alfred 在病后比从前瘦得多。他的助手，法国人 Vomon（？）也在此。子杰与 Alfred 谈 UNESCO 教育的计划。Lady Z 与我谈中西文化。谈西方没有 balance③ 等等。我只是唯唯否否的听着。Alfred 提出 UNESCO 在文盲方面可以做一个调查。他正在做一个 Questionnaire④。他说这调查二年收齐，出一报告。在另一端，可以翻译名著。他说在二者之间，没有什么事可做了。

在旅馆吃饭。饭后继续谈话。Lady Z 一人说话最多。她说许多人开会不说话。有些人没有勇气使她不耐烦。她说 Dr. Lawerys 是 pre-Nazi⑤，要我们防范。

到三时半我们才出去在海边散步了半小时。Vermund⑥ 同去。我带了新买的 Leica 去，方有机会照两张照片。

四时回旅馆吃茶。五时辞出，说我们乘五时半车回，其实去走一走。我要去看看从前的老学校。地名已不记得了。方向还约略知道。子杰要我问人，我说还是自己走。居然走到一条路，Claredon Villas⑦，我说大约是此路。路上

---

① 到维多利亚站。去布莱顿。
② 坐公共汽车到海边。达德利饭店在附近。
③ 平衡。
④ 问卷调查。
⑤ 她说劳尔斯博士是前纳粹党人。
⑥ 佛蒙德。
⑦ 克拉林登别墅。

房子也都陌生。可是走近 49 号，我说好像就是这地方。门口的一块牌子没有了，可是后面，有孩子玩的声音。门上玻璃有小字是 Hove and Aldinghan High School①。名字也改了。我们走到后面的游戏场，问孩子们谁是校长。说是 Mr. Hoyle。问 Kingston 呢？说有 Miss Kingston。一个孩子即领我去见校长。他正在饭堂喝茶，对一孩子训话。他说他知道我，我要的是 Miss Kingston。他上楼去找了她来。

她是从前校长的妹妹，在 Forest Gate② 见到过的。她说她在楼上窗中看见我进来，说这是陈。她说我还是与从前一样。

Sis 嫁了 Mr. White③ 在 1917 年故去了。她在 1919 年故去。Charles 是 1927 年（还是三三年）死的。Auntie 在三年前方死。④ Mrs. Kingston 现在 81 岁了，还健在。小妹 Hilda⑤ 已是寡妇，可是她的女儿已出嫁生子了。Jack 做了牧师，教堂即在 Brighton。⑥

她领我去看一看教室等。Mrs. Hoyle 找出旧的名册，我的名字找到了。是 1913 年八月十四上册的（我是九月十三到校的）。彭浩民的名字也在内。有一位老教员，是 1916 年到校，现在仍在教室。他记得我重来 Brighton 的那一次，说我是住在 40 号。Mrs. Hoyle 说我得到过 Prize for Literature⑦。我可不记得了。

辞出乘 bus 到车站。搭六时二十五分的车回伦。请子杰到 Allied Club 吃饭。

晚回寓看报，倦极而睡。

1946 年 3 月 25 日

35:3:25(一)晴

今天是华的生日。

---

① 霍弗与奥尔丁汉高中。
② 弗里斯特盖特。
③ 妹妹嫁了怀特。
④ 查尔斯 1927 年去世。姑妈三年前去世。
⑤ 希尔达。
⑥ 杰克做了牧师。
⑦ 文学奖。

晨到处。

十二时三刻到 Akropillis 饭店。Brit. Council 的 Lake 约我吃饭。他说 Brit. Council 中另有 a Miss Lake，也是在学生部分。所以我常弄不清楚。Monte 现在到教育部去了。①

下午葛筱山与李显真同来少坐。

下午与元任写一信，到六时余还未写完。

六时半出门，到 Quality Inn 吃了些饭。去 Studio Club 看电影。一个是英国片是 Dodie Smith 的 *Dear Octopus*，是 Margaret Lockwood 演主角。这是英国的大地主，乡村这一套人物很多，却似乎是杂凑，并无必要。另一个是法国片 *Metropolitan*② 也是平常。

1946 年 3 月 26 日
35:3:26(二)晴

晨写完致元任信。写了一信与孟和。

接比国瞿君的长途电话，关于各教授去比的事。说比外交部有电致比使馆，给予种种方便。因与邵心恒、君健等各写信通知。

午饭后到 Times Book Club 看了一看。

打了一信与 Amy③。

看了 Cecil Beaton 的两本照片。*Chinese Album* 及 *Indian Album*。④ 他的取景与普通不同。许多照片极佳。

回寓晚饭。听广播 *Brains Trust* 及 *Appointment with Fear*。看了一本照片书 *English Countryside*⑤。

---

① 到阿卡波利斯饭店。文化委员会的雷克约吃饭。委员会另有 位雷克小姐。蒙特去了教育部。
② 英国片是多迪·史密斯的《亲爱的章鱼》，玛格丽特·洛克伍德演主角。另一个法国片《大城市人》。
③ 到"泰晤士报图书俱乐部"。写信给艾米。
④ 塞西尔·比顿的《中国画册》和《印度画册》。
⑤ 听广播"智囊团"及《恐惧的约会》。看图册《英国乡村》。

1946 年 3 月 27 日

35:3:27 (三) 晴

今天天气很好。

上午到处。写了几封信。

午饭时到 Regent Park 去散步了一会，看一个女学校的学生在打 hockey①。

下午葛小山来。商谈了一会他今后的计划。又写了几封信。有些信来了很久了，一直没复。

昨天我以为 Chinese Music Concert② 是星期六，请了人，又在星期日的晚上约了君健、Blofeld 等。今天方发现错误。所以一切得改，又得打电话写信。

六时半去看电影，为 *The Last Chance*③。这片子是在瑞士制的，其中不同国人有五六种之多，说话各种都有，虽然以英文的为主。称赞的人极多。实在是很好，很是动人。

吃饭后回寓已十一时了。

1946 年 3 月 28 日

35:3:28 (四) 晴

今天还是晴天。一路上看到桃花盛开。

上午与熙芝写信。我从 Fitzgerald 处问到熙芝已经得到 a fellowship④。她的名字在 Roxby 开来的十五个名字之中。

十二时半到 Bush House 访 Peter Thomson⑤。他出示他画的画。他画中国

---

① 在打曲棍球。
② 中国音乐音乐会。
③ 《最后一次机会》。
④ 一笔奖学金。
⑤ 到布什大厦（BBC 海外处）访彼得·汤姆森。

画，墙上贴了他自己的画。有几张竹子还有点意思。

我在 Majorca 定了位子，是十二点三刻。到已一时余，桌子让人占了。到楼下去等。一等便是三刻钟。所以完毕已近三时。Thomson 下月将与 Miss Winser 结婚，① 五月中同到中国去。他是做英国新闻处西北区的 Distributing office 驻在成都，Winser 则是四川区的 Brit. Council。②

四时去 China Institute 喝茶。遇到 Leonel Giles 等。今天是 China Society 的会。Fitzgerald 讲 'Chinese Strategy：Zhi＋Heng'，直与横，其实应是纵与横。Sir Frederick Whyte 主席。③ 说的是中国从西到东，及从北到南的攻势。但是仍指出刘邦是从东攻西，国民革命军是南攻北。讲完后没有什么人发言，Sir John Pratt 说了些话。我也被迫说了几句话。

回到处。Mrs. King 一下午都没有去（葛毓桂昨天说今天十二时至一时他要借她去陪他买一身衣服）。

看了些报。

八时回。饭后听广播。

1946 年 3 月 29 日

35:3:29（五）晴

上午与立武写信。下午与骝先写信。

六时到使馆。今天使馆有一酒点会，招呼中英各界与法国来的 S 夫妇及周小燕见面。到的人约有一二百。我遇到谈话的有 Prideaux Brune, Lady Cripps, Mr. Miller, Arthur Waley, Mrs. Kilson④, Fitzgerald 夫妇, Major Longden 夫妇诸人。Lady Cripps 已经接到中国方面的正式邀请，决定九月去华，游历两个月。一切计划尚未定。她说她现在全副精神都关注在印度问题上。要二

① 汤姆森将与温瑟小姐结婚。
② 汤姆森是驻成都的分发员。温瑟在四川区的英国文化委员会。
③ 菲茨杰拉德讲"中国战略：直与横"。弗里德里克·怀特主席。
④ 基尔森夫人，菲茨杰拉德夫妇，朗登少校夫妇。

三个月后方能计划去华事。

我约邵心恒、子杰去吃饭。心恒已约了汪君，子杰又约了许心武、黄龙先。所以七个人同到上海楼去。许、黄明天到法国去，邵后天去比。

在酒点会时，有一位生客看到我，交我一封费孝通写的介绍信。这是云南大学的张文奇。他今天方到。一下了机便乘车来伦，一到伦便来使馆，恰好遇到这盛会。他还没有找旅馆。我便介绍他与黄小山。请小山带张到他旅馆。如没有房，我再另行设法。

所以饭后去 Meier's Hotel①。张已得了一房。我与他及张文佑在小山室谈话，到近十一时方别。张君学冶金，北洋大学毕业，他也是教育部所派八十余人之一。谈中国物价等等。现在一张报都在一百元。十元钞票落在地上都没有人捡了！

1946 年 3 月 30 日
35:3:30（六）晴

晨去处。

午饭后到 Regent Park 去散步了一会。天气很好，游人很多。我带了一相机，但人多了反不好照。只回去照了一张办事处。

写了一信与华及莹。发了。看了一会报。

七时到上海楼。叔寅约了吃饭，同时约了君健及方重。方重要去游瑞士，听了 Cooks② 的三十镑游一星期，还是觉得太贵了。他明天去 Wales 去，游一周，这是 Brit. Council 所组织，一星期除车费外只需三镑。

君健今晚住到我处。十时余回。有人要他写 *Rickshaw Boy*③ 的书评。我看了一看末一章，与原文大不同。我读《骆驼祥子》时对于收场即不满意。译本的收场好得多。比较的忠于他的性格（more true to character）。

---

① 迈耶酒店。

② 库克旅行社。

③ 《洋车夫》（1945 年在美国出版的老舍《骆驼祥子》伊文·金的英译本。）

与君健谈剑桥近状。说起想有五六位教授在那里，大都不懂话，也不懂英国的规矩。有人住的是 Bed & Breakfast①，还常常被房东赶。

1946 年 3 月 31 日
35:3:31(日)晴

早饭未出门。在寓看报。与君健闲谈。中午即在寓吃饭。

下午四时余与君健出门。到 Regent Park 去散步了一小时。可是已经没有多少太阳了。

六时余到 Whitehall Theatre。今天有周小燕、周显明的中国音乐。原来有两场，后来改为一场，总算卖座有八九成。我与子杰请了 Nelson 及 Kay Illingworth，Nancy，后来又加了 Blofeld② 及君健。中国人来的很少。顾太太与施、傅及黄泮扬夫妇在一厢。桂太太和式一夫妇在第一排。

周唱，李③弹钢琴，其实只二人。周唱时 Tcherepnine④ 弹琴。开始有 Tcherepnine 的演说介绍。李弹的，周唱的，Tch. 的作品至少占三分之一。李的 skill⑤ 很不差。周的喉咙很好，可是声调常不大悦耳。她穿的一身衣服，很怪，似乎是中国的古装，但又加上了些巴黎的文饰，不少金纽子那样的东西在肩头。头发也怪。她又丢眼色，做种种的表情，使人不舒服。

本应六时半起，到六时五十分方开始。完毕已近九时。

我们请同人，再加叔寅到上海楼去吃饭。十时余散。

与君健回。

---

① 只提供客房和早餐的经济型酒店。
② 到白厅剧院。请了尼尔森及凯·伊林沃思，南希。又加了布罗菲尔德。
③ 李贤敏，齐尔品的妻子。
④ 生于俄国的作曲家亚历山大·齐尔品（1899—1977）。
⑤ 技巧。

1946 年 4 月 1 日

35:4:1(一)晴

晨去处。接到华等三月十七日的信。北平东西大涨，米粮一月中涨了十倍，她们离渝后已花了百万元。我不懂这百万元如何来？以后生活如何维持？

出国事尚无消息。津浦路不通，也没有船。美国飞机又不卖票云云。我不懂，难道南北交通便断了吗？

葛毓桂与张文奇来。介绍了张与 Fitzgerald。

一时 Haloun 来。请他去吃饭。他说剑桥已通过要加一位教员教近代文。剑桥只肯出三百镑。他打算向 U. C. C. 要求补助三百镑。又谈及牛津中文教授事。他是 elector 之一。[①] 他说他们要开会，决定征求继任人选。谈起有关中国学者来。我提了朱孟实、闻一多。他说如来至少肯留此十年。我说此事很难。但如牛津决定要一中国学者，我可以去劝他们应聘。我说现在英国人可以当教授的实在想不出来。我问 H 他也说想不出人来。

与 H 在 Hyde Park 散步少时。三时领他往见寅恪。谈了一小时。Haloun 对寅恪很尊敬，与他谈治汉学的经过，及现在的工作等等。

四时 Dr. Simon 领了 Dr. Balling[②] 来。Simon 与 Haloun 同去。我又坐了半小时。喝了茶方别。

写了两封信。

七时在 Majorca 请 Sam 和她的丈夫。[③] 他们都与我商谈回国就业事。

1946 年 4 月 2 日

35:4:2(二)晴

上午寅恪来电话。为了中国银行为他开千元汇票要看他护照一事，大生

---

① 哈隆是剑桥大学校董会有选举权的人之一。
② 西蒙博士领了巴兰博士来。
③ 请萨姆和她丈夫吃饭。

气。我为他打电话与使馆及银行。银行说这是英国的法律，与取钱无关。寅恪一定不要这汇票了。我又为他到使馆访傅等。

饭后写了一信与华及莹。劝华坐船来，可以省钱，多带东西。比国的演讲是不必急急赶上的。她不知道这是让她出国的一个口实。可是骝先来信，很体贴，说外汇管制极严，不易申请，且现在官价取消，即核准恐无力购买。所以补助二千元。

与适之写一信，告他寅恪去美，在纽约船停一二周，或可去医院检查。他来电劝寅恪在美检查也。

写了一信与蒋仲雅，一信回梁云松。

八时回。觉得很累，头昏昏的。房东问我是否病了，说我脸色惨白，希望我不要大伤风。我看了镜子，也看不出什么来。

听 *Brains Trust*。

写了近三天日记。十一时即睡。

1946 年 4 月 3 日
35:4:3（三）晴

晨到处。

一时到使馆。陈尧圣为任起莘饯行，约我去陪。临时又拉了赵志廉。同到 Casa Prada①。尧圣说谣传教育部将易长。其他是社会部、农林部。这早就有人推测，并非不可能，但也未必即成事实。要是成事实的话，在我的工作方面说来是一大打击。因为骝先大方，容易与他做事，而且又是旧友。恐换了他人便不会再有像他一样的了。

同座中谈瑞士情形。任对梁云松大有批评，但在我面前却不肯说。只说他为什么爱讲法文——他还是说英文好了。又说他的仪表很好。尧圣则说他司长不能再做下去了。他没有决断，一切事由司科办，出了事，责任在他身上。

———————————

① 普拉达之家。

下午口述了几封信。中有一封是致 Howard Wilson。对于 UNESCO 低级职员中没有中国人表示了些意见。

六时半到 Winter Garden，叔寅请我看 Donald Wolfit Co. 的 *Cymbeline*①。此剧我从未读过，也全不知其故事。叔寅曾读过，不大记得。他说是悲剧。谁知并非悲剧。情节很复杂，许多地方全不近情，可是很热闹。剧词不难懂。故事的主要部分是 Wolfit 偷入 Imogen② 闺房，看见了她奶下一颗痣，回去报告她丈夫，说她与他私通。这故事中国小说中也有过。

剧散后请叔寅到 Ivy③ 去吃饭。回寓已十一时了。

叔寅说外面传说雪艇辞职，顾少川有继任外长之说。

1946 年 4 月 4 日

35:4:4(四)晴

晨去处。为了寅恪的火车事，打了不少电话。他说是八时十分的车，四时便预备吃饭。我说早去车站，车不在无处可去。可是再打听八时十分没有车，只有八时五十分，而他们票有没有还未定。汪济珍陪他去，到处打电话找他不到。

中午遇到祝文霞。她说我瘦了，问是否有病。这与前天房东所问连起来，使我有些怀疑。我这几天是觉得很疲倦。

饭后到 Regent Park 散步了半时许。现在桃花（以前看见的是杏花）、碧桃、樱花都开了。尤其是樱花，似云如梦，远看特别的可爱。

张文佑、喻德渊及葛小山来访，坐谈了一小时。

写了几封信。

六时余往访李显敏、周小燕，少谈。

七时前到寅恪处。他已吃过饭。在处理行李。王承绪、汪及朱（小孩）

---

① 冬日花园剧院。唐纳德·沃尔菲特参演的莎士比亚戏剧《辛白林》。

② 沃尔菲特偷入伊摩琴的闺房。

③ 常春藤饭店。

在帮忙。

我下楼与子杰吃饭，另有孙毓棠，后来又来了王承绪。

七时四十分即动身。八时前即到车站。车已在站，但侍役等尚未来，只有在站立候。上了车，寅恪便得一一的问一切的方向等等，什么东西在哪里等等。他性急，又仔细。与他出门，大是不易。汪只陪他上船。一路任起莘不知如何办。

八时五十分车开。我们各回（此外有于道泉去送）。

天气很热。说是九十年来四月初没有如此热过。

1946 年 4 月 5 日

35:4:5(五)雨

晴了十余天。今天下雨，有时下得很大。

晨到处。接骝先来电，又要介绍人到 UNESCO 做组员。打电话找 Wilson。他去美了，找 Huxley，他在开会，不能说话。

大使馆傅小峰来信说使馆译电员已去二人，只有一人，所以设法代为译电，请自己设法。我找王承绪，约了他中午在 Portman Rest. 吃饭。他答应帮忙。

下午葛小山带了刘之祥来访。此时西昌技专的教务长。请他们喝茶。

写了一信致骝先。

六时与子杰同去 Savoy Hotel。China Campaign 邀了些人开的 cocktail party，要人 meet Charles Tenu 及 Leventhal。到了 Julien Huxley 夫妇，Lord Merley[①]，Fitzgerald 诸人。大约共有三十人。

在此与 Huxley 谈了一下职员事。他说尚无暇想到此事。他要子杰先探听有什么缺额，他回来再讨论。

---

① 萨沃伊饭店。中国竞选委员会邀了些人开鸡尾酒会，要人会见查尔斯·特努、利文撒尔。米尔利勋爵。

Margery Fry 主席。请 Tenu 说话。① 他说中英、中美文化合作问题。如在香港开印刷局等。Leventhal 因事回美去了，有一位 Dolan 来代他。② 说英美艺术界合作，英国请美艺术家来英，美请英艺术家去美等。

于是请 Fitzgerald 讲 Brit. Council 的工作。

接着我说话，说中国欢迎文化合作。也说了些进行的工作等等。后来有一位美国的 Col. Bouke 说话。说是 Truman③ 派去中国的私人代表。他只说他到那里，遇见了些什么人。有人提出电影问题。Huxley 说 UNESCO 如何在这方面可以工作问题。以后又有 Lord Merley 等加入讨论。八时余散。

散后 Miss Fry 说她不清楚 F 等提出的究竟是怎么一回事。

与子杰到 Mount Royal 去吃饭。

饭后与寅恪打了一电话。下午打了一次，不知为何找他不到。与他说了适之来信所说的话。话未说完，六分钟满了。熊式一到 Glasgow 去了，说是去送他及赵惠谟太太。

1946 年 4 月 6 日

35:4:6(六)晴

晨先到 Wallace Heaton④ 照相铺。买了些东西。又到银行。

到处时路上遇到谭葆慎。章之汶正在等候。谈了一会，章本要赶到美国去出席粮食会议，所以取消去比之行。

谭昨天答应周小燕等，今天驱车去出游。可是今晨发现车有毛病，要修理，不知怎么办才好。我为他打电话与 Mrs. Booth.，借了公超的车。

写了一封信与 Hughes。

一时到上海楼。今天在此请 Tcherepnine 夫妇、周小燕、章之汶，加上子

---

① 请特努说话。
② 利文撒尔回美。多兰代替他。
③ 布克少校说他是杜鲁门派去中国的私人代表。
④ 华莱士·希顿。

杰、葆慎、尧圣、毓棠。共九人。

　　饭后我与谭陪周、李二人先到 Albert Hall。Mrs. Phang 请他们听音乐。打了一个招呼，说迟一会才去。我们去到 Kew Garden①，在那里散步了三刻钟。今天天气很好，又在新雨之后，特别的显得新鲜。许多花都已盛开。木笔花一树数百朵。苹果花、樱花、桃花。有一丛数十棵好像是梅花。地上的 daffodil② 也是很多。周、李等再三的说巴黎没有这样的公园。曾经拍了几张相。

　　四时余回到 Albert Hall，正值中间休息。Mrs. Phang 请他们，可是领到了 Lady Swithlin（？）的包厢。今天是 London Symphony Orchestra③ 听的人并不多，包厢大部分是空的，其余座位也只坐了十之三四。昨天不知是什么音乐会，便一个座都买不到了。

　　听 Beethoven 只听了一段。我与周及 Miss Winser（？）、Miss Williams 同到 Lady Swithlin 的家④去喝茶。李与 Phang 等听完了才去。

　　Lady S 住在 Kensington Court，⑤ 已三四十年，房子相当宽敞舒适。她谈她现在还是每天冷水抹浴，早晨体操，可以双足扳过肩，碰到地！她说她已六十六岁了。（后来车夫说她至少七十多岁了！）

　　李、Phang 等来，没有遇到谭和车子。我与周去找他们，同回周的旅馆。与她别。

　　与谭到 Studio One 去看电影。这是一个有名的法国影片 *La Fin du Jour*，是写一个 Home for old Actors 的悲惨小故事。表现得极好。另有一美国片名 *Flight from Folly*，⑥ 写神经病的趣剧。还不太坏。

　　到大世界吃面。回已十一时。

---

① 彭夫人请听音乐。

② 水仙花。

③ 领到了斯韦斯林女士的包厢。今天是伦敦交响乐团音乐会。

④ 只听了一段贝多芬。与温瑟小姐（？）、威廉姆斯小姐去斯韦斯林女士家。

⑤ 斯夫人住在肯辛顿宫。

⑥ 到第一演播室看电影。法国片《穷途末路》（1939）写一个老演员之家。美国片《逃离愚蠢》（1945）。

1946 年 4 月 7 日

35:4:7(日)晴

上午未出门。在寓看报。君健来电话。他已从比国回。说比国方面招待极热烈。

下午看完报。补写了些日记。

六时到大世界。约了叔寅、子杰同吃饭。子杰未到。叔寅也迟了二十分钟才来。匆匆吃了些面。

同到 Arts Theatre，子杰已到。看 Ibsen 的 *Lady from the Sea*①，这已带了些神秘的意味。也有诗意。可是这"完全自由"的呼声，我觉得不免是 claptrap。② 叔寅很喜欢，说是比 *Doll's House*③ 有意思。

送叔寅到寓。坐谈了一会。汪君来，他送叔寅上了船，今日乘车回。

1946 年 4 月 8 日

35:4:8(一)晴

晨到处。圣斌来访。他预备月下旬回国。与他谈了一会。

中午约了公超吃饭。他又找了子杰。雪艇调公超回部做参事。要他先到纽约去帮复初的忙。他昨天自法回来，预备明后天动身去美。但仍需回英。吴国桢还无电来。

他谈了许多林咸让与钱阶平不睦的情形。他劝林说，大使可以用不着林，林却不能没有大使支持。否则做不下去了。我说公超去后，林也许可来英。公超说林与顾也不能合作，而且朱、赵等也不肯听林的指挥。公超又说林与吴国桢八个月没有通信。公超问他有报告否。他说有的，但是寄给雪艇！他

---

① 到艺术剧院，看易卜生的《海上夫人》。

② 不免是哗众取宠的空话。

③ 《玩偶之家》。

说他实在觉得不认识吴国桢！

下午写了几封信。

六时到大世界。叔寅约我吃饭。饭后本说去看 Greer Garson 的 *Adventure*。①一到那里，叔寅发现他新近已看过了。

改了到 Academy 看法国影片 *A woman Disappeared*。这是 Francoise Rosay 的作品，在一片中演四个不同的女人。很好。另一片名 *Flight for Folly*，虽是 silly farce，也还看得。②

1946 年 4 月 9 日
35:4:9(二)晴

晨到处。有鲍屡平来访。他是 Brit. Council 的学生。是金大③农学院毕业，出来学农，但是兴趣在文学。询问有无办法。后来说出他目前到武大上过一年。我也想起了曾听孟实等提到过他。

中午出去吃饭时遇到祝文霞。即与他同吃饭。

二时到 Classic 去看了 *Mill on the Floss*。这是英国片。一切的人物等并不自然，尤其是 Maggie 的性格，一点都没有表现出来。而且最后使 Maggie 与 Philip 同遇难，没有 Tom，④ 失去书中主旨。片子也拍得极坏。

写信与骝先。拟了一电。

晚饭后听 *Brains Trust*，看 *Photo Technique*⑤。

---

① 葛丽亚·嘉逊《怒海情波》（1945）。
② 看法国片《一个消失的女人》。这是弗朗索瓦兹·罗赛的作品。另一片《逃离愚蠢》，虽是闹剧，也还看得。
③ 金陵大学。
④ 看（根据乔治·艾略特小说改编的电影）《弗洛斯河上的磨坊》。麦琪的性格没表现出来。最后与菲利普同遇难。没有汤姆。
⑤ 听 BBC "智囊团"。看《摄影技巧》。

1946 年 4 月 10 日

35:4:10（三）晴

今天花了一天工夫才将骝先的信写完，抄好。不懂为何如此的慢。

中午王承绪邀我与子杰同吃饭。在上海楼。饭后去剪发。

写完信。写了一信与华。

七时又到上海楼。王烈望与一位陈起元请吃饭。座中有陈尧圣、刘圣斌及 Danie Li①。

饭后去访葛毓桂。他托 Brit. Council 代他定出行行程等等，被退了回来。寄了我。我与 Fitzgerald 交涉。他也很不好意思。但 Visitor Dept. ② 不大愿意。所以去通知他。同时回转刘子祥。恰好傅种孙在那里。与他们及张喻等同谈到十时半以上方回。

1946 年 4 月 11 日

35:4:11（四）晴

晨去处。

有 Prof. Saurat 处的 Miss Ward③ 来访。她谈文化合作等，但很渺茫。她说她是画家，常照相，即与她谈画。

写了一信与莹。

中午与子杰在上海楼请 Charles Tenu 夫妇，UNESCO 的新任副执行秘书 Joan Thomas，Peter Thomson 及 Miss Winser。④ Thomas 不大会说英文。所以英美人及法人似乎都不必懂第二种文字。其他国家的人却非擅长英法文字之一

---

① 丹尼·李。
② 参访部。
③ 沃德小姐。
④ 请查尔斯·特务夫妇。联合国教科文组织新任副执行秘书琼·托马斯、彼得·汤姆逊及温瑟小姐。

不可。

下午写信，看新杂志。

七时到 Haymarket Theatre，是 Arts Council 请看 *The Importance of Being Ernest*。① 此剧现在尚未上演，只是今天下午一次，有英皇夫妇在座，及晚上一次。看到了 Herbert Morrison②。有 Brit. Council 的不少人。他们请了章之汶及陈占祥。

这剧的角色特别配得好。John Gielgud 演 Jack Worthing，Cyril Pritchard 演 Algernon，Edith Evans 演 Lady Bracknell，Margaret Rutherford 演 Miss Prism。③ 真是珠联璧合。Wilder 的俏皮话，听了还是俏皮。这是一个趣剧，所以演时也特别做作。

与子杰在 Chicken Inn④ 吃饭回。已过十时半了。

1946 年 4 月 12 日
35:4:12(五)晴

晨去处。

有 Miss Hartley⑤ 来。讨论出一行销中国的杂志文摘问题。她是 B. B. C. 或 M. O. I. 的职员，这文摘似专为中国而出。

后来葛小山来。

一时与小山到大世界。我今天在此请新来的刘之祥、张文奇、傅种孙、蓝梦九，同时为圣斌钱行，再请了张文佑、喻德渊、邵心恒、小山、子杰、尧圣作陪。

下午回去，写了几封信。

---

① 看王尔德的戏剧《贵在真诚》（或《不可儿戏》）。
② 赫伯特·莫里森。
③ 约翰·吉尔古德演杰克·沃辛，西里尔·普里查德演阿尔杰农，伊迪斯·埃文斯演布拉克内尔女士，玛格丽特·鲁斯福德演普利斯姆小姐。
④ 奇肯客栈。
⑤ 哈特利小姐。

有徐尔灏君来，他得藕舫信，托涂长望带喘气药。来问我买了没有。藕舫信是三月十二所写。云槐是十二月中回去，不知如何至今未交到。

六时与 Nancy 去 Adelphi，子杰请我们看 *Ballet des Champs Elysee*。[1]

Ballet 偶然看半小时，觉得很好。连看二小时，便觉得单调了。这是因为我不能欣赏音乐的缘故。最后一幕名 *Forain*，写 Gypsy 流浪人[2]奏艺，曲终客散，并无所得，惆怅而去。最后小女郎回来取忘落下来的鸽笼。因为有了故事，便觉得有味。

到 Casa Pepe[3] 吃了饭。

回寓看 *35mm Photo-Technique*[4]。

1946 年 4 月 13 日

35:4:13(六) 晴

晨去处。

喻德渊来。周广祥来。坐谈了一会。

中午 Nancy 请我在附近的 Plato Club 吃饭[5]。很便宜，只 2/6 一个人，可是并不佳。

看完了中国报。

三时到 Regent Park 去散步了一会。游人极多。我本想照相，人多了怕引人注意，一张也未拍。

到 Astoria 看电影 *Adventure*。这片子是 Clark Gable 及 Greer Garson 主演，[6]所以我特别设法来看。可是故事的无意味，言语的不入耳，背景的平凡，使我极失望。而且连我对于 Greer Garson 的好感也落下了不少。从前她与 Ingrid

---

① 与南希去阿德尔菲剧院看香榭丽舍芭蕾舞剧院的演出。
② 最后一幕名"露天市场"，写吉卜赛流浪人。
③ 佩佩之家。
④ 《35 毫米照相机摄影技巧》。
⑤ 南希请我在柏拉图俱乐部吃饭。
⑥ 到阿斯托利亚剧院看《怒海情波》，由克拉克·盖博和葛丽亚·嘉逊主演。

Bergman 在我心目中是双璧，现在比下去了。

回寓吃饭。

听广播剧本 Ian Hay 的 *The Sport of Kings*。① 名为喜剧，却并无多趣味。

看 *35mm Photo-Technique*。

今晚将钟拨快一小时。明天起是夏天时间。所以一时睡，钟上已二时了。

1946 年 4 月 14 日
35:4:14（日）晴

晨看报。

饭后打了好些电话，找不到人。只找到了朱抚松。

到他们那里。与他们夫妇及 Tom Tan 谈了一会。② 同去 Regent Park。Tan 有车转了两周。散步一会，照了二三张相。今天游人更多。

又回到朱家。他们住在 Mrs. Stirling③ 家。喝茶。

七时我请他们到 Allied Club 吃饭。谈话到九时。他们说最近消息，有好些人竞争上海市市长，俞鸿钧④、吴国桢都在内，以骝先呼声为最高。

九时半往访 Wallbridge。他们全家到 Isle of Wight 去了，只有 Camel 在看家。⑤

1946 年 4 月 15 日
35:4:15（一）晴

晨接骝先一电。自己翻密码，花了一小时。是为了联合国同志会的事。筹委会亦同在巴黎开会二日，他已请萧子升、赵俊欣为代表。我通知了英方，

---

① 伊恩·海伊《国王的运动》。
② 与他们夫妇及汤姆·谭谈了一会儿。
③ 斯特灵夫人。
④ 俞鸿钧（1898—1960），民国时期政府高级官员。1919 年上海圣约翰大学毕业。曾任南京国民政府财政部部长，中央银行总裁等职。
⑤ 他们去怀特岛了。只有卡梅尔看家。

也写信与萧。

下午四时到 Brit. Council，看几个德国教育片。现在已经加上英文字幕。

开始算账。写账。中英文协的账已经半年未写。所以得花时整理。

七时回寓吃饭。晚上听广播中纽约的 Security Council① 会议的演说。

看 Sax Rohmner 的 *The Mystery of Dr. Fu Manchu*。② 我要看看究竟 Fu Manchu 是怎样一个人。

1946 年 4 月 16 日
35:4:16(二) 晴

晨去处。

蓝梦九来谈。他到使馆访陈尧圣，未到。在我那里等到了十二时半以后他才到使馆。

下午买了几本书。

方巨成来访，坐谈了一会。

写账算账等。到近七时。

七时到上海楼。蓝梦九请 Richardson③ 夫妇及子杰。R 等在中国六年，太太可以说些中文。他们今年年底又要去。饭后与蓝、郭同走到 Oxford Circus。

回去看了一会 *Fu Manchu*。

1946 年 4 月 17 日
35:4:17(三)

中午在 Majorca 请李孟平及方巨成吃饭。介绍他们见面。方要到 Lord

---

① 联合国安理会。
② 萨克斯·儒默（Sax Rohmer, 1883—1959）的《伪满洲傅博士之谜》。傅满洲是当时西方人为歧视中国人，搞出的一个可怕的人物形象。
③ 理查森夫妇。

School① 去研究国际关系，李可介绍他与 Manning②。听来 Manning 很懒，不少研究生在找他，也不改论文。Webster③ 则改动得很多。

饭后走到 Bond St. 的 Wallace Heaton，买了一个 Lens Hood。④

写信。

1946 年 4 月 18 日
35:4:18(四)

今天写信致骦先等。

饭后买了一个 Lens Filter⑤ 和几本照相书。

晚七时去看一电影。

1946 年 4 月 19 日
35:4:19(五)晴

今天是 Easter Friday⑥。放假。天气好极了。朱抚松夫妇约了我去作海滨之游，同行的还有他们同住的 Tan 君。

我们乘的是公超的汽车。从伦敦到 Brighton，走了一点半钟。先到 Hove⑦，在我的学校附近走过。去照了一相。

在 Hove 及 Brighton 海滨散步一小时。今天的游人并不很多。沙滩上的人只平常。我们到 Royal Pavilion 去绕了一转，到东边的 Cliff 上，席草地野餐。这里正在一个 Golf 场前面。⑧

---

① 到勋爵学院。
② 曼宁。
③ 韦伯斯特。
④ 到邦德街的华莱士·希顿百货买镜头遮光罩。
⑤ 镜头滤镜。
⑥ 复活节前的星期五。
⑦ 霍弗。
⑧ 到英王阁绕一圈。到东边悬崖上，席地野餐。这里正在一个高尔夫球场前面。

次到 Eastborne①。这里比 Brighton 规模小，可是海滨很整齐。又散步了一小时。

次到 Hastings②。这里后面有山，上有废堡。但除山以外，海滨没有前两处为整齐，游人也比较的杂。在此喝茶，散步。朱太太等去游戏场玩了一会。

六时左右兴尽而返。

今天最有味的是一路所看的山野风景。自 Brighton 到 Hastings 一路上山下谷，都是绝好的图画。由 Hastings 到 Trowbridge 也非常的美丽。一过 Bromley，进了伦敦，所过的地方如 Lewisham 等，③ 使人觉得几乎不能呼吸。

在朱家吃了些 carry④ 饭方回。

1946 年 4 月 20 日
35:4:20（六）晴

晨去处。街上没人，房子内没有人，电话不响，很是清静。看报。写了一信与华及莹。

二时吃饭。饭后到 Tatler 去看了一个旅行片 *Mongolic*。这是外蒙古自己做的宣传片，说话的是 Jade Chen。⑤ 片中所写新与旧。旧的完全是演戏，做作得太过。新的如医院学校等等，当然并无可观。这是在蒙古，当然是了不得了。

四时余到 Hampstead 访周广祥。他约我与喻德渊同来。吃茶后喻尚未到。我们到 Heath⑥ 去散步。这 Heath 极大，今天方发现。走了二小时，看了一个 Fair⑦，还没走完。回去喻来。周自己做饭。喻谈湖南大学风潮，开金矿经验

---

① 伊斯特本。
② 海斯汀。
③ 由海斯汀到特洛布里治也非常美丽。一过布罗姆利，进入伦敦，所过之地像刘易舍姆（Lewisham）等。
④ 随身带的饭。
⑤ 到塔特勒影院看旅行片《蒙古人》。杰德·陈解说。
⑥ 荒野。
⑦ 集市。

等等。十时余辞回。

1946 年 4 月 21 日
35:4:21(日) 晴

六时余醒。后来又勉强睡了一会。

九时出门，走到近地道车站，雇到了 Taxi 到 Waterloo。我深恐排队人多，上不了车。谁知人很稀。头等车大都还空。开的时候方坐满。

九时三刻开车。十一时二十分到 Portsmouth 港。Jean 与 Joyce 在接车。这里乘船过海，约半小时。海中停了 Nelson，Queen Elizabeth，Victory 等等军舰。到对岸，乘电车到 Ryde Esplanade。改乘 Taxi 到附近 Sea View 的 Seagrove Bay。①

华家住的地方，即在海边，出门即海，有些像我们在房山所住的地方。这里是海边，同时还没有失去乡村的风味。附近只有一家咖啡②，没有别的铺子。

海岸上潮一退，露出一大片细沙地。孩子们在上面玩，打 hockey。潮一涨，完全没去了。所以沙子洗得干净。

华家住在 Mrs. Baker③ 的家中。他们有一子一女，子名 Roger，十七岁，在 Southampton Uni. College 上学，女名 Jean，④ 十六岁。与他们同吃饭。

饭后到海岸上坐着。有时划船。今天少有风浪。游人来了一二十。也只是坐着看海晒太阳。青年们、小孩子大都上了船。还有不少小帆船。

四时半喝茶。今天是小滢生日。我带了一个生日糕来。华家也做了一个。大家还唱了 *Happy Birthday to you* 等歌。我照了一相。

---

① 到朴次茅斯港。简和乔伊斯接车。海中有纳尔逊号、伊丽莎白女王号、胜利号军舰。到莱德滨海大道，改乘出租车到附近海景镇的西格罗夫海湾。
② 即一家咖啡馆。
③ 贝克夫人。
④ 子名罗杰，在南安普顿大学学院。女名简。

五时许与华家往访 Maxwell Garnett[1]。他们即住在附近。在山顶上，有相当大的园地，里面还有一片树林。

Garnett 家的人口不少。他们夫妇外，又有六个子女，还有客人。女儿又生了一对双生子。还有一个妹妹。他们 1921 年盖了这屋子，年年夏天住在此。Garnett 已退休，可是年纪看来并不大，精神很好。对于 UNESCO 很有兴趣。他自己发明了一个新的英国旗，和同盟世界地图。大儿子在牛津读书（打仗七年回来）。

晚上天冷起来了。

晚饭后到 Nettlestone。Percy 送我去。住在 Mr. Creech 家。[2] 这便是华家初来时住的地方。

1946 年 4 月 22 日
35:4:22(一)晴

晨起太阳很好。夜间非常的清静，虽然醒了两次。一早窗外便有车声。一揭窗帘，太阳直射进窗来。

一个人在楼下吃饭。房东很和气。

早饭后下去到华家。与 Vera 从海滨走到 Sea View，这是一个小镇。

上午沙滩上有 hockey match。一方面是 Ryde 队，一方面是 Sea View 队。后者以八比三败北。Vera 做 umpire。[3] 华家孩子因新近才学打 hockey，一个都未入选。

Elizabeth 的教 ballet 的先生和她的丈夫 Meyden（？）也在此，与他们谈了一会。她是 Finland 人，在 Pavlova[4] 班中甚久。丈夫是音乐家。另有 Mr. &

---

① 马克斯韦尔·加尼特。
② 到内特尔斯通（怀特岛上的一个村庄）。珀西送我。住在克里奇先生家。
③ 沙滩上有曲棍球比赛。莱德镇队对海景镇队。薇拉做裁判员。
④ 教伊丽莎白芭蕾舞的先生和她丈夫迈登在此。她是芬兰人，在"巴甫洛娃"班中最久。俄罗斯芭蕾舞演员安娜·巴甫洛娃（Ana Pavlova，1881—1931），20 世纪初国际芭蕾舞巨星，有"芭蕾女皇"之称。

Mrs. Hanagan①，是画家。

午饭后在沙滩上坐了一会。与华家划船到 Sea View 喝茶。今天是 Easter Monday②，游人可并不很多。

晚饭后一个人在沙滩上走了些路。

浴后躺着看书，不久即想睡了。

1946 年 4 月 23 日
35:4:23(二)晴晚雨

晨起收拾好东西。早饭后，Jean 来接我。与她同去她家。Jean 等将行李划船送到 Sea View，我与 Vera 等走去。在那里搭车到 Ryde，等了好一会才上船。

与 Mr. & Mrs. Hyden 及 Mr. & Mrs. Hanagan③ 同车到伦。Vera 话很多。Mrs. Hyden 不说话，在看一本 *Nirvana*④。

到了 Waterloo Station。已近二时。与 Vera 在车站饭馆吃饭。回到家。放了行李。去处。接了华与莹的信。另有洪信说费了很大的劲，护照弄到了。由外交部去文国府批。洪与国府秘书处商好如何措辞。

六时半又去访 Vera。因为她要去看一个片子 *The Capture Heart*。David 在此片中。我请她及 Camel 同去。恰好 Daphne 的父母在那里，⑤ 他驾车送了我们去。排队甚长，下起大雨来。好容易才进去。

片中主角为 Michael Redgrave。这是写 Prison of War 的故事。主角是捷克人，从集中营跑出，假借了一个军官的姓名，成为 P. O. W. 。⑥ 没有办法与军官夫人通信，因通信生爱。情节太离奇了一些。David 是军官的儿子。

---

① 哈内根夫妇。
② 复活节后的星期一。
③ 海登夫妇及哈内根夫妇。
④ 《涅槃》。
⑤ 薇拉要去看《俘获的心》。大卫在片中。我请卡梅尔同去。恰好达芙妮父母在那里。
⑥ 主角是迈克尔·雷德格雷夫。写战俘的故事。假借军官的名字，成为战俘。

1946 年 4 月 24 日

35:4:24(三)阴

上午到处。

中午子杰约了在上海楼吃饭。他请的有前波兰驻华公使,波兰的 Drsewieski(他们两人从前没有遇见过),Sir Alfred Zimmerman,Darchambean,Hashem。[①] Z 病虽然好了,但仍虚弱,什么也不吃,只喝了几口汤,未终席先去。

将胶片送到 Leica 公司去洗。

晚饭后到 Uni. College Club 听 PEN 的演讲。Jack Lindsay 讲 *New Approach to Theatre*。Val Gielgud 主席。[②] 似乎没有讲出很大的道理来。

1946 年 4 月 25 日

35:4:25(四)雨

晚约了 Crwys Williams 及子杰到 Hammersmith Lyric 看 Sean O'Casey 的 *Red Roses for Me*。[③]

O'Casey 的戏,这是第一次看到。它里面的人物不是平常的人,对话极有诗意。演剧的大都是爱尔兰人,说话用爱尔兰土腔,所以很不好懂,加上富丽的词句,还能懂十之六七。

戏散后即在附近一小饭店吃饭而散。

1946 年 4 月 26 日

35:4:26(五)

上午下午写信与骝先等。

---

① 波兰的多塞维斯基、阿尔弗雷德·齐默尔曼爵士、达尔查姆比恩、哈希姆。
② 到大学学院俱乐部,听国际笔会的演讲。杰克·林赛讲"戏剧新方法"。瓦尔·吉尔古德主席。
③ 到哈默史密斯利瑞克剧院看肖恩·奥凯西的《送我红玫瑰》。

六时半去看 Bette Davis 演 *The Corn is Green*①。这戏我在纽约看过舞台剧。电影没有大改动。还是相当的动人。

1946 年 4 月 27 日
35:4:27(六)

上午到处。

中午在 Cafe Royal 请 Mary 及她丈夫 Denis 吃饭。Denis 很是 intelligent。② 与他谈谈他学校的情形。他们 progressive school③ 中，教员与学生不拘师生的节，所以学生随时可以来找先生，一天到晚都没有闲空。

饭后我说要去 Tate Gallery④，他们也同去了。Tate 中弹，但一部分展览室可用。新近重开。现在有一间是印象派的法国画家。一间是 Cezanne 的水彩画。一间是 Braque & Rouault，一间是十八九世纪英国画，一间是 Massey 所收藏的英国近代画。⑤

Braque 的作品有些与 Picasso 相近，我完全不懂。Denis 在解说与 Nancy 听。N. 听后仍说不明白。最有趣的是平时与朋友讨论现代艺术，Denis 是处于批评的地位，而 N. 是拥护的。

我最喜欢的是印象派的法国画家的作品。

他们请我到 Strand 的 Kerb⑥ 去喝茶。这在地下，有些古色。可是人太挤了，热不可耐。有人在说到此不但喝茶，且是有 Turkish Bath⑦。

回到处。看了些报。

回寓吃饭。听广播。听了关于 Sir Thomas More 的剧本 *The Traitor's Gate*⑧，

---

① 贝蒂·戴维斯主演的《锦绣前程》（1945）。
② 在皇家咖啡馆请玛丽和她丈夫丹尼斯。丹尼斯很聪明。
③ 进步教育学校。
④ 去泰特画廊。
⑤ 一间塞尚的水彩画，一间法国画家乔治·布拉克和乔治·鲁奥，一间十八九世纪英国画，一间梅西的藏画。
⑥ 斯特兰德的克伯餐厅。
⑦ 土耳其浴室。
⑧ 托马斯·莫尔爵士的《叛徒之门》。

很平凡。

1946 年 4 月 28 日
35:4:28（日）雨

　　一天阴雨。有时急雨。

　　上午看报。下午看 Eric Bennett's *Murder at the Admiralty*[①]。到七时方看完。这书实在不高明。我的毛病是明明知道一本书不值得看，但又非看完不可。

　　去上海楼。途中遇两场急雨。遇到张文佑来找，方知他与喻德渊请我及刘圣斌是在大世界。圣斌还不知什么时候可飞。他的消息很多。如使馆中梁鉴立升参事，翟凤阳、陶寅升一等秘书，郭泽钦升随员，三等秘书衔。吴权仍没有什么。圣斌又说上海楼的 Frances[②] 与一海军军官订了婚。又说中国出版的《新闻天地》有文章攻击顾少川夫妇。尤其是挖苦顾太太看不起中国人。说她与中国人拉手一定戴了手套，与西人则脱去。一外国新闻记者问她为什么不去手套，她说中国人的手太脏了。

1946 年 4 月 29 日
35:4:29（一）雨

　　一天雨。

　　上午到处。邵心恒来访。约了去 Fava 吃饭。还是吃 Steak。[③] 因为有人说是马肉，吃了便不是味。心恒说他打算十月回国。同来三人则多打算继续一年。他说二年以上恐怕不让再继续了。联大本打算夏天搬，现在改到秋天。一部分理由是交通没法。学生在反对，则说是怕他们到北方去闹事。

---

① 埃里克·本内特的《海军部谋杀案》。
② 弗朗西斯。
③ 吃牛排。

饭后到 *Daily Herald* 的 Modern Home Exhibition① 看了一看。看到的各种砖的、铜的，及种种不同的房子，都是为平民用的，都相当的舒适，尤其是厨房设备很好。

回处。写完致华的信，写了致莹的信。

回寓吃饭。听广播 Wallace Case②。这是一件有名的谋杀案。先判死刑，上诉时翻了案。但究竟真相如何，至今没有人知道。

与洪写了一信。

1946 年 4 月 30 日
36:4:30(二) 阴

晨去处。

中午到 Wivex③ 午饭。去买了些日记纸等。

与立武写一信。寄洪转交。

晚回寓。听广播 *Brains Trust* 及时事。

看 Harold Acton 的 *Modern Chinese Poetry*④ 序文及附录等。

1946 年 5 月 1 日
35:5:1(三) 阴

晨去处。

下午二时半到 International Association of Uni. Professors & Lectures⑤ 开执委会。会到 Audra，Laurie，Helscingki 及 Goodhart。⑥ 所谈的大都是各国分会的问题。

---

① 到《每日先驱报》看"现代家庭展"。
② "华莱士案"。
③ 威弗克斯餐馆。
④ 哈罗德·阿克顿的《现代中国诗歌》。
⑤ "大学教授与讲座国际协会"。
⑥ 奥德拉、劳里、赫尔辛基及古德哈特。

四时一刻我辞出，往教育部访 Hankin①。与他谈地图的问题。他往是只印了一个黑板地图，那是欧洲。中国的他没有用。另有几个世界图，打算用报纸印。我还是说中国希望要的是亚洲图。他说他还有钱。后来说我如书面表示，他可以去请求。至于报纸的世界图，他说多要些也不妨。

说到 Film，他说中国要放送机，他没有。没有放送机，要了影片去何用？他对于国家的钱，很是重视。此君说话很直爽，一点都不客气。有时像教员对学生的口吻。

五时一刻出。回到处。

六时半到 Criterion 戏院。子杰约了去看 *The Guinea Pig*。这是 Strode 所写。关于 Fleming Report 的戏。② 写一个香烟店主人的儿子送到一个有名的 Public School 去做试验。旧派的 house master 处处歧视，③ 新派的先生处处爱护。结果是新派胜利，试验成功。成功与否，大部分得视教员的态度。可是香烟店主的儿子是不是应当像初去时的样子，却是另成问题了。

出去在附近吃了些饭，同到 Mount Royal。有国际 Students Services 的总干事 Dloney④ 去访子杰。约了一谈。子杰问他瑞士人对于 UNESCO 有何意见。他说瑞士知道 UNESCO 的人很少。他自己也没有说出什么来。他说七月间拟在剑桥开一会，希望请一位中国学者讲 Man in the Chinese World⑤，我说题目太大了。

1946 年 5 月 2 日

35:5:2(四)晴

本来上午有一个会，是 Federation of United Nations Association⑥。可是临时

---

① 汉金。
② 到标准戏院，看斯特罗德写的《豚鼠》。关于"弗莱明报告"的戏。
③ 送到一所公学做试验。旧派的男舍监处处歧视。
④ "学生服务协会"总干事多罗尼。
⑤ "中文世界里的人"。
⑥ 联合国协会世界联合会。

打电话来，说主席伤足，延期开会。

到处。

中午孙毓棠约了在上海楼吃饭。座中还有莫德昌。

二时半到 Belg. Institute，今天是 Council Meeting。① 到会的人还是很少，昨天诸人外来了荷兰的 Verart②，瑞典一位女子，和英国的四个人。还是各国报告等等。

今年年会，去年决议在巴黎举行，今天有人提议改在 Brussels③，时间在九月中。

五时半回处。银行忘了有通知给我，我不知通知放到哪里去了。花了不少时间才找到。我这人很不 systematic。谁知 Mrs. King④ 亦复如此。所以我们老是花费时间找东西。

七时半回寓晚饭。饭后听广播时事及 Musical Theatre *Bounden Duty*⑤。

开始写中国现代诗选的介绍。写了二页。

1946 年 5 月 3 日
35:5:3 (五) 晴

晨去处。

钱能欣的夫人自法回，来访。送了我一个领带。说现在在法国无法请求外汇，问可不可以向政府请求津贴。

与骢先写两封信，范雪桥一信。所以中午没有去吃饭，只在处吃了些 Sandwich。

二时三刻到 Grosvenor Sq.⑥ 四十一号，这也是 Brit. Council 的一部分。今

---

① 到比利时协会，今天是执委会。
② 范拉特。
③ 布鲁塞尔。
④ 我这人很没有条理。金夫人也这样。
⑤ 音乐剧场《应尽之责》。
⑥ 格罗夫纳广场。

天是 Brit. Council 召集英国的文艺各界，讨论国际合作问题。

第一段是 Zimmerman 主席。说话的有 Bowra on Humanities，Prof. Firth on Language，Prof. Galbraith on History 等。① 以后有讨论。并没有什么特殊的意见。Firth 说世界上有七种伟大的话系——英、法、西班牙、俄、中国、Hindustan 及 Arabic。② Dr. Morgan③ 总结，他说他新近到中东去。英国买不到的书，在开罗可以买到。

四时一刻完毕。喝茶一小时。与 Audra，Laurie，Morgan，White④ 等谈话。

五时一刻开始第二段。Huxley 主席，谈音乐、戏剧、Visual Art、Design & Exhibition。⑤ 也没有多少新的意见。

回寓吃饭。听广播。

重写昨天的两页。

1946 年 5 月 4 日

35:5:4(六)晴

晨去处。接叔华、小莹四月二十五日所写信，可是算得快了。莹还寄了两张相片来。只知道英使馆已签字，没有说什么时候打算动身。华说等买天津到上海的船都得一个星期。

写了一信与元任。

午饭后回到处。写信与华及莹。又写了一信与蒋仲雅，一信与彭恒武。已经五时余了。到邮局寄信。吃了些茶点。乘车去 Hammersmith。到尚早，在附近散步一刻钟。这一个区域实在没有什么可取。

七时到 King's Theatre 看 Paul Vincent Carrcoll 的 *The Wise Have Not Spoken*。⑥

---

① 齐默尔曼主席，布拉论人文学科，弗思教授论语言，加尔布雷斯教授论历史。
② 印度斯坦及阿拉伯。
③ 摩根博士。
④ 奥德拉、劳里、摩根、怀特。
⑤ 赫胥黎主席，谈音乐、戏剧、视觉艺术。设计与展览。
⑥ 到国王剧院看保罗·文森特·卡罗尔的《智者不言》。

这剧很夸张，但一方面写爱尔兰的小农的生活之难，一方面又是写疯狂的遗传。所以末了 Francis① 的死，不知道究竟是什么。

今晚是子杰请，另有叔寅和一位 Miss Pick，她是 Austrian,② 她的父亲是子杰的德文先生。

戏散后到 King's Rest.③ 吃饭。一路送叔寅及 Pick 回家。我回寓已十一时了。

1946 年 5 月 5 日
35:5:5(日) 阴有雨。

今天八时半起。浴。穿衣后报方来。Miss Shaw 起特迟，十时半方来早饭。

饭后即去访子杰。式一去。同去 Gray's Inn④。

今天是中山铜牌揭幕典礼。先在 Temporary Hall⑤ 开会。到的人很多，到后来没有座位了。

Lord Ailwyn⑥ 主席，蒋先生与顾少川的 messages⑦，居然都在一两天前到了。英国有 Attlee 的 message⑧，可是他还以为今天是国民大会开幕的日子。说话的有 Lady Cripps（她只说了中山在使馆被捕一事）、Jack Lawson⑨ 及施德潜。Lawson 今天不知如何说不出话来，东拼西凑的说了一会。

客人中看了 Lord & Lady Strabolgi, Kilson 夫妇, Dixon, Fitzgerald,

---

① 弗朗西斯。
② 皮克小姐，奥地利人。
③ 国王饭店。
④ 1896 年孙中山在伦敦所住的格雷旅馆（旧译"葛兰旅馆"）。
⑤ 临时大厅。
⑥ 艾尔温勋爵（1887—1976），1942 年曾随英国议会代表团访华。1943 年至 1948 年，担任"中国协会"主席。
⑦ 电文。
⑧ 有首相艾德礼的电文。
⑨ 杰克·劳森。

Thomson，Archibald，Mokill，Edwards，Cantille，Floud① 等。中国使馆方面的人，顾太太，卢作孚的五人，和不少军官。

开完后到 Gray Inn 某号行揭幕典礼。这房子已被炸，只有败墙颓垣。地方太小，人挤，什么都看不见。

子杰、式一陪卢作孚等去牛津。我看到谭葆慎与他女儿 Dorothy②，便邀他们与圣斌同去吃饭。Dorothy 已来了二星期，她母亲还没有定到船。

在大世界吃饭。Dorothy 现年十八岁四个月，已经在美国大学上学一年半。可是到英后重新从头读起，而且得补学拉丁文。预备进 Bedford College③。

二时到处。看了一下报。开始写《现代诗介绍》。花了两小时半，写了五六页。

看了一小时杂志。

六时半到 Wallbridge 家，同他们喝茶。将莹给他们的回信翻给他们。Vera 劝我先不要送莹入学校，让她休息几个月，看看英国情形才送她上学。

九时余回。写近日日记。看报。

今天下午有些头痛，晚更甚。

1946 年 5 月 6 日
35:5:6(一)晴

夜中虽睡着，但每次醒时仍觉头有些不一样。晨起头仍痛。有些摇动便感不舒服。

晨去处。邵心恒来，坐了甚久。只看了些文件。

一时与心恒及 Mrs. King 去 Chinese Inst。今天是 China Society 的演讲。John Blofeld 讲《中英文化关系》。讲得很长，里面有许多批评英国的地方，如

---

① 斯特拉博尔吉勋爵夫妇、吉尔森夫妇、迪克森、菲茨杰拉德、汤姆森、阿奇博尔德、莫吉尔、爱德华兹、坎蒂尔、弗拉德。
② 多萝西。
③ 贝德福德学院。

不交还香港，及英国人对于中国人的冷漠等等。对于中国人的没有 public spirit① 也批评了。我当主席。

后来没有什么人说话。只有 Sir John Pratt 说了几句，并没有驳辩。他对于中国送的九个 Scholarship 说了些话。他说英国学中文的人太少。如以学过一年中文为条件，或无人应征，或应征的并非人才。不如以其他学术方面有成绩之人应征，可以得到杰出的人才。

今天到的人有 Leonel Giles，Sir John Cumming，Lindsay，②Jenkins 等。也有葛小山，Daniel Lu③，赵志廉等。总共有四十多人。

我约了 Egyptian Inst. 的 Hashem④ 去了。他说 Blofeld⑤ 所说的话，也可以应用到他国。有两个埃及学生，受不了了，新近回去了。

我与 Hashem 同去 47 Belgrave Sq.。⑥ UNESCO 秘书长新近搬到此处。今天开执委会。从三时半开到六时半。Wilkinson 不在，到瑞士去了，由 Drsewieski 主席。讨论的事是 UNESCO 与 UNO 联系的条件。⑦

与子杰同到他旅馆。有 Lavery⑧ 在等候。子杰拟找他去 UNESCO 教育组管 Teachers training⑨ 的一部分。

我与子杰谈了 UNESCO Month⑩ 的事。他说法国有好几个人来接洽此事。法国、比国的 national commission⑪ 已成立，美国也快成立了。

八时卢作孚在 Savoy 请客。请的有施、傅、曾镕浦、陈尧圣、陈湘涛等。主人也有五六人。中有一位名张书林，说与温源宁很熟。他们今天到 South

---

① 公共精神。
② 莱昂内尔·吉尔斯，约翰·卡明爵士，林赛。
③ 丹尼尔·陆。
④ 埃及协会的哈希姆。
⑤ 布罗菲尔德。
⑥ 与哈希姆去贝尔格雷夫广场。
⑦ 讨论联合国教科文组织与联合国组织联系的条件。
⑧ 莱弗里。
⑨ 管教师培训。
⑩ "教科文月"。
⑪ 国家委员会。

ampton① 去了，回来车上无座位，站到伦敦。

十时半回。

子杰说他夫人出国事，他写信回去托人。

1946 年 5 月 7 日
35:5:7（二）晴

晨去处。刘圣斌来辞行。他谈了些中国在大陆上的武官及在印度的武官私运金条等被检查的故事。说新近瑞士的雷副武官被检出八千瑞士法郎。

圣斌明天动身乘飞机去沪。

写了一信与式一，约他到 Stockholm② 去。子杰本说去，昨天与 Huxley 谈，H 劝他不去，说他不便走开。他只好不去了。

十二时半应 Hashem 之约，到 Egyptian Institute。这在 Chesterfield Garden，是 Mayfair 的中间。③ 一所相当大的房子。每年房租等等花了二千镑。是三个机关所合办。一个是 Royal Egyptian Society④。会员全是埃及人。另一个是教育处。教育处有职员七八人。他们管的是学生。Director 外有 inspectors⑤ 二人，到时巡视学生生活情形。埃及学生在英有四百人，二百人为公费生，二百为自费生。但自费生所汇费用，也经埃及教育部汇教育处。其数（伦敦牛津剑桥 30 镑，外省 25 镑）公自费相等。如要多则需自寄。管钱等职员有五人之多。

Egyptian Inst. 也有六七人。所做的事，有三埃及文班。有些演讲，有些讨论。后二者的人不多。Hashem 说这种钱花了冤枉，不如花在埃及普及教育。他说文化合作，老是大国占便宜。

---

① 他们到南安普顿去。
② 斯德哥尔摩。
③ 埃及协会在切斯特菲尔德，这在（伦敦上流住宅区）梅菲尔中间。
④ 皇家埃及学会。
⑤ 主任外有巡视员二人。

最下层为一埃及食堂及一图书馆。第二层为一相当大的演讲堂（坐七十余人，很宽敞的椅子）及一客室。

我与子杰同去。Hashem 请我们到 Park Lane Hotel 去吃饭。

下午回处。与 Wilson 通电话。他说可以雇佣［用］一位 Internal Organization 的 assistant[①]。年薪六七百镑，加 allowance[②] 三百镑。我拟了一电致骝先。

写了一信致元任，一信复陈嘉。他给我寄来一本英文剧稿。

看了一会上次自己写的稿。修改了一下。

七时与 Mrs. King 到上海楼。刘子祥及张文奇二人请吃饭。另有二位海军的上校，新近送了二百学员来的。九时散。

1946 年 5 月 8 日
35:5:8（三）雨后阴

晨去处。

王承绪来，为我翻好了电报。带来一本 *Girl's Public School Year Book*。[③] 里面的学校很不少。

口述了几封信。

一时到大使馆去访傅小峰，将电报交他发。

到 Leica 公司，洗的相片还无消息。到 Portman Rest. 吃饭。剪发。在 Times Book Club 买了些书。

与 Hankin 写了一长信。

写了两信与骝先，一信与元任。

六时与 Nancy 到 Players Theatre。她今晚请子杰与我看一个戏，是 Ormerod Greenword's *The Cave and the Garden*，写得很新颖。故事取材于 Chaucer &

---

① 与威尔逊通电话。雇佣一位内部组织的助手。

② 津贴。

③ 《女子公学年鉴》。

Boccaccio①。作家和太太和 Chaucer 和 Boccaccio 都上了台一路演，一路批评。当然 Sheridan 在 *Critics*② 中已经有这办法。可是后面没有前面的精彩，似乎四幕太长了。

子杰还有他约，早走。我们到 Lyon's Corner House③ 去吃饭。讨论了剧中问题和现在英国人的看法。

1946 年 5 月 9 日
35:5:9(四)晴

晨去处。

十一时四十分到 Victoria 附近的 Eccleston Bridge 与子杰会齐，乘十二时的 Green Coach 去 Windsor。④今天天气至佳。一时余到。先到一饭店吃饭。饭后到皇宫去参观。游人很多，一批批的有人说明。

我们跟人进 Chapel 去参观。里面停了三个柩，一是 Prince Consort，一是 George V 之长兄（Prince of Wales），一为 Ed. VII⑤ 之弟。墙上都是雕刻及壁画。

二时半到 Eton⑥。请一学生引导去见校长。Headmaster。（Eton 在校长之外另有 Provost。得住校，但不负行政责任。前任是 Lord Hugh Cecil-Lord Quickswood，现在名 Martin。）引导我们的学生后来发现是 Eton 的第二位 Head Boy 名 Parker Purves（？）校长名 Elliot。⑦

见了校长，他要一位学生引导我们去参观。这学生名 Dixon，他的父亲在

---

① 奥默罗德·格林伍德《山洞与花园》。取材于乔叟和薄伽丘。
② 指英国作家理查德·谢利丹（Richard Sheridan, 1751—1816）的讽刺喜剧《批评家》。
③ 里昂角屋。
④ 到维多利亚附近的埃克莱斯顿桥与子杰会齐，乘绿色马车去温莎。
⑤ 进礼拜堂参观。一是康索特亲王，一是乔治五世长兄（威尔士亲王），一是爱德华七世之弟。
⑥ 伊顿公学。
⑦ （校长之外另有教务长。前任是英国保守党政治家休·塞西尔勋爵和现名马丁的奎科斯伍德勋爵。）引导我们的后来发现是第二位优等生名帕克·珀维斯（？）。校长名埃利奥特。

外交部，现随 Bevin 去巴黎了。他在 V Form。①

他说他希望能进 VI Form。原来 Eton 的 VI 与其他各校大不同。这里只有二十人，并不上班。各人自己受指导做研究。这二十人中的一人是 Head Boy。Eton 学生有一千一百人，在校大都四年至五年，所以能进 VI 的只是十人中的一人。进 VI 是一种荣誉，实际上反吃亏。如二人同班，A 进 VI，B 不能进，即在大学。一年后 VI 的一人（A）去大学，比 B 低了一班了。后来在茶叙时校长即说他没有当选入 VI，即去大学，他因此比进 VI 的几个人高了一班。然而有机会进 VI 的没有放弃的。这是 training for leadership② 的一种。

这里有二十三四个 House，都在校外。一个 College，在校内。College 七十人，都是 Scholars，即是原来该校的学生，所以称 Public School 者为此③。Scholar 得考试取得，所以成绩较优。七十人中有十人是六级的。我们看了这里的饭厅，坐七十人，上有 High Table，六级十人另坐一桌。楼上另有一室，为低级学生共同喝茶是地方。高级生可在自己房内喝茶。每人一间小房，有一可以直起的床，一个书桌，一个小桌，一个洗脸盆和冷水管，一个衣柜，一个鞋柜，及一小箱。如沙发及窗帘等都是自己带去。有一间 Common room。四墙的书架上是小说之类。中间是 Ping Pong④。上午谁都可以用。晚上只有高级生方能用。

我们又去看了 Chapel，（很深），礼堂（只能坐六七百人），图书馆，并不大，所以只可借书出去，大战纪念堂，中间都是关于大战的书箱，此室作为种种社及会集会之用。运动场极大。今天是 half holiday⑤（星期二四六），所以学生都在运动场上。这一个学期是 Cricket⑥ 很多。Dixon 不喜 Cricket，说他爱网球，只有十数人打网球。

Dixon 说 Eton 学生全体是保守党，所以没有政治辩论。他自己不十分保守。

---

① 学生名迪克森。他父亲随贝文去巴黎了。他在五年级。

② 领导力培训。

③ 二三十个宿舍，在校外。一个学院在校内，都是学者。即是原来该校学生。故此称公学。

④ 乒乓球。

⑤ 半天休息日。

⑥ 板球。

今天有不少人在参观 Eton，也分了队有人领导说明。他们看到一个 Eton 学生领着我们，非常的注意。

四时回到 Headmaster 家。会见他的夫人及一位 Miss Betty①。与他们喝茶，谈了一小时。我们问的问题很多。有些是平时人们没有问的。所以 Mrs. Elliot② 说有些是她第一次听到，虽然她已在此十多年了。

这里仍有体罚。校长用 birch③，一种树枝。并不痛，但是一种不名誉的事。一学期只行一二次。可是每个 house 里的 headboy 可以 cane 学生，虽然打的前后得报告 housemaster。④ 少的打三四下，多的十三四下。Elliot 说他自己在此做学生时，最多被打十四下。一个他素来看不起的人升为 headboy。他与另一人批评，说他不愿服从他。此说一说，收不回来了。第二天在饭堂吃饭，headboy 命众起立祈祷，他不动。饭后打了四下。第二天仍不动，打了八下。最后，打了十四下。他次日便不反抗了。

每一个 house 中 Matron 之上有一 dame，⑤ 管一切生活这种。所以 housemaster 的夫人在 Eton 没有势力。与学生都没有什么关系。

教员薪水自四百五起至一千一百镑。他说 450 太少了，不久当增加。

Eton 现在有一位 Guinea Pig⑥ 是一位学生的家长代付学费。现在不打算多收这一类学生。

五时辞出。校长请我们以后再去。

乘火车回 Waterloo 转地道到 Holborn（Covent Garden 不停），再到 Covent Garden。叔寅请我们看 Ballet（Sadler's Wells）是 *Sleeping Beauty*。⑦ 音乐背景等及跳舞极可观。因为有故事，叔寅更有兴趣。比上次所看的似乎好得多了。

到大世界吃了些面而回。

---

① 贝蒂小姐。
② 埃利奥特夫人。
③ 桦树条。
④ 每个宿舍的优等生可拿藤条打学生。事先要报告男舍监。
⑤ 每个宿舍在女舍监之上有一位女主管。
⑥ 伊顿现有一位"豚鼠"（实验对象）。
⑦ 回考文特花园剧院。看萨德勒威尔斯芭蕾舞团表演的芭蕾舞《睡美人》。

1946 年 5 月 10 日

35:5:10(五)晴

中午在 Cafe Royal 请 Dr. Morgan 及 Prof. Gills 吃饭①，约了子杰陪。谈 Brit. Council 的学生问题。他们预备增加津贴，三十镑至三十五镑，二十五至三十镑，现仍维持五镑之差别。

下午葛小山来。

上午下午写信与骝先、元任等。

六时余谭葆慎父女来。与他们同去吃面后去看电影。一个是 *Echo of Applause*，是电影的略史，很有味。一个是 *The Postman Always Rings Twice*。②是因奸杀夫的暗杀案。又是杀死了人未归案，却为了另一冤枉的判重罪。

1946 年 5 月 11 日

35:5:11(六)晴晚阴

晨去处。抄写致骝先二信，瑞典谢公使一信等。

一时到 Mount Royal。子杰约了黄隆先同吃饭。黄新近从法国回。十七日去美。他接立武一信，关于英国资助中国的东西，要他去接洽，可是没有说明与谁接洽。大使馆毫无所知。我也毫无所知。

饭后他们去看戏。我到处去工作。看了些关于战时文化的文章。

五时出门去邮局寄信。喝了些茶后到 Regent Park 去看 Tulip 花。今年的 Tulip 特多，一丛丛的照些种类排种，颜色极是鲜艳。这是荷兰 national committee 送英国人民的。③ 走回处已近六时半了。

---

① 请摩根博士和吉尔斯教授吃饭。
② 一个是《掌声的回响》，一个是《邮差总按两次铃》(1946)。
③ 这是荷兰国家委员会送的。

七时到 Ivy Rest。今天在此请叔寅、黄隆先及子杰。可以说是为黄、万[1]送行。他们都是十七号走，大约会同船。

与叔寅及子杰往 St. John's Wood 的 Prof. Pick 家。Pick 在 London Sch. Of Econ. 教德文，她女儿在 Uni. Col. 教德文。[2] 此外还有母亲。一家三口。今天他们请我们来喝咖啡。预备了 cake 和 ice cream。他们是 Austrian[3]，在 1939 年逃英。很是和气。我们到十时半方辞出。

今天 Panda 由中国运到。抚松等到 Poole 去接，[4] 因为英国新闻记者去的很多。Mrs. Pick 在六时即听到广播说 Panda 到了。我们九时也听到。

1946 年 6 月 9 日
35:6:9（日）阴后雨

晨二时半醒，天即很亮。以后每小时都醒一次。四时余发现［现］窗上有 blind[5] 可拉下，以后睡得好些。六时十分电话叫醒。我以为太早，仍睡，六时三刻才起，方发现钟慢了半小时。到饭厅已是末一人。

八时上车，一小时到 Mora。上午参观 Anders Zorn 博物院。[6] 这是一座两层楼的建筑。楼下都是他自己的作品，油画及水彩画。他是印象派画家，对于光影处处能表现得很美。许多同人不喜欢他的作品。

楼上是他收集的各种艺术品，仍以画为最多。Carl Larsson[7] 的作品即不少，而且比较在他家中看到的为佳。有四幅屏风，完全是受中国、日本画的影响。我照了一张相。

Zorn Garden 即在旁，走过一所古旧的车厩。

---

① 万叔寅。
② 去圣约翰伍德的皮克教授家。皮克在伦敦大学经济学院教德文。她女儿在伦敦大学学院教德文。
③ 他们是奥地利人。
④ 熊猫由中国运到。朱抚松到普尔港去接。
⑤ 百叶窗。
⑥ 到莫拉。参观（瑞典艺术大师）安德斯·佐恩博物院。
⑦ 瑞典艺术家卡尔·拉尔森。

这房子相当大，是 Zorn 所一手经营。精华部分在楼上。有一间很大的书房，极是古雅。一切都光洁可爱。有一小客厅，所谓 Green room①，家具、地毯都是绿及银色。极可爱，Zorn 与妻的卧室都在这层。

屋外有一木屋，说是十二世纪遗物。Zorn 用作画室，极可爱。我为 Frankenstein② 夫妇在内摄一影。Mrs. Tisdale③ 要我为捷克团体照一相。

教堂即在旁。此时十一时正要开始做礼拜。进去看看，做礼拜人并不极多，穿古装的更寥寥可数。看教士领了歌唱队进来，一半是男童，一半是女童（这是英国所没有的）。听唱了一两歌而出。

与 Arram 在镇中走了一转。看来房子大都是木建，很新。简直不见穷人住的房子。

走到海滨。有 turnstile④ 在收钱。今天这里有汽船竞赛，所以游人来得很多。引擎之声很刺耳。

十二时前到 Hotel Gustav Wasa⑤。在一间雅座吃饭。与 Frankenstein，Arram 和 Infram 同座。⑥ 别人好像避开。

饭后到 Balcony 去看了一下 motor boat race。天寒风紧，远远的看赛船实在看不出兴趣。沿海一带是 fair 的游戏场。⑦

出去在街上散步，买了些画片。手工艺铺子仍开门。但所有手工艺均已商业化，已经失去原来的个人创造精神了。

二时半乘车去 Skorol 参观一个成人学校。这实在 Continuation School⑧。学生是小学毕业生，到校读六月，回去工作六个月。此校冬天有学生百人，夏只二三十人。百人中六十余人住校。全国有此种学校六十五所，或大或小，大的有二百人。

---

① 绿色房间。
② 弗兰肯斯坦夫妇。
③ 蒂斯代尔夫人。
④ 十字转门。
⑤ 古斯塔夫瓦萨饭店。
⑥ 与弗兰肯斯坦、阿拉姆和英弗拉姆同座。
⑦ 饭后到阳台看汽船竞赛。沿海一带是集市的游戏场。
⑧ 去斯科洛尔。补习学校。

此时学校正放假，所以一切都关起。我们看了一所，是课下饭店及阅览室。一楼教室。二楼屋顶为图书馆。主任说图书很少，可是也有数千本，有自各国文学的译本，如 Walpole，Undset① 等。

另一楼为体育馆。

又一楼为学生宿舍，二人一房，并不小。家具都很新。楼上为工作室，有缝衣机一二十架，织衣机一二十架。如此房屋有数栋，亦有教员宿舍。

有一所是他处搬来的古时木屋，围成一四合房，有居室，也有牛羊的室。天井中心是一井。

四时上车。到了 Rattvik②。Frankenstein 及 Arram 都下去。他们两家都是犹太人，但极不睦。彼此攻击很厉害。下去六七人。上来的如 Storm Janson③ 等数人。

车上人不多。我一人坐一间房。因此正好补写些日记。

七时晚饭。与两位 Miss Morton④ 及苏格兰女作家。

上车后即微雨。到 Rattvik 雨大起来，愈下愈大。很庆幸没有过来两天遇雨。

1946 年 6 月 16 日
35:6:16(日) 阴后雨

晨八时起。九时四十分到 Victoria Station 为守和送行。会到王承绪夫妇等，说守和未到。我也到各车去看。十时前六七分守和才到。他说等 taxi 等了半小时未停。十时车开。他去巴黎转瑞士转德。

回寓看报。下午看了一会照相书。

---

① 英国作家霍勒斯·沃波尔（Horace Walpole，1717—1797）和挪威小说家西格里德·温赛特（Sigrid Undset，1882—1949）。
② 拉特维克。
③ 斯托姆·詹森。
④ 莫顿小姐。

下午 Nancy 来喝茶。晚与她到 Embassy 去看 Javanese Dance。① 爪哇的舞蹈，似乎完全用手用头，初看很别致，看了一会便觉得单调。舞台上武将的对打，也算为 dance。这工夫还要得中间奏乐唱歌凑数。乐曲都是西洋的，足见不是原来的固有的歌曲也少有西方影响。

1946 年 6 月 17 日
35:6:17（一）晴雨

晨到处。张宗燧与 Brit Council 学生杨君来访。约了他们中午吃饭。

十一时半到英外部，在 Kitson 的房内会 Ralph Stevenson，与他谈了半小时。他极 charming②，对于中国事情可完全不懂。我与他谈中英文化协会工作及在英国打算举办的计划。Kitson 说一切中英文化事情，最好等 Scarborough Commission③ 报告出来后才举办，以免重复。

十二时出来，到《大公报》社访黎秀石。他接萧乾信，在新加坡等了一月，才去香港。希望本月五六号到沪。Gwen 已于五月二十余日到，住胡政之家。他信中称 Gwen 为内子。

一时在上海楼请张宗燧及杨君（中大物理系助教）。遇到 John Blofeld④ 同坐谈。Blofeld 不久将回华。他问在北平用千五百镑可否买到一所房子。张宗燧要到瑞士及法国去，他以为还是像战前那样容易。

下午回处。拟电报稿。打了不少电话。

五时赵志廉来谈了一会。六时王承绪来。请他译电。他想到 UNESCO 工作，但九时前又不能脱离武官处，他又已浙大之聘。

六时余到使馆。访施、傅。只傅在那里。与他谈。他说顾少川调美已近事实，但在命令未发表前仍难说实。过去亦已预备过一次了。继任人选，他

---

① 与南希到大使馆。看爪哇舞蹈。
② 在基特森房内，会拉尔夫·斯蒂文森，他极富有魅力。
③ 斯卡伯勒委员会。
④ 约翰·布罗菲尔德。

说一说是傅秉常。最近雪艇连来电催郑佛庭回去，所以外面又盛传为郑。

近八时到桂率真家，与桂夫妇同吃饭。桂太太对于国内的内战、黑市等，说中国也许要亡国。桂有时也批评，又说又骂她"不要胡说"。他们对缪培基的太太都不满意。桂说他已警告过缪，要他劝太太少说话。最后又谈苏联问题。桂认为英国希望在最短期内与苏联一战。

十一时回。

今天接莹信。是五月二十一日所写，还在北平。还不知道时候去沪。

1946 年 6 月 18 日
35:6:18(二)阴雨

晨到处。口述了信。

一时余到 Ivy，与式一约在此会晤。今天看到有名的演员如 John Clemants，Googie Withers① 等等多人，Sir Charles Reilly 及 Wilfred Roberts② 也在那里。我们不得座。说中午常是很挤。所以我们到 Casa Pepe 去吃饭。

下午与蒋仲雅去信。

四时叔寅来辞行。坐谈了一时。请他喝茶。

五时余去使馆托发电。

与施、傅同去 Clairdges。今天是桂永清夫妇请的大酒会。到的人很多，大多是军人。看到了 Lord Lewis Mountbatten③。Berkeley Gage 说为何他认识的人很少。我说因为军人多于文人。

1946 年 6 月 22 日
35:6:22(六)晴

晨去处。发了两个报告与教部。自己送去使馆。与陈尧圣讲了几句话。

---

① 约翰·克莱门茨，乔姬·韦瑟斯。
② 查尔斯·莱利爵士和威尔弗雷德·罗伯茨。
③ 路易斯·蒙巴顿勋爵。

写完致骝先的信。

韦卓民来。本来说好请他吃饭。他到时说他接施德潜请客帖子，即以为是我请的。这未免太可笑了。

我与子杰在 Casa Pepe 请叔寅及莫德昌，有抚松夫妇作陪。本请陆晶清，等了她半小时未到。后来遇到她，她说不知道请的有她。叔寅与莫是明天动身去纽约。

下午与子杰到使馆，会到韦卓民，到我处少谈。与韦同去 St. Paul's①。

今天是为中国举行的 Service，由 Archbishop of Canterbury 自己到场。② 礼节极隆重。

1946 年 6 月 25 日
35:6:25（二）晴阴晚小雨

晨十时与仲雅去办事处。他去出席会议，我未去。

写信与宗瑶、华及莹。今天已二十五日，尚未得华等的消息，甚以为奇。我想大约北平的房子等问题使华不能走动，不仅交通问题也。

下午口述了几封信。写信与雪艇、立武。

元任今天到。但他未来信说哪一公司飞机来，也许为了免人去接，却弄得 Nancy 打了半天电话。结果仍未找到。有的没机到，有的有飞机但没他名字，有一机要明早五时方到。

七时一个人去吃饭。饭后想去看 Bergman 的电影，得排队。即去看了时事片。今天看到的是五彩的 V Parade。③

九时半回。补写日记等。

Nancy 来电话，说她的公公今晚病逝，她明天不能到办事处来了。

仲雅十一时方回。谈话至一时半。他说他将来在美国的计划，如 *Silent*

---

① 去圣保罗大教堂。
② 为中国举行的礼拜。坎特伯雷大主教亲自到场。
③ 想去看英格丽·褒曼的电影。看到时事片《胜利游行》。

Traveler in New York① 能出版，则可望畅销，一有名字，其他书籍、画等都可有销路。现在他两本书，在美出版二年，都没销到千本。所以他不想到UNESCO。我说此事完全由他自己决定如何办法。

他又谈林咸让故事，如何王礼锡拉他帮忙，到处演讲，左倾。如何郭秉文用他。如何介绍与郭复初等等。

1946 年 6 月 30 日
35:6:30(日)阴晴

晨醒了几次，最后醒已近十时。

在寓午饭。看报。

三时半出门。到 Northwood 访 Mr. & Mrs. Frankenstein。② 到五时方到。他们是自己买的房子，不很大，后面有花园，玫瑰花很多。他们的两个女儿在家，和小女儿的同住的女友。

在园中喝茶。与 Ernest 在园中散步了一会，到他书房中谈话。他专门的是国际私法。此外写过一本 The Future Man，③ 只印了一版，二千五百本，以后书店不肯重印了。

他的长女十七岁到英国，进过 South Hampstead 学校，在 Bedford College 读心理。次女在牛津 St. Anne 读法律，④ 但现在对于英国法律失去了兴趣，长女的英文比她父母好，次女的几乎听不出她是外国人。

八时吃晚饭。近十时与次女及其女友同乘车回。到寓已十一时一刻。听 Atomic Bomb 试验的广播，只听到广播中的杂音，非常大。

---

① 《纽约的沉默旅行者》（或《哑行者在纽约》）。
② 到诺斯伍德，访弗兰肯斯坦夫妇。
③ 厄内斯特。写过一本《未来人》。
④ 长女进过南汉普斯特德学校，在贝德福德学院读心理。次女在牛津圣安妮学院读法律。

1946 年 7 月 1 日

35:7:1(一)晴

十一时到使馆。今天举行特别纪念周。顾少川报告在国内所得的影像。他说交通问题最困难。他到了重庆、南京、上海、北平、天津及沈阳。南京经过几个月的抢夺，外观已经看不出破残，可是交通部、中山陵主席官邸等只留了空壳子。上海人非常多，大马路上早晨十时即人满。北平一切极好，日本人在西直门外建了新北平。天津的大港，规模极大，起先谁都不知道。通货问题最困难。现在上海的物价最高。洋货反比国货价廉。如咖啡比茶叶便宜八九倍。Dr. West 的牙刷比广东梁氏的便宜一半，因此中国工业界大为恐慌。

第二段他说奉命使美，对于过去各方的合作及帮助表示感谢。中间提到名字的有叶代表，又提了陈通伯先生办理中英文化合作。

礼成后在外面照团体相。坐的椅子少，立的人多。好像陈维城、黄泮扬等都站着。我与施、叶、梁鉴立坐在一边。

接到两个电报。一时骝先来的英文电，说立法院已批准 UNESCO 约章，一是数目字。我这里连普通电报码都没有，所以不知是什么。到使馆找林智启未值。找了王承绪来。最终他去查出是普通电。

下午写一信致莹，加一纸与洪。写一信与雪艇。本来公超说明天走，今天要交他，写完后他说改期到星期四了。

回寓吃饭。看照相书。补写日记。

听广播剧本 *The Tunnel*，是谋杀剧。Cathleen Nesbitt[1] 演剧中凶险的主角——应该是年轻女子。可是声音上却听得出是年老女人了。

---

[1] 谋杀剧《隧道》。女主角凯瑟琳·奈斯比特。

1946 年 7 月 4 日

35:7:4(四)

昨天一雨，今天便不热了。

上午到处。

一时到宣传处。与抚松等同到 R. A. F. Transport House[1] 送公超。到了二十人左右。Kingsley Martin 与 Dorothy Woodman[2] 也去了。公超到大使馆去吃饭，迟迟不来，过了二十分钟方到。上车已二时。

约了林咸让到 Prunier[3] 去吃饭，尧圣同去。抚松与 Mrs. Stirling 及 Gerald Samson 也来吃饭。我即请了全体。

回到处。

元任来，商谈了一下明天开会的事。

1946 年 7 月 13 日

35:7:13(六) 阴晴

今天晴，又是热天。上午到处。到银行等。

十二时余吴衡之来。他约我一时半去吃饭。在一西班牙饭店叫 Martinez[4]，另有赵金镛在座。吴权明天到法国去。这饭店的地方极佳，可是招呼极差，定了座去时，说没有，伙计露出不耐烦的神气。

下午到处休息，看了这一星期来未看的报纸、杂志到六时。即坐室内，亦觉得闷热。

六时半到大世界。元任请子杰、述尧及仲秀。仲秀将中央社所发电稿带

---

① 运输大楼。
② 多萝西·伍德曼。
③ 到普诺尼吃饭。
④ 马丁内兹。

来。居然发了不少。他每天上午下午都不等会毕便不见了，即是为了回去发电。我们也商谈了些应请国内注意之点。

九时余散。钱用车送我们回。他新近买了一新车，将旧车卖了，相差只九十镑钱。

回寓后正可听到广播剧本。今晚是 C. K. Munro 的 *At Mrs. Beam's*。这是 boarding house 的人物志。当时极负盛名，现在听来，并不精彩，只有 Miss Shoe 这一角色写得好。①

看照相书。浴后睡。

1946 年 7 月 15 日
35:7:15(一)晴偶雨

今天大有秋意。

上午到处。口述了几封信。

午饭后剪发。

下午拟一电稿与骝先。口述了一封信。写信复胡博渊。他现在美国，要来欧，来信打听欧洲情形，问题很多。

五时半送电稿到使馆。请赵金镛、李恩国代译。他们现在在假期中，暂时帮忙。李说外部电码极复杂，一有误字，往往一误到底。他星六花了一天工夫，译成一电，其实是极不重要的宣传品。

在楼下看到熊朝钰、区锡龄、唐保黄等。

回处看了一会报。八时回寓晚餐。听了 *Monday Night at Eight* 时事及 Radio Theatre *Mr. Beverley Plays God*。②

---

① 芒罗的《在比姆夫人家》。这是公寓寄宿的人物志。休小姐这一角色写得好。
② 听了《星期一晚八点》及广播剧场《贝弗利先生扮演上帝》。

1946 年 7 月 22 日

35:7:22(一)阴晴

晨到处。

十二时整理照片等。一时 Michiel 来。与他同去午饭。他为我冲洗相片及放大。请他批评一下。我的毛病，似乎还是 under-exposure。① 有时对光不准，有时手动摇，但并不多。

饭后到 Times Book Club 去看书，买了些画本之类。

下午写了些信。到使馆去了一次。

晚饭后到 Hansford 家去。他请了 Prideaux-Brune，Kilson 夫妇，Simon 全家，Van de Spring 等等。也有 Morkill，Richter②，赵志廉。

放映了 Hansford 夫妇在中国所摄的小影片。有一个是北平，五彩片，天坛、景山及皇宫。美极了，不禁油然兴归乡之思。

完毕回寓已十一时余了。

1946 年 7 月 26 日

35:7:26(五)晴阴大雨

晨去处。

口述了几封信。

到丹麦 Wivek 饭店去吃饭。饭后到 Alpine Club 去看 Dr. M'call 的画展。③此君用中国笔墨画画，画的大都是他被日人俘房后在营中的生活。与他谈话，说他 1937 年在华，在德州附近游击队中当医生，后来在齐鲁大学管公共卫

---

① 一时米希尔来。我的毛病是曝光不足。
② 到汉福德家。他请了普里道克斯-布鲁内、吉尔森夫妇、西蒙全家、凡·德·斯普林等等。也有莫尔基尔、里克特。
③ 到丹麦维威克酒店吃饭。饭后到阿尔卑斯俱乐部看麦考尔博士的画展。

生，以后被俘。可是后来又知道他是生在中国的。他有一部分是仿中国画，也写些中国字。一部分是中国年的 cartoon①，一部分是水彩画。他对了我说英国人以为是中国画，其余是像小孩子的作品。这话也非过谦。

下午写信、看信。二时余即下雨，时雨时止。近五时大雨，打雷闪电，天黑如晚。到五时半方又亮起来。

复初今天由美来，本说晨五时到，后来又改为下午三时。四时起不止打电话。（早晨到 Clairdges 去了一次，扑了一个空。）到六时半他方到。

去访。正遇到谭葆慎全家自机场接了回来。也遇到中国银行的利荣生。上去看复初。他头发花白，也没有以前胖了。他说一路很舒服。快到时晕机吐了。下机时大风雨。

施与郭熙明在那里不久即去。临行施与 D 密语，即是临时请她参加晚上使馆的接风桌。他没有请我。可是昨天却约了郭子杰。近来已几度如此（如请韦卓民那一次），不知道是不是什么时候开罪了他，还是因为子杰做过大官，我没有做过官。

复初说雪艇一电约他去巴黎，说中国应与其他四国轮流做主席。务必要他去帮忙。第二电却说中国是否出席和会，尚未定，请他勿对外发表。第三电又说要他去，已得主席同意。足见当时国内下棋不定的情形。

我说这次雪艇应该可以自己不来。复初说在国内太闷了。我原来又疑心国共问题已到不能解决阶段借此脱身。

近八时辞出。走过一电影院，即进去看 *Beware of Pity*②。这故事写一军官可怜一个残废的伯爵家小姐，相当的动人。

据说今天的大雨，为十年难得有一次的。有些地方，马路中可游泳。有些地方，路冲坏了，bus 开到人群中去。麦子等很有损失。其实这样的雨，在中国是家常便饭，每一夏天得有好几次。

今天接了华与莹本月八号从青岛所发一信。她们三号自津上船，六号到

---

① 卡通。
② 《心灵的焦灼》（1946）。

青岛，说十号可到沪。此时一定已在沪了。

1946 年 7 月 27 日
35:7:27（六）阴晴

晨去处。今天 Nancy 请假未来，她昨晚即到 Dover 去了。① 所以只是看了些书报。

一时到 Maxim。② 谭葆慎在此请郭复初，座中有陈尧圣夫妇、荣君、Baron Goffier③ 及 Kingsley Martin 及 Dorothy Woodman。Margery Fry 因事未到。Kingsley 与复初很熟。复初说他第一个中国朋友是 Lewis Dickinson，第二个是徐志摩。Kingsley 说第三是 Dorothy, and she more than the others。④

我们坐谈了一会志摩。Kingsley 说他与志摩及 Ramsay 常在一起。⑤ 可是他一向不知道他已结婚。

郑佛庭下午三时半到，所以二时半谭、陈、荣等先走。我也与他们同去。与尧圣同一车。他新学开车，也是新买的车。

尧圣说他的岳丈（黄小松）与复初是小学同学，结拜十兄弟，中间有雪艇，最大的是范熙绩，最小的是黄耀煌。中间有一姓陈，后来发了病，——难道陈仲杰发了疯吗？

尧圣说窦学谦回国去了。昨天 Baron Goffier 在机场迎接。钱存典笑他们是什么关系，是"先后同学"，尧圣说是"先后同事"。

下午天气好，一路下乡，尚有野趣。可是到了 Heathrow⑥，一看来的人太多了。大使馆，各武官处，华侨代表，中国银行等全体都在那里。徐叔谟也来了。他说已来伦数日。

---

① 去了多佛。
② 一时到马克西姆餐馆。
③ 高费尔男爵。
④ 复初说他第一个中国朋友是路易斯·狄金森。金斯莱说第三个是多萝西，同她比同其他人更熟。
⑤ 金斯莱说他与志摩及拉姆塞常在一起。
⑥ 伦敦希斯罗机场。

郑佛庭到时由施与郑冰及朱抚松等介绍了记者。走过来时，人太多了，有的拉到手，有的拉不到。他与我拉了手，可是并没有看到人。后来在屋内又拉手，才认识人。许多人并没有进屋内来。其实这样的远道来接，只是凑热闹而已。也许是对外人的一个表示。

与傅小峰及 Kitson 同车回。Kitson 是司长，还没有汽车。他是搭了交际司司长的车到车站的。K 说 Sir Horace Seymour[①] 一两天内即到，S 夫人早已到了。他以后拟退休，不做事了。他问郑佛庭是否长于演说。说这是大使的最重的工作。他说郭复初是 one of the best speakers among the Ambassadors，又说 Dr. Kov is quite good。我说我听说 Mr. Winant 并不长于演说,[②] 可是很成功。他说他只在广播中听过他一次，是不算能讲的。车到 Edgeware Road，走不动了。原来是今天有五十年摩托车的 Jubilee 游行[③]，正在经过。我即下车告辞。去看了一回，前一半已过，只看到近年的与今年新出的——新出的都是出口货。后面有种种 Bus track[④] 之类。

乘车到 Swiss Cottage。到 Embassy，正赶上看 4:45 分的 *When We Are Married*，是 J. B. Priestley 的 comedy。这是近于 farce，并没有什么 ideas 在里面。[⑤]

回寓晚饭。听广播时事新闻后又听了 A. A. Milne 的 *The Four Walls*。[⑥] 这是一个侦探剧本，情节极紧张，结局很巧妙。人物性格也不错。

1946 年 7 月 28 日

35:7:28(日) 阴

晨在寓看报。

---

① 与基特森同车。基特森说贺拉斯·西摩爵士一两天即到。
② 他说郭复初是大使当中最棒的演说家之一。又说科芙博士非常棒。我说怀南特并不长于演说。
③ 到艾奇韦尔路走不动了。有五十年节游行。
④ 公交车。
⑤ 到瑞士小屋。到使馆。赶上广播剧《当我们结婚时》。这是普里斯特利的喜剧。近于闹剧。没什么意思。
⑥ 米尔恩的《四面墙》。

约了三时半到 Clairdges 访郑佛庭。施在那里，不久即去。只有郑彬在座。在那里茶点。谈到五时一刻方出。

与他谈 Lady Cripps 访华的问题，英国对华文化机关有兴趣的是那几个。甚至使馆人员应有与外人应酬机会等问题。他对此一切都是没有底子。他再三的说我如想到什么应办的事，务必不客气的告诉他。

出门想去看 Shaw 展览，已太迟。到 Arts Theatre 买到一张当时的票。是 Shaw 的 *Don Juan in Hell*。平时演 *Man & Superman* 常抽去这一幕。[1] 此间专演此幕。极有意思。不过像这样的戏，看时并不比读时加增多少。全剧四人，并没有什么动作，只是说话，不用表情。只要口齿清楚便行了。

九时余回。在大世界吃了碗面。访徐叔谟未值。

看了些书。写日记。

1946 年 7 月 29 日
35:7:29（一）阴晴

晨到处。

到今天还没有接到 ISS 开会通知。打电话去问，说今天起已在开会。很生气，打电与 Blonay 去质问。回电只略致歉辞，并无解说。说会期明天九时起，房间已为我预备好。我回电说明天有事，要下午方能去。

徐叔谟来回访。他对于巴黎和会的意见与我完全相同。他以为外交部部长不来，亦不派人，只派驻法大使参加。

午后一时在香港楼约了蒲乐道吃饭。他过几天便到中国去了。他不想再做官。说如三年研究期满，他希望再弄一笔钱继续研究，如不可能，则或为国立编译馆译书，或在北平的学校教书。

---

① 想去看萧伯纳展览。到艺术剧院买了当时的票，看萧伯纳的《地狱中的唐璜》。平时演《人与超人》，常抽去这一幕。

1946 年 7 月 30 日

35:7:30（二）阴晴不定

晨到处。

写信打电话等等。忙了一阵。

一时到上海楼。徐叔谟请郑佛庭。全体的馆员，都请了，也只有六个人——施、傅、陶、郭、赵、李——后二人还是临时帮忙。此外有郑彬。

叔谟与我先到。说他到 National Gallery 去看了一次，深觉中国画不如西洋画。我说二者极难比较，但我以为中国——尤其是宋元人画——并不在西洋画之下。趣味大不同。

有郑、徐在座，大家都不谈话。施都不怎么开口。郑、徐外只有我与郑彬说话，傅、陶有时插一二句。郑大谈吃菜喝茶。如茶以第二次水为最佳，英国人却倒了。如许多中国人也不会斟茶。四五杯茶，应各先倒半杯，又回头倒半杯，味方平均合适，否则先淡后酽。

郑八日递国书。此次便得拜各国大使。公使则先来拜。驻英使节有五十人左右，一去一来即百次。叔谟说土耳其有三十余使节，他驻土一年，还没有拜完。因为一路的换人，旧的拜过了，新的又来了。

叔谟因谈使节分大使、公使极不合理，应废弃。如我国向派公使至瑞典、兼挪威。现在反而派大使去挪威。经费并无问题，因大使亦可有等级。公使可有大使待遇（如他在澳洲），大使也可有公使待遇。

近三时席散。乘车去 Liverpool St. 乘 3:42 去 Cambridge 的车，五时四十余分方到。

今天接到华二十日自沪所发信。她们九号到沪。因无船来英，决定先去美。已经到京去英美使馆签字。看到立武及雪艇夫妇。船是八月三十一号的。说十四天可到美。要在美看博物馆等等，说到英当在九月底了。其实哪有这样快的呢？

到剑桥后 Blonay 派了一位 Miss Roberts 来接，雇了 taxi 去 Guiton College。[①]
到已六时，可是还在开会。即去参加。在长方的会堂中放了四条长桌，做口字型，大约有三四十人。中国人有江文翰及黄秀玑女士。

1946 年 8 月 10 日
35:8:10 (六) 晴

今天伤风加剧。

上午到处。为了使馆请客事，费了不少时候。

午饭后到 Royal Academy[②] 看夏季展。这是末一星期了。花了一点半点走了一圈。并没有多少令人注意的作品。在那里喝茶。

到 Bernard Shaw 展览，在 National Book League。[③] Shaw 的东西，少不了有趣的。例如印的 postcard[④]，应付种种的请求，即别开生面。可惜去到已五时半以后，六时闭门，没有看到多少。下次有暇当再去。

到处看了些报。

七时半到 White Tower[⑤] 吃饭。价贵惊人。

九时到 Arts Theatre 看 *The Vicious Circle*[⑥]。这是法国作品的翻译。全剧只三人，一男二女。由 Alice Guiness, Beartrix Lehmann 及 Betty Davis 演，做工极好。地狱的刑罚，全系心狱。这一幕相当紧张。男女之 nude love，也赤裸裸的表演出来。[⑦] 我们适坐在 Prof. Ivor Evans 之边。他说还是旧时的地狱比较的不如此可怕。我却觉得还是入如此的地狱，比上刀山油锅好些。

---

① 布洛奈派了一位罗伯茨小姐。雇了出租车去基顿学院。
② 皇家艺术学院。
③ 萧伯纳展览。在国家图书联盟。
④ 明信片。
⑤ 白塔餐馆。
⑥ 《恶性循环》。
⑦ 由爱丽丝·吉尼斯、比阿特丽克斯·莱曼及贝蒂·戴维斯演。男女之裸爱，也赤裸表演出来。

1946 年 8 月 18 日

35:8:18（日）晴

晨在寓看报。

下午三时动身去上海楼。今天是 Frances① 与海军的楚玉璋结婚。我到时婚礼已在进行。里面的厅已坐满，后面站了不少人。我只见谭葆慎站在台上，行证婚礼。此外什么都不见。与几个人谈了一会话。婚礼完毕，新人退出来，忽然又被叫回去，有人照了不少相。外面桌上放了些人们送的礼物。（我送了 Harrods② 礼券二镑，未见。）Frances 还是只擦了些粉，连口红都没有。礼成后搬出点心及一瓶瓶的酒。可是一下子桌上便坐满了人。我与 Frances 道了喜，便走了。

出去四时余，即去看电影 *Devotion*。③

---

① 弗朗西斯。
② 哈罗德百货公司。
③ 《挚爱》。

西滢家信：致陈小滢

1. 1944 年 5 月 6 日①

莹②宝贝：（39）③

　　我上信告你们我要在莎士比亚生辰的纪念日，到他故里去游览。他的生日后人说是四月二十三，与他的死期是同一天。你的生日不是二十一日么？我决定了二十号去，在莎翁的故里为你过生日。可是我几乎去不成。因为那时候去的游人特别多，而那里的旅馆大都被军队占用，只剩有二三家比较大的，当然早就定租一空，一点办法也没有。我想只好取消原议，等到将来才去了。幸而有一个与国外文化合作的机关，大英文化院，为我介绍了到一个英国人家去住。我很是高兴。当初只以为是一个平常人家，也许是有房出租的人家。谁知到了那里，才知是当地重要的绅士。这一位先生名麦色乌（Mathew），职业是牙医，曾经做过市长，现在是市议会的议员。他年约五十岁，儿子在北非打仗，女儿也大了，在外做事。他三四年前续弦，娶的一位太太是美国人。这位太太年约四十岁左右，从前的丈夫名派逊司（Parsons）生有两个女儿，一个儿子。大女儿十八九岁，二女儿十五岁，儿子十二岁。他们夫妇二人与孩子同住，我去时学校正放假，所以孩子们都在家，学校开学后，他们三人都住到学校中去了。他们这一家大小都很和气亲热。我去后当我是一家人一样，一切都很自由。他们给我一间很好的睡房，但白天在家时，完全在他们客厅中起坐。我住了五天，一天吃三餐，比在旅馆中吃得好得多，一个钱都没有花。第二个女儿叫 Mopsy，年十五岁多一点。比你只大一岁多。可是她长得很高大（在英美人中不算高大，她母亲长得很小）。我想比保熙④还要高大得多。初看时好像有十七八岁了。她人很活泼，爱说话。她们看见你与姆妈⑤的相片，很是喜欢你们。Mopsy 写了一封信给你。你大约看得

---

① 　"西滢家信"部分，除陈小滢女士所作注释以"——小滢注"标记外，其余注释由傅光明标注。
② 　莹：我爹爹叫我小莹，没三点水。他念我名字是小俗。南方音。——小滢注
③ 　"（39）"为陈西滢为家信所编的序号。
④ 　保熙：她是我小时的同学，是武大刘秉麟的女儿，很胖也很高，比我大几岁。——小滢注
⑤ 　姆妈：姆妈是母亲。南方人的称呼。——小滢注

懂的了。她希望你回她一信，告诉她我家的情形。你们如能继续通信，倒是好的。一则交一个朋友，一则练习练习写英文。信务必要自己起稿，写好后可以请姆妈改改，也请桂伯母①改改。

　　司德腊福城②并不大，只有一万多人口，比嘉定还少得多。所以只消一个小时左右，便可以在城里走一遍。莎士比亚生于此。现在可以参观的有他出生的房子，有他太太生长的房子，有他后来归老时住的房子。（现在房子已没有了，改成一个花园，可是左旁他孙女婿住的房子还存在。）有他读书的学校。其实他生身的房子，已经是改造过了，是否在那地点，还是疑问。他太太的房子也有问题，他的学校也多少出于后人推测。但是在河畔的教堂中却确实有莎翁的坟。这教堂的纪录中，也有他受洗的日子，与下葬的日子。最可留恋的莎比③纪念剧院。这剧院是焚毁后在十余年前新建筑的。外面临河，旁是草地树木，地位④非常的幽雅。建筑新式合用，无论在哪一方面讲，都比伦敦的一般戏院好——看得比较清楚，听得比较清楚，坐得比较舒服。从四月起到九月止是莎翁季节，除了是星期日外，天天演莎翁的戏。大约每年有八个戏轮流的上演。我一连的看了四个。星期六（二十二），星期日（二十三）都有仪式，在教堂中举行。行列由市政厅走到教堂，由市政领队，教堂中都有关于莎翁的讲演。这两个仪式我也被邀参加。而且天气很好，真是春天。樱花、梨花到处都盛开。要是你和姆妈同去，那真是人间仙境了。

　　祝康健

爹爹

五，六⑤

----

① 桂伯母：是桂质庭教授的夫人，她是美国人，在乐山，武大附中教我们英文课。桂伯父在武大好像是教科学的，和我父亲同时到国外的。他有一个儿子现在是专门医治艾滋病的专家。现在武汉。很有名。——小滢注
② 司德腊福城：即莎士比亚的故乡，埃文河畔的斯特拉福德（Stratford-upon-Avon）。
③ 莎士比亚之简称。
④ 即位置。
⑤ 即5月6日，其后家信落款后的文字亦为相应日期。

2. 1944 年 5 月 23 日

莹宝贝：（40）

  我不知道你还记得不记得，在武昌的时候，我们认识一家英国传教师〔士〕，叫 Walbridge①，他们家有一个儿子叫 John，比你大一岁多，一对双生的女儿，一个叫 Jean，一个叫 Joyce，只比你小一个月。你的相片本中有一张五个小孩同照的照片，她们俩即在里面。后来他们又生了一个儿子，叫 David，现在十二岁。他们这一家九年前因父亲有病回国。病后来好了，没有能再出去。我们通过一两次信，便断绝音讯了。我来此后曾向伦敦教会去打听，过了好久才得到回信。他们已不是传教师了。地址虽有，不知仍住不住那里。我寄信去，居然仍住那里，即在伦敦。他们夫妇来看我，我请他们吃饭。我昨天到他们家去了半天，认识了全家的人。John 虽然只有十五岁，已经长得有六尺高，比我高了好几寸。瘦瘦的像一条竹竿。孪生姊妹一点都不像，非但看不出是孪生孩子，简直不容易知道她们是姊妹。Jean 高五尺三寸，瘦瘦的，头发棕色。Joyce 高五尺一寸半，长得很胖，头发是浅黄色的。他们不进学校，只是在家上学，父母自己教课之外，也请了别的先生，也有二三个孩子在他们这"家塾"里寄读。此外，Jean 到一个音乐跳舞学校去一天，学舞蹈，唱歌，舞台道白。她想上台跳舞。Joyce 则想学平常的戏剧，小儿子 David 要学电气工程，John 则学语言。他们这一家自大至小，自老至幼，都想将来到中国去。他们都是生在中国，觉得一半是中国人，应当到中国去做事。都是中国迷。中国话已经忘了，可是会唱三民主义。他们都希望你能来，上他们这家塾，他们可以教你英文，你可教他们中文。华太太②与我谈了好久，要为你们想办法，这当然是只好说说罢了。在这时候有什么办法呢？这一双

---

① 这所谓的"传教士"（missionary）后来害了我父亲和我，这是他以为他们是好人，在武汉当过传教士。其实后来骗了我父亲不少钱，还在我到英国后，害了我。那时我父亲以为他们是好人，尤其以为他们有孩子，会对我有益。——小滢注

② 华太太：即 Mrs. Walbridge，"华"先生的夫人。

姊妹都答应与你们通信。她们是我们老朋友，若通信起来，也许可以继续不断的有书信来往。将来可以寄书寄报的时候，她们也可以寄书报给你。她们写了信后，我即寄去。

　　祝你康健

爹爹
五·二十三

3. 1944 年 10 月 4 日

莹宝贝：(48)

　　你八月卅日写的信，已经收到了几天。你高中已考取，而且考在前十名，我听了也喜欢。郭玉瑛在小学时很平常，现在居然考得很好，入学时考第一，足见进步了。你说初中毕业时考前三名的可以升高中，不必经考试，不知这三人是谁？萧而江与吴令华①小小年纪，都失了父亲，不知道功课如何？你早听我说过，我只希望你功课做得相当好，并不希望你考第一。只要你基础打得结实，考得如何并没有关系。尤其是我希望你的身体结实，行为大方。你没有坏习气，是我听了最喜欢的。一个孩子学会了说谎，作弊，心术不正，他功课再好也没有什么可取了。吃烟草等等，本来也不是大毛病，但是小孩子吃烟，并无益处。背了人吃烟，便是作伪了。你能做菜，煮饭，洗衣，拾柴，不挑穿，不怕做粗事，我听了也喜欢。这种的一切，在英国美国是很平常的。外国女学生，在学校里大都学做菜洗衣，中国学校却没有这种功课。我在剑桥看见哲学家罗素。罗素是贵族，伯爵。他家里便没有佣［用］人，他的太太，伯爵夫人，自己收拾房子，做饭。我也看过一个戏，叫 *How are they at home*，里面有一个贵族夫人，自己白天在兵工厂里做小工。不是谁都知道英国首相邱吉尔的女儿玛丽是一个高射炮队的下级军官吗？当然英国也有荒唐的，花天酒地的，不做事的人。这样的人哪一国都免不了。只是英国

―――――――――――――――

① 郭玉瑛、萧而江、吴令华都是我的同班同学。——小滢注

这样的人少。而且要是年龄在当兵役的年龄，身体没有毛病，便跑不了去当兵或做工。

欧洲战事，有人认为今年可结束，有人认为今年捱不了。欧洲冬季天气坏，如十一月底完不了，也许得拖到明年春天。再则是接济问题，盟军的军需给养如能有方法不断的接济，战事便可早完。

祝你康健活跃

爹爹

十、四

4. 1944 年 10 月 12 日

莹宝贝：（49）

我现在回到伦敦来住了。九号别了剑桥，回到伦敦。走的时候着实有些依依不舍。剑桥的地方实在好，学校实在好。可是据说一般的学生，在那里不容易读书。因为他们早晨八九时吃早饭。十一时吃咖啡。一时吃饭。四时半又喝茶。七时半吃晚饭。下午得运动，如撑船，踢球，打网球之类。晚饭后有种种的会，如学生会，文学会，等等，一个好交际的学生，在学校中简直读不了书。倒是要等放假的时候回去做工夫。剑桥与牛津大学的学期也很短。一年三学期，第一第二学期都是八个星期，第三学期只有六个星期，一年上课只二十二星期，放假倒是三十星期。

十月十日国庆，中午十二时在大使馆举行纪念会。顾大使①到美国去做首席代表，出席战后和平筹备会议，这里有代表施德潜参事主持。那一天只招待中国人。大使馆和领事馆的馆员之外，有武官有空军陆军海军的人员，有教授，如方重②，有学生，有商人，如饭店老闾之类，有太太小姐，有小孩。总共约到了一万多人。致辞的有主席，国民党代表，侨民团代表。演说共有

---

① 顾大使：当时中国驻英国大使顾维钧。

② 方重（1902—1991），文学家、中古英语专家，1923 年毕业于清华大学，后赴美留学。1927 年回国，曾任武汉大学外文系主任。1944 年赴英讲学，任剑桥大学三一学院客座教授。

两个人。一个是我一个是中大教授张汇文（与方重同来）。我讲双十节的前顾后瞻。张讲宪政的新发展。散会后大家在使馆聚餐。是主食，各人自己取要吃的东西。饭菜是使馆的中国厨子做的，有包子，枣饼等等。

那天晚上华商协会在新中国楼宴会。每一位会员可以请一位客。我是被请去的客人之一。吃的菜好极了。有鸡汤粉丝，有鱼肚，海参，有紫菜汤。这都是来英后没有吃到过的东西。那一晚的主宾是昆明主教朱友渔。他说起中国妇女的抗敌贡献。十一号中午，萧乾请客，请了使领馆的几人和方重等诸教授，共二十多人。吃的是意大利菜。晚上领事馆的职员祝文霞女士请客，请了大使馆的几个人，萧乾和我共十人。祝女士是无锡人，很能干。中国的女外交官不多，英国只有她一人。

伦敦的中国饭馆，总数听说有一二十家。我没有都到过。去的最多的是上海楼，主人姓陈，死了，现在是他的女儿在维持，生意不坏。另一个是香港楼，主人是国民党的主持人，挂了不少党国要人的字画。又有一个是新中国楼，主人名利安，从前是电影明星，所以墙上挂满了许多明星送他的相片。生意都好极。

祝健康

爹爹

十月十二夜

5. 1944 年 10 月 26 日

莹宝贝：(51)

这几天的消息太好了。前几天美军已在菲律宾登陆，这两三天，美国海军与日本海军在菲岛附近大战，日本大败退却。要是日本海军所受的损失，真是如报导［道］所载的那么多，那么短时期内恐怕不敢再出来了。美军在菲岛因此也比较容易进展，而且更重要的，如敌人海军不出来，美军便不难在中国海岸登陆。我们所渴想了几年的救援，这时候真是来了。

我从前老是希望欧战快结束，结束之后，可以把欧洲的海空军都移到太平洋去。我现在并不希望他们快结束了。因为不论欧战什么时候结束，美国海空军已经有足够的力量，可以步步进攻，把日本与南洋切断，把日军迫回东北去。

日本要解决中国，它现在已经没有这力量，更加没有这时间。中国军事最危险的时期已经过去了。日本人此时手忙脚乱，要先顾到守卫。我想今年冬天，美军一定可以在我国广东、广西登陆。香港、广州夺回来以后，我们有了接济，便可以修复粤汉路，一路的打回衡阳、长沙、汉口。明年夏天，我想可以回汉口或南京了。

至于欧战，有人还是说今年年底以前可以完毕，许多人渐渐的觉得今年完不了，恐怕得等到明年春天了。

刘伯伯①说你越长越像我，我当然听了很高兴。姆妈说你长得有些像爷爷，脾气也有些像，我听了更高兴。爷爷是一个真正的好人。他待人最诚实，做事最忠心，永远的为别人打算，不为自己打算。所以他一直吃苦，一直很穷，可是他一直不曾有问心有亏的时候。能够像他，真是好了。

听到现在有桂伯母教你们英文，张远达教你们算学，很是欣慰。你去年一年，没学到东西，今年可以好好的补救一下。英文的发音如起初学得不正确，到后来很不容易改。算学如前面不弄清楚，后来便不会懂。所以今年有了好机会，望你好好的利用，不要错过了。国文可以自己在家里补习，多念熟几篇文章，多看些好书，自然会通顺。

你有时"而"字用得太多。从前有一个人去考，考卷中用不知多少而字，考官在卷后加批，也都用而字。全文已忘，只记末二句为"而今而后，已而已而。"你的文中有些而字去了倒通顺。总之一切虚字能少用都是少用的好。

诗能够陶冶性情，养心安神。你时时读些诗句，是最好的。不知你爱读什么诗。祝康健

爹爹

十·二十六

---

① 刘伯伯大概是刘保熙的父亲，刘炳霖教授。——小滢注

6. 1944 年 11 月 10 日

莹宝贝：（53）

十月十二日的信已收到。你给 Mopsy 的信，我已为你寄去。这信写得不错，只是有好几个错字，和造句及文法的不妥当。我另打了一份，完全照抄你的信。另用红笔将错处改正，寄回给你。你的原信，我没有如此改，只校正了几个错字，和几处不易看懂的地方。

你中文信也有进步。只是你喜欢用"而"字。"而"字太多了。从前有一个人去考，文中满是"而"字，主考在卷后加一批语，也句句用"而"字。我只记得最后两句"而今而后，已而已而"。以后千万少用"而"字，能不用即不用。一切虚字，都是能少用便少用，能不用便不用。如此，人们便觉得文章干净通顺。

你在信中对于国事很关心，我读了很感动。你是一个有血气有热情的孩子。是一个好的未来国民。我相信如国家用得到你的时候，你是不辞的。我记得我十四五岁时，也非常的激昂慷慨。我那时恨不得为国家赴汤蹈火。我现在回想起来，也觉得自己不差。只是我在那时候，做功课却不用功，日子一天一天的糊里糊涂的过了。我那时不知道，建国事业全靠大家埋头苦干。我不知道比较起来，冲锋陷阵的容易的，从容就义就难了，按部就班的埋头苦干，长久不怠，就更难了。战国后赵家的二个家臣要保全赵家的一点血肉，一个人牺牲自己和自己的孩子代主人的孩子，一个人养小主人长大。死的人对生的人说"子为其难，我为生易"。这话相当的有理，因为死只死一次，生的人却得二三十年如一日的教育主人，准备报仇，不能有一刻的懈怠。附寄一个法国英雄寄他父亲的一信。很动人，你可译成中文。你现在努力的做功课，即是尽你的责任，将来将你的学力为国家尽力，也就是报国。你这一季对于数学英文喜欢，极好。国文却不可不喜欢。一个中国人国文不通，如何使得？

桂林现在还在死守中。我希望桂林能够不失。美军已达到菲律宾，大约得二三个月，方能将几处的日军打败，几个机场加军团。明年年初，便可以在我们的南部海岸登陆了。日军即占有了桂林，也挽回不了他们的命运。贵阳是决不会失的，四川是绝对没有问题的。德国也许在这两个月内会崩溃，即二月内不崩溃，明年春天是必败无疑。德国一败，全世界来共同对付日寇，一定不消很长的时间即解决日本的。我说明年底以前，世界的战事都可以结束了。所以我劝你不必太悲观。

祝康健努力

爹爹

十一．十日

7. 1944 年 11 月 17 日

莹宝贝：（53[①]）

这两天的消息很不好。桂林柳州相继失守。这些地方，都是你三年前走过的，默想起来，一定更是惨伤。听说敌人已经到了宜山。我想他的目的，还是在打通镇南关，不是在攻贵阳。当然这一切看我们的抵抗的力量。我想贵州是山地，不易进军，贵阳十九可无虞。不过在贵州的人，却不免大大的受惊。在桂林的二姑姑和姑丈，李仲朴伯伯和伯母等人不知到哪里了？在贵阳的二伯伯，在遵义的二姑姑和姑丈等不知要不要迁移？有什么消息否？望听到消息写信时不要忘了告我。

但是我们也不要太悲观。日寇是在拼命的挣扎，但时间是在我们的方面。他也许在今年之内打通镇南关。但是我们在缅甸的军队还是在进展。今冬缅甸方面一定有比较大的胜利。美军在菲律宾也在进攻，我相信今冬菲律宾一定可以解决。这样中国和英美便可以在三方面包围日寇，一步步的逼他回去，迫他倒退了。

欧洲战事还是说不定可以今冬结束。昨天起西线开攻一个总攻击。美国

---

① 信的编号与上一封相同。

的四个大军，与英国的一军，法国的一军，同时进攻。这几天内，应当有一个分晓。可惜今天又是不断的雨。这天气真气人，老是帮着对方。所以英人称它为（Quizzling weather①）纪斯林天气。纪斯林是头号汉奸，即等于说"汪精卫天气"也。

说到汪精卫，想起他前几天死在东京。这个人年轻时是何等激昂慷慨的志士。文章写得好。诗做得好。演说非常的动人。我们在青年壮年时何等的佩服他，崇拜他。不想他如此下场。古人有诗说："周公恐惧流言日，王莽恭谦下士时。若使当年身便死，此中真假有谁知？"② 又有两句俗语说，"一失足成千古恨，再回头是百年身"。一个人的立身行事，是丝毫马虎不得的。

听说桂伯伯等几个人，也得到一部令，延期留美一年。不知桂伯伯是不是回到华盛顿去，还是继续在哈佛大学做研究。

我常常想念你们。希望你们好好的保养身体，好好的工作，好好的玩。

爹爹
十一、十七

8. 1944 年 11 月 22 日

莹宝贝：(54)

十一月十九日的信已收到。你光说接到我的信，但未说接到哪一号的信，或某月某日所发的信，所以我还是不知道你们接到什么时候的信了。

你在信中又大发牢骚。又说你很好酒，所以连干三杯大曲酒。这两件事连在一起，可不大好。中国一向有许多名士，穷愁潦倒，对于什么都不满意，什么都骂，什么都批评。可是他们自己呢，也不干些切实的工作，有益国家，有利人民，只是喝了酒骂骂人，喝醉了便大哭一场。有时候做几句诗，发泄一下胸中的块垒。要是他们的诗做得好的话，还有一点贡献，如做得不好，

---

① 英文意为"恶作剧天气"。
② 此诗原为白居易《放言五首·其三》后四句："周公恐惧流言日，王莽谦恭未篡时。向使当初身便死，一生真伪复谁知？"

这些人与醉生梦死的人还不是同样的成了国家民族的罪人？当然偶尔喝喝酒是没有关系的。偶然发发牢骚也是应当的。两件事成了习惯便不好了。

外国的孩子最重要的工作，还是做他们学校内的功课。中国这几年来，学校一天天的退步，学生受不到良好的教育，实在是一件大憾事。好在今年你们的英文先生是桂伯母，算学先生是张远达，比去年好。希望你好好的读这两门功课。

你愿意永远的不沾染坏习惯，我听了很高兴。一个人最要紧的是有诚意，小孩子最好的是天真。我希望你能保持天真，永远的做一个有诚意的人。被人们看成疯子是不要紧的。

英国的报纸这半年来都是攻击中国，很少说好话。最近政府改组，报纸大都表示欢迎。希望朝野上下大家努力。有一位美国朋友说，中国的坐到第四把四强的交椅，完全出于美国的帮忙。千万要自己坐牢了，不要常常的溜下地去。这是什么人都应尽一份责任的。

祝康健

爹爹

十一、十二

9. 1944 年 12 月 7 日

莹宝贝：（55）

我上星期六搬了房子。本来住的是旅馆，现在住的是近于公寓。可是我有一间比较大的书房兼客厅，一间小小的睡房，和一间很小的单独用的浴房。这三间房外面有一总门，这样房子英人称为 flat。不过到街上去还有一大门。这房子的最大好处是很私宿，不必与人来往。可是房东又可来打扫屋子，早晨可以送早点来。有暖气设备，虽然水温不大热，多少还减去些寒气。因此价钱比较贵。还有一个好处是睡房的床不太小。客厅中有一张 divan① 可以当

① divan：可当床使用的长沙发或沙发椅。

床用。所以要是你们能来的话，最初期间，我们即可勉强的住在这里面。这种房子，加人不必加钱，不像旅馆，多一人即多算一个人的钱，我决计租这房子，这是主要的原因。现在一个人住是贵些，三个人住也不算太贵了。自然要是你们真能来的话，到后还得另找房子。可是有这里住着，不妨慢慢寻找，不必急急忙忙的着急了。

这屋里离华师母家不顶远。是在同一区域。只是走起来也得二十分钟左右，没有车可以通。华家①也是住的公寓。可是一家分了三间在不同层的房。客厅又做饭厅，又做教室。还放了两张床。华师母在外面到处去演讲，靠此为生，常常一出门二三星期。华牧师反而在家管家，教孩子。双生姊妹平时做饭。她们说要与你写信。始终未写成。我也很少看到她们。搬来后上星期去看他们。华师母不在。Jean 立即坐下来与你写信，写了两张卡纸，又停止了。

此刻接到你十一月七日晚所写的信，你说你希望你的脾气能像叔公②。孟子有一句话，"富贵不能淫，贫贱不能移，威武不能屈，此之谓大丈夫"。叔公真是能够做到这三点，他所以真是大丈夫。能像他就好了。

祝康健

爹爹

十二、七

10. 1944 年 12 月 21 日

莹宝贝：(57)

你来信信封上写 Chen Yuang 是错的，不应当有最后的 g。前天接到你十一月十三日的信，今天又接到你二十八日所写的信。这信不过三星期便寄到，

---

① 即沃尔布里奇家。

② 叔公吴稚晖是我祖父的表哥，他是几代独苗，后来因为他母亲姓陈，从小住在我家。所以，我从小叫他叔公，不是舅公。是他帮助我父亲在 15 岁去英国读书的。他和孙中山等人成立了同盟会。蒋介石特别怕他。他是个怪人，但很可爱。我小时他佩服他。他穿的衣服很破，好几次被打，以为他是要饭的。他来过我家，我也去过他家。他养了几只猫，都是政府大员的名字！他真可爱！——小滢注

可算快了。你写这两封信时，姆妈已去重庆，你一个人在家，当然觉得寂寞。也可见你真是长大了，所以一个人住在家里看家。虽然有干姐姐①晚上来陪你，孤零零的，冷清清的，你的胆子算得大了。我离家不到两年，你在这两年中，真是变了。一年前你写的信，还是一个小孩。最近你的信是一个青年了。不但长篇大章发议论，说话也很有见解。你的脾气并不怪。一个十四五岁的人，本来应当跳跳碰碰的，与男孩子差不多的。在这新的时代，青年应当活泼，有生气。血气是谁都该有的。如国家到了生死存亡关头，连青年们还漠然，无动于衷，这国家也该亡了。这民族也该消灭了。方克强等都真想参军，这是应当的。当然他们年龄还太小。如再过两三年，中国还没有打完仗，他们便真该参军去了。到那时你如要去到军队去做看护或其他女子胜任的工作，我不但不阻拦你，我还得鼓励你。你现在还太小。这时候你做一个好女儿，做一个好学生，便是尽国民的责任。你说得很对，只要功课不差，人格不坏便好了。一个人的心地第一，品格第一。心好，品格好，便是好人，如功课好，能力好，便是有用的好人了。英国首相邱吉尔有三个女儿，两个嫁人了（一个嫁了在戏台上做小丑的，一个嫁一政客，现在已经是政府的阁员了），小女儿 Mary 是他最钟爱的。可是打仗以来，她便去当女兵，在高射炮队中做事。起先是一队员，现在是一小军官。这多应可佩服呢！邱吉尔一个儿子在打仗，曾乘降落伞落入南斯拉夫的游击队。罗斯福总统的四个儿子都在军中。

祝康健

爹爹

十二、二十一

11. 1944 年 12 月 27 日

莹宝贝：(58)

唐诗人王维有两句诗道"独在异乡为异客，每逢佳节倍思亲"。这真正说

---

① 即杨静远。

到了旅人的心事。在平常时候，大家忙忙碌碌，各有事做，只有在月下灯前，引起离愁。一到佳节，大家都不做事，关门过节，旅人的日子才正是不好过。英国虽然有许多节气，但是真是当节过的，只有一年一次的圣诞晚，节后为节赏日，前后三天几乎全国什么工也停了。饭店也大多关门。圣诞节那一天车辆都很少，今年更加上地道车工人罢工，所以路上格外萧条。恰好这几天是今冬最冷的天气（据说五十年来最冷的圣诞），屋檐上，树枝上，地面上都铺了白霜，白得如雪似的。圣诞晚早晨①有些太阳，霜还是不化，以后天天都是雾。真是愁云惨雾，坚冰寒霜，难过极了。

去年过节，在十四姨②家中，还有家庭风味，今年几乎一个人孤零零的独过。圣诞晚前一天，武大毕业生，现在英国演讲的叶君健来了。他在伦敦找不到旅馆，来投奔我。我不是书房中有一张沙发床吗？他住了两三天，我们彼此都有了伴。

我把这几天的生活写信给你看。

星期六下午君健来了。晚上有广东学生林君夫妇请我去看戏，客人还有大使馆参事陈维城全家。看的是圣诞节时候流行的 pantomime，这一字中国字典译为哑剧，其实原来是哑剧，但早已不是哑剧了，而是一种儿童故事剧。我们看的是 Cinderella③（即玻璃鞋），这样的故事你当然记得。可是在这故事中插了许多小丑打诨、跳舞、杂耍等等。王子与他的男仆都是女人扮的，两个丑姐姐是两个女丑角，做种种行动引人发笑。这是小孩子看的戏，外国人大都带了小孩子。我们这一群中只有一个人不到二十岁。有一位老太太已六十多岁了。我看了并觉得有趣，要是你代了我就好了。那天晚上我与君健谈到两点钟才睡。大约是谈久了，简直睡不着，四时起来吃了安眠药，五时才入睡。

星期四是圣诞晚。那天晚上有顾大使的女儿女婿（钱家祺）请我去吃饭。钱太太名 Patricia，以前在英学科学，是周大姐（如松）的同学。后来回国结婚。今年他夫妇又来了，钱先生没有出过国，现在在剑桥大学做研究。他们

---

① 即圣诞夜那一天（12月24日）的早晨。
② 凌叔华的妹妹凌淑浩。
③ 今通译为《灰姑娘》。

有一儿子叫 Michael，已三岁，一点都不怕生人，他的父母不在客厅，他一个人会进来与客人玩。钱家没有仆人，但顾太太在英小时的养娘现在来帮他看小孩。今晚顾太太做菜，养娘帮着，真是做得丰盛。有火鸡、大虾、鹧鸪、冻羊肉、红烧肉、冰淇淋、Xmas① 布丁、Xmas cake②，他们有圣诞树，上面挂了礼品，我们抽签，我抽了一个月份牌。客人有驻荷兰大使金问泗及他的女儿（约十六七岁，明年预备考大学了），吴医生，海军周上尉，陆军郭中校和剑桥的研究生张自存。

星期一是圣诞节。本来是一个人在寓吃饭，君健在郊外有约会。可是那天地道车工人罢工，他退了回来，所以中午有两个人吃饭（房东买了一个火鸡）。吃饭时听广播。里面是英国出征的军人与他们的家属在广播中对播。有好几个小孩叫"爹爹，恭贺圣诞，望你早早回来"，我听了几乎落泪。正在这时候，收到了姆妈从重庆寄来的信，真是高兴。广播中有英王演说，后来是奏各国国歌，向各盟国致敬。美国第一、苏联第二，我们说看中国还是不是第三。居然还是第三。我们也觉得喜欢。

那天下午五时许，我们到华师母那里去了。华家清贫得可怜。他们今天没有火鸡，也没有鹅，只会同另几家合买了一个鸡，一块猪肉过节。他们的煤烧完了，这两天不能买，只烧一两块大树枝。可是他们玩得很高兴。他们四个孩子外，又有三个半黑人的女孩，两个黑人，两三个欧洲女人，玩音乐椅子，演谜戏，跳舞等。Jean 现改名 Elizabeth，已学了三年 ballet③，也跳了一次。我们九时才告辞，回家吃冷的晚饭。

星期二是节赏日（Boxing Day④），君健出去到人家过节去了。我一个人在家看书，吃饭，听广播。希望进城访人，又不遇。没有办法，即一个人去看了一个电影。中间有一个片子是 Walter Disney 的 *Dumbo*⑤，是五彩的正片，述一个大耳朵小象会飞的故事，很可笑，很好玩，为之启颜。

---

① Xmas，即 Christmas，圣诞节。
② 即圣诞节蛋糕。
③ 意即：珍现改名伊丽莎白，已学了三年芭蕾。
④ Boxing Day，即盛大节礼日，在信仰基督教的国家，专指圣诞节次日，俗称"节礼日"。
⑤ 即美国迪士尼电影公司摄制的电影《小飞象》。

今天已经不是节了。君健也走了。可是铺子大多仍不开门，天阴沉沉的，雾很浓，霜很重。可是寓中没有饭吃（中午照例没有饭吃，除了星期日，晚上星期三星期日也没有饭）。中午走到附近饭馆去吃饭，剪发。晚上不想出去了，即在寓煮些茶吃几个饽饽似的东西。

可是晚上广播有 Handel 的 *Messiah*①，我一面在听音乐，一面给你写此信。算与你在佳节中对话了。

君健在外游行演讲，到处都有汽车接他去会场，送他回旅馆等。他起先以为是平常的开车的。与开车的谈起来，原来有的是工厂的工程师，有的是律师，有的是贵族夫人。这也是战时工作的一部分。这车子是他们自己的。有私车的人都得登记，并说明哪一天什么时候有空。到那天如没公车，总拟图便打电话叫某人开车去某处接某人等等。为了公事，可以领到公家发的一定数量的汽油，且由坐车人签字。所以要是一个人不知道，当他们是车夫，就糟了。祝你新岁活泼快乐。

爹爹
十二月二十七日

12. 1945 年 1 月 3 日

莹宝贝：(59)

一九四四年的末一天，我接到你十二月三日所写的信。我知道你和玉瑛及衍枝都报名从军了。我听了这消息很惊奇，很受感动，也很自豪。你们这样小小年纪，便如此爱国，便这样的富于自我牺牲精神，真是可爱。要是中国青年都有这种精神，中国一定振兴。要是中国人都有这种精神，中国一定强盛。就是大部分的人醉生梦死，没有国家意识，只要永远有小部分的人有这种精神，中国也是不会灭亡的。

你说你报名后为了想起我们，一夜没有睡着。这种内心的冲突，像你们

---

① 即英国作曲家亨德尔享有"圣乐"之美誉的清唱剧《弥赛亚》。

这年龄的人不应有只因中国一切没有上轨道，以至十四五岁的人想从军，救国，发生冲突。如中国是一个上了轨道的近代国家，何必把这种责任背上你们的肩头。华家孩子听了这消息，很是惊异。英国虽然在打仗，但孩子们仍然上课和玩耍，报国救国的意思，他们做梦也没有发生过。

可是到了十八岁，他们自然而然的都得去服军役。男的去受军训、打仗，或做矿工，女的服军役、做军工、制造军火。谁也不能说不去。过去中国的智识青年过于受优待了。我们口口声声说哟啊打倒"好儿不当兵，好铁不打钉"的观念，可是智识青年还是不去当兵。当兵的都是没有受过教育的农工阶级。这实在是要不得的。所以要是你是十八岁的话，你去投军，我虽然难过，一定不来阻止你，也许还要来鼓励你。

但是你现在只有十四岁。离开服兵役年龄还很远。不到兵役年龄的人，哪一国军队也是不收的。我记得在美国的时候，在报上看到一个消息。有一美国男孩，年十五六岁，但长得非常高大，身长六尺。他偷偷的瞒了他的父母，到另一城去报名从军，居然操练完毕，送到南太平洋去作战。后来他家中得到他的消息，即报告陆军部他的实在年龄。军部即将他解散，送回家，虽然他已受完训练，参加了几次战事。那时各报都登载他的故事和相片。他说他希望战事再延长两年，他到了年龄，仍有机会去作战。也许现在又重新入伍了。

中国当然也是一样。我在十一月中的《大公报》上看到冯鸿达报名从军，因年龄过小被拒绝。冯鸿达是男孩子，而且身材高大。你是女孩子，身材又不大，当然军队是不收容的。

你写信的时候，敌人已攻到独山。那时贵阳吃紧，人心惶惶。可是这一个月来，形势大好转。敌军已自贵州退却。现在在广西边境与我相持。

我当时便推测敌人目的是在打通粤汉路及云南，但须进兵桂边，以防我攻他的右翼。大约他发现我贵州防兵空虚，便乘虚而入，后来我援军赶到，他又退却了。他将来再来不来攻贵阳，自然不能断言。可是他在缅甸及菲律宾方面的战事均不佳。在滇缅路重开后，美军也许在中国南海登陆。那么敌人在中国，虽然死战，也免不了节节败退了。你不能去从军，但在别的方面也可以报国。只要你好好的读书，好好的做功课，好好的做一个好学生，好青年，便尽了一个小国民的责任。一个人为国争光的途径很多。昨天有一个旅英科学家学会开茶会欢迎中国旅英的科学家。到了不少知名之士。会长致辞中说有一个中国留英的物理学者彭恒武成绩非常的好。有两位物理学教授都说彭是他们所认识人中最了不得的算学天才。他是庚款学生，来英不过八年，现被聘为 Dublin 大学①的理论物理学教授。这是极大的光荣，我们听了比打一个胜仗还有光彩。

祝你康健

爹爹

一月三日

13. 1945 年 1 月 18 日

莹宝贝：(61)

十二月十六日写的信，也收到。你投军没有被录取，我是早就料到了的。世界上的文明国家，谁也没有让十四岁的孩子去从军的。你们去投军，是有血气，值得称誉的。你们的不被录取是文明国家的合理措施，也是值得称誉的。

你说肉体的痛苦可以忍受，精神上的痛苦不能忍受。我说凡是做人总免不了得忍受些痛苦，尤其不幸是我们中国人，精神方面物质方面的痛苦又得比别国人受得多些。你现在年纪小，看事体不是慷慨激昂，痛快淋漓，便是一切都要不得。要知道做人不能永远在痛快淋漓中过日子。就是真进了军队，也并不天天冲锋杀敌。实在就是军队里，日常生活还是大多是操练演习，内勤外勤，擦枪整装，叠被铺床。军队里的同伴，也不会都是英雄志士，也有许多糊里糊涂，醉生梦死的人。一个有志气的人，便是得活在糊里糊涂的社会里，却不糊里糊涂的活着，而能做些不糊涂的事。中国的先觉曾有一句话，说"我不入地狱，谁入地狱"。这是说地狱中是魔鬼，是畜生。先觉不忍他们永远做魔鬼，做畜生，特意跑进去，设法超度他们，做人，或成仙成佛。这

---

① 都柏林大学。

当然不是普通的人所能够做得到的。可是一个有志气的人，哪能看了些糊涂人，糊涂事，便觉得只有躲避，否则不是随众堕落便会发疯呢？

我新近看过一电影，叫《东京上空三十秒》，这就是扮演第一次美空军轰炸东京的事。片子里面演如何训练，如何演习短距离起飞，如何上船，如何在船面上出发，很是逼真。最后飞机在中国海岸降落，多少人受伤，由中国游击队及人民救助。这些中国人真是华侨演的，还说中国话，是广东官话。听说这本书有中文译本，看过没有？

祝康健

爹爹

一、十八

14. 1945 年 2 月 1 日

莹宝贝：（63）

你们十二月二十四日所写的信已收到。你要我告你英国过年状况。我在那时给你写的信，已经告诉你了。英国人过圣诞节，不过年。过年那一天，照常上工做事，与平时一样。圣诞节则大家不做工，饭店也大都关了。一个旅客如无熟朋友，往往得饿肚子。我已告你圣诞节我们也没怎样过。当天到华师母家，小孩们穷开心了一番。新年元旦则大使馆有团拜，人多东西少，我没有吃到，仍出去到饭店吃饭。在圣诞节时，我送了人们些礼（如住过的人家等），可是谁也没有送我礼（我送了华家几本书，新年后他们补送了我书券）。过年过节是小孩子最高兴。没有孩子，节就没有什么可过了。

你说糖食店不敢进去。糖食在英国也不容易买到。英国的糖食，价并不贵。大约汇价十元左右即可买到一磅可可糖。但是糖食是定量分配的。每个人每一个月只能凭券买到一磅的 3/4。你想十二两糖，哪能够得吃。最好笑的是我常常忘记去买。这券上面没有写日子，一不留神便过期作废。我在此十个月，买到的糖恐怕不到五个月。

你这一年来，真是变得快。你说你学会了吃苦，没有得到坏习惯。我觉得你的见识大大的长进了。一年前说话还是小孩子，现在则像是青年了。一年前姆妈要你写信，你常常赖了不写，写起来也没有什么话说。现在姆妈不在家①，你自己写信给我，而且催姆妈给我写信，写的信也有不少话说。你的文字也进步了。前几个月还用不少不必用的"而"字，现在没有了。

我希望你好好的读书。一定有更多的进步。欧洲战事，似乎快完了。有人推测本月内可完。我说本月如不定，则五六月必定完了。东方战事的话结束也不太久了。

祝康健

爹爹

二月一日

15. 1945 年 2 月 9 日

莹宝贝：(64)

华师母要我将你那封从军的信，译成英文。她说出去演讲时，念了与人听，可以告诉他们中国的青年是怎样的。我今天把信译出，交给她了。

秀兰邓波儿②已经好久没有演电影。新近她演了一片。我特去看了一次。她长得很高大了，样子还像她，可是当然不像小时那样好玩，也似乎没有小时那样可爱。她在这片中不是主角。这片子里的角色，都是名角。这是描一个普通美国人家，父亲出征去了，母亲与两个女儿如何度日子，如何想念父亲。秀兰是小女儿，她的母亲是 Claudette Colbert③ 所演。家里钱不够，将一间屋子租给人住。家里用不起人，将黑人妈妈解雇。一切事情得自己动手。黑人妈妈非常忠心，白天去人家做工，晚上还是回来住，帮忙做事。忽然得到政府通知，父亲失踪。母亲晚上在房内吞声饮泪，白天还是照常的做

---

① 那时我母亲一个人去了重庆，我一个人住在小竹屋。她锁了箱子，我冷坏了。衣服都在箱子里，没法穿厚衣服。大概她是富贵小姐，想不到我没冬衣，我每年冬天都长冻疮。——小滢注

② 美国好莱坞著名童星。

③ 克劳黛·考尔白（Claudette Colbert, 1903—1996），美国演员，曾获第七届奥斯卡最佳女主角奖，代表作有《一夜风流》《棕榈滩的故事》《埃及艳后》等。

事见人。大姊姊十七岁，与房客的孙儿发生恋爱。孙儿去打仗，便打死了。她非常难过，在医院看护伤心。最后过圣诞节，女儿去睡后，母亲在伤心哭泣，忽接电报，父亲无恙，不日回家。这一切都很平常——什么人家都可以发生。多少人家发生过这样事故。所以很是动人。观众哭的很多。这样故事，中国也有。只是中国人实在去从军的还是不多。中国人家，比起美国来，穷苦得多了。这是美国的中产人家，可是生活的舒适是中国的富翁也是望尘莫及的——就是英国也非上中阶级不能有那种生活方式。

希望你快乐康健。

爹爹

二月九日

16. 1945 年 3 月 1 日

莹宝贝：(67)

华师母①等近来找房子找不到，所以打算典一所房子住（实在这也不是买，也不是典），英国与中国不同处。他们看中了一所屋子，厨房在外，有房八间，有小花园，交通也方便。典期十年，价六百多镑。差不多一年六十多镑。这价钱，哪里也租不到。可是他们又没有这笔钱。他们与我开玩笑说，借他们这笔钱买。我说我可以与他们合伙典此房。典到后与他们同住。如我不去住时，我的一部房出租好了。他们很高兴。因为一半钱就比较容易借了。

我为什么要如此说呢？因为如有了间房，你们来时也够住了。现在英国房租很贵。我现在住的地方，一年也得花几乎三百镑钱。当然如住自己的房，还得买家具等等。好在家具可好可坏，可多可少。此外每年出些房捐，水电，

---

① 那华师母坏透了，骗了我父亲的钱。我一到英国，第二天就被送到怀特岛（Isle of Wight）上一个所谓的学校。父母必须去巴黎的 UNESCO（联合国教科文组织）上班。那年冬天特冷。我差不多饿死了！又见不到父母。一直到第二年春天才考入一个在牛津的女子寄宿学校（girls boarding school in Oxford）。那所谓的华师母后来入了监牢，因为她虐待了一个小孩，被发现。我父亲总相信人，以为到过中国的传教士都是好人。那华师父倒不太坏，但他让他老婆害外国小孩。那是我到英国的第一经历，今天回想起来坏蛋还害怕，太可怕了！——小莹注

煤炭之类，不会有好多钱。如有了些房，将来你们来了，而我又要回国，那么经济问题，就简单了。住外国最贵的是住与食。住旅馆，住食都非常贵。自己做饭，食费并不多。自己有了房子，不必付房租。那么一年有百多镑钱，也可以勉强过活。你们要在此住三年五年也不成问题了。

这房子还没有说妥，更没有成交。现在只是说说罢了。大约本星期末与他们看这屋去。这屋离他们现在的房子很近，离我现住的有十多分钟路。交通极方便。如典成则我十九搬去住。信中附寄去滇缅路的照相，是报上剪下来的。

此信到时，大约你们还在嘉定罢。

现在我写的信，比你们多些。这两个多月，我每学期有一信寄回。五教授中，只有张资拱每星期接一封家信。他已接到二月十号的了（我只接到你们一月前的）。

即祝康健。

爹爹

三月一日

17. 1945 年 3 月 8 日

莹宝贝：(68)

你们的信比他人来得慢。有人早收到二月中的信。萧乾处的《大公报》也已到二月十号以后。你们的信方到二月二日（三月六日收）。不知是何原因。更奇怪的是你说很久没得我的信。我从上年十二月初起，直到现在，每星期一定有一信寄你们。而且信都是由外交邮袋寄，应当到得快。也许立武雪艇先生等事忙，信压了下来没有转去。可是你们不在重庆，我不能直接与你寄。外交部可以派人送重庆各处的信，不肯负责任贴邮票转信。如你们住在重庆，也许信便不必托人经手转了。

你考试的成绩很好，我听了很高兴。足见你一方面想去从军，做爱国的工作，一方面仍好好的做功课。这要很难得了。也足见你是长得很懂事了。我很快活的。

你咳嗽一个多月不见好，我很是挂念。不知看了医生没有？他说什么？久咳是不好的。吃药之外，也得吃些鱼肝油精等。我新近托人带了些去。千万记得要每天吃。

我向来比较容易伤风。这冬天倒很好，几乎不大伤风。最近几天也有些看，不过还不大厉害。

欧洲的战事，看来快要完了。大约快则这一两月内，迟则五六月一定可以结束了。在结束以前，德国人还是尽力的奋斗。所以近来到英国来的飞弹，及流星弹又多起来了。而且有飞机几十架来袭。海上的潜艇活动也大为增加。此时你们没有动身前来，也不是坏事。大约如你们能来的话，动身时西半球的战事一定完了。方重已请求延期一年。大约可以复准。

祝康健。

爹爹
三月八日

18. 1945 年 3 月 15 日

莹宝贝：（69）

三星期前与你去信时，说华师母家正预备买一所小房子，我说我可以出一半钱，与她们合买。现在知道此事已经作罢了。因为英国的房屋有种种不同花样。那房子名为卖，卖期只十年，十年后又得交还，交还时还得修理好。修理又得花几百镑钱。所以觉得不值得，答应借钱的人在如此情形下便不愿借了。她们现在还在看房子，但恐不易看到。

华家没有固定收入。在英国演讲，报酬至微，所以他们一家相当的穷苦。华师母曾经在宣传部及援华会提到姆妈，可是谁也不睬她。英国人非常势利。要是你有权有势，有官有爵，则许多人来亲近你，请你吃饭，你的话也有人听。否则谁也不来理你。势利是全世界的人都免不了的。英国人在这一点似乎比别国还厉害。

本星期一下午我请了一个茶会，为英国文化协会的驻华代表陆师培教授

（Professor P. M. Roxby）夫妇送行。到了七八十人，英国人中国人各半。中国方面是使馆领馆的高级职员，在英的几位作家、新闻记者、教授、学者。英国方面有外交部、宣传部、英文化协会、援华会、大学委员会，等等机关的人，和东方学者，大学教授，新闻记者，作家等等。也到了几个爵士。颇极一时之盛。有人说已经有好久没有这样中英双方都参加的盛会了。中间我与使馆的代办及陆师培夫妇都有演说。会后大公报和中央社都曾发电回去。也许你们在报上早已看到了。这一次会把我在此的地位很明显的表示出来。我在英认识的人不算少（有许多我还没有请，有三四十人，请是请了，因事不能来）。今天遇到华家全家。Jean 问她写给你的信，你收到没有？

祝康健

爹爹

三月十五日

19. 1945 年 3 月 28 日

莹宝贝：（71）

接到你二月二十七日的信，和照片一张。初看到这照片，简直不认识了。你长得又大又胖，与我记忆中的莹完全不一样。华家大大小小都猜杨衍枝是你。你在上海与贻春等同照的一张相片，我放在我办公桌上。与你现在这照相一比，几乎没有什么相似处。不过仔细的看了一会，你的神情还是看得出来。只是你比此前胖了。我们陈家的女儿，向来是胖了的。以前你是不像陈家女儿，现在却是陈家女儿了。也许大姑姑年青时，有些像你。你的眼睛近视，在照片上可以看得出来。大约比从前更近视了。将来得好好的配一副好眼镜。不戴眼镜又勉强挤小了眼睛看东西，最是不好。你的头发与衣服多少有些名士气。你来信说你不理会身上穿的是什么等等，在这相片上可以看得出来。你的身体是很健康的，玉瑛也是如此，也充分看得出来。这是我看了最觉得高兴的。

你出国的事现在还并没有眉目。至于英文，出来后自有办法。华牧师家的孩子，除了约翰，都没有进学校。他们在家上课，大约由华牧师及华师母轮流自教，另外请两位先生来教他们法文德文。他们这办法，我觉得若为长久打算，与你并不相宜。

我希望你进一个设备较好的学校，有好好的先生，好好的同学。但是初到的时候，暂时在华家上学，也是办法。一则学生不多，每人可以分别教授。一则与 Jean 及 Joyce 可以在一处。大约不出几个月，你的英文便可以勉强应用，进学校去了。小学是用不着进的。进了学校，起先不妨在低级，英文程度渐高，自然可以一路的跳上去。中国学生在英国学校里一年跳三四级并不是稀有的事。

至于将来学什么东西，现在不必着急的决定。医学也好，政治也好，写戏也好，画画也好。不妨慢慢的才决定。卡通画是画的一部分，必先学了画的基本，方才能谈得到。画与戏，都得有天才，方能出人头地。医学固然也如此，但一个过得去的医生，可以生活不发生问题，一个平常的画家或戏剧家便只有饿饭了。最重要的要得看本人的兴趣。如兴趣浓厚，自然容易有成绩。这等将来再看罢。

欧洲战事大约一个月内可完，至迟两个月。此信到时，也许已经完了。东方战事近来进展也很快。即祝

康健

爹爹

三月二十八日

20. 1945 年 4 月 5 日

莹宝贝：（72）

今天接到你三月八日写的信。知道你这一季也没有上学。短时期不上学，本来没有关系，我所怕的是一再耽误，短时期变成长时间，那就糟了。现在你还在乐山，说是四月去重庆。但是四月内能走得成走不成，还是问题，也许会延到五月六月。到重庆后，又得计算出国。能走不能走，已是问题。如

走则什么时候方能走得动，又是问题，一眨眼又是秋天冬天，一年没有上学，可真是糟了。现在没有办法，我希望你每天都做些固定功课。你的天资是好的，只是不知道你做事有没有耐性。这是中国古人所说的坐性。一个人得坐得住，一天坐定多少点钟，做一定的功课，方才能希望有成就。你说你常幻想将来能成功做一个伟大的人，这是没有什么不好。只是这幻想的结果有两种。一种是立志要做大事，定了主见，一步一步的先打基础，然后慢慢的努力做去。一种是在脑海中胡思乱想，白天做梦，外国人所说的 daydream，结果是大好光景都做梦做掉了，落得一事无成。最好的例是天方夜谭中的卖鸡蛋的，他想卖去了鸡蛋买鸡，买牛，如何发财，如何得意，如何报仇出气，如何将某仇人一脚踢去。这一脚把一筐鸡子都打破了。你喜欢政治，也是好的。最重要的初步是多知道中外的历史，学得写好文章，多学外国文，练习说话，演说。口才是可练习的。文章也是可以练习的。华家 Elizabeth 与你写了一信，早应收到了罢？如何你来信始终不提？她已经问了好多次了。上星期是英国的复活节，我与华家的人同到动物园去游了半天。

祝康健

爹爹
四月五日

21. 1945 年 4 月 12 日

莹宝贝：（73）

寄去几张报纸上的插图，都是关于意里沙白①公主的。这位公主与你同一个生日。你大约记得。她比你大三岁四岁。今天十八岁了。英国女子，到了十八岁，便得去服军役，或是到军火工厂等处服工役。公主虽是英皇的继任人，将来是会登位做女皇的，也不能避免，她不但不避免，而且特意的要去给国人以一个榜样。她进的是 A. T. S.，是陆军的女子服务队，做的事如开汽

---

① 即伊丽莎白公主，后来的英国女王伊丽莎白二世。

车，开军车等。你看这照片，她实在是在动手，并不是去摆摆样子。

最近报纸上登载，秀兰邓波儿已经与一个美国低级军官订婚。她只十六岁。秀兰大了，并不像小时那样讨人欢喜，恐怕不会成一个大明星。

你说我寄回去的信，有时后寄的先到，先寄的后到，而且有时不寄到。你们来信也是如此往往先寄的后，后寄的先到。例如你们三月九日寄的信，四月五日收到。可是二月十二的信，反而四月七日到。至于你们的信，有无失落，因为你们向来没有号码，所以就不得而知了。若要知道信失不失，只有在每封信上写上号码。（你说没用收到58号，那时圣诞节后所发。你来信始终没有提华家孩子送你的照片及意里沙白①写给你的一封信。恐怕失去的正是那封。）我每信都写，我也再三要你们写，可是你们老是不写。我知道姆妈最厌恶的是数字，恐怕你也是如此。我常觉得你不大适合学医，这个便是原因之一。

你上学期成绩很好，考第一名，我听了很是喜欢。你说你并不喜欢，却未免"矫情"了。考得好，考第一，是应该喜欢的。当然一个人并不是非考第一不可。考了第二第三，便生气，那样的人气量太小，不足取。考了第一便沾沾自喜，大吹大播，这样的人量浅易盈，也不足取。可是考了第一不喜欢，却也不近人情了。这是矫情，也是不足取的。谦逊是好的，但谦逊出于真心则可，外为谦逊也是不足取的。

希望你健康

爹爹
四月十二夜

22. 1945 年 4 月 19 日

莹宝贝：（74）

已经收到你三月十九的信，是三月二十一日发，四月十四日到，总共只二十五天。这已经是很快的了。有人曾收到过信，在路上只十天的。知道姆

---

① 此意里沙白，是华牧师的女儿。

妈和你曾忙了不少天，为了出卖东西。这一定是非常的辛苦。好在有好多位伯母和你们好几位同学去帮忙。这事充分的证明朋友交情是有的。你信中的牢骚，说"真正义气相交的朋友几乎是没有了"，未免说得太过了。我觉得你的看事情，发议论，都喜欢走极端。例如说到朋友，便说上面的话和"很怀疑古时的人为什么那样重义。"

其实所谓古人重义，也并不是说所有的人，只是指极少数的人。古时也有忘恩负义，卖友求荣的小人。现在这时候，重友谊的，不论中外，都不能没有。可歌可泣的，当然只是极少的少数。普通一般人，只是普通的友谊。你不能指望个个人都是圣贤。其次，友谊一类的事，都得先问自己，所谓"爱人者人恒爱之"，你对人好十分，方才能希望人对你好十分。当然你对他好的人，未必人人能对你好。可是你不对他好，他如何能对你好？

古人又说，"某某以国士待我，我以国士报之"①。便是此义。世间对一切人，都是如此，不仅朋友。例如"父慈子孝"。如父母不爱的子女而还能孝父母，只有舜那样的圣人。普通人是不行的。我从前教你对陈妈等仆人，也要客客气气，当她是人，不要随便责骂，也是为了这道理。你不当她作人，她也不以人心待你了。你那时年轻，大不以为然，希望你现在能懂得了。

你是青年，应当像旭日初升，和煦温情，不宜牢骚太多。一切事有黑有白，不仅一面。看人看事，都得有分寸，识大体，即是好的坏的都看得到。你骂女人，难道女人都是坏的？女人没有一长可取？难道男人都是好的？

当然中国的社会，在这一个物资竭蹶，经济困难的时候，是十分的不争气，不像样。有志气的人都不免看了要生气。所以我也极希望你能到国外读书，过青年的正常生活。可是这计划还没有能够实现，只好慢慢的设法子。

祝康健

爹爹

四月十九日

---

① 语出《孟子》："君以国士待我，我当以国士报之！君以路人待我，我以路人报之！君以草芥待我，我当以仇寇报之。"

23. 1945 年 4 月 26 日

莹宝贝：(75)

你们四月一日发的信，来得很快，正在你生日那一天收到。一封信从乐山寄到伦敦，只二十天，可以算得是快了。

我因生病初愈，不能吃东西，也不便请客。那天是星期六，下午无事，即去看一电影，以为庆祝。电影中有一副片，叫 *The Heir to The Throne*[①]，是宣传意里沙白公主的。这是集过去有她在内的新闻影片，凑合而成。她不是与你同天生日么？看了也是非常应景。主片是表现一个小女孩子爱她父亲的故事。片子是根据美国一本出名的小说 *A Tree Grows in Brooklyn* [②]来的。片子也叫此名，片中的女孩大约有十二岁左右，正在小学毕业。她是穷家的孩子，父亲是饭店茶房，可是喜欢喝酒，常常喝醉了才回来，因此常常失业。家中一切都是母亲支持，一天到晚，工作不息。她当然把钱看得很重，对人对子女管理得很严。她比较爱她的小儿子。所以女儿最爱她父亲。她喜欢看画，有大志气。她父亲懂得她，鼓励她，虽然他所想成全她的方法，大都是白天做梦。他一天问她生日希望些什么。她什么也不希望，只希望她爹爹不喝醉了回来。一天她这爹爹死了。她母亲才发现许多人是如何的爱他，虽然他是时时醉酒。这片子演得很近情，我有好几次几乎流眼泪了。Jean 的信，我以为是失落了。现在才知道你已收到。你不好不回她信。因为这是练习写英文的最有效方法。你自己打一稿子，请姆妈改一改便成了。你说你的脾气像牛。这是祖传的。爷爷的脾气有时就像牛，大姑姑、二叔叔也是如此。

祝康健

爹爹

四月二十六日

---

① 影片名为《王位继承人》。

② 生于布鲁克林的美国作家贝蒂·史密斯（Betty Smith, 1896—1972）1943 年创作的小说《布鲁克林有棵树》。

24. 1945 年 5 月 10 日

莹宝贝：(77)

今天是我的生日。你们一定想起我来。我没有请客，也没有会见朋友。只是去看了一个短电影片，算是自己庆祝。晚上回寓吃饭，汤中恰好有面条，也算吃了面了。

可是过去三天，英国举国狂欢，我处身其中，也极为快慰，虽然想起了中国的战事，还是水深火热，又高兴不起来了。本月七日德国的军事当局向西方美军无条件投降。当天下午消息发表时，民众便到处挂起旗子来庆祝。八号九号全国放假两天。八号那一天，我与中国的作家蒋彝①，在伦敦走了不少路，看热闹。伦敦的城心，简直是人山人海，四郊的人都涌到城中心来了。从前这里是车龙马水，过路得非常当心。这一天车子不准开到这里来。马路中间都是游行的民众。皇宫前面的广场，人多不胜数。至少有数万人。他们立的坐的，不断的叫喊"我们要国王"，或是唱"他是一个老好的家伙"（For he's a jolly good fellow）。他们等候多少点钟，只望着一见英王王后及两个公主。他们到阳台上立一会，向民众招手，大家更大叫起来。英王进去后，一部分人走了，又有一部分人来了。另一部分人还是不去。所以从清早到深夜，那里都挤满了人。英王一天也出去三次四次，与民众打招呼。首相邱吉尔的府邸，前面也是如此。因为英国人都知道此次胜利，邱氏的功绩最大。

我半年没有离开伦敦。新近又重新开始走走，以维持接触。上周末到剑桥去住了两天。这周末预备到牛津去。在牛津住熊式一②家。在剑桥看了有名

---

① 蒋彝（1903—1977），画家、诗人、作家、书法家，因其对中西文化所做的贡献，在英国时曾被选为英国皇家艺术学会会员。——编注；蒋彝的笔名是 Silent Traveler（"沉默的旅人"）。他写了不少游记，如 *Silent Traveler in Edinburgh*（《爱丁堡的沉默旅人》）等等，也配有图画，还真有趣。——小莹注

② 熊式一（1902—1991），学者、戏剧家，1932 年去英国深造，1934 年出版英文话剧《王宝钏》，于同年亲自导演搬上舞台，轰动英伦，连演三年九百多场。——编注；我看了那戏，真想呕吐！那是 1940 年代，把中国人说得太可怕了！那时候不少电影也把中国人说成木偶或魔鬼！——小莹注

的女学校 Lewisham①。到牛津也预备去看一个女子学院。看后再写信给你，报告情形。

即祝康健

爹爹

五月十日

25. 1945 年 5 月 18 日

莹宝贝：(78)

你说又好久没有接到我的信，深以为奇。我自去年冬起，写信非常的有规则。大使馆每学期六清晨有外交邮袋寄重庆，所以我于星期四星期五赶着写信。如星期四没有时间，星期五便得赶。例如昨天有中大的教授范存忠②自牛津来，我与他去开会，请他吃饭等等。他晚上住在我那里，一个字也写不成。所以今天得将好几封信都赶着写了。

我这个月来，走动稍多。曾于一个周末到剑桥大学去住了两天。上周末又到牛津大学去住了两三天。每去一个地方，可以会到那里的二三位教授之流。此外又可会到不少驻在两地的中国教授及同学。下星期二我要到英国的西部利物浦去。利物浦是英国第二个大商港。中国水手常常有二三千，所以那里有一个中国银行及一个领事馆。中国同学也有些。费鉴照③从前即在那里读书，《中华周报》也在那里出版。过去几年，从印度来的人大都是在那里登陆。现在欧战已完毕，也许不久以后，海船还直到伦敦，不必一定先到利物浦了。

我去利城，最重要的任务是为了一个中国现代画展的开幕典礼。这数十幅画已经在英国各城展览了一年多了。到了那里，自然要看看大学，看看地

---

① Lewisham（路易斯翰），我后来上的学校叫 Wychwood School（韦奇伍德学校）。——小滢注
② 范存忠（1903—1987），英语语言文学家，当时任国立中央大学外语系教授。
③ 费鉴照，曾任武汉大学外文系教授。

方，也会会中国人。Manchester 与 Liverpool① 相近，我也要去参观一两天。那里的副领事是我熟人，他已筹备招待了。

即祝康健

爹爹
五月十八日

26. 1945 年 5 月 21 日

莹宝贝：(79)

我的一封信正赶上你的生日，好极了。我寄的贺片不知什么时候寄到。我希望离你的生日不太远。

你的脾气像男孩。这样的女孩子，外国也不少，英国人叫这样的女孩 tomboy②，《小妇人》里的 Jo③ 就是这样的一个人。George Eliot 有一本小说叫 *Mill on the Floss*，里面的主角 Maggie④ 也就是这样一个人。我很喜欢她。两年前听说梁实秋在翻译这本书，不知出版了没有。如已出版，你可以借来看看。将来英文好些，看英文本更好。

在中国，一个人很容易出头，这是英文教育不普及，受高等教育的人太少，所以只要稍有成就，便能出人头地。女子受高等教育的更少，所以出头更易。一个人只怕自己不努力，如天资不错，又能努力，一定可以做很多的事。所以在中国的女子，机会只有比男子更多。

你们有大志愿，是最好的，孙总理说的，一个人应立志做大事。只是立志做大事，便得努力的去做，要从小处做起。千万不可单单放在嘴上。有许多人只是白天做梦，他们只是说要如何如何，但说过便算了，说了便算做了，结果一事无成，到了中年，便满肚子的牢骚，说他怀才不遇，命运多乖 [舛]，

---

① 曼彻斯特与利物浦相近。

② tomboy，假小子。

③ Jo，乔，美国女作家奥尔科特 1868 出版的小说《小妇人》中马奇先生的二女儿。

④ 乔治·艾略特的长篇小说《弗洛河上的磨坊》中的女主人公麦琪。

甚至说都是别人猜忌他，压制他。其实疯人院中的人，说自己是皇帝，是总统，是银行老间的多得很呢。

你的三条守则，爱国，不说谎，不偷窃是很好的。但是这一切只要自己做到，自己问心无愧，便好了。人们说什么，可以不去管他。你说如人们说你三句话，你便会大发脾气，人们自然有时会有意的说这三句话，来送你，来激你，来同你开玩笑。

爷爷有一个别号叫"铁庵"，现在你叫"铁云"，这又是一个与爷爷相似之点了。只是爷爷脾气在年轻时候很躁，像火，性格却其实温厚，并不刚强如铁。不知道你的性质究竟是怎样的。

将来你如来英国，可以到了女学校去住堂。大约在学校住上一年，英文听话和说话都没有多大问题了。进学校时插哪一班，都无问题。英文渐好，自然可以一路的跳班。好多中国人在中学中曾跳了三班四班。英国牛津大学要十八岁方准入学，伦敦大学等也要十七岁。你现在只十五岁。如这一年中能来，在中学住上两年三年，一切都没有问题了。不过此时你在中国，应当好好的先学些英文。这半年你没有入学校，不知英文如何补习？是否在桂伯母处在学习？学英文的秘诀，要多听多说多写多读。多练习口，耳和眼，不要怕人笑话。你应当回 Jean 一信，写得好不好没有关系。

祝康健

爹爹

五月二十一日

27. 1945年6月1日

莹宝贝：（80）

依利沙白①的信，已译好，当与原信一同交去。我现在把译稿一份寄你。你看了自己的意思，写成英文，也许有些助益。学英文的秘诀，只是要多说，

――――――――――

① 即华牧师的女儿。

多写，多看，多读。一切得不怕羞。所以以后还是勉强用英文写信的好。与人通信，如与人交谈，是最好的练习机会。

华家房子已算买好，即法律手续办好，以后还得按月付款，二十年才付拨清（款由建筑社及一邻居所借，共约二千镑左右，我的只一小部分）。听说原房东尚未走，所以他们全家住在一间屋子中，我因此也未去看访。

听说此屋分三层，上两层有房客，他们自己住最下层。这房租便差不多够他们还款，自己的房子等于白住的了。

沈从文说你的文章近于社论。邬伯伯①又说你有独特的见解。其实社论的毛病，就是只是老生常谈，没有什么独特的见解。时过境迁，便是明日黄花，谁都不想看了。发议论，常常容易流于老套。

你有自己的信条是好的，能够坚守自己的信条也是好的。可是主张是一件事，态度又是一件事。你说"你不管什么人，只要不对你就驳辩，什么长辈，什么至亲，不对就该说"，这就太过了。一个年轻人，对于长辈，应当有礼节，对于任何人，也有相当的礼貌。当然礼节并不须"迎合、奉承"。长辈说错了，也可校正，但态度应婉转客气。如对人即大发谈论，有的人以为狂，有的人以为无礼，也并不能使他们知道自己意见有错误。

我说你不要老是批评人。什么人都有长处短处，不要专看人的短处。也不必只看人的长处。长处短处都看得到，是一个最健全的人。报上所载周厚复②得诺贝尔奖一事，恐不大确。战时过去几年，并没有开会决定发奖。今天如开会，也要在十一月。我们在此也有美国方面的报社来打听，但始终打听不出来。问瑞典的使馆，也说不知道。周君在英国住了年余，几乎不与人来往。大家都说他有些神经病。回去时他要乘飞机，大使馆说只能弄到船位，他大怒，对了施参事大发脾气，用拳头打桌子，将桌上一块三四分厚的玻璃打成几块。顾大使曾托我去劝他，也无效果。后来他的房东不肯留他，送进医院去住了几天。我劝大使馆还是设法让他乘机。使

---

① 邬保良（1900—1955），1922年赴美留学，1928年回国，1933年起任武汉大学教授，化学系主任。

② 周厚复（1902—1970），中国有机化学家，化学教育家。1943年赴英国伦敦大学进修，1944年撰写的有关原子结构理论的论文，被英国皇家学会推荐为诺贝尔化学家评奖论文。

馆与美军运输队交涉成功，才送他回国去。

祝康健

爹爹

六月一日

28. 1945 年 6 月 5 日

莹宝贝：(81)

英国大学的学期真是短。牛津剑桥尤其短。它们一年分三学期，一学期只有八个星期，所以一年上课期间只有二十四个星期，倒有二十八个星期是在假期中过了。现在不过六月初，剑桥大学的第三学期已经完了。这一学期学生已没有事，但尚不能回家，所以有种种赛船唱歌等节目，名这一周为"五月周"（May week 五月周却每年都在六月初举行，也是英国人的古怪传统之一）。

上星期末我到剑桥去住了两天。可是因为是周末，照例冷清了的，看不到什么活动，也很少遇到学生。只是我们差不多同时去的有好几个人。一位是熊式一和他的女儿德兰。一位是蒋彝。一位是崔骥①，加上住牛津的中大外文系主任范存忠，连我共是六人。熊蒋崔三人都曾以英文写书。在英的中国作家几乎都汇集于剑桥，只差了萧叔叔②一人。熊式一把中国的老戏《红鬃烈马》改编为英文戏，名 *Lady Precious Stream*（用主角王宝川之名）已经上演，大受欢迎，连演了年余，收入不少。从此负大名。他以后译过"西厢"③，也写过八个戏，都不很成功。现在写小说，出了一本《天桥》，销路还好。他的女儿德兰去年秋天进牛津大学读文学，很会画画。他的儿子也已考取牛津了。蒋彝也是江西人。原来在东南大学（后来中央大学）化学系毕业。可是毕业后却做了多任县长（当涂、芜湖、九江等）。他出国时原想到英国一年半载"涂一涂金"。谁知一来已是十多年，初来时英文不大能写，现在已写了十多

---

① 好像是在英国的一位中国学者。去世得很早，我不认识他。他好像写过书，但我没读过。——小莹注

② 指当时担任《大公报》驻英特派记者的萧乾。

③ 即元代戏曲家王实甫的《西厢记》。

本书了。他会画画，书中都有插图，是他成功的最大原因。他写的大部分是游记，也写童话，以中国的熊猫等为材料。崔骥也在江西长大，北京师范大学英文系毕业，在中学教中文。他译的谢冰莹的女兵自传，写了一本中国文化史纲。现在又写了一部中国的文学史纲，有三四本。

我们这一次在剑桥，每餐饭都有人招待。剑桥有张汇文、张资洪、殷宏章及方重等四个教授。他们分请了两次。又有《时与潮》的特派员刘圣斌请了一次。在 Lewisham 女学校喝了一次茶。访了几个人，两天便没有了。

祝康健

爹爹

六月五日

29. 1945 年 6 月 14 日

莹宝贝：（82）

你给意里沙白的信，我上星期六去访问时，亲自交给她。先没有告她有译文，她便问约翰借汉英字汇，想一字字的找。你想她半个字也不认识，也不懂得部首和笔划〔画〕，如何找起！约翰虽然学几个月中文，也还不晓得翻字典。过了半小时，我才把译文给他们。他们看了很高兴。约翰说你称他为"黄头发哥哥"是骂他。意里沙白说她不会骑马，而且不能骑马。因为她在学跳舞，是现在很时髦的 ballet 舞（中国似称为舞蹈），不能骑马，怕骑了马，腿子不直。意里沙，Joyce，大卫，三个人都在一戏剧舞蹈学校上课，一星期去一天或两天。意里沙白去了最久。她希望有机会上台演戏或演电影，可是每次去应征，她老是不中选。大卫喜欢的是化学，对于戏剧并不热心，可是已经参加过几次广播，也参加过几个电影。现在更重要了。前星期一星期去了五天。每天八镑，也许只说一句话。一星期得了四十镑。花了四镑送介绍人，六镑交父母当饭食费，存了三十镑在银行。他一星期所挣，比他父母两人一个月所挣还多些。华师母说她去演讲两小时，得不到两镑，大卫去说一句话，便是八镑钱。意里沙白也有一事，是我养狗的店子牵狗出去散步。每天上午一次，下午一次，一星期只是个先令（半镑）。现在搬了家，离开远了，不能一天去两次。便与 Joyce 分了去。所以每人只挣五先令了。报酬的不均，此时已开始了。你有志气，是好的。不过做好人是自己的事，劝人做好人，就不同了。如说话不客气，人们说你是教训人，非但不听，而且发生反感，如此，对于人对于自己都没有好处。我小时也喜欢劝人，许多人都觉得讨厌。恐怕就是现在，有时还不免姆妈来信，说我教训她，好不生气。其实我现在已经不存心教训人了。你恳切的劝人，人写信来挖苦你，便是这种道理。一个人有了正义感，觉得我是对的，我的动机是正当的，便不顾人们难受不难，受得了受不了，是不好的。这样的结果，弄的什么朋友也没有了。最好的救济是一种幽默感。觉得此事有许多可笑，自己也有许多可笑的地方，便能以一笑了之。你小时很有幽默。现在写信，似乎看不见了。希望你不要把它失去了。沈从文说你的文章，有社论口气，也是如此。以后写文，可以记载些日常生活，看到听到的小喜剧，小悲剧，想到的小感想，要常常换些题目，不要老是想一件事，常常发同样的牢骚。我在这里又是用教训口气了。劝女儿这样说话是可以的，但也不好太多。打住吧。

爹爹

六月十四夜

30. 1945 年 7 月 6 日

莹宝贝：（85）

最近英国忙着大选举，今天投票。许多报纸这一个月来差不多都是登选举的消息，如各党辩护及宣传。几乎别的消息都看不到了。广播中，每晚有二三十分钟，由各党领袖轮流演说。保守党十次，反对党的工党也十次，自由党小，只四次，等等。大都一人只说一次，只有保守党的邱吉尔说了四次。这一次选举，保守党完全以邱吉尔来做号召，说他打胜了仗，要拥护他，或是说他打胜了德国，要拥护他打胜日本。工党则说打胜仗不是一个人的力量，全国军民都是有份的。保守党的种种政策与民众无利的。

可是这一次的选举，并不怎样热闹。如一个人不看报，不听广播，几乎看不到什么。有时街上有汽车慢慢的经过，车上装有播音器，里面一人不断的说"投某党的票，投某人的票"。如是保守党，即说"投某人的票，即是投邱吉尔的票"。偶然有人在街上演说。但是绝无仅有。今天投票，街上一切与平时无异，什么也看不出来。

最热闹的是过去两周中，有一周邱吉尔到各地去游行演说，上周有三天，每天下午五时后到伦敦的一部分去游行演说。一路上他停下来做短短的演说。许多人夹道欢迎，但也有许多人喝倒彩。演说的期间，有人鼓掌，也有人发问，与他为难，大声高呼，使他的话听不见。他也与群众对答。这种地方，才可以看到民治国家的情形，大政治家的风度。

票是投过了。今天（六日，以上昨晚写）各党都相信它一定胜利。在平常时候，昨天投了票，今天便得数票。一两天内便有分晓。但是这一次选举是在战时。出征的军人也得投票。他们无论在哪一个战场，即远远的在缅甸，也得有机会投票。所以选举票用飞机运到各战场，再分发给各人，收集齐了，再用飞机运回。这得花些时间。所以得三星期后才能揭晓。现在定了本月二十六日为揭晓的日期。议员的额数是六百四十名，可是竞选的有一千六百多人。一个人当选，同时有一个半人以上落选。候选人人都得交三百镑钱的保证金。如所得的票，不到该区总数八分之一，他的钱便得被没收。这样的事也常常有。因为你对政治有兴趣，所以写得这等具体。

祝康健

爹爹

七月六日

31. 1945 年 7 月 13 日

莹宝贝：(86)

英国夏天，天气变得很快。前天晚上我领杨伯伯①、汪伯伯②在海德

---

① 杨振声。

② 汪敬熙。

（Hyde Park）公园的S散步，还颇有寒意，身上得穿薄外套。今天大热，此时坐在室内写字，居然可以单穿衬衫。这样英国算到了夏天了。这与美国东部相差得多。杨伯伯等说他们离纽约时，天气在九十四五度左右，热得不得了。可是想想中国，更不知是如何的热法。万佛寺的房子比较小，而且上面没有另一层楼，当然没有半边街的舒适。不过又想一想，你们在乐山比在重庆又好得好。重庆天气，比乐山为热。如没有屋子，挤在一间小房子，实在难得过日子。

英国因为节省日光，夏天把钟点拨回二小时。本来英国在纬度上是相当的北，再加是两小时，往往晚上十一时还亮。我们在公园出来，已时半，天光还很亮。杨伯伯等大为惊异。所以在英国过夏是最舒服的。杨伯伯等打算在此住三个月，十月回去，已经是秋天了。你们现在想出来，我也想你们出来。可是为我自己着想，我有时又想回去。我看中国的战事再有一年便会完了。要是北平收复，没有受多少的摧残，我很想去那里住几年。也许住在乡下，可以坐定了写些东西。在此真是无事忙。过往的人日多，应酬很多。我应酬不大周到，不大去看人，但已经相当的忙了。我不长此道，所以觉得很苦。

以后有许多国际会议，将在伦敦举行。来的人一定更多了。八月初有国际善后救济会议。有蒋廷黻及李卓敏等一批人来。蒋是熟人，李是前年与我同去美国的，更熟了。十一月初，又有国际文化教育会议在此举行。中国代表团中少不了有不少朋友。即祝

康健

爹爹

七月十三

32. 1945年7月20日

莹宝贝：（87）

已经有三个星期没有接到信了。这一星期，天天希望有信到。早晨到办事处，看看桌上，不是没有信，便是没有中国来的信，不禁废然。不知道你们的信弄得哪里去了。

中国的夏天，天气很热，也许不能常写信也说不定。英国在夏天，是不很热的，我以前已写信告你。上星期天，在今年算是最热的了，也不过八十六七度。那天我陪杨伯伯等往游伦敦的大植物园（Kew Gardens），我们已经觉得非常的热，出汗不止了。想起中国的天气，这又算什么呢。那天清早，伦敦有大雷雨，说是多少年不曾有过的。我也醒了不能入睡。其实这样的雷雨，在四川每个夏天不知有多少次。我们半边楼的房子，常常水进了楼面，弄得楼下都满是水。现在住的房子，不知道漏不漏？今天在《中华周报》上看到一封重庆通讯，说一间"捆扎房子"一个月要租金数千元，"挖租"一个月得几万元。看到了舌挢不下。你们在乐山，暂时房子不出问题，也已经是大幸了。

欧洲的和平问题，非常的麻烦。英国人在大选后，对于远东战事，渐加注意。战事的消息多起来了，也渐渐的从最后一页，移到最前页了。这两天有时有横占全页的大标题，报告六百架超巨型机轰炸日本的消息，及报告海军轰炸东京湾的消息。看来日本人受的惊骇恐怖，还要超过过去中国人所受的。许多人都猜想，日本会投降，但是相信他们打到玉石俱焚为止的也不乏人。总不出一年，一定可完了。

祝康健

爹爹

七、二十

33. 1945 年 7 月 26 日

莹宝贝：（88）

有三星期没接到你们的信，最近几天，连接了两封信，一封是六月七日的，一封是七月四号的，知道你每天做功课，极认真，很是快慰。你做的功课，有英文中文俄文，也很好。只是功课中间，没有提数学，是一大缺点。数学这门功课，与英文相同，一定得常常练习，不练习便会忘去。无论到哪一国，到什么学校读书，数学是不能没有的。所以务必请人指导一下，每天做一点练习。

你近一年来，在思想上真是有很大的转变。我很喜欢你已经不是孩子，而是青年，而且是一个有志气的青年。青年人得有志气才好。你的格言"我们不想上天，只应入地"，很有些像蔡子民①先生所说"我不入地狱，谁入地狱"。蔡先生是从前北京大学的校长，近年中国青年的最伟大的导师。他的意思便是世间苦难太多，我们得去救苦救难，而要达此目的，只有自己吃苦受难起。

议论文当然得学着写，但却不可专写议论文。议论太多，易流入空疏。不如记叙文的有事实为根据。记叙文不一定要写景，也可叙事。即如你看到一切社会上的事，也可以记录下来。你爱读古诗，不知已发现了白乐天（香山）② 没有？他的许多古诗，如《新丰折臂翁》，如《卖炭翁》等等，描写社会情形，可歌可泣。一定合你的口味。可以把玩熟读。接着也可以读杜少陵③的古诗，如"车辚辚，马萧萧"等。这些诗集，我这里一部也没有。将来千万不要忘了带几部出来。

《父与子》④ 这种小说，是世界上第一流的作品，能够欣赏，是非常的有益。《虹》⑤ 不知英文名是什么？我没有读过。

嘉定的学校，没有好的，固然不错。但是你既不能出国，又不进学校，也不是长久之计。出国这问题，真是困难。至于出国之后，究竟进什么学校，却不用着急。初到的时候，当然要花几个月工夫，练习英文的听、说、写、看。最初即可到华家上课。华家有三个孩子（约翰已进学校）一同上课，在一块说话，大约不出二三月，便可克服第一重关。但不知你何时能来。看来今年秋季以前是绝对没有办法的了。

英国的大选举，今天已经揭晓。保守党大失败，工党大胜利。这不但保守党没有料到，就是工党也没有料到。邱吉尔已经向英王辞职。英王找工党

---

① 蔡元培（1868—1940），字鹤卿，又字仲申、民友、子民，现代教育家、思想家，民主主义革命家，1916—1927 年，任北京大学校长；1928—1940 年，任中央研究院院长。

② 唐代诗人白居易（772—846），字乐天，号香山居士。

③ 唐代诗人杜甫（712—770），字子美，号少陵野老。

④ 俄国作家屠格涅夫的长篇小说《父与子》。

⑤ 波兰女作家瓦西列夫斯卡所著的小说《虹》。

领袖阿得里①组阁。从这上可以看得，真正民主政治的国家，人民的力量是何等的大。邱吉尔在对德战争中，有大功于国家。人民并不因为感激他，便投他们不喜欢的保守党的票。

祝康健

爹爹
七月二十六晚

34. 1945 年 8 月 2 日

莹宝贝：(89)

这两天不知怎么睡不足。此刻还没有到十二点，可是我已经困的眼睛都张不大开。和你写信，恐怕昏头昏脑，写不清楚了。

最近到英国来的中国要人或学者很多。前天上午于斌②走了，下午即来了蒋廷黻、李卓敏、刘瑞恒③（前协和医院院长）、郑宝南（即十一姨丈宝照的兄弟，他比他老兄能干得多了）等六七位。都是熟人，即送迎应酬，也就得费不少时间了。

上星期日，杨伯伯、萨本栋、汪敬熙先生等到郊外去出游，我已被邀同去。伦敦总领事谭葆慎，是杨伯伯旧友，他自己开车，同到城外几十英里的一个地方，名 Whipsnade④，这里有伦敦动物园的一个分院。这个动物园分院与本院不同之点，是动物的生活环境。比较自然，与他们原来的环境比较接近。例如老虎狮子，在平常动物园，住在大铁笼之中。在这里他们占的地方很大，是一个大陷阱，在地面底下一二丈，四围虽有铁栏，上面可没有顶。阱中有小石山，或树木等等，也有一个穴，可以避风雨。至于斑马之类，住在

---

① 今通译为艾德礼（Clement Richard Attlee, 1883—1967）。
② 于斌（1901—1978），号冠五，现代宗教活动家。
③ 刘瑞恒（1890—1961），中国创伤医学奠基人，首批哈佛大学留学生之一，是中国首位哈佛医学博士。1903 年考入北洋大学堂。1906 年入哈佛大学。曾任协和医院院长。
④ 即惠普斯纳德动物园（Whipsnade Zoo）。

一片大场之中，袋鼠则可以自由行动。最好玩的是一对长臂猿。这东西长臂长毛，并不像平常猴子那么的难看，是中国画中的猿。它们住在一个小岛上，岛上有几棵大树。这两个猿有时坐在树上，有时下来在地上行走，很是好看。里面有大象，骆驼，及小马，可以供游客骑坐。小孩子等着骑的，排了一长队。

星期一又陪于斌等到牛津去了一天。也是乘汽车来回。我到牛津已去过好几次，可是一向都是乘火车，乘汽车还是第一次。沿途风物，大不相同。在汽车里看到的，例如一个小村中的情形，一个镇上的街市房屋，都是在火车中所没有看到的。再则汽车可上山下山，在木林树中行走。火车则不是走山下，即开进隧道了。旅行最好是乘汽车，只是我却不想自己学开车。因为如自己开车，全副精神集中在车前的道路，不能欣赏沿途景物了。而且我有时想心事，忘乎所以。如开车，便要出事闯祸了。

祝康健

爹爹

八月二日

35. 1945 年 8 月 10 日

莹宝贝：(90)

半个月没有接到你的信，很是挂记。昨天英国助华总会，在伦敦的最华贵的旅馆 Dorchester House① 开一茶会，欢迎中国来的四位"杰出的妇女"（distinguished ladies），这四位是妇女指导会的副总干事陈纪彝，妇女慰劳会的总干事黄翠峰，女青年会的代理总干事商素英（?），军医看护队的上校周美玉。到了三四十人，中国人也有十多位。有两位演说道谢。她们从前都是在美国读书的，所以都能说英文。可是也并不说得很好。比起吴贻芳②来是差

---

① 伦敦著名的多切斯特酒店。
② 吴贻芳（1893—1985），中国第一届女大学生，第二位女校长。1919 年毕业于北京女子高师。1921 年，赴美深造。1928 年受聘为金陵女子大学校长。1945 年出席联合国成立大会，成为在《联合国宪章》上签字的第一位女性。

得多了。中国妇女中人才究竟还是不多。所以什么事，尤其是国外的事，都得找到吴贻芳。李卓敏告我，这一次吴贻芳到旧金山去当代表，遇见了。李说："回去不久，又出来了，真是要人。"吴贻芳说："你这话是骂中国女界没有人，要是中国多几个人，何必要我来跑？"

这几天报纸上所载，都是原子炸弹，人们遇到了所谈的也是原子炸弹。这个东西太可怕了。一个几百磅重的炸弹，投下去，便把四个英方里的城市，化为灰烬，据说这四方里以内，所有生物都没有命了。并不是炸死的，是非常高的热度烧死，非常大的空气压力窒死的。一位科学家说，一个两吨重的炸弹，可以把地球打穿一个七英里口径的孔窿，使地球跳起五十英里来。这东西现已发明，是不能禁止得去的了。即将一切方法都毁去，别的科学家也一定会重新造出来。将来的世界真是太可怕了。以后万万不能再有大战。如再有一次大战，双方少不了都用这法宝，人类恐得全部毁灭，文化恐得全部消失了。今后的世界只有两条路，永久和平，或是死亡与毁灭。科学这东西真是太神奇了，也太可怕了，

今天说日本已经投降。大约战事是在这几天内即完了。可喜可喜。战事一完，大约出国也比较的容易了。

祝康健

爹爹
八月十日

36. 1945 年 8 月 16 日

莹宝贝：

有二十天没有接到你的信，所以前天接到你七月二十四日的信很是快慰。可是看了信后，也使我不安。你说你照了一相，不寄给我，因为太瘦了。我上次收到你的照相，不到半年，你是何等的胖，怎么不到几个月，便忽然瘦了呢？是不是有什么毛病？现在在乐山，有没有什么医生？如有可靠的医生，还得好好的检查一下。第二件是你的眼睛愈来愈近视。看书不舒服，常感疲倦。这也是很不好的。我发现眼睛近视以后，即去请医生配了眼镜，常

常的戴着，二十多年来并没有加深多少。有时戴有时不戴，反是不好的。可是第一件事便是得配一副好眼镜。到哪里配去呢？

王云槐[1]伯伯来，我知道你打算到南开去上学。现在你来信，因为重庆闹恶性霍乱，所以不去了。重庆霍乱，一天死一万人的话，王伯伯说完全是谣言。最多的一天，死了三百八十多人。可是如有霍乱，即死三个人也是可怕的。不去也是好的。耽误入学，也是没有办法。我一向为你的学校着急，其实倒并不是为了高一班低一班。你即降下一年两年，毕业时年纪还不比一般的同学大，所以并没有什么大关系。我怕的只是不进学校坐在家里，养成了不能按时读书的习惯。要是你立了每天的课程表，能够按了时间做功课，那就没有什么不好了。

我希望你能够出来读书。英国学校对于升级最是容易。只要功课好，便可以跳级。所以你若功课预备好了，将来来此后不会吃什么亏的。战事已结束。这消息前天晚上十二时英国首相广播后，我高兴得睡不着。吃了安眠药方入睡。

昨天早晨是英国的新闻会开会，英皇亲自去行开会礼。一路上看的有好几十万人。我与袁守和[2]，及中国的四个女来宾，由英文协会招待，能够到会里面去看（不是会议室，只是外面的一间屋）。有三四百贵宾，看英皇其后的一个行列，在我们面前走过走回。离开他们只一二丈远，看得很清楚。出去的时候，我们的汽车过时，群众看见了我们，很注意，有人便叫"中国人，中国人"，向我们招呼，高呼 hurrah[3]，我们也招手回答。这一天，在路上遇见不认识的人，有时也会打招呼，说"这是你们快乐的日子"。这天真是举国狂欢。比起上一次德国战败，又不同了。因为上一次德国虽然打败，世界还并没有和平。这一次，战事是完毕了，可以不再打仗了，所以所有的兴奋都发泄了出来。那天中国出席世界善后救济会的代表蒋廷黻、李卓敏正请客鸡

[1] 王云槐，在重庆的英国新闻处工作。——编注；他曾在武汉大学教英国文学，他儿子与我同岁。——小滢注
[2] 袁同礼（1895—1965），字守和，图书馆学家，目录学家。1916 年毕业于北京大学，1942 年任北平图书馆馆长。
[3] Hurrah，"欢呼""好哇"之意。

尾酒会。我与王云槐、袁守和两位先生出来后在街上行走观光。伦敦的大广场 Trafalgar Square①，平常容二三万人是毫无问题的，那天晚上挤得不大好走路。从这里走皇宫大道向皇宫走去。这大道很宽广，可是也满是人，不是来的便是去的，像潮水一样。走到将近皇宫，人更多了，来的走的挤得谁都动不了。我们好容易才从人群中挤出来。这晚上许多大厦，如皇宫等，都用反射电灯照耀着，在黑夜中特别好看。民众到处放花爆、流星爆等等。一夜不停。

祝康健

爹爹

八月十六日

37. 1945 年 9 月 7 日

莹宝贝：（93）

你在听到日本投降那天晚上所写的信，已经收到。你那天的兴奋的、高兴，那天的大笑和大哭，都可以表示你的天真的、纯洁的情感。读了你那天晚上所写的情形，我相信中国的青年是有希望的，中国是有前途的。战争是已经完了。建国还得过非常艰苦的日子，可是只要青年们有志气，一切都不必怕的。

可是从战争回到和平，是一件异常困难的事。尤其是中国，因为大部分的土地被敌人占领了好多年。现在要把这些地方接收过来，把敌人运回去，把政府和人民迁回去。因为船只缺乏，车辆、飞机都少，交通困难，不知道要多少时间方才能走动。一切都不容易做打算。听说武大计划在明年夏天迁回武昌，大约大部分的学校在一年以内不至于走吧？你这一年的教育，是不是完全又耽误了呢？南开的学生虽然有部分会下去，南开是在重庆要长久办下去的，圣光也是如此。要是你进了一个学校，这一年中还可以安心的读书。

---

① 特拉法加尔广场。

可今年的考期已经错过，恐怕来不及入学了罢。周伯伯来武大做校长，不知能不能将附属中学整饬一番。如他们有决心整饬，则下半年回去上学也好。大约宏远也要进中学了罢？干妈①等也着急要把附中办得像样一点罢？

我已经说过，要是这一年内你们能出国，上学倒不成问题。英国的学校，反而不必有了某级的修业证明才能考高一级。一个人来此后，补习了些英文之后可以赶班跳班的。但是不出国却麻烦了。一年两年的耽误下去，入学校都成了问题。

我近来事情渐多，其实只是零零碎碎的小事，大部分的事，都是由于来英的人太多了。打仗完毕，英国又成了世界政治中心。五国外长会议将在此开会。王伯伯快到了。因为开会，许多专家从各地来。例如郭斌佳②先生已到了。许多在欧洲的大使、公使都要来谒见。真是所谓"冠盖云集"。认识的人到了这里，或者来访问一下，我便不得不回拜或约吃饭。杨今甫伯伯，与汪敬熙伯伯、袁守和诸位还在此，预备在月底以前回国。王云槐伯伯近来到英国各大城游历去了。打算在外面巡游一个月方回。我近来常常连看书的时间都没有。

祝康健

爹爹

九月七日

38. 1945 年 9 月 18 日

莹宝贝：(95)

　　我带给你一件安哥拉兔子毛的毛线衣，已在致姆妈的信中提及。安哥拉

---

① 干妈是袁昌英，她儿子杨宏远后来成了院士，在武大。——小滢注。袁昌英（1894—1973），现代作家，1916 年入英国爱丁堡大学，1926 年入法国巴黎大学学习。1928 年回国后，先后任上海中国公学、武汉大学教授。与凌叔华、苏雪林并称"珞珈山三女杰"。

② 郭斌佳（1906—?），历史学家，外交学家，留美博士。1938 年，任武汉大学"抗战史料编辑委员会"主任委员。1943 年，为 20 位参加开罗会议的中国代表团成员之一。1946 年 1 月，在伦敦参加第一届联合国大会。

兔子的毛比普通兔子的毛长得多。也许在动物园中可以看到。一向没有法子可以带东西，因为回去的人只能带几十镑。他们自己的东西也不能带，何况别人的。所以我也不敢托人，除了很小的东西。这次钱伯伯①的是专机，所以才提一提。可是英国的东西也实在少，不知有什么可买的。而且一切衣服鞋袜都得用券。我又没有多少券。

华家送了你们些东西，可以一人分到一双手套，一双袜子。不知钱伯伯再肯带不肯带。我昨天已经交了他一大包，今天这一包又不小。

Jean 今天一早六点钟即起来，与你写信。信也附上。她与 Joyce 都加入女童子军的海上队。上一月她们即到英国的湖区去露营，住了两星期。她们送你一本女童子军日记。包中又有两个夹发别针，在袜子里，也是给你的。

现在英国中学秋季已始业了。你们今年来英的计划，又成泡影。不知道什么时候方才能有办法。

我两星期来咳嗽伤风，现在已大好。可是人觉得很累，不大有精神。华师母说应出去休假一两周，养休一下。可是我实在走不开。真是无可奈何。

寄去照片几张。是上次出游在 Manchester 新闻记者所照。同行的有军事代表团团长桂永清②中将，团员杨子（？）上校，及新华银行总代理王志莘先生（我小学同学）。

今天下午五时大使馆有庆祝胜利大会，接待外宾。请了千人。此刻已四时三刻，不能写了。即祝

康健

爹爹

九月十八日

---

① 钱昌照（1899—1988）。
② 桂永清（1900—1954），国民党将领，参加过第一次东征、第二次东征、北伐战争、抗战和第 3 次国内革命战争。曾任国民党海军总司令、参谋总长。

39. 1945 年 10 月 11 日

莹宝贝：(97)

接到你的信，知道你已经进学校，稍微安慰，可是听说学校里面一团糟，又使我发愁。我看这一年中，你的教育又得耽误了。第一，不知道什么时候可以出川，什么时候可以回到北平。第二，就是回到北平，也不知那里有没有适当的学校可进。不过北平究竟是大地方，到了你们去的时候，一定已经有些学校在开办了。

姆妈说得很对，自从你懂事以后，我不曾担负了多少你的教育的责任。我们搬到乐山后，你上了一年学即去北平。你再回乐山后，不过一年，我又出国了。这七年之中，只有两年是在一处。所以现在我决定了，你们如不出国我便回去了。

你九月三日喝酒喝醉了，以至躺在街上。那天你们当然是太高兴了，但是酒究竟不可喝得太多。喝醉了可以误事的。胡适之在上海做学生，也曾经喝醉了，躺在街上，为巡警带以公捕局去。这究竟不足为训。即如你跌扭了脚，好久都不好。要是跌折了腿，岂不是糟。

你的眼睛愈来愈坏，又近视，又散光，也是可忧。有了机会，一定得配一副好好的眼镜。这万万不能贪便宜，马马虎虎配一副坏些的。将来到了重庆或北平，千万记得去配一副好眼镜。否则还会一路向坏下去。我二十岁配了眼镜之后，常常的戴，以后即没有再坏下去。

昨天是双十节。下午六时至八时，大使馆请所有的中国人及在中国机关做事的打字员等喝茶酒吃东西。到的人非常的多，官吏，学生和侨民，大都全来了。吃的东西不够，好些人没有吃到东西。我也是如此。所以在七点钟时，又跑去另一"新中国楼"。这里有一个"中国运动委员会"集会吃饭，庆祝国庆及胜利。到的人大都是英国人，中国人也有四五十。每人得自己花钱。我同王云槐伯伯等同去。有七八个人演说。太多了。

王伯伯来英后，曾经在外参观了一个月，上月底方回。本月底又得到大陆上去游览，大约法、比及德国都得去。我现在行动不很自由，出去一星期，已经很不容易。

祝康健

爹爹

十月十一日

40. 1945 年 10 月 25 日

莹宝贝：(98)

在巴黎十天，几乎没有一天不是晴天，只有一晚下了些小雨。这里天高气清，我们正在此过九月半，天天晚上看的冷清清、皎洁的月光。巴黎外观还是非常的美。街道很宽阔，大都有树木，房屋很高大，很整齐。城市没有受什么轰炸，所以几乎看不出什么战争所摧残的痕迹来。这与人民的生活的困苦，恰成对照。

我们参观了一个普通的小学，也参观了一个比较新式的女子中学。这是一所五层楼的三合大房，我看历史地理的图像，动物园的标本，化学物理的仪器都是相当完备。所以我在临别的时候对女校长称赞这学校，说可惜我的女儿不能来读书。她也说她欢迎你去上学。她送了我一套学校的照片。我什么时候寄给你。

我于二十三日与汪缉高先生及萧叔叔同回。海上的风浪很大。过海峡的是小船，所以颠簸得非常的凶。我与萧叔叔恐下到舱内，空气较浊，气味较多，更加晕船。所以坐甲板上的帆布椅。谁知一阵阵的大浪打上船来，好像下一阵暴雨，衣帽尽湿。我向来有些晕船。这一次有好几次想吐，可是还没有吐。只好坐着不动。萧叔叔面如黄蜡，也不能动。有好些人吐了。从法国的 Dieppe 到英国的 New Haven[①] 平时只需三小时，今天走了四点半钟。后来才知道，今天有一时七十英里的飓风。这飓风一直闹了三四天，到今天还没完。

---

① 从法国的迪耶普港到英国的纽黑文港。

838

这两天船都停开了。中国代表团本来定今天到，也是因为天气不好，还在地中海。

我昨天接到熙芝托人带来的信。说她本来预备来英，因为她父亲病了，斑疹伤寒，在家服侍，所以延期出国。不知静姐姐①已经办好出国手续没有？

华家上星期半夜闹贼。华师母看书睡着了，没有灭灯，中夜醒来，看见门慢慢的开，一个头伸进来。她还未全醒，即叫约翰、大卫。门慢慢的关了，她还不知是外人。起来看看，小孩都睡得好好的。她四面找不见什么，才叫起华先生来。华先生看见一人飞驰而出，打开大门而去。原来此人是从女孩子的房的窗下进去。他们习惯开了窗睡，想不到有人爬进来。据警察说，此人不是贼，专门噎女孩的喉。警察也找了多时了，真是危险。英国住也不是很安全。

爹爹
十月二十五日

41. 1945 年 11 月 4 日

莹宝贝：(99)

从法国回来后，真是异常的忙碌。先是中国出席教育文化会议的代表团来了。内有代表程天放②，罗家伦③，李书华④，顾问瞿菊农⑤，杨公达⑥，秘

---

① 熙芝是李四光的女儿。静姐姐是杨静远，我的干姐姐。
② 程天放（1899—1967），1946 年任浙江大学校长、驻德大使及联合国教科文组织代表。
③ 罗家伦（1897—1969），1917 年入北京大学文科主修外国文学。1919 年参与成立"新潮社"。五四运动学生领袖之一。1928 年任清华大学校长。
④ 李书华（1889—1979），1929—1948 年，历任北平研究院副院长、南京国民政府教育部政务次长、部长（1931—1932）、中央研究院总干事（1943—1945）。
⑤ 瞿菊农（1900—1976），五四运动中北京学生联合会代表。1945 年 11 月作为中国代表，参加联合国教科文组织在巴黎举行的首次会议。
⑥ 杨公达（1907—1972），1937 年抗战爆发后，任国民党中央党部秘书。1946 年 6 月任国立英士大学校长。11 月任伪国大代表。

书汤吉禾①，随员阎披华。接着代表胡适之，赵元任从美国来。顾问萧子升从法国来。我是顾问兼秘书长，所以特别的忙。只好在大使馆找了两个秘书，和曼彻斯特城的副领事周书楷到秘书处办事，一切方才有个眉目。

我偏不喜欢办理事务，现在却担任办理一切事务的秘书长而且人多言杂，意见分歧，有些事不知如何办起。大家都说我真是辛苦了。

可幸的是，代表团中的人，我大部分认识。以前没有见过面的，只有程天放，汤吉禾二人。胡适之，罗家伦，瞿菊农，李书华，赵元任②，都是老朋友。杨公达，萧子升③也从前认识。阎披华是教育部长朱骝先④先生的秘书，乐山永利公司经理阎友甫的儿子，我从前也曾见过。因此对人不至太困难。开始希望将来再不要我做这样的事了。

大会于十一月一日开幕。上午通过了会议程序。下午正式开幕，选举会长及协理会长。由英首相阿特里致欢迎辞。会长是英教育部长威尔金生女士，协理会长是法国前总理白隆姆。这都是早就内定了的。选举还没举行，会长的演说已经印好了，发给大家了。

副会长有十一人之多，中国在内，并没有什么光荣。我们的副会长当然是胡适之先生。二号一天，三号半天，都先是副会长演说，后来是各代表团的主席代表演说。大都不是说英文便是说法文。可是也有说西班牙文，阿拉伯文等的。在英法两种文字之外的文字，得自己找人译为英文或法文。有人演说长至半小时，幸而大部分的人只说几分钟，所以虽然有四十几国参加，秘书处预备四五天的演说，两天便完事了。从星期一起便要开委员会，真正开始工作了。

外国开会与中国不同，宴会一类并不多。因为有几个人要照相为护照之

① 汤吉禾（1902—？），1925 年赴美入读密苏里大学新闻系。1932 年获哈佛大学政治与法律博士学位。1940—1945 年任齐鲁大学校长。

② 赵元任（1892—1982）近代著名学者、语言学家、音乐家，被誉为中国现代语言学之父。

③ 萧子升（1894—1976），1919 年赴法勤工俭学。1924 年回国，历任中法大学教授、华北大学校长及南京国民政府农矿部次长、国立历史博物馆馆长。

④ 朱家骅。

用，我也照了一张。寄一张给你们。

祝康健

爹爹

十一月四日

42. 1945 年 11 月 21 日

莹宝贝：(100)

好久，有一个多月，没有接到你们的信。我很是奇怪。每天清早在开会以前，我一定先去办公处，看你们有信来没有，结果每天都失望。直到最近才接到你们十一月一日的信。才知道你们好久没有写信，写后又好些时未发。

你的照片收到了。你的样子倒又像从前，又像上一次寄来的那张相。即是你不像上一次的那样胖了。我在十七岁到英国时也曾长得很胖，重一百四十磅，可是以后即瘦，只重一百十二磅，差不多有一二十年没有改变。最近五六年，又胖起来了，但是到现止还没有一百四十磅呢。

你的照片许多人都看过了。胡适之伯伯居然还挑出你来。不认识的人自然常常误会方令孺①是你。萧叔叔也看到了。他说要与你写信。华师母也看到了。伊里莎白等还没看到。那一天是一个盛大的鸡尾酒会，我与叶公超先生出名做主人，请英国的文化界会会中国代表团。那天到了一百六十多人。华师母也到了。她看了这相片即取去示其他的外国人。

一个学生发了一阵疯的事，你可以不必过于介意。在中国的社会中，容易发生这样的事。听说熙芝在广西也曾遇到差不多的事，一个男同学去见李伯伯，叫他做父亲，可是又找错了人家。在英美这种事便不大会有，虽然不能说绝对没有。

---

① 方令孺（1897—1976），女，诗人、散文家。1923 年赴美留学，1929 年回国。1939—1942 年，任重庆北碚国立编译馆编审。1943 年后，任复旦大学中文系教授。

这几年来，你在环境方面、功课方都很吃亏，不能遇到一个青年学生应有的正常生活。所以我还是希望你能同姆妈早日的来英。如你明年春天能来的话，你那时是十六岁，还可以在中学好好的读两年或三年书。至于进大学在中国在外国倒是不如此重要。一则中国有些大学办得很好。一则二三年之后，中国的情形又上了轨道了。

你今年在学校考课如何？有什么功课比较的还可以有些进步？是不是在课外另请先生指导？俄文还学不学？

祝康健

爹爹

十一月二十一日

43. 1946年1月11日

莹宝贝：（104）

怎么你到了重庆好久都不给我写一信，害得我好着急？你说没有桌子不能写信，难道你不出门的吗？不可以到二叔那里去借一桌子写一信吗？

你说你要出来，我不给你想法。其实是你自己没有想办法。你们不是想方法去北平吗？既然在想方法去北平，又如何能够出国？只有叔公劝你们出国，不劝你们去平。其余的人自然不便说什么。也许你们说要出国，此时比从前要容易些。

我的意思是，现在交通如此困难，如无必要，北平似乎可以不去。姆妈如有去的必要，也似乎用不着把你也带去。这样走一趟，不知要花多少钱。说是为照管房业，说不定也会得不偿失呢。我想到你一年一年不好好读书，真是好不难过。这样一年一年的耽误下去，你连读书的习惯都失去了，将来可就麻烦了。我觉得与其跑北平，不如在重庆进学校。

到了北平之后，不知有没有好学校可进。如有学校，千万不要再耽误了。

当然如能出国，是出国的好。在此进无论什么学校，都不至学不到东西。外国学校，也不像中国学校的固执不变通。插班跳班，全凭成绩，不管修业年限。我如在英，自然希望你来英，一定可以为你找一像样的学校。有些可以住堂，有些可以走读。

如我不在此，当然不必一定来英。到美国去一样。

而且还有一层。如要出国，当然要去重庆与人交涉。你们到北平去后，再远远的写信办交涉，又不方便了。

今天心中特别的烦得慌。一个人想到什么都会生气起来。不写了。

祝康健

爹爹
三五、一、十一

44. 1946 年 1 月 23 日

莹宝贝：（105）

我上一次与你写信，奇怪为什么你到渝好久也不给我写一信来。发信后接到二叔来信，附了你十二月十三所写的信和贺年片。原来信是写了，却没有早发。我也看到了武大外文系毕业生万叔寅女士。她是到这里来做联合国组织的翻译员的（待遇非常好，一个月有七十镑钱，等于大使馆的一二等秘书），她说在重庆看到你。她去康庄看方太太，遇到你开门，同你谈了好久，看见你在抄诗词。她说你还胖，与最近寄来的照片很像，比军装的那张要胖些。我这是第一次遇到看到你的人，很是高兴。

看了你的信，知道一点你离乐山时的情形。许多人都去送你，有些人流泪，使你很受感动。你平时以为自己落落寡欢，别人不是笑话你，看不起你，便是不理你。你走时发现并不如此。足见世界上的人究竟不是没有感情的，不是没有理智的。"爱人者人恒爱之。"你真心待人，自然也有人真心待你，虽然不是人人都如此。我常觉得世上好人并不少。

我希望你能来英国。我今天已写了信与王伯伯、朱伯伯。我想姆妈如去交涉，该不至于太困难。只是你们自己得有决心才行。如一面想出国，一方面又想去北平，那自然就难办了。

至于将来你学什么好，这可以慢慢的等将来才决定。现在国家缺乏各种人才，什么都缺，什么都重要。所以你此时不必着急的决定。要是你们不来的话，当然我也得打算回去了。

希望你康健

爹爹

一月二十三日

45. 1946年2月13日

莹宝贝：（107）

我上星期六到华师母家坐了一下。她们听说你们可以出国了，很是高兴。意里沙白等问东问西不完。问你来了是怎样的办法。说你如来得早，可以与她们同去湖区去参加 Sea Rangers① 的露营。她们说一定招呼你，什么也不会没有你的份。她们问你会不会游泳，因为游泳划船是日常工作。我说你还不会游泳。一切都得学起来。

华家的计划，是打算夏天到海边去住一两个月，把伦敦的房子租给人。她们说你可以住到她们那里去。姆妈愿意也可以同去（我不见得能走开，但是周末也可以去）。

华师母说你初到时可以在她那学校上课。上了二三个月，说话流利了一点，英国人的生活习惯懂得了一点，便可去上正式的学校了。

所以我希望你们能赶着在夏天以前来。至迟在夏天来此。英国的夏天，一点都不热，最是舒适。到此过一夏，等于享福。再则到此先住一两个月，秋天学校开学便可以去上课。

还有一层。我现在是出席联合国教育科学文化组织的代理、代表。这筹备会要筹备半年以上。从前预备今年五六月开大会。现在则估计要在十月十一月方能开大会了。所以我如要完成筹备工作，则至早当在年底方能回国。

---

① 一种学校办的中学生的小组织，字面意为"海洋奇兵"之类。——小滢注

你们要是夏天能来的话，我们可以有半年在一处，有半年的团聚了。

希望你康健活泼

爹爹

二、十三

46. 1946 年 2 月 25 日

莹宝贝：（108）

一月不接信，想念得很。此时不知道你在哪里。这是夜间十一时，中国已早七时，也许你已起来了，也许醒了还躺在床上。北平冷得很，也许早晨不易早起吧？

我明早是乘飞机去瑞士。我这次是奉命去出席国际教育会议。我从来不曾到过瑞士。这一次有机会去，很是高兴。所以在开会之外，也住几天游览一下。瑞士风景甲欧洲。可惜这一次不能同你与姆妈去同游。

不过听说瑞士冷得很。高山是冰天雪地。也许气候与北平很相近。据说太阳极多，这也与北平相近似。

我这几天很忙。夜间睡不够。今晚还有几封信要写。所以不多写了。

希望你康健

爹爹

二月二十五晚

47. 1946 年 3 月 23 日

莹宝贝：（109）

我在瑞士住了近三星期。在那里开会或游玩山水，很费时间。曾经寄了两张画片给你，不知曾经收到否。我怕画片不是航空，在路上得走一两个月。而且画片常常有人会没收，也许会寄不到。

在瑞士听到你们申请不到外汇的消息。很是失望。回来后知道教育部送

845

了你们些旅费。川资是没有问题了，听了很是快慰。你的英文想来是不太坏。只要不要怕羞，肯开口，肯下笔，肯写肯说，很快就可以用了。我寄你一封信，是一个十三岁的德国犹太女孩写给你的。她在华家上学。初来时一个字也不会说，现在来了六个月，已经可以与你写信了。

华师母说你来此后，要是愿意的话，可以住到她家去。每星期住五天，星期六回家。这样一天到晚都与她家孩子在一处，说话自然不出问题了。到了夏天，她们预备到乡下去露营，你要是愿意的话，也可以去参加。如你们在六月前后来此，则练习三个月语言文字，秋天便可进正式的学校了。

意里沙白及大卫都有信给你，恐过重，下次才寄。

祝康健

爹爹

三月二十三

48. 1946 年 3 月 30 日

莹宝贝：（110）

我最近在此得到消息，李熙芝可以得到英国文化协会的奖学金，到英国来做研究。她们这一批大约有十五个人。想来一定在上海上船来英，不会到印度去等船了罢。各大学十月初开学，所以他们至迟得在九月中到此，八月初得动身。如你们不能早来，我希望你们至迟与她们同来。

可是我希望你们能早来。因为中学开学比大学早，九月便开学了。你不能一到便进学校。总先来二三个月，练习练习说话和听话。大约有二三个月也就勉强可以了。再则英国的夏天，比什么时候都好。能够到英国来过夏，真是可以享福。

所以我盼望你们四五月间可以动身，到了这里，也许先到华家去住，她们下乡便与她们下乡，露营便同她们露营。那应九月进学校，一定没有问题了。

你可以在英国的中学上二年，那么我想你的根底也打结实了，英文也学好了。将来在什么地方上大学，现在可以不必去顾虑。到那时看经济情形及其他种种情形再说好了。如熙芝曾在英读了一年书，回到中国去了。现在读完大学又出来了，也是很好。

我怕在你生日以前到英，是已经来不及了。在你生日以前动身，即算不坏了。

我在瑞士的时候，曾经买了不少东西。衣服都破旧了，此次得补充了一下。也买了一照相机（据说比在英便宜了一半）可是有了照相机发现没有东西可照。要等你们来后才好好的照相了。

祝康健

爹爹

三月三十日

49. 1946 年 4 月 2 日

莹宝贝：(111)

你三月十九日写的信，昨天收到，在途中只两星期，也不算慢。

自从知道你们可以出国的消息，我时时刻刻的计算着你们何时动身，思量你们怎样的来。有时高兴，有时很是着急。我希望你多写几封信，报告办理出国手续的情形。我常常听了消息，也可以免去些焦急。你现在已经快十六岁了，可以多负些责任了。

你说你一切都像我，连早晨起不来也像我。我希望你在有些地方，不要学我。我在十七八岁的时候，也曾经发奋早起。住在一英国学校时，每天我一个人起最早。过了两年，便懈怠了。这一点我也不希望你像我，什么事要有恒心，不要一阵阵的勤奋，一阵阵的松懈。

听你说你近来对于画画发生兴趣，这是很好的。你从前也很爱画画，姆妈还希望你成为画家。我不知道你将来做什么，但是在青年的时候，多写文章，多画画，既然给了自己很多乐趣，也大可以发展一个人的思想情感和观察的力量。

我在瑞士住了近二十天。瑞士是一个小国，人口只有四百五十万，还不到伦敦一城多（伦敦在战前人口近八百万）。人民安居乐业，非常的幸福。我没有看到一个穿着破破烂烂的衣服的人。我没有看到一所摇摇欲倒的房子。到处都很清洁。人民有许多可以说二三国文字。看了真使人羡慕极了。瑞士多高山，多大湖，风景非常的秀美。怪不得被呼为欧洲的公园。可惜我去的时候，天气还冷，高山积雪，瑞士人多做滑雪之戏，我又不会。湖上轮船都不开。将来夏季再去，可以游湖，登山，及野外散步。你们来后，我希望我们将来可以一同遨游几个星期。只是东西太贵了。

祝康健

爹爹
四月二日

50. 1946 年 4 月 11 日

莹宝贝：（112）

今年的春天来得特别早，而且天气异常的好。自从上月二十五号起，到今天已十七八天，除了一天大雨外，几乎没有一天没有好太阳。公园里已经是春光明媚，百花怒放。杏花已谢，碧桃、樱花正盛开。这是英国向来没有的好天气。如你们在此，正大好做春游了。

英国的季候，从四月到十月是比较好的。十一月到三月那五个月便阴冷多雾，少见太阳，没有趣味。所以要赶上英国的好季候，应当现在到此。我不知你们什么时候可以动身，恐怕得五月底方能到。你想赶到英国来过你的生日，过我的生日，都已经来不及了。无论如何不要挨到过了夏天才来。中国的夏天是最不舒服的季候。在途中过热季也并不舒服。到这里已是秋天，不一会就阴云漠漠的冬天了。

这还不说上学校的事。英国的中学，九月开学。要赶上九月入学，总得早来二三个月，方才能练习英语英文，可去上课。所以六月至迟七月得到此才好。那五月必得设法动身了。

郭子杰①先生带来的画四十余幅，在伦敦展览了一星期后，现在由叶公超伯伯带到巴黎去了。大约不久在巴黎可以展览。

叶伯伯昨天到美国去了。最近外交部任他为参事。大约不久要回中国去就职。

在英国的朋友一天比一天少。许多英国朋友也慢慢的到中国去。所以近来更有寂寞之感。希望你们早些来。也希望你们多写几封信。

祝康健

爹爹

四月十一日

51. 1946年4月20日

莹宝贝：（113）

明天是你的生日。你十六岁了。这几天正遇到复活节。华师母全家到英国的南部一个岛叫 Isle of Wight② 去休假去了。他们全家去了一个多星期，听说还要住一个多星期。她们住的是乡间的房子，在海边，可并不热闹。她们约我去住几天。正值复活节，各处放假，天气又继续的春光明媚。我答应去住两天。打算明天去。

这两天我托人买了一诞辰糕③，可是买不到。据说要买到好的，得在三星期前预定。我的房东太太为我托人定做了一个糕，便当是生日糕了。明天我把这糕带去华家，与他们庆祝你的生日。

自从四月一日接到你们一信后，已经二十日了，没有再接信。很是惦记。姆妈忙，你不应当太忙。到了北平，看到熟地方，看到熟人，都可以写下来。这些我都非常希望听到的消息，为什么不多写一点？

---

① 郭有守（1901—1977），字子杰，著名画家张大千的表弟。1918年考入北京大学法科。后公派留学法国巴黎大学，曾与徐悲鸿等组织文学艺术团体"天狗会"。1938—1945年任四川省教育厅厅长。1946年2月，当选联合国教科文组织中方筹委会组长，后任该组织第一任教育处处长。

② 怀特岛，我在那里度过最可怕的几个月。——小滢注

③ 即生日蛋糕。

祝你 A Happy Birthday to You!

爹爹

四月二十日

52. 1946 年 4 月 29 日

莹宝贝：（114）

你生日的那一天，我到英国南方海边的一个岛 Isle of Wight 去了。华家全家在此休假。我那一天一早乘火车出发，十一时余到了英国南方的海港 Portsmouth①。华家的 Jean 和 Joyce 到那里来接我。撑船渡了海，到了岛上的 Ryde 再乘汽车到他们住的 Seaview②。这是海边的一个小镇。他们所住的更是在镇的外面。一所小楼房，正在海边。潮涨的时候，海水直到楼下，潮退的时候，露出一大片细沙，可以在上面游息散步。青年们还在这上面赛球。第二天上午我看 Seaview 镇与 Ryde 镇的两队比赛一种球戏，叫 hockey③。华家也包了一条船，随时可以到海上去划船。这一天下午我们开了庆祝你生日的会。桌上放了两三瓶野花。我带去了一个生日糕，他们也做了一个生日糕。大家唱 "A happy birthday to you, A happy birthday to dear Shiao Ying"。

我曾经照了两张相。不过在房子里照，恐怕光线不够，未必有效果。

我住在附近的一家人家。在那里住了两晚，二十三号上午便回来了。华家全家也于二十六号回来。他们打算今年夏天再到那里去。只是那房子到期他们便住不起了。所以他们打算在附近租一块地，过露营生活。

因为不知道你们究竟什么时候能到，所以我也还没有能与你寻好学校。我打听了一下，知道这时候要插进学校，并不容易。英国有些有名的学校，一定得在一年级的时候进去，中途是没有插班的。不过并不是所有的学校都如此。有名的学校在事实上不一定便是最好的学校。我听说英国南部海边

---

① 朴次茅斯港。

② 从莱德（Ryde）镇倒车去海景（Seaview）镇。

③ 曲棍球。

有一女学校，还不差。我有一位朋友，他自己是一小学校长，有一女儿在上学。这学校即在海边，走下去便是海滩。从这一点说来，倒是你理想的。只是离开伦敦有三四点钟的火车，只有放假才能回来。为了要与外国孩子多接触，不见中国人，倒也是好的。要是你决定来此，我或去与这学校接洽一下。

至于你将来学什么，现在不必着急的决定。等你好好的学些东西，读些书，你自己的兴趣也可以发现了。你说你没有天分学习科学。其实你有没有天分，你还不知道。因为在乐山这几年，你不曾有学习科学的机会。一切学问，都是有用的。只怕不好好的学，或是学不好，不怕学好了没有用。所以我只希望你成为一个有用的人，能够自立的人，不做随俗漂浮的人便满足了。我没有一定的目标，一定要你去达到。

不想北平的春天也来的如此的早。你们在四月初即已看了樱花了。这与英国的气候很相似。我记忆中的北平，似乎要到五月才百花争放呢。今年英国的春天来得特别早，天气也特别好，阳光之多打破过去四月的纪录。我常常在说，可惜你们没有赶上这一个春天。现在听说你们在北平迎上了一个美丽春天，我也没有什么惋惜了。

英国的夏天可比中国什么地方都好。我希望你们不要错过了夏天。

你们都说我该回去了。我也常常想回去。听到了你们所说史家胡同家中的情形，我真要回去看看，真想永久住在那里。不过一听到物价，生活的困难，我又吓住了。我不知道回去后生活如何能维持。我也不明白你们如何维持这些时候。所以我又希望你们早早的动身到这里来。英国的生活比战前也大不同了。可是一切究竟有一个算计，一月花多少钱，或多或少，可以自己做主，决不至今天不知道明天。

在北平看到些什么人？北海公园等去过没有？怎样了？

祝康健

爹爹

四月二十九日

53. 1946年5月4日

莹宝贝：（115）

接到你四月二十四日写的信，和照片两张。你的眼睛都没有神气，足见近视得厉害，非得赶快配一副好眼镜不可。两张照片中的你都有些像日本人。穿日本服的和穿西服的都像。

新近有一位朋友介绍给我一个女学校。这学校名 Wentworth 在英国南方的海滨叫 Bownemouth①。我接到了一本章程和照片。学校的校舍校园似乎很好，有科学实验室，音乐室，图书室，体育室等等。可是学费也够贵。一年三季，每季得缴学膳等费五十五镑，音乐图书等在外。衣服零用更不必说了。看来一年要二百镑。

进这学校，还得守许多规则。如入学前要医生证明，有无传染病，要请牙医眼医检查。入学得有制服和其他衣服。一张衣服单便是满满一张纸。要这许多衣服，得花不少时候去做和买——花钱还不说——而在买以前，还得请求衣服券。那又得花不少时候。这些事在你来到以前是不能办的。一定要本人来后方能请求。所以你得早到才有办法。

有人不赞成去这种学校，同学都是女生，先生都是女士。说不如走读。伦敦有很好的很出名的学校，只走读。这种问题也得等你们来后才能解决。

中国报自从萧乾回去后，简直很少看到。他在此前常把《大公报》送我，走后便没人送了。跑到中宣部去看报，又苦常常抽不出时间。寄一封航空信到英，不过半斤猪肉的钱，不算贵。可以多寄些。

你平常在家中看家，没事做，可以多写些信。你不像姆妈忙，也不像我时时有事。萧叔叔在上海《大公报》，你也可以写封信给他。动身的时候，如

---

① 学校名为温特沃斯（Wentworth），地点在伯恩茅斯（Bournemouth）。

给我打电，可以打 Chinese Embassy, London① 三个字地址便够了。

祝康健

来时可带些茶叶和做菜的作料，如口蘑、冬菇之类。

爹爹

五月四日

54. 1946 年 5 月 13 日

莹宝贝：(116)

你寄来的三封信，我已为你转交金，大卫，及丽奈。丽奈在得你的信以前，天天在问小莹的回信来没有。她只十二岁，可是人生得还高大，胖胖的，我想她有你这样的大小轻重。大卫长得很小。金很高，一定比你高得多。Joyce 则又高又胖。人很厚道，爱帮人的忙，可是懒得写信等等。

我不明白你为什么不学习写英文。你不是在青年会上英文课吗？班上想必有作文或其他写作练习。你即以写信代作文不好吗？姆妈事忙，不能常写信。你看门无事，何不每一星期写一信与我，报告你们进行出国如何，北平的情形如何，朋友们的近况如何等等。

你已经重新见到容璂②，很好。你没有提到陆③，她的名字我忘记了。想来她一定还在北平吧。容璂的父亲现在做什么。是不是也回到燕京？

你们到燕京去过没有？

十日是我生日，我一人在此，什么也没有，也没有告诉人。晚上总领事谭葆慎约了与他父女去看电影，先到饭店去吃面。所以算吃了寿面。谭的女儿名 Dorothy，十八岁了。她在美国，已经在大学读了一年又一学期。现在到

---

① 伦敦中国大使馆。
② 容璂，我燕大附小的同学。她父亲是容庚（1894—1983），著名的关于古代金石的学者。——小滢注
③ 陆瑶华，也是我燕大附小的同学，父亲是陆志韦（1894—1970），当过燕大校长，身世很倒霉。容、陆她俩是我在北平时（1939—1941）的好朋友。——小滢注

英，又得从头学起，还得考大学。在英国学文科，考大学得学拉丁文。她没学过，所以现在正在补课。

祝康健

爹爹

五月十三

55. 1946 年 5 月 24 日

莹宝贝：(117)

接到了你们五月四日的信，知道你因为狗咬了学生，被传到区公所去上堂。现在这时候，一切都不正常，人穷志短，什么都做得出来。要是在战前，我想普通的学生不至于有这种行径。他们这些人的敲诈的态度，实在可恶。但是从对方设想，我们也可以原谅他们。现在这时候，什么都贵得厉害，做一条裤子，又得花不少钱（当然我不知道是怎样的裤子，如是西装裤，自然更贵），被狗咬破了，当然着急，要求赔偿，也不是绝无理由。狗咬了人，被咬的人不知道这狗是疯狗不是疯狗，他不知道伤处会不会出毛病，所以要求保障，也不能说全无理由。

无论如何，在这一件事上说来，警察不能说没有理由。有人去告你的狗咬了人，他们来传你去问话，不能说不是他们的责任。问官劝你出钱赔偿，也不能说是越职。警察在别的事尽管坏，尽管污，在这一件事内，没有可以证实他们贪污的地方。你骂警察是骂错了人了。

我接了你这封信，很使我着急。你向来胆子小，现在我觉得你真是变了样，胆子会这样大？这样是很危险的。例如你在英国的法堂上骂了法官，不问你上堂的事有罪没用罪，单这轻视法官一项便得受罚款或监禁的处分。在中国更危险，你在历史上，及小说书中，可以读到不少人因为骂苦了人，人记了恨，以至造成杀身和灭门的大祸。

姆妈能告诉你，我因写文章骂过人以至吃了不知多少亏。

所以我要你以后不要如此。胆子大是好的，但胆大必须心细才好。我更希望你早些到英国来，不要再在中国闯什么祸。

中国送了一个花熊 Panda① 与英国的动物园。它到的时候，许多新闻界记者坐了二小时的车去接。第二天各报都登载图画新闻。中国人从来也没如此威风。附上几张报。

祝康健

爹爹
五、二十四

56. 1946 年 5 月 30 日

莹宝贝：(118)

我写此信时，是在波罗的海（Baltic）中间。今天早晨六时，我们的船经过丹麦与瑞典最接近的海峡。我不知道，所以没有起来。

船可容二三百人。头等舱饭厅里可坐百五十人。从英国来的笔会会员和家属，大约有六十人左右。只有两家带孩子，一个男孩五岁，一个女孩名 Jean，十岁。她与她父母，现在坐在我的一桌。这是一家犹太人。父亲是东伦敦贫民区里生长出来的。

我们在瑞典西部的 Guttenberg② 停了三天。因为旅馆不易找到，所以即住在船上。这三天都有瑞典的招待委员会招待及引导游览。

第一天上午去看了市立艺术馆。中午市政府在新邨的会堂请我们吃饭。下午参观一个纪念医院。这医院外面的建筑并不好看，但是内部的布置很精洁，设备极新颖。有一所大楼是用镭治癌疾的。普通病人，不必付诊费，也不过二三个人住一个房，每个人有一柜子在床边，里面有一无线电收音机，只需一拨便可听。

那天晚上请吃饭后再请看舞蹈剧（英名 Ballet，意里沙白③在学的就是这

---

① 即熊猫。

② 哥德堡（Gothenburg）。

③ 今通译为伊丽莎白。

种舞）。第二天上午我与一部分人去参观植物园，里面有一区域的花木都是中国、日本来的。又参观市立博物院，有不少中国东西，因为这里是东印度公司的支店。中午是新闻记者协会请我们全体吃饭。午后到乡间，有一位伯爵夫人招待全体在她的府邸里茶叙。房子并不极大，园林却大极了。那天晚上在一个娱乐园 Liseberg① 晚饭，这里非常的大，里面有种种玩的东西，等于中国的大世界，但是不挤在一起而在一空旷的公园中，或是说把城南游艺园放在先农坛中。

第三天到附近的一个海边小镇 Marstrand② 去游览。早晨乘火车及公共汽车去，在那里游泳。回来乘船，遇到一群中学女学生，都会说几句英国话。我们一路交谈，她们要我说中国话，写中国字。我想到要是你在那里便更好玩了。昨夜开船，明天一早可以到瑞典京城。

爹爹

五、三十日

57. 1946 年 6 月 12 日

莹宝贝：（118③）

我昨天从瑞典回到伦敦。早晨八时到航空公司，九时半自 Stockholm④ 城外飞机场起飞，下午四时到伦敦西郊的机场。六小时半之间，经过许多不同的天气。上机时天晴很热，中间有时在阴云中飞，有时在晴天飞行，到伦敦时天相当冷，而且雨不小。有时风不小，所以飞机有些上下震动。幸而没有晕。去的时候船走了三天半，飞机可快得多了。

在瑞典的时候，忙得不得开交。日程排得密密的。早晨开会，中午宴会，下午参观什么或茶会，晚上又宴会或看戏之类。这地方宴会，往往非午夜不

---

① 里瑟本游乐园，位于瑞典哥德堡市，1923 年对外开放，是瑞典人最喜欢的景点之一。

② 马斯特兰德。

③ 此信编号与前信（1946 年 5 月 30 日）同。

④ 瑞典首都斯德哥尔摩。

散，如遇到跳舞则到二三时。幸而我不会跳舞，所以还可早走些，回到旅馆也半夜以后了。

此次瑞典华会招待极勤勉，开会期间，各国的代表二人及家属住在旅馆内，膳宿都由地主支付。瑞典笔会的会长是威廉亲王。他是国王次子（国王已八十六七岁，他已六十左右了），曾经写过二三本书，所以一切招待与他处不同。他很平民化，很随和，也有幽默。有一次我照他的相，他将舌头伸出（可惜伸出时我已照过）。瑞典是一个湖国，到处是湖在飞机上看特别分明。地土很瘠，常常凸出来的是一片片的石块。所以大多不能耕种，只是种树，树是松柏，白杨之属，楚楚直立。最有画意。生活程度极高，简直看不到穷人。各国都可看到大都市的贫民区，瑞典却没有，那里的人民真是享福极了。所谓安居乐业。人的身体也长得健康，年轻男女都很好看。

祝康健

爹爹

六、十二夜

58. 1946 年 6 月 21 日

莹宝贝：(119)

你上月二十八写的信已收到。至于进什么学校，可以等你来了再商量。我觉得自己住堂比走读为宜。至少在最初的一年半载应当住堂。如走读，到学校便上课，没有很多的时间与同学谈话。住堂可生活起居与同学们在一处，一则可以知道外国孩子如何生活，二则有机会练习说话，三则可以交结朋友。我想你若住堂的话，三个月后，你的英文便可勉强应用了。

可是此时在英国进学校很不易。不论男校女校，每校都有人满为患。本来在英国进有名的学校，常常在几年以前即报名。有些人在一个小孩生下的时候，即向学校报名（这是实在的，Rugby、Eton① 几个有名学校的校长亲

---

① 拉格比、伊顿，两个贵族学校。

口告我）。校长各校都无空额，我就近去信几个女校，索取章程，回信说此时已额满，不能录新生。有的已经满到一九五〇年。

我前天经朋友介绍去参观一个 Benendon School，这学校离开伦敦有两小时的火车，在乡间，附近只有一小村。校园有数百亩，非常大。校舍等等也很好，全校有二百四十名学生。女校长说这学校名额已满，而且有好多人等候补缺。她答应如你来英时，学生中有人退出，她竭力的让你进去。这里空气很好，离海十五英里，学生们看来都很活泼和蔼，并不拘束。我觉得这一个学校要得。只是交通不很方便。两小时内得换车二次。我有一位朋友住在那里附近，故参观时即住这朋友家。他的女儿，即在此校读了十年（现在已出嫁有子女了）。

所以你到此后，入校还大是问题呢。

郭有守先生的太太杨云慧也在上海。现在听说也可领外交护照出来。他们的女儿，十四岁，也预备带出来上学。你们如再不快走，也许要与她们同时候来了。

英国的新驻华大使名 Sir. Ralph Stevenson[1]，他们夫妇今天动身去华，我到车站去送。据他们说八月初可到上海。

中国驻英大使也要换人了。顾维钧将调美，英国不知什么人来。有傅秉常、俞鸿钧、顾梦余[2]、郑天锡[3]之说。如是俞鸿钧，则得携眷自华来。也许可以同走。

李熙芝等想来也要来了。不知何时动身。她们约于九月到此。你们如再不走，也许也要同来了。

萧乾叔叔此时当已到上海。他大约已与太太离婚。他现在要娶的是 Gwen Zian（谢格温），她是我从前用的秘书。她的父亲中国人，母亲英国人。她在牛津大学毕业。她此时已到中国。你们到上海，一定会看到她。（到《大公

---

[1] 拉尔夫·史蒂文森爵士。

[2] 顾梦余（1888—1972），毕业于德国柏林大学。曾任广东大学校长、民国政府交通部部长、国民党中央执行委员。

[3] 郑天锡（1884—1970），著名法学家、外交家。1916 年获伦敦大学法学博士学位。1936 年当选国际联盟国际常设法院法官。1946 年 8 月，出任中国驻英大使。

报》馆找萧叔叔。）一切穿的衣服是否合适等等，可以问问她。她实在是等于英国人，且受过很好的教育，所以她可以告诉你们许多你们要知道的事。许多其他问题，也可以问萧叔叔。你的信已交给华家。她们都说你的英文写得很好。Jean 说如你再与她写中文信，她便不答应了。

中国青年学海军，是中国政府招了送来，并不是英国招。要打听，当在中国打听。程天放太太的侄儿可以请程天放打听，也可问他的老兄。

你生日那一天在，居然还好，寄去一张，桌上是生日饼。

爹爹
六、二十一

59. 1946 年 6 月 25 日

莹宝贝：（120）

已经到上海没有？上海来信应十天可到。顾大使十六号离沪，二十二号已经到伦敦。你们如在月半前到沪，即写信的话，此时应该已可有信来了。难道还在北平没有去吗？

如你们已经到上海，赶快来信。如船票机票已有消息，更望立即通知我。

萧叔叔想此时已到沪。他的新太太名谢格温，从前是我这里的秘书，一半中国人，可不会说中国话。她在此进的是一个相当好的女子中学，后来进牛津大学。所以对于英国学校情形还知道，你们可以问问她。到英国穿的衣服，可以穿给她看看。如有些在此不能穿，或可改作，或则送人或出卖，不必带来。不知你们在北平做衣时问了人没有。使馆中有不少太太们来此，带的衣服都不能用。

如乘船来，则中国东西可以带一点，如茶点，酱油，麻油，筷子，华墨之类。如乘飞机，自不必提。

即问近好

爹爹
六月十五

60. 1946 年 7 月 23 日

莹宝贝：（123）

怎样还没有信来？现在到了上海没有呢？你上一封信，说要乘船去上海，以后便没有了消息，真是叫人着急。如到了上海，方谈得到出国的问题，如老在北平，出国问题如何谈起。现在国内局面一天比一天险恶。如还没有走的话，也许走不了了也说不定。要是内战发生的话，南北交通一定更困难。

英国的天气，以夏天为最佳，现在已经过了一半了。一切中学都是本星期放假。大多在九月二十左右开学（中学暑假七星期）。华家姊妹这几天去结队露营。

华家全家一放假都到海边去住。她们起先以为你们能到此，可以同去露营，或同到海边去住。现在看来是一定做不到的了。

我以前在信中曾说过英国有一所新式学校，名 Dartington Hall①，上学期我与郭子杰先生去参观了一次。这是一个很新的学校。所占的区域，有一千英亩，合六千华亩。在上面有麦田及工厂等等。学校分三所，一是初小，一高小，一中学，从三五岁到十七八岁。完全是男女同校。非但同班，而且是同宿舍，同浴室。功课也不重考试，极为自重。如一个学生不上课，教员也不去强他上课。

那里风景也很好。只是离伦敦有五六小时的火车，似乎稍远了些。许多英国人都说你什么时候能来还不知道，学校的事先不谈罢。

祝康健

爹爹

七月二十三

---

① 达廷顿厅（Dartington Hall），是一个特别新潮的学校，舞蹈家戴爱莲上的就是这个学校。——小滢注

61. 1946 年 8 月 17 日

莹宝贝：（126）

你们十日发的一封航快，走得真快，昨天（十六）已经到了，在途只六日。接到此信我方才知道你们已经定好船，卅一日或九月二日启行去美。这封信是我寄到中国去的末一封信不知道能不能赶上。希望十日内可到，即赶上了。以后再写信，当寄十四姨处了。你们到旧金山时，望即与我来航信。

你如接到此信，也该要很快的上船了。船一开，便不会太热，到美国后，一切生活要与前大大的不同了。你在国内所过的生活，在回忆中自会与当时身受时不同。苦痛的经验，在事后觉得，不是没有益处的。只怕你忘了。你如不忘，便会立志改善同胞们的生活。

你在乐山时，曾经表示"我不入地狱谁入地狱"的壮志。可是在上海住青年会，你又怨天怨地起来。你没有想到中国人不知多少想过你这生活而未得呢。不是吗？不是姆妈说女青年会的房子还是及早登记，说人情才能进去住吗？

你们到英时至早是十月中，中学都早已在九月底开学了。秋季进学校是不可能了。我想等你一到，便到华家去上学。如她们家可住，即住在她们家。到正月第一学期开学，再进其他学校。

Dartington Hall 的校长说，他那学校与平常学校不同，学生从别的学校转到那里去，半路插班，常常与其他学校彼此合不来。所以你进什么学校，还是等来时再设法罢。你到了美国，也可以去参观几个中学。十四姨住的是不大的城。在那样城中，看看他们的学校是怎样的。到波士顿时，可以去姆妈的先生所办的学校。

祝一路平安

爹爹

八月十七

陈小滢致陈西滢

1. 1943 年 4 月 25 日

最亲爱的爹爹：

一直没有跟你写信，真对不起，前天大前天接到了你的信，心里快活极了。

你几号到华盛顿的？一路上都还好玩吧？你说你晕机，我很不快活，望你到了美国好好休息一下。我英文考了得 83 分，还算好，好多人恐怕不及格。我几何才 50 分，代数考了两次，第一次大概只有 34 分，第二次也许全对了，平均 70 分。下星期先生说还要考一次呢！

你到美国一定快去十四姨家玩几天好吗？

我生日那天，你去吃面没有？不写了。

丰子恺过这里时，我请他画了一张画在纪念册上。

有好邮票跟我寄来，信封上的邮票有人偷，放在信封里吧！

女 小莹

卅二年四月二十五日

2. 1943 年 7 月 25 日

最亲爱的爹爹：

自从接到你在纽约来的一信后，一直就没有了，真是焦躁极了。（回信请寄乐山陕西街万佛寺武大住宅陈府。）

姆妈的疟疾已好了，不要惦记，可是搬家时的忙碌是不用说的，所以还是没大好，很疲倦。

我们搬来已十三四天了①，其中发生了两件事，一是杨人缏那小气人，为

---

① 我们 1941 年 11 月离开北京，乘 12 月 1 日船从香港到广州湾，8 日日本占领香港。我们走了两个月才到重庆，1942 年 2 月才回到乐山。那时我 13 岁，很笨。刚从北京回到四川不到一年。大概要搬家到武大宿舍。——小滢注

了床的事不理我了，因我们要用借他的那个床，便说换他的床，并借他我们的大床，他便一直不理人，最后说去拿，夫妇俩像对仇人似的，后来发现他们不跟我们担保电灯的事，多可笑！

一是陈文启对刘伯母（刘廼诚）及我大发脾气，发得刘伯母想笑！我却哭了。姆妈不在家，他一边冷笑一边骂人，真气死人了，最后姆妈回来，他已搬行李到工厂去了，方伯母（方重）及刘伯母都说不在工厂担保他吧，因他这些日子工厂总发生事，（萧杰被工人打，因工人偷了东西，他去查，工人拿了铁棍子打在他头上，又打他身子，他跑出一身全是血，差一点死了。）文启又几天没回家，工厂也没人叫他住陕西街，这边因当时我们尚未搬。姆妈说好，便去跟白先生说，白先生说，他在工厂爱翻人家公文，偷开抽屉，谁都不愿要他了。这几天陈文启替上了一个人，到永利（五通桥）去做工了。他妈妈急得要命，最近要告假，你看这人要保吗？

十四姨看到吗？道元、美芳①怎样？请快写信告之。

如有便人跟我带些东西来好吗？桂伯伯都托人带了很多东西给华珍她们。你为何不给我带？如有小东西放在信封内也可以的。

放假了，数学考得糟透了，60分，国文89，英文82，音乐80，公民才65，化学才69，历史倒97，地理真怪，明明错了，反倒100。你说怎样？

热极了，不多写了。

近安。多来信!!!

我在楼下（新筑房）壁上画了很多娃娃②。

女　小莹上
卅二年七月二十五日午

---

① 道元、美芳，是我十四姨的儿女。——小滢注
② 我记得我母亲叫工人在一棵大树旁造了一栋简易小楼，楼下很低，大人要弯腰进去。墙涂成白色，我在墙上画了许多小娃娃。——小滢注

3. 1944 年 5 月 19 日

最亲爱的爹爹：

很久没得到你的信了，未知安好否？念念。英国来信似乎比较慢一点，不是吗？

有一个噩耗告诉你，你也许不会想到，吴其昌先生死后，萧君绛先生亦相继逝世（本月十四日卒，预备二十一日葬）。武大在今年已死了三个教授了。萧伯伯的死，大家都没有料到，而他的死又是失去了这些穷教授们的一颗救星，以后，大家有病都无法医治了。现在这里的医生，出诊一次竟要六百元之巨，怎么得了！真不能再病了。可是，方家的如柏，又不知什么病，已病了将近两星期。薛家的孩子，也病倒了。所以今天我们赶快去打了防疫针，以免再病。

今年如能毕业，毕业后还得会考，真倒霉极了。有些先生都是如此的糟，简直一点书都听不进，因好先生讲得太坏，我班同学还有喊"先生不许闹！"的，多奇怪！学校里现在抽纸烟的人不计其数，女生等亦无廉耻，竟在街上与男生打闹，但在教室内还装不认得，女生还有些打麻将牌，学校查着了装着不知道，简直弄得不像话。

上个月"中艺"剧团来乐，我们看了两个戏，一是郭沫若著的《孔雀胆》，一是《天国春秋》，两戏均为古装，演得还算好，但票却一百元一张，多贵！

你们在伦敦看了电影或戏吗？看了告诉我好吗？我们现在也很会"逛街"，放了学就慢慢的走，慢慢的溜〔遛〕达，看见了糖食店不禁垂涎三尺，我们同学说，只要有一瓶糖就心满意足了，可是光是白眼看，一辈子也轮不到你吃，除非打完仗。一颗花生的赐与〔予〕已是不胜感激，我们现在生花生很爱吃，没有皮的炒花生要一百元一斤了。

我们现在不用人，中午只吃一餐，晚上或白炒一下，或吃稀饭，早上乱吃一点也就够了。

近安

女 小莹上

卅三年五月十九日

4. 1944 年 9 月 7 日

最亲爱的爹爹：

　　今天接到你八月七号托叶公超带回之信，高兴得很，很久都没有收到信了，不知何故。

　　上次接到一封你在开罗发的信，还是去年四月间的，走了一年半方到。不知是怎么一回事，我还以为你回来了呢。

　　我很希望听些战时英国的事，在这里什么都不知道，倒霉极了。

　　学校已于今日开始上课了，上信我已大约告诉了你，我考本校高中，考入为第九名，考取一百十几个人，七百余人投考。这次学校可大赚其钱了，现在我们一年级分两班，而我班都有九十余人，而还要续招，并且我班算是好的，教室没有，先生也没有，弄得不成其为学校，但一开学又收了两千余万元。你看怎么得了？学费很贵，但只买书一项就须千余元，简直骇人听闻，不是吗？衣服也不得了，要蓝布长衫二件，所以很多人家上不起学，也无怪其然的。

　　你说你今年暂不回来，我也赞成，我真不愿你再回来教书了，那才真是受活罪。当然，我现在是不畏肉体的痛苦的，但是精神上的痛苦我们是再也忍受不下去了，在学校被人欺凌，在家我们的芳邻方家更是天天的压迫，使我们喘不过气来，而大学，王伦辈总散谣言说干爹①怎样，周鲠生伯伯怎样，你又怎样，一会又说你要赶回抢校长，一会又说你们欲作［做］官了，整日的受闲气、看脸色，而社会上又是如此的黑暗，你知道我们都是倔强的人，都是些硬汉，生成一副傲骨头，自然是不甘受屈于小人之下的，况且，整日的劳碌、奔波于衣食上，有时连坐都不能坐一下，为的是什么，固然是锻炼，

---

① 干爹是杨端六，干妈是袁昌英，杨静远的母亲。——小滢注；杨端六（1885—1966），1906 年赴日留学，留学期间加入中国同盟会。1920 年回国。1930 年后一直受聘于武汉大学，兼任法学院院长、教务长等职。1938 年武汉大学迁往四川乐山时，任迁校委员长。妻子袁昌英（1894—1973），现代作家、教育家，1916、1926 年两度出国，入英国爱丁堡大学、法国巴黎大学学习。1928 年回国后，先后任上海中国公学、武汉大学教授。——编注

但是精神太差了。我现在见到每一个人，都像有神经质，多半我也要有了。我想再在这里待下去，不死便得成神经病。那么国家养我们做什么，希望我们成什么，难得专门教养出一群疯子出来吗？（当然有些人不是，他们有钱，有势，像方家，整日拿穷人耍着玩。）我们有时气起来，真想杀人出气。也许，这是命，但我不相信命有这般灵验，所以，我说，你先不回来，在英国或美国找个事做，不再到这大学教书，因为太腐败了，将来通船时，我想到外国去念书，强似在这儿错，不是吗？

盟军打得很好，而中国之战事却糟得很，衡阳失守，桂林告急，怎么办法可好，二姑姑许久没来信，多半已迁居他处，望她早搬走。

不写了，困死了。

近安

女 小莹上

卅三年九月七日

5. 1944 年 10 月 12 日

最亲爱的爹爹：

已有两个星期没接到你的信，不知你近来好否，念念。

今年的天气奇怪极了，这里整整下了两个月的雨，本来这里便潮湿，再加霉雨连天，人都要被它弄病了。今天又是阴云密布，风依旧刮着，我们的心情是更苦难不安了。

你看了衡阳四十七天血战的文章没有？看后真能使普天同哭的，那些弟兄们拼了命，把自己血肉的身躯来抵挡敌人的炮火，死了不知多少。眼见没有人了，而还要死守！哪里的兵士配得上他们，可是衡阳终于丢了，而桂林烧了七天七夜，完全成为一片焦土而失，桂平也亦弃守了。我想到我们当前的命运，血就往心口喷，泪可是向胸中流。

我们对不起国家，对不住前线的弟兄！我惭愧没有机会去一心报国，现在看了后方的一切，牌声震天，歌舞声声，囤积之事越来越多，我简直不能忍受下去，同学们的无知，只知唱"牛郎织女"，讲恋爱，化妆，及一切，甚至连桂林在何处都不知。看了此种情形，我恨不得杀几个人。所以，我说，如果国家一旦用着我时，我一定万死不辞的。我抱定了决心，生为中国人，死为中国鬼。生死对于我，是不足为道的。

爹爹，你不会反对我的话吧。就是为了国家而死，实是最光荣的呢。人生自古谁不死，只要死的光荣。我相信你一定赞成我的，以生命的代价争取国家的生存。我是誓守这信约的。

学校开课已很久，已要考第一次月考了，英文这次大约九十分左右。我对于功课，无什么兴趣。我们三个好同学常发牢骚，但是还要努力的做功课。不知什么时候便读不到书了呢。

这季我对于数学、英文等都还欢喜，惟国文不喜欢。

你大约这次已不太乐观，而要焦急了。二姑姑不知现在何处，信息毫无。二伯伯处亦无回信。不知贵阳疏散没有，也很紧张了。

明天要考数学，不写了。

近安

女　小莹上
卅三年十月十二日

皮公亮哥哥自湖南逃出，谈那惨况，实所未有，你听说过吗？火车底下的轮子中间都放了板子睡人。他们逃出六天没有睡觉，没有吃东西，皮伯母不知现在下落如何。这次战事摧残了多少人啊！我歃血宣誓，我一定要做到"宁死不屈"的地步。

6. 1944 年 12 月 3 日

最亲爱的爹爹：

这几天，你和姆妈都没有信来，你可以想得到我的不安与焦虑的。

本月一日，我和玉瑛和衍枝都报名从军了，你一定很惊骇的，我想。

但是，我们为了多种理由，终于决定从军。一方面就是敌人已攻至大寨，昨天听说已到独山。我们的军队步步退却，没有一点力量抵抗。国家的危急就在旦夕之间，我觉得，时已至今，只要是人，有血有肉的，都不能忍受下去，都要拼！国家给予我生命，培植我，到了今日，定还要把生命还给国家，将血肉贡献在她的祭坛上，以生命的代价争取国家的生存。虽然，多我一个人不会有多大效果，但是多个人就多一份力量，我相信。并且，若国家亡了，败了，学问及事业完全废了，并且去，并不一定死，若是死，也是光荣的。另一方面，就是我们受不了这后方淫靡的生活，这男男女女，这无耻及黑暗，当我入了他们的集团，我就会感到头昏脑涨。若是这样过下去，我相信我会疯狂，会毁灭。他们那些没国家意识的，什么东西啊！

但是，使我痛苦的，是想到你们。若是我死了，你们将是多么的悲痛。我不敢设想。虽然，"忠孝不能两全"这句话来安慰我，但还是安慰不了我的心。我想到，除了我，只有贻春一个，我去了，陈家是又少了一个后代。前夜我一夜没睡着，也是这个。还有，干妈等劝我，说我犯不着从军，长大后致力于更大的事业是更有用的。去从军，徒为保卫那些在后方不动的奸商富贾，那些陈尸走肉，中国的将来，是需要留着我们去造的。

为了这两方面的矛盾，我终于浸入在不安中。我不知应当舍弃哪方面。也许因为世故不够，年纪太小，不能解决它。

不知你赞成哪一方面呢？我渴望你能给我一个好的指示，为了国家的前途，民族的生存而着想吧！可是也许来不及，因为一月到三月，便是入住期间了，在最近的将来便要检验体格，合格后便送到重庆去。

假如我去了，你会感到怎样呢？虽然我的年龄还差四岁，体格还可以，冯鸿达也从军了呢。我希望你不要难过，我总会看到你的。假如不幸的话，你也可以此自豪吧？

焦也顾，方克强，及我们上季的同班男孩子十七八都欲去从军。也许已报了名了。

心太乱，干弟弟来喊我吃中饭了。

近安

女　小莹上

卅三年十二月三日

7. 1945 年 2 月 2 日

最亲爱的爹爹：

很久没得到你的信了，不知什么原因。中印公路最近通车，然而不能运私人物件，虽感不便，但是可使那些国难商人失一个大望也是好的。

这些天都在下雨，天阴得像要塌下来似的，太阳永远不见面了，鄂省又患水灾及蝗虫，饿死近十余万，今年的局势似乎仍不见好。

我咳嗽了一个多月，还没见好。吃了各种药，仍咳得喘不过气。天又坏，今天我的半天头痛，连眼睛、牙及耳朵都牵扯得痛，咳了这样久，真不知是什么花样。

对河凌云山及半边街出了老虎，凌云山便吃了近二百人，人仙洞复亦被吃了十余人，但是说有一个人敢去打，真是乱世，老虎都下山吃人了。

彭大积（无锡人）你还记得吗？他现在我校，最近因未上军训一次便被开除军训学籍，那么据说全国中学都不能收他。我看太不像样了。现在教务长陈某和某人及二妖冶女生闹恋爱，全城都风闻，像什么话？！

我们去看了分数，我国文 86，英文 90（都好像最多），数学 78，生物 94，地理 80，历史才 62，国画 98，公民还未看出。那书记说这季或许我第一。我想不会。即使第一，也没什么意思，不是吗？

近安

女　小莹

卅四年二月二日

8. 1945年2月27日

最亲爱的爹爹:

前几天才发出一信,因为自三月一日起邮票要加价,并且加得真不少。三月趁今天再寄一信寄去。李先生来函云有父母均在外者子女得随同出去,那么我也许可以有点机会,但是,我的英文还差得很远,将来我还要由小学读起吗? 那我不愿意如此,你觉得应该怎样呢?

关于将来我学习的东西,姆妈愿我能学写剧及画卡通。我自己却喜医学或政治,当然,我的口才并不好,但我并不要做个"政治家"或"政客"。我的习性也不容如此,不是吗? 沈从文来信,意思好像说一个女孩子是不宜如此的,因为我和他写的信上显得很孤僻,所以他说我会冷嘲及有社论感,并且说假如我再这样下去,将来不是"女政治家"就是"思想家"。他又说那么十八岁到卅岁,事业没成功前多么不痛快。我觉并不会有什么不痛快发生,我知他指的是情感方面。可是这东西有时可有可无,理智究竟要胜过它才能成功任何事件,不是吗?

英国的情况怎样? 大家都很乐观吧? 可惜这里的人不甚乐观,认为战事至少还需两年。

好像周伯伯今年五月间返国是真的吗? 望告知为何。

前几天玉瑛、我、衍枝,同照了张像〔相〕。现在我附上给你看看,看我长大了吧? 像不像你? 中立的是玉瑛,奇怪,人们都说好像衍枝她们比我大很多似的,不知是什么道理。真的,她们的"人情世故"似乎很老练,而我什么都不懂,真可谓傻。

不写了,困极了。

近安

女 小莹

卅四年二月二十七日晚

9. 1945 年 3 月 19 日

最亲爱的爹爹：

前天接到你一月二十八号的信，及《中华周报》一张，那上面载了我给你写的信，细看了看，觉得有些不通（在文字方面），但那时我的心实在太乱，所以也顾不得许多，心中所想的能写出来，已经够了，我觉得。

前天下午及昨日，我们合着黄家在一起卖东西，累得要命，因为从来没有做过这种事，所以又生疏，又辣手，我宁可挑东西，不愿站在柜台那里讲价钱，很多同学可是都会这玩意，也会赚便宜，不知为什么我生来就不懂，也真没法子。地点在大夫第，从前殷家住的房子，现在黄家住，场合还大，买东西的多半是本地商贾，有钱的太太们。

现在我力气很大，扛一满箱的东西在肩膀上，堂堂皇皇的在街上走满不在乎，只是肩膀有点疼罢了。可是我最讨厌看人的黑脸，有一次跟着个武大的学生拿地图（一张张的）到书店去问人买不买，一路遭白眼相看，老板的神气像对那些求乞者似的，可恶，我心里想着，差点说出来"我是做该做的事，我穷，卖东西，正是表现了我的清白，我是可以此自豪的，但我卖东西，并不是要为为着看你神气而来，我还是人，我也有价值，我与你是平等的"。我冷眼看着他们，自觉嘴边带了狞恶的笑，因此，那些伙计没有敢看我。你觉得怎样呢？你对于这事的见解怎样？

现在我发现几点，在朋友中，真正义气相交的几乎是没有了，而完全是因着利害关系而结合，摆出假面具来。你的朋友中几乎完全也如此（当然也有例外），我不懂这些人为什么这样不愿露出真面目，难道等入了坟墓以后再让将他赤裸裸的头露在大众之前吗？的确，多数人是如此的，因为我很怀疑古时的人为什么那样重义，也许是捏造吧？！

还有，不知现在为什么，一般人（尤其是大中学生）最喜欢看那些什么张恨水等作的小说（他出了近二十部书，完全是男男女女的爱情小说），半新半旧的，爱情又不是那真正的意义，都是男追女，女找男的玩意，男女同学们整天抱着死看。我可是一看就头痛，不懂他们是在警惕，（不配）自己，还是精神及物质在抗战时无所寄托来找寻麻醉?! 整天同学们不是讲男女，就是大谈同学间之艳闻，问过些同学的志愿（多半女生），她们全没有什么大志。我想最大的欲望就是靠个好姻缘，吃得好住得舒服就够了。想起心乱如麻，前途真像在黑暗中的大海上漂泊着，太可怕了。你说呢? 应该怎么办才好啊!?

常常自己告诉自己，"坚强起来! 避免各种引诱，向抵抗力最大的路上走"。可是，做到又怎样呢? 还是没有人明白你，知道你，没有后台支柱，自己还是爬不上。我知道自己不是有着坚强的心的人，又没特高的毅力，所以我竭力避免诱惑! 例如，不与一些女生结交，避免见到各种无益的快乐（电影、戏等），这虽做到，可是还不知道应该怎样做人，世界太可怕，不能不提到这"难"字，像拿破仑似的。

自己都不知在写什么话，混混糊糊的。我真愿能快去外国看看，看看他们的国家、建设、社会及人物，努力充实自己，更要帮助可怜的祖国。他，四千多年的文化及历史，不能废于一旦的。天给我身体与生命，国家及你们抚育我长大，当然一定有任务给我，一定要为着他做一番事业出来，才不愧活了一世，不辜负你们养我的苦心，不是吗?

这也可能是"野心"，但并非完全是私人问题。唉! 我是怎样的渴望做个男孩子啊! 不过既然生为女的，也奋斗出去!

近安

女 小莹上

卅四年三月十九日

11. 1945 年 4 月 8 日

最亲爱的爹爹:

又有好几天没接到你的信，不知怎么一回事。你们在那边过得怎样。念念。

过两天也许我去成都，住在林家，也许姆妈去，还没一定。今年我没长多少，不知道为什么，我怕不长就成矮子了。没意思得很。我说将来一定要剪头发，扮成男装，同学内很多人当我是男孩子看待，（男孩子眼光）我和他们玩得来些，因为脾性近于男的。常常我犯愁为什么偏偏是女人的身体，不过我一定要克服的。你试闭眼想想我吧，上次寄给你的照片看到了吧？再加上蛮劲，及男孩的性情，不难构出一个具体的我来，不是吗？嘉定百物上涨，东西都买不起，也没有玩的，幸好我身体近来很好，自去年年初起到现在还只病过一次（只半天），脸色也比普通孩子好得多。不过方克强跟我差不多，脸红红的，很强健。前几天很暖和，和盛夏一般了。但这两天又突然冷了，像回复了冬天。今年一切都怪得很，病的人也特别的多。

英国现在已是春天气象了，有什么好玩的东西呢？我是多么的想去你那里啊！

近安

因要去发信，故急急写。

女 小莹上

卅四年四月八日

12. 1945 年 4 月 16 日

最亲爱的爹爹：

不知怎么回事，一直没接到你的信，每回以为有信来，可是枉然，这是为什么呢？

姆妈前几天跟你打的电报收到了吗？为什么不回信？真是奇怪！

这几天心里一直难过，罗斯福竟会这样快就死了，不敢相信的事啊！想哭，但一滴眼泪都没有。可是看着一个伟大的人死去，看着胜利将临前的一个大打击，并且看着中国的命运，真忍不住要痛号一阵，可是，难过发泄不出来，只是闷在心里，让脑子在头内绞着，心震悸的跳动着，和去年敌人打进贵州时的情形一样了。

我和方克强两人都说自己是冷血动物，因为在平时好像毫无感情，把别人的悲伤和难受都看得很淡。可是，料错了，在这时方知自己的热，现在暴躁得像加得太多的柴火，一刻也不能使自己平静下来，真不得了！我们常说，"只要我们在一天，决不能使国家受害"。可是，不知从何着手做起。中国的前途，似乎更要复杂，黑暗了，自发生这次事情之后。我们不是悲观者，可是一切的障碍真让人胆战心惊！

我身体很好，请勿挂念，样子还是和从前一样，不追时髦、打扮，头发又短又直又平，没有所有女生的凸出一个个包似的家伙，走起路来跨着大步，所有常惹人看，这样像木棒似的怪物什么样。将来我拟改装男子，剪短头发，免得天天梳头了。

近安

又：有一本书，叫《虹》，看过吗？惨极了。是波兰女作家瓦西列夫斯卡著。

女 小莹上
卅四年四月十六日

13. 1945 年 4 月 21 日

最亲爱的爹爹：

昨日接到你的信，高兴极了。今天是我的生日，因此昨日那封信也可说是生日的礼物吧，真是一件好礼物啊，但如这封信不到时，我要气坏了。

今天请了干姐姐，宏远及葆熙来吃中饭，刘伯母（刘廼诚夫人）也请了，干姐姐送我一个大的樱桃排，宏远给我一支自来铅笔，葆熙买了些花生之类，真了不得！后来方克强等好几个人来玩了一会，虽不知道我生日，也可说是贺生日般的热闹了。我想到你不知记起没有？在做什么呢？如你在这里多好啊！昨天是希特勒生日，而明天又是几个名人的生日，我将来如能做大事业，也可说叨了今日出生的福呢，不是吗？

想到从今天起就 15 岁了，真又高兴又害怕，如果说将来泯然于众人之中，那真是白活一场，我们说"活一天就不让中国糟"，又说了许多夸大的话（也只有我和方克强及一个叫李永直的男孩子才说得出口），假如做到就好了。但只怕做不到，我想从今以后要更加努力才行。又想到生为是个女的（尤其在中国的社会），真不是个好办法，是女的还好，只是脾气太像男孩子，爱玩、爱跳，闹，及野心太大，大得使自己也惊异，而且举动太粗，男不男女不女的活要命，那李永直最恨女人，但他，我，方克强三人很合得来，他说"假使你是个女人，或我把你当成女人，我也就不会理你，更合不来了"。方克强也如此说，他似乎比他父母都懂得多些，抱负也很不小。由此可见，我是个怎样的人，你听到感觉怎样呢？欢喜还是不欢喜？告诉我好吗？

我最恨势利，恨一切"假"的事，现在的世界真可怕极了。"世态炎凉"是真的。

我现在最恨三句话，如果说了我会大发脾气，一是说我不忠于国，二是说谎，三是偷东西。别的还没人说，不过人家有人说我"不忠实过"，我就冒火了。他们用激将法，结果把我气得跳。

近安

又：我现在有个名字叫"铁云"，好不好？你喜欢吗？

女 小莹上
卅四年四月二十一日晚

14. 1945 年 4 月 30 日

最亲爱的爹爹：

昨日接到你的三封信，但为什么三月卅日的信中不跟我写一点呢？太不公道了！你接到我的照片了，我很高兴，本想再把毕业时的全体照相寄给你，但是太大了，不好寄，等将来带吧。

这期我没有上学，你很焦虑吗？可是，你知道，我们的中学是越来越糟，功课散漫得厉害，先生们全不尽职，根本就没看到学生，很多人在这季因此大为不满，很多同学欲转学他处，不愿再在此地了。

初中升上的十几个男同学这期反抗的情绪很是激烈，常在周记上指摘一切错误，因此先生校长们大为惊惶，常提他们去教训，甚至于恐吓威胁，但他们现在是会讲理了，与先生辩论，甚至于争吵，结果是意外的糟，他们有些人说，你以为这样做就能使青年人顺从，是的，也许不敢在外面表示，但内心一定是反对的。这不知大人先生们的成功，抑或是失败。女同学们没有一个（真可以这样说）懂得政局、时势等等一切的，她们只会谈那些软性的事物，就是玉瑛、衍枝等，现在也与那些女生学，会那一套俗气的东西，整日看张恨水之流的小说（你还记得说明《啼笑因缘》等书吗？就是那张氏作的，现在又出了近二十部鸳鸯蝴蝶类的小说，并且写得更糟了，一般人，尤其是少年男女，皆人手五六卷了），虽则那种书要八百余元一本，也不惜重价而购得！

我现在看一些批评文之类，小说有《虹》，苏联的战争小说，及托尔斯泰的《幼年、少年、青年》，克鲁泡特金的《我底自传》还有《柏林回忆录》《谈修养》等等。有时练习作文，多半写感想，及批评之类。沈伯伯①看了我的信，很不喜欢，说有"社论感"及"感伤"，常冷嘲热讥，但我觉没什么不该。苏先生说有一两篇文有些像你写的方式，邬先生说好处在自己有独特的见解主张，不迎合人。你觉得这样好不好？

口才虽可练习，但机会实在少。我的口才也真拙劣，不知将来有法子补救否。萧叔叔②又去法国又去德国，把我在这里想的兴奋得要命，我要是能跟他去，又长见识，又有进益，又快乐，多好啊！但是，想个半天，仍然在此地，Elizabeth③的信已收到，附上一封给她的信，请转给她，告诉她，因为我英文太差，所以写中文，她可以拿信去仔细"欣赏"一下。四月底，又不能走了，不知哪天才能走成，嘉定这地方，真没有一处使我高兴再呆［待］下去的！

---

① 沈从文。
② 萧乾。
③ 华师母的女儿。

"陈铁云"这名字好否？（像男的名字）我刻了个木头章，一点小，要一百元，刻得又差，给你看看。我十五岁了，过得真快啊！

近安

女 小莹上
卅四年四月卅日

15. 1945 年 5 月 9 日

最亲爱的爹爹：

你寄到中宣部的信总是等积满两封或三封时才装在一个大信封内寄来，所以一次一来就很多，要不就隔十余天才到第二批，真是不舒服。

报上说有一个姓周的在英国新近获得了诺贝尔奖金，是真的吗？在东方还从没有人得过呃，我们都不能相信，你知道些确实的，告诉我好吗？

昨日广播德国正式投降了，多快活！在欧洲一定有不少人欣喜过狂了吧？英国有庆祝了吗？可惜不能目睹这盛况，实是遗憾！

中国的战争不知几时才得结束，美军欲调八百余万军队东来助战，这样一来，战争可能早些结束了，不是吗？

真是笑话，很多人一点战争的进度、政局的变迁都不知道，昨日看广播后，跟女同学说及，她们都还在梦中，甚至几月来欧洲局面竟完全不知，还在问"柏林进去了没有？"你看，愚昧的可怜！

我个性很强的，大家都如此说，现在有一个实例可以证明，就是玉瑛、衍枝她们两人自从和我不常在一起后，变得厉害，喜欢说家务琐事、闲话，并且看的都是张恨水一流的小说（完全是色情大字典），也学会了打扮，及巧笑，敷衍圆滑，玉瑛等见到我似乎也谈不大上了，我看广播，她们都揶揄我，玉瑛说："我们向来不看报纸这一类东西，这种东西也没什么好处。"我就说："你把坏处说出来好了。"她却又说不出，只说坏得很。我就问她，"张恨水流的小说有什么好处，整日捧着看"。她说那类书也不坏，我当时就沉重的对她说，"你假如把看性感色情小说的时间拿去看报纸就好了"。这是我第一次对她说厉害的话，现在我不管，随便什么人，只要不对，我就要驳辩，什么长辈、什么至亲，在我看来，不对就该说，正义终是需有的。我再也不会学那些迎合、奉承的手段。现在我有一些信条，最主要的是"走你自己的路吧，让别人说他们所爱说的话"及"说到做到""世上没有不能成功的事，只有不能成功的人"。这一切我都立誓要做到。"走你自己的路"使我解决了许多困难，为什么我定要随同流俗呢？穿的衣服，只要洁净，管它老式新式。做的事，对得住国家、自己，管他别人的嘲笑与非难。自己本着自己的信念做去，为什么要跟从别人，不是吗？"说到做到"使自己对自己守信，诚实，实际，对朋友守信也是好的。至于"世上没有……"那句话，完全是受了一个实际的经验而得出，那次一块在山上（很高）的大石板（上有我们名字）被人推到崖下，我们——永直，我，克强——抱着不屈不挠的精神，同心合力，费了一点半钟，用着双手，终于将石板搬上山来。我们虽是摔了跤，流了血，滚到荨麻丛内，但是，不能挫折我们的决心。到了山上（从陕西街一个巷内草坝上搬上铁门坎，推、滚、翻、抬，都用了），还要抬上一个高石墩。力气用尽了，然而我们知道，黎明前一刹那是黑暗的，用了吃乳的力，胜利到我们的眼前了！从这教训，我们知道，只有脚踏实地的去拼，去干，不怕吃苦，不抱怨，成功是握于我手中的，即使中途牺牲，也是光荣的，伟大的，你说是不是呢？

现在我和人谈话总是这些问题：政局、时势、社会、人及类似哲学的谈话。所以我和你写的信也是写的这些，这在我看来并不是说空话，不是吗？我很不能得女同学的欢心，因为等等，你也知道的。

没上学后似乎又长高了一点，胖了不少，将来见着不知还能认识不，有些人说我高，有些人又说我矮（尤其是男孩子），我也不知到底是怎样，不过我知道不到标准高度就是了，甚至还差得很远。

这里肉要三百元一斤，所以说笑话说不要吃肉，会伤心的，真伤心啊，望着肉而兴叹，怎不伤心呢？还有什么"洋糖"一百元一块，才一点大，真可怕！新近有人对对联说"平平涨涨涨涨平平越平越涨越涨越平"，是下联"抽抽拉拉拉抽抽越抽越拉越拉越抽"，好笑不？

近安

又：今日又是国耻纪念日，惨痛的五月！

女 小莹上

卅四年五月九日

16. 1945 年 5 月 29 日

最亲爱的爹爹：

又连着好几天没接到你的信，使我觉得不解。你说每个星期写封信的，怎么没有每个星期都接到呢？真奇怪！

真气死了，前两天拍卖东西，竟丢了一块毛哔叽！三天赚得的钱也抵不上这损失的数目，我们大家都知道偷东西的人还是一个有点身份，至少大学毕过业的人，可是他偷去了，谁都不敢出声，为着体面、人情和名誉，大家都不敢动一下，正义感在现在是不需要的！我最恨虚伪、粉饰及矫作，可是在现实的桎梏下，我们敢怎样?! 不过我相信终有一天，我们是会挣扎出去的，可以看到光明与希望。可是现在只能默受、期待着。

抗战使得一小部分人变得坚强，勇敢而有力，可是大多数人却沉下去了，堕落，及一切。他们不要面子，拆开了假面具来做罪恶的事，良心在他们似乎并不需要。真是痛心极了。

你走了以后，这里变得使人不敢想象，有些事情，说出都难能相信的，却层出不穷的，演变出来，真是数不胜数，在信上说也不方便，并且不想说，待以后再告诉你吧。

你说我觉得现在没有真正的朋友是说得太过分了，是的，真正的朋友固然还是有，可是有一些人变得却太令人不能相信。像玉瑛、衍枝，因了她们上学和我渐离了一些，最近玉瑛竟和人恋爱起来，和人写情书，一天没得信就神魂不定，整天想睡，晚上和人"幽会"。（可以这样说吧？）衍枝似乎也快了，和她们在一起的一个女生已订了婚！你看，多么让人难受。玉瑛瞒着我，不知为什么，难道怕我说她吗？哼！我觉得，假使一个人在读书时就闹这些，他就完结了，无论他天分多高，学问多好！也许在抗战期间青年感觉到没有物质享受及没有娱乐，心情没有寄托，所以就走上这条路。因为在校中，差不多十分之八九，都闹这事。我觉得太卑鄙了。他们不但对不起国家，更对不住自己！曾试着想和她们谈谈现状、局势、政治等等，但是她们却绝对不听。我自然知道自己没口才，可是这失望实出意料之外。你看！中国待这般人去救吗？够了！

很多大学生将毕业了，可是问起他们，他们却大多数无地可投，有些地方他们决不愿去，有些地方又进不去，彷徨于社会之门限上，无法涉足，真够可怜的！

身上穿好衣裳，买好货物的人，越来越多，可是越穷的，现在更不济了。我就是其中一个，街上布满香火、脂粉气，我们嗅着，麻醉得不得了。缪恩刘的外孙（缪敏珍的大儿子，很乖，很好看的）前晚死了。我心里感到难过，但又苛酷的想着，"富人原来也会死的！"战时的心理往往使人变得残酷无情。将来我不知应学什么，理科多半不行了。不过无论学什么必得将基本弄好，不是吗？欧战结束，不知道远东战事何时才能完成呢。

近安

又："铁云"这名字好吧？

女　小莹上
卅四年五月二十九日

17. 1945 年 6 月 24 日

最亲爱的爹爹：

很久没得到你的信，我们都很着急。昨日忽到了一封，真高兴极了。你的贺片我们六月才得到，可是只要得到也就满足了。不是吗？

你讲的那一本书家里有英文原文，也许看不懂，中文的还没看过，不知翻译出来没有。我很想看这本书呢。

现在每天读点英文，读俄文（俄文的文法可真难！）写点大字或小字。此外，有时写点作文（多半是议论体的）。记得在初中和小学时我专写记叙的，写景物，现在却倒过一个边。你的《西滢闲话》我很爱看，《父与子》（你翻译的）数月前我还看不懂，可是最近我看了它，很惊异的，不仅已大半明了，解其中思想意味，而且我觉得《父与子》是我所看过的小说中最美好的一部了。（这并非拍马屁，是事实。）内中我比较的喜欢巴扎洛夫，虽然他有时思想有些近于偏激，可是我很喜欢那味道，他所主张的思想，我也十分的尊崇呢（但并非十二分）。我近来感觉到在今年，我的学识及思想，人生观点都进步、变化了许多，虽然没上学，可是的确对于一些事物认清多了。这自然不是说人情世故，反之，在这一方面，我则完全跟不上一些老练的人。

你说，在中国一个女子，很容易出头，这个我不能赞同。你说，在中国受过高等教育的人太少，所以很容易等等，你却不知道，现在世道是变了！恶势力，黑暗势力将一切都掩盖住，你想高，要好，但结果是被淘汰，有学问，有思想，出不了头。人民仍在痛苦的漩涡中挣扎着，比起你写的《西滢闲话》那时节，变了多少?! 我想到，即使我出人头地，我有名望了，又有什么用。苦的仍然是苦。"别人因为得不到幸福，所以我也不应要幸福。""我们不想上天，只应入地。"是我自己造的格言。你说对吗? 你说只知发牢骚不做事，我不是那种人。现在我要苦干，努力充实自己，等到将来为人群做点事。三四十岁再做不迟，是不是?

"铁云"是姆妈和我共同起的名字，铁字涵义很深，所以我很喜欢。至于刚强像铁，我不知应怎样解释，我只知自己脾气也是急躁的，然而我也许当得豪爽、耿直、义气这几个字。还有，我吃得硬，不怕势力及硬手段，假使有一天被敌人捉去，我坚信（发誓）自己是可"临危不惧""临死不屈"的。我不是苟安怕死的人，不知这可说是"刚毅""刚强"不? 方克强依着我的铁字，叫铁强，都是铁，哈哈。

我的信条又增多"走自己的路，让别人说他的话"及"说到做到"，及……很不少。

昨日在街上，同学见一女人，一半脸在流着血，耳鼻眼都往外淌，据说一个兵打船夫，误打了她。可怜。打中后，把她拖到这儿那儿去问话（机关喽），听说下午即死了。你看这样随便的就送了一条命！诺贝尔奖金听说要颁与一中国人，各报刊大加刊写，谁知政府打电去问，完全没有这事。国际间闹了个大笑话，丢了大脸。

琉球岛美军已占领了，看来战事结束也近在今明年间了。

假使能去英国，我上什么中学呢？你决定好了吗？要功课紧的，朴实的。杨振声伯伯要到英国了，记住跟他要那欠我的猴子！

笔太糟，不好写，就此搁笔。

近安

女　小莹上
卅四年六月二十四日

18. 1945年7月4日

最亲爱的爹爹：

天天我都做着很多事情，早上要读英文，写大字（隶书）及小字，好玩得很。选的小字帖也正是"铁云"做的序，不过是刘铁云罢了。以后再读点古诗或文，再读俄文，下午看书或看报作文，书多半看像朱光潜伯伯著《谈修养》一类的，小说则《我底自传》《虹》那一类的。《虹》想来一定有英文译本，是波兰女作家瓦西列夫斯卡著，很好呢。你看过吗？旧日你看的书，我已差不多都看了，理解力比较大些，近来似乎懂得了不少东西。俄文很不容易读，不过我决定要克服困难，文清那阴阳性与多数少数闹得人头也要弄昏。我还没出过什么错，缪先生说年小时便学要好得多，等大了恐难学了。你总担心我上学，嘉定实无中学可上，附中一天难得上三堂课，先生越来越敷衍，可恶得很，动不动就以某种"罪名"乱加恐吓。别的中学呢，更糟了。我校初中一二年级的，在别校可考高一二成什么体统。重庆中学南开比较好，可是有无插班及来得及去否是问题，只有到你那里才是解决好的途径。可是，能不能还是问题呢。重庆一挑水需三百元至五百元之巨，真骇人听闻。焦也顾的妈妈在重庆和朋友去吃一顿饭，三个菜要五千元！昆明一杯茶要二百元。一斤柴都要四十余元（非一担！）。听说鸡蛋亦需数百元一个了！像这样生活下去，真不是话。乐山恐不免亦得如此了。上海方面许久没信来，不知怎一回事，二姑姑及查家，近况都不知如何呢。报载一贪官（直接税局局长）被告，现已枪毙。他先后出了钱，第一次五千万，第二次六千万，活动律师费三千万元。你看，多可怕，可是他虽如此，还是未能免罪。假如竟至放了他，那么这一切的前途真是堪忧虑了呢。

天气时冷时热，冷时又像秋天，等热时，简直令人难于忍受了。

听说竺远伦的儿子竺天禧最近死了。他上季在附中高中毕业，年年考第一。可是得了肺病死了。年纪恐还不大十八岁呢。多可怜。营养不良恐最是摧折人命。

近安

女 小莹上

卅四年七月四日

19. 1945 年 7 月 20 日

最亲爱的爹爹：

重庆这些日子在闹恶性霍乱，前几天一天死一万人！各处都蔓延着病菌，所以姆妈不敢让我到重庆去，怎么办呢？武大附中我真不情愿上，真是祸不单行。偏在最热的时候来霍乱。

我的眼睛现在越来越不高明，近视得真厉害，也没好地方配眼镜，只有戴以前的，都是附中教室害的。初二班男孩子有一大半是近视（克强及也顾等都已将就成功），还有老花眼的。我现在眼睛常感疲倦，看书就不舒服。中国人够资格当空军实在太少了。什么病在年轻人中都可发生。

北平被炸，铁狮子胡同附近一带均挨了炸弹，孙阿姨住在那里，不知怎样。真是可怜。昆明物价飞涨，萧而江一家去后，至今只跟克强来过三四封信，搬家后音信杳然。那里有两人去，一月用了十万元，还不够！沈从文等得挑柴、熟饭等，他描写自己"回家去时担着个担子，一边担一筐书，一边是几束松毛、柴火，及一个小炉子"。田汉现在亦得自己挑水，我想我们也快了，重庆的水五百元一担！

很多的圣贤教我们为人、修身的方法，却都用不着了。现在能够清高自守的，真少！我做过一些事，认为很对，但吃亏总不是别人，"不吃嗟来之食"现在连"踢来食"都抢着要！我们是太傻了。（我们几个朋友）现在孩子们都懂生利呀，等等，我却还不知道方法效用呢。重庆中小学学费要二万五，连膳费七万，怎得了。有三个孩子上学的读书人，该上吊了！

近安

女 小莹上

卅四年七月四日

20. 1945 年 11 月 13 日

最亲爱的爹爹：

上封信夹了两张照片给你，不知道收到没有？我长得怎样呢？还好吗？希望你收到后回我一信。想早走，所以一切东西都得捡清楚。吃得要命，真不得了！听说上海、南京等地混乱得很，内战又起了。中国为什么还不团结呵，整日焦急，你看到《大公报》上的各地通讯没有？没见过哪一国像中国这样接收后弄成这样狼狈的。有些人劝我们不要回去，但我偏不怕，要冒险。

这期我们班有几个女同学待我很好，很感激她们。都是四川人，但这几个没有一般女学生的恶习，我希望能帮助她们。其中有一个在初中时整日夜打牌，输赢几万（成都的中学），到附中上期还是打牌，也会抽烟喝酒等等。我很想慢慢劝她们，使她们不要如此。

不写了。再谈

近安

女 小莹上

卅四年十一月十三日

21. 1946 年 5 月 4 日

最亲爱的爹爹：

接到你四月二十日的信，很高兴。可是你只写了那么一点，看来不够。星期一——今天是星期六——我牵狗①在胡同里溜达，一个中学生——有二十岁左右了——骑车碰了那狗。狗是军用狗，当然咬了他一口，裤子破了，而且破了皮。我道歉，而且说能补，再上药。有三人一定不干。他们合同一小医生，只上点红药水，要了四千法币！姆妈很生气，但没法，只有给了他们。谁知给了倒坏了，又要保障人命，又要补裤子，要一万元还不止。当然姆妈也不会给。于是他们叫了警察来，把我传去区公所讯，我是被告。从十二时出事，中饭一直没吃，直到下午六时方具保释出。你想，坐在候讯室一间小黑屋子中一条板凳上，并不好玩。我才觉得诚实人不易做。而且不能软。在过堂时我责骂那讯问人。我说，一个人评判要公平才成，警察在北平是顶坏的结构了，贪污，敲诈，无所不为。他们要我出钱，我说我自己没钱，出不了。父亲是公务人员，当然也出不了。简直是欺诈。后还好。姆妈去一宪兵队说，宪兵说警察顶可恶。他们还好，派人去找我，找了半天，找到。那宪兵一口说那学生欺诈，要带他去团部，并要逮捕医生，他才怕了。警局也怕了。也不要保障，也不要补偿了。你说，现在中国社会成了什么社会，有什么道德，什么人格，所有的人你不能用道理、用善、用以前的价

---

① 那狗是日本军犬，一岁。所以那胡同里的人以为我是日本女孩。想骗钱。日本军犬不懂中文，只懂日本话。日本人必须回国，又不能带狗回去，所以把狗给了我们。他们在以前租了我们史家胡同房子的。出事时，大概那年轻人想讹车欺负我，以为我是日本女孩儿。后来事情越来越大，狗最后被毒死了！那狗是非常珍贵的狗，也可怜。——小滢注

值作计了。这几年倒很好，坐了班房，卖过东西，摆过地摊，扛过箱子，捡过柴火，而且和蜈蚣同盆洗过澡，和壁虎睡过一个被窝，被蜈蚣咬过，吃过蜗牛及蚂蚁，从过军，挨过打……诸此种种，该是抗战中的成绩吧。

二十七日住过房子的大泽家预备返国，我们去送行，他们十几家住在几间小房中。但秩序及清洁非常好，还有他们的医生在预备救济。可是中国有三处军队价房。抢东西，以前只听说接收得糟。现在目睹，算伤心透了。连少校都是乱打人，乱抢东西。为什么他们看得起中国人。中国人简直在抗战以后把脸丢尽了！

广州米要一千元一斤，福建米涨到六千五一斤，这儿米三百三十元一斤（均为法币），没有人不怨声载天。在初中三年级时的童军及音乐先生胡志刚，他十七岁离开东北、河北，一直流浪。那时二十三岁。最近由渝返沪，飞机失了事。一个多月了。连飞机残骸均没找到。多惨！叶挺及王若飞的飞机也失了事。戴笠也坠机失事。死了不少人了。复员不知怎搞的。

方欣安家。方太太带女儿飞汉口，先生带方克定飞汉口，剩方克强在重庆，带了八件行带，坐四等舱船至宜转汉，不少人磨炼得强悍多了。中国青年是应该锻炼得能忍受一切痛苦才行。

二叔叔及叔公都到南京了。是吴学义先生讲的。在北平只看到邓叔存先生、杨今甫①伯伯、英千里②——他曾被捕过，灌凉水及拷打——陆志韦先生……没有别的什么熟人。王云槐夫人及王安世说要来，到现在还没来。真糟。我整天在家什么也做不成。一人也玩不起劲。一星期才看到一次容瓘。光念书或做事，一天不开口也不是好玩的事。不是吗？姆妈有她的事，写东西，出街，有客来等。也不能玩，而且她也不能和我一样玩。

一个人固然该训练种种，但这等于烦死了。不写了。

---

① 即现代著名教育家、作家杨振声。
② 英千里，13岁时即被父亲英敛之托人带往欧洲留学。1924年，自伦敦大学毕业后回国，协助父亲筹办辅仁大学。从此，投身教育事业，一生致力于哲学、逻辑学的研究。1927年起，任辅仁大学教授兼秘书长。

近安

生日也没过什么。

女 小莹上

卅五年五月四日

附： 陈小滢日记残页（1946年1月6日）

卅五年一月六日　　阴晴　　星期日

　　中午和姆妈，黄方刚太太，岷江，从家中出来到二叔叔处时，看到李姨①跟着一群人在石阶中段。忽然，李姨招呼姆妈，过去一看，竟有着邓颖超在旁边，穿着男子外衣，及深蓝色中山装，剪短的头发，神气勃勃地，脸呈健康红色。她与姆妈握手后，我注意到一熟悉的面影过了来。"周恩来"哦。在欢迎马歇尔的影片中不是看到他了吗？一个样子。穿了一件长的亮皮大衣，一件长袍，和蔼而又有气魄的微笑着，十足的学者态度。我惶惑了。邓姨却伸出手来和我相握。"真大了！"周恩来笑着转身向我，"这是你的姑娘吗？"亦伸手与我相握。我一时想说许多话，但却都说不出来。旁边的七个人员——大约是中共的人员吧——亦都微笑点头。他们许多人上了两部小汽车，挤着坐，一直到开车，周恩来还在里面微笑向人点头。

　　我微笑着遐想，是的，中共领袖的风度，他们的气魄，当然叫人景仰、钦佩，没有官僚架子，没有那种盛气凌人的态度，对于人民，总表示这关怀与爱护。是的，我见着他们了，我真高兴。虽然无数的人诽谤他们，我对于这几个人总表示尊敬的。我要有列宁、克鲁泡特金的精神，我要救人民。哈！看看那些小官吏，什么就是钱昌照吧，那虚假，那作为，那穿着，都使我看不惯，那是衰败的现象！

---

① 李姨是李德全，冯玉祥的夫人，和我母亲是同学。——小滢注

890

附：沈从文致陈小滢（1944年6月15日）

给小莹的信①

小莹：

真了不起，你的信写得那么好！我和我的黑脸太太看过后，都笑了。（是佩服的笑！）

这个信使我们有机会谈起许多旧事，我本想不回你信，只写个"想象中的小莹"，在你们看得到的刊物上发表。写的一面是黑而俏，一面是健康活泼的在一株花树下做捉间谍的梦，就在这个情形中，你妈妈上街回来了，间谍也乘此逃脱了。怎么妈妈回来间谍反而逃脱，而且很可能是从瓦上逃去的？你想想看，这间谍是什么——一只花猫儿好不好？除了一支〔只〕猫，简直想不出更像间谍的东西！

你说你不是"摩登女郎"，这个名词云南四川用法似不大相同。我们这里说的是健康，活泼，聪明而乖，不是指会穿衣敷粉，这个叫"时髦女郎"！你这时尽管不黑而俏，到我下次看见你时，保定是被阳光晒得黑而俏了。

我还记得第一回见你，是在武昌一个什么人家洋楼中（很美观的洋房），文华学校附近，你在摇篮中用橘子水和奶粉当中饭，脸瘦得像个橘子，桃子，李子？——唉，真不好形容，可是眼睛大而黑，实在很动人！

第二回是在北平东城你家中，大热天，徐志摩伯伯还在世界上和金伯伯②用手掌相推比本领，你那件小花衫子，我将来写小说时，还得借用到故事中！

第三回在珞珈山，你每天总到小学校车站旁边去找那位警察朋友，天晴

---

① 此信原载 1944 年 8 月 11 日重庆出版的《文化先锋》第 4 卷第 1 期"文艺"栏。信前有题记云："这是沈从文伯伯给我的一封很有趣味的长信，他信的内容不仅是写个人方面，而且也说了现在昆明文化界朋友们的生活状况，我念时简直没有停过笑。其中讲到云南的出产，也是很有趣味的。我想这一定有不少人会像我这样感觉有趣的，所以特意抄下来，寄与《文化先锋》，从伯伯一定不会因我没有征求他同意便发表而生气吧?! 因为他一向对小孩子是多么的好脾气！我至今都很清楚的记得他是这么样的一个人。——陈小莹谨志。"

② 即哲学家金岳霖。

落雨，通不在意！吃饭时，和你妈妈相吵，就傍近爸爸，和你爸爸鼓小气，又倚靠近妈妈；唉，这个作风，假如保留到廿五岁时，可就真厉害！

第四回……你想想看，在什么情形下看见你最好？照我希望最好是带点礼物来参加你和什么人××，因为如果那时要来宾演说，我不必预备，也可以说说这个故事，让大家开心。可是到那时，我也许像电影上的老头子一样，笑话想说说不下去，只感动快乐得流眼泪。因为那时节国家也转好了，你们长大了，一晃廿年，很可能你妈妈看到那个礼物也要流点快乐眼泪！这礼物原来是你一张一岁多点的相片，上面还有我妹妹写的几个字，"眼睛大，名小莹"。这相片有个动人历史，随我到过青岛，住过北平蒙古王府——卅一年昆明轰炸学校时，同我家中几个人的相片放在一处，搁在九妹宿舍小箱子中，约四十磅大小一枚炸弹，正中房子，一切东西都埋在土中了，第二天九妹去找寻行李时，所有东西全已被人捡去，只剩废柱上放了一个小信封，几个相片好好搁在里边。原来别的人已将东西拿尽，看看相片无用处，且知道我们还有用处，就留下来，岂不比小说还巧！你想想，事情巧不巧？若当真到你××，把相片装个小小银架送来，这份礼物真不轻！不过假若真有这么一回事，我估想得到，相片过一会儿还是会搁到什么不打眼地方，因为那时节你一定会被同学们围住作别的玩意儿，我也将带①起大近视眼镜看你妈妈收藏的古董去了。

你欢喜吃糖，四川出白糖，空吃一定不什么②好，寄来③的一包小玩意儿，一次用饭粒大小一点儿，放在糖水中，或放在红茶中，柠檬味儿就香喷喷的到鼻子边了。

还有别的好吃的，如像澳洲来的乳酪，本地出产的乳饼，乳扇（饼是羊乳作的，扇是藏边雪山牦牛奶油作的），不容易捎来，只好说说，引起你想来联大升学的幻想了。

四川可吃的一定也很多，可是我们这里吃过的你们必尝不到。如大雪山

---

① "带"，即"戴"。
② "什么"，在此即"怎么"。
③ "寄来"在此为"寄去"之意。

下的鹿脯，小说上还只有史湘云吃过一次，我就不止吃一次！暹罗缅甸的象鼻子，虽无福气领略，多少总看过了，熊掌同妖精手掌一样，干干的满是黑毛，如挂在墙上，晚上睡觉真担心它会从墙上蹦下掴我一下。黄桃子如芒果，有饭碗大，是中国最特别的种子。蕈子据说有百多种，佛掌，牛肝，鸡踵，北风……数学家恐怕也数不清楚！有些生长粉红色细枝，真像珊瑚。所有蕈子味道都很好；洋白菜有廿斤一棵的，青菜有十多斤一棵的。桃子可吃四个月，梨子吃半年（有廿来种，木瓜梨极奇怪）。五月能吃石榴，大的一枚有一斤重。

金伯伯（即金岳霖）在北平时玩蟋蟀和蝈蝈，到长沙买了百十方石头章，到了昆明，无可玩的，就各处买大水果，一斤重的梨子和石榴，买来放在桌上，张奚若、杨金甫伯伯的孩子来时，金伯伯照例就和他们打赌，凡找得到更大的拿来比赛，就请客上馆子。你想想看，你如在这里，用捉间谍耐心去找找石榴梨子，还愁无人做东？金伯伯还养过一些大母鸡公鸡，养到我住的北门街，走路慢慢的，如天津警察，十来斤重，同伟人一样，见了它小狗也得让路，好威风！可惜！到后我们要搬下乡时，他送人也无处送，害得他亲自抱下乡去，交给陶伯母，总算有人承受。你若在这里，纵口馋量大，宰一只时，恐怕也得吃个一星期！现在我们作杏子酱，还是七八斤一坛，实在吃不完，不免委屈了它，想捎三五斤来，可不知那①一年才有这个方便。我们先约好，总还有些少分量的玩意儿来，并且一定是你不大容易见到的。你等着吧。

你可会不会烧饭做菜？我做的"罗宋汤"是够得上请罗斯福的，因为这里西红柿极好（大的有一斤重一个）！做出的汤似乎比文章还得人赏识，真奇怪！总有一天会请你们尝尝的。很可惜是，廿七年你和妈妈不曾向湘西走，如到我沅陵家中住半个月，才真是口福！我的哥哥作［做］的菜，沅水流域军官全都翘大拇指——不说了好，再说下去，我倒想回家了。

你可猜想得出我一星期在昆明每天吃些什么？原来只能吃点米线（米粉

---

① "那"，即"哪"。

条）当早晚饭！

这里花生也得两百元一斤！你这时节来，若在乡下，可以请你吃许多东西，若在城中——保留保留，且俟当真来时看吧。

你看些什么书？看巴金的小说一定有意思，巴金五月八号已结婚，太太也是个相当能吃的很可爱的小姐。

我有个七岁小孩胖胖的，专欢喜吃肥肉，会画画，间或也爬上树去摘摘生桃子吃。

我们住的地方，是出果子地方，上市时每天有三百石果子进城，满火车是各样水果。大致那么热闹，两个多月方逐渐减少，你试闭眼睛想想是个什么样情景。

袁先生的小姐已能写那么好的文章了，你一定也快了，我倒羡慕嗓子好会唱歌，以为比写文章有意思。你可会唱歌？钓不钓鱼？四川的鱼，一定狡猾得多。

沅水钓鱼只需用线捆个小肉骨，放下去一拉，即可得一斤重一尾的鱼。

听朋友说现在降落伞的设备，有手掌大的蔻蔻糖，可救七天命，有几包香烟，一把刀，一条绳，另外还有个钓鱼钩，为的是恐怕掉下来在无人处寂寞，钓钓鱼消遣，可是我有个熟人，却掉到印度森林里，坐在树顶上，整整四天，方得救！在那个地方钓鱼钩好像不曾用。

现在去美国，只加尔各达到锡兰一段路，坐船要护航，此外太平洋军船行驶，安全之至，这是一礼拜前小朋友回国经验。如你和妈妈有机会出去，尽管放心坐船去，不会有问题。

你可是个运动员？将来学什么？嘉定的间谍恐怕不多，你真是英雄无用武之地，想捉一个吧，也不容易。我们在这里呢，只想捉虫，都说极厉害，事实上不过是一种大的怪蝴蝶罢了。本地人叫做［作］"虫"，且传说能吃人心肝，完全荒唐的事！这些蝶蛾有身上起太极图的，有作虎斑的，有全黑却加上红殷殷花纹的，有一色碧绿绒，头是乌黑的。大的约六寸长，贴在壁上，不动时，完全如一幅新派画，实在又美丽又奇怪，碰机会若得到，寄个来让你看看。这种蝶蛾在大理清碧溪，点苍山上面，多悬挂在溪边树上，如小风箏，间或有一尺大的，完全如假造的。我亲眼见过六寸大的很多，就总还以为是通草①作的。

我最不敢回信，一写就是八张，有一半说的是吃东西。因此我才想起今天还不曾吃晚饭，得下楼到对门小馆子去了。

我这里住的地方，附近约有廿个小馆子，全是联大教师学生照顾。教师中最出色的要数吴宓。这个人生平最崇拜贾宝玉，到处讲演《红楼梦》，照例听众满座，隔壁有个饭馆，名"潇湘馆"，他看到就生气，以为侮辱了林黛玉，提出抗议（当真抗议）！馆子中人算尊重教授，便改名为"潇湘"。你想想看这人多有趣！你问问妈妈，她会告诉你这人故事的。

小茶馆全是学生，当做〔作〕图书馆，和咖啡馆，也读书，也玩扑克牌。间或有一辆小汽车驰过，美国洋人吃得饱饱的，笑迷迷的，和街上的顽童翘起大拇指叫"顶好"，表示中美友善。开小铺子的，卖点心的，提茶壶的，凡是女的，手上必有二三金戒指，或一个金手镯，因为他们都发了财。教师和学生，可大多数破破烂烂。鞋子最破的或者数曾昭抡，脚踵量地，一眼看来真够凄怆。可是大家精神都很好，因为总想着到你们长大时，一定可以不必如此困难，活得不但幸福，也可望来尊贵得多了，我们这一代是应分吃点苦的。

刘秉麟先生那个梳大发辫的圆脸小姐，一定也大了。周先生家我记得还有个大眼睛如黑人神气的小周先生，在上海施高塔路住时，我每回去看他姐姐，他就要我说故事，想不到这位姐姐从英国戴了副大近视眼镜回来，已做了博士，真如小说上说起的"女博士"。那位小周先生大概也从大学毕业了，周伯母可还敢不敢在嘉陵江游泳，苏伯母可还如在珞珈山时那么骑自行车，头发不长不短如女兵？避空袭可还有人藏在方桌下，方桌上放个木盆装上一盆水？

从文

六月十五夜

---

① 通草，一种药草，为五加科植物通脱木的茎髓，别称寇脱、离南、活莌、倚商、通兑木、葱草、白通草等。

图书在版编目（CIP）数据

陈西滢日记书信选集 / 陈西滢著；傅光明编. —
上海: 东方出版中心，2022.10
ISBN 978-7-5473-2024-2

Ⅰ. ①陈… Ⅱ. ①陈… ②傅… Ⅲ. ①日记—作品集
—中国—现代 ②书信集—中国—现代 Ⅳ. ①I266.5

中国版本图书馆 CIP 数据核字(2022)第 186888 号

陈西滢日记书信选集

著　　者　陈西滢
编 注 者　傅光明
责任编辑　韦晨晔　江彦懿
装帧设计　钟　颖

出版发行　东方出版中心有限公司
地　　址　上海市仙霞路 345 号
邮政编码　200336
电　　话　021-62417400
印 刷 者　上海万卷印刷股份有限公司

开　　本　890mm×1240mm　1/32
印　　张　28.625
字　　数　827 千字
版　　次　2022 年 12 月第 1 版
印　　次　2022 年 12 月第 1 次印刷
定　　价　122.00 元